HEYNE <

Das Buch

Das Jahr 2066. Zwei Millionen Aliens haben sich in den Körpern von Menschen manifestiert. Vom ersten Moment an werden die Fremden in Menschengestalt gejagt: um sie zu schützen und zu vergöttern, um sie zu misshandeln und zu lynchen – oder sie zu verkaufen. Die Vereinigten Staaten von Amerika und Arabien, die globale Supermacht, zahlen eine Kopfprämie für jeden lebenden Alien. Sie wollen Antworten von den Fremden:

Was hat die Aliens zur Erde geführt? Was ist mit den Menschen geschehen, deren Körper die Aliens übernommen haben? Und was planen die Aliens in der Tiefe des Marianengrabens, dem menschlichen Zugriff entzogen?

Schließlich steigt Pasong, der Anführer der Fremden, aus der Tiefsee auf. Er bringt Antworten. Die Aliens sind nicht zur Erde gekommen, um die Erde zu erobern – die Wahrheit ist schlimmer.

Der Autor

Frank Borsch, geboren 1966, lebt in Freiburg. Seit 1997 arbeitet er – mit wechselndem Schwerpunkt – als Übersetzer, Journalist, Autor und Redakteur. Er übersetzte zahlreiche Superheldencomics wie *Daredevil* oder *Hulk* ins Deutsche, publizierte zu diversen Internet-Themen und etablierte sich als Stammautor der PERRY-RHODAN-Serie. Mit ALIEN EARTH wendet er sich nun der nahen Zukunft der Erde zu.

Mehr zu Frank Borsch und der Trilogie ALIEN EARTH finden Sie unter: www.alienearth.de und blog.alienearth.de

FRANK BORSCH

ALIEN EARTH

PHASE 2

Roman

Originalausgabe

WILHELM HEYNE VERLAG
MÜNCHEN

Umwelthinweis:
Dieses Buch wurde auf chlor- und
säurefreiem Papier gedruckt.

Originalausgabe 10/07
Redaktion: Angela Kuepper

www.heyne.de
Printed in Germany 2007
Umschlagbild und Innenillustrationen: Dirk Schulz
Umschlaggestaltung: Nele Schütz Design, München
Satz: C. Schaber Datentechnik, Wels
Druck und Bindung: GGP Media GmbH, Pößneck

ISBN 978-3-453-52251-0

Für Geli und Tim

»Die Botschaft des gestrigen Geschehens ist, dass es, trotz seines Schreckens, keine Bedeutung hat und auch keine haben darf. Es ist eine menschliche Katastrophe, ein Frevel, eine Gräueltat, eine Entfesselung des Wahnsinns, den die Welt niemals wird abschütteln können. Aber es hat keine politische Bedeutung; es verschiebt die Machtgleichgewichte um kein Haarbreit. Es ist keine kriegerische Handlung. Amerikas Führerschaft des Westens hat dadurch keinen Schaden genommen. Die Sache der Demokratie hat dadurch keinen Schaden genommen. Es sei denn, wir lassen es zu.«

– *Simon Jenkins, 12. September 2001*

»Die Botschaft des gestrigen Geschehens ist, dass die Welt, wie wir sie kennen, nicht mehr existiert. Kein einziger Mensch wurde durch Alien-Hand verletzt oder getötet. Keine Regierung wurde gestürzt, die Menschenrechte nicht außer Kraft gesetzt, arm wurde nicht reich und reich nicht arm. Unsere Erde von zehn Milliarden hat zwei Millionen Seelen verloren – überflüssige Seelen, denen zu wünschen ist, dass sie auf Sigma V das Glück finden werden, das ihnen hier verwehrt war. Ich für meinen Teil beneide sie. Die Erde ist nicht mehr unser exklusiver Besitz, und wir werden bald spüren, was es bedeutet, nicht auf der obersten Sprosse der evolutionären Leiter zu stehen. Unser Überleben ist zu einer Lotterie geworden, bei der vorwiegend Nieten ausgegeben werden.«

– *Alex Jenkins, Enkel von Simon Jenkins, 27. September 2065*

»Nichts ist zu Ende. Du hast immer an das Große Los geglaubt. Wer meint, der Tod könne dich aufhalten, kennt dich schlecht.«

– *Human-Company-Gründer François Delvaux beim Teil-Begräbnis seines ermordeten Partners Jan de Hart, 28. September 2065*

KAPITEL 1

Mahmuts Inszenierung war perfekt. Was sonst?

510 Gäste hatte Mahmut al-Shalik in sein Stadthaus auf der Nil-Insel Zamalek eingeladen, zehn für jedes ruhmreiche Jahr der Union, das es an diesem 4. Juli 2066 zu feiern galt. Eine kluge Zahl, die selbst den engstirnigsten unter den unvermeidlichen Militärs auf der Gästeliste auf den ersten Blick einleuchten musste. Eine bescheidene Größe im Vergleich zu den 50-Jahr-Feiern und doch weit genug jenseits seiner gewöhnlichen Prachtentfaltung angesiedelt, um keinen Zweifel daran zu lassen, dass Mahmut al-Shalik der Prächtige den Ernst des Anlasses zu würdigen wusste.

Selbst Reden wurden gehalten.

Rainer Hegen hatte seinen Gönner in den Monaten, die er in Kairo verbracht hatte, gut genug kennengelernt, um zu wissen, wie gering Mahmut Reden schätzte. Mahmut betrachtete sich als Mann der Tat, jemand, der nach vorn blickte. Reden blickten unweigerlich zurück, selbst wenn sie das Gegenteil vorgaben. Doch am 51. Jahrestag der Gründung der Vereinigten Staaten von Amerika und Arabien kam selbst Mahmut al-Shalik, dessen Familie Anteile an jedem einzelnen der zahllosen Nildämme zwischen Kairo und dem Albertsee besaß, nicht um Reden herum. Die Reden waren unvermeidlich, ein Ärgernis, und Mahmut ging die Angelegenheit an, wie er alle Ärgernisse des Lebens anging: frontal.

Kaum hatten sich die Gäste vollständig eingefunden, schwang sich Mahmut auf die Bühne. »Ich danke Ihnen für Ihr zahlreiches Kommen«, sagte er. Er war immer schon ein stattlicher Mann gewesen. Während seiner Universitätszeit im amerikanischen Teil der Union hatte er dem American-Football-Team angehört, bevor er zum Zehnkampf gewechselt hatte. Hinter ihm hingen riesige Fahnen von der Decke und bildeten einen Vorhang: links die Stars und Stripes der ehemaligen USA, rechts der Halbmond auf Grün der ehemaligen Arabischen Liga und in der Mitte Halbmond und Sterne vereint auf einer Flagge, verbunden durch das weltumspannende Band der Arterie, die Flagge der USAA.

»Mein bescheidenes Heim hat nur selten die Ehre, Gäste zu willkommen zu heißen.« Mahmut al-Shalik verneigte sich. Sein maßgeschneiderter Kunstseidenanzug zeigte keine einzige Falte, als er sich wieder aufrichtete. »Bitte, betrachten Sie es als das Ihre. Meine Diener sind angewiesen, Ihnen jeden Wunsch zu erfüllen. Doch bevor wir uns dem Zauber der Nacht hingeben«, Mahmut hob die Hand mit dem Glas, »bitte ich Sie, mit mir zusammen jenen Männern und Frauen Respekt zu zollen, denen das Schicksal nicht vergönnt hat, heute unter uns zu sein. Jenen, die ihr Leben gegeben haben, um das großartigste Gemeinwesen ins Leben zu rufen und zu erhalten, das es in der Geschichte der Menschheit jemals gegeben hat: die Vereinigten Staaten von Amerika und Arabien!«

Mahmut schloss die Augen, setzte das Glas an die Lippen und trank. Die Gäste taten es ihm gleich. Der Rotwein, ein Erzeugnis der Weinberge, die Mahmuts Großvater in den letzten Jahren seines Lebens in kluger Vorausahnung freizügigerer Zeiten an den Hängen des Akasha-Stausees hatte anlegen lassen, schmeckte fruchtig und leicht. Er war der Hitze des Landes angepasst – und dem Temperament seiner tugendhaften Hitzköpfe, die nicht auszurotten waren. Der Alkoholgehalt des Weines war so gering, dass der Alkohol bereits in der Mundhöhle verdunstete und dort eine desinfizierende Wirkung entfaltete, wie Mahmut al-Shalik nicht müde wurde zu betonen. Der Wein war mithin Medizin, wie Dutzende unabhängiger Studien belegten.

Mahmut öffnete die Augen wieder, überblickte die Hundertschaften seiner Gäste, die von ebenso zahlreichen Hundertschaften Dienern umschwärmt wurden. »Und nun, bevor ich die Bühne für die von Ihnen allen mit Ungeduld erwarteten Reden freigebe, möchte ich mir eine persönliche Anmerkung erlauben.« Er lächelte, sein Oberlippenbart beschrieb einen Doppelbogen.

Rainer kannte dieses Lächeln. Mahmut lachte es, wenn das Kind mit ihm durchging. In dem Land, aus dem Rainer kam, hätte man es »diebisch« genannt.

»Meine Hingabe an die Ideale der USAA ist so vollkommen, dass es mir nicht genügt, nur in der Einzahl den Rednern zu lauschen, die in wenigen Minuten in einer Eloquenz, die mir für immer verwehrt bleiben wird, unsere gemeinsamen Tugenden beschwören werden. Ich habe mir deshalb die Freiheit genommen, für den heutigen Abend meine Anwesenheit zu verzwanzigfachen.« Mahmut klatschte in die Hände, und die großen Türen, die zu den Themengärten und den Nilterrassen führten, öffneten sich. Hunderte von Köpfen wandten sich um, darunter der Rainers. Zwanzig Männer traten ein und verneigten sich. Jeder von ihnen war ein Riese mit Oberlippenbart, trug einen exquisiten Kunstseidenanzug und war – unverwechselbar und einzigartig – Mahmut, der Prächtige.

»Natürlich ist nur einer von ihnen der wahre Mahmut al-Shalik«, fuhr Mahmut fort. Die Köpfe wandten sich wieder der Bühne zu. Sie war verlassen. Verwirrt sahen sich die Gäste um, nicht wenige von ihnen ungehalten darüber, dass der große Mahmut al-Shalik wieder einen seiner Scherze mit ihnen trieb. »Helfen Sie mir, ihn zu finden«, drang Mahmuts Stimme aus dem Soundsystem des Ballsaals. »Derjenige, der heute um Mitternacht den wahren Mahmut al-Shalik benennt – und seine Wahl stichhaltig begründen kann –, soll mit einer lebenslangen Apanage belohnt werden!«

Die zwanzig Mahmuts traten in den Saal und mischten sich Hände schüttelnd und lächelnd unter die Gäste.

»Ich wünsche Ihnen viel Vergnügen!«, rief der unsichtbare Mahmut, »und begrüße William Harry Dickerson VI., Konteradmiral der Nil-Flottille, der ein Grußwort der US Navy übermitteln wird. Ich bitte um Applaus!«

Die Gäste klatschten. Der Admiral betrat die Bühne. Er war ein Mann in den 50ern, kerzengerade, mit einem scharfen, von tiefen Furchen gezeichneten Gesicht. Ein Mann, der es gewohnt war, dass man seinem Wort Gehör schenkte. Nach dem virtuosen, lebenslustigen Mahmut wirkte er hölzern und fehl am Platz.

»Meine Damen, meine Herren ...«, begann er – und das war alles, was Rainer Hegen von dem Konteradmiral wahrnahm, dem Herrn über eine kampfstarke Flotte, die ohne die regelmäßige Belieferung durch Mahmut al-Shaliks Firmen innerhalb von Tagen ihrer Einsatzbereitschaft verlustig gehen würde. Rainer wandte sich ab und suchte Zuflucht am Buffet, wo die aufgeregten Gespräche mit den 20 Mahmuts und über sie die Rede im Saal übertönten. Rainer konnte Reden ebenso wenig ausstehen wie sein Gönner.

Beinahe sieben Monate hielt er sich nun in Kairo auf. Manchmal kam es ihm so vor, als ob es bereits sieben Jahre wären – und er sich nicht mehr auf der Erde, sondern auf einem anderen Planeten befände. Kairo, die 17-Millionen-Stadt und Kultur- und Geistesmetropole des Watan, des arabischen Teils der Union, aber auch die Gastfreundschaft Mahmut al-Shaliks muteten wie ein Traum an. Rainer Hegen genoss die sauberen Straßen der Stadt, ihre märchenhafte Sicherheit, die es gestattete, zu jeder beliebigen Tages- und Nachtzeit die Parks aufzusuchen, die ambientisierten Untergrundviertel, die sich im inzwischen 50 Jahre anhaltenden Post-Vereinigungsboom viele Kilometer weit in den Wüstenboden vorgearbeitet hatten. Ja selbst den motorisierten Verkehr, der einen flüchtigen Beobachter an Wahnwitz erinnern musste, bei dem es sich in Wirklichkeit jedoch um ein von einem Rechnerverbund sorgfältig choreographiertes Ballett handelte.

Und da war Mahmut al-Shalik selbst, der Spross dieser prächtigen Stadt. Mahmut hatte Rainer die Ausreise aus Europa ermöglicht, als das Fluchtgeld, das Rainer von Wolf erhalten hatte, zur Neige gegangen war. Er hatte ihn in seinem Haus aufgenommen, ihn eingekleidet und ausgestattet, ihm einen persönlichen Arabisch- und Englischlehrer zur Seite gestellt und eine Forschungsstelle an der American University verschafft. Vor allem aber hatte er sich etwas von seiner unschätzbar wertvollen Zeit für ihn genommen, den abgerissenen Flüchtling aus dem verarmten, zurückgebliebenen Europa, um sich seine Geschichte in aller Ausführlichkeit anzuhören. Fassungslos hatte er den Kopf geschüttelt: »Furchtbar! Wie kann man Menschen so etwas nur antun? Sie Überschussmenschen zu nennen, sie in Züge zu sperren und darauf zu warten, dass sie einander umbringen? Ist die Tünche der Zivilisation tatsächlich so dünn? Sind wir denn Tiere?«

Rainer Hegens Namensschild vibrierte, als er sich der Menschentraube näherte, die gleich ihm am Buffet Zuflucht vor den Ergüssen des Konteradmirals suchte.

»Janet Artado«, las er im Display seiner Datenbrille. »Aufsichtsratsvorsitzende von Trans-Artery Shipping. Anknüpfpunkte beruflich/privat: Interesse an verbesserter Treibstoffeffizienz/Seglerin.«

Rainer Hegen nickte der gewichtigen Frau in den besten Jahren freundlich zu und setzte seinen Weg fort. Sein Namensschild vibrierte wiederum innerhalb weniger Schritte.

»Falah Hadeed«, las er. »Junior-Minister für Wasserbewirtschaftung und Bewässerung. Anknüpfpunkte beruflich/privat: mit dem Problem vorzeitiger Alterung der Turbinenschaufeln der Nilkraftwerke befasst/Faible für mitteleuropäische Kultur.«

Rainer deutete eine Verbeugung an und entschlüpfte durch eine Lücke zwischen zwei Gästegruppen dem dunkelhäutigen Mann mit dem mächtigen Schnurbart.

Wieder vibrierte sein Namensschild. »Bob Waszynski«, las er. »Risikogeldgeber, Rang 123 auf der Forbes/Al Dschasira-Liste der einflussreichsten Impulsgeber der amerikanisch-arabischen Wirtschaft. Anknüpfungspunkte beruflich/privat: spezialisiert darauf, Talent an ungewöhnlichen Orten zu finden/zweiter Sohn (7) liegt nach Badeunfall im Koma.«

Rainer duckte sich weg, entging den herzlich ausgestreckten Armen Waszynskis. Er stieß einige Wartende zur Seite – zum Glück niemanden, auf den sein Namensschild angesprochen hätte, also niemand Wichtigen – und brachte einen Teller und Besteck in seinen Besitz. Sodann reihte er sich in die Schlange am Buffet ein. Sein Namensschild vibrierte. »Jane Safa' El-Din«, las er. »Gattin. Anknüpfungspunkte beruflich/privat: keine/ gesellschaftliches Netzwerken, Tratsch & Klatsch.« Rainer wollte auf dem Absatz kehrt machen, aber die Frau hatte sich bereits umgewandt. Ihr Namensschild musste ihn ins das Visier ihrer Datenbrille gebracht haben. »Ah, Sie sind der Deutsche, nicht?«, fragte sie, als hätte sie die Information nicht längst von ihrem eigenen Display abgelesen.

»Ja«, murmelte Rainer.

Sie gab ihm die Hand. »Freut mich, Sie kennenzulernen. Wie geht es Ihrer Tochter?«

Mahmut musste Blitz in sein öffentliches Profil aufgenommen haben. Mahmut glaubte an rückhaltlose Offenheit. »Wie kann man einander kennenlernen, wenn man die wichtigen Dinge für sich behält?«, fragte er immer. Und wenn Rainer ihm nicht augenblicklich zustimmte, fuhr er fort: »Außerdem hast du nichts zu verbergen, mein Freund, oder? Dir und Blitz ist gelungen, was den wenigsten gelungen ist. Ihr seid der Barbarei des unrettbar im Niedergang begriffenen Europas entflohen. Du solltest stolz sein!«

»Nun…?«, hakte Jane Safa' El-Din nach, offenbar entschlossen, wenigstens einen einzigen Brocken verwertbaren Klatsch aus ihm herauszuholen.

»Blitz … oh, es geht ihr gut«, zwang Rainer höflich hervor. Kairo war ein Dorf. Und in einem Dorf war es keine gute Idee, jemanden vor den Kopf zu stoßen. »Den Umständen entsprechend. Mahmut sorgt dafür, dass es ihr an nichts fehlt. Er ist sehr großzügig.«

»Das ist er! Seine Empfänge sind die gelungensten in ganz Kairo. Was sage ich? Im ganzen Watan! Und er lädt immer so interessante Gäste ein. Schauen Sie, da drüben!« Sie zeigte auf eine Blondine in einem kurzen Kleid. »Die fünfte Frau des Gouverneurs. Es heißt, sie ...«

Rainer erfuhr alles über die Frau des Gouverneurs und ihre Vorlieben für Affären mit hochgestellten Offizieren. Es hieß, flüsterte Jane Safa' El-Din ihm zu, dass die Einsatzbereitschaft der Armee bereits gefährdet war. Zu viele fähige Offiziere fanden sich längst auf verlorenen Wüstenposten wieder, auf die sie der Zorn des betrogenen Gatten katapultiert hatte.

Nach einer Viertelstunde gelang Rainer mit dem Hinweis auf seinen leeren Teller die Flucht. Er tauchte in der Menge unter, drückte seinen Teller einem Diener in die Hand, ignorierte das Dauersummen seines Namensschilds, das ihn aufforderte, sich zu vernetzen, sich zu etablieren, Teil der Elite der größten Nation zu werden, welche die Erde je gesehen hatte. Er drückte sich durch die Menschentrauben und schlüpfte durch eine der großen Flügeltüren aus dem Ballsaal.

Draußen erwarteten ihn der Nil, der träge unterhalb der Terrasse dahinfloss, die warme, aber frische Luft der Frühsommernacht, Ungestörtheit – und die Sterne. Er setzte sich auf eine der Stufen, die zum Ufer und dem privaten Badeplatz Mahmuts führten, und sah zu ihnen hinauf. In seinem alten Leben hatte er die Sterne bestenfalls mit einem Seitenblick gewürdigt. Sie waren Lichtpunkte am Himmel gewesen, weit entfernt, bedeutungslos. Sie hatten ihm nichts zu bieten gehabt. Jetzt, in seinem neuen Leben, in dem alles – und mehr! – in Erfüllung gegangen war, was er sich je erträumt hatte, konnte er den Blick nicht mehr von ihnen abwenden. Irgendwo dort hatten sich die Seelen von 100.000 armen Teufeln wiedergefunden, auf Sigma V, wenn die Aliens nicht gelogen hatten. Wolf, der Wolfsmensch, war seinem Körper entronnen, der ihn auf der Erde auf immer zum einsamen Außenseiter gemacht hätte. Fischer, der Kinderschänder, würde seinen krankhaften Trieb mit seinem Körper zurückgelassen haben. Und Blitz ... Blitz würde auch auf Sigma V stranden. Wenn es den Ärzten nicht gelang, sie ...

»Mein Freund! Was tust du hier so allein?«

Es war Mahmut, in jeder Hand ein Weinglas, als habe er gewusst, dass er Rainer hier antreffen würde. Er reichte eines an seinen Gast und setzte sich neben ihn.

»Was bedrückt dich?«, fragte Mahmut, bevor Rainer auf die erste Frage antworten konnte.

»Ach, nichts. Es ist nur ...« Rainer ließ den Satz unvollendet. Mahmut wusste nicht mehr als die Homeworld-Security-Agenten, die ihn und Blitz bei der Einreise in die USAA verhört hatten. Im Kern traf es die Wahrheit: Blitz sei seine Tochter, hatte er ihnen gesagt. Sie seien Flüchtlinge auf der Suche nach einem neuen, besseren Leben. Und er selbst sei Wissenschaftler, eine gesuchte Kapazität auf dem Feld der Materialforschung – seine Eintrittskarte in die USAA. Den Rest hatte er ausgelassen: dass Blitz nicht seine Tochter war, aber der einzige Mensch der Welt, der ihm etwas bedeutete – so sehr sich der Mann in ihm dagegen wehrte, der glaubte, dass jede Bindung einen Menschen behinderte, sie ihn mit einem Fuß ins Grab stellte. Dass sie dem Massenseelentransfer im Frankfurter Hauptbahnhof entkommen waren. Er zumindest, bei Blitz stand das abschließende Urteil noch aus. Das Wort »Aliens« nahm er nicht in den Mund. Rainer spürte, dass es allein schon genügt hätte, um ihn und Blitz in lebenslange Internierung zu bringen. Wenn sie Glück hatten. Nicht einmal Mahmut mit seinen unendlichen Beziehungen hätte ihn davor bewahren können. Wenn Mahmut es überhaupt gewollt hätte ... Auch sein Großmut kannte schließlich Grenzen.

»Es ist gut. Du brauchst nicht mehr sagen.« Mahmut legte ihm eine Hand auf den Schenkel. »Ich verstehe. Die Sorgen lassen dich nicht los. Ein Teil von dir steckt noch in der barbarischen Welt, aus der du kommst, der andere muss mit unserer hoch entwickelten, aber zuweilen überkomplizierten Zivilisation zurechtkommen. Das ist nicht leicht.«

»Nein, das ist es nicht.«

»Aber du wirst es schaffen, du wirst deinen Platz, deine Erfüllung finden. Ich bin sicher.« Mahmut trank von dem Wein. »Mein Freund, ich habe mich für dich umgesehen, und ich darf dir mitteilen, dass heute Abend eine besondere Frau unter den Gästen ist. Ihr Name ist Ru'a, und sie kommt aus einer der besten Familien des Watan. Eine wunderbare Person, bildhübsch, temperamentvoll und aufgeschlossen – auch gegenüber einem Barbaren wie dir. Das tragische Geschick, das dir und deiner Tochter widerfahren ist, hat ihr Herz angerührt. Sie ist neugierig und hat zugestimmt, dich kennenzulernen.«

Das Letzte, was Rainer wollte, war, jemand in seine Nähe zu lassen. »Mahmut, das ist ... ich weiß, du meinst es gut, aber ...«

»Spar dir dein Aber für später. Sieh sie dir an, sprich mit ihr – dann entscheide! Doch sei vorsichtig mit deinem Aber. Ihre Familie hat ihren Sitz in Dubai, in unmittelbarer Nähe des Ost-Präsidenten. Es gibt dort Institute, gegen die sich der Stern der American University blass ausnimmt. Das sage ich dir unter Freunden, als ein Mann, der in der Öffentlichkeit niemals irgendjemand oder irgendetwas über die Errungenschaften des ehrwürdigen Bundesstaats Ägypten stellen würde. Ich habe mir sagen lassen, dass die Navy im Augenblick erheblich Gelder in Forschungen zur Oberflächenbeschaffenheit von Schiffsrümpfen fließen lässt. Du wärst fachlich ein großer Gewinn ... wenn du dich in Dubai bewährst, wäre die Staatsbürgerschaft nur noch eine Formsache.«

Mahmut meinte es gut mit ihm, wie immer. Und er hatte recht. Rainer musste nach vorn schauen. Eine gute Heirat würde einen Schlussstrich unter die quälende Vergangenheit ziehen, einen echten Neuanfang bedeuten. Es war das einzig Vernünftige. Und doch, der Gedanke widerstrebte ihm. Er war es gewohnt, sich um sich selbst zu kümmern, seine eigenen Entscheidungen zu treffen. Mit einer Frau, und gerade auch mit einer intelligenten, wie Mahmut sie für ihn ausgesucht hatte, würde das nicht mehr möglich sein. Sie würde ihm nahe kommen. Nahe genug, mit der Zeit, um zu spüren, dass er etwas verbarg.

»Mahmut«, setzte er an. »Du ...« Er kam nicht weiter. Sein Kommunikator summte, auf dem Display der Datenbrille erschien ein Logo. Ein roter Halbmond. Die Klinik. Rainer zögerte, aber Mahmut bedeutete ihm, den Anruf entgegenzunehmen. Rainer drehte sich weg und tat es. Das Gespräch dauerte nur wenige Augenblicke. »Ich muss gehen«, sagte er, als er wieder aufgelegt hatte. »Dr. Osman sagt, es habe eine Veränderung mit Blitz gegeben.«

»Zum Guten?«

»Er weiß es noch nicht. Er will jedenfalls, dass ich komme. Sofort.« Rainer stellte das Glas neben sich auf die Stufe; er hatte nicht von dem Wein gekostet. »Mahmut, du gibst dir unendliche Mühe mit mir. Es tut mir leid, dass ich ...«

»Nichts muss dir leidtun! Geh, mein Freund!«

»Aber ...«

Mahmut zuckte die Achseln. »Aber *was*? Deine neue Frau wird ein paar Tage darauf warten können, dich kennenzulernen! Und was, wenn nicht? Die Welt ist voller Frauen. Also los, beeil dich! Deine Tochter braucht dich!«

Rainer stand auf. Aus der offenen Tür drangen Gongschläge. Sie kündigten an, dass gleich das große Rätsel des Abends aufgelöst würde: Wer war der wahre Mahmut?

Mahmut blieb sitzen, als gehe ihn die Enthüllung nichts an.

»Willst du nicht hinein? Die Gäste erwarten, dass du selbst dich zeigst. Das Original: Mahmut al-Shalik der Prächtige.«

»Ach wo.« Mahmut winkte ab. »Ich werde es dir nachtun, einige Augenblicke die Stille genießen und meinen Gedanken nachhängen.« Er lehnte sich zurück, legte sich auf den warmen Boden und blickte zu den Sternen hinauf. »Sag Husam, dass du meinen Chrysler haben kannst. Er ist der schnellste Wagen im Stall.«

»Das werde ich.«

Rainer Hegen betrat den Saal im selben Moment, als ein Mahmut mit einem eleganten Satz auf die Bühne sprang und sich mit lachenden Kinderaugen als der einzig wahre und echte Mahmut al-Shalik zu erkennen gab.

Er wandte sich um, blickte zurück zur Terrasse.

Sie war menschenleer. Zwei halb geleerte Weingläser standen verloren an dem Platz, an dem er eben noch mit Mahmut gesessen hatte.

Flutsch Gordon. (Profil) 29. 6. 2066, 1 Uhr 37 (GMT)

He, ihr Mitmenschen! Die Aliens sind da. In Massen! Wer kann uns jetzt noch retten?

JesusliebtdichaberwasistmitdenAliens? (Profil) 29. 6. 2066, 1 Uhr 37 (GMT)

Jesus. Wer sonst?

Der Alienator. (Profil) 29. 6. 2066, 1 Uhr 39 (GMT)

Jesus! Ist das alles, was dir einfällt? Was ist mit dem Dalai Lama? Atomsprengköpfen? Der Human Company? Homeworld Security?

Flutsch Gordon. (Profil) 29. 6. 2066, 1 Uhr 39 (GMT)

... ganz zu schweigen von unseren hoch entwickelten Gehirnen und erstklassigen Händen. Wir haben alles kleingekriegt, was uns auf der Erde im Weg war. Diese Aliens werden es noch bereuen, hier aufgekreuzt zu sein!

JesusliebtdichaberwasistmitdenAliens? (Profil) 29. 6. 2066, 1 Uhr 40 (GMT)

@Flutsch: Was anderes als ballern fällt dir nie ein?

Flutsch Gordon. (Profil) 29. 6. 2066, 1 Uhr 40 (GMT)

Immer noch besser als Jesus!

JesusliebtdichaberwasistmitdenAliens? (Profil) 29. 6. 2066, 1 Uhr 40 (GMT)

Das ist gemein! Woher willst du wissen, dass Jesus nicht wirkt?

Homo Sapiens+. (Profil) 29. 6. 2066, 1 Uhr 40 (GMT)

Eben. Man weiß nie.

Flutsch Gordon. (Profil) 29. 6. 2066, 1 Uhr 41 (GMT)

Klar, außer dir natürlich! Was weißt du sonst noch, Homo?

Homo Sapiens+. (Profil) 29. 6. 2066, 1 Uhr 41 (GMT)

Dass wir die Hoffnung nicht aufgeben dürfen. Es gibt einen Mittelweg zwischen Beten und Ballern.

Der Alienator. (Profil) 29. 6. 2066, 1 Uhr 41 (GMT)

Und wie sieht der aus?

Homo Sapiens+. (Profil) 29. 6. 2066, 1 Uhr 42 (GMT)

Es gibt einen Mann, einen Hunter, und ein Wesen, einen GenMod, die den Aliens den Seelentransfer ermöglicht haben. Den in Frankfurt. Sie waren die Tore, durch die die Alien- und Menschenseelen gegangen sind. Sie sind außergewöhnlich.

Flutsch Gordon. (Profil) 29. 6. 2066, 1 Uhr 42 (GMT)

Und tot?

Homo Sapiens+. (Profil) 29. 6. 2066, 1 Uhr 42 (GMT)

Nein. Nicht sie. Sie lassen sich nicht kleinkriegen. Wenn ich noch an eines auf dieser Welt glaube, dann daran, dass sie jetzt, in diesem Augenblick, an unserer Rettung arbeiten!

– *Transkript AlienNet-Forum, Unterforum Menschen/Aktionen/Spekulationen*
Gesamtzahl der Unterforen, Stand 1. Januar 2066: 1429
Zahl der täglichen Beiträge (durchschnittlich): 5,5 Millionen

KAPITEL 2

»Konvoi: Abfahrt!«

Ramon winkte den Fahrern der vier Laster zu, die zusammen mit dem seinen den Konvoi bildeten, stieg in das Führerhaus und ließ den Motor an. Die Maschine sprang mit einem sanften Heulen an, das über ihre wahre Stärke hinwegtäuschte. Im Display, das auf die Außenkameras geschaltet war, versicherte sich Ramon, dass die übrigen Fahrer ebenfalls eingestiegen waren. Sein Bruder fuhr die Nummer drei, und Ramon, der Perfektionist, wollte sicher gehen, dass Luis nichts vermasselte. Es ging um die Familien- *und* die Schmugglerehre.

Schließlich küsste Ramon den Speicherstick, den er an einer Kette um den Hals trug, und fuhr los. Der Schmuggler tat es so behutsam, als transportiere er zehn Tonnen Eier. Oder Sprengstoff.

»Siehst du, es hat funktioniert!«, wandte er sich an Rudi. »Was habe ich dir gesagt? Chalidi ist ein ehrlicher Schurke.«

»Ja«, stimmte Rudi zu, auch wenn es ihm schwerfiel. Die Aufregung, die ihn im selben Moment erfasst hatte, als die Company ihm diesen Transport übertragen hatte, wollte nicht weichen. Sie war in den zwei Wochen, die er in der Republica del Este verbracht hatte, beinahe zu einem Teil seiner selbst geworden.

»Ah, Gringo ... hörst du nie auf, dir Sorgen zu machen?«

Ramon kurbelte mit beiden Händen an dem großen Lenkrad, bog auf eine breite, asphaltierte Straße ab und beschleunigte. Links und rechts des Konvois erstreckte sich dichter Urwald. Es war das größte verbliebene Stück Primärbewuchs im

Umkreis von hundert Kilometern – und das Glanzstück im Garten des Landhauses von Ebrahim Chalidi, des Zollministers der Republica. Wie alle Minister und höheren Beamten des Stadtstaates war er obszön wohlhabend, bodenlos korrupt und von einer Liebenswürdigkeit, die Rudi den Schlaf raubte. Chalidi liebte es, in den oberirdischen Geschossen seines Hauses den aufmerksamen Gastgeber zu spielen, der für das Wohl seiner Gäste keine Mühen scheute.

»Lass es gut sein.« Ramon wartete Rudis Antwort nicht ab. »Ebrahim ist der zuverlässigste Mensch dieser Erde, so lange man ihn gut bezahlt. Und deine Company bezahlt nicht nur gut, sondern derzeit sogar besser als die Amerikaner. Also, was zerbrichst du dir den Kopf?«

Sie gelangten an das Tor. Es war pseudo-schmiedeeisern. Links und rechts davon, von Gebüschen kaschiert, zog sich elektrisch geladener Stacheldraht. Eine Wache hielt sie an, kontrollierte ihre Papiere; sie trug einen Anzug mit Fliege, unter dem sich ein Körperpanzer abzeichnete. Ein Dutzend weitere Wachen gingen mit entsicherten Gewehren den Konvoi auf und ab. Rudi fragte sich, wie viel die Wachen wussten. Fielen sie auf die Tarnung herein? Glaubten sie tatsächlich Möbeltransporter vor sich zu haben, die das Innere des unübersehbar weitläufigen Landhauses des Ministers neu ausgestattet hatten? Chalidi war für seine Vernarrtheit in Antiquitäten ebenso bekannt wie für seine Maßlosigkeit. Es passte zu ihm. Trotzdem. Fünf Vierzigtonner mit Möbeln? So naiv, das zu glauben, konnte niemand sein. Nicht einmal Wachen, die dafür bezahlt wurden, nicht zu denken.

Rudi sah zu Ramon, der die Fahrertür aufgestoßen hatte. Er rauchte eine Zigarette mit der schnurrbärtigen Wache und hielt einen Schwatz in dem portugiesisch-spanischen Dialekt der einfachen Leute der Republica, an dem sich Rudi mit seinem Company-Blitzkurs Spanisch vergeblich die Ohren ausbiss. Nein, die Wache konnte die Wahrheit nicht ahnen. Sonst wäre sie nie für ein Schwätzchen aufgelegt gewesen. Es gab auch in der Republica Grenzen für das, was die Leute für Geld taten. Die Wache musste etwas anderes glauben. Wahrscheinlich hatte Chalidi streuen lassen, dass der Konvoi Rauschgift transportiere, und die Wachen waren es zufrieden. Rauschgift gehörte zum täglichen Geschäft der Republica, ganz gleich, wie sehr die verklemmten Amerikaner protestierten, und so lange Chalidis Geschäfte liefen, war der Sold der Wachen gesichert.

Die Zigaretten waren zu Ende. Die glühenden Kippen flogen auf den Asphalt, Ramon verabschiedete sich mit einem klatschenden Handschlag, einer Stange original-amerikanischer Luckies und einem Paket mit jugendfreien Taschenwelten – für die Kinder – von der Wache. Das Tor glitt zur Seite, und sie waren draußen. Ramon bog auf die Landstraße ein und lachte Rudi aufmunternd zu. Seine Zähne waren braun vom Tabak der filterlosen Zigaretten. »Siehst du? Kein Grund zur Sorge. In einer halben Stunde sind deine Schäfchen am Flugplatz. Und morgen frühstücken sie schon mit ihren Kumpeln auf der Alien-Insel.«

»Nicht ganz«, widersprach Rudi und ärgerte sich, noch während er es sagte, über sich selbst. Ramon mochte es nicht, wenn man ihm Ungenauigkeiten vorhielt. Genauigkeit war sein Beruf. Sein Vater war bereits Schmuggler gewesen, ebenso wie sein Großvater und Urgroßvater, lange bevor die Amerikaner der Republica zur Existenz verholfen hatten. »Sie durchlaufen erst einen medizinischen Check in Freetown. Wenn sein Ergebnis zufriedenstellend ist, werden sie mit dem nächsten Konvoi weitertransportiert. Aber das kann dauern, je nachdem, wie viel Zeit es braucht, bis genügend Aliens zusammenkommen.«

Ramon zuckte die Achseln. »Du musst es ja wissen, Gringo.« Er beugte sich über das Lenkrad und hieb auf den Schalter des Presslufthorns. Ein Personenwagen, der vor ihnen herumtrödelte, machte einen Satz und verkroch sich an den Fahrbahnrand. Rudi verstand den Wink: Ramon hatte sich genug unterhalten.

Ihm war es recht. Er hatte zwei Wochen lang Ramons Gesellschaft genossen. Keine Stunde war vergangen, ohne dass der Schmuggler ihn daran erinnert hätte, wer hier in der Republica wusste, wo es langgeht: er, Ramon. Und schlimmer noch: Ramon hatte es zu Recht getan. Rudi war ihm ausgeliefert. Ein Gringo-Geldsack auf zwei Beinen, den man nur deshalb nicht auf der Stelle ausweidete, weil man sich weitere lukrative Geschäfte mit der Company keinesfalls verderben wollte. Immerhin: Ramon hatte sein Wort gehalten. Nur ihm war es zu verdanken, dass Rudi mit gut gefüllten Lastern zum Flugplatz fuhr.

Rudi widmete sich dem Bordcomputer, checkte ihren Standort und ihre Route. Alles lief nach Plan. In einigen Minuten würden sie die Stadtgrenze von Ciudad del Este erreichen, die Innenstadt durchqueren und über die Freundschaftsbrücke in das ehemalige Brasilien wechseln. Von dort waren es nur noch ein paar Fahrtminuten zum Flugplatz, wo ein Company-Flugzeug auf sie wartete, um sie in Sicherheit zu bringen. Rudi, Ramon, seinen Bruder Louis und die übrigen Fahrer, für die es nach der Aktion angeraten sein würde, einige Monate unterzutauchen, sowie diejenigen, die Ramon immer nur »ihre Schäfchen« nannte: 163 Aliens.

Er schaltete auf die Frachtraumkamera. 37 Aliens befanden sich in ihrem Laster. Sie saßen auf den Bänken, welche die Wände des Frachtraums säumten; eine Handvoll hatte sich auf dem Boden ausgestreckt. Die Aliens hatten Platz. Rudi hatte auf die doppelte Anzahl gehofft, aber die Mittel der Company hatten nicht ausgereicht. Jedes Kind in der Republica del Este glaubte zu wissen, dass die Mittel der Company grenzenlos waren – und damit stieg der Preis für Aliens ins Grenzenlose.

Die Aliens starrten ins Leere. Wäre Rudi in der Stadt an ihnen vorbeigegangen, er hätte sie nicht von den Indios unterscheiden können, die überall auf den Gehwegen hockten und darauf warteten, dass der Tag vorüberging, dass jemand ihnen Essen, Kleingeld oder eine aufgebrauchte Taschenwelt hinwarf oder die Polizei sie aus der Stadt hinauswarf. Mit einem

Unterschied vielleicht: Die Menschenbettler bewegten die Kiefer, während sie langsam die Coca-Blätter kauten, die es ihnen möglich machten, ihr Schicksal zu ertragen.

»Ihr Gringos seid verrückt, wisst ihr das?«, sagte Ramon und schüttelte den Kopf. »Für diesen Haufen Abschaum Millionen zu bezahlen! Chalidi hat euch ausgenommen. Hättest du auf mich gehört, ich hätte dir deinen Konvoi für hundert Dollar bestückt. Ach, was rede ich: Das letzte arme Straßenschwein hätte irgendwie hundert Dollar zusammengekratzt und sie uns bezahlt, damit es aus der Republica herauskommt!«

»Das ist gut möglich. Aber es wären keine Aliens gewesen.«

»Und die da hinten sind welche?«

»Ja.«

»Woher weißt du das? Weil Chalidi es dir sagt?«

»Ich spüre es«, sagte Rudi.

»Pah, jeder hier behauptet von sich, dass er es kann. Und was passiert? Jeden Tag fackeln die Leute in der Stadt ein Dutzend Aliens ab, die sie erschnüffelt haben wollen. Komisch nur, dass ihre Zahl einfach nicht weniger wird ...«

»Bei mir ist das anders«, sagte Rudi. »Die Company hat mich ausgebildet.« Und sie hatte ihm ein Messgerät unter die Haut gespritzt. Auf der Basis von Alien-Technologie, einige Moleküle groß, mit menschlichen Mitteln nicht aufzuspüren. Jedes Mal, wenn er einem Alien begegnete, juckte sein Oberschenkel. Seit dem Augenblick, an dem er den Keller von Chalidis Landhaus betreten hatte, in dem der Minister seine Aliens gefangen zu halten beliebte, brannte der Schenkel wie Feuer.

»Und wenn schon? Was weiß deine Company denn von dem Abschaum hier – sieh ihn dir doch an!« Ramon zeigte auf das Display. »Das ist der übliche Dreck!«

Ja, das war er. Zumindest war er das einmal gewesen. Flüchtlinge aus dem Amazonasbecken, Mischlinge, der eine oder andere versprengte Indianer, einfache Bürger, die das Pech hatten, dass die Geldströme der Republica an ihnen vorbeiliefen. Schmutzig, vorzeitig gealtert, mit schlechten Zähnen oder gleich ganz ohne. Der Dreck wurde nicht weniger, auch wenn die Garda jeden Monat einige Tausende Bettler zusammentrieb und über die Grenze schaffte. Nur dass dieser Dreck, den sie zum Flugplatz geleiteten, vor Monaten dem Ruf eines Wanderpredigers gefolgt war, der ihren Seelen die Errettung versprochen hatte. Die Company schätzte die Zahl der Menschen, die sich am Itaipú-Staudamm versammelt hatte, auf knapp 150.000. Ob ihre Seelen errettet worden waren, darüber gingen die Meinungen auseinander. Fest stand, dass seitdem Alien-Seelen in ihren Körpern lebten. Soweit diese noch am Leben waren. Die Company ging davon aus, dass mindestens ein Drittel der Aliens in der Zwischenzeit ums Leben gekommen war. In dem Massaker, das die Garda in den ersten Stunden nach dem Seelentransfer angerichtet hatte, den Strapazen der Flucht erlegen oder einzeln aufgegriffen und gelyncht. Blieben 100.000 Aliens, die in den Wäldern untergetaucht oder, wie die in Rudis Transport, in Gefangenschaft geraten waren. Der Großteil der Gefangenen ging an die USAA, die die Republica zu großzügig finanzierte, als dass es hätte anders sein können. Ein Bruchteil ging an die Company, so viele, wie sie sich leisten konnte.

»Und wenn schon?«, sagte Rudi. »Jetzt ist er unser Dreck. Du hast keinen Grund dich zu beklagen. Die Company bezahlt di...«

Ein Ruck schnitt Rudi das Wort ab. Ramon bremste, brachte den schweren Laster mit quietschenden Reifen zum Halt. Auf dem Display beobachtete Rudi, wie die Aliens nach vorne rutschten. Im Frachtraum hatten sie keinen Halt. Nicht, dass es einen Unterschied gemacht hätte: Die Aliens rutschten wie leblose Säcke nach vorn und schlugen dumpf gegen die die Wand, die Fahrerkabine und Frachtraum voneinander trennte. Keiner von ihnen gab einen Laut von sich. Sie lagen einfach nur da wie tot.

»Was ist los?«, rief Rudi. »Wieso hast du gebremst?«

Sie hatten die ersten Ausläufer der Stadt erreicht. Hübsche

Häuser mit gepflegten Gärten zeigten an, dass hier der gehobene Mittelstand der Republica residierte. Rudi war neu, dass es ihn gab. Ramon hatte auf der Hinfahrt eine andere Route benutzt.

Der Schmuggler sagte nichts. Er saß nur da, die Augen zusammengekniffen, als wolle er einen Punkt in der Ferne ausforschen.

»Ramon? Wieso hast du angehalten? Die Straße ist frei!«

Ramon nickte. »Das ist es. Wir haben Mittagszeit. Die Leute fahren zur Siesta nach Hause. Niemand, der es sich leisten kann, lässt sich seine Siesta entgehen. Und die Leute, die hier wohnen, können es.«

»Vielleicht sind sie schon zu Hause?«

Ramon zeigte auf die Garagen. Einige von ihnen standen halb offen. »Nein, hier ist nirgends ein Auto geparkt.«

»Und wenn schon? Das ist ein Zufall. Er muss nichts ...«

Ramon schaltete den Funk ein. »Führer an Konvoi: potenzieller Hinterhalt. Wir nähern uns in normaler Fahrt. Sobald auf uns gefeuert wird, freie Fahrt. Treffpunkt ist der Flugplatz.«

Die übrigen Fahrer bestätigten. Ramon küsste den Speicherstick. Der Schmuggler war gläubiger Extropier, und der gepanzerte Stick enthielt das Heiligste für ihn: eine Kopie seines Gehirninhalts.

Rudi wünschte sich, er hätte einen Glauben, an den er sich klammern könnte, und langte mit der Rechten nach dem Türgriff. So, hoffte er, dass Ramon es nicht bemerkte. »Wieso fahren wir weiter? Wenn ein Hinterhalt auf uns wartet, gehen wir in die Falle. Wir sollten umkehren und einen anderen Weg zum Flugplatz nehmen.«

»Das wäre das Dümmste, was wir tun können. Wenn ich mich irre, ziehen wir unnötig Aufmerksamkeit auf uns. Das wollen wir nicht. Die Garda versteht keinen Spaß, wenn sie bemerkt, dass sie bei einem Geschäft außen vor geblieben ist. Wenn wir jetzt eine andere Route nehmen, verraten wir, dass wir etwas zu verbergen haben. Dann zieht die Garda Kräfte zusammen, und es ist zu Ende mit uns. Nein, wir müssen durch.«

»Aber das ist ...«

»He, hast du kein Vertrauen in deine Alien-Freunde, Gringo?« Er tätschelte das Lenkrad. »Das sind keine gewöhnlichen Laster, schon vergessen?«

Ramon fuhr an. Sie ließen das Vorstadtviertel hinter sich, ohne behelligt zu werden, gelangten in die Innenstadt, auf die Einkaufsmeile. Der Griff von Rudis Hand lockerte sich etwas, als der übliche dichte Verkehr den Konvoi verschluckte. Das hier war das normale Leben, kein Zweifel. Ciudad del Este, aus dem die Republica hervorgegangen war, hatte von jeher vom Handel gelebt. Früher war es die Lage an der Grenze zu Brasilien gewesen, von der es profitiert hatte, jetzt war es die Verquickung mit der USAA: Nirgends auf dem Kontinent gab es ein größeres Angebot an amerikanischen Taschenwelten, perfekt konfektioniert für den südamerikanischen Markt vom industriellen Komplex, in dem sich die Filmindustrie neu erfunden hatte. Ganze Großfamilien quetschten sich in ihre klapprigen Ethanolwagen und überquerten den halben Kontinent für einen Kofferraum von Traumwelten, die zuverlässig innerhalb von Monaten den Geist aufgeben würden.

Von allen Seiten im Verkehr eingekeilt, setzte der Konvoi seine Fahrt fort. Im Schritttempo, unterbrochen von langen Ampelstopps. Ramon teilte Rudis Erleichterung nicht, und tat er es doch, ließ er es sich nicht anmerken. Er schwieg, starrte entweder mit seinem Adlerblick nach draußen oder rief Bilder der Konvoikameras auf das Display, musterte die vielen Shopper, die mit im Bann ihrer neu erworbenen Taschenwelten auf den Gehwegen liegen geblieben waren, als handele es sich bei jedem von ihnen um einen verkappten Elitesoldaten der Garda.

Zehn Minuten vergingen ohne Zwischenfall, zwanzig. Niemand beachtete den Möbeltransport. Laster, die anlieferten, waren zu jeder Tages- oder Nachtzeit in der Stadt unterwegs. Wer den weiten Weg nach Ciudad del Este auf sich nahm, wollte nicht mit einem halb gefüllten Kofferraum zurückkehren.

Endlich kam vor ihnen das trübe Wasser des Paraná in Sicht – und die Freundschaftsbrücke. Jenseits der Brücke gab es keine Läden, dort erwartete sie der Flughafenzubringer und freie Fahrt zum Flugplatz. Sie hatten es geschafft.

Rudi holte tief Luft, löste vorsichtig die verkrampfte Hand vom Türgriff und sah zu Ramon. »Na also, wir ...«

Der Knall einer Explosion schnitt ihm das Wort ab. Einen Augenblick lang war es, als hätte jemand die Zeit angehalten: Die Shopper, die sich eben noch auf der Jagd nach günstigen Taschenwelten überall zwischen den Fahrzeugen durchgedrückt hatten, blieben stehen, als wären sie gegen eine Wand gerannt, und verdrehten die Köpfe. Die Träumer blieben ungerührt.

Dann brüllte Ramon: »Konvoi: Wir liegen unter Feuer! Volle Fahrt voraus!«

Noch bevor Ramon den Befehl ausgesprochen hatte, kamen die nächsten Explosionen. Shopper fielen um, kippten einfach weg, als hätte jemand einen Aus-Schalter gedrückt. Manche blieben reglos liegen, andere wälzten sich auf dem Boden, verschmierten mit ihrem Blut den Asphalt. Lautlos, als könnten sie nicht begreifen, was mit ihnen geschah. Träumer schrien mit sich überschlagenden Stimmen, als Granatsplitter und brennendes Phosphor sie aus ihren imaginären Welten rissen.

Eine weitere Salve folgte. Ein Geschoss traf Rudis Laster. Rudi wurde zur Seite gerissen. Qualm drang in die Kabine. Es roch scharf, nach Pulver und Rauch. Und da war noch etwas. Als grille jemand Fleisch.

Ramon bemerkte Rudis entsetzten Blick und schüttelte den Kopf. »Das sind nicht wir. Eure Alien-Panzerung hält!«

Er drückte das Gaspedal herunter. Der Laster fuhr mit einem Ruck an. Er war noch heftiger als der, den der Einschlag der Granate verursacht hatte. Der Personenwagen, der vor ihnen stand, wurde nach vorn und zur Seite geschoben. Einen Augenblick lang blickte Rudi in die weit aufgerissenen Augen von Kindern, die sich auf die Rückbank quetschten. Dann rammte der Laster den nächsten Wagen – und den folgenden.

Wie ein Pflug arbeitete er sich durch den Stau, gewann an Geschwindigkeit und Wucht. Ramon hielt den Fuß weiter auf dem Gaspedal, auch dann noch, als der Laster die Brücke erreichte und seine Geschwindigkeit so hoch war, dass er *über* die Personenwagen fuhr.

»Ramon!«, brüllte Rudi. »Was tust du? Du bringst die Leute um!«

Ramon zuckte die Achseln. »Was erwartest du von mir? Wenn wir anhalten, sind wir tot. Eure Alien-Panzerung wird nicht ewig halten.« Der Laster rutschte in einer Lücke im Verkehr auf den Asphalt, rammte in die nächste Autoschlange und schob sie zur Seite, durch das Geländer. Eine Handvoll Autos stürzte in den Fluss. »Es ist ganz einfach: sie oder wir.«

»Aber das können wir nicht tun!«

»Wir müssen. Hier, sieh dir das an!« Ramon knallte mit der Rechten auf den Touchscreen des Armaturenbretts. Ein Standbild erschien, aufgenommen von einer der Außenkameras. Ein Mann stand in einer Tür, zielte mit einem Gewehr auf sie, einem TAR-21. Unter dem Lauf war ein zweiter, dickerer Lauf angebracht. Eine Granate steckte auf ihm. Der Schütze trug einen Tarnanzug und einen merkwürdig langgezogenen Helm. »Garda. Homeworld Security muss von unserem Transport Wind bekommen haben. Die Amerikaner wollen eurer Company eine Lehre erteilen. Sie geben kein Pardon, wenn sie uns erwischen.«

Sie gelangten an das Ende der Brücke. Die Fahrbahn verbreiterte sich, erlaubte es den Personenwagen auszuweichen. Ein Kanal öffnete sich vor ihnen. Ramon stieß in ihn hinein.

»Konvoi: Status!«, rief er.

Die Meldungen kamen herein. Ein geplatzter Reifen in Laster vier, ein Alien mit gebrochenem Arm in Laster zwei. Keine weiteren Schäden.

Ramon langte nach seinem Speicherstick, küsste ihn und murmelte ihm zu, wie froh er sei, dass er ihn heute nicht brauchen werde. Sie hatten den Transport um einen Tag verschieben müssen, weil Ramon darauf bestanden hatte, vorher eine neue Kopie seines Gehirninhalts anfertigen zu lassen. Rudi hatte nachgegeben, es hatte ihm die Gelegenheit verschafft, das erste Mal in Tagen Beatrice mehr als ein paar flüchtige Zeilen zu schreiben.

Der Schmuggler schob den Stick unter das Hemd. Dann klopfte er anerkennend gegen das Armaturenbrett des Lasters. »Saubere Arbeit. Schade darum ...«

Fünf Minuten später hatten sie den Flugplatz erreicht. Eine Fracht-Sarayong, das Alienkreuz der Company am Rumpf, erwartete sie mit laufenden Triebwerken. Männer und Frauen in Company-Uniformen rannten auf die Laster zu, rissen die Frachttüren auf und brachten die Aliens in das Flugzeug. Die Aliens ließen sich führen, ohne eine Regung zu zeigen.

Rudi sprang aus dem Führerhaus, ignorierte die Begrüßungen seiner Kameraden und kämpfte sich durch den überfüllten Passagierraum der Maschine in das Cockpit.

Die Pilotin sprang entsetzt aus dem Sitz. »Du bist doch ...«, rief sie.

»Ja«, bestätigte Rudi. »Und jetzt raus hier!«

Sie gehorchte. Für die Company-Pilotin war er kein Gringo mit schwachen Nerven, sondern der Mann, der nach Jahren des Bemühens den Kontakt zu den Aliens hergestellt hatte. Rudi hatte sein Flugzeug auf der Alien-Insel gelandet, die eben erst aus der Tiefe des Pazifiks aufgetaucht war. Rudi und seine Kameraden waren von Pasong, dem Anführer der Aliens, erwartet worden.

Für die Pilotin war er eine lebende Legende.

Eine lebende Legende, die den Gedanken nicht ertragen konnte, untätig dazusitzen.

Rudi lenkte die Sarayong auf die Startbahn. Kurz bevor sie abhob, übertönte eine Reihe von dumpfen Schlägen das Dröhnen der Triebwerke: Die Zeitzünder hatten die Laster zur Explosion gebracht. Die Company hatte keine Alien-Technologie zu verschenken.

Die Sarayong hob ab. In einer sanften Kurve brachte Rudi sie auf Kurs. Die Maschine legte sich auf die Seite; durch das

Fenster des Cockpits blickte Rudi einige Sekunden lang auf den Flugplatz und die Stadt. Rauch lag über dem Flugfeld, eine einzige, dichte Wolke, und Rauch lag über der Stadt – in einem langen Streifen, der von der Innenstadt über den Paraná führte.

Rudi zog die Maschine wieder in die Horizontale. Ciudad del Este blieb hinter ihnen zurück. Aber nicht der Rauch, der ihm in der Nase klebte.

Der Rauch und der Geruch.

Der Geruch nach verbranntem Fleisch.

Neun Orte, die jeder Alien-Freund kennen sollte

La Palma/Atlantik
Anzahl der Aliens (geschätzt): 250.000
Unmittelbarer Verbleib: von der Alien-freundlichen Bevölkerung aufgenommen
Aktueller Verbleib: 99,1% durch einen amerikanisch-arabischen Marschflugkörper mit atomarem Sprengkopf drei Tage nach dem Transfer getötet. Eine geringe Anzahl Aliens, die auf Nachbarinseln gebracht worden war, hat überlebt.
Status Transferort: Die Caldera ist eine verstrahlte Gebirgswüste.

Quebec/Nordamerika
Anzahl der Aliens (geschätzt): unbekannt
Unmittelbarer Verbleib: von der Bevölkerung Quebecs als Beschützer vor der Bedrohung durch die USAA empfangen
Aktueller Verbleib: nach Einmarsch der US-Armee in Quebec im Untergrund, geschützt von der Bevölkerung Quebecs. Schätzungen der Opfer des Guerillakriegs reichen von 4% bis 36% der Bevölkerung. Für die Aliens ist durch ihre enge Verzahnung mit den Bewohnern von vergleichbaren Zahlen auszugehen.
Status Transferort: unbekannt, da kein Zugang möglich

Hauptbahnhof Frankfurt/Europa
Anzahl der Aliens (geschätzt): 100.000 bis 120.000
Unmittelbarer Verbleib: in Behördengewahrsam, an geheimen Orten verstreut
Aktueller Verbleib: ca. 8% tot, ca. 5% flüchtig
Status Transferort: Dach der Bahnsteighalle ist zerstört, Gleisanlagen seit Januar 2066 wieder in Betrieb.

Orog Nuur/Asien
Anzahl der Aliens (geschätzt): über 600.000 (durch Satellitenaufklärung ermittelt)

Unmittelbarer Verbleib: unbeachtet, da menschenleeres Gebiet
Aktueller Verbleib: über die Mongolei verstreut. Leichenfunde deuten darauf hin, dass mindestens 20 % der Aliens auf der Flucht an Entbehrungen starben.
Status Transferort: von der chinesischen Volksbefreiungsarmee besetzt.

Sam-Nujoma-Stadion/Afrika
Anzahl der Aliens (geschätzt): über 150.000 (geschätzt anhand des Fassungsvermögens des Stadions)
Unmittelbarer Verbleib: vor Ort. Ungefähr die Hälfte der Einwohner der namibischen Hauptstadt Windhoek hat am Transfer teilgenommen.
Aktueller Verbleib: über Freetown zur Alien-Insel transferiert
Status Transferort: Am 1. 1. 2066 wurde das Stadion wieder eröffnet. *Tunacor Blue Waters* besiegte die *Orlando Pirates* mit 4 : 0.

Varanasi/Asien
Anzahl der Aliens (geschätzt): etwa 200.000 aus der Hindu-Bevölkerung der Stadt
Unmittelbarer Verbleib: in der Stadt
Aktueller Verbleib: 60 % der Aliens gelangten durch verschiedene Kanäle zur Alien-Insel. 20 % wurden von militanten Hindus getötet, 20 % verstecken sich.
Status Transferort: Die indische Armee hat die Stadt zur Sperrzone erklärt. Der andauernde starke Druck von Hindu-Pilgern in die heilige Stadt verhindert eine praktische Umsetzung der Erklärung.

Tasmanien/Australien
Anzahl der Aliens (geschätzt): 500.000
Unmittelbarer Verbleib: Der Transfer betraf die komplette Bevölkerung Tasmaniens zwischen 16 und 60 Jahren.
Aktueller Verbleib: auf der Alien-Insel. Ein Geleitzug transportierte die Aliens im Dezember 2065/Januar 2066. Ein versuchter amerikanisch-arabischer Angriff auf den Konvoi endete in der Katastrophe von Arlington.

Status Transferort: Das australische Rote Kreuz leistet Erste Hilfe, körperlich wie psychisch.

Itaipú-Staudamm/Südamerika
Anzahl der Aliens (geschätzt): 150.000
Unmittelbarer Verbleib: ca. 50.000 unmittelbar getötet, 100.000 flüchtig
Aktueller Verbleib: ca. 15 % tot (vorwiegend gelyncht), ca. 30 % ergriffen und an die Company oder Homeworld Security ausgeliefert.
Status Transferort: Der Staudamm ist unbeschädigt, aber bis auf Weiteres für Touristen gesperrt, um keinen Wallfahrtsort für Alienisten entstehen zu lassen.

Wiljutschinsk/Asien
Anzahl der Aliens (geschätzt): unter 2000
Unmittelbarer Verbleib: unbekannt. Die ehemalige verbotene Stadt Wiljutschinsk ist offiziell aufgegeben.
Aktueller Verbleib: unbekannt. Ein Vorstoß der US Alien Force am 2. Oktober 2065 resultierte in der Gefangennahme von 34 Individuen. Ob es sich dabei um Aliens handelt, ist ungeklärt.
Status Transferort: von der US Alien Force durch Zündung einer Neutronenbombe am 7. Oktober 2065 sterilisiert.

KAPITEL 3

Ein dumpfer Aufprall. Schritte. Eine Stahltür fiel schwer ins Schloss.

Paul kroch unter das Loch in der Wand, lauschte. Er hustete in die Hand, wischte den Schleim an seinem Häftlingshemd ab. Dann zwang er seine steifen Glieder in die Höhe, streckte die klammen Finger der Wärme entgegen, die aus dem Loch drang und sich unter der Decke seiner Zelle sammelte – eine Handbreit entfernt, und doch unerreichbar.

»Wolf?«, fragte er.

Keine Antwort.

Paul betrachtete das Loch. Es war ein Rechteck, eine Stelle in der grob gemauerten Wand, in der einige Backsteine fehlten. Gerade groß genug, um einen Kopf hindurchzustecken. Einen menschlichen Kopf. Zumindest, wenn Paul irgendeine Möglichkeit besessen hätte, hoch genug zu kommen. Ein Stuhl hätte genügt. Aber Paul hatte keinen Stuhl. Er hatte eine alte Matratze, eine alte Decke und eine chemische Toilette, aus der es nach seinen eigenen Exkrementen und nach Chlor stank.

Und ein Loch in der Wand, die ihn von Wolf trennte.

»Wolf?«, wiederholte er.

Er entfernte sich von dem Loch – widerstrebend, seine Finger hofften wider besseres Wissen auf einen Hauch von Wärme –, machte vier Schritte, bis er an die gegenüberliegende Wand seiner Zelle stieß, und lauschte. Es war die beste Stelle dafür. Paul hatte Monate verbracht, um sie zu finden. Der Fels war hart und kantig. So hart wie die Plattform, auf der Paul zusammen mit Ekin beim Seelentransfer der Hunderttausend gekauert und das Korps auf Abstand gehalten hatte, das den Frankfurter Hauptbahnhof gestürmt hatte.

Sie waren zwei Hunter gewesen, Alien-Jäger, die ihren Eid an der Menschheit verrieten, um die Menschheit zu retten. Paul hatte den Alien-Seelen das Tor in die Körper von Menschen weit geöffnet – und er hatte Ekins Seele fortgeschickt, zwischen die Sterne, in den Körper eines Aliens, womöglich ins Nichts.

Paul fragte sich immer noch, wer von ihnen beiden es schlechter erwischt hatte. Er, Paul, der unter den Menschen geblieben war und sich ihrer Vergeltung ausgeliefert hatte? Oder Ekin, die den Sprung in den tiefsten Abgrund gewagt hatte, dem sich ein Mensch je gegenübergesehen hatte?

Er hörte das Surren der Ambientalanlage, die seine Zelle auf Kühlschranktemperatur hielt und die Wolfs auf der eines Heizraums; das metallische Pochen, das von irgendwo im Tunnellabyrinth des unterirdischen Gefängnisses kam, sich über das Leitungsnetz fortsetzte und niemals aufhörte; die Schreie von verhörten Aliens, die aus Menschenmündern kamen, unmenschlich und in ihrem Leid zugleich so menschlich, das sie Paul in den ersten Wochen beinahe den Verstand gekostet hätten. Und hörte er in sich hinein, sagte ihm eine Stimme, dass er Schuld hatte – an allem, was geschehen war, geschah und geschehen würde. Daran, dass Menschen Aliens quälten und Menschen Menschen. Dass die Aliens überhaupt auf der Erde waren. Und Ekin nicht mehr.

Paul drängte das Surren, die Schläge, die Schreie und seine Schuld zurück, konzentrierte sich auf das Loch.

Er hörte ein leises Hecheln, wie das eines Hundes, den man in der Juli-Hitze im Park Stöckchen jagen ließ. Oder das eines Wolfsmenschen, dem sein Schöpfer einen schmalen, zu klein ausgefallenen Brustkorb, einen wärmenden Pelz und eine vorzügliche Anpassung an kühles Klima mitgegeben hatte – eines Wolfsmenschen, der seit Monaten bei 35 Grad plus gehalten wurde.

»He, alter Fleischfresser!«, rief Paul. »Was hast du? Wieder mal ein Stück zu viel Wache abgebissen, und jetzt kannst du dich nicht mehr rühren, weil dir der Bauch zu sehr spannt?«

Der Witz war abgedroschen, wie alles, was Paul und Wolf sich nach der endlos erscheinenden Zeit zu sagen hatten, die man sie nun schon in ihrem Verlies festhielt. Schlechter Häftlingsmachismo. Es war alles, woran sie sich noch klammern konnten. Und wie alles, was sie einander sagten, sagte es mehr, als es schien. Mehr, hofften sie, als der Gefängnisrechner, der jedes ihrer Worte, jede ihrer Bewegungen und Nicht-Bewegungen erfasste und analysierte, ergründen konnte.

Wolf antwortete nicht gleich. Das Hecheln wurde schneller, als er Kraft und Atem sammelte. »Ich weiß nicht«, drang seine Stimme durch das Loch in der Wand. »Eine von den fünf muss wohl verdorben gewesen sein.« Dann lachte er bellend. Es war dünn und klang nach asthmatischem Schoßhund.

Paul lachte mit, um sich nichts anmerken zu lassen. Der Sensor, der irgendwo in seinem Körper implantiert war, las seinen Puls mit, seine Hirnströme, die Temperatur seiner Haut und hundert andere Werte und gab sie weiter. Jede nicht durch einen äußeren Anlass erklärbare Veränderung erregte den Argwohn des Gefängnisrechners. Lachen brachte die Werte durcheinander, warf einen schützenden Schleier über das, was tatsächlich in einem vorging.

Paul und Wolf lachten oft.

Fünf hatte Wolf gesagt. *Fünf* bedeutete »Achtung!«.

Wolfs Verhör war kein gewöhnliches gewesen. Die Wachen hatten ihn härter angegangen als üblich. Wolf hatte nicht mehr stehen können, als sie ihn zurückgebracht hatten. Das war nicht mehr vorgekommen, seit die erste Wut über den Massenseelentransfer in Frankfurt verraucht gewesen war und das Hunter-Korps seine Leute wieder in den Griff bekommen hatte. Doch in den ersten Stunden nach dem Transfer ... Paul, der Verräter an der Menschheit, hatte eine Menge einstecken müssen, vielleicht noch mehr als Wolf, das Tier, das sich angemaßt hatte, über Menschen zu bestimmen, wenn es auch nur Überschüssige gewesen waren.

»Du lernst es nie, was?« Paul schüttelte den Kopf und begann, auf der Stelle auf und ab zu hüpfen. Es hielt warm und half mit, dass seine Messwerte atypisch blieben. »Die Gürtelschnallen sind nur das Schleifchen um den Braten. Man isst es nicht mit.«

Wolf lachte. Hechelnd, ohne dass Paul ihn hätte auf und ab springen hören. Wolf bewegte sich so wenig wie möglich, damit ihn die Hitze nicht umbrachte. Das Hecheln war seine Art, seinen Sensor aus dem Takt zu bringen. Hoffte Paul. Vielleicht war Wolf auch am Ende und er hechelte auf dem letzten Loch. Er hatte Wolf nie danach fragen können, ihr Code war auf das Nötigste beschränkt.

»Ich konnte nicht widerstehen«, sagte Wolf. »Die Wache war richtig schön fett. Und sie ist mir mit ihren blöden Fragen auf die Nerven gegangen.«

»Wie zum Beispiel?«

»Sag uns die Pläne der Aliens! Was wollen sie auf der Erde? Wieso sprechen sie nicht mit uns? Wie hast du ihnen geholfen? Woher kommen sie? Was hat es mit den Halsbändern auf sich, die alle Aliens nach dem Transfer getragen haben? Was ist mit den Menschen geschehen, deren Körper von Aliens übernommen wurden? Und hundert mehr.«

»Den üblichen Mist eben.«

»Eben.«

»Was hast du ihnen gesagt?«

»Rate.«

Paul überlegte. Etwas stimmte nicht. Das war nicht ihr übliches Geplänkel. Er beschloss, sich vorzuwagen. »Die Wahrheit?«, riet er.

»Was sonst?«, hechelte Wolf. »Ich bin kein Mensch, ich kann nicht lügen. Ich habe ihnen gesagt, dass alles ein furchtbarer Irrtum ist. Dass ich nicht hierhergehöre. Dass ein Alien namens Pasong mich dazu verführt hat, mich zu einem Messias des Menschenabschaums aufzuschwingen. Dass ich dem Abschaum vom Paradies Sigma V irgendwo zwischen den Sternen gepredigt habe, von einem Raumschiff, das kommen würde, um sie ins Paradies zu bringen. Dass ich niemals an dieses Raumschiff geglaubt habe, aber daran, dass es einen besseren Ort als die Erde geben muss – und dass ich bereit war, alles zu tun, was nötig ist, um dort hinzugelangen.«

Wolf hatte ihnen die Wahrheit gesagt. Wort für Wort. Nach all den Monaten. *Wieso?*, fragte sich Paul. Laut sagte er: »Eine phantastische Geschichte, die du dir da ausgedacht hast, Wolf. Aber sag mir: Wie kommt es, dass du dann noch hier bist?«

»Weil mich dieser verdammte Alien aufs Kreuz gelegt hat! Er hat mich als Tor benutzt, durch das hunderttausend Alien-Seelen in Menschen geschlüpft sind. Als ich wieder aufwachte, fand ich mich in dieser Zelle wieder. Und dir ist es kaum besser ergangen. Durch dich sind hunderttausend Menschenseelen abgeflossen – und Pasong hat dich hier sitzen lassen!«

»Mann!« Paul schüttelte den Kopf, auch wenn Wolf ihn nicht sehen konnte. Es war eine Geste, die warm hielt, die half, in der Kälte nicht zu vergessen, dass man ein Mensch war. »Und du erwartest im Ernst, dass dir jemand diesen Unsinn abnimmt?«

Sie lachten, um die implantierten Sonden zu täuschen. Das Korps sollte nicht erfahren, dass sie Wahrheiten aussprachen.

»Das haben sie auch nicht«, sagte Wolf. »Sie wollten mir nicht glauben.«

»Was ist dann passiert?«

»Sie haben mich geschlagen. Bis ich ihnen die wahre Wahrheit gesagt habe.«

»Und die ist?«

Paul löste sich von der Wand, ging in der Zelle auf und ab. Wolf hatte sich wieder gefangen, seine Stimme war laut genug, um sie überall in der Zelle hören zu können.

»Dass sie einem Homeworld-Security-Täuschungsmanöver aufgesessen sind. Es gibt keine Aliens. Es gibt nur zwei Virenstämme, die in Geheimlabors der USAA kreiert wurden. Ein Virus lässt Infizierte glauben, dass sie Aliens sind. Der andere lässt Infizierte glauben, dass es Aliens gibt. Die Infektion mit einem Virus verleiht automatisch Immunität gegen den anderen. Beide Gruppen sind nur noch mit ihren durch die Viren hervorgerufenen Wahnvorstellungen beschäftigt – und sorgen dafür, dass die globale Vormacht der USAA unangefochten bleibt. Im Innern stabilisiert der Alien-Virus die USAA, weil er der Regierung ihre Daseinsberechtigung gibt und außerdem die Möglichkeit, staatsschädliche Elemente effizient zu kontrollieren und zu eliminieren.«

Viren, Homeworld Security ... Wolf hatte ihnen eine der wirren Verschwörungstheorien vorgesetzt, wie sie zu Tausenden im AlienNet kursierten. »Haben sie dir das geglaubt?«

»Nein. Sie haben mich geschlagen.«

Deshalb also hatten die Wachen Wolf so zugerichtet, dass er nicht mehr hatte stehen können. Wolf hatte sie gereizt, sie dazu gebracht, bis an das Limit zu gehen, das bei den beiden wertvollen Häftlingen gestattet war. Aber wieso? Bröckelte Wolfs Lebenswillen ab? Suchte er den Tod, um der Haft zu entkommen?

Paul rieb die Finger aneinander, um die Kälte aus den Gelenken zu verscheuchen.

Nein, Wolf war nicht so. Er war in einem Laborkäfig geboren worden, war dort aufgewachsen. Er war daran gewöhnt, eingesperrt zu sein. Und geschlagen und getreten zu werden. Nicht von Wachen, die an der kurzen Leine des Korps gehalten wurden, und mit einem Sensor in seinem Körper, der Alarm gab, wenn es an der Zeit war, die Leinen straff anzuziehen. Nein ... Menschen, die glaubten, ihnen sei an Wolf erlaubt, was immer ihnen gefiel, hatten es getan. Wolf war kein Mensch, dachten sie. Wolf war kein Tier. Er war weniger als das. Paul wusste es besser: Wolf war weit mehr.

Was aber bezweckte er?

Hatte sich Wolf eine Chance ausgerechnet, die zur Weißglut gereizten Wachen auszuschalten und zu fliehen? Die Verhörzellen lagen näher am Aufzug, dem einzigen Weg, der aus den Hunderten von Metern Tiefe führte, in der man sie vergraben hatte. War das der Grund? Hatte Wolf aus irgendeinem verqueren Grund gehofft, dass die Nähe ihm nützen könnte? Aber wie? Zwischen den Verhörzellen und der Oberfläche lagen immer noch Dutzende von Türen und Gittern, Dutzende von Wachen. Es war aussichtslos.

»Du bist lange weg gewesen«, sagte Paul.

»Ja. Sehr lange.«

Lange. War das das Stichwort?

»Wieso? Haben sie dich viel geschlagen?«

»Am Anfang nicht. Aber sie wollten die Wahrheit, die ich ihnen erzählt habe, nicht wahrhaben. Also haben sie mich weiter geschlagen.«

»Und haben irgendwann aufgegeben?«

»Nein, ich habe ihnen die letzte, ultimative Wahrheit gesagt.«

»Jetzt bin ich gespannt«, sagte Paul in einem Plauderton, der ihm selbst zuwider war. »Erzähl!«

»Ich habe ihnen gesagt, sie sollen gefälligst die Finger von mir lassen. Du und ich, wir sind Auserwählte der Aliens, ihre Sonderbeauftragten. Eine Art Halbgötter sozusagen. Und unsere Freunde, die Aliens, werden nicht erbaut über das sein, was sie uns antun. Ihre Rache wird furchtbar sein – und sie wird nicht mehr lange auf sich warten lassen!«

Lange. Wieder das Wort. Aber in einer anderen Bedeutung. *Nicht mehr lange.*

»Was haben sie dazu gesagt?«, fragte Paul.

Wolf heulte laut auf. »Sie haben versucht, sich nichts anmerken zu lassen. Aber sie haben die Finger von mir gelassen. Sie hatten Angst, wollten mich zurückschaffen.«

»›Wollten‹?«

»Ja. Ich lasse mich nicht herumstoßen. Erst wollte ich noch einen Bissen.«

»Einen Bissen?«

»Ja, leckere Wache.« Wolf schmatzte.

Das war kein Witz. Paul spürte es. Wolf hatte tatsächlich eine Wache angegriffen, damit riskiert, dass die Wachen sich von den Leinen des Korps freimachten und mit ihm taten, was ihnen gefiel. Er hatte Glück, noch am Leben zu sein. Und das alles nur, so schien es, um Zeit zu schinden. Aber Zeit zu schinden wofür? Um nicht zurück in die Zelle zu müssen – es gab keine andere Antwort. Und das wiederum bedeutete, dass Wolf etwas wusste, das er, Paul, nicht wusste. Etwas, das Wolf ihm entweder nicht mitteilen wollte oder in ihrem primitiven Code nicht mitteilen konnte.

»Du bist verrückt!«, sagte Paul, um das Gespräch in Gang zu halten. Nur solange sie sprachen, konnten sie einander etwas mitteilen.

»Wieso? Mir lief schon lange der Speichel im Mund zusammen. Unsere Wachen werden gut gefüttert. Und das schmeckt man. Du solltest auch eine probieren.«

»Wolf, du könntest tot sein. Die Wachen ...«

»Was sollen sie uns schon anhaben? Sie brauchen uns, sonst erfahren sie nie, wie die Aliens den Sprung in Menschenköpfe geschafft haben. Und vergiss nicht: Du und ich wir sind kleine Götter, wir ...«

Paul hörte nicht mehr hin. Etwas stimmte nicht. Etwas fehlte. Er stellte seine Kreise ein, die er in der Zelle gezogen hatte, und beugte sich über das Wasserrohr, das sich in Kniehöhe durch die Zelle zog. Es war Teil eines Systems, das den gesamten Berg durchzog. Paul drückte das Ohr gegen das kalte Metall. Er hörte nichts.

Kein Pochen, keine Schreie. Und ... Er stand auf, kniff die Augen zusammen ... Nein, kein Sirren. Ganz sicher. Die Ambientalanlage hatte ausgesetzt.

»Wolf!«, rief er.

»Ja?«, kam die Antwort, in derselben Lautstärke. Wolf hatte verstanden: Paul sprach Klartext.

»Ich höre nichts mehr.«

»Ja.«

»Das ist alles, was du dazu zu sagen hast?«

»Ich habe es dir doch schon erklärt: Sie kommen, um uns zu holen.«

Das war es! Deshalb hatte Wolf mit allen Mitteln versucht, das Verhör in die Länge zu ziehen! Er hatte gewusst, dass etwas geschehen würde. Natürlich. Wieso war er nicht gleich darauf gekommen? Wolf war kein Mensch. Er bekam Dinge mit, die Menschen entgingen. Und er war ein Spezialist, was Fluchten anging. Sein Leben war wenig mehr gewesen als eine lange Aneinanderreihung von Fluchten.

»*Wer* kommt?«, rief Paul. Hoffnung erwachte in ihm. Konnte es sein, dass die Aliens tatsächlich kamen, um sie zu retten? Es stimmte, ohne ihn und Wolf hätte der Seelentransfer in Frankfurt nicht stattfinden können. Vielleicht empfanden sie so etwas wie Dankbarkeit für ihre Helfer ...

Paul ging wieder in die Hocke, drückte das Ohr gegen das Rohr. Die Rohre waren die Adern und Nervenenden des Gefängnisses. Was im Gefängnis geschah oder nicht geschah, das Rohr teilte es Paul auf seine kryptische, hallende Weise mit.

Dann hörte Paul Schritte. Viele Schritte. Schwer und schnell. Sie wurden lauter.

»Wolf!«, brüllte er, plötzlich überzeugt, dass die Rettung kam. Sein Puls schlug hart. »Da sind Schritte. Sie kommen nä...«

»Weg vom Rohr!«, schnitt ihm Wolf das Wort ab. »Weg!«

Die Schritte. Sie waren beinahe da.

»Zur Seite, Paul!«, schrie Wolf. »Zur Seite, neben die Tür! Zieh deinen Kopf ein, schütz ihn mit den Armen! Sie sprengen die Türen auf!«

Paul hörte das Scharren von Krallen durch das Loch in der Wand, dann das Tappen von Wolfs federnden Schritten. Sein vergessen geglaubtes Hunter-Training übernahm. Mit einem Satz war Paul neben der Tür. Er ging in die Knie, barg den Kopf zwischen den Armen und ...

Das Licht ging aus. Es knallte. Die stählerne Tür beulte sich aus, wurde aus der Befestigung gerissen und schmetterte wie ein Geschoss in den Fels, der ihr gegenüberlag.

Staub folgte der Tür wie eine Lawine, warf Paul aus der Hocke, drang ihm in Mund, Nase und Augen und ließ ihn husten.

Durch den freigesprengten Türrahmen schob sich der Lauf eines Gewehrs.

Mein Ende ist nahe. Sie werden kommen und mich holen.

Mein Ende. Seltsam, der Gedanke beunruhigt mich nicht. Mein Ende war, wie das jedes anderen Menschen, vorgezeichnet. Ich habe mir darüber niemals Illusionen gemacht. Mein Leben lang habe ich so gelebt, als stünde mein Ende unmittelbar bevor. Mein Leben lang habe ich dafür gekämpft, Leben zu erhalten. Vielleicht ist das der Grund, warum es mir jetzt leicht fällt, mich nicht an mein eigenes Leben zu klammern.

Und vielleicht ist es gut so. Mir bleibt der Kampf gegen die Gebrechen des Alters erspart, der My Lai, die Irak-Invasion, die geplante Invasion des Iran und alles Übrige, was ich auszufechten hatte, in den Schatten stellen würde.

Amerikaner! Seid wachsam, seid bereit! Hinter verschlossenen Türen bereiten die Mächtigen einen Frevel vor, der den Lauf der Geschichte für immer verändern wird. Einen Frevel, der uns und denen, die sich bereit finden, mit uns gemeinsame Sache zu machen, unermesslich bereichern wird. Einige Jahrzehnte lang werden wir weiter den Luxus genießen, die Laderäume unserer SUVs bei Walmart zu füllen, um anschließend das Super Saver Special XXL bei Taco Hut in uns hineinzustopfen.

Wir werden das auf Kosten der übrigen Menschheit tun – und auf Kosten dessen, was uns ausmacht. Der Hort der Freiheit, die letzte, beste Hoffnung der Menschheit wird zerschlagen sein.

Die Aussagen meiner Informanten lassen wenig Raum für Zweifel. Am Kongress vorbei haben Präsidentin und Verteidigungsminister über verdeckte Finanzierungen Streitkräfte aufgebläht. In den letzten Monaten wurden unsere Truppen in Arabien und an der Grenze zu Kanada verstärkt. Sie stehen in Bereitschaft – und sie werden losschlagen, wenn wir, die freien Bürger der Vereinigten Staaten von Amerika, nicht handeln!

Bürger, erhebt euch!

– *Politisches Testament des Enthüllungsjournalisten Seymour Hersh, veröffentlicht am 30. Juni 2015. Hersh wurde zusammen mit mehreren hundert anderen Hochverrätern am 4. Juli 2015 hingerichtet, zur Feier der Gründung der Vereinigten Staaten von Amerika und Arabien.*

KAPITEL 4

Die Privatklinik erstreckte sich 20 Stockwerke tief unter dem unterirdischen Stadtteil Heliopolis und war nur durch einen bewachten und gepanzerten Lift zugänglich – ein Arrangement, das der Feinjustierung der für die Patienten überlebenswichtigen Ambientalsysteme zugute kam, so die offizielle Lesart. Hinzu kam eine zweite, unausgesprochene Tatsache: Der unter-unterirdische Bau machte den Sicherheitskräften das Leben erheblich leichter.

»Good evening, Sir!«, begrüßte ihn die Wache, als sich die Türen des Lifts in 50 Meter Tiefe öffneten, und deutete auf die Sicherheitsschleuse. »Please ...«

Rainer Hegen trat in die Schleuse. Er kannte den Vorgang, hatte ihn hundert und mehr Mal hinter sich gebracht. Er legte beide Hände auf die Sensorfläche für die Fingerabdruck- und Handflächenlinienidentifikation, blickte in das stecknadelgroße Loch in der Wand, hinter dem eine Kamera seine Gesichtszüge, den Durchmesser seiner Pupillen und die Beschaffenheit seiner Retina überprüfte, und stand still, während ein Ganzkörperscanner seinen Leib auf ungewöhnliche Verformungen und Haltung überprüfte.

Eine Minute verging, dann öffnete sich die Eintrittsschleuse. Er hatte die Prüfung bestanden. Er trug keine Waffen oder verdächtige Fremdkörper an oder in sich, und er war er selbst, Rainer Hegen, geblieben. Kein Alien hatte sich seit der letzten Überprüfung angeschickt, sich in seinem Kopf einzunisten.

Rainer betrat die Klinik. Sie roch nach Rosenwasser und einem kühlen Morgen am Pool, wie immer. Neben ihm öffnete sich die Tür des gepanzerten Wachraums. Der Wächter streckte den Kopf durch den Spalt – dabei sah er sich schuldbewusst um; er wusste, dass er etwas Verbotenes tat – und zischte ein leises »Wait, Sir!«. Der Kopf verschwand, und gleich darauf streckte der Wächter einen Arm durch den Spalt, in der Hand eine Puppe. »For the poor girl!«, flüsterte er verschwörerisch.

Rainer nahm die Puppe. Es war ein billiges Spielzeug, wie man es an jeder Straßenecke in Kairo bei den illegalen, aber stillschweigend geduldeten fliegenden Händlern für ein paar Cent kaufen konnte. Der Wächter – oder seine Frau – hatte die Puppe sorgsam frisiert und mit selbst geschneiderten Kleidern angezogen. Sie roch nach süßlichem Rauch wie die Cafés der Stadt, in denen die Männer saßen und Wasserpfeife pafften. Noch bevor Rainer Gelegenheit bekam, sich zu bedanken, fiel die Panzertür wieder ins Schloss.

Das war alles. Rainer hatte in den Monaten, in denen er beinahe täglich in die Klinik gekommen war, nie mehr als einige Worte mit den Wächtern gewechselt. Sein Arabisch war trotz der Bemühungen seines geduldigen Privatlehrers zu bruchstückhaft, um mehr zu ermöglichen, und das Englisch der Wächter, des Pflege-, Putz- und Wartungspersonals war kaum besser als sein Arabisch. Es waren einfache Leute, die ständig in der Gefahr schwebten, wegen einer geringen Verfehlung gegen die strengen Klinik-Regularien ihre Stelle zu verlieren. Millionen warteten allein entlang des Nils, ihren Platz einzunehmen, ganz zu schweigen von den zahllosen Überschussmenschen außerhalb der USAA, die zu allem bereit waren, um ihrem elenden Los zu entfliehen. Vor einem Jahr noch hatte Rainer Hegen zu ihnen gehört. Vor einem Jahr noch hätte er alles dafür gegeben, 14 Stunden am Tag, sieben Tage die Woche in dieser Klinik – in irgendeiner Klinik, irgendeiner Anstalt dieser Erde – den Fußboden zu scheuern.

Ein zweiter Wächter erschien, um ihn zu Blitz zu bringen. Rainer verbarg die Puppe hastig in der Jackentasche. Es war eine unnötige Mühe: Der Mann zwinkerte ihm verschwörerisch zu. Er wusste Bescheid.

Einfache Leute, ja. Aber gute Leute. Kein Besuch verging, ohne dass ihm nicht irgendwer ein Geschenk für Blitz zusteckte: Puppen, immer wieder Puppen, aber auch kleine Tonfiguren, zahme GenMods, die nach ein paar Tagen aus eigenem Antrieb in einen Recyclingschacht krochen und ihre Existenz beendeten, und alte ägyptische Gottheiten – die beiden Letzteren oft nur mit Mühe voneinander zu unterscheiden, wenn überhaupt – und natürlich Spielsachen, Modellautos, Malstifte, Knete, Bauklötze und und und. Geschenke, die vorgaben, Blitz sei ein gewöhnliches Mädchen, oder wenigstens, dass sie es eines Tages wieder sein würde. Manche der Geschenke sollten ihr helfen, es wieder zu werden: Einmal war Rainer eine Tonfigur aus der Hand gerutscht und auf dem Boden zerbrochen. In den Scherben hatte er einen Zettel gefunden. Er hatte ihn eingesteckt, um in seiner Wohnung die mit der Hand geschriebenen arabischen Worte mithilfe eines altmodischen gedruckten Wörterbuchs zu übersetzen. Es war eine Anrufung des altägyptischen Totengotts Osiris gewesen. »O Herr, gib sie frei!«

Rainer hatte den Zettel verbrannt. Niemand durfte von ihm erfahren, schon gar nicht Mahmut. Mahmut, der stundenlang über die siebentausendjährige Kontinuität der ägyptischen Kultur referieren konnte und seine Häuser vorzugsweise mit pharaonischen Statuen ausstattete, verabscheute Aberglauben. Hätte er von der Anrufung erfahren, er hätte die Klinik aufgefordert, das gesamte nichtmedizinische und pflegerische Personal zu entlassen. Und die Klinik hätte sich beeilt, der Aufforderung des mächtigen Mahmut al-Shalik zu folgen.

Dr. Osman kam ihm auf halbem Weg entgegen. »Da sind Sie ja!«, rief er, als er Rainer sah. Sein Englisch hatte einen harten Akzent, ungewöhnlich für einen Mann seines Standes: Ein oder mehrere Praxisjahre im amerikanischen Teil der USAA, inklusive der Aneignung eines lokalen Akzents, gehörten für einen Arzt zum guten Ton. Rainer hatte Osmans Akzent erst einordnen können, als ihm Mahmut von seiner Herkunft erzählt hatte. Dr. Osman war kein Araber, er stammte aus der ehemaligen Türkei. Er hatte sich hochgearbeitet, weit über das Maß hinaus, das einem Neubürger aus den annektierten Gebieten für gewöhnlich anstand, hatte sich Respekt und eine Stellung in einer exklusiven Privatklinik erworben – und stellte in gewisser Weise ein Vorbild für Rainer dar. Mahmut hatte ihn nach einem ihrer gemeinsamen Besuche bei Blitz darauf aufmerksam gemacht. Dr. Osman war in den USAA angekommen, mit Leib und Seele. Sein Akzent war ein letztes, angesichts seiner Begeisterung für die Ideale der USAA verzeihliches Überbleibsel seiner früheren Existenz. Er, Rainer, musste dasselbe Kunststück vollbringen.

Dr. Osman war unerträglich.

Rainer hegte nicht den geringsten Zweifel an seiner fachlichen Qualifikation, aber alles Übrige an dem Mann missfiel ihm: Dr. Osman redete zu laut, bewegte sich zu forsch – Rainer kam es vor, als versuche er seine Hingabe an die USAA durch Zackigkeit zu belegen –, glaubte zu bedingungslos an die Verlautbarungen der Regierung und stand ihm politisch zu weit rechts. Ginge es nach Dr. Osman, würden die USAA aufräumen, mit den Aliens sowieso, aber auch mit den übrigen Staaten der Erde. Wer sich der Oberherrschaft der USAA beugte, durfte nach ihren strengen, aber gerechten Regeln weiterexistieren; den Rest der Welt konnte das Neutronenbombenarsenal der Air Force innerhalb von Tagen gründlich reinigen, um ihn einer vernünftigen Nutzung zuzuführen.

»Was ist mit Blitz?«, fragte Rainer rasch, um einen Handschlag zu vermeiden. »Geht es ihr schlechter?«

Dr. Osman schüttelte den Kopf. »Nein, das kann man so nicht sagen.«

»Was ist dann mit ihr?«

»Sie hat das Wachkoma verlassen.«

»Das ... das ist großartig!«

Rainer hatte sich diesen Tag oft ausgemalt. Und hatte sich gefragt, ob er auf ihn hoffen oder ihn fürchten sollte. Er wusste nicht, was ihn erwartete. Nicht nach dem, was man Blitz angetan hatte. Fischer, Wolfs Unterführer, hatte Blitz in

Frankfurt mit Medikamenten ruhiggestellt und ihr ein Alienband übergezogen, damit sie die Reise nach Sigma V mit antrat. Im Moment des Seelentransfers war es Rainer gelungen, Blitz das Band auszuziehen – beinahe wenigstens, es hatte immer noch ihre Stirn berührt. Seit diesem Moment hatte Blitz das Bewusstsein nicht mehr wiedererlangt. Existierte sie überhaupt noch? Oder war ihre Seele in den Körper eines Aliens gesprungen, der im Gegenzug in den ihren gefahren war? Oder war ihre Seele gespalten zwischen dem Körper eines Aliens auf Sigma V und ihrem eigenen auf der Erde?

Dr. Osman nickte eifrig. »Ja. Ich glaube, sagen zu können, dass dieser Erfolg zu großen Teilen meiner Farbtherapie zu verdanken ist.« Der Arzt war ein Mann, der es selten versäumte, auf seine Verdienste hinzuweisen.

»Ich gratuliere Ihnen«, sagte Rainer, der wusste, wie sehr sich sein Gegenüber nach Anerkennung sehnte. Und wie sehr er selbst auf Osman angewiesen war. »Ich werde es Mr. al-Shalik gegenüber erwähnen.«

»Ich danke Ihnen.« Dr. Osman deutete eine Verbeugung an.

»Kann ich sie sehen? Wie geht es ihr? Kann ich sie sprechen?«

Sie waren vor der Tür von Blitz' Zimmer angelangt. Dr. Osman schickte den Wächter, der sie begleitet hatte, mit einer beiläufigen Kopfbewegung fort.

»Ja, Sie können zu ihr. Sie sollen es sogar. Aber versuchen Sie, Ihre Erwartungen im Zaum zu halten. Sie ist nicht orientiert. Noch nicht ganz, jedenfalls.« Er zog einen Ärmel seines Kittels hoch. Über den Unterarm zogen sich tiefe Kratzspuren. »Ich vermute, dass Ihre Tochter im Augenblick den Missbrauch neu erlebt, dem sie über Jahre ausgesetzt war.«

Rainer hatte den Ärzten davon erzählt, was Fischer Blitz angetan hatte. Es war ohnehin nicht zu verbergen gewesen. Die physischen Spuren waren eindeutig, und darüber hinaus hatte sich der Missbrauch als praktische Erklärung für das Wachkoma erwiesen, in dem Blitz lag. Niemand – weder die Agenten der Homeworld Security, die sich von Berufs wegen nie mit einer einfachen Erklärung zufrieden gaben, noch Mahmut, Dr. Osman oder einer der übrigen Ärzte – hatte Rainers Erklärung je in Zweifel gezogen. Es passte einfach zu gut: Das Mädchen hatte sich auf der Flucht vor ihrem Peiniger tief in sich selbst zurückgezogen. Sie stellte sich quasi tot, hoffte zu überdauern, bis bessere Zeiten anbrachen.

»Wir haben sie allein gelassen. Die Gefahr eines Rückfalls ins Koma ist zu hoch, als dass uns eine andere Wahl geblieben wäre. Sie ordnet jede Person, die sie sieht, in ihre Phantasie ein. Aber wenn sie ihren eigenen Vater sieht ... vielleicht ist das anders.« Dr. Osman trat zur Seite, gab die Tür frei. »Ich wünsche Ihnen viel Glück.«

»Danke.«

Rainer öffnete vorsichtig die Tür, verharrte lauschend. Vom Bett drangen Atemzüge. Kräftiger als gewöhnlich glaubte er. Er trat in das Zimmer, schloss die Tür hinter sich. Es war riesig, übergroß, wie alles in den USAA, und bot den mehrfachen Raum eines Bahnabteils, des einzigen sinnvollen Maßstabs, der für Blitz' kurzes Leben gegolten hatte. Die Datenwände, die Dr. Osman für seine Farbtherapie benutzt hatte und die für gewöhnlich dazu dienten, die Illusion von Fenstern hervorzurufen, glimmten im matten Senfgelb der Standby-Schaltung. Links und recht von Blitz' Bett, in großen Haufen, reihten sich die Geschenke des Personals auf. Es waren Hunderte.

Auf Zehenspitzen, als habe er Angst, sie aufzuwecken, ging er zum Bett. Bevor er es erreichte, hob Blitz den Kopf und flüsterte: »Wieselflink?«

Niemand hatte ihn mehr so genannt, seit er mit der reglosen Blitz über der Schulter aus dem Frankfurter Hauptbahnhof geflohen war, der von Huntern, Bahnpolizisten und Soldaten gestürmt wurde. Und er hatte gehofft, dass es so bleiben würde. Wieselflink, der Überschussmensch, war ein Ausrutscher gewesen, ein Zerrbild seiner selbst. Wieselflink war für immer in dem Bahnhof zurückgeblieben. Es gab ihn nicht mehr.

»Wieselflink?«, flüsterte Blitz ein zweites Mal, als er nicht antwortete. »Bist du es?«

Er gab sich einen Ruck. »Ja, ich bin es.« Er brachte es nicht über sich, Blitz zu korrigieren.

»Es ist so dunkel«, sagte Blitz. »Ich kann dich kaum sehen. Wieso schaltest du nicht das Licht an?«

»Das Licht ist an. Du musst dich erst wieder an Licht gewöhnen«, sagte er. Und als ihm aufging, wie sehr seine Worte Blitz beunruhigen mochten, fügte er hastig hinzu: »Es wird bestimmt nicht lange dauern. Du bist in guten Händen.«

Er trat an das Bett. Blitz lag auf dem Rücken. Das Weiß ihrer Augen war getrübt, ihre Pupillen waren auf ihn gerichtet, ohne ihn wahrzunehmen. Ein Fortschritt, sagte er sich. Im Wachkoma war ihr Blick hin- und hergeglitten, ohne je einen fixen Punkt zu fassen zu bekommen, verloren, ohne Halt. Er nahm ihre Hand, hielt sie fest.

Blitz – die sich niemals und von niemandem anfassen ließ, nicht freiwillig – zuckte, aber sie versuchte nicht, ihre Hand freizubekommen.

»Du ...«, flüsterte sie, »du ... hast mich gekriegt.« Und dann lächelte sie.

»Ja, das habe ich.«

»Bitte, lass mich nie wieder los.« Ihre Finger spannten sich an, umklammerten seine Hand.

»Ja.«

»Versprich es mir!«

»Ich verspreche es.«

Sie ließ ihn los. »Wo bin ich?«, fragte sie.

Er zog einen Stuhl heran und setzte sich. »In Kairo. In einer teuren Privatklinik. Du warst in einem Wachkoma, seit ...« Er brachte den Satz nicht zu Ende.

Blitz nickte. Sie erinnerte sich. »Kairo? Dann hast du es geschafft?«

»Ja. Dank dem Geld und der Papiere, die Wolf uns gegeben hat. Das Korps und die Polizei waren damit beschäftigt, sich um hunderttausend Aliens zu kümmern. Ich bin mit dir davongeschlüpft. Niemand hat uns aufgehalten. ›Meine Kleine‹, habe ich auf der Flucht immer gesagt, ›wenn sie erst mal schläft, dann kann sie nicht einmal das Ende der Welt aufwecken.‹ Wir sind nach Italien. Schlepper haben uns für unser letztes Geld an die libysche Küste gebracht.«

Blitz blinzelte, blickte suchend umher. Ihre Wahrnehmung schien zurückzukehren. »Wer bezahlt das hier?«

»Mahmut al-Shalik. Ein ägyptischer Geschäftsmann. Er hat sich unserer angenommen.«

»Wieso?«

»Ein alter Studienfreund hat uns vermittelt. Und Mahmut hat unendlich viel Geld und glaubt daran, dass diese Welt verloren ist, wenn nicht jeder gibt, was er kann. Er hat ein großes Herz.«

Blitz' Kopf sank zurück. Den Kopf oben zu halten, musste sie anstrengen, trotz des regelmäßigen Muskeltrainings, das Dr. Osman ihr verordnet hatte. Jeden Tag hatte eine Schwester Blitz Elektroden angelegt, die die Muskeln reizten. Wann immer es möglich war, hatte Rainer es vermieden, Blitz zu diesen Zeiten zu besuchen. Die Schwestern liebten das arme, unschuldige Mädchen, dem ein böser Mann so böse mitgespielt hatte. Wenn sie Blitz berührten, taten sie es mit einer rührenden Zärtlichkeit. Die Elektroden kannten keine Zärtlichkeit. Sie reizten die Muskulatur mit Stromschlägen, ließen Blitz' Beine und Arme abrupt hin- und herschlagen, als wäre sie eine Maschine.

»Blitz ...?«, flüsterte Rainer.

»Ja?«

»Was ist mit dir geschehen?«

Sie sagte nichts.

»Ich habe mir solche Sorgen um dich gemacht.« Tränen traten ihm in die Augen. Es war ein merkwürdiges Gefühl. Er hatte nicht mehr geweint, seit ... er hatte es vergessen.

Sie tastete nach seiner Hand.

»Das Alienband. Hat es dich ...?« Die Tränen hörten nicht auf, liefen seine Wangen herunter. »Weißt du, ich wollte es dir abziehen, dich retten. Aber dann ... alles ging so schnell ... der Rauch und die Schüsse ... und Fischer hat dich kaum aus den Augen gelassen ...«

Sie fand seine Hand, drückte sie fest.

»Ich wollte dir das Band vom Hals ziehen ...« Die Tränen liefen und liefen. Was war los mit ihm? »Beinahe. Beinahe hätte ich es geschafft ... aber es ist mir weggerutscht und ...«

»Wieselflink.«

Sie sagte wieder seinen alten Namen. Zu Recht. Es passte.

»Ich wollte dich retten ...« Die Tränen. Woher kamen sie nur? »Aber dann ... was ist mit dir passiert? Wo bist du gewesen, Blitz?«

»Nicht weinen.«

»Ich ... ich weine nicht.«

»Nein. Nicht weinen.«

»Wieso. Ich w...«

Sie zog an seiner Hand, holte ihn ganz nah zu sich. »Hör auf«, flüsterte sie. »Wir haben keine Zeit für solche Sachen. Wir müssen hier weg!«

»A-aber wieso? Wir haben hier alles! Wohin willst du?«

»Nach Amerika.«

Helden der Menschheit:

RUDI*

- **Profil:** Co-Pilot der *Strawberry Bitch*. Rettete die *Bitch*, als ein Alien-Artefakt sie schwer beschädigte. Landete auf der Alien-Insel, als Diane, die Pilotin der Bitch, von ihrer schweren Krankheit dahingerafft zu werden drohte.

- **Gegenwärtige Aktivität:** Rudi ist bescheiden. Er lehnte alle Ehrungen – sowohl von Menschen- wie von Alien-Seite ab – und rettet als einfacher Pilot der Company täglich Dutzende unersetzliche Alien-Leben!

- **Herkunft:** Rudi kommt von ganz unten. Er wuchs in Himmelsberg auf, bei einer Endzeitsekte, die ihn als Zuchtbullen missbrauchen wollte. Aber Rudi spürte, dass mehr in ihm steckte …

- **Stärken:** Rudi ist jung und – dank der schweren Arbeit in Himmelsberg – stark. Er ist immer offen für Neues!

- **Schwächen:** Seine Offenheit macht es ihm manchmal schwer, sich zu entscheiden. Und da ist immer noch seine unerfüllte Liebe: die feurige Beatrice …

- **Tipp:** Vertrau auf Rudi! Er wird dich nicht enttäuschen.

* Erfolg bringt nicht nur Freunde. Aus diesem Grund nennen wir Rudis Nachnamen nicht. Das Bild ist eine künstlerische Impression.

– *Karte aus dem Trading-Card-Game »Our Alien Earth«, Subset »Strawberry Bitch forever!«. Herausgeber Human Company Press, Freetown, Januar 2066*

KAPITEL 5

Und dann kam sie in Sicht.

Sie war ein dunkler Fleck in einem dunklen Ozean, geformt aus unzähligen kreuzförmigen Alien-Artefakten. Miteinander verbunden auf eine Weise, die stabil genug war, den heftigsten Pazifikstürmen zu widerstehen, und gleichzeitig flexibel genug, um die Insel geschmeidig auf den Wellen reiten zu lassen. Und gleichzeitig war sie der handgreifliche Beweis der technischen Überlegenheit der Aliens; ein Geheimnis unter vielen, von denen es Pasong beliebte, sie nicht mit den Menschen zu teilen.

Bislang.

Rudi ging auf 300 Meter herunter, nahm den Schub raus, um mit der Sarayong im Langsamflug einige Orientierungsrunden über der Insel zu drehen. Die Insel war jung. Sie war am 26. September 2065 aus dem Pazifik hervorgebrochen, 450 Kilometer südwestlich von Guam, über dem Marianengraben, dem tiefsten Punkt der irdischen Ozeane. An diesem Punkt blieb sie. Alles andere war in Veränderung. In den Monaten, die seit Rudis erstem Anflug mit der *Strawberry Bitch* auf die eben aus dem Ozean hervorgebrochene Insel vergangen waren, hatte sich ihre Größe verzehnfacht. Zeitweise. Dann wieder war die Insel stark zusammengeschrumpft, kaum groß genug, um die auf ihr vertäute, längst schrottreife *Bitch* vor dem Meer zu schützen. Kreuztürme hatten sich dem Himmel entgegengeschraubt, Hügellandschaften waren entstanden, von tiefen Schluchten zerfurcht. Doch immer wieder war die Insel zu ihrer Urform zurückgekehrt: einem Blatt im Ozean, einer Landeplattform, dem Tor zur Welt der Aliens.

Ein Aufschrei drang durch die Tür des Cockpits, als die Sarayong sich auf die Seite legte und den Passagieren den Blick auf die Alien-Insel ermöglichte. Er kam aus den Kehlen von 198 Aliens, Ramons »Dreck« und Einsprengsel aus Aliens, die auf anderen Wegen und aus anderen Teilen der Erde ihren Weg nach Freetown gefunden und die medizinischen Checks bestanden hatten. Es war der erste Laut, den Rudi von ihnen hörte, und es würde – mit an Sicherheit grenzender Wahrscheinlichkeit – der letzte sein. Gerettete Aliens sprachen nicht. Sollten sie miteinander kommunizieren, was Rudi bezweifelte, geschah es auf lautlose, für menschliche Sinne unbegreifliche Weise. Dieser Schrei, den sie ausstießen, wenn sie im Begriff waren, in den Schoß der ihren einzukehren, war eine einmalige Abnormität. Ein Ausbruch von Gefühlen, so stark, dass er die Barriere zwischen Alien-Psyche und Menschenkörper übersprang.

Der Bordcomputer piepste. Er hatte die Radaranalyse der Wellenmuster abgeschlossen. Rudi konnte landen. Er fuhr das Landegestell aus, und die Maschine setzte auf, rollte mit den Wellen, hüpfte mehrfach zurück in den Himmel, als ein Wellenkamm sich unter ihren Rädern wie eine Schanze erhob, und kam schließlich zum Stehen. Ein Routinevorgang jetzt, mithilfe des Bordrechners und angesichts der Weite der Insel. Eine Portion Glück, nicht von dieser Welt, war es vor Monaten gewesen, als er die lahme *Bitch* bei hohem Wellengang heruntergebracht hatte, nur auf sein Gefühl gestützt und ohne den Sprit und die Schubleistung für einen zweiten Versuch.

Die Sarayong rollte aus. Rudi gab die Türen frei. Links und rechts wuchsen Artefakttürme aus der Insel. Aliens strömten aus ihnen, um ihre Artgenossen in Empfang zu nehmen. Es war ein stummer Vorgang. Die Geretteten verließen einer nach dem anderen das Flugzeug, ohne Drängeln, ohne sich zu verabschieden, ohne Anzeichen von Freude, ohne irgendwelche Anzeichen von Gefühlen. Die Aliens, die sie empfingen, wirkten gleichermaßen ungerührt. Nur zwei Dinge unterschieden sie von den Geretteten: Sie bewegten sich nicht wie in Trance – und sie waren nackt.

Rudi verfolgte aus dem schaukelnden Cockpit, wie die

Aliens in Paaren in den Artefakttürmen verschwanden. Die Türen glitten zu, und die Türme sackten weg. Die Aliens waren zu Hause, Rudi hatte seinen Auftrag erledigt.

Beinahe.

Er stand auf, nahm die in Freetown vorbereiteten Taschen an sich und verließ das Flugzeug. Es gelang ihm nur mit Mühe, das Gleichgewicht zu halten. Der Boden der Insel war schlüpfrig und feucht und in ständiger Bewegung, als lebe er. Hätte Rudi auf dem Flug nicht eine halbe Schachtel Tabletten gegen die Übelkeit heruntergeschluckt, er hätte sich längst übergeben müssen. Vorsichtig, mit beiden Händen an das Geländer geklammert, kletterte er aus der Sarayong und marschierte los, der einzigen Erhebung der Insel entgegen, die als solche keine Kreuzform besaß.

In der Ferne zog ein Punkt am Horizont entlang. Wahrscheinlich eine amerikanische Drohne, die nachsah, was das Company-Flugzeug auf der Insel trieb – ein notdürftiger Ersatz für das Netz der Beobachtungssatelliten, das die Aliens außer Gefecht gesetzt hatten. Das Sonnensystem, alles, was jenseits der irdischen Troposphäre lag, gehörte ihnen. Die Drohne würde nicht viel zu berichten haben, die Entfernung war zu groß für ihre Kameras und Teleskope, und die Aliens verstanden sich darauf, menschliches Beobachtungsgerät zu stören. Kam die Drohne näher, würden die Aliens sie vernichten. Schickte die US Alien Force eine zweite, würde sie das Schicksal der ersten teilen. So wie jede weitere, bis die Aliens des Spiels müde wurden und irgendwo irgendein bemanntes amerikanisches Flugzeug vom Himmel holten. Das würde genügen, um die Amerikaner an Arlington zu erinnern, und dem Drohnenspuk ein Ende machen.

Nach und nach wurde die Erhebung größer. Sie ritt, ebenso wie Rudi, mit dem Wellengang auf und ab. Manchmal war die Erhebung minutenlang aus seiner Sicht verschwunden, um dann für einige Augenblicke, wenn sich Rudi und die Erhebung zur selben Zeit auf einem Wellenkamm befanden, wieder sichtbar zu werden.

Sie war ein bunter Tupfer auf der geschwärzten Oberfläche der Alien-Insel vor dem immerblauen pazifischen Himmel.

Ein rosa Tupfer, bald.

Und schließlich wurde sie ein Tupfer mit Fahrwerk, Flügeln und Propellern und einem Rumpf, von dem der rosa Anstrich abblätterte. Mit schmutzigen, stumpfen Cockpitfenstern, unter denen ein Pin-up mit glubschäugigem Alienkopf aufgemalt war. Die *Strawberry Bitch.*

Die Seitenluke öffnete sich. Die Treppe klappte aus und knallte auf die Insel. Es klang hohl, als schlage man auf eine riesige Trommel. Ein älterer Mann erschien in der Tür. Sein Haar war, soweit vorhanden, kurz rasiert und grau, und er trug einen Mechanikeroverall, so mitgenommen und fleckig wie das Flugzeug, in dem er hauste. Der Mann ignorierte die Treppe und sprang mit jugendlich anmutendem Überschwang in einem Satz herunter. Ein dumpfer Schlag dröhnte durch die Alien-Insel, als er aufkam. Einen Moment stand der Mann, dann knickte das linke Bein unter ihm weg. Er schimpfte laut.

Rudi zögerte einen Augenblick – er hatte sich vorgenommen, diesmal auf Distanz zu bleiben, einen kühlen Kopf zu bewahren –, dann rannte er zu ihm, so schnell es seine schweren Taschen zuließen. Ein Teil von ihm mochte den alten Mann immer noch. Viel mehr, als ihm, Rudi, gut tat.

»Verdammt, lass gut sein, Junge! Ich bin ausgerutscht, das passiert. Ich komme schon allein wieder auf die Beine!« Wilbur wehrte sich, aber Rudi ließ sich nicht abhalten. Er zog den alten Mann hoch und hielt ihn fest – auch dann noch, als er längst wieder sicher stand. Er kannte Wilbur gut genug, um es sich zu erlauben. Der ehemalige Bordingenieur der *Bitch* kam aus einer golf-amerikanischen Offiziersfamilie, in der ein kräftiger Händedruck das Äußerste an Sentimentalität kennzeichnete. Wilbur hatte der Armee, seiner Familie, seiner Nation und vielleicht der Menschheit den Rücken gekehrt, aber manche Dinge saßen zu tief, um sie jemals hinter sich lassen zu können. Wilbur hätte sich eher die Hand abgeschnitten, als seinem lang erwarteten Besuch in die Arme zu fallen, also musste er Umwege gehen.

Rudi hielt den Bordingenieur schweigend fest, bis dessen schlimmstes Zittern gewichen war. Dann trat er einen Schritt zurück. »Wilbur, wie geht es …«

Wilbur ließ ihn nicht ausreden. »Hast du Zigaretten gebracht?«

»Ja.«

»Dann her damit!«

Rudi holte eine Stange aus einer Tasche. Wilbur schnappte sie ihm aus der Hand, fummelte eine Packung frei, aus der Packung eine einzelne Zigarette, zündete sie sich an und nahm mit geschlossenen Augen einen tiefen Zug.

»Wo hast du dich nur rumgetrieben, Junge?« Wilbur hustete. »Ich schnappe schon seit einer Woche nach ein bisschen rauchiger Luft, und Pasong lacht mich nur aus. Erklärt mir allen Ernstes, er könne mir nicht helfen. Der alte Teufel! Wer von einem anderen Stern kommt und das hier baut, sollte auch in der Lage sein, für einen Not leidenden alten Mann eine Stange Zigaretten aufzutreiben, denkst du nicht?«

Wilbur nahm einen langen Zug, der die Glut bis an seine tintenfleckigen Fingerspitzen trieb. Er stöhnte und klopfte Rudi auf die Schulter: »Komm rein, Junge!«

Rudi folgte ihm in die *Bitch*. Ihm gefiel nicht, dass Wilbur rauchte. Früher, als sie noch über dem Südostpazifik Alien-Artefakte zusammen gejagt hatten, war Wilbur Nichtraucher gewesen. Beinahe wenigstens. Er hatte sich ab und zu eine Kippe genehmigt, eine Handvoll im Monat vielleicht – ungefähr so viele wie Diane in einer Stunde abgequalmt hatte. Aber jetzt war Diane nicht mehr bei ihnen, und Wilbur, der immer alles für die Pilotin der *Bitch* getan hatte, schien für sie das Kettenrauchen übernommen zu haben.

Im Flugzeug war es genauso wie früher: Kalter Rauch und Schweiß hingen in der Luft, die Sitze waren abgewetzt, stellenweise drückte sich der Schaumstoff durch Risse im Bezug. Im Cockpit sowie an den Plätzen des Bordingenieurs und des Lauschers glommen grüne und gelbe Lichter. Wilbur hielt die *Bitch* startbereit, so, als könnte im nächsten Moment ein

Alarm losheulen, und das Schicksal der Menschheit hinge davon ab, dass er die alte Mühle augenblicklich in die Luft brachte. Wilbur konnte nicht anders. Die *Bitch* war seine Heimat. Der alte Mann brachte es nicht über sich, sie aufzugeben, auch wenn ihm die Company und Pasong mehrfach angeboten hatten, sich ein beliebiges anderes Flugzeug auszusuchen.

Wilbur nahm Rudi die Taschen ab und verstaute sie im Cockpit. Dann winkte er ihn an den Klapptisch, den er an der Stelle aufgebaut hatte, die früher Heros Mini-U-Boot geborgen hatte, und schenkte sich aus einer einfachen Flasche ein. Sie besaß kein Etikett, aber Rudi wusste, worum es sich bei der klaren Flüssigkeit handelte: hochprozentigen Schnaps.

»Wo hast du den her?«, fragte Rudi. Er rutschte auf dem Klappstuhl hin und her. Er war so unbequem, wie er aussah.

»Hero lässt ihn für mich destillieren. Frag mich nicht, aus was. Wasser gibt es ja jedenfalls genug da unten.« Er hielt die Flasche über das Glas, das vor Rudi stand. »Auch einen Schluck?«

»Nein, danke.«

»Wie du meinst.« Wilbur zuckte die Achseln und leerte sein Glas in einem Zug. »Und jetzt erzähl: Wie sieht es draußen aus? Du bist mich lange nicht mehr besuchen gekommen.«

»Es ging nicht früher. Wir bekommen nicht mehr genug Aliens in die Hände«, log Rudi. Er hatte den Auftrag in der Republica angenommen, um den Besuch hinauszuschieben. Es war ihm erträglicher vorgekommen, als mit anzusehen, was aus Wilbur geworden war. Wo war der Wilbur geblieben, den er kannte? Der Mann, der kompromisslos durchknüppelte, was er für richtig hielt – und das notfalls mit dem Gewehr in der Hand?

Wilbur schenkte sich nach. Seine Fingerspitzen waren schwarz und blau von Tinte. Er schüttelte den Kopf. »Das kann doch nicht sein! Da draußen treiben sich noch ein paar hunderttausend Seelen herum.«

»Schon. Aber viele verstecken sich, andere werden versteckt – und die Preise steigen immer weiter.«

»Hm, das leuchtet ein. Was ist sonst passiert, Junge?«

Rudi erzählte. Davon, dass Freetown jedes Mal, wenn er dort landete, größer geworden war. Von den Gerüchten, dass die Company mit der chinesischen Regierung über die Auslösung von mehreren zehntausend Aliens verhandele, und zwar im Gegenzug für den Zugang zu Alien-Know-how. Vom neuesten Tratsch: Projektkoordinator Kees Schrever stand kurz davor, geschasst zu werden. »Er soll Gelder unterschlagen haben. Deshalb war die Verpflegung auf Funafuti immer so …«

Wilbur unterbrach ihn. »Was hast du, Junge?«

»Nichts.« Rudi mochte es nicht, die ganze Zeit »Junge« genannt zu werden. Er hatte geglaubt, das ein für alle Mal hinter sich gelassen zu haben. Aber er sagte nichts. Er wollte keinen Streit. Wenigstens dieses Mal nicht.

Wilbur schüttelte den Kopf. »Nichts da, Junge. So kommst du mir nicht davon. Ich mag alt sein, aber ich bin nicht blöd. Du rutschst auf deinem Hintern hin und her, du erzählst mir lustlos Geschichten, die ich mir jederzeit aus dem AlienNet ziehen könnte, und du siehst überall hin, nur nicht mir in die Augen. Du hast doch etwas.«

»Nein. Der Stuhl ist unbequem, und ich bin vielleicht etwas müde, aber das ist alles.«

»Müde kann ich mir vorstellen. Aber da ist noch mehr, oder?« Wilbur stellte das Glas ab und beugte sich vor. »Sei ehrlich zu mir, Junge. Du hast dieses sinnlose Umherfliegen satt, nicht?«

Rudi dachte an die Republica del Este, die Kinder, die ihn von der Rückbank zu Tode verängstigt angestarrt hatten, als der Laster ihren Wagen in den Fluss geschoben hatte. Wieder roch er verbranntes Fleisch. Er zwang sich, die Achseln zu zucken, und sagte: »Ich weiß nicht, wie du auf diesen Gedanken kommst. Für mich ist ein Traum wahr geworden. Ich bin frei. Ich kann tun und lassen, was ich will. Ich komme herum. Ich sehe die Welt. Das habe ich mir schon immer gewünscht. Wieso sollte ich das satt haben?«

Wilbur beugte sich ihm noch weiter entgegen. Rudi roch

den Schnaps, als der alte Mann sprach. »Weil es furchtbar wehtun kann, die Welt zu sehen. Sie ist ein unschöner Ort. Und weil es nicht wert ist, seine begrenzte Lebenszeit auf die Erde zu verschwenden. Nicht mehr, seit die Aliens gekommen sind. Pasong ...«

»Pasong, Pasong, Pasong – er ist dein großer Retter geworden, was?«

»Du bist unfair, Junge. Du ...«

»Es ist doch so! Du hast nichts anderes mehr im Kopf!«

Wilbur füllte das Glas nach und lehnte sich zurück. »Nehmen wir an, es wäre so ... was wäre daran so schlimm?«

»Das kann ich dir sagen!« Rudi vergaß seine Vorsätze. Zu viel war zu viel. »Schau dir an, was dein Pasong aus dir gemacht hat! Du hockst in deiner alten Rostlaube von Flugzeug und tust so, als ob nichts und niemand auf der Welt dich etwas anginge. Und dabei lässt du dich von Pasong einwickeln.«

»Pasong schaut nach mir. Ich weiß nicht, was das mit Einwickeln zu tun haben sollte. Und außerdem tust du mir unrecht. Ich sitze nicht nur da. Ich halte Verbindung zu den Aliens. Ich schreibe. Und ich sehe nach unseren Kameraden.«

»Was gibt es da zu sehen? Sie sind erwachsene Leute, die ihre Entscheidung getroffen haben. Sie kommen schon klar.«

»Rodrigo und Hero – ja. Aber Diane ...«

»Diane braucht dich am allerwenigsten!«

Wilbur sagte nichts. Er sah Rudi nur an. Ungläubig und – bildete Rudi es sich ein – flehend. Als bitte er ihn wortlos, ihn zu verstehen, ihn nicht für einen alten Mann zu halten, den die Kraft und der Wille zum Leben verlassen hatten. Schließlich räusperte sich Wilbur. »Darüber können wir bis ans Ende der Welt streiten, Junge, und das möchte ich nicht. Lass uns über etwas anderes reden.«

Es war ein vernünftiger Vorschlag, und gerade das machte Rudi rasend. Ständig war es dasselbe: Irgendwie gelang es Wilbur immer, die Oberhand zu behalten, irgendwie stand Rudi immer als der dumme, kleine Junge da. Trotzig schüttelte er den Kopf: »Nein, ich will nicht über etwas anderes reden. Ich will mit dir streiten. Vielleicht ist das der einzige Weg, dich wachzurütteln. Verstehst du nicht, was passiert? Denk doch nach! Du wirfst dein Leben weg! Die Aliens, Pasong ... sie benutzen dich nur, und du lässt es geschehen!«

»Ganz im Gegensatz zu dir, nicht? Du fliegst ja nur um die Erde, sammelst Aliens ein und bringst sie hierher – das ist etwas ganz anderes, nicht?«

»Ich tue wenigstens etwas Sinnvolles! Ich rette Leben. Ich hocke nicht nur in einem alten Flieger, als wäre er eine Festung, und kritzele Postkarten vor mich hin!«

Wilbur nickte ernst. »Das stimmt. Ich kritzele. Aber weißt du was: Meine Kritzeleien bedeuten den Menschen, die sie bekommen, etwas. Sie werden gelesen, verschlungen. Das kann man von deinen Mails an Beatrice nicht behaupten ...«

»Das ... ich ...« Rudi wollte sich auf den alten Mann stürzen. Ihn zu Boden werfen und seinen Dickschädel so lange gegen den Boden der *Bitch* hämmern, bis ein Funken Verstand in ihn einzog. Aber er ließ es sein. Es war sinnlos. In einer Hinsicht war Wilbur Wilbur geblieben: Wenn er sich etwas in den Kopf gesetzt hatte, war es unmöglich, es ihm auszutreiben. Und er, Rudi, wusste es. Wieso kam er überhaupt zur Alien-Insel?, fragte er sich. Er sollte es lassen. Jeder beliebige Pilot der Company konnte Wilbur mit Zigaretten, Schokoriegeln und dem übrigen Mist versorgen. Es wäre besser so für alle Beteiligten. Auf jeden Fall einfacher.

Rudi stand auf, streckte sich. Er sah auf die Uhr. »Ich muss los. Die Company wartet auf das Flugzeug.«

Wilbur wusste genauso gut wie Rudi, dass es eine Lüge war. Die Company brauchte jeden Quadratzentimeter ihrer Transportkapazität, aber Rudi war der Mann, der auf der Alien-Insel gelandet war. Er konnte das Flugzeug so lange behalten, wie er wollte.

»Tu, was du tun musst«, sagte Wilbur. Er blieb mit verschränkten Armen sitzen und starrte in sein Glas. Er bebte.

»Wir sehen uns.« Rudi wandte sich zum Gehen. Wilbur antwortete nicht. Rudi nahm die Taschen mit den von Wilbur beschriebenen Postkarten und verließ die *Bitch*.

Draußen atmete er die frische Luft ein, froh, der Enge des alten Flugzeugs entkommen zu sein. Erleichtert, nicht mehr mit ansehen zu müssen, was aus Wilbur geworden war. Erleichtert, nicht darüber nachdenken zu müssen, was aus ihm selbst geworden war.

Rudi kehrte zurück zu seiner Sarayong. Der Rückflug nach Freetown würde lang und einsam sein. Ungestört.

Er öffnete die Cockpittür. Im Sitz des Copiloten erwartete ihn Pasong. Er hatte die Beine ausgestreckt und stützte sie auf dem Instrumentenbrett auf.

»Du bist spät dran, Junge«, sagte der Alien. Sein Blick war stechend, betastete das Innere Rudis. Es war der echte Pasong, keine seiner Erscheinungen.

»W... Was willst du von mir?«, brachte Rudi hervor.

»Nur einen kleinen Gefallen. Bring mich zu eurem Anführer!«

Berlin, den 20. März 2066
Werter Kollege,

die Ereignisse des 26. September brachten gravierende Veränderungen für den mir unterstellten Bereich mit sich.

Die nahezu komplette Zerstörung des ehemaligen Frankfurter Hauptbahnhofs und seiner Gleisanlagen führte im Herbst und Winter 2065 bzw. 2066 zu ernsten Engpässen bei der Transportkapazität meines Ministeriums. Schutzbefohlene konnten aus Mangel an Zügen und wegen Gleisblockaden nicht im gewünschten Umfang verschoben werden. Als Resultat sanken die Erträge der wirtschaftlichen Verwertung der Schutzbefohlenen.

Zum ersten Mal seit 23 Jahren war es meinem Ministerium unmöglich, seinen internen Haushalt auszugleichen. (Ganz zu schweigen von den hochpeinlichen Ermittlungen der Staatsanwaltschaft.) Sie, werter Kollege, werden verstehen, welche Nöte mir diese Tatsache als treuer Hüter meines Ministeriums verursacht hat.

Doch ich schreibe Ihnen heute nicht, um mich zu beklagen. Im Gegenteil. Die Vorgänge des 26. September haben sich mittelfristig als äußerst befruchtend erwiesen. Nach der Reinigung von korrupten Elementen arbeitet die Ministerialbürokratie kostengünstiger und effizienter denn je. Der Verlust der Zwischenlagerkapazität des Frankfurter Hauptbahnhofs konnte rasch anderweitig ausgeglichen werden. Die Züge, die mein Ministerium erneut in Besitz nahm, stellten sich als hervorragend gepflegt und ausgestattet heraus. Der Abgang von 100.000 Schutzbefohlenen nahm erheblich Druck aus dem System.

Wichtiger aber noch: Die Produktivität meiner verbliebenen Schutzbefohlenen ist seit dem 26. September auf ein ungeahntes Hoch gestiegen, während gleichzeitig der Aufwand zur Disziplinierung stark gefallen ist. Der Grund, haben meine Beamten herausgefunden, sind die Aliens. Ein Teil der Schutzbefohlenen leidet an existenzieller Furcht, den Aliens ausgeliefert zu werden, sollten sie nicht gefügig und produktiv genug sein. Der andere Teil hingegen leidet an existenzieller Furcht, ihnen nicht übergeben zu werden, sollten sie unseren Ansprüchen nicht genügen.

Und damit komme ich zu meiner eigentlichen Bitte. Werter Kollege, in Ihrer Obhut liegen Alien-Fragen. Ihr Ministerium verwahrt die gefangenen Aliens, ist im Besitz aller Schlüsselinformationen und Machtmittel. Wäre es Ihnen unter Umständen möglich, zeitnah einen weiteren Seelentransfer zu organisieren?

Die segensreichen Wirkungen für unser Land wären vielfältig: Das Bahnministerium wäre erneut in der Lage, einen bedeutenden Beitrag zur Haushaltskonsolidierung zu leisten, und das bei erheblich vermindertem Aufwand und einem durch die disziplinierende Wirkung der Aliens deutlich vereinfachten Handling der Schutzbefohlenen. Und schließlich eröffnet sich die Möglichkeit eines regelmäßigen humanen Exports überschüssiger Menschen, der selbst nach strengsten internationalen Menschenrechts- und Moralmaßstäben tadellos ist.

Ich hoffe, werter Kollege, Sie nehmen meine Anregungen, wie sie gemeint sind: als Denkanstoß eines Mitstreiters für eine menschenwürdige Gesellschaft.

– *Angebliches Schreiben des Bahnministers Wrondaczek an den Minister für Alien-Fragen Misfer, auf AlienNet veröffentlicht am 1. April 2066. Ein Sprecher des Bahnministeriums nannte den Brief in einer Pressekonferenz am 2. April 2066 »einen unappetitlichen Aprilscherz und entlarvend«.*

KAPITEL 6

»An die Wand!«

Ein Mann und eine Frau rannten in Pauls Zelle. Sie trugen Stahlhelme und Kampfanzüge, aufgenähte Alienkreuze an Brust und Oberarmen. Ihre Gesichter verschwanden bis auf die Münder und Nasen unter zu Visieren vergrößerten, spiegelnden Datenbrillen.

»Bist du taub? An die Wand!«, brüllte die Frau, als Paul nicht augenblicklich reagierte. Sie ging auf ihn zu, das Gewehr – ein kurzläufiges TAR-21, wie Paul bemerkte – im Anschlag, und trat ihm mit dem schweren Stiefel in den Bauch. Ihr langes schwarzes Haar, das unter dem Helm hervorstand, flatterte, als sie ausholte.

Die Wucht des Tritts riss Paul von den Beinen.

»Mach schon! An die Wand!«

»Schon gut, schon gut!« Paul quälte sich hoch.

»Press die Hände gegen die Wand, so fest du kannst. Los! Die Beine auseinander! Du brauchst guten Halt!«

Paul beeilte sich, ihren Befehl auszuführen. Die Frau machte einen Schritt zurück und nickte ihrem Begleiter zu. Die Geste war ein Befehl. Der Mann schlang sein Gewehr über die Schulter – viel zu umständlich für einen Soldaten, stellte der Hunter in Paul fest, der darauf trainiert war, bei Gefahr jede Einzelheit zu registrieren –, baute sich hinter Paul auf, zog etwas aus einer Tasche. Keine Waffe, dazu war der Lauf zu breit. Eine Art Kasten, der Lauf, der eher einem Schnabel ähnelte, und ein Display – Paul hatte noch nie etwas Vergleichbares gesehen. Er dachte an Wolf und seine Drohung an die Wächter. *»Sie werden kommen und uns holen!«*

»Was soll das?«, rief Paul. »Wer seid ihr? Was macht ihr mit mir? Ihr seht doch, dass ich ein Gefan...«

»Wir wissen sehr gut, was du bist«, unterbrach ihn die Frau. Sie stand mit dem Rücken zu ihm, zielte durch den von der Explosion ausgefransten Türrahmen auf den Gang. Einen Moment lang sah er sein Spiegelbild in ihrem Visier. Er erkannte sich nicht wieder.

Die Frau wandte sich wieder ab. »Halt still, dann ist es gleich vorbei!«

»Aber ...«

Der Mann schob ihm das Gerät mit einem kräftigen Stoß in den Rücken. Paul keuchte, aber hielt still. Der Mann strich ihm schweigend den Lauf über den Rücken, anschließend entlang der Arme. Durch die ausgefranste Türöffnung drang warme Luft in die Zelle, vermischt mit Rauch. Dann das Bellen von Schüssen. Kurze Salven, vier, fünf Schüsse, gefolgt von einigen Momenten Stille, dann der nächsten Salve. Keine Gefechtsgeräusche, es gab offenbar niemanden, der sich wehrte. Oder dazu in der Lage gewesen wäre.

»Mist! Er muss doch irgendwo stecken!« Der Mann zog den Schnabellauf des Geräts zurück, schlug mit der flachen Hand auf das Gerät ein, murmelte: »Komm schon, komm schon! Lass mich nicht hängen!«, und drückte Paul den Schnabel in die Hüfte. Dann strich er wieder Pauls Körper entlang, abwärts dieses Mal, das linke Bein hinunter bis zum Fuß.

»Viktor, Tempo!«, rief die Frau. »Wir haben nicht mehr viel Zeit.« Sie trat rasch von einem Bein auf das andere, hatte den Kopf leicht in die Höhe gewinkelt. Paul kannte die Haltung aus den Tagen, da er Hunter gewesen war und Alien-Verdächtige gejagt hatte: Die Frau war über die Datenbrille vernetzt, verfolgte das Geschehen im Gefängnis. Es fiel schwer stillzuhalten, wenn man Dutzenden Kämpfern gleichzeitig folgte.

»Ich tue, was ich kann, Marita. Versprochen.« Der Mann strich sich über die Stirn. Er schwitzte trotz der Kälte. Paul beobachtete es im spiegelnden Visier der Frau. Auch, wie der

Mann das Gerät an seinem rechten Fuß ansetzte und sich nach oben arbeitete.

Der Schnabellauf stoppte an Pauls Innenschenkel, eine Handbreit unter dem Schritt. Das Gerät pingte aufgeregt.

»Hier! Ich habe ihn!«, rief der Mann. Er legte eine Hand auf die Stelle, an der das Gerät angeschlagen hatte, um sie zu markieren, ließ es achtlos fallen und griff in die Uniformtasche. Er zog eine Spritze hervor. Paul erhaschte einen Blick auf die lange Nadel, als der Mann geschickt mit einer Hand die sterile Verpackung abstreifte, dann rammte er sie schon in seinen Oberschenkel. Paul bäumte sich auf. Ein Feuer brannte auf seiner Haut. Und es fraß sich in sein Fleisch, tiefer und tiefer und ...

»W-was macht ihr mit mir? Ich ... ich habe nichts ...«

Der Mann schob ihm die Hände unter die Achseln, ließ Paul sachte zu Boden gleiten, als ihm die Beine unter dem Körper wegknickten.

»Ganz ruhig«, flüsterte Viktor. Seine Wange drückte gegen Pauls Ohr, seine unrasierte Haut kratzte. Er hatte das Visier jetzt hochgeklappt. Ein weiches, bleiches Gesicht war darunter zum Vorschein gekommen, darin Augen, in denen etwas funkelte, so ungewohnt, dass Paul es erst nach einigen Momenten erkannte: Sorge. »Du hast es gleich geschafft. Die Nano-Agenten haben es nicht weit zum Sensor.«

»Die Nano-Agenten?«

Viktors Antwort ging in einem Feuerstoß in unmittelbarer Nähe unter. Die Echos der Schüsse hallten durch den Gang. Die Frau fluchte, rannte hinaus und ...

Das Feuer in Pauls Schenkel streckte glühende Finger aus, sie umklammerten sein ganzes Bein. Paul schrie auf, krümmte sich auf dem Zellenboden. Die glühenden Finger tasteten umher, fanden, wonach sie suchten. Sie schlossen sich zu einer Faust und drückten zu ... fester ... und fester ... bis sie sich gegenseitig zerdrückten und in einem letzten Aufflammen vergingen.

Der Mann, Viktor, beugte sich über ihn. »Kannst du aufstehen?«

»I-ich denke schon.« Mit Viktors Hilfe kam Paul auf die Beine, hielt sich dort, wenn auch zitternd. Sein Oberschenkel war taub bis auf ein dumpfes Nachglimmen, das Paul an ein eingeschlafenes Glied erinnerte. »Was war das für eine Spritze?«, fragte er. »Was habt ihr mit mir gemacht?«

»Vorsichtig. Dein Blutdruck ist noch unten.« Viktor packte ihn fester. Helfend, nicht herumwuchtend, wie eben noch. »In der Spritze waren Nano-Agenten. Sie haben den Sensor aufgespürt und zerstört, den dir das Korps bei deiner Einlieferung in den Schenkel implantiert hat.«

»Wieso habt ihr das nicht gleich gesagt?«

»Wir hatten keine Zeit für große Erklärungen. Der Timeout der Sensoren ist auf 300 Sekunden angesetzt. Verlieren sie für länger als fünf Minuten den Kontakt zum Gefängnisrechner, setzen sie eine tödliche Dosis Gift frei. Und man weiß vorher nie, wo sie sind. Das Korps nimmt jedes Mal eine andere Stell...«

»Viktor, halt ihm keine Vorträge!« Die Frau war zurück. Sie ging auf Paul zu, ließ sich vor ihm auf die Knie nieder. Dann packte sie ihn mit der freien Hand im Nacken. »Okay, nur dass wir uns verstehen«, sagte sie. »Du heißt Paul Skudera. Du bist Ex-Hunter, der Mann, der hunderttausend Alien-Bewusstseine in Menschenkörper gesteckt hat. Ich heiße Marita Kahman, ehrenhalber von diesem Haufen hoffnungsloser Möchtegern-Soldaten zu ihrer Kommandantin ernannt. Dieser Haufen wiederum schimpft sich die Front für Alien-Mensch-Harmonie, kurz FAMH, und bildet sich ein, für eine bessere Welt zu kämpfen. Ich helfe ihnen dabei, indem ich meine Expertise einbringe. Und du kapierst besser gleich, was sie kapiert haben: dass der Weg dahin nur über meine Befehle führt, klar?« Sie entließ Paul aus ihrem Griff und stand auf. »Und jetzt raus hier. Der Konvoi kann nicht warten.«

Im Schacht wartete eine Handvoll FAMH-Soldaten. Zwei sicherten nach links und rechts, zwei weitere hatten Wolf in der Mitte. Er zitterte, hielt eine Hand auf die Stelle der Hüfte, an der sich ein Sensor eingenistet haben musste.

Wolf. Sein Bruder Wolf.

Paul wollte auf ihn zustürmen, ihn nach den Monaten, in denen sie über die Wand der Zelle hinweg miteinander verwachsen waren, endlich in die Arme schließen.

Aber er tat es nicht. Er konnte es nicht.

In der Zelle hatte Paul Zeit gehabt, seine Phantasie spielen zu lassen. Er hatte sich Wolf als edles, athletisches Wesen ausgemalt. Mit Fell, ja, einem wunderschönen, seidigen, glänzenden Fell, und der Schnauze eines Wolfs. Aber das war ihm nur als ein nebensächliches Detail an einem Wesen erschienen, das im Grunde noch einen Menschen darstellte.

Paul hatte sich geirrt. Wolf war kein Mensch mit außer Kontrolle geratenem Körperhaarwuchs. Er war ...

»Schon gut.« Wolf sah ihn aus seinen gelben, schrägen Augen an. Sie schimmerten feucht. »Ich verstehe.« Wolf wandte sich ab. Es war eine unmenschliche Bewegung. Der gesamte Oberkörper ging mit. Es ging nicht anders, der Kopf saß steif auf dem nicht vorhandenen Hals.

»Wolf!«, rief Paul. »Du ...«

»Abmarsch!«, brüllte Marita Kahman. Sie stieß Paul mit dem Gewehrkolben in den Rücken, ließ ihn nach vorn taumeln.

Der Zug setzte sich in Bewegung, durchquerte im Laufschritt das unterirdische Gefängnis. Es war tot. Der Strom war noch da, die Lichter in den Tunnelgängen brannten, aber was zählte, war dahin. Die elektronischen Wächter, die dem Gefängnisrechner zuarbeiteten, waren ausgefallen, Stahltüren und Gitter waren entweder geöffnet oder von Sprengsätzen aus den Angeln gehoben – und die menschlichen Wächter ...

Paul sah den Ersten von ihnen, als sie die Verhörräume passierten. Nur für einen Augenblick, ihre Befreier erlaubten ihnen nicht anzuhalten, aber das genügte. Der Mann war tot, erschossen aus nächster Nähe.

Wolf knurrte, als er ihn sah.

Sie rannten weiter, unerbittlich angetrieben von Marita Kahman, die ohne Unterbrechung Befehle an andere Teile ihrer Armee in das Helmmikro zischte. Sie passierten weitere tote Wächter und gelangten schließlich in einen Zellenblock, in dem man Aliens gefangen gehalten hatte. Die Türen standen offen, vom Gefängnisrechner entriegelt, die Zellen waren verlassen.

»Tempo, Tempo!«, brüllte Marita. »Wir sind die Letzten!«

Sie erreichten einen Liftschacht. Rostiger Maschendrahtzaun sperrte ihn ab. Marita gab ihnen das Zeichen anzuhalten. »Sichern!«, brüllte sie ihren Begleitern zu. »Und ihr zwei«, sie zeigte auf Paul und Wolf, »schnappt nach Luft! Ihr werdet sie oben gebrauchen können. Wir müssen schnell sein. Das Korps wird nicht lange auf sich warten lassen.« Sie wandte sich ab und sprach Befehle in ihr Helmmikrofon.

Paul ließ sich gegen die Wand sinken. Wolf tat es ihm gleich, so nahe, dass die Haare seines Pelzes ihn kitzelten. Paul atmete tief aus und ein, wartete, bis sein Puls sich etwas beruhigt hatte und er sicher war, dass keiner ihrer Befreier sie hören konnte. Dann flüsterte er, ohne Wolf anzusehen: »Was sind das für Leute?«

»Das, was sie gesagt haben«, entgegnete Wolf hechelnd, und für einige Augenblicke war es wieder wie früher in ihren Zellen, vergaß Paul, was Wolf darstellte.

»Ja, eine Alienisten-Gruppe. Aber was haben sie vor?«

»Ich weiß es nicht.«

»Aber du hast doch von ihnen gewusst? Du hast das Verhör in die Länge gezogen, damit sie dich nicht in der Zelle finden, oder?«

»Nicht gewusst. Ich habe sie gerochen.«

»Was hast du sonst noch gerochen?«

»Dass ich nicht mit ihnen gehen will. Sie …«

»… Aufbruch in zehn Minuten.« Marita beendete das Funkgespräch und rief: »Alles klar! Die Kabine kommt, die Verladung läuft.«

Ein Schlagen drang aus dem Aufzugschacht. Durch den Maschendraht verfolgte Paul, wie die Kabel und Seile der Kabine sich in Bewegung setzten.

»Los, ihr zwei!«, brüllte Marita in ihre Richtung. »Rafft euch auf!«

Die Kabine kam. Auf dem Boden stand eine große Lache. Rostiges Wasser, Blut oder eine Mischung von beidem. Sie stiegen ein. Marita flüsterte »Wir sind auf dem Weg!« in das Helmmikro, und die Kabine fuhr ruckelnd an.

Tageslicht erwartete sie oben. Es war das Erste, das Paul seit dem Seelentransfer erblickte. Er hielt es nur für einen Moment aus, dann schloss er die Augen. Es war zu grell. Er wartete, bis das Licht, das durch seine Lider drang, nicht mehr schmerzte, und öffnete die Augen einen vorsichtigen Spalt weit. Er sah Hügel, bedeckt von einem dichten Wald. Sein Grün war merkwürdig, es wirkte falsch, irgendwie fehl am Platz. Er schloss die Augen erneut, schüttelte den Kopf, aber der Eindruck blieb.

Das Korps musste sie weit weg gebracht haben. Oder seine Sinne hatten im Berg gelitten. Paul hoffte, dass sie sich wieder einrenken würden.

»Nicht trödeln! Weiter!«, befahl Marita.

Ein FAMH-Soldat packte Paul am Arm, zog ihn mit sich. Vor ihnen erstreckte sich ein unbefestigter Platz, an seinen Rändern, aufgereiht wie zu einer Wagenburg, Laster. Keine Militärversionen, zivile Modelle mit bunten Firmenanstrichen, die abwechselnd Werbung und Aufrufe zur Wachsamkeit des Hunter-Korps einblendeten. Dazwischen FAMH-Soldaten, die hektisch auf und ab rannten, laut brüllten, mit ihren Gewehren herumfuchtelten und immer wieder innehielten, um für einen Augenblick ängstlich geduckt in den Himmel zu blicken. Zwischen den Lastern und den FAMH-Soldaten standen Aliens in kleinen Gruppen im grellen Licht der Nachmittagssonne. In ihren uniformen Gefängnisanzügen und mit ihren kahl rasierten Schädeln kaum voneinander zu unterscheiden, standen sie da, als wären sie nicht von dieser Welt. Sobald ein FAMH-Soldat sie anschrie, setzten sie sich in Bewegung und stiegen in die Laster, die man ihnen anwies. In stoischer Ruhe, als folgten sie einer eigenen Wahrnehmung, die nichts mit der der Uniformierten gemein hatte.

»Hier entlang!«, rief Marita. Sie zeigte auf einen Lieferwagen, der zu einer Bäckereikette gehörte. »Das ist unser ...«

Ein Schuss schnitt ihr das Wort ab. Der Knall war dumpf und kraftlos, als schlage jemand in der Ferne mit einem Hammer auf Holz. Es gab kein Echo, der Wald verschluckte es. Ein FAMH-Soldat, der eine Gruppe Aliens antrieb, fiel um. Es sah aus, als wäre er gestolpert. Er schlug auf den staubigen Kies und stand nicht mehr auf.

»Verdammt, sie sind da!«

Weitere Schüsse fielen, weitere FAMH-Soldaten gingen zu Boden.

Marita bellte in das Helmmikro: »Beladen abbrechen! In Deckung! Sofort!«

Uniformierte rannten los, suchten nach Deckung unter den Lastern am Rand des Platzes. Einigen gelang es. Andere, Klügere, drängten sich zwischen die Aliens, nutzten sie als Schutzschild. Pauls Zug gehörte zu ihnen. Ein FAMH-Soldat packte ihn und zerrte ihn zwischen eine Gruppe von zwei Dutzend Aliens. Sie duckten sich. Die Aliens blieben teilnahmslos stehen.

»Aufklärung!«, brüllte Marita in ihr Mikro. »Woher kommt das Feuer?«

Wie als Antwort fielen weitere Schüsse. Dauerfeuer. Schwere Maschinengewehre, keine leichten Scharfschützenwaffen. Die Geschosse bohrten sich in die Führerhäuser der Laster.

»Verdammt! Verdammt!«, brüllte Marita. »Scheißzivilisten! Ich hätte ...«

Laster brannten. FAMH-Soldaten sprangen heraus, manche blutend und mit zerfetzten Gliedern, andere unverletzt. Scharfschützen fällten sie. Aliens folgten ihnen, ruhig und besonnen, als handele es sich um eine lästige Brandschutzübung und sie wären mit den Gedanken ganz woanders. Manche von ihnen bluteten oder hatten Brandwunden. Sie schienen sie nicht zu registrieren. In der Nähe der Laster, gerade weit genug weg, um nicht von den Bränden gefährdet zu werden, blieben sie stehen. Niemand schoss auf sie.

Jemand stieß Paul in die Seite. Es fühlte sich an wie der Kolben von Maritas Gewehr, aber er war es nicht gewesen. Es war Wolfs Ellenbogen. »Los!«, flüsterte ihm der GenMod zu. »Unsere Chance!«

Paul überlegte einen Moment, dann nickte er. Wolf hatte recht. Keine zwanzig Meter trennten sie vom Rand des Platzes, dahinter begann Wald. Sie konnten es schaffen. Paul ging in die Knie, neben ihm ging Wolf auf alle viere. Er sah sich um. Niemand beachtete sie. Marita brüllte Befehle in ihr Mikro. Überall feuerten FAMH-Soldaten ungezielt in den grünen Teppich des Waldes, aus dem sie beschossen wurden. Manche leerten in ihrer Angst ganze Magazine.

Los!

Paul spannte die Muskeln an und schnellte mit ganzer Kraft nach vorn. Er kam nicht weit. Etwas Schweres krachte in seinen Rücken und riss ihn zu Boden. Der Stiefel Marita Kahmans. Mit einem zweiten Tritt drehte sie ihn vom Bauch auf den Rücken. Dann ließ sie sich mit vollem Gewicht auf ihn fallen und drückte ihm die Knie in die Achselhöhlen. »Hast du komplett den Verstand verloren?«, brüllte sie ihn an. »Deine alten Hunter-Kumpels warten nur auf Lebensmüde wie dich! Rühr dich noch einmal ohne meinen Befehl, und *ich* erschieße dich!« Sie wandte sich an Wolf, der sprungbereit auf den Knien kauerte und in den Lauf ihres TAR-21 starrte. »Das gilt auch für dich, Wolfsmann. Klar?«

Sie blieb auf Paul sitzen, ihr Gewehr auf Wolf gerichtet. »An alle!«, brüllte sie in ihr Mikro. »Plan B! Plan B!«

GANZ GLEICH,
WIE LANGE ES BRAUCHEN MAG,
WIE HOCH DER PREIS SEIN MAG,
WOHIN ES UNS FÜHREN MAG –
WIR GELOBEN FEIERLICH,
DIE ERDE DER MENSCHHEIT
ZURÜCKZUGEBEN.

– Inschrift, angebracht am 4. Juli 2066, sechs Monate nach der Zerstörung des amerikanischen Nationalfriedhofs Arlington durch ein Alien-Artefakt

KAPITEL 7

Sie hieß *Stormbride* und war ein gewöhnlicher Container-Frachter der New-Liberties-Klasse, wie er zu Zehntausenden auf der Arterie unterwegs war, der Seestaße, die alle über den Globus verstreuten Territorien der Vereinigten Staaten von Amerika und Arabien miteinander verband.

Ihre Besatzung nannte die *Stormbride* bei einem anderen Namen: *Captain Blackwells Schiff.* Und, wenn sie Captain Ernest T. Blackwell außer Hörweite glaubte, *Blackwells Sklavenschiff.* Rainer neigte dazu, ihrer Einschätzung zu folgen, noch bevor das Schiff den Golf von Suez hinter sich gelassen hatte.

Captain Blackwell war ein Furcht erregender Mann. Zwei Meter groß, fleischig und mit einem Bart, der bis weit über die Brust reichte, schien er einer alten Seefahrergeschichte entstiegen. Stocksteif schritt er über sein Schiff, eingeschnürt von einer alten, aber makellos gepflegten Uniform der Handelsmarine, und übte seine Herrschaft aus. Der Captain führte sein Schiff, als sei er Richter und Henker in einer Person. Was zu großen Teilen zutraf: Blackwells Aufgabe war es, dafür zu sorgen, dass die *Stormbride* den Fahrplan einhielt, der sie stetig nach Osten führte und der sie in den 34 Jahren, die vergangen waren, seit sie in einer Werft in der Nähe von Sausalito, Kalifornien, vom Stapel gelaufen war, 78-mal um den Globus gebracht hatte. Und um sicherzustellen, dass die *Stormbride* den Fahrplan einhielt, verlieh die Handelsmarine Blackwell nahezu unbegrenzte Macht.

Das Vertrauen der Handelsmarine war gerechtfertigt. Captain Blackwell gab sein gesamtes, mächtiges Selbst, um seine Pflicht zu erfüllen. Sein Gebrüll, mit dem er der Mannschaft Befehle gab, war das bestimmende Geräusch an Bord des Schiffs. Neben ihm versank alles Übrige zur Bedeutungslosigkeit: das Surren der Flettner-Rotoren, das Rumoren der Schiffsdiesel, die bei Flaute oder ungünstigem Wind hochfuhren, das Kreischen der Möwen in Küstennähe, das Klatschen der Wellen gegen den Rumpf, sogar das Tosen der Stürme. Was immer es sein mochte, Blackwell brüllte es mühelos nieder.

Wenn er wollte. Doch wollte Captain Blackwell es anders, dann konnte er es.

Rainer und Blitz waren noch keine halbe Stunde an Bord, als es leise an die Tür der Kabine klopfte, die ihnen ein wortkarger Matrose zugewiesen hatte.

»Herein!«, rief Rainer, ohne zur Tür zu sehen. Er war damit befasst, ihr viel zu umfangreiches Gepäck in dem engen Kabinenschrank unterzubringen. Mahmut hatte es für sie zusammenstellen lassen. »Hier drüben ist noch Platz!« Er streckte den Arm aus ohne hinzusehen. Es musste der Matrose sein, der den letzten ihrer vielen Koffer brachte.

Jemand räusperte sich. Es war ein voller, heiserer Ton. Rainer sah auf – und blickte Captain Blackwell in die strengen Augen.

»Willkommen an Bord!«, sagte der Captain.

»Oh, Captain, Sie! Ich dachte ... entschuldigen Sie ...« Rainer stolperte beinahe über einen Ausgehanzug, den er am Bügel hielt, als er versuchte, dem Captain die Hand zu schütteln.

»Langsam, langsam – wir haben noch viele Wochen Zeit für den Austausch von Höflichkeiten.«

Rainers Hand verschwand beinahe in der Pranke des Captains. Blitz steckte das Kartenspiel, mit dem sie sich in einer Ecke der Kabine beschäftigt hatte, weg und folgte seinem Beispiel. Zögernd und – Rainer konnte sich des Eindrucks nicht erwehren – irgendwie lauernd. Als traue sie Blackwell nicht.

»Ah, junge Lady!« Blackwell verneigte sich, nahm Blitz' Hand und hauchte ihr einen Kuss auf den Handrücken. »Es kommt selten vor, dass wir das Vergnügen haben, eine Dame an Bord begrüßen zu dürfen. Leider bietet mein Schiff nur bescheidenen Komfort. Ich hoffe, die Dinge sind dennoch zu Ihrer Zufriedenheit?«

Blitz nickte, lief rot an und zog ihre Hand mit einem Ruck zurück. Ihr neuer Status als Tochter eines gut situierten Wissenschaftlers, die an der Seite ihres Vaters das Abenteuer einer Seereise unternahm, war noch zu ungewohnt.

Blackwell ließ sich nichts anmerken. »Das freut mich zu hören!«, sagte er. »Sie müssen wissen, dass das Leben an Bord eines Schiffs hart und eintönig ist – wir Seemänner wissen Besuch immer zu schätzen. Leider ist es mir unmöglich, Ihnen schon jetzt meine Wertschätzung in dem Umfang zukommen zu lassen, den ich mir wünschte. Das Rote Meer ist kein einfaches Gewässer, es beansprucht bis auf Weiteres meine Aufmerksamkeit. Doch sobald wir den Indischen Ozean erreicht haben, wird es mir ein Vergnügen sein, Sie beide zusammen mit den übrigen Passagieren zum Abendessen mit mir und meinen Offizieren einzuladen.«

»Es wird uns ein Vergnügen sein«, antwortete Rainer.

»Das wird es, so wahr ich Captain Blackwell bin!« Er wandte sich zum Gehen. »Ich wünsche Ihnen eine gute Fahrt.« Im Türrahmen, der kaum für seine breiten Schultern ausreichte, blieb er stehen. »Übrigens, mein Schiff ist das Ihre. Die Handelsmarine gehört allen Steuerzahlern der USAA. Aber ich bitte Sie, vorsichtig zu sein. Ich weiß, wir leben im zivilisierten 21. Jahrhundert, aber ein Schiff ist nach wie vor ein gefährlicher Ort. Es wird immer einer sein, bis zum Jüngsten Tag.« Er sah zu Blitz, als gelte die Warnung insbesondere ihr. »Tun Sie mir deshalb den Gefallen und halten Sie sich von der Mannschaft fern.«

»Wieso das? Ist sie nicht …«

»Es sind gute Männer. Ich habe jeden von ihnen persönlich ausgesucht. Aber sie sind wie Kinder.« Er verneigte sich in Blitz' Richtung. »Entschuldigen Sie, Lady. Ich wollte Sie nicht verletzen. Sie sind eine Dame. Aber meine Männer, sie brauchen Führung, eine feste Hand, die sie davor bewahrt, Dummheiten zu begehen. Sie würden niemals einer Fliege etwas zuleide tun. Mit Absicht, wenigstens. Meiner Erfahrung nach ist es das Beste, wenn die Passagiere nicht mit ihnen verkehren. Sie gehören einer anderen Welt an. Und es ist besser für alle Beteiligten, wenn ihre Welt und die unsere einander so wenig wie möglich berühren, glauben Sie mir.« Blackwell nickte ernst. »Und jetzt will ich Sie nicht weiter belästigen. Ich sehe, Sie haben noch zu tun, bis Sie sich eingerichtet haben.«

Der Captain schloss leise die Tür hinter sich.

Rainer und Blitz hielten sich an den Rat des Captains. Während das Schiff das Rote Meer hinter sich ließ, blieben die beiden so gut es ging für sich. Ihr Ziel war Amerika, die Überfahrt nur ein lästiges Übel, das Ergebnis einer Abwägung. Ein Flug hätte sie in Stunden statt in Wochen an ihr Ziel gebracht, aber beide hatten sich darauf geeinigt, davon Abstand zu nehmen. Mahmut besaß genug Einfluss, Mittel und Großmut, ihnen Flugtickets zu verschaffen, aber es hätte über Gebühr Aufmerksamkeit auf sie gelenkt. Die Kapazitäten waren begrenzt, seit die Aliens auf den Plan getreten waren. Trotz des Siegs der USAA hatten die Luftschlachten des Zonenkriegs einen tiefen Einschnitt bedeutet; danach hatten die Sicherung und die Patrouillen an den Artefakt-Einschlagszonen Kapazitäten gebunden, und jetzt, nachdem die Artefaktschauer ausblieben, band die Überwachung der Alien-Insel den Löwenanteil der verfügbaren Fluggeräte. Ein Flug nach Amerika hätte viel zu viele Fragen bedeutet, auf die es keine Antworten gab, die Rainer und Blitz hätten aussprechen dürfen.

Sie blieben viel in der Kabine, die meiste Zeit eigentlich, aber weit weniger, als sie es sich vorgenommen hatten. Den Grund kannten beide, ohne dass sie ihn aussprechen mussten: Die enge Kabine erinnerte sie an ein Zugabteil, insbesondere, wenn die Winde aussetzten oder zu schwach waren und die Schiffsmotoren hochfuhren und den Rumpf zittern ließen. Und schlimmer noch: Im Zug hatten sie auf ein Ziel hingearbeitet, in der Kabine konnten sie nur sitzen und warten. Rainer glotzte viel in die Datenwand, während Blitz in sich selbst versunken vor sich hin spielte. Rainer ließ Blitz in Ruhe. Sie hatte viel nachzuholen, und wenn sie wollte, dass er mitspielte, würde sie sich melden. Sie war mit ihren Karten – es musste eine Art Trading-Card-Spiel sein – zufrieden. Stundenlang saß sie im Schneidersitz da und betrachtete die Karten, besah sich die Gesichter der Charaktere, las ihre Eigenschaften ab. Ihr Mund flüsterte das Gelesene dabei lautlos.

Einmal am Tag spazierten sie über das Schiff. Es war beinahe zweihundert Meter lang und praktisch überall begehbar. Die Container lagerten tief, um nicht die Rotoren zu beeinträchtigen, und waren mit Gitterplatten bedeckt. In ausgelasseneren Momenten sprinteten sie um die Wette. Blitz gewann unweigerlich. Sie war im Koma gewachsen; ihre Beine waren inzwischen beinahe so lang wie Rainers, aber sie wog immer noch weniger als die Hälfte. Hatten sie genug gekeucht, genossen sie – je nach Befinden und Tageszeit – die Sonne oder den Schatten, den Wind, die salzige Seeluft oder die Weite des Horizonts.

Auf Deck ließ es sich nicht vermieden, den übrigen Passagieren zu begegnen. Männer ausschließlich, Geschäftsreisende, von oder auf dem Weg zu neuen Abschlüssen. Rainer bemühte sich um Freundlichkeit, vergaß nie zu grüßen – und blieb auf Distanz. Es stellte sich als einfacher heraus als erwartet. Doch die Begegnungen summierten sich unweigerlich über die Tage. Das Schiff war eine winzige Welt für sich, und auch wenn die wenigen Passagiere, die an Deck gingen, meist Datenbrillen trugen und in Gespräche mit Geschäftspartnern irgendwo in den USAA vertieft waren, blieb immer noch die Verpflichtung, Höflichkeiten auszutauschen: meist nur ein, zwei Sätze hier und da, aber es genügte. Niemand war so rüde, Rainer direkt die Frage zu stellen, aber mit jedem Tag, der verstrich, arbeiteten seine Gesprächspartner sich näher an sie heran: Was trieb er mit einem Kind auf einem Frachter?

Einige Tage, nachdem die *Stormbride* die Küsten Arabiens hinter sich gelassen hatte, trat Blackwell neben ihn an die Reling. Schweigend blickte der Captain auf das Meer, auf die im grellen Mittagslicht blendenden Wellen, die Delfine, die das

Schiff fröhlich tanzend begleiteten, und weiter zum Horizont, wo sich die Silhouette eines Navy-Kreuzers abzeichnete, der den Nordrand der Arterie patrouillierte.

Blackwell räusperte sich. »Schöne Tiere.«

»Die Delfine?«

Der Captain nickte. »Sie sind da, kaum hat man abgelegt. Und weichen einem nicht von der Seite. Als glaubten sie, dass das Schiff zu ihnen gehöre.«

»Erstaunlich«, sagte Rainer unverbindlich. »Man sagt, in Delfinen steckt ein großes Potenzial.« Was bezweckte Blackwell? Es war das erste Mal seit der Begrüßung, dass er das Gespräch suchte.

»Ich habe gehört, dass das Verteidigungsministerium ein GenMod-Programm aufgelegt hat«, sagte der Captain.

»Ja?«

»Das Ministerium will Delfine mit organischen Geschützen auf dem Rücken konstruieren lassen. Angeblich sollen sie wirkungsvoller gegen Piraten sein als die Navy.« Blackwell deutete auf den Umriss des Kriegsschiffs in der Ferne. »Sie sollen autonomer operieren und günstiger im Unterhalt sein.«

Rainer schwieg. Was erwartete Blackwell? Patriotische Begeisterung? Empörung? Eine kühle Analyse?

»Ach!« Blackwell machte schließlich eine wegwerfende Handbewegung. »Was rede ich? Verzeihen Sie, ich bin eigentlich gekommen, um Ihnen zu sagen, dass es so weit ist.«

»Was?«

»Wir sind auf offener See. Die Mannschaft spurt, das Schiff macht gute Fahrt. Es wird mir ein Vergnügen sein, Sie heute Abend zum Essen in der Offizierslounge begrüßen zu dürfen.« Blackwell streckte sich, rückte die Uniform zurecht. »Und bitte bringen Sie Ihre bezaubernde Tochter mit!«

»Ah, Mr. Hegen ...«

Captain Blackwell erhob sich zur Begrüßung, ging auf Rainer zu. Zur Feier des Anlasses hatte er eine andere Uniform angelegt, frisch gebügelt und gestärkt.

»Und Ihre reizende Tochter ...?« Er sah sich fragend um, während er Rainers Hand fest schüttelte.

»Blitz ist leider unpässlich. Sie ist die Seefahrt nicht gewohnt.«

»Tatsächlich? Mir schien, sie käme gut zurecht.«

»Der Schein trügt. Blitz ist ein tapferes Mädchen, sie lässt es sich nicht anmerken, wenn es ihr nicht gut geht. Aber auch sie hat ihre Grenzen.«

»Ah, genauso habe ich sie eingeschätzt!« Blackwell winkte ab, geleitete Rainer an seinen Platz und ersparte ihm, erläutern zu müssen, dass Blitz sich unter dem Bett verkrochen hatte, als er ihr vom Abendessen erzählt hatte. Und dort, dicht gegen die Schiffswand gedrängt, würde sie die Nacht über bleiben. Wenn Blitz etwas nicht wollte, wollte sie es nicht. Punkt.

Und vielleicht, dachte Rainer, als Captain Blackwell ihn den Offizieren vorstellte, hatte ihr Instinkt sie gut beraten. Es war eine reine Männerrunde, die sich in der Lounge versammelt hatte. Da war natürlich Blackwell, der mit seiner lauten Stimme, für die Brüllen die gewöhnliche Tonlage darstellte, das Gespräch am Tisch dominierte. Er hatte keinen der Marines eingeladen, die für die Sicherheit an Bord sorgten, dafür aber vier seiner Offiziere. Es waren bärtige Männer wie er selbst, mit der furchigen und von der Sonne verbrannten Haut, die offenbar unweigerlich mit dem Leben auf den Arterie-Schiffen einherging. Auf Rainer wirkten sie wie jüngere Inkarnationen des Captains. Sollte Blackwell in diesem Moment etwas zustoßen, würde einer der Offiziere vortreten und seinen Posten übernehmen, als hätte er nie einen anderen ausgeübt. Über den Tisch verteilt fanden sich, Rainer selbst eingeschlossen, insgesamt sieben Passagiere. Die Übrigen mussten entweder zu sehr unter der Seekrankheit leiden, um ein ausgedehntes Essen zu überstehen, oder hatten es wie Blitz vorgezogen, sich unter einem Vorwand in ihren Kabinen zu verkriechen.

Ihnen entging die beste Gelegenheit, sich haltlos zu betrinken, der Rainer sich entsinnen konnte. Captain Blackwell ging mit gutem Beispiel voran, trank abwechselnd aus dem Weinglas und dem Bierkrug, die vor ihm standen. Es war eine Szene, die in Arabien undenkbar gewesen wäre. Alkohol war im arabischen Teil der USAA inzwischen fast überall geduldet, doch sich vor anderen zielstrebig zu betrinken ...

Auf Captain Blackwells Schiff störte sich niemand daran. Im Gegenteil. Während die Stewards – in schneeweiße Anzüge gesteckte Matrosen, deren Unbehagen bei jeder ungelenken Bewegung durchschien – Gang auf Gang fleisch- und fischlastige Teller servierten, betranken sich Gäste und Offiziere, angefeuert vom Captain, der keinen Anlass ausließ, das Glas zu erheben. Blackwell trank auf die Seelen der guten Seeleute, die der Sturm auf den Grund des Meeres gerissen hatte. Und darauf, dass sie den Alien-Teufeln, die sich dort unten breitgemacht hatten, kräftig einheizten. Auf die Handelsmarine, ohne deren unermüdlichen Einsatz die USAA nicht existieren könnten. Und – natürlich, wie hatte er es nur vergessen können? – auf die Air Force und die Navy und ihre Marines, die die Handelsmarine schützten.

Rainer hielt sich zurück, nippte nur an seinem Glas, kämpfte mit den ungewohnt großen Portionen und bemühte sich um Unverfänglichkeit. Es ging ihm gut von der Hand. Der Anzug, den Mahmut ihm aufgedrängt hatte, saß wie angegossen, gab ihm ein sicheres Gefühl – und Mahmuts Rat, sich bei seinem Gegenüber stets nach dem Stand der Geschäfte zu erkundigen, tat ein Übriges. In den USAA liebten es die Leute, über das Geschäft zu reden. Jeder schien in irgendeiner Weise Handel zu treiben, und sei es neben seiner eigentlichen Arbeit. Allein über die Geschäfte zu reden, schien ein noch größeres Vergnügen darzustellen, als sie zu tätigen. Rainer hoffte, dass er den Abend überstehen würde, indem er sein Gegenüber ausreichend mit Stichwörtern versorgte, zuhörte und die Minuten zählte.

Doch er hatte nicht mit Captain Blackwells Ausdauer gerechnet. Blackwell trank und trank, wurde lauter und lauter – bis Rainers Stichworte nicht mehr halfen.

»Und was ist mit Ihnen? Was bringt Sie mit Ihrer Tochter dazu, den weiten Weg nach Amerika zurückzulegen?« Die Frage kam von dem Passagier, der Rainer gegenübersaß. Er hatte sich als Pierre Leclerc vorgestellt, Vertreter einer exklusiven Waffenschmiede, der sich auf dekorative Präzisionswaffen für wohlhabende Jäger spezialisierte, die es in allen Teilen der Union gab. Leclerc war ein kleiner Mann, unauffällig, wäre da nicht dieser forschende Blick gewesen, mit dem er die Welt musterte. Rainer kam es vor, als durchdringe Leclercs Blick glatt seine Lügenfassade.

»Was wohl? Die Geschäfte«, entgegnete Rainer in der Hoffnung, mit Floskeln durchzukommen.

Aber Leclerc ließ es nicht zu. »Natürlich. Was, wenn ich fragen darf, sind Ihre Geschäfte?«

Rainer nahm einen tiefen Schluck aus seinem Bierglas, um Zeit zu gewinnen. Die übrigen Gespräche hatten ausgesetzt. »Nun ...«, er räusperte sich, »ich bin Wissenschaftler. Materialforscher. Das Verteidigungsministerium hat mich eingeladen. Mehr kann ich aus Gründen der nationalen Sicherheit nicht verraten. Ich bitte um Ihr Verständnis.«

»Selbstverständlich.« Leclerc nickte wichtig. »Es wäre ja auch zu schade, wenn wir uns selbst die Überraschung verderben würden. Ich für meinen Teil möchte mir die Spannung erhalten, wie unsere tapferen Streitkräfte die Aliens in Stücke schießen werden – in Streifen oder in Konfetti.«

Stille. Die Offiziere bemühten sich unauffällig zu Blackwell zu sehen.

Der Captain musterte Leclerc einige Augenblicke schweigend, beinahe widerwillig. Dann hob er sein Bierglas und brüllte: »Ein Hurra auf unsere tapferen Jungs!« Er leerte das Glas, lachte dröhnend und setzte das Glas mit einem lauten Schlag ab. So, als er wolle damit anzeigen, dass das Thema beendet sei.

Leclerc übersah den Wink. »Unsere tapferen Streitkräfte – Gott schütze sie!«, sagte er. »Aber wenn ich fragen darf, Mr. Hegen, was führt Ihre Tochter an Bord? Ich gehe davon aus, dass es sich bei ihr nicht um eine Geheimwaffe handelt, über die Sie das Ministerium zu Stillschweigen verpflichtet hat, nicht?«

Zwei der Offiziere lachten. Sie brachen ab, als Blackwell schwieg und damit zum Ausdruck brachte, dass er Leclercs Scherze nicht schätzte.

»Nein«, sagte Rainer. »Aber Sie liegen nicht völlig falsch, Mr. Leclerc: Blitz hat ein Geheimnis. Die besten Ärzte in Ägypten haben vergeblich versucht, es zu ergründen. Blitz leidet – so weit sind sie sich einig – an einer seltenen Form von Epilepsie, die von langen Wachkoma-Perioden geprägt ist, welche immer mehr zunehmen. Unsere einzige Hoffnung ist ein Spezialist in San Francisco, Dr. Nelson. Kann er ihr nicht helfen, wird Blitz eines Tages wohl nicht mehr aus dem Koma erwachen.«

Bedrückte Stille folgte auf seine Eröffnung – bis Captain Blackwell losbrüllte: »Trinken wir auf das Wohl der tapferen Lady!«

Diesmal hakte Leclerc nicht nach. Das Tischgespräch lebte wieder auf und kam rasch auf die Politik; ein Thema, das Rainer immer wieder verblüffte. Jeder in den USAA schien eine politische Meinung zu haben – und nicht die geringste Scheu, sie zu äußern. Einer der Passagiere brachte das Gespräch auf die Frage der Verlegung der Osthauptstadt und löste eine hitzige Diskussion aus. Die Befürworter erklärten es für überlebenswichtig für die gesamte Union, den Ost-Präsidenten und die Regierung aus dem verweichlichenden Klima der Ambipolis von Dubai herauszuholen. Die Gegner bestanden mit Inbrunst darauf, dass Bagdad kein würdiger Ort sei, um die Regierung des größten Reichs zu beherbergen, das die Welt je gesehen hat. Die Kriegswunden Bagdads wären längst nicht verheilt. Die Diskussion wogte hin und her, schwenkte schließlich zur Unfähigkeit des Gouverneurs von Israel; weitere stimmten zu, berichteten von Bestechungsgeldern, die sie zu leisten hatten, von der Vetternwirtschaft, die das Gemeinwohl gefährdete, beschwerten sich über zu viele Kriminelle und zu weiche Strafen, bis schließlich Leclerc wieder den patriotischen Bogen schlug.

»Das sind nur kleinere Irritationen, unvermeidlich in einer Nation, die den Globus umspannt«, erklärte er und sah dabei mit seinem stechenden Blick in die Runde. Auf Rainer wirkte er herausfordernd. »Lassen wir uns nicht beirren: Die USAA ist unvergleichlich. Niemals in der Geschichte hat es eine Nation gegeben, die es mit der unseren aufnehmen kann.«

»Sie scheinen sich Ihrer Ansicht sehr sicher«, entgegnete Captain Blackwell mit einer Schärfe, die keinen Zweifel daran ließ, dass er genug von seinem patriotischen Passagier hatte.

»Das bin ich. Aber ich lasse mich gern eines Besseren belehren. Nennen Sie mir die Nation, Captain, die die USAA auf den zweiten Rang verweist.«

»Das Britische Empire. Es umfasste eine weit größere Fläche, als die USAA es tun.«

»Das Britische Empire ist Vergangenheit.«

»Was auch für die USAA eines Tages zutreffen könnte.«

Rainer hörte, wie der Offizier auf dem Stuhl neben ihm scharf die Luft einsog. Captain Blackwell war im Begriff, eine Grenze zu überschreiten. Es war erlaubt, einzelne Aspekte der USAA zu kritisieren – nicht aber, die USAA als Ganzes infrage zu stellen.

Leclerc schüttelte langsam den Kopf. »Bei allem Respekt, Captain, das bezweifle ich. Das Empire hat sich selbst den Boden unter den Füßen weggezogen. In den Tagen und Wochen, die dem 13. April 1919 folgten, dem Massaker von Amritsar. Die britische Öffentlichkeit war derartig entsetzt, dass das Empire nie wieder die Kraft für die drastischen Entscheidungen fand, ohne die ein Empire dem Untergang geweiht ist. Das wird uns nicht passieren. Wir wissen, dass wir der Hort der Zivilisation und der Freiheit sind. Wir wissen, dass wir das Bollwerk sind, das die Aliens daran hindert, die Erde zu überfluten. Wir …«

Die Tür zur Lounge wurde mit einem lauten Ruck aufgerissen.

»Captain!«

Ein Offizier trat ein. Sein Gesicht war rot angelaufen. Er keuchte.

»Was ist, Madison?«, herrschte Blackwell ihn an. »Ich habe Ihnen Anweisung gegeben, uns nicht zu stören. Was fällt Ihnen ein, hier hereinzuplatzen?«

Der Offizier hob die Hand. In den Fingern hielt er eine Karte, wie sie sich in Blitz' Kartenspiel fand. »Captain«, sagte er, »wir haben einen Alienisten an Bord!«

(1) Wer es unternimmt, durch das Tragen eines Alienbands

1. den Bestand der Bundesrepublik Deutschland, der Europäischen Union oder der Menschheit zu beeinträchtigen oder
2. die auf dem Grundgesetz der Bundesrepublik Deutschland, der Verfassung der Europäischen Union, den Genfer Konventionen beruhende verfassungsmäßige Ordnung zu ändern,

wird mit lebenslanger Freiheitsstrafe oder mit Freiheitsstrafe nicht unter zehn Jahren bestraft.

(2) In minder schweren Fällen ist das Strafmaß eine Freiheitsstrafe von einem Jahr bis zu zehn Jahren.

Als Alienband gilt jedes um den Hals getragene Stück Gewebe, unabhängig vom Aussehen und der tatsächlichen Transferwirkung des Bands.

– *Strafgesetzbuch der Bundesrepublik Deutschland,*
§ 81d Unterstützung von Menschheitsverrat.
Revision vom 29. September 2065

KAPITEL 8

Jan, du fehlst mir!

François Delvaux blieb vor dem großen, alten Schrank stehen. Die dunkel gebeizten Holztüren schwangen mit einem vielstimmigen Quietschen auf, als geschickt verborgene Seile den Schwung der Bewegung auf die Schubladen und Fächer verteilten und sie, wie von einer unsichtbaren Hand angestoßen, ihren Inhalt in Kaskaden darboten.

»Museumsstück« hatte Jan den Schrank immer genannt und ihn damit einmal mehr daran erinnert, was er davon hielt, dass er einen Gutteil ihres Schlafzimmers für sich beanspruchte. Und Jan hatte recht gehabt; Museen und Sammler überall auf der Welt hätten ihnen das Stück aus den Händen gerissen. Der Schrank stammte aus den 1790ern – François hatte ihn vor dem Kauf datieren lassen, er war ein leidenschaftlicher Mann, kein naiver –, und vieles sprach dafür, dass stimmte, was der Händler im West End von Freetown ihm beim Geist des heiligen Joseph Kony versichert hatte: dass der Schrank von ehemaligen Sklaven gefertigt worden war, die aus Kanada an die Westküste Afrikas gekommen waren und Freetown in der Hoffnung auf eine bessere Zukunft gegründet hatten. Er war ein Stück Geschichte, exquisite Hightech von gestern, überragend schön und überaus praktisch. Der Schrank verdiente, dass man ihn ehrte, indem man ihn nutzte, fand François. Jan dagegen ... was hatte man von einem Menschen zu erwarten gehabt, der der festen Überzeugung war, dass alles, was über eine zweite Unterhose, ein Stück Seife, eine Zahnbürste und die Allzweckwaffe eines gut gefüllten Bankkontos hinausging, unnützen Ballast darstellte?

François schloss die Augen und griff wahllos in ein Fach. Vielleicht half ihm das Glück. Er öffnete die Augen. Ein schwarzer Rollkragenpullover, vor Jahren in Lüttich nach dem Studium gekauft, in Erwartung der Vorstellungsgespräche, die nie hatten kommen sollen. Es war ungefähr das letzte Stück Kleidung, das ein Mensch in Westafrika gebrauchen konnte. Jan war es nicht müde geworden, ihn damit aufzuziehen. Aber François hatte es nicht über das Herz gebracht, ihn wegzuwerfen. Man wusste nie, wozu Dinge eines Tages gut sein würden. War dieser Tag gekommen? Der Pullover würde ihm eine gewisse Ernsthaftigkeit verleihen. Und konnte es einen ernsteren Augenblick geben als jenen, der vor ihm lag? Andererseits ... er würde trotz des Ambientalsystems schwitzen. Und die Schurwolle juckte, wenn er schwitzte. Seine Würde wäre dahin.

Nein, kam nicht infrage. Er faltete den Pullover sorgsam zusammen und legte ihn zurück.

Was will er von mir?, fragte er sich, während seine Finger unschlüssig über die Fächer strichen. *Wieso kommt er hierher? Wieso erst jetzt? Wieso gerade jetzt?* Er ging im Schlafzimmer der Villa auf und ab, setzte sich auf das Doppelbett, das er längst hatte wegschaffen lassen wollen, sank ein. Er stand auf, ging um das Bett herum, setzte sich wieder – auf Jans Seite – und starrte das kleine, unpassend moderne Nachtschränkchen an, als könne es ihm die Antwort geben. Das Schränkchen tat es nicht, es brummte nur leise wie ein Kühlschrank vor sich hin.

François stand auf, trat zum Kleiderschrank und zog eine Company-Uniform heraus. Uniform, ja, das würde passen. Dieser überraschende Besuch, er drehte sich nicht um ihn. Eitelkeit war fehl am Platz. Er, François Delvaux, Mitbegründer und Vorsitzender der Human Company, nahm ihn lediglich als Vertreter der Menschheit entgegen, zumindest als Vertreter ihres aufgeklärten Teils. Die Uniform, das Alienkreuz der Company, würde keinen Zweifel daran lassen. Oder doch? Die Company war nicht die einzige Gruppe, die das Alienkreuz als

Symbol verwendete. Täglich liefen Hunderte Meldungen von Lynchmorden in der Company-Zentrale ein. Überall auf der Erde wurden Aliens oder vermeintliche Aliens an Alienkreuze gefesselt, genagelt oder geklebt und verbrannt. François war gegen die Uniformen gewesen, auch dagegen, das Alienkreuz zu benutzen, aber Jan hatte sich durchgesetzt. »Menschen sind Menschen«, hatte er gesagt. »Sie brauchen Symbole, um sich daran festzuhalten.«

François legte die Uniform zurück. Wenn nur Jan noch bei ihm wäre! Ja, sie hätten gestritten, fürchterlich sogar. Sie hatten es immer vor wichtigen Entscheidungen getan. Damals, in Lüttich, vor unendlich langer Zeit, zwei schwule Studienabbrecher, ohne Arbeit, ohne Aussichten, ohne die geringste Vorstellung davon, was sie mit dem Leben anfangen konnten, geschweige denn sollten. Sie hatten einander beinahe die Augen über die Frage ausgekratzt, in welchem Café sie ihre magere Grundsicherung ausgeben sollten. Und vielleicht hätten sie es eines Tages sogar getan, wenn nicht die Aliens gekommen wären. Ihm und Jan war auf der Stelle klar gewesen, dass mit den Aliens ein neues Zeitalter anbrechen würde – und dass sie etwas unternehmen mussten, um dieses Zeitalter zu dem ihren zu machen. Nur was? Er und Jan hatten tagelang gestritten, sich um ein Haar beim Eurokorps beworben und schließlich die Human Company gegründet. Die letzte, beste Hoffnung der Menschheit.

Und jetzt? Lebte Jan noch, er hätte ihn angebrüllt. Wie François darauf komme, in einem Augenblick wie diesem – dem Augenblick, für den sie alles gegeben hatten – auch nur einen flüchtigen Gedanken auf die passende Kleidung zu verschwenden? Aber schließlich hätte Jan etwas vor sich hin gebrummt, wie immer, wenn er zu einem Entschluss gekommen war, und hätte François zur Seite geschoben. Mit einem Griff hätte er das passende Stück ausgewählt – und sie wären bereit gewesen, komme Himmel oder Hölle, Amerikaner oder Aliens oder der Rechtsblock Lüttichs in Jagdlaune auf Schwule.

Es summte.

Er war hier.

François wandte sich um und starrte einen Augenblick lang Jans Nachtschränkchen an, als warte er auf eine Eingebung. Sie kam nicht. Jan war tot. Und mit ihm waren die Eingebungen in ihm erstorben.

François riss sich los, schlug den Kleiderschrank krachend zu und verließ den Raum. Dann mussten eben T-Shirt und kurze Hose genügen. Von einem Wesen, dessen Geist in einem fremden Körper steckte, musste man so viel Weitblick erwarten können, dass es über Äußerlichkeiten hinwegsah, oder nicht?

Mit klopfendem Herzen gelangte François am Ende der steilen, engen Treppe an, die zur Spitze des alten Wasserturms hinaufführte, um dessen Sockel herum ihre Villa errichtet worden war.

Der Flyboy, der den Alien gebracht hatte, versperrte ihm den Weg und die Sicht. Der Deutsche trat von einem Bein auf das andere und wirkte, als wünsche er sich an jeden anderen Ort des Universums als an diesen. François nahm sich einen Augenblick, um wieder zu Atem zu kommen, konzentrierte sich auf den Menschen vor ihm, um wenigstens etwas von der Nervosität abzuschütteln, die allein der Gedanke an den Alien in ihm auslöste.

Der Flyboy war ein kräftiger Kerl mit einem Kindergesicht, in dem François stets vergeblich zu lesen versuchte. Er kam aus einer Kommune von Weltuntergangsgläubigen und hatte sie für immer verlassen, um die Aliens zu finden. Es war ihm gelungen. Und nun? François schien es, als wäre er permanent auf der Flucht vor seiner eigenen Entdeckung, ohne von ihr loskommen zu können. Er zog um die Erde, sammelte Aliens ein, bestand darauf, sie persönlich auf der Alien-Insel abzuliefern, nur um von dort binnen einer Stunde zu fliehen, um erneut Aliens einzusammeln. Der Deutsche hatte keine Freunde, niemanden, dem er sich anvertraut hätte. Seine Mail-Kontakte beschränkten sich auf ein Ex-Flygirl, dem er beinahe täglich schrieb, ohne dass sie je geantwortet hätte.

Jan hätte den Deutschen längst kaltgestellt. Er war unberechenbar, ein unverantwortliches Sicherheitsrisiko. François brachte es nicht über sich. Er ließ den Burschen machen. Er selbst hatte weiß Gott genug Mist in seinem Leben angestellt, ohne auch nur zu ahnen, wofür und wohin. Am Ende hatte sich alles gefunden. Auch für den Deutschen würde es sich finden, irgendwann. Vielleicht geschah ein Wunder, und dieses Ex-Flygirl antwortete ihm.

François atmete tief durch und trat neben den Flyboy. Er überblickte den weiten, bis auf einen Tisch und einige Stühle leeren Raum, sah den Mann, den der Flyboy hergebracht hatte. Er nickte dem Burschen fragend zu. Der nickte, und François blendete ihn im selben Moment aus seinen Gedanken aus. Er war unwichtig. Was zählte, war nur der Passagier, den er gebracht hatte: Pasong, der Alien.

Der Anführer der Aliens stand an einem der vielen Fenster, die sie in die Betonwand des Turmbeckens hatten schlagen lassen, und wandte ihnen den Rücken zu. Pasong suchte ihn als kleiner Mann auf. François schätzte, dass der Alien ihm kaum an die Brust ging; ihm, der es bestenfalls auf den Durchschnitt schaffte. Durchschnitt war auch Pasongs Kleidung: Er trug ein helles Hemd und eine dunkle Hose. Und seine Haut war schwarz. Hätte François es nicht besser gewusst, er hätte den Alien für einen der Hausangestellten gehalten, die sich selbst Diener nannten, ganz gleich, wie oft Jan ihnen auseinandergesetzt hatte, dass es in der Company weder Diener noch Herren gab.

François räusperte sich.

Der Alien wandte sich um. Seine großen Augen leuchteten in dem dunklen Gesicht. Er öffnete den Mund, entblößte weiße Zähne, die es an Glanz mit seinen Augen aufnahmen, und sagte: »Sie haben einen wunderbaren Blick hier oben.« Die Stimme des Aliens hallte weit in dem hohen, bis auf einen kleinen Serviertisch unmöblierten Raum. Es war der Grund, aus dem Jan den Wasserturm so geliebt hatte: Egal, wer es sagte oder was man sagte, jedes Wort schien voller Bedeutung.

»Ja, wir haben Glück«, antwortete François. »Anfangs haben wir am Hafen gewohnt, am Meer. Aber ich muss sagen, der Blick von den Bergen über die Stadt ist viel schöner.« Er erzählte dem Alien nicht, dass ihr Umzug erzwungen gewesen war. Der Hafen war zu unsicher geworden.

François trat zu Pasong und hielt ihm die Hand hin. Der Alien ergriff sie und drückte sie fest. »Das Glück des Tüchtigen«, sagte Pasong. »Sie müssen sehr stolz auf das sein, was Sie erreicht haben.«

»*Wir.* Ich bin nur einer von Millionen Menschen weltweit, die versuchen, ihr Bestes zu geben.«

»Natürlich.«

Pasong wandte sich wieder dem Fenster zu. Es war ein klarer Tag. Der Blick reichte über das Häusermeer Freetowns hinaus auf das Meer. Am Horizont zogen kleine Punkte entlang; Company-Flieger, die auf den Pisten des Lungi-Airports starteten oder landeten und Nachschub brachten: an Aliens, an Freiwilligen, blinden Passagieren, Geschäftsleuten und solchen, die sich dafür hielten, an Deo, Nahrung, Baumaterialien und tausend anderen Dingen. Freetown war seit über fünf Jahren Hauptstadt des namenlosen Gebildes, das früher einmal »Sierra Leone« geheißen hatte und nun jeder nur »Company Country« nannte. Noch immer war es für sein Überleben beinahe vollständig von der Außenwelt abhängig. Es widerstrebte François, aber immerhin sorgte es dafür, dass der Lungi-Airport das höchste Flugaufkommen weltweit hatte, größer als Singapur, Dubai, Bagdad und JFK zusammengenommen. Wenigstens das.

»Kaum zu glauben«, sagte der Alien, »dass hier vor wenigen Jahren nur menschenleere Ruinen und Gestrüpp übrig waren.«

Kaum zu glauben, ja. Und wäre es nach François gegangen, wäre Freetown das ausgebrannte Skelett geblieben, zu dem es Energiemangel, Aids und dreißig Jahre Bürgerkrieg gemacht hatten. Die Erde war groß, an vielen Orten hatte man sich um das Geld gerissen, das die Company mitbrachte. Aber Jan hatte seinen Dickkopf durchgesetzt. »Wir setzen ein Zeichen der

Hoffnung«, hatte er gesagt. »Kann es einen besseren Ort als Freetown geben? Hier haben Ausgestoßene schon einmal einen neuen Anfang gewagt. Man hat sie verlacht, verspottet und gehasst. Freetown ist wie geschaffen für uns.« François hatte dem nichts entgegenzusetzen gehabt. Also hatte die Company ihr Hauptquartier verlegt. Mit dem Vorteil, dass es keinen Staat mehr gab, der es ihr hätte verbieten können. Und dem Nachteil, dass eine Ödnis sie erwartete. Menschengemacht, mit gelegentlichen Einsprengseln von Überlebenden. Die Company, gegründet, um freundschaftlichen Kontakt zu den Aliens herzustellen, hatte ihre Gelder auf Menschen verwandt. Gesundheitsvorsorge, AIDS-Impfungen und -Therapien, Langzeitrehabilitation für Unterernährte, Infrastruktur. Jan hatte dafür gesorgt. »Wie sollen wir eine bessere Welt schaffen, wenn zehn Fußminuten von uns Menschen an Krankheiten sterben, die wir für eine Handvoll Kleingeld heilen könnten?«, hatte er gefragt. Wieder einmal etwas, dem François nichts entgegenzusetzen gehabt hatte.

»Die Geschäfte Ihrer Company laufen gut?«, wandte sich Pasong an François.

François antwortete nicht gleich. Etwas stimmte nicht. Es war ihre erste Begegnung. Pasong, der Anführer der Aliens, das Wesen, das über Jahre den großen Transfer vorbereitet hatte, der gönnerhafte Mentor, der die Company mit Alien-Know-how versorgte und auf diese Weise dafür sorgte, dass sie nicht mehr von der politischen Landkarte der Erde wegzudenken war. Und er, François Delvaux, einer der wenigen Menschen unter zehn Milliarden, der von sich behaupten konnte, auf der Stelle erkannt zu haben, welche Chance die Aliens der Menschheit eröffneten – und der zu jener Handvoll gehörte, die von sich behaupten konnten, aus diesem Wissen heraus *gehandelt* zu haben. Ihre Begegnung hätte, jenseits aller Eitelkeiten, eine historische sein sollen. Das Treffen zweier verwandter Seelen, ein spontanes Aufwallen von Gefühlen, die Erkenntnis, einem Bruder im Geiste gegenüberzustehen. Der Anlass, wenn es je einen geben konnte, weihevolle Worte im Namen der gesamten Menschheit und Alienheit zu sprechen.

Aber Pasong redete wie einer der vielen Geschäftsmänner, denen es immer wieder irgendwie gelang, zu François vorzudringen, lediglich auf den Gewinn aus, den sie mit Alien-Know-how machen konnten.

»Wir sind zufrieden. Wir ...«

»Zufrieden? Mehr nicht?«

»Die Dinge brauchen ihre Zeit. Und Geld. Das Know-how, das Sie uns liefern, muss erst umgesetzt werden, auf unserem technologischen Niveau adaptiert werden. Das ist sehr aufwändig. Wir brauchen Fachleute dazu, nicht im Dutzend, sondern Tausendschaften. Diese Leute sind nicht einfach zu finden, und sie kennen ihren Preis. Und der ist in den letzten Monaten ins Unermessliche gestiegen. So wie der für Aliens. Die Company benötigt Unsummen von Geld, das alles zu finanzieren.«

»Während die Ausgaben für die Flyboy-Patrouillen und ihre Basen weggefallen sind.«

»Das ist richtig. Aber damit auch unsere Einnahmen aus der Flyboy-Lotterie. Die Menschen träumen nicht mehr davon, in ein Flugzeug zu steigen und Artefakten nachzujagen, um das Rätsel der Aliens zu lösen. Die Aliens sind hier.« Er zeigte auf Pasong. »Sie sind hier.«

»Wovon träumen die Menschen jetzt?«

François blickte über die Stadt. Sie war unübersehbar. Sie wuchs und wuchs, erstreckte sich längst über den Horizont hinaus. Nicht das, wovon Jan geträumt hatte. Jan war der Überzeugung gewesen, dass die Megastädte eines der Grundübel der Menschheit darstellten. Er hatte es besser machen wollen. »Von Ihnen«, sagte er. »Millionen versuchen, zur Alien-Insel zu gelangen. Sie hätten Ihre Insel längst überrannt, hielte die US Navy sie nicht davon ab. Weitere Millionen versuchen hierherzukommen. Freetown ist der Ort, an dem die Aliens sich sammeln, bevor die Company sie zu den ihren bringt. Jedes Kind des Planeten weiß das. In Freetown ist die Company. Und die Company ist der Freund der Aliens.«

»Und wer hält diese Menschen auf?«

»Niemand. Die Company ist nicht die USAA. Wir glauben an Freiheit und Gleichheit. Jeder Mensch hat das Recht auf Glück. Oder zumindest das Recht, danach zu streben. Und wenn die Menschen glauben, dass sie es hier finden können, stellen wir uns ihnen nicht in den Weg.«

»Ich verstehe.« Pasong nickte. »Ein ehrenwertes Prinzip. Es erstaunt mich, dass es funktioniert.«

Die Wahrheit war: Es funktionierte nicht. Schon Wochen nach dem Massenseelentransfer, nach Jans Tod, hatte François keine andere Wahl gehabt, als die Stadt zweizuteilen: in eine privilegierte innere Zone und die immer schneller wachsende, sich selbst überlassene äußere Zone. Die Absperrungen waren dezent, aber wer genau hinsah, konnte den Zaun erkennen, der die Stadt teilte. Doch das musste der Alien nicht erfahren.

»Nicht erstaunlicher, als dass eines Tages ein fremdes Raumschiff im Orbit über der Erde erscheint. Jan und ich, wir haben immer an das Gute im Menschen geglaubt. Der Mensch ist vernünftig, er ist gut, er wird immer das Gute suchen – wenn man ihm nur die Gelegenheit gibt. Die Company ist der Beweis. Wir ...« Er brach ab, als er an Jan dachte. Ja, der Mensch war gut. Wenn man ihm die Gelegenheit dazu gab. Der Mensch war gut. An sich. Einzelne Menschen ausgeschlossen. *Wie der, der dir ein Messer in die Brust gestoßen hat, Jan. Wieso hast du nicht auf mich gehört? Eine Panzerweste hätte dich ...*

»Ja?«, fragte Pasong, als François nicht weitersprach.

»Wir ... wir glauben nicht, dass es einfach ist, den Menschen zu vertrauen. Wir glauben nur, dass es der einzig mögliche Weg ist. Beschreitet man ihn, ist nichts unmöglich.«

Der Alien nickte. »Den Mutigen steht das Universum offen. Sie kennen keine Grenzen, keine Verbote. Wenn sie zueinanderstehen, erfahren sie, was Leben wirklich bedeutet.« Pasong sprach langsam und ehrfürchtig, als sage er ein Glaubensbekenntnis auf. Seine Worte hallten in der Halle nach. Einen Augenblick lang schwieg er, als mache es ihn verlegen, sich dem Menschen, der ihm gegenüberstand, zu offenbaren. Schließlich, seine Worte waren verhallt, sah er François in die Augen. »Verstehen Sie?«

Ja, François verstand. Und auch Jan hätte verstanden. Der Alien, der ihm so fremd, so oberflächlich erschienen war, hatte in wenigen Worten zusammengefasst, was ihn und Jan ausgemacht hatte.

Als François den Blick des Aliens erwiderte, vergaß er den kleinen schwarzen Mann, der wie ein Diener aussah. Der Körper stellte nur eine Hülle ohne Bedeutung dar. Er vergaß Pasongs erste unpassende Worte. Sie waren lediglich ein Produkt seiner anfänglichen Verlegenheit gewesen.

François spürte ein Band zwischen ihm und dem Alien, stärker, als er es sich jemals hätte erträumen können. Dieses Wesen, das aus einer anderen Welt gekommen war – es war ein Bruder im Geiste.

»Wir gehören zusammen«, brach Pasong die Stille. »Und das ist der Grund, aus dem ich hierhergekommen bin. Wir müssen zusammenstehen – oder wir alle werden innerhalb von sechs eurer Monate tot sein.«

Vorlage 89/2066

Ausgangspunkt: Seit den Massen-Seelentransfers des 26. September 2065 ist die Zahl der nachgewiesenen Alien-Manifestationen auf null gesunken. Diese neue Lage mündet, je nach Beschluss des Kabinetts, in folgende Szenarien:

Szenario 1: »Weiter so«

Vorteile: kein Bedarf an Erklärungen an die Bevölkerung; Überwachungs- und Disziplinierungsapparate bleiben intakt; Arbeitsleistung von Internierten bleibt der Gesellschaft erhalten; maximale Sicherheit gegen Alien-Bedrohungen (die gegenwärtige Lage kann sich jederzeit wieder wenden).

Nachteile: weitere Radikalisierung von Alienisten; Bindung von Ressourcen, die zur Verwahrung inhaftierter Aliens benötigt werden.

Szenario 2: »Vorsichtige Reform«

Vorteile: Umleitung von Ressourcen von Alien-Detektion in Alien-Verwahrung; möglicherweise Aussöhnung mit Teilen der Alienisten-Bewegung; Wahrnehmung der Bevölkerung von Fortschritten in der Alien-Frage, in Folge gesteigertes Vertrauen in die Regierung; Flexibilität, da auf alle Möglichkeiten vorbereitet.

Nachteile: möglicherweise Missbrauch der neuen Freiheiten; Legitimationsprobleme (wieso noch Internierungen, wenn es keine Manifestationen mehr gibt?); Status der Internierten ungeklärt, Massenentlassungen könnten Unruhen heraufbeschwören.

Szenario 3: »Bruch«

Vorteile: optimale Anpassung der Ressourcen an neue Bedrohungslage; möglicherweise Aufbruchstimmung in der Bevölkerung; Entlastung der Wirtschaft vom Löwenanteil der Überwachungs- und Sicherheitskosten; Wiederherstellung der Freiheit für Millionen Internierte.

Nachteile: ungenügende Bereitschaft bei Veränderung der Bedrohungslage; Legitimationsprobleme (wieso Kurswechsel mit einem halben Jahr Verspätung?); Ausfall der Arbeitsleistung der Internierten; logistische Probleme bei gleichzeitiger Freilassung Millionen Internierter; juristische Klagen von einer großen Anzahl ehemaliger Internierter sind zu erwarten; Gesellschaft ist insgesamt unvorbereitet auf Reinstitution von Freiheiten, Unruhen sind zu befürchten.

Szenario 4: »Radikaler Bruch«

Vorteile: sofortige Beendigung des Konflikts mit den Aliens; (potenziell) Zugang zu Alien-Technologie; (potenziell) Lösung aller irdischen Probleme, (potenziell) Zugang zu den Sternen.

Nachteile: (potenziell) Ende der Menschheit.

– *Vorlage des Ministeriums für Alien-Fragen an das Bundeskabinett. Die Abstimmung wurde am 1. 7. 2066 nach hitziger Diskussion aufgrund von Uneinigkeit der Minister auf unbestimmt vertagt.*

KAPITEL 9

»Haut ab! Ihr wisst nicht, was ihr tut!«

Viktor brüllte durch das zerschossene Fenster in die Dämmerung und schickte seinen Worten eine mahnend geschüttelte Faust und eine Salve aus seinem TAR-21 hinterher. Wie alle Schüsse, die Paul von FAMH-Soldaten gesehen hatte, waren sie zu hastig und zu hoch angesetzt, als dass der Zielcomputer des Gewehrs sie hätte ausgleichen können.

Von draußen, von den merkwürdig dicht bewaldeten Hügeln, die den Schall schluckten, als wären sie mit Watte bedeckt, kam keine Antwort. Das Korps, das sich dort längst eingegraben hatte, sparte sich den Atem und die Munition. Es ließ die FAMH-Soldaten in Ruhe und wartete. 537 von 800 Soldaten waren nach der Flucht vom Vorplatz des unterirdischen Gefängnisses noch am Leben, dazu kamen 2989 Aliens von ursprünglich 3000. Viktor bekam die Zahlen auf die Datenbrille gespielt und flüsterte sie, wenn er nicht gerade die Hunter anbrüllte, immer wieder vor sich hin. Manchmal, schien es Paul, unendlich erschrocken, manchmal trotzig und unendlich stolz.

»Wacht auf, das Korps benutzt euch nur! Wir sind Brüder!«, brüllte Viktor hinaus. Er verzichtete dieses Mal darauf, seine Aufforderung mit Schüssen zu unterstreichen.

Außer Atem drehte er sich um und ließ sich mit dem Rücken gegen die Wand sinken. Sie war aus rötlichem Sandstein, beinahe einen Meter dick und bildete einen Teil eines Ensembles aus einem halben Dutzend Gebäuden. Eine Bergmannssiedlung aus dem vorigen Jahrhundert, verloren in dem, was früher einmal Pfälzer Wald genannt worden war. Bis vor wenigen Stunden vom Hunter-Korps als in praktischer Nähe gelegenes Wohnheim für das Gefängnispersonal genutzt, jetzt die Zuflucht der FAMH-Armee und ihrer Beute. Und eine Festung – dachte Viktor.

Der FAMH-Soldat richtete sich auf, schoss ungezielt und brüllte: »Verschwindet! Dann geschieht euch nichts!«

Viktor war im Rausch. Nach Monaten der Vorbereitung die gelungene Befreiung, das Töten und Getötetwerden, die Waffe in seiner Hand ... der Teil seines Gesichts, den das Datenvisier frei ließ, war bleich und mit Perlen von kaltem Schweißes übersät, doch gleichzeitig glühte es, ein Abbild des Feuers, das in ihm brannte. Nichts und niemand konnte sie aufhalten, dachte Viktor.

Paul, der keine Waffe besaß und den der Anblick seines elenden Spiegelbilds in Victors Visier nicht vergessen ließ, dass ihm keine Waffe etwas nützen würde, wusste es besser. Sie saßen in der Falle. Ihr Wasser war längst aufgebraucht, das Korps hatte die Leitungen in die Gebäude gekappt, noch bevor sie einen Vorrat hatten anlegen können. Was ihnen blieb, war allein das, was sie bei ihrem fluchtartigen Rückzug am Körper hatten tragen können: etwas Proviant und die leichten Waffen und Munition. Alles Übrige war zusammen mit den Lastern auf dem Vorplatz des Gefängnisses verbrannt.

»Viktor, lass es gut sein.« Paul kroch auf den FAMH-Soldaten zu, unter den Fenstersims. Er und Viktor waren die beiden einzigen Menschen in dem ehemaligen Schlafraum. Paul fühlte sich ihm verbunden. Viktor hatte ihn davor gerettet, durch den Korps-Sensor zu sterben, er hatte sein Leben eingesetzt, ihn zu befreien. Paul konnte nicht einfach zusehen, wie der FAMH-Soldat sein Leben sinnlos aufs Spiel setzte. Irgendwann würden die Hunter dort draußen seines Gebrülls müde. »Viktor, es hat keinen Sinn!«

»Wieso?« Viktor hob das Datenvisier. Sein Blick war fiebrig. »Da draußen sind Menschen. Wir können mit ihnen reden.«

»Niemand hat mit dir geredet.«

»Aber es hat auch niemand zurückgeschossen.«

»Sie sparen sich die Munition. Sie wissen, dass wir keine Chance haben.« Paul zeigte auf Viktors TAR-21. »Das ist ein Spielzeuggewehr. Das Korps könnte uns jederzeit überrennen.«

Viktor schüttelte trotzig den Kopf. Schweißtropfen fielen wie feiner Regen auf Paul. »Tut es aber nicht. Das Korps weiß, was man mit so einem ›Spielzeug‹ anrichten kann.« Viktor deutete mit dem Lauf des TAR-21 auf die Gruppe der Aliens, die auf Dreistockbetten hockten und lagen. Es waren 18, ihre Schützlinge, ausnahmslos verletzt. Sie hatten auf dem Rückzug Schusswunden erlitten, unbeabsichtigte Treffer von beiden Seiten. Viktor hatte sie mit einer Hingabe und Routine verarztet, die man ihm unmöglich in einem Schnellkursus beigebracht haben konnte. Die Aliens hatten seine Bemühungen regungslos über sich ergehen lassen. Ihre Blicke waren und blieben leer.

»Du würdest sie töten?«, fragte Paul.

»Nein. Leben ist zu wertvoll. Ich habe mich der FAMH-Armee nicht angeschlossen, um zu töten.«

»Nein?«

Viktor wischte sich mit dem Ärmel den Schweiß von der Stirn. Als er wieder zu Paul sah, war sein Blick ernst und klar. »Nein, ich glaube an das Leben. Früher wollte ich Arzt werden, aber dazu hat mein Grips nicht gereicht, also wurde ich Krankenpfleger.«

Daher die Routine. »Wieso bist du es nicht geblieben?«

Viktor zeigte auf die Aliens, diesmal mit dem Finger. »Wegen ihnen hier. Das Wohl der gesamten Menschheit steht auf dem Spiel. Was hat es da für einen Sinn, an einzelnen Menschen herumzudoktern?«

»Und das hier hat Sinn?«

»Ja. Ich vertraue Marita. Sie ist jemand Besonderes, nicht so wie ich. Sie war im Osten, mit dem Euro-Korps. Humanitäre Einsätze. Sie hat Schulen mitgebaut, Leute vor dem Verhungern gerettet. Das Euro-Korps hat sie mit Auszeichnungen zugeschmissen. Aber Marita hat ihre Karriere hingeworfen.«

»Das braucht Mut. Doch ich sehe nicht, was das für einen Unterschied für uns machen soll. Sie ist nur ein Mensch, sie kann auch nicht alles ausrichten.«

»Schon. Aber du vergisst die Aliens. Sie werden uns raushauen.«

»Die? Sieh sie dir doch an!«

Viktor zuckte die Achseln. »Was heißt das schon? Das Äußere bedeutet nichts. Wir wissen nicht, was in ihnen vorgeht.«

»Macht es einen Unterschied? Was sollen sie schon ausrichten? Hitzestrahlen aus ihren Fingern verschießen?«

»Von mir aus. Ich ...«

Von draußen knallte es. Kugeln klatschten dumpf in die dicken Wände.

Viktor zuckte zusammen, schlagartig weiteten sich seine Pupillen wieder. »Das Korps! Es kommt!« Er sprang auf.

Paul warf sich nach vorn, um Viktor zurückzuhalten, aber er war zu langsam. Der FAMH-Soldat hatte sich bereits mit Kopf und Gewehr über den Fenstersims geschoben.

»Kommt nur!«, brüllte Victor. »Wir zei...«

Ein einzelner Schuss knallte, dumpfer als die vorigen. Viktors Kopf zerplatzte. Einen Augenblick lang stand der Körper noch, dann kippte er nach vorne und blieb auf dem Fenstersims liegen. Der Helm, seines Halts beraubt, stürzte neben den Körper auf den Sims, prallte ab und fiel zwei Stockwerke tiefer auf den Vorplatz.

Es blieb bei dem einzelnen Schuss. Paul wusste, wieso. Er kannte den Knall. Das Korps hatte Schützenroboter aufgefahren. Sie hatten Viktor erfasst und eliminiert. Ein zweiter Schuss wäre Verschwendung gewesen.

Der Anfang vom Ende hatte begonnen.

Als der Morgen graute, betrat ein FAMH-Soldat den Raum. »Komm mit!«, befahl er Paul, der, allein mit der kopflosen Leiche Viktors und 18 blutigen, apathischen Aliens, kein Auge zugetan hatte. »Die Kommandantin will dich sehen.«

Der Soldat führte Paul die Treppe hinunter, wo bereits Wolf

mit einem anderen Soldaten wartete. Wolf begrüßte Paul mit einem leisen Knurren. Zusammen wurden sie in Keller vorgelassen, in den sich Marita Kahman mit ihrem Stab zurückgezogen hatte. Er war kühl und staubig und vom Korps offenbar niemals angerührt worden. Tragbare Gefechtsrechner projizierten Karten an die Wände, simulierten Szenarien, Finger huschten über Virtuell-Tastaturen, änderten hier und dort einzelne Parameter, entwarfen austauschbar aussichtslose Fluchtpläne.

»Da seid ihr.« Die FAMH-Kommandantin stand auf, als sie Paul und Wolf sah. Sie tat es schneidig, so wie sie alles tat. »Hierher! Setzt euch.« Sie winkte sie an einen kleinen Tisch an der Seite. Ein Krug mit Wasser stand darauf. »Trinkt!« Paul tat es und musterte dabei Kahman. Er sah sie zum ersten Mal ohne Datenvisier. Er blickte einer Frau seines Alters in die Augen, die ihn unwillkürlich an Ekin erinnerte. Marita Kahman hatte dieselbe verbissene Ausstrahlung, mit der seine ehemalige Partnerin in Einsätze gegangen war. Die Pflicht war Ekin über alles gegangen.

»Es ist aussichtslos«, eröffnete Kahman ihnen, als sie den ersten Durst gestillt hatten. »Was ihr eben getrunken habt, war unser letztes Wasser. Wenn nicht bald ein Wunder geschieht, sind wir verloren. Unsere vier Gefechtsfeldrechner kommen unabhängig zum Schluss, dass das Hunter-Korps in sechs Stunden unsere Stellungen stürmen wird. Wir werden dann nicht mehr in der Lage sein, uns zu wehren.«

Paul sagte nichts. Er brauchte keine Simulationen, um das zu wissen.

»Ein solches Wunder wird jedoch nicht kommen, auch wenn unsere Kämpfer daran glauben und meine Offiziere sie in diesem Glauben nach Kräften bestärken. Wir verfügen über einen geheimen Kanal nach draußen. Die Lage ist eindeutig: Das Alien-Schiff zeigt keinerlei Aktivität. Selbst wenn es in diesem Augenblick ein Artefakt ausstoßen und zielen würde, könnte dieses in frühestens zwölf Stunden einschlagen.«

Paul nickte. Wolf stand so teilnahmslos neben ihm, als handele es sich bei ihm um einen Alien.

»Unsere Aktivisten versuchen über die Human Company Kontakt zu den freien Aliens aufzunehmen und ihnen die Schwierigkeit unserer Lage zu vermitteln. Mehrere von ihnen wurden bereits vom Hunter-Korps aufgespürt und eliminiert. Von den Aliens ist keine Antwort gekommen. Damit haben wir getan, was in unserer Macht steht. Jetzt seid ihr an der Reihe.«

»Wie das?«, fragte Paul.

»Die freien Aliens wollen oder können uns nicht herausholen. Also müssen die es tun, die sich in unserer Hand befinden.«

»Und wie soll das vor sich gehen?«, fragte Paul trotzig. Kahman war ihm zu sehr von sich überzeugt. So wie Ekin es gewesen war, wenn sie sich einmal für etwas entschlossen hatte.

»Wenn ich das wüsste, brauchte ich nicht eure Hilfe. Wir müssen den Aliens klarmachen, dass sie nicht einfach dasitzen und Löcher in die Luft starren können, als ginge sie dieses Gemetzel in Zeitlupe nichts an.«

»Wieso?« Wolf erwachte aus seiner Teilnahmslosigkeit. »Was hier geschieht, geht sie nun mal nichts an. Das Korps schießt nicht auf sie. Das Schlimmste, was ihnen passieren kann, ist, dass sie wieder eingesperrt werden. Sie sind zu wertvoll, als dass man sie umbringen würde.«

»Nur eingesperrt ... und nur gefoltert, misshandelt und irgendwann am Ende, wenn der Körper die Dauerbelastung nicht mehr länger mitmacht. Das ist keine Perspektive.«

»Die Aliens scheinen das anders zu sehen.«

»Noch. Jemand muss ihnen die Augen öffnen. Ihr beide.«

»Wir?«

»Ihr kennt die Aliens besser als jeder andere. In dir«, sie zeigte auf Paul, »steckte für lange Zeit einer. Vielleicht tut er es immer noch – wir werden das klären, wenn wir hier heraus sind. Auf jeden Fall habt ihr mit und für Aliens gearbeitet. Ihr habt den Seelentransfer möglich gemacht. Wenn jemand Zugang zu ihnen finden kann, dann seid ihr es.«

»Wie das?«

»Euch wird schon etwas einfallen.« Kahman erhob sich und rief einen ihrer Offiziere: »Heider, bring sie zu den Aliens! Wenn sie etwas brauchen, beschaff es ihnen.«

Kahman wollte zurück an den Tisch, auf denen die Gefechtsfeldrechner aufgebaut waren, aber Wolf hielt sie mit einer Frage auf: »Was geschieht, wenn wir es nicht schaffen?«

»Dann bin wieder ich an der Reihe. Ich lasse zehn Aliens erschießen und sehe, was passiert. Wenn innerhalb einer Stunde nichts geschieht, lasse ich hundert erschießen, gebe ihnen wieder eine Stunde und lasse zweihundert erschießen. Und so weiter, bis keine mehr übrig sind oder das Korps zum Sturm ansetzt – oder die Aliens kapieren, dass wir im selben Boot sitzen. Niemand ist unersetzlich. Auch kein Alien.«

Kahman sah zu Paul, dann zu Wolf. »Noch Fragen?«

»Nein.«

»Worauf wartet ihr dann noch?«

Der Offizier, Heider, führte sie in einen Kellerraum. Die Tür hing schräg im Rahmen. Sie war aufgebrochen. Niemand besaß Schlüssel, und selbst wenn sie welche vorgefunden hätten ... wozu hätte man sich die Mühe machen sollen, Wesen einzusperren, die wie ein Stein an dem Ort blieben, an dem man sie absetzte?

»Das sind sie«, sagte Heider und zeigte auf eine Handvoll Aliens, die auf dem festgestampften Lehmboden kauerten. Es waren Männer und Frauen, aber die Unterschiede waren kaum zu erkennen. Alle Aliens waren bleich, abgemagert und hatten geschorene Köpfe. Im Licht der Taschenlampe, die jemand an der Decke als provisorische Lampe befestigt hatte, besah sich Paul den Raum. Die Wände waren aus unregelmäßigen Ziegelsteinen gemauert, von denen der Putz blätterte, und von Reihen staubiger Regale gesäumt.

»Wie habt ihr die Auswahl getroffen?«, fragte Paul.

»Überhaupt nicht.« Heider war ein kleiner Mann jenseits der vierzig mit Bauchansatz. Wie beinahe jeder FAMH-Soldat wirkte er wie alles andere nur nicht wie ein Soldat. Eher wie ein Beamter oder Angestellter, dem man einen Kampfanzug übergezogen, ein Maschinengewehr in die Hand gedrückt und mitgeteilt hatte, er sei jetzt Soldat. Heider bemühte sich um schneidiges Gehabe und knappe Sprache, aber es nützte nichts. Sein TAR-21 hing so an ihm, dass man unwillkürlich fürchtete, der arme Mann werde sich jeden Augenblick mit dem Gewehr versehentlich etwas antun. »Sie sind alle gleich. Wir haben einfach die Erstbesten herausgegriffen.«

Es war kein Kommentar, den man von einem Alienisten erwarten würde. Aber die meisten Alienisten hatten noch keinen direkten Kontakt mit den Objekten ihrer Verehrung gehabt. Heider hatte es, und was er erfahren hatte, schien ihn zu ernüchtern. Paul konnte es nachvollziehen.

Paul trat in den Raum, Wolf folgte ihm. Die Aliens beachteten sie nicht. Ihre Blicke gingen ins Leere. Paul dachte an Viktor. Die Aliens hatten keine Notiz vom Tod des Mannes genommen, der ihre Verletzungen versorgt hatte. Wie sollten er und Wolf es nur anstellen, zu ihnen durchzudringen?

Er wandte sich an Heider, der im Türrahmen stehen geblieben war. »Lassen Sie uns allein mit den Aliens.«

Heider sah Paul überrascht an. »Das geht nicht. Die Kommandantin hat mir keinen Befehl dazu gegeben.«

»Ihre Kommandantin hat Ihnen aufgetragen, uns in jeder Weise zu unterstützen. Also lassen Sie uns allein. Wir brauchen Ruhe, um den Kontakt herzustellen. Das Ritual ist komplex, und bereits die geringste Störung kann dazu führen, dass es misslingt. Und uns bleibt keine Zeit für einen zweiten Versuch. Haben Sie verstanden? Also, warten Sie vor der Tür. Wenn wir Sie brauchen, rufen wir Sie.«

Heider schloss die Tür hinter sich. Sie waren unter sich. Paul schüttelte den Kopf. »Ich dachte schon, er würde stur bleiben.«

Wolf gab keine Antwort. Er knurrte leise, ließ sich auf alle viere hinunter und beschnüffelte die Wände des Raums. »Nichts zu machen«, sagte er, als er wieder hochkam. »Kein versteckter Tunnel, keine schwache Stelle im Mauerwerk. Wir kommen hier nicht raus.« Er schüttelte sich, um den schlimmsten Staub aus seinem Fell zu entfernen, und wandte sich an Paul: »Ich bin gespannt. Was ist das für ein Ritual, das du durchführen willst?«

Paul zuckte die Achseln. »Es gibt keines. Ich dachte mir nur, dass wir beide besser ungestört sind.«

Einen Augenblick lang sagte Wolf nichts und sah Paul nur forschend an. »So langsam verstehe ich, wieso Pasong ausgerechnet dich ausgesucht hat, um sich bei einem Menschen einzunisten«, sagte er dann. »Ungestört sein *ist* eine gute Idee. Aber sie genügt nicht.«

»Ich weiß. Vielleicht, wenn wir beide zusammen ...«

»Aussichtslos.« Wolf wandte sich ab, ließ sich neben einem der Aliens nieder und begann, sein Fell sauber zu lecken.

»Wolf, wenn wir ...«

»Lass mich. Ich muss nachdenken.«

Paul ließ ihn. Und dachte ebenfalls nach. Was blieb ihnen? Den Aliens Gewalt androhen? Sie würden es nicht einmal bemerken. Ihnen Gewalt antun? Das Korps hatte es ein Jahr lang versucht. Mehr als die Schreie hatte es nicht aus ihnen herausgebracht. Nein, sie mussten auf anderem Weg eine Verbindung zu den Aliens knüpfen, irgendwie eine Nachricht in die Welt einschleusen, in die sie sich zurückgezogen hatten. Aber dazu brauchten sie einen Punkt, an dem sie anknüpfen konnten. Eine Lücke.

Wolf spuckte einen Haarball aus und stand auf. Es war eine abschließende Geste. Er hatte genug nachgedacht.

»Heider!«, rief er.

»Ja?« Der FAMH-Soldat öffnete die Tür einen Augenblick später. Er musste nur darauf gewartet zu haben, dass man ihn rief.

»Schaffen Sie die Aliens raus! Alle!« Wolf wandte sich um, zeigte auf einen Alien, der in einem abgemagerten Mann steckte. Seine Auswahl schien Paul willkürlich. »Alle, bis auf diesen hier.«

»Rausschaffen?«

»Sie haben mich gehört. Holen Sie meinetwegen Hilfe, aber schaffen Sie die Aliens hier raus. Machen Sie schon!«

»Ja.« Heider verschwand im Gang.

»Was hast du vor?«, fragte Paul leise.

»Ein Experiment.« Wolf knurrte.

Mehrere FAMH-Soldaten brachten die Aliens weg. Sie packten sie unter den Achseln und zogen sie über den Boden. Es war die einzige Möglichkeit für einen Einzelnen, einen Alien zu bewegen.

»Heider!«, rief Wolf, als nur noch ein Alien übrig war. »Jetzt besorgen Sie mir Fleisch. Ein großes Stück. Blutig und frisch. Am besten am ganzen Tier.«

Heider sah Wolf fassungslos an. Als traue er seinen Ohren nicht – und hätte Angst, dass der Wolfsmensch ihn im nächsten Augenblick anspringen und ihn auffressen würde.

»Sie haben mich gehört. Ich brauche Fleisch.«

»Wozu das?«

»Für das Ritual natürlich. Haben Sie meinem Kameraden nicht zugehört?«

»Wo soll ich Fleisch herbekommen? Wir haben keine Vorräte.«

»Ich spreche von frischem Fleisch. Es muss hier doch streunende Katzen oder Hunde geben.«

»Schon. Gestern habe ich eine Katze ...«

»Na also. Schaffen Sie mir eine Katze her. Los!«

Heider machte auf dem Absatz kehrt und rannte in einem Tempo los, dass Paul Zweifel kamen, ob er je wieder zurückkehren würde. Wolf war Furcht erregend. Schloss man die Augen, glaubte man, einen unnachgiebigen Vorgesetzten vor sich zu haben, öffnete man sie, sah man in das Maul eines Raubtiers, aus dem Geifer troff.

»Was soll das?«, fragte er Wolf. »Was hast du vor?«

»Du kannst dabeibleiben, wenn du willst. Such dir eine Ecke aus, setz dich und stör mich nicht.«

Nach einer Viertelstunde brachte Heider das Fleisch. Es war ein Hund, aus nächster Nähe erschossen.

»Hierhin!« Wolf deutete auf eine Stelle am Boden, einige Schritte von dem stoischen Alien entfernt. Heider legte den Kadaver mit einer Behutsamkeit ab, als wolle er sich bei dem Tier dafür entschuldigen, dass er es umgebracht hatte, und sah zu, dass er wieder aus dem Keller kam.

Wolf beschnüffelte den Kadaver, richtete sich auf – und tanzte. Paul fiel kein besserer Begriff dafür ein. Wolf tippelte durch den Keller, dann sprang er hoch in die Luft, viel höher, als es ein Mensch vermocht hätte, ging auf alle viere und kroch umher, den Bauch beinahe über den Boden schleifend. Das alles in einem Rhythmus, der Paul in seinen Bann zog. Es war wie bei einem Tennismatch. Ohne es zu bemerken, folgte man in kurzer Zeit jedem Hin und Her des Balls.

Wolf tanzte leichtfüßig, ohne ein Geräusch von sich zu geben. Bis auf eines: von Zeit zu Zeit, in regelmäßig unregelmäßigen Abständen, machte er bei dem Hundekadaver halt. Er vergrub seine Schnauze in seinem Bauch. Paul hörte ihn kauen, schließlich etwas reißen, dann kam die Schnauze wieder zum Vorschein und zwischen den Wolfszähnen hingen blutige Stücke Fleisch und Eingeweide. Wolf warf den Kopf in den Nacken, Blut spritzte über den Boden und den Alien, schluckte und tanzte weiter.

Der Alien saß einfach da und starrte ins Leere. Die Blutspritzer auf seiner Kleidung und Haut trockneten. Aus dunklem Rot wurde Braun, weitere kamen hinzu.

Wolf, der keine körperliche Anstrengung mehr gewöhnt war, begann zu hecheln. Er tanzte jetzt schneller, entschlossener. Und er kam dem Alien näher. Unmerklich rückte er weiter an ihn heran, als beschreibe er einen enger werdenden Kreis, in dessen Zentrum sich der Alien befand. Paul registrierte nicht, *wie* Wolf es tat, er stellte nur in Abständen von Minuten fest, dass Wolf plötzlich näher an den Alien herangerückt war.

Als Wolf bis auf einen Schritt heran war, begann der Alien zu zittern.

Wolf tanzte weiter. Der Hundekadaver war jetzt nur noch

eine leere, ausgeweidete Hülle. Wolf biss ein Bein ab und zerteilte knirschend den Knochen.

Das Zittern des Aliens wurde stärker, zu einem Beben, das den ganzen Körper erfasste.

Wolf zerteilte ein zweites Hundebein ...

Der Alien blinzelte.

... das dritte Hundebein ...

Die Augen des Aliens bewegten sich, kreisend, ohne auf einen bestimmten Punkt zu fokussieren.

... das letzte Hundebein ...

Der Kopf des Aliens ruckte hoch, sein ganzer Körper spannte sich an, um aufzuspringen und ...

Wolf sprang zuerst. Übergangslos stieß er sich mit allen vieren ab, drehte sich im Flug und rammte in den Alien. Der Alien kippte um, kam auf dem Rücken zu liegen. Er zappelte wie ein Fisch, den man aus dem Wasser geholt hatte. Wolf krallte sich an ihm fest, drückte ihn mit seinem gesamten Gewicht zu Boden.

Er hob den Kopf, öffnete die Schnauze und heulte laut. Dann wandte er sich dem Alien zu, blickte ihm in die Augen und sagte: »Willkommen auf der Erde. Tu, was ich dir sage! Vielleicht fresse ich dich dann nicht.«

Die Stärke des amerikanisch-arabischen Traums

Bay Area Chronicle | 10. 8. 2029 | 14:32:58

Viele Bewohner von Marin County haben es schon seit längerer Zeit bemerkt: Ein höchst eigentümliches Schiff kreuzt seit mehreren Wochen vor der Küste unserer großen Nation. Ein gewöhnlicher Frachter einerseits, andererseits mit einer ungewöhnlichen Zahl an Schornsteinen ausgestattet. Drei Stück an der Zahl und in gleichmäßigen Abständen über die Länge des Schiffs verteilt, wirken sie wie wuchtige Säulen.

Doch: Aus diesen »Schornsteinen« wird niemals Rauch dringen!

In einer gemeinsamen Pressekonferenz von Verteidigungs- und Handelsministerium wurde das Geheimnis um das rätselhafte Schiff gelüftet. Es handelt sich um die *USS Endurance*, den Prototypen eines neuen Frachters, der den Handel zwischen den sich über den gesamten Globus erstreckenden Teilen unserer Union revolutionieren wird.

Denn: Die vorgeblichen »Schornsteine« sind keine. Es handelt sich vielmehr um Segel, die keine sind: »Flettner-Rotoren«. Der Name geht auf einen deutschen Erfinder Anton Flettner zurück, der in den 20er-Jahren des vorigen Jahrhunderts mehrere Schiffe mit Rotoren bestücken ließ, ohne dass seiner Erfindung der Durchbruch vergönnt gewesen wäre. Flettner entdeckte, dass sich ein in der Physik als »Magnus-Effekt« bekanntes Phänomen für die Schifffahrt anwenden lässt.

Nötig sind dazu lediglich eine von einem kleinen Elektromotor angetriebene Walze und Gegenwind – der Magnus-Effekt sorgt für den Vortrieb. Ganz einfach – und im Detail so komplex, dass ein Team aus amerikanischen und arabischen Spitzenwissenschaftlern mehrere Jahre benötigte, den Antrieb zur Serienreife zu bringen.

Doch ihre Hartnäckigkeit war von Erfolg gekrönt: Die Handelsmarine kündigt ein ehrgeiziges Flottenbauprogramm nach dem Vorbild der Liberty- und Victory-Schiffe des Zweiten Weltkriegs an, die mit entscheidend für den Sieg der USA über Deutschland und Japan waren. Viele zehntausend New-Liberties-Schiffe werden die amerikanischen und arabischen Bundesstaaten der Union noch enger zusammenwachsen lassen als bisher.

Hartnäckigkeit, Einfallsreichtum und Hingabe an unsere gemeinsamen Ideale der Freiheit und des Strebens nach Glück – der Flettner-Rotor ist ein weiteres leuchtendes Beispiel für die Stärke des amerikanisch-arabischen Traums!

KAPITEL 10

Dieses Mal verkroch sich Blitz vergeblich unter dem Bett. Rainer ignorierte ihr Kratzen und Beißen und zerrte sie unerbittlich aus ihrem Versteck und auf das Gitterdeck der *Stormbride.*

Alle hatten sich dort versammelt: Passagiere, die Matrosen des Schiffs, die irakischen Marines, die Offiziere und Captain Blackwell, der deutlich gemacht hatte, dass er heute niemandem an Bord Unpässlichkeiten würde durchgehen lassen. Der Bordrechner hielt die *Stormbride* auf Kurs, überwachte ihre Systeme, ohne seinerseits von Menschen überwacht zu werden. Die Regularien der Handelsmarine erlaubten ein solches Vorgehen in besonderen Anlässen und für eine Zeitdauer von bis zu einer Stunde. Blackwell hatte in seiner schriftlichen Einladung darauf hingewiesen. Außerdem hatte er jedem seinen genauen Platz in dem Geschehen zugewiesen.

Eine Stunde. Rainer schlug den Kragen der dünnen Jacke nach oben, um sich vor dem ungewohnt kühlen Morgenwind zu schützen. Er tastete nach Blitz, schob eine Hand unter ihre Achsel, damit sie auch dann noch auf den Beinen blieb, wenn ihre Knie unter ihr nachgeben würden. Er hoffte, dass Blackwell die Stunde nicht ausschöpfen würde. Der Captain tat grimmig, aber er war kein grausamer Mann. Zumindest war es Rainer bislang so erschienen.

»Manuel Ortega, erhebe dich!«

Captain Blackwells Stimme dröhnte über das Deck, von den Bordlautsprechern so nachhaltig verstärkt, dass es dem Wind nicht gelang, sie wegzuwehen. Er trug eine schwarze Uniform, ohne Rangabzeichen, ohne die Orden, die er sonst niemals ablegte. Rainer erinnerte sie abwechselnd an die Kleidung eines Henkers und die eines Priesters.

Der Angesprochene stand auf. Er war ein Seemann. Ein einfacher Matrose. Einer von drei Dutzend, die an Bord der *Stormbride* die schmutzigen und gefährlichen Arbeiten verrichteten, für die Maschinen zu teuer und zu wertvoll waren. Einer der Männer vielleicht, die ihr üppiges Gepäck schwitzend in ihre Kabine geschleppt hatten – Rainer hatte sich ihre Gesichter nicht eingeprägt. Einer der Männer, die Blackwell persönlich ausgesucht hatte und von denen er sich brüstete, dass seine harte Hand sie vor Dummheiten bewahrte.

Bei diesem Mann zumindest hatte sich Blackwells Hand als nicht hart genug erwiesen. Der Matrose hatte die breiten Schultern nach vorn gebeugt, als bitte er um Gnade. Oder vielleicht ließen ihm die Plastikfesseln um Fuß- und Armgelenke, die durch ein knappes Seil verbunden waren, keine andere Möglichkeit. Hinter dem Matrosen standen kerzengerade zwei schnurbärtige irakische Marines, die Gewehre auf den Gefesselten gerichtet, als bestünde die Gefahr, er könne sich jeden Augenblick losreißen und sich auf die Versammelten stürzen. Im Rücken des Matrosen ragte die wuchtige Säule des achternen Flettner-Rotors auf.

»Du bist des Hochverrats angeklagt, Manuel Ortega«, sagte der Captain. »Du hast dich an der Nation vergangen, die dich ernährt und schützt, die dir ein Leben in Würde und Freiheit geschenkt hat. Der Nation, in der du Mensch sein konntest, die es dir erlaubt hat, nach dem Glück zu streben, das uns allen in unserem Menschsein zusteht.«

Blackwell stand auf einem Podest, das man über Nacht auf dem Deck errichtet hatte. Links und rechts von ihm hatten die beiden Offiziere der Marines, die mit ihm zusammen das Seegericht bildeten, Position bezogen. Das Podest war von verbissen schweigenden Matrosen in der Nacht errichtet worden, während Blackwell und die beiden Marines über ihren Kameraden gerichtet hatten. Die Stars and Stripes mit dem Halbmond zierten seine Vorderseite.

»Doch du hast dich von deinem eigen Fleisch und Blut abgewandt und dich den fremden Teufeln in die Arme geworfen. Dies hier ist der unumstößliche Beweis!«

Der Captain griff in die Uniformtasche, zog eine Spielkarte hervor und hielt sie in die Höhe. Es war die Karte, die man im Besitz des Matrosen gefunden hatte. Eine Karte, wie sie Blitz zu Dutzenden besaß. Hatte Blitz sie ihm geschenkt? Oder hatte er sie gestohlen, als er das Gepäck in ihre Kabine geschleppt hatte? Und das, ohne zu ahnen, worauf er sich einließ?

Blitz regte sich nicht. Sie wirkte so apathisch wie damals im Frankfurter Hauptbahnhof, in den Momenten vor dem Seelentransfer. Rainer verstärkte seinen Griff.

»Manuel Ortega, du bist ein Sympathisant der verabscheuungswürdigen Human Company!«, rief Blackwell. »Aber das ist noch nicht alles. Dies hier hat die Durchsuchung deines Spinds ans Licht der Gerechtigkeit gefördert!«

Blackwell griff wieder in die Tasche. Er trug einen Handschuh, als ekele es ihm vor dem, was seine Finger berühren sollten.

»Das hier!« Blackwell riss den Arm in die Höhe.

Ein lautes Seufzen erhob sich aus den Reihen der Matrosen und Passagiere, angesiedelt zwischen Unglauben, Angst und Abscheu.

»Ein Alienband!«

Blitz stöhnte, zog an Rainers Hand. Sie hatte gute Augen. Sie erkannte das Alienband über die zwanzig Meter hinweg, die sie von Captain Blackwell trennten. Es zeigte vielarmige Kreaturen – darunter Menschen –, die ausgelassen tanzten und einander in die Arme fielen. Das Band hatte zu Blitz' Favoriten gezählt, als sie und Rainer sich Abend für Abend in seiner Elektrikerwerkstatt im Zug verkrochen hatten, um Bänderraten zu spielen, Blitz' Lieblingsspiel. Es war eine Idylle, die Rainer in diesem Moment so fern und irreal schien, dass er sich fragte, ob sie überhaupt je stattgefunden hatte.

»Dieses Band, Manuel Ortega, und diese Karte sind der unwiderlegbare Beweis. Du hast dich entschlossen, nicht mehr länger der Gemeinschaft der Menschen anzugehören.« Captain Blackwell ließ das Band und die Karte los. Der Wind erfasste die beiden Gegenstände und trug sie über Bord. Innerhalb weniger Augenblicke waren sie zwischen den Wellen verschwunden. Blackwell räusperte sich. »Deinem Wunsch soll entsprochen werden. Die Gemeinschaft der Menschen wird dich aus ihrer Mitte entlassen. Hast du noch etwas zu sagen, Manuel Ortega?«

Der Matrose versuchte sich aufzurichten. Er öffnete den Mund, sagte etwas, aber es war nicht zu hören, denn er hatte kein Mikrofon, und der Wind trug seine Worte davon. Er sah nach rechts, wo sich seine Kameraden versammelt hatten – jene Kameraden, von denen mindestens einer ihn verraten haben musste –, und versuchte Blickkontakt aufzunehmen. Die Matrosen sahen zu Boden. Sein Kopf ruckte herum, zu den Passagieren. Rainer hielt seinem Blick stand. Er war der Einzige neben Leclerc, der den Matrosen nicht mit einem Blick der Verachtung strafte. Wieder schrie der Matrose etwas, wieder trug der Wind seine Worte davon. Er winkelte eine Hand an, hielt den Passagieren vier gestreckte Finger entgegen.

»Manuel Ortega«, rief der Captain. »Möge die See deine Seele reinigen und ihr Frieden schenken!«

Blackwell nickte den beiden Marines hinter dem Matrosen zu. Die Männer sicherten die Gewehre und schlangen sie über die Schultern. Es waren exakte, tausendfach geübte Bewegungen. Ein Ritual. Die Marines machten einen Schritt nach vorn und packten den Matrosen unter den Achseln. Er sackte weg, als die Knie unter ihm einknickten. Die Marines schleiften ihn zur mehrere Meter durchmessenden Säule des Flettner-Rotors. Der Rotor stand still. Ein langes Seil war an seiner Spitze angebracht. Es reichte beinahe bis zum Deck. An seinem unteren Ende baumelten Handschellen.

Die Marines drückten den Matrosen gegen die Rotorwand, einer von ihnen hob Ortegas linken Arm hoch, der andere schloss die Handschelle um das Gelenk.

Die Marines traten zurück, blieben in gebührendem Sicherheitsabstand stehen. Der Matrose bebte. Er hing an dem Seil, das gerade so lange war, dass seine versagenden Knie nicht das Deck berührten. Mit den Fingern der freien Hand gab er weiter sein Zeichen. Die Vier.

»Maschine an!«, befahl Captain Blackwell.

Der Elektromotor des Rotors sprang an. Lautlos begann er sich zu drehen, in einer Sanftheit, die Rainer grausam erschien. Im Schritttempo wurde der Matrose am gefesselten Arm über das Deck gezerrt. Seine Hose zerriss, dann seine Haut. Rote Streifen zeichneten Kreise auf dem Deck, markierten die Schleifbahn.

Der Elektromotor schaltete hoch. Der Matrose wurde in die Höhe gehoben, immer noch in unpassender Sanftheit, und umkreiste den drehenden Motor. Gemächlich, wie der Sitz eines Kettenkarussells.

Ortega schrie jetzt so laut, dass er den Wind übertönte. Rainer verstand nur »vier«.

»Volle Leistung!«, rief Blackwell.

Der Matrose wurde hochgerissen, umkreiste jetzt den Rotor im rechten Winkel. Er wurde zu einem Schemen, der Dutzende Male in der Minute den Rotor umkreiste. Schrie er noch? Wenn er es tat, wurden seine Schreie von dem flatternden Fahrtgeräusch übertönt, das seine Kleider und sein Körper verursachten.

Dann war es vorbei.

Beinahe.

Rainer hörte ein Reißen. Der Schemen teilte sich. Ein kleinerer Teil – der an der Schulter abgerissene Arm – setzte das wilde Kreisen um den Rotor fort, festgehalten von der Handschelle. Der größere Teil schoss in einem flachen, abfallenden Winkel auf die See hinaus und klatschte zwischen die Wellen.

Er tat es auf der Backbordseite, dort, wo man die Passagiere versammelt hatte. Die Köpfe der Passagiere folgten dem Körper des Menschheitsverräters, als handele es sich um einen Ball bei einem Tennismatch.

Gischt, vermischt mit Blut, schlug an der Stelle hoch, an der der Matrose in das Meer stürzte.

Dann brüllte ein Passagier: »Das Schwein lebt noch!«

Ortegas Kopf schoss aus dem Wasser. Gefolgt von einem wild rudernden Arm – der immer noch die »Vier« anzeigte.

»Nicht mehr lange!«, brüllte ein zweiter Passagier. Es war Leclerc. Der Waffenhändler hatte die Hinrichtung aus der ersten Reihe verfolgt; jetzt hatte er sich an die Reling gedrängt, um besser sehen zu können. »Er verblutet! Wenn er Glück hat. Wenn nicht, holen ihn die Haie! Die Gegend wimmelt von ihnen.«

Und tatsächlich, ein Hai kam. Er fiel vom Himmel. Seine Flossen waren Flügel, sein Antrieb stammte aus Staustrahltriebwerken, und aus seinem Maul ragte ein panzerbrechendes Geschütz.

»Sie befinden sich im Hoheitsgebiet der USAA!« Die unbemannte Drohne schwebte einige Meter vor dem sterbenden Matrosen, vom Schub ihrer Triebwerke an Ort und Stelle gehalten. Ihre Lautsprecher klangen blechern, waren aber stark genug, um gegen den Wind und die Wellen anzukommen. »Weisen Sie sich unverzüglich aus, oder verlassen Sie das Hoheitsgebiet!«

Der Matrose bäumte sich auf, schlug verzweifelt den Arm auf und nieder und machte sein Zeichen. Dunkelroter Schaum bildete sich auf dem Wasser und schloss ihn ein wie ein übergroßer, dunkler Tintenfleck.

»Sie sind der Aufforderung nicht nachgekommen«, stellte die Drohne fest. »Ihr unbefugter Übertritt in das Staatsgebiet der USAA wird als Angriff gewertet.«

Die Drohne feuerte. Noch bevor der Schall Rainers Ohren erreichte, zerplatzte der Sterbende in einer Explosion.

Es war getan.

Helden der Alienheit:

PASONG*

- **Profil:** der weise und mächtige Anführer der Aliens. Er stellte die ersten Kontakte zwischen Menschen und Aliens her und leitete den Massen-Seelentransfer vom 26. September 2065 ein.
- **Gegenwärtige Aktivität:** Pasong leitet den Aufbau der Alien-Gemeinschaft auf der Erde. Er arbeitet dabei eng mit der Human Company zusammen, in der er die wahre Repräsentanz der Menschheit erkennt. Unermüdlich leitet er der Company Erfindungen und Erkenntnisse seiner Art zu, die diese zum Wohl der gesamten Menschheit verwaltet. Pasong ist dabei umsichtig genug, uns Menschen nicht zu überfordern, und dosiert den Strom seiner Hilfe.
- **Herkunft:** Über seine Herkunft ist wenig bekannt. Sein letzter Aufenthaltsort war mit ziemlicher Sicherheit Sigma V. Pasong spricht nicht gern über sich. Seine Bescheidenheit lässt es nicht zu – und es ist zu vermuten, dass ihm und seinen Gefährten übel mitgespielt wurde. Die Erinnerung daran ist zu schmerzlich, als dass er sie jetzt schon mit uns teilen könnte.
- **Stärken:** Pasong besitzt einen geistigen Horizont, der weit über den jedes Menschen (selbst Rodrigos!) hinausreicht.
- **Schwächen:** keine. Aus Neid und Furcht werden ihm aber von schwachen Menschen finstere Absichten unterstellt.
- **Tipp:** An Pasong führt kein Weg vorbei. Mit ihm wählst du die Aliens und den Weg zum Sieg.

* »Pasong« ist ein selbst gegebener Name. Es ist nicht auszuschließen, dass Pasong ihn benutzt, da sein wirklicher Name für menschliche Stimmorgane nicht auszusprechen ist. Das Bild zeigt ihn in einem der 68 Körper, in denen er bislang gesichtet wurde.

– *Karte aus dem Trading-Card-Game »Our Alien Earth«, Subset »Alien Power!«. Herausgeber Human Company Press, Freetown, Januar 2066*

KAPITEL 11

»Tot?! Wir alle?«

François Delvaux schüttelte den Kopf, als wolle er nicht wahrhaben, was Pasong eben gesagt hatte. Die Verbundenheit, die er – endlich! – mit dem Alien verspürt hatte, war schlagartig verschwunden.

»Was wollen Sie damit sagen?«

Der Alien blickte über Freetown hinweg zum verwaschenen Horizont. Er wirkte plötzlich traurig, verloren. Ohne François anzusehen, fragte er: »Waren Sie schon einmal in China?«

»Wieso fragen Sie das?«

»Waren Sie es?«

»Nein«, gab François zu.

Jan und er hatten immer davon geträumt zu reisen. Aber ihnen hatte das Geld gefehlt. Später, nachdem sie die Company gegründet hatten und die Flyboy-Lotterie sie beinahe in Geld ersäuft hätte, wäre es ein Leichtes gewesen, etwas davon für ihre eigenen Zwecke abzuzweigen. Es wäre nicht aufgefallen. Aber natürlich war Jan dagegen gewesen. Es wäre unrecht gewesen. Jetzt war es zu spät. Sie hatten Westeuropa gesehen, ein winziges Stück Afrika. Das war es.

Merkwürdig, eigentlich. François konnte längst nicht mehr zählen, wie oft man Jan und ihm die Qualifikation als Retter der Menschheit abgesprochen hatte, weil sie schwul waren. Aber niemand hatte ihnen je vorgeworfen, nicht zu wissen, wovon sie eigentlich redeten.

»Sie sollten es nachholen«, sagte Pasong. »China ist eine Reise wert.«

»Ist das so?«, fragte er mit einem Sarkasmus, der aus seiner

Frustration gespeist wurde. Es war die erste Begegnung mit dem Anführer der Aliens – und François bekam ihn einfach nicht zu fassen. Er wusste, dass Pasong von Zeit zu Zeit den Körper wechselte, wahrscheinlich sogar in mehreren Körpern gleichzeitig existierte. François war darauf vorbereitet gewesen, einem Überwesen gegenüberzustehen. Nicht aber darauf, dass Pasong immer wieder übergangslos die Rolle wechselte: vom glatten Geschäftemacher zum weisen Alien, zu ... was jetzt? Zum Touristen?

Pasong schien seinen Sarkasmus nicht zu bemerken. Er blickte François ernst an, als er sagte: »Ich war dort, am Schrein von Lap-so in Yan'an. Es ist ein bemerkenswerter Ort für einen bemerkenswerten Menschen.«

Lap-so, der Schlächter?, lag François auf der Zunge. Er erinnerte sich an die Fotobanken seiner Eltern. Die Demo-Fotos aus Brüssel und Den Haag, auf denen sie knutschten, um sie herum ein Meer von Schildern mit der Forderung »Richtet den Mörder!«. Die beiden hatten sich auf einer Demonstration kennengelernt.

François schluckte die Bemerkung herunter. Jan an seiner Stelle hätte dem Alien die Tür gewiesen. Aber er war nicht Jan. François fragte, als plaudere er mit dem Alien über einen gewöhnlichen Urlaub: »Was hat Sie dorthin geführt?«

»Ich wollte Lap-so – in menschlichen Begriffen ausgedrückt – meine Aufwartung machen.« Pasong beugte den Oberkörper etwas vor, als wolle er eine Verneigung andeuten.

»Wodurch hat er sie verdient?«

»Durch sein Beispiel.« Der Alien machte eine Pause, als wäre damit alles erklärt. Als François nichts erwiderte, fügte er hinzu: »Lap-so hat nie gewollt, dass man ihm einen Schrein errichtet, der bald größer als die Stadt ist, die ihn beherbergt, noch, dass man ihn verehrt. Er hat einfach nur sein Leben leben wollen.«

»Das ist eine Einschätzung, der ein guter Teil der Menschheit widersprechen würde.«

»Ich weiß. Aber, verzeihen Sie mir die Feststellung, die

Menschen sind schlechte Beobachter ihrer eigenen Art. Sie haben nicht genügend Abstand, als dass es anders sein könnte. Sonst würden sie erkennen, dass Leben immer nur das Resultat der Bedingungen ist, die es vorfindet. Lap-so fand harte Bedingungen vor. Er war ein Bauer. Seine Familie baute Weizen auf der Lösshochebene der Provinz Shaanxi an. Die Korruption, die Inflation und die harten Winter setzten ihnen zu. Der Regen kam nur unregelmäßig. Aber Lap-so war dennoch zufrieden. Hätten es die Umstände erlaubt, er hätte sein ganzes Leben bescheiden als Bauer verbracht. Als er seiner Familie in den Zwanzigerjahren den Rücken kehrte, tat er es schweren Herzens. Doch ihm blieb keine Wahl: Mit jedem Jahr wurde der Regenfall unregelmäßiger, spärlicher. Er erkannte, dass er, sollte seine Familie eine Zukunft haben, künstliche Bewässerung brauchte. Bewässerung kostete Geld, und Geld gab es damals im Süden und Osten des Landes zu verdienen, entlang der Küste.«

François blickte hilfesuchend zu dem Flyboy. Er kannte Pasong. Er hatte ihn nach Freetown gebracht. Was ging in dem Burschen vor? François brauchte einen Moment, ihn zu finden. Er hatte sich auf einen Stuhl im letzten Winkel des Raums gesetzt und hörte dem Alien mit großen, ausdruckslosen Augen zu.

»Lap-so hatte Glück«, fuhr Pasong fort. »Er kam nach Zhangzhou. Anstatt in einer dunklen Fabrik seine Tage zu fristen, verbrachte er sie unter freiem Himmel in einer der vielen Blumengärtnereien. Lap-so, der bis dahin nur die Kargheit seiner Heimat kannte, sah die Schönheit, die sich in seiner neuen Existenz verbarg, und genoss sie. Er blieb für sich, sparte seinen Verdienst, um ihn seiner Familie zu schicken. Lap-so wusste, dass seine Zeit in Zhangzhou nur ein Übergang war, ein wertvoller Augenblick. In einigen Jahren würde er genug verdient haben, um nach Hause zurückkehren zu können. Und dann würde er im Kreise seiner Kinder und Enkel auf seine Zeit in Zhangzhou als das größte Abenteuer seines Lebens zurückblicken.«

Und viele Millionen Menschen wären noch am Leben!, dachte François. Er hatte sich ständig mit seinen Eltern gestritten, aber immerhin hatte es den ein oder anderen Punkt gegeben, in dem ihre Einschätzungen übereingestimmt hatten. Lap-so war einer von ihnen gewesen.

»Anfang der Zwanzigerjahre geriet das, was die Menschen ›das chinesische Wirtschaftswunder‹ nannten, ins Stocken«, sagte der Alien. »Die neu gegründeten USAA stellten die Öllieferungen Zug um Zug ein, ließen die Güter, die die chinesischen Fabriken herstellten, nicht mehr in ihr Land. Der Wohlstand der Küsten begann zu verpuffen. Lap-so erkannte früher als andere die Zeichen der Zeit und kehrte zurück nach Yan'an. Dort, glaubte er, würde er zwar in Armut, aber wenigstens in Frieden leben. Es sollte nicht sein. Die Taifun-Saison 2024 wurde zur schlimmsten seit Menschengedenken. An ihrem Ende waren große Teile von Shanghai und der Südostküste dauerhaft zerstört und überflutet. Lap-so erkannte die Bedeutung des Geschehens. Der Flut aus Wasser würde eine Flut von Menschen folgen. Mit seiner Familie trat er an, was Historiker später den ›Langen Marsch des Lap-so‹ nennen sollten. Dieser Marsch führte Lap-so über tausende Kilometer durch die Provinzen Gansu und Qinghai, durch glühende Wüsten und eisige Gebirge. Schließlich, nach zwei Jahren, fand Lap-so für seine Familie eine neue Heimat in den Bergen des Altai, am äußerten Rand der Grenzprovinz Xinjiang. Dort, so glaubte Lap-so, werde er mit seiner Familie in Frieden leben können.«

Pasong ging zu dem Tisch, auf dem ein Angestellter gekühltes Wasser serviert hatte, und schenkte sich ein. Er trank das Glas in einem Zug aus.

»Es war der größte Irrtum seines Lebens. Die Flüchtlingsflut schwoll immer weiter an, verästelte sich selbst in die abgelegensten Regionen. Der Hunger kehrte nach China zurück. Es kam zu Aufständen, zu Gefechten, schließlich brach die Herrschaft der Kommunistischen Partei zusammen. Aus dem Chaos des Zusammenbruchs erhoben sich Kriegsherren, gestützt auf die führungslos gewordenen Soldaten der ehemaligen Volksbefreiungsarmee und ihre Arsenale.«

Pasong stellte das Glas wieder ab. »Lap-so musste erkennen, dass seine Flucht aussichtslos geworden war. Es gab keinen Ort mehr, wohin er und seine Familie hätten fliehen können. Den Weg in die Mongolei versperrte die disziplinierte Armee der dortigen Militärautokratie, in den russischen Satellitenstaaten im Osten und Norden herrschte eine Not, die jener Chinas glich. Also tat Lap-so das Einzige, was ihm geblieben war: Er kämpfte. Die Berge des Altai waren seine Festung. Dorthin strömten bald all jene, die wie er erkannten, dass nur noch der geeinte Kampf sie selbst und ihr Land vor dem Untergang retten konnte. Lap-so wurde ihr Anführer.«

Pasong zuckte die Achseln. »Der Rest ist, wie Menschen sagen, Geschichte: Seine Wahre Volksbefreiungsarmee brach Gefecht um Gefecht die Macht der Kriegsherren. Sie etablierte eine neue Ordnung, in der die Menschen in Frieden leben können. Ich weiß, viele nennen Lap-so einen Schlächter. Aber er hat nur getan, was notwendig war. Millionen mussten sterben, damit mehr als eine Milliarde überleben konnten. Ich bin sicher, wäre Lap-so nicht überraschend gestorben, er hätte sich wieder aus der Politik zurückgezogen, um sein Leben weiterzuleben. Nie wäre er auf den Gedanken gekommen, seine Armee zur Eroberung Taiwans auszuschicken, wie diejenigen es taten, die sich als seine Nachfolger bezeichnen. Die Armee hatte ihren Zweck erfüllt. Lap-so hätte sie aufgelöst.«

»Das ist möglich«, sagte François gereizt. Seine Eltern hätten den Alien für seine Geschichtsklitterung längst niedergebrüllt. Jan, der Gewalt mit aller Gewalt hasste, hätte längst ... hätte längst was? François wusste es nicht. Er wusste nur, dass Jan nicht so hilflos wie er dagestanden wäre.

Pasong trat unmittelbar vor François. Er roch nach Schweiß wie ein gewöhnlicher Mensch. »Sie fragen sich, wieso ich Ihnen das erzähle, nicht? Was es mit meiner Eröffnung von vorhin zu tun hat?«

»Ehrlich gesagt: ja.«

Der Alien schwieg für einen Augenblick. Sein Blick, der eben noch François fixiert hatte, wurde abwesend. Schließlich räusperte er sich. »Darf ich Sie noch etwas fragen?«

»Selbstverständlich.«

»Was macht einen Menschen aus? Können Sie mir das sagen, in einem oder zwei Sätzen?«

Ein neuer Wechsel, ein neuer Pasong. »Ich kann es versuchen«, erwiderte François überrascht. Jan und er hatten die Frage längst für sich beantwortet, vor sieben Jahren, als das Alien-Schiff in den Orbit gegangen war. Ihre Antwort auf die Aliens war die Human Company gewesen. Die Company fußte auf dem Glauben, dass der Mensch im Grunde gut war und dieses Gute zum Vorschein kam, wenn man ihm nur Gelegenheit dazu gab. Seitdem war viel geschehen. Die Company hatte sich von einer abenteuerlichen Idee zu einer globalen Organisation entwickelt. Menschen aus allen Teilen der Erde hatten sich ihr angeschlossen. Und einer von ihnen, Bruno Giocanni, hatte den Aufstieg der Company von den ersten Tagen an mitgemacht, um schließlich Jan zu erstechen – am selben Tag, an dem die Alien-Insel aus dem Pazifik aufstieg.

Der Mensch war gut, grundsätzlich.

François' Blick fiel wieder auf den Burschen, den Deutschen. Er saß immer noch auf dem Stuhl und starrte den Alien mit einem Blick an, in dem sich Furcht und Faszination mischten. François war unwillkürlich an das sprichwörtliche Kaninchen erinnert, das sich der Schlange gegenübersah. Der Bursche war einer unter Tausenden von Flyboys. Er meinte es gut, sicher. Aber machte ihn das aus? Ja ... und nein. François wusste von der Steinzeitkommune, aus der er kam. Der Bursche war dazu bestimmt gewesen, als besserer Zuchtbulle dafür zu sorgen, dass es genug Menschen gab, damit wenigstens eine Handvoll den kommenden Weltuntergang überleben würden. Ein Company-Los hatte ihn aus der Kommune geholt, ihn zum Artefakt-Jäger gemacht – und zu einem der Menschen, die den ersten Kontakt zu den Aliens hergestellt hatten.

Was machte diesen Burschen aus?

François wandte sich wieder dem Alien zu. »Ich glaube, der Mensch wird zum Menschen, indem er sein Potenzial ausschöpft«, sagte er. »Indem er versucht, all das zu sein, was er sein kann.« Es war die beste Antwort, die François einfiel. Es war, was ihn und Jan verbunden hatte.

Pasong nickte. »Das sind weise Worte. Weiser vielleicht noch, als Sie es ahnen.« Pasong zeigte auf sich. »Ich bin zu Ihnen im Körper eines Menschen gekommen und spreche mit Ihnen. Wäre ich in meinem ursprünglichen Körper gekommen, wäre eine Verständigung zwischen uns nahezu ausgeschlossen, zu unterschiedlich wäre unsere Anatomie. Aber auf diese Weise ... unsere Herkunft stellt keine unüberwindliche Barriere dar, die es uns unmöglich macht, die Gemeinsamkeiten zwischen Ihrer Art und der meinen zu erkennen. Uns verbindet der Glaube an den Einzelnen. Der Glaube daran, dass der Sinn des Lebens darin liegt, an seine Grenzen zu gehen. Sie zu überschreiten.«

»Ist das der Grund, aus dem Sie zur Erde gekommen sind?«

»In gewisser Weise ja. Die Erde ist ein außergewöhnlicher Planet. Sie Menschen sind außergewöhnlich. Aber leider haben uns nicht nur die Neugierde und der Wunsch, Grenzen zu überschreiten, hierhergeführt. Offen gestanden: Wir sind auf der Flucht.«

Pasongs Aussage überraschte François nicht. Die Company hatte ihre Agenten in den Sicherheitsdiensten. François kannte die geheimen Memos, die in den höchsten Kreisen des Hunter-Korps kursierten. Die Aliens, die über Jahre versucht hatten, sich in Menschen zu manifestieren, waren Traumatisierte gewesen.

»Wovor fliehen Sie?«, fragte er den Alien.

»Vor unserer eigenen Art.«

»Wieso das? Was haben Sie ...« François brach ab, als er erkannte, wie heikel seine Frage war.

Pasong sprach sie aus. »Sie meinen, was wir getan haben, dass man uns verfolgt? Die Antwort ist: nichts. Nichts, außer dass wir an unseren Idealen festhalten. Wir glauben an das Leben, den Einzelnen. Wir glauben an das Potenzial, das jedem Leben innewohnt. Daran, dass es der Sinn des Lebens ist, seine Potenziale auszuschöpfen. Nur, nicht alle Angehörige unserer Art teilen diese Auffassung. Es gibt zu viele, die glauben, dass es der Zweck von Grenzen sei, sie zu respektieren, als seien sie Naturgesetze. Dass es ein Verbrechen sei, sie zu überschreiten. Und sie hassen und fürchten diejenigen, die ihre Auffassung nicht teilen. Können Sie sich das vorstellen?«

Ja, François konnte es sich vorstellen. Er kannte Hass, er kannte Furcht. Sie waren ihm und Jan ein ständiger Begleiter gewesen. Am Anfang, in Lüttich, als ihre Beziehung gleich zwei Tabus verletzt hatte: Er und Jan waren schwul, und sie waren ein Wallone und ein Flame. Später, nachdem sie die Human Company gegründet hatten, hatte die halbe Menschheit sie als Verräter an ihrer Art gehasst. Und schließlich hatte der Hass Jan das Leben gekostet.

»Wir haben versucht, einen Ausgleich zu finden«, sagte Pasong. »Es war unmöglich. Die Ängstlichen lehnten ihn ab, sie hatten zu viel Furcht vor den Konsequenzen. Was, wenn andere unserem Beispiel folgten, die Fesseln ihrer Furcht abschüttelten und das wahre Leben lebten? Also zogen wir uns zurück. Wir gründeten eigene Gemeinschaften, blieben unter uns. Wir wollten niemanden bekehren, niemandem unsere Überzeugungen aufzwingen. Wir wollten nur leben. Es nützte nichts. Die Ängstlichen ließen uns nicht in Frieden. Ihre Furcht ließ es nicht zu. Uns blieb nur, uns selbst aufzugeben oder zu fliehen. Wir wählten die Flucht. Wir gaben unsere Heimat auf, ja sogar unsere eigenen Körper, um zu leben. Wir strebten zu neuen Welten. Doch es war vergeblich. Wohin wir uns auch wandten, nach kurzer Zeit folgten uns die Ängstlichen und trieben uns weiter. Ihre Zahl war riesig, sie waren wie eine Flut, der sich nichts entgegenstellen konnte. Es erging uns wie Lap-so. Wollten wir leben, mussten wir unseren Langen Marsch antreten. Von Planet zu Planet, von Körper zu Körper, immer weiter. Jeder Sprung ein Sprung ins Unbekannte, jeder Sprung potenziell ein Sprung in den Tod. Viele meiner Gefährten starben. Jede neue Welt wartete mit einer Unzahl von Gefahren und Unwägbarkeiten auf, jeder neue Körper stellte eine neue Welt, ja, ein ganzes Universum für sich dar. Mit seinen eigenen Gesetzen, die es zu beachten galt. Brach man sie, starb man. Immer weiter flohen wir – bis wir zur Erde gelangten. Hier, unter den Menschen, hofften wir endlich eine Heimat zu finden, zu leben. Aber unsere Hoffnung war vergeblich. Die Ängstlichen sind uns gefolgt.«

»Woher wissen Sie das?«

»Wir haben Beobachtungssonden in den äußeren Regionen Ihres Sonnensystems platziert. Mehrere Sonden haben unabhängig voneinander ein Objekt geortet, das sich der Erde mit hoher Geschwindigkeit nähert. Seine Größe und seine Infrarot-Signatur lassen keinen Zweifel daran, dass es sich bei dem Objekt um einen Kundschafter der Ängstlichen handelt.«

»Ein einzelnes Schiff?«

»Ja.«

»Wieso vernichten Sie es nicht?«

»Das werden wir, sobald es die Saturn-Bahn passiert. Aber damit ist wenig gewonnen. Wir behindern lediglich ihre Aufklärung. Die Ängstlichen wissen bereits, dass wir auf der Erde sind. Sieben Jahre sind vergangen, seit unser eigenes Schiff in den Orbit um die Erde eingeschwenkt ist. Seitdem sind die Aliens das zentrale Thema der irdischen Kommunikation. Sie ist im Umkreis von sieben Lichtjahren aufzufangen. Dem Kundschafter folgt längst eine Kriegsflotte mit dem Auftrag die Erde zu vernichten. Sie wird innerhalb von wenigen Monaten eintreffen.«

Eine Flotte. In der ersten Zeit, nachdem das Schiff Pasongs in den Orbit um die Erde eingeschwenkt war, hatten die Militärs der Erde geglaubt, es einfach auslöschen zu können, um ihre geliebte alte Welt wiederzubekommen. Es war ihnen nicht einmal gelungen, dem Alien-Schiff einen Kratzer zuzufügen. Ein Gefecht mit einer Flotte musste ... nein, es *musste* nicht dazu kommen.

»Wieso fliehen Sie nicht weiter?«, fragte er den Alien.

»Das ist unmöglich.« Pasong schüttelte den Kopf. Er wirkte unendlich traurig. »Der eigentliche Seelentransfer benötigt nur einen einzigen Augenblick. Aber die Vorbereitungen sind langwierig. Vergessen Sie nicht: Wir haben beinahe sieben Jahre benötigt, um den Sprung zur Erde vorzubereiten. Uns ergeht es wie Lap-so: Wir können nicht länger fliehen. Und selbst wenn wir es könnten, es würde der Menschheit nichts nützen. Der Hass treibt die Ängstlichen zu Extremen: Sie würden die Erde trotz unserer Flucht vernichten, um sicherzugehen, dass es keinem von uns gelingt, sich unter den Menschen zu verstecken. Es bleibt uns nur zu handeln wie Lap-so: Wir müssen kämpfen!«

»Wir? Unsere Technik ist nach Ihren Maßstäben primitiv. Was kann die Human Company schon ausrichten?«

Pasong sagte es ihm.

Sturmgewehre: eine menschliche Geschichte (Kurzkurzfassung)

1941

Der Panzersoldat Michail Timofejewitsch Kalaschnikow wird verwundet. Im Lazarett denkt er sich Pläne aus, wie die Sowjetunion die Wehrmacht zurückschlagen kann.

1949

Das Sturmgewehr AK-47 »Kalaschnikow« wird (leicht verspätet) in Dienst gestellt und wird in den darauf folgenden Jahren an kommunistische Bruderstaaten ausgeliefert.

1965

Im Vietnamkrieg erweist sich die Kalaschnikow dank ihrer Robustheit amerikanischen Modellen überlegen.

1980er

Der CIA liefert große Mengen Kalaschnikows an die afghanischen Mujahedin. Die Mujahedin vertreiben die Sowjets. Die überzähligen Kalaschnikows finden ihren Weg in zahlreiche Konflikte weltweit.

2002

Die BBC schätzt die Zahl der weltweit im Umlauf befindlichen Kalaschnikows auf 100 Millionen.

2013

Nach dem Tod des Multimilliardärs George Soros kollabiert IANSA, die wichtigste Organisation zur Eindämmung der Verbreitung von Handfeuerwaffen.

2034–2045

Die »Bill and Melinda Gates Foundation« mit Sitz auf Kuba schreibt eine Belohnung von 200 Dollar pro abgegebener Kalaschnikow aus. Die Foundation erhält über 235 Millionen Gewehre.

2045
Die USAA annektieren Kuba und schließen die »Bill and Melinda Gates Foundation« wegen »unpatriotischer Umtriebe«. Das verbleibende Stiftungsvermögen wird eingezogen.

2048
Die USAA annektieren Israel. Das israelische Verteidigungsministerium lädt in einem letzten Akt des Widerstands seine kompletten Datenbänke ins Netz, darunter die Konstruktionspläne des Sturmgewehrs TAR-21.

2049
32 Staaten nehmen die Produktion des TAR-21 auf. Es ist ausgereift, robust und mit seinem kurzen Lauf für Gefechte im urbanen Raum geeignet.

2053
Das chinesische Verteidigungsministerium schätzt die Zahl der weltweit zirkulierenden TAR-21 auf über 150 Millionen.

2057
Die Zahl der TAR-21 überschreitet die 350-Millionen-Marke.

2058
Die USAA signalisieren ihre Bereitschaft, an einer internationalen Konferenz zur Eindämmung der TAR-21 teilzunehmen – die erste solche Teilnahme seit Gründung der USAA. Als das Alien-Schiff in die Umlaufbahn eintritt, sagen die USAA ihre Teilnahme mit der Begründung ab, »die Menschheit hätte jetzt wichtigere Probleme als Handfeuerwaffen«. Die Konferenz fällt aus.

2058 bis heute
Die Festung Singapur ist anderer Ansicht und steigt zum größten Produzenten der TAR-21 auf.

– *Auszug aus AlienNet-Subprojekt »Alien Earth – der Atlas der neuen Erde«*
Stand: 28. Juni 2066

KAPITEL 12

Der Alien nannte sich Atsatun, und er hatte nichts mehr mit dem zappelnden und wimmernden Etwas gemein, das Wolf noch vor wenigen Minuten gegen den schmutzigen Lehmboden gedrückt hatte.

»Es ist die einzige Möglichkeit«, sagte Atsatun zum wiederholten Male. Er redete langsam. Der Gedanke, es bereite ihm Mühe, die menschlichen Stimmwerkzeuge zu verwenden, lag nahe, aber Paul konnte das Gefühl nicht abschütteln, dass Atsatun von oben herab zu ihnen sprach. Wie mit störrischen Kindern. Man wiederholte, was man zu sagen hatte, einfach so lange, bis ihr beschränkter Verstand es erfasst hatte oder sich dem überlegenen Willen des Erwachsenen beugte.

Atsatun hatte etwas Herrisches, das Paul an Pasong erinnerte, den Alien, der sich für Jahre in seinem Kopf eingenistet hatte und ihn dazu gezwungen hatte, den Seelentransfer vorzubereiten. In guten Momenten hatte Pasong etwas von einem strengen, aber wohlmeinenden Vater gehabt. Wenn er Paul in seinen Träumen durch seine werdende Unterwasserstadt geführt und sich an seinen eigenen Visionen berauscht hatte, hatte Paul so etwas wie Fürsorge zu spüren geglaubt. Als stelle Paul für ihn mehr als ein Werkzeug dar, mit dessen Hilfe er seine Pläne in die Tat umsetzte.

Diese Momente waren nie von Dauer gewesen. Ein Zögern von Paul, ein Wort, das als Widerspruch ausgelegt werden konnte, ein Staunen, das nicht ehrfürchtig genug ausgefallen war, hatten Pasong bereits aufbrausen lassen. Einmal, als der Alien ihn durch seine Unterwasserstadt geführt hatte, war Paul ein neu errichtetes Gebäude entgangen. Es war ein besserer Anbau gewesen, und Paul, ausgelaugt von seiner Doppelexistenz als Hunter und Handlanger Pasongs, hatte ihn schlicht übersehen. Pasong hatte ihn gepackt und wie eine Puppe in und durch den Himmel der Unterwasserstadt hindurchgeschleudert. Paul war sich heute noch sicher, dass die Vision ihn umgebracht hätte, wenn Pasong ihn nicht im letzten Moment zurück in die Stadt geholt hätte.

»Es gibt keine andere Möglichkeit«, sagte Atsatun, ebenfalls nicht zum ersten Mal. Dann schwieg der Alien und wartete. Er stand am Besprechungstisch, den Stuhl, den die Kommandantin ihm angeboten hatte, ignorierend. Kahman, Paul und Wolf waren ebenfalls stehen geblieben. Kahman störte es nicht, sie wäre ohnehin aufgesprungen, und Paul war froh, nach dem langen Sitzen endlich einmal wieder die Beine auszustrecken. Nur Wolf, dem allein zu verdanken war, dass sie zu einem Alien vorgedrungen waren, wirkte merkwürdig unzufrieden. Als behage ihm nicht, was er heraufbeschworen hatte.

»Das kann nicht sein!« Marita Kahman wandte sich ab, ging an den großen Tisch, an dem ihr Stab vorgab, mithilfe der Gefechtsfeldrechner Fluchtpläne auszuarbeiten, statt den Verhandlungen mit dem Alien zu lauschen, beugte sich vor, starrte einige Sekunden lang auf ein Tunnel-Szenario, an dem einer der Rechner feilte – es hätte ihr selbst, dem Stab und einer Handvoll Aliens die Chance auf eine Flucht eröffnet –, und wandte sich wieder an Atsatun.

»Das kann einfach nicht sein. Ihr seid Aliens! Ihr habt den Sprung über Lichtjahre zur Erde geschafft, ihr baut Raumschiffe, die im Sonnensystem verkehren, als wäre es der Vorgarten der Erde, ihr habt euch eine schwimmende Insel im Pazifik und ich will nicht wissen, was darunter, eingerichtet, und ihr beherrscht den Transfer von Seelen.«

»Nicht jede dieser Einschätzungen trifft zu, aber ich verstehe, was du ausdrücken willst.«

Atsatun blickte die Kommandantin an, während er sprach. Sein Blick war starr, als sehe er weit über sein Gegenüber hinaus. Und der Blick war kalt. Paul hatte erst nach einiger Beobachtung herausgefunden, woran es lag: Atsatun blinzelte oft minutenlang nicht. Und wenn er es tat, geschah es mit derselben entnervenden Gemessenheit, die jede seiner Gesten kennzeichnete. Sie verliehen ihm eine herrschaftliche Ausstrahlung, die vergessen ließ, dass er in einer Häftlingsuniform steckte und stank.

»Dann erwarte ich eine andere Antwort von dir. Der Plan, den du vorschlägst, ist nackter Wahnsinn. Ihr müsst mehr zu bieten haben.«

»Du hast eine falsche Vorstellung von uns. Wir sind keine Götter. Wir sind gewöhnliche Lebewesen wie ihr. Wir können nur im Rahmen dessen handeln, was uns die Umstände erlauben.«

Kahman schnaubte. Atsatun reagierte nicht. Er stand da und wartete, als betreffe ihn die Entscheidung Kahmans nur am Rande, wenn überhaupt. Wofür einiges sprach. Lehnte Kahman seinen Plan ab, konnte er einfach wieder in Starre verfallen. Kahman wäre machtlos dagegen. Und selbst Wolf, von dem der Alien respektvollen Abstand hielt, würde nichts ausrichten können. Das Korps würde ihnen keine Stunden mehr für Rituale gleich welcher Art lassen.

»Denk noch einmal nach«, wandte sich Kahman wieder an Atsatun. »Überleg, was geschieht, wenn wir hier nicht herauskommen. Ihr werdet wieder dem Korps in die Hände fallen.«

»Wir würden es vorziehen, wenn das nicht geschähe. Aber es gibt weit schlechtere Szenarien. Wir wissen, was wir vom Korps zu erwarten haben.«

»Du bist dir deiner Sache sehr sicher. Sie werden euch foltern.«

»Das haben sie bereits getan.«

»Davon habe ich gehört. Ich habe auch von den Schreien gehört, die ihr ausgestoßen habt.«

»Es sind Instinktreaktionen der Menschenkörper. Wir können sie nicht unterdrücken. Aber sie berühren uns nicht.«

»Das Korps wird die Folter ausdehnen. Es wird die Geduld verlieren.«

»Das ist möglich. Es macht keinen Unterschied. Es kann uns nichts anhaben.«

»Das Korps wird euch umbringen.«

»Nein. Dafür sind wir zu wertvoll. Und außerdem wäre es sinnlos.«

Der Alien war ungerührt, aber Marita Kahman ließ nicht locker. »So ist es«, bestätigte sie. »Aber das war es von Anfang an. Zu einer Verständigung gelangt man nicht über Folter. Das Korps handelt also nicht logisch – was hindert es daran, weiter unlogisch zu handeln und euch umzubringen?«

»Unsere Leben sind zu wertvoll«, entgegnete Atsatun. Entweder konnte oder wollte er dem Gedankengang nicht folgen. »Sie werden uns nicht töten.«

»Es gibt viele Wege, einen Menschen zu töten. Mit mir und meinen Leuten wird sich das Korps nicht lange aufhalten. Sie werden einen Teil von uns für Verhöre aufsparen, die Übrigen werden sie gleich umbringen, damit ihnen nicht irgendwelche Gerichte mit ihren Prozeduren in die Quere kommen. Was euch angeht ... der menschliche Organismus ist zäh, aber es gibt einen Punkt, jenseits dessen er aufgibt. Wenn ihr wieder in die Gewalt des Korps geratet, werdet ihr diesen Punkt früher oder später erreichen. Eure Körper werden wegsterben. Sie verkraften keine zusätzlichen Strapazen mehr. Sieh dich doch an!«

Der Alien folgte ihrer Aufforderung. Was er sah, musste ihn erschrecken. Atsatun steckte in einem Körper, der einmal einem Mitglied von Wolfs Sternengarde gehört hatte. Wolf hatte nur kräftige, gesunde und junge Männer in seine Garde aufgenommen. Neben der vollkommenen Hingabe an die Sache des Großen Packs war die Garde die zweite Säule seiner Ordnung gewesen. Von dem Gardisten war nur noch ein »Sigma V«-Schriftzug geblieben, den er sich auf den Oberarm hatte tätowieren lassen. Er war beinahe unleserlich, die bleiche Haut hing schlaff und in Falten an dem einstmals muskulösen Mann herunter. Jetzt war er knochig, und wenn Atsatun den Mund öffnete, waren nur vereinzelte Zahnstümpfe zu sehen.

Schweigend musterte Atsatun seinen Körper. Er schien keinesfalls erschrocken, lediglich verwundert und dann, nachdem er die Verwunderung verarbeitet hatte, blinzelte er langsam. Paul kam es vor, als hätte er im Geiste einen neuen Punkt der Liste der Aufgaben hinzugefügt, die vor ihm lagen. Dann sagte er: »Es ist die einzige Möglichkeit. Es ist eure Entscheidung.«

Marita Kahman wandte sich ab, rief ihren Stab zusammen. Nicht, um sich ernsthaft zu beraten, sondern um sich selbst und ihren Leuten den Anschein zu geben, dass es tatsächlich etwas zu entscheiden gäbe. In Wirklichkeit hatten sie keine Wahl. Führten sie Atsatuns Plan aus, hatten sie eine Chance. Lehnten sie ihn ab, stürmte das Korps das Wohnheim. Ende.

Atsatun verfolgte die Beratung nicht. Er starrte blicklos gegen die Wand. Er hatte gesagt, was er zu sagen hatte.

»Einverstanden.« Marita Kahman kehrte an den Tisch zurück. Sie beugte sich dem Unvermeidlichen. »Wir führen deinen Plan durch.«

»Ich werde meine Gefährten vorbereiten«, antwortete Atsatun. »In einer Stunde sind wir so weit.«

Der Alien verließ den Raum.

Niemand hielt ihn auf.

»Nicht schießen!«

Der Alien, ein älterer Mann, der in seinem früheren Leben einmal füllig gewesen sein musste, wartete einen Augenblick, dann trat er vor die Tür, winkte mit der improvisierten weißen Flagge, die er in der Linken hielt, und rief wieder: »Nicht schießen! Bitte!«

Niemand schoss.

Weitere Aliens folgten, bildeten einen Halbkreis vor dem Eingang. Einen schützenden Riegel.

»Los!« Der Alien neben Paul stieß ihm den Lauf seines TAR-21 in die Hüfte. Es war eine erstaunlich geübte Bewegung für ein Wesen, das zum ersten Mal in seinem Leben ein Gewehr in der Hand hielt. Der Alien musste sie trotz der Starre den Gefängniswächtern abgesehen haben.

Paul trat vor die Tür, die Hände erhoben. Es regnete. Die Tropfen durchnässten seine Häftlingsuniform. Er legte den Kopf in den Nacken und öffnete den Mund, in der Hoffnung, seinen schlimmsten Durst zu stillen. Wolf und die Kommandantin folgten ihm, angetrieben von bewaffneten Aliens. Zu beiden Seiten traten weitere FAMH-Soldaten aus dem Gebäude, geschützt von einem Riegel aus Aliens, die Hände erhoben, waffenlos. Paul wusste, dass sich dieser Vorgang im Augenblick überall in dem Wohnheim wiederholte. Exakt, wie Atsatun es geplant hatte.

»Nicht schießen! Wir haben sie in unserer Gewalt!«, flehte der Alien mit der weißen Flagge.

Weitere Aliens, unter ihnen Atsatun, verließen die Deckung des Gebäudes, schlossen sich an den Riegel an, machten ihn zu einem geschlossenen Kreis, in seiner Mitte Paul, Wolf und Kahman und ein halbes Dutzend weitere FAMH-Soldaten, jeweils bewacht von einem Alien mit Gewehr.

Niemand schoss.

Langsam setzte sich der Kreis aus Aliens in Bewegung, auf den Wald zu, in dem sich das Korps eingegraben hatte. Dampfwolken standen über dem dichten, grünen Teppich, erinnerten an einen tropischen Regenwald. Paul schätzte die Entfernung auf knapp 150 Meter. Noch hundert Meter, dann würde das Korps das Feuer eröffnen. Dann würden sie nahe genug sein, damit sie die FAMH-Soldaten mit beinahe hundertprozentiger Präzision ausschalten konnten, ohne wertvolle Aliens zu gefährden.

»Bitte, nicht schießen! Bitte!«, rief der Alien an der Spitze wieder. Sein zweites »Bitte« ging im Dröhnen von Triebwerken unter. Paul blickte auf und sah, wie aus den tief hängenden Wolken Drohnen hervorschossen und über ihnen zu kreisen begannen. Es mussten Dutzende sein, aus der näheren Umgebung zusammengezogen für den entscheidenden Moment.

Damit war der Plan der Aliens gescheitert. Die Drohnen waren gepanzert. Selbst wenn es den Aliens irgendwie gelingen sollte, die SchützenRobs und Hunter auszuschalten, die Drohnen würden mühelos jeden Widerstand brechen. Gewehrkugeln konnten ihnen nichts anhaben. Wenn die Kugeln die Drohnen überhaupt trafen. Was sie nicht tun würden, wenn nicht ein Wunder geschah. Die Aliens selbst hatten dafür gesorgt. Atsatun hatte die übrigen Aliens geweckt. Es hatte nur Minuten gebraucht. Atsatun hatte eine Hand aufgelegt, ein Wort gesagt, das sich für Paul wie ein Zischen angehört hatte, und der jeweilige Alien war aufgestanden, als hätte er lediglich auf das Stichwort gewartet. Und jeder »erweckte« Alien hatte sich sofort darangemacht, weitere aus der Starre zu holen.

Innerhalb von Minuten hatten die Aliens den FAMH-Soldaten die Waffen abgenommen, wie mit Atsatun vereinbart. Anschließend hatten sie die persönlichen Gegenstände der Soldaten eingesammelt – nicht mit Atsatun vereinbart, aber es waren jetzt die Aliens gewesen, die Gewehre hatten –, und eine Gruppe von einem Dutzend Aliens, angeführt von Atsatun, hatte Kahman und ihren Stab mit vorgehaltener Waffe aus dem Stabskeller gedrängt. Paul, der im Gang vor dem Raum geduldet wurde, hatte Klopfen und Hämmern gehört.

Eine dreiviertel Stunde später hatte sich die Tür wieder geöffnet. »Alles ist vorbereitet«, hatte Atsatun verkündet. »Gehen wir!«

Paul rätselte noch immer, was die Aliens in dem Keller getan hatten. Fest stand nur eines: Die Aliens hatten die TAR-21 kastriert. Die Steckplätze, in denen die Zielcomputer einrasteten, waren leer. Schoss man mit den Gewehren, geschah es ohne elektronische Zielhilfe. Paul hatte während der Hunter-Ausbildung einmal eine Übung absolviert, in der ein Ausfall des Zielrechners simuliert wurde. Er war froh gewesen, die Scheibe überhaupt getroffen zu haben – mit dem dritten Magazin, nachdem er mental die Umstellung gemeistert hatte. Es war also möglich. In primitiveren Zeitaltern hatten es die

Leute auch fertig gebracht, einander ohne Zielcomputer zu erschießen. Es war eine Kunst, die zu meistern war. Nur: Das Korps würde den Aliens keine Gelegenheit geben, irgendetwas zu meistern. Wenn sie eine Chance haben wollten, das Korps zu überrumpeln, mussten die Aliens auf Anhieb treffen. Paul bezweifelte, dass es ihnen gelingen würde, aus nächster Nähe einen Laster zu treffen. Nicht ohne Übung, nicht ohne die computergestützte Zielerfassung und -ausrichtung, nicht mit Alienseelen in Menschenkörpern.

»Schie... ...tte... ni...«, hörte er durch den Triebwerkslärm der Drohnen. Der Alien winkte jetzt hastig mit der weißen Flagge. Er erinnerte an ein Kind, dem man bei einem offiziellen Anlass ein Papierfähnchen in die Hand gedrückt hatte, das es wild hin und her schwenkte.

Vor ihnen, zwischen den Bäumen, erkannte Paul mehrere auf sie gerichtete Gewehrläufe. Drei SchützenRobs, vier Hunter. Sie folgten ihren Zielen, als der Ring der Aliens sich auf sie zubewegte.

Dann kam der Moment, an dem Paul gefeuert hätte. Die Fünfzig-Meter-Marke. Kahman teilte seine Einschätzung. Sie blieb stehen, aber der Alien hinter ihr stieß sie weiter. Es war zu viel für sie. Sie hatte genug. Sie schnellte herum, holte nach dem Alien aus ...

... und es zischte.

Das Geräusch kam von hinter ihnen. Paul drehte sich um, gerade noch rechtzeitig, um zwischen den Gebäuden einen Feuerschweif in den Himmel steigen zu sehen. Auf dem Schweif, zusehends schneller werdend, ritt eine improvisierte Rakete. Paul glaubte, ein Stück eines Kaminrohrs zu erkennen, wie sie noch überall in dem Wohnheim verlegt waren, dann hatte die Rakete die kreisenden Drohnen erreicht, raste zwischen ihnen durch – und explodierte mit einem enttäuschenden, kraftlosen Knall.

»Diese verdammten Aliens!«, brüllte Kahman. »Zu dumm, eine anständige Bombe zu bauen. Wir hätten uns nie auf sie einlassen dürfen! Sie ...«

Ein Schemen, der über sie hinwegfuhr, schnitt ihr das Wort ab. Es war eine Drohne. Sie raste mit aufheulendem Triebwerk in den bewaldeten Hang und explodierte inmitten der Stellungen des Korps. Die Erde bebte.

Der Alien an der Spitze warf die weiße Flagge zur Seite und rannte los.

Eine zweite Drohne stürzte kreischend ab, dann eine dritte, eine vierte ... und dann waren es zu viele, als dass Paul mit dem Zählen nachgekommen wäre. Die Drohnen fielen einfach aus dem Himmel, als hätten die Aliens die physikalischen Gesetze aufgehoben, die ihnen den Flug ermöglichten.

Der Kreis von Aliens, der sie einschloss, löste sich auf. Die Aliens stürmten los, den Korpsstellungen entgegen – und dem sicheren Tod. Die SchützenRobs würden sie in einer Salve niedermähen ...

Nichts geschah. Aus dem Wald kam nur vereinzeltes Feuer, schlecht gezielt, wirkungslos.

Kahman schrie auf, aber diesmal war es kein Wutschrei. »Ja, gebt es den Schweinen!«, brüllte sie. »Zeigt es ihnen! Ich wusste, dass ihr noch mehr im Ärmel habt, als ihr zugeben wolltet.«

Die ersten Aliens erreichten den Wald, hielten an, als wären sie gegen eine Wand gerannt. Sie stellten sich breitbeinig auf, in einer langen, unregelmäßigen Kette, und streckten beide Arme waagrecht aus. Sie gaben die besten Ziele für Schießübungen ab, die Paul je gesehen hatte.

»Habt ihr den Verstand verloren?«, brüllte Kahman. »Ihr k...«

Die Aliens explodierten in einer Serie von Lichtblitzen. Den Bruchteil einer Sekunde lang sah Paul sie, als handele es sich um Röntgenbilder mit vertauschten Farben: schwarze Skelette und der übrige Körper hell und gleißend. Dann fegten ihn die Blitze von den Beinen. Er kam hart auf, geblendet und auch wieder nicht. Paul sah, aber in Umrissen und harten Strichen, als hätten die Blitze der Welt die Farbe geraubt. Er sah, wie sich die Kette der Aliens auflöste. Die Gewehre im Anschlag, verschwanden sie im Wald. Kurze Feuerstöße zeigten an, dass sie auf keinen Widerstand trafen.

»Ja! Ja! Ja! Gebt es ihnen!«, feuerte Kahman die Aliens an. Sie lag neben ihm im Matsch. »Ich habe es gewusst! Ich habe es gewusst!«

Paul packte sie an der Schulter, zog sie zu sich.

»Was geht hier vor?«, schrie er sie an. »Was ist mit den Drohnen? Mit den SchützenRobs? Wieso wehren sich die Hunter nicht?«

Die Schüsse kamen jetzt von weiter weg. Die Aliens mussten den Wald durchkämmen und die Hunter töten, die sich in größerer Entfernung eingegraben hatten.

»EMP!«, brüllte Kahman.

»Was soll das heißen? Ist das das Alien-Wunder, auf das ihr gewartet habt?«

»Nein, kein Wunder! Das nicht. Die Aliens haben nur die Nerven behalten. Deshalb haben sie uns alles abgenommen! Deshalb haben sie die ganze Elektronik eingesammelt! Sie haben sie für ihre EMP-Bombe gebraucht!«

Die letzte Drohne stürzte ab. Sie rammte in eines der Gebäude hinter ihnen. Einen Augenblick nach dem Einschlag herrschte Stille, dann stülpte eine Explosion das Gebäude von innen nach außen.

Kahman schien von der improvisierten Rakete zu reden. »Was ist eine EMP-Bombe?«, fragte Paul.

»Elektromagnetischer Puls. Die Aliens haben eine Bombe improvisiert, die einen elektromagnetischen Impuls ausstrahlt – so stark, dass jede Elektronik im Umkreis von Kilometern durchgebrannt ist.«

Jede Elektronik ... Paul verstand. »Deshalb sind ...«

Kahman schnitt ihm das Wort ab. »Genau, deshalb haben sie die Zielcomputer der Gewehre entfernt. Damit sie nach dem Puls noch funktionieren!«

»Und was waren das für Lichtblitze? Sie kamen aus den Aliens!«

»Eine Art organischer EMP – was weiß ich? Wir können sie später fragen. Sie haben ihr Wort gehalten, das ist das Einzige, was zählt.«

Die Schüsse hatten aufgehört. Erste Aliens strömten zurück auf den Vorplatz. Sie waren schmutzig, einige waren blutverschmiert. Atsatun war unter ihnen. Er hielt ein TAR-21 in den Händen.

Kahman löste sich aus dem Matsch und winkte ihm zu. Überall folgten erleichterte FAMH-Soldaten ihrem Beispiel. Sie jubelten den Aliens entgegen, die sie wie durch ein Wunder gerettet hatten.

Atsatun kam näher, ohne auf ihre Bezeugungen zu reagieren.

»Ihr habt uns herausgehauen!«, rief Kahman. »Ich muss mich für unser Misstrauen entschuldigen. Wir hätten euch vertrau...«

Drei Schritte vor Kahman hob der Alien das Gewehr und schoss dem FAMH-Soldaten, der neben ihr stand, in den Kopf. Es war, als hätte er ein Signal gegeben. Die Aliens feuerten geschlossen ihre Waffen ab. Innerhalb von Sekunden hatten sie sämtliche FAMH-Soldaten getötet.

Atsatun schenkte den Leichen keinen Blick.

»Schnell!«, sagte er zu Marita Kahman, Paul und Wolf, die die Aliens als Einzige hatten leben lassen. »Wir müssen weg hier. Euer Korps wird Verstärkung schicken.«

An die Bürger Kaliforniens und Oregons!

In den letzten Wochen ist es entlang der Küste zu Funden gekommen, die zu einiger Unruhe unter der Bevölkerung geführt haben.

In den Netzen von Fischern haben sich wiederholt Leichen und Leichenteile verfangen, mehrere Male wurden Leichen an der Küste angetrieben. Diese Toten sind oft grausam verstümmelt und offenbar eines gewaltsamen Todes gestorben.

Übereifrige lokale Polizeibehörden haben versucht, diese Funde zu vertuschen, was zu Recht zu Besorgnis unter der Bevölkerung geführt hat. Die betroffenen Behörden – die aus aufrichtiger Sorge um das Wohl der Bevölkerung handelten – wurden inzwischen vom Department of Homeland Security zurechtgewiesen. Sie werden in Zukunft wahrheitsgemäß Bericht erstatten.

Und das ist die Wahrheit: Diese Menschen sind Opfer grausamer Aliens. Ihre Verstümmelungen, ihre gebrochenen, Angst erfüllten Augen legen beredtes Zeugnis davon ab, was für uns alle auf dem Spiel steht, sollten wir in unserem Kampf nachlassen.

Diese Wahrheit zu verbergen oder zu verneinen, wäre töricht. Es wäre der erste verhängnisvolle Schritt auf dem Weg, der in die vollständige Auslöschung der Menschheit mündet.

Bürger! Geht in die Leichenschauhäuser. Geht nicht allein dorthin, bringt eure Freunde, eure Familie, eure Kinder mit! Seht, zu welchen Verbrechen die teuflischen Aliens fähig sind! Und wenn ihr in die Fratze unseres Feindes gesehen habt, handelt! Seid wachsam! Berichtet Homeworld Security jede noch so winzige Auffälligkeit! Zeichnet Homeworld Bonds*!

gezeichnet
David B. Terman III.
Secretary, Department of Homeworld Security

* Homeworld Bonds sind bei allen Banken erhältlich. Ausgaben für die Anleihen sind steuerlich abzugsfähig.

– Flugblatt, ab dem 23. 4. 2066 entlang der amerikanischen Westküste verteilt

KAPITEL 13

Captain Blackwells Schiff setzte seine Fahrt fort, um einen Matrosen ärmer und einen unsichtbaren Begleiter reicher: die Angst.

Sie ließ Rainer nicht mehr los. Weder in Colombo, wo die *Stormbride* vor dem Hafen der belagerten Stadt ankerte und die Nacht erfüllt war von dem Maschinengewehrfeuer, mit der die tamilisch-singhalesische Befreiungsfront den Stützpunkt der USAA beharkte, noch in der Straße von Malakka, wo das Schiff demonstrativ in Sichtweite der Festung Singapur vor Anker ging. Noch auf den Philippinen, wo der rekultivierte Urwald ihn dazu verlocken wollte, in seiner grünen Unendlichkeit unterzutauchen und alles hinter sich zu lassen. Noch auf Guam, wo das Meer zu klein schien für die Masse der Kriegsschiffe, die dort zusammengezogen waren. Noch auf Hawaii, der Insel der Superreichen der reichen USAA, ihrem letzten Stopp vor dem amerikanischen Kontinent.

Was, wenn sich jemand Blitz' Spielsachen genauer besah? Was, wenn sich jemand erinnerte, dass dieses Mädchen öfters mit Karten gespielt hatte?

Tage, Wochen vergingen, ohne dass ein Marine an die Kabinentür Rainers klopfte. Blackwell trieb die Mannschaft und die Marines härter an denn je, als wolle er sie für das Geschehene bestrafen, und die Passagiere blieben für sich, wenn nicht eingeschüchtert von der Hinrichtung, so zumindest ernüchtert.

Schließlich schälten sich die Hügel Kaliforniens aus dem Dunst.

»Wir haben Glück. Oft liegt über der Küste so dichter Nebel, dass man die eigene Nase nicht mehr erkennt.« Leclerc, der Waffenhändler, lehnte sich neben Rainer an die Reling, als das

Schiff unter der Golden Gate Bridge in die Bucht von San Francisco einfuhr. Eine knappe Stunde Fahrt trennte die *Stormbride* noch vom Hafen von Oakland, eine knappe Stunde musste Rainer seine Angst noch in Schach halten, dann würde das Schiff nur mehr eine Erinnerung sein, die ihm nichts anhaben konnte.

Rainer sah Leclerc an. Die Schatten der Stahlträger der Brücke zeichneten in der Mittagssonne exakte Striche auf sein Gesicht. Rainer, zwei Köpfe größer als der Waffenhändler, sah auf es herab wie auf eine Landschaft. Er nickte nur. Ihm war nicht nach Gesprächen. Nicht so kurz vor dem Ende ihrer Reise – und am allerletzten mit Leclerc.

»Aber das ist die Jahreszeit. Im Herbst und Winter bleibt der Nebel oft tagelang hängen. Ich hätte nicht gedacht, dass wir so schnell hier sind.« Sie ließen die Brücke hinter sich. Leclerc hielt eine Hand über die Augen, damit ihn die Sonne nicht blendete, wenn er zu Rainer hochblickte. »Müssen diesem armen Teufel von Menschheitsverräter beinahe dankbar sein. Wenn er nicht gewesen wäre, hätte Blackwell nie die Maschinen angeworfen. Und wir würden jetzt immer noch irgendwo zwischen Guam und Hawaii kreuzen.«

Rainer brummte einen Laut, von dem er hoffte, dass Leclerc ihn als Zustimmung auslegen würde, und sah zum Ufer. Auf den Hügeln der Halbinsel, die die Bucht vom offenen Meer abschloss, erstreckte sich San Francisco. Vor einigen Jahren, bevor man ihn in einen Zug gesperrt hatte, waren Gerüchte von einem schweren Erdbeben in Kalifornien umgegangen. San Francisco sei nur noch ein rauchender Schutthaufen, hatte es geheißen, schlimmer noch als vor 150 Jahren. Niemand hatte Genaues gewusst. Die USAA nahm keine Stellung zu inneren Angelegenheiten, und eine Verifizierung durch Satellitenbilder war unmöglich gewesen: Die USAA duldeten keine Fremdkörper im Raum über ihren Kerngebieten.

Leclerc ließ nicht locker. »Sie wirken bedrückt. Sollten Sie nicht froh sein? Ihre Tochter wird um Wochen früher in den richtigen Händen sein.«

»Natürlich bin ich froh. Ich ...«

»Aber die Hinrichtung lässt Sie nicht los, nicht?« Leclerc nickte. »Nein, Sie brauchen nichts zu sagen. Es geht allen an Bord so, glauben Sie mir. Und das ist gut so.«

San Francisco sah nicht aus wie auf den alten Bildern, die Rainer kannte. Zwischen vielen Häusern klafften Lücken, und aus den meisten Lücken ragten Kräne hoch. Und die Häuser, die standen, wirkten irgendwie fehl am Platz. Zu viel Glas, zu hoch, zu verwinkelt.

»Ist es das?«

»Ja. Dieses eine vergeudete Leben wird viele andere retten. Niemand an Bord wird jemals so dumm sein, sich mit Aliens oder Alienisten einzulassen.«

»Nein, niemand.«

Hatte wirklich ein Erdbeben die Stadt verwüstet? Oder pflügten die Amerikaner die Stadt einfach aus der Lust am Neuen um? Rainer dachte an Mahmut. Gut möglich, wenn sie wie der Ägypter gestrickt waren. Mahmut liebte die Pracht, das Alte, die Geschichte – aber nur, wenn sie ihm nicht im Weg standen. Taten sie es, ließ er das Alte wegrasieren, behielt eine Handvoll Säulen oder alter Steine und verteilte sie als Dekoration über die Neubauten.

Leclerc strich sich über den Anzug, ordnete seine vom Wind zerzausten Haare. »Nun, ich muss los. Die Geschäfte rufen.« Er hielt Rainer die Hand hin. Rainer nahm sie. »Es war mir ein Vergnügen, Sie und Ihre bezaubernde Tochter kennenzulernen. Ich wünschte, wir hätten mehr Gelegenheit gehabt, uns zu unterhalten.«

Rainer entwand ihm seine Hand. »Zu schade, ja. Aber angesichts von Blitz' Zustand ...«

»Schon gut«, Leclerc winkte ab. »Ich verstehe voll und ganz. Ein Vater muss sein Kind beschützen. Es ist das Wertvollste, was er besitzt. Aber was nicht ist, kann ja noch kommen. Man sieht sich im Leben immer zweimal, pflege ich zu sagen.« Er langte in die Brusttasche, holte eine altmodische Visitenkarte hervor und drückte sie Rainer in die Hand. »Ich bin viel unterwegs. Eigentlich immer. Also melden Sie sich, wenn Ihr Leben wieder ruhiger geworden ist. Oder wenn Sie Hilfe brauchen. Ich freue mich immer darauf, ein bekanntes Gesicht wiederzusehen!«

Er wandte sich zum Gehen. An der Tür, die zu den Passagierkabinen führte, hielt er an und drehte sich wieder zu Rainer. »Und falls es Sie tröstet: Einer der Offiziere hat mir verraten, dass Captain Blackwell dafür sorgen will, dass die Familie des Verräters eine Pension erhält. So, wie es sein letzter Wunsch war.«

»Ich wusste nicht, dass er einen letzten Wunsch geäußert hätte.«

»Nein? Ich dachte, es wäre nicht zu übersehen gewesen.« Leclerc hob einen Arm, reckte vier Finger hoch und winkte hektisch hin und her. »Haben Sie es nicht bemerkt? Vier. Vier Tage, bevor es nach den Regularien der Handelsmarine unmöglich gewesen wäre, ihm die Pension abzuerkennen. Nicht einmal für Menschheitsverrat. Es heißt, Blackwell habe die Hinrichtung um diese Tage aufschieben wollen, aber die Marines haben ihn überstimmt. Stramme Patrioten, diese Iraker, was?« Leclerc nahm die Hand wieder herunter, zuckte die Achseln. »Es war Ihre erste Hinrichtung, nicht? Dann machen Sie sich nichts daraus. Beim ersten Mal nimmt einen das Ganze zu sehr mit, als dass man ein Auge für Details hätte. Aber das legt sich, glauben Sie mir!«

Es hatte tatsächlich ein Beben in San Francisco gegeben – und es wirkte noch nach.

Ein Taxi brachte sie in die Stadt, ein Benziner. Wie die meisten Autos in den USAA, war es groß und so geräumig, dass Rainer nicht wusste, wie er sitzen sollte – Blitz legte sich einfach quer über das Polster, platzierte die Füße auf seinen Schoß und starrte vor sich hin. Ein zweites Taxi folgte ihnen, transportierte das überbordende Gepäck, das Mahmut ihnen aufgedrängt hatte.

»Das erste Mal hier?«, fragte der Fahrer, als das Taxi auf die Bay Bridge fuhr, die von Oakland in die Stadt führte. Er war so wuchtig wie sein Fahrzeug und unrasiert. Rainer konnte jedes einzelne Haar auf dem Breitwanddisplay sehen, das Fahrer- und Passagierraum voneinander trennte und das Gesicht des Fahrers abbildete.

»Ja«, antwortete Rainer kurz angebunden, zu beschäftigt, sich Amerika anzusehen, als dass er Lust gehabt hätte, mit einem Taxifahrer zu plaudern. Die Sonne stand hoch am Himmel, ließ die Fahrbahn vor Hitze flimmern. Sie war fünfspurig und gut gefüllt. Fahrzeuge wechselten im Versuch, schneller voranzukommen, laufend zwischen den Spuren – und das in einer abrupten Weise, die ihm sagte, dass sie wie ihr Taxi manuell gesteuert wurden. Es behagte ihm nicht, genauso wenig wie der Blick auf die glitzernde Bucht von San Francisco tief unter ihnen oder die Frage, was Blitz von diesem Dr. Nelson wollte.

»Was hat sie?«, fragte der Fahrer.

»Wer?«

»Das Mädchen.« Der Fahrer deutete mit einem Daumen über die Schulter auf Blitz. Ein Display am Armaturenbrett gab ihm Einblick in die Passagierkabine.

»Wie kommen Sie darauf, dass sie etwas hat?«

»Sie sagt nichts.« Der Fahrer zuckte die Achseln. »Und sie starrt ins Leere. Ist das erste Kind, das ich über die Bucht fahre, ohne dass es vor Aufregung Saltos schlägt und mir es beinahe den Wagen aus der Spur reißt. Etwas stimmt mit ihr nicht. Also gehen Sie wegen ihr in die Klinik.«

»Was geht Sie das an?«

Der Fahrer hob einen dicken Arm und reckte ihn theatralisch. »Was geht das Leid eines Menschen einen anderen an? Ich bin ein Mensch wie Sie, ich will nur helfen.«

»Das tun Sie bereits«, beschied Rainer dem Fahrer und hoffte, dass er sie endlich in Ruhe lassen würde. »Sie fahren uns in die Klinik. Das ist das Beste, was Sie für uns tun können.«

Der Fahrer konnte oder wollte ihn nicht verstehen. »Ich würde Sie überall hinfahren, wohin Sie wollen«, sagte er. »Solange Sie mich dafür bezahlen. So sind die Regeln. Aber das heißt nicht, dass ich es gut finde.«

»Was haben Sie gegen die Klinik? Sie hat einen hervorragenden Ruf.«

Sie passierten eine Insel. »Yerba Buena«, las Rainer auf einem Schild; eine Handvoll Häuser und kümmerlicher Bäume wischte an den Scheiben vorbei. Als sie die Insel hinter sich ließen, lag San Francisco zum Greifen nah vor ihnen. Ein einzelner Wolkenkratzer, der an eine Pyramide erinnerte, stach in die Höhe, umgeben von kleineren Gebäuden, Trümmerfeldern und glänzenden, durchsichtigen Kuppeln. Die Transamerica-Pyramide, ihr Ziel.

»Das bezweifle ich nicht«, sagte der Fahrer. Er strich sich über die Brust. Seine Hand verharrte an Ort und Stelle, griff nach einem Gegenstand, der unter seinem Hemd verborgen war, und hielt ihn fest. »Die Leute in der Klinik tun, was sie für richtig halten. Sie wollen helfen. Aber sie können es nicht.«

»Ach ja? Wieso das?«

»Diese Psycho-Ärzte kratzen nur an der Oberfläche. Sie brüsten sich damit, das Innere des Menschen zu erforschen, dabei haben sie keine Ahnung. Sie sind so verblendet, dass sie sich nicht einmal trauen, die Seele beim Namen zu nennen. Wie soll so jemand helfen können?«

»Und Sie wissen jemanden, der es könnte?«

»Das tue ich.« Der Fahrer griff in den Ausschnitt seines Hemds und zog an einer Kette ein Kreuz hervor. Kein Alienkreuz, seine Schenkel waren von unterschiedlicher Länge. Ein Mensch mit Dornenkrone war darangenagelt. Er leuchtete von innen. »Jesus!«

»Jesus?«

»Unser Erlöser. Noch ist Zeit für euch, zu ihm zu finden.«

»Und wo finde ich deinen Jesus?« Es war eine dumme, unnötig provozierende Frage. Aber Rainer war zu weit gekommen, hatte zu lange stillgehalten, war zu verwirrt und ängstlich, um der Versuchung widerstehen zu können, seine Furcht und Frustration an einem religiösen Tölpel auszulassen.

»Jesus ist überall dort, wo man ihn willkommen heißt. Er

hat sein Leben für uns alle gegeben. Und er ist wieder auferstanden.« Der Fahrer schien seine Spitze nicht wahrzunehmen. »Das Erwachen, das Willkommenheißen von Jesus beginnt natürlich in dir selbst. Aber viele sind bereits erwacht und stehen bereit, dich zu geleiten.«

»Wo?«

»Überall – sieh nur!«

Sie hatten die Bay Bridge hinter sich gelassen. Um sie herum erstreckte sich die Innenstadt von San Francisco. Der Fahrer zeigte auf eine der glänzenden Kuppeln, die Rainer bereits vom Schiff aus bemerkt hatte. Sie erinnerte an ein Zirkuszelt und erhob sich in einem Trümmerfeld. »Seit dem Beben, das der Herr uns '61 in seiner Gnade geschickt hat, sind Millionen erwacht. Er hat uns die Augen für die Vergänglichkeit unserer diesseitigen Existenz geöffnet. Er hat uns die Orte für seine Missionen enthüllt. Viele weitere Millionen Seelen haben dort bereits zum wahren Glauben gefunden.«

Das Kirchenzelt blieb hinter ihnen zurück, als der Fahrer ausscherte und auf kleineren Straßen in Richtung Klinik weiterfuhr. Das zweite Taxi bog ab; es fuhr direkt zum Hotel, um das Gepäck abzugeben. Rainer wünschte, ihr Taxi würde denselben Weg nehmen. Aber es ging nicht. Sie hatten einen Termin. Blitz hatte darauf bestanden, dass er in der Klinik anrief, noch bevor die *Stormbride* im Hafen von Oakland angelegt hatte. Sie hatten auf der Stelle einen Termin bekommen, wie es Freunden des mächtigen Mahmut al-Shalik anstand.

Der Fahrer hielt sich jetzt an Nebenstraßen, eng und steil. Es verging kein Augenblick, in dem nicht irgendwo ein Kirchenzelt zu sehen gewesen wäre. Aus der Nähe betrachtet, wirkten sie schäbig. Es waren Zelte aus durchsichtigem Kunststoff, aber Kälte und Hitze, Feuchtigkeit und Trockenheit setzten dem Material zu. Die meisten Kirchenzelte waren milchig verfärbt.

»Es sind provisorische Konstruktionen, nehme ich an?«, sagte Rainer, um das Gespräch in handfestere Bahnen zu lenken. »Im Lauf der Zeit werden sie bestimmt ...«

»Nein, nein – es widerspräche seinem Willen. Das Ende ist nahe, es lohnt sich nicht, Mühe auf oberflächliche Eitelkeiten zu verschwenden.«

»Das Ende?«

»Armageddon, der Endkampf. Der Herr hat uns die Aliens geschickt, um unsere irdischen Leiden abzukürzen. In seiner Gnade erspart der Herr uns den Kampf Menschen gegen Menschen.«

»Und was kommt nach dem Endkampf, das Paradies auf Erden?«

Der Fahrer lachte, als hätte Rainer einen naiven Witz gemacht. »Nein, das Paradies ist für jene reserviert, die diese Welt verlassen. Auf Erden kann es kein Paradies geben. Aber ich versichere dir: Die Erde nach dem Endkampf wird dir wie das Paradies erscheinen. Die Schlechtigkeit des Menschen wird einige Jahrhunderte brauchen, um sie zugrunde zu richten. Vielleicht sogar Jahrtausende! Und dann wird ein neues Armageddon kommen!«

Der Fahrer bog um eine Ecke, beschleunigte abrupt, um einem zweiten Taxi eine Parklücke streitig zu machen, trug den Sieg davon und stieg in die Bremsen.

»Da sind wir, Sir«, schnarrte er. »Transamerica Building. Ich hoffe, Sie haben die Fahrt mit Lewis Cabs genossen, und wir werden Sie bald wieder als Fahrgast begrüßen dürfen.«

Das Büro Dr. Nelsons lag in einem der oberen Stockwerke der Pyramide. Oder, genauer gesagt: Es nahm eines der Stockwerke ein.

Als Rainer aus dem Lift trat, die folgsame, aber ansonsten apathische Blitz an der Hand, bot sich ihm ein ungehinderter Blick nach allen Seiten. Unter ihnen lag die Stadt, ein auf steile Hügel aufgezogenes und verzogenes Schachbrettmuster aus Gebäuden, die dem Beben getrotzt hatten, Neubauten, Baustellen, Trümmerfeldern und Hunderten von Zeltkirchen. Im Norden sah Rainer die roten Pfeiler der Golden Gate Bridge aus dem aufziehenden Nebel ragen.

»Willkommen in Amerika!«

Ein Mann in Jeans, Cowboy-Stiefeln und kariertem Hemd kam auf sie zu. Einen Schritt vor Rainer und Blitz machte er halt und zog den breitkrempigen Hut zur Begrüßung.

»Ein überwältigender Anblick, was? Das Beben hat einige Nachrüstungen am Gebäude notwendig gemacht. Teure Nachrüstungen. Also sagte ich mir, Johnny, alter Junge, wenn du schon Geld ausgibst, dann soll es sich wenigstens lohnen.« Er zuckte die Achseln. »Am Ende hat es viermal so viel gekostet. Das Spezialglas darf die Statik des Gebäudes nicht gefährden, das war nicht einfach. Aber mein Architekt und ich haben einige Wochen lang getüftelt – und wenn ich noch mal vor der Wahl stünde, ich würde es wieder tun.«

Der Mann – es musste sich um Dr. Nelson handeln – setzte den Hut wieder auf. Er hatte ein faltiges, braun gebranntes Gesicht und ein breites Lächeln. Rainer, der sich in diesem Augenblick an so ziemlich jeden anderen Ort der Erde wünschte, stellte zu seiner eigenen Verblüffung fest, dass ihm Nelson spontan gefiel. Das Lächeln schien so authentisch wie der Hut und die Stiefel.

Nelson ging vor Blitz in die Knie, nahm ihre Hand und schüttelte sie. »Hallo!«, sagte er. »Du bist die kleine Lady Blitz, von der mir mein weichherziger Freund Mahmut geschrieben hat, nicht? Schön, dass du mich besuchen kommst.« Blitz ließ die Berührung über sich ergehen, ohne aufzusehen oder zu antworten.

Nelson nickte sich zu, als stelle ihre Nicht-Reaktion bereits eine wichtige Erkenntnis dar, erhob sich wieder und wandte sich an Rainer: »Sie hatten eine gute Reise, hoffe ich?«

Es war eine Floskel mehr nicht. Rainer wusste es. Amerikaner und Araber liebten sie, konnten nicht ohne. Eine weitere Floskel als Antwort genügte. Aber *gute Reise* ... er dachte an die *Stormbride*, an den Seemann, der an den Rotor gekettet wurde ... und brachte sein »Sehr gut, ja« einen Augenblick zu spät über die Lippen.

Nelson entging es nicht. Er schüttelte den Kopf. »Sie Armer sind an einen Dispensionalisten geraten, was?«

»An einen *was?*«

»Dispensionalisten. Ein schwieriges Wort. Ich habe Monate gebraucht, es zu sagen, ohne mir einen Knoten in der Zunge einzuhandeln. Es sind Endzeitgläubige. Man kann bald nicht mehr in ein Taxi steigen, ohne an einen von ihnen zu geraten. Sie haben die Taxifirmen unterwandert, um zu missionieren. Seit dem Beben strömen sie aus dem ganzen Land hier zusammen. Dieses Jahr ist es besonders schlimm. Sie haben den Letzten Sommer ausgerufen. Vor Armageddon, Sie wissen schon. Eigentlich hätte die Regierung längst einschreiten sollen, aber ...«, er zuckte die Achseln, »... auf der anderen Seite, he, das ist Amerika. Man muss es ganz oder gar nicht schlucken. Tut man es nicht, erstickt man dran.« Er lachte, rückte seinen riesigen Hut zurecht. »Aber lassen wir das. Sie sind den weiten Weg hierher schließlich nicht wegen des Endes der Welt gekommen, nicht?«

Er führte sie an einen niedrigen Tisch, um den mehrere Sessel gruppiert waren. Rainer setzte sich und versank so tief, dass er das Gefühl hatte, in den Polstern zu verschwinden. Er sah zu Blitz. Sie war so klein, dass die Polster sie tatsächlich zu verschlucken drohten. Sie zog die Beine an, ließ sich einsinken, den Kopf abgewandt.

»Ich habe die Krankenakte mitgebracht«, sagte Rainer und zog die Aktentasche auf den Schoß, um sie zu öffnen. »Vielleicht möchten Sie zuerst ...«

»Danke, das wird nicht nötig sein. Die Kollegen aus Kairo haben sie mir schon vor Wochen übermittelt. Ich habe sie mir gründlich angesehen und einige Rückfragen mit Dr. Osman geklärt. Aber Akten sind nur Akten. Ohne sie ist unsere Arbeit unmöglich, doch sie sind nur ein Teil der Wahrheit. Jetzt will ich einen persönlichen Eindruck von Blitz gewinnen.«

»So wie jetzt ist sie oft, seit sie aus dem Wachkoma gekommen ist.« Rainer nickte in Blitz' Richtung. »Teilnahmslos, aber fügsam. Zu anderen Zeiten ist sie wie ein normales Kind, aufgeweckt und fröhlich. Sie spielt viel. Sie ...«

Eine Stimme unterbrach seinen Gedankengang. »Kommen

wir zur Sache. Ich kann Ihnen genau erklären, was mit mir los ist, Dr. Nelson.« Die Stimme war dünn und hoch, aber fest und gehörte Blitz. Das Mädchen saß jetzt auf der Kante des Sessels, sehr gerade, sehr erwachsen und sehr entschlossen.

»Man hat mich ge- und missbraucht«, erklärte Blitz. »Wie lange, kann ich nicht sagen. Ich kann mich an keine Zeit davor erinnern. Ein Mann, er hieß Fischer, hat irgendwann dafür gesorgt, dass mich niemand mehr außer ihm selbst anrührt. Er hat auch dafür gesorgt, dass ich zu essen und zu trinken hatte. Er hat mir erlaubt, durch den ganzen Zug zu rennen, in den man uns eingesperrt hatte. Niemand im Zug wagte es, mir etwas anzutun. Fischer war der Herrscher des Zugs. Aber das genügte ihm nicht. Er wollte nicht mehr eingesperrt sein. Er wusste, dass das, was er tat, falsch war. Er wusste, dass es egal war. Es gab für ihn keinen anderen Platz mehr auf der Erde als diesen Zug. Wollte er den Zug verlassen, gab es nur einen Weg dazu: Er musste die Erde verlassen. Die Gelegenheit ergab sich, als er ein Wesen namens Wolf traf. Wolf hatte nie ein Kind missbraucht und würde es niemals tun. Es lag nicht in seiner Natur. Aber Wolfs Natur machte es ihm unmöglich, auf der Erde zu leben. Wolf war kein Mensch. Wolf war kein Wolf. Wolf war verachtet. Fischer erkannte das Potenzial, das in Wolf schlummerte. Fischer erkannte Wolfs Geheimnis: Wolf stand in Kontakt mit den Aliens. Fischer machte Wolf zu einem Anführer, zu einer lebenden Legende und sich selbst zu ihrem starken Arm und Verkünder zugleich. Fischer versprach den eingesperrten, überschüssigen Menschen ein neues Leben auf Sigma V. Ein Alien-Raumschiff würde kommen. Es würde Fischer, Wolf und hunderttausend weitere Menschen dorthin bringen. Und mich. Fischer wollte auch in seinem neuen Leben nicht auf mich verzichten. Fischer scheiterte. Fischer kannte die Menschen gut, er als Einziger hatte Wolfs Potenzial erkannt. Aber Wolf war kein Mensch. Wolf war viel mehr als das. Wolf betrog Fischer und alle, die seinen Versprechen glaubten. Kein Alien-Schiff würde kommen. Die Hunderttausend würden nach Sigma V reisen, aber ihre Körper würden zurückbleiben.«

Blitz zeigte auf Rainer.

»Dieser Mann hier, der nicht mein leiblicher Vater ist, hat sich meiner angenommen und sein Leben in dem Versuch riskiert, mich vor dem Transfer nach Sigma V zu bewahren. Er hat es nicht geschafft. Ein Teil von mir wurde nach Sigma V gerissen, in den Körper eines Aliens. Das ist alles, was mit mir ist.«

Dr. Nelson nahm den Hut ab, kratzte sich am Kopf. Er stand auf, ging zur nächstgelegenen Glaswand. Eine Bar fuhr aus. Der Arzt schenkte sich ein Glas randvoll und trank es in einem Zug. Schließlich wandte er sich um und kam zurück an den Tisch.

»Nehmen wir an, alles, was du sagst, trifft zu ...«, wandte er sich Blitz zu, diesmal ohne in die Knie zu gehen. Die Geste wäre angebracht gewesen bei einem Kind. Doch vor ihm saß kein Kind mehr. »... was führt dich und deinen Beschützer ausgerechnet zu mir?«

»Ich brauche Hilfe.«

»Von mir?«

»Sie gehören der Opposition an. Sie werden mich verstehen.«

Nelson ging nicht auf Blitz' Behauptung ein. »Hilfe wobei?«, fragte er. »Um den Teil deiner Seele zurückzuholen, der auf Sigma V in einem Alien steckt?«

»Nein, um die Menschheit zu retten.«

»Soso. Und was kann ich dazu beitragen?«

»Ich muss jemanden sprechen. Einen Häftling. Sie können es einrichten, ich weiß es. Sie müssen ihn nur für eine Studie im Interesse der Nationalen Sicherheit anfordern.«

»Wer ist dieser Häftling?«

Blitz zog eine Karte aus der Tasche. Sie war von derselben Art, wie sie der Matrose auf der *Stormbride* besessen hatte. »Hier ist ein Bild«, sagte sie. »Häftling Nummer MS-H-481720. Sein Name ist Melvin Siukovich.«

Helden der Menschheit:

DIANE*

Profil: die tollkühne Pilotin der *Strawberry Bitch.*

● **Gegenwärtige Aktivität:** Diane ist todkrank. Eigentlich. Aber in seiner typischen Großzügigkeit gewährt ihr Pasong eine Behandlung mit der Supertechnik der Aliens. Die Behandlung dauert noch an, aber eines Tages wird Diane wieder die Bühne des Geschehens betreten – »wie verwandelt«, so Pasong.

● **Herkunft:** Diane ist Amerikanerin, auch wenn sie das nicht gerne hört. Als überzeugte Pazifistin und Kämpferin für die Rechte des Individuums geriet sie von früh an mit dem herrschenden Regime in Konflikt. Den Tiefpunkt stellte ihre Abschiebung und Brandmarkung als Überschussmensch dar.

● **Stärken:** Diane hat im Lauf der Jahre mehr einstecken müssen, als die meisten Menschen ertragen könnten. Nicht so Diane: Die Härten haben lediglich ihre Überzeugungen gestärkt.

● **Schwächen:** Diane ist ungeduldig, wirkt auf andere zuweilen schroff. Es geht das Gerücht um, dass sie den Verlust ihres Partners nur schwer verwindet.

● **Tipp:** Diane ist ein Stoßtrupp auf zwei Beinen. Schick sie voraus, wenn es gilt, Widerstand zu brechen!

* Erfolg bringt nicht nur Freunde. Aus diesem Grund nennen wir Dianes Nachnamen nicht. Das Bild ist eine künstlerische Impression.

– *Karte aus dem Trading-Card-Game »Our Alien Earth«, Subset »Strawberry Bitch forever!«. Herausgeber Human Company Press, Freetown, Januar 2066*

KAPITEL 14

»Jan, du würdest staunen.«

François Delvaux saß im Schneidersitz vor dem geöffneten Nachtschränkchen. Er war nackt. Die Kleidung, die er während des Treffens mit Pasong getragen hatte, war über das Zimmer verstreut. Sie hatte ihm am Leib geklebt.

»Pasong war hier, Jan. Der Anführer der Aliens. Nein, kein Grund zur Aufregung, er ist schon wieder weg. Der Bursche, dieser deutsche Flyboy, ist mit ihm davongeflogen. Der Alien hat darauf bestanden. Ich habe ihn eingeladen zu bleiben, die Gelegenheit zu nutzen, einander besser kennenzulernen, aber er hat abgelehnt. Keine Zeit. Er muss weiter, sagt Pasong, unser aller Überleben stehe auf dem Spiel. Das gehe vor. Dann ist er zum Flughafen. Ich hatte gerade noch Zeit, dem Burschen ein paar Anweisungen zuzuflüstern. Ich bin gespannt, was er daraus macht.«

In dem Schränkchen stand ein Glaskasten. Er wirkte wie ein schlecht gepflegtes Aquarium, mit der milchigen, undurchsichtigen Scheibe und den grünen und grauen Verfärbungen am Rand, nur, dass der Kasten auf dem Kopf stand wie eine Säule.

»Ich wünschte, du hättest dabei sein können, Jan. Wenn es jemand verdient hätte, dann wärst du es. Das Treffen, es war … weißt du noch, wie wir in der alten Lagerhalle in Lüttich zusammensaßen, in der wir das erste Company-Büro eingerichtet hatten? Das Alien-Schiff hing noch keinen Monat über uns im Orbit, und die Leute machten sich verrückt. ›Fürchtet euch nicht!‹, funkte das Schiff. Schwer zu sagen, was die Aliens sich dabei gedacht haben. Ausgerechnet dieser Spruch sollte uns Menschen beruhigen? In Wirklichkeit machte er alle nur noch verrückter und ängstlicher, als sie es sowieso schon waren. Im ganzen Land stürmten die Leute die Kasernen und besorgten sich Waffen. Was kümmerte es sie schon, dass der König zur Besonnenheit aufrief? Und dann ballerten sie los. In den Himmel, auf Leute, die sie für Aliens hielten, aufeinander. Und jeden Tag richteten ein paar Leute eine Waffe gegen sich selbst und drückten ab. Als wäre das Ende der Welt gekommen. Doch wir beide wussten es besser, nicht? Zusammen behielten wir einen kühlen Kopf. Klar, das Ende der Welt war gekommen, aber nicht so, wie die anderen dachten. Die Welt war am Ende. Na und? Wichtig war nur die neue Welt, die kommen würde.«

Jan antwortete nicht. François nahm ein Tuch, beugte sich vor und wischte das Glas vorsichtig ab. Der Temperaturunterschied zwischen dem tropischen Freetown und dem Kasten führte unweigerlich dazu, dass sich Kondenswasser niederschlug und François die Sicht versperrte.

»Wir erkannten die Chance«, fuhr er fort. »Wir Menschen würden endlich den ganzen Mist abstreifen können, der uns seit dem Anbeginn der Zeit zusetzt: Verbrechen, Krankheiten, Kriege, Regierungen, sogar den Tod selbst. Alles schien möglich. Wir mussten nur den Mist in unseren Köpfen loswerden und zugreifen. Mehr nicht. Das Einfachste der Welt, nicht? Natürlich kam es anders. Es gibt nichts Schwierigeres als das Einfache. Das Leid auf der Welt verschwand nicht, es nahm zu – zusammen mit der Angst, dem verletzten Stolz des Homo Sapiens und den verzweifelten Versuchen, das Rad zurückzudrehen. Aber wir gaben den Glauben nicht auf. Wir beide, du und ich, Jan, wir waren uns sicher, dass wir nur einen Übergang durchmachten, eine Phase. Und dass uns dahinter das Paradies erwartet.«

François hatte die Mitte der Scheibe poliert, die Sicht auf das Innere des Kastens war frei. Die Sicht auf Jan.

»Weißt du was? Heute habe ich einen Blick in das Paradies geworfen...« François zögerte. Er würde Jan nicht von Lap-so erzählen. Jan würde sich nur unnötig aufregen. »Bevor er davongeflogen ist, hat Pasong es mir angeboten, uns allen. Im Komplettpaket: die Ausrottung aller Infektionskrankheiten, vorbeugende Medizin gegen Verschleiß und Krebs, Alzheimer- und Parkinsontherapien, lebensverlängernde Präparate. Alles ist möglich, die Aliens sind uns Jahrtausende voraus. Es wird einige Jahre dauern, ihre Technologie auf uns anzupassen, aber dann ... weißt du, was das bedeutet? Bald hat jeder Mensch die Aussicht, hundert zu werden! Was sage ich, hundertzwanzig oder sogar hundertdreißig – wir werden erst nach und nach herausfinden, wo das Limit liegt. Wer weiß, vielleicht gibt es überhaupt keines? Und dabei werden wir jung bleiben bis zum letzten Tag! Stell dir das vor, Jan! Was haben wir uns nicht heiser darüber geredet, was die Aliens uns alles möglich machen könnten? Aber selbst wir haben uns nicht darauf verstiegen, dass eben das Paradies auf uns wartet.«

Jan sagte nichts. Er sah François mit demselben Ausdruck an, mit dem er gestorben war: zornig. Es gibt Menschen, die mit ihrem Schicksal versöhnt sterben. Jan hatte nicht dazu gehört. Jan hatte leben wollen. Um jeden Preis.

»Denn das, was ich dir eben gesagt habe, war erst der Anfang. Pasong will uns noch mehr geben: das Tor zu den Sternen für diejenigen, die die Erde hinter sich lassen wollen, Technik auf dem Niveau von Magie für diejenigen, die bleiben. Pasong hat uns die Herrschaft über das Erdklima angeboten, Jan! Seine Art, sagt er, ist erfahren in Terraforming. Sie haben buchstäblich tausende Planeten nach ihren Wünschen gestaltet! Mithilfe der Aliens könnte es uns gelingen, die Erderwärmung zu stoppen. Mehr noch: Wir können die Erdtemperatur auf einen beliebigen Wert fahren. Wir können regional steuern, gezielt Wüsten in blühende Gärten verwandeln. Stell dir das nur vor, Jan!«

Jans Kopf blieb ungerührt an Ort und Stelle. Er konnte nicht anders, es gab keine Muskeln, auf die er hätte zugreifen können. Und außerdem hatte François es persönlich übernommen, den Kopf zu fixieren. Er saß fest.

»Und das ist immer noch nicht alles! Pasong will uns die Grundlage für das Paradies schenken: unerschöpfliche, saubere Energie. Und weißt du, wie? Ja, du ahnst es schon, ich sehe es dir an. Durch Kernfusion. Pure Sonnenenergie, an der wir Menschen uns vergeblich versucht haben. Denn es ist genauso, wie wir es vermutet haben. Das Alien-Schiff, das über Lichtjahre zu uns gekommen ist, seine Zubringer, die ausschwärmten und überall im Sonnensystem zu schürfen begannen, die Alien-Insel ... es war von Anfang an klar, dass Pasongs Leute über eine unerschöpfliche, starke Energiequelle verfügen mussten. Jetzt wollen sie sie mit uns teilen!«

Jans rechte Wange war mit Blut verschmiert, sein Haar verklebt. Es war sein eigenes Blut, vielleicht vermischt mit dem des Mörders. Sie hatten schnell handeln müssen, um Jan zu retten. Jede Sekunde hatte gezählt, damals, am 26. September 2065, dem Tag, an dem die Aliens wirklich gekommen waren – und Jan gegangen war. Kein Tag war seitdem verstrichen, an dem François die Szene nicht noch einmal durchlebt hätte. Immer wieder sah er es, *das Blut* ...

»Aber Pasong hat noch mehr versprochen. Frag mich nicht, wie er von dir erfahren hat, das hat er nicht gesagt. Auf jeden Fall wusste Pasong von dir. Und er hat angeboten, dich zurück ins Leben zu holen! Wir müssen deinem Kopf nur für einen Augenblick Leben einhauchen. Du wirst für ein paar Sekunden in deinem Kopf leben ... und dann wird Pasong deine Seele aus ihrem Gefängnis befreien. Du bekommst einen neuen Körper!«

... Blut läuft über deine Hände, die Jan festhalten. Es kommt aus Dutzenden von Messerstichen in seiner Brust. Du nimmst nur am Rande wahr, wie ein Teil der Wachen den Mörder zu Boden reißt. Die Übrigen rennen davon ...

»Stell dir das vor, Jan! Du lebst wieder! Allein der Gedanke ... weißt du, was ich getan habe? Ich habe geheult. Rotz und Wasser. Vor dem Anführer der Aliens. Ich konnte nicht anders. Und weißt du, wieso? Das Paradies ist eine schöne Vorstellung, aber das war es auch schon. Ein Traum, den ich mir ausmalen kann. Ein ›Was wäre, wenn‹? ... Aber du wieder am Leben ... ich kann es immer noch nicht fassen, dass du tot bist. Ich kenne dich, Jan, ich weiß, wie du dich anfühlst. Ich weiß, dass mit dir ein Teil meiner selbst gestorben ist. Ich habe nicht vergessen, wie es sich anfühlt, ganz zu sein. Ich werde es niemals können.«

... und dann kommen die Wachen wieder zurück. Sie bringen eine Maschine, eigentlich dazu gedacht, Feuerholz zu spalten. Gemeinsam mit ihnen legst du Jan so hin, dass sein Hals unter der Schneide liegt ...

»Ich will ehrlich zu dir sein, Jan. Ich bin es immer gewesen, als du noch am Leben warst, wieso also sollte ich ausgerechnet jetzt damit aufhören? Du kannst mich nicht mehr anschreien. Denn es ist so: Ich habe dieser Kryogenese nie getraut. Ja, natürlich, wir schreiben das Jahr 2066, die Aliens sind unter uns ... aber trotzdem, manche Dinge sind einfach zu phantastisch. Dass man den Tod überlisten kann, indem man seinen Kopf nur schnell genug auf minus 265 Grad herunterfrieren lässt – das klingt einfach zu gut, um wahr zu sein. Es macht misstrauisch, wenn ein Mensch so etwas von sich behauptet. Und jetzt behauptet jemand, dass er dich wieder erwecken kann, Jan. Dass du lebendiger als vorher sein wirst, in einem Körper, den ich für dich aussuchen kann. Wahnsinn, nicht? Es macht mich misstrauisch, und umso mehr, weil es kein Mensch war, der das von sich behauptet hat.«

Die Schneide geht glatt durch. Du hältst den abgetrennten Kopf fest, wartest, dass das Blut und das Leben aus ihm abfließt. Dann legst du Jans Kopf in die Kryo-Box, drückst ihn mit der Luftröhre auf den Sporn. Du spürst, wie sich die Versorgungsleitungen in sein Fleisch bohren.

»Kein Wunder, dass ich beinahe den Mund nicht aufbekommen habe. Es war zu viel auf einmal, zu viele Träume erfüllt, zu viel Misstrauen. Also habe ich ihn etwas anderes gefragt. Nämlich, was der Kern des Konflikts innerhalb seiner Art ist. Was ist es, das die eine Fraktion sich unbedingt erhalten und die andere unbedingt unterbinden will? Was meint er mit ›Freiheit‹? Pasong hat lange geschwiegen, nachdem ich ihm die Frage gestellt hatte. Er hat mit sich gerungen. Ich habe es ihm angesehen. Und dann hat er mich um Verständnis dafür gebeten, dass es auch in seiner Art Tabus gebe und es ihm schwerfalle, darüber zu sprechen. Und, so bescheuert das klingt: Ich glaube ihm. Es hörte sich ehrlich an. Ehrlicher als alles andere, was er gesagt hat.«

Jeder Augenblick zählt, soll Jan die Aussicht auf ein zweites Leben bleiben. Du nimmst dir einen davon und streichst Jan über das Haar. Soll er dich doch anschreien, wenn es ihm nicht passt. Zum Abschied zerzaust du das Haar. Jan soll wie ein verwegener Abenteurer aussehen, den nichts aufhalten kann.

»Ansonsten? Ich habe versucht, klar zu denken. Aber mir schwirrte der Kopf. Ich dachte an das Wissen, das er uns versprochen hat. An die neue Welt, die wir mit seiner Hilfe aufbauen können. Und wenn ich nicht daran dachte, waren meine Gedanken bei dir. Wie gut es sich anfühlen würde, dich wieder in die Arme nehmen zu können, ganz gleich, in welchem Körper. Kann man mir daraus einen Vorwurf machen?«

Jan schweigt.

»Tatsache ist, dass Pasong so vieles nicht gesagt hat, dass mir allein deshalb der Kopf schwirren sollte«, fuhr er fort, als Jan nicht antwortete. »Und ich weiß, dass dich das wütend macht. Ich habe es versäumt, nachzuhaken, ihn festzunageln. Dabei hätten mir die Fragen auf der Zunge brennen sollen! Was ist aus den Menschen geworden, die an deinem Todestag den Seelentransfer mitgemacht haben? Wieso ist Pasongs Art ausgerechnet auf die Erde gekommen? In der Milchstraße gibt es hundert Milliarden Sonnen und noch mehr Planeten – wieso kamen sie zu uns? Sie ... wie nennt sich seine Art eigentlich? Er hat den Namen nicht genannt. Hat sie keinen? Das kann ich mir nicht vorstellen. Sie müssen sich irgendwie nennen. Er hat betont, wie wichtig ihm und den Seinen das Individuum sei. Aber Wesen, die sich als Individuen sehen, müssen eine Bezeichnung für sich selbst haben, nicht? Und wie sehen diese Individuen eigentlich aus? Die Aliens stecken in Menschenkörpern, und Pasong zumindest scheint ohne weiteres damit zurechtzukommen. Was bedeutet das? Ähnelt seine Art der unseren? Haben sie zwei Arme und zwei Beine, gehen sie aufrecht, nehmen sie ihre Umwelt über Augen wahr, sind sie Säugetiere wie wir? Kennen sie so etwas wie menschliche Wärme? Können sie lügen, können sie töten, kennen sie Mitleid? Kennen sie Liebe, Jan?«

Der Augenblick geht vorüber. Du lässt den Verschluss der Kryo-Box einrasten. Die Konservierungsflüssigkeit läuft ein, bis sie über Jans Kopf steigt, während der Sporn, unsichtbar für dich, eine zweite Flüssigkeit in seinen Kopf pumpt. Eine Art Farbe kehrt in Jans Gesicht zurück. Ein trügerischer Schein von Leben.

»Oder sind Pasong und seine Leute völlig anders? Vielleicht kommen sie aus Körpern, die wir als Schleimspritzer in einer Methansee bezeichnen würden? Vielleicht waren sie früher einzelgängerische Insekten oder Vögel oder eine Art Quallen? Oder vielleicht sehen sie wirklich wie glubschäugige Monster aus? Alles ist möglich, Jan. Alles. Vielleicht auch, dass es gar nicht wichtig ist, woher sie kommen und was sie waren. ›Das Sein bestimmt das Bewusstsein.‹ Daran haben wir immer geglaubt, Jan, nicht? Man muss es dem Menschen nur möglich machen, gut zu sein, dann ist er es. Wir haben es mit der Human Company bewiesen. Gilt das auch für die Aliens? Haben sie sich in dem Augenblick verwandelt, in dem ihre Seelen in die Menschenkörper schlüpften? Verstehen sie die Menschen, weil sie schlagartig zu welchen wurden?«

Brummend setzt das Kühlaggregat ein.

»Die Fragen nehmen kein Ende, Jan. Und versuche ich die Antwort auf eine zu finden, macht es alles nur noch schlimmer, weil sich dabei zehn neue aufwerfen.«

Schlagartig gefriert die Flüssigkeit ...

»Immerhin, wenigstens eine habe ich Pasong noch gestellt. Wieso bietet er die Klimakontrolle, die Kernfusion, das medizinische Wissen, die Raumfahrttechnik erst jetzt an? Pasong, der so vieles weiß, muss doch längst erkannt haben, wie es um uns steht. Er muss wissen, dass uns der Sprit ausgeht und das Wasser bis zum Hals steht. Jeder halbwegs intelligente Mensch, der sich nicht selbst belügt, sieht es. Und Pasong hat Abstand, es muss ihm von Anfang an klar gewesen sein, dass seine neue Heimat in der Scheiße steckt. Also weshalb die Verzögerung?«

... Jan ist tot – und bereit für das Leben.

»Du wirst es nicht glauben, Jan. Er gab mir eine Antwort, die von dir stammen könnte. ›Geschenke sind ein süßes Gift. Man besitzt nur das im Leben wirklich, was man sich selbst erarbeitet hat.‹ Und du weißt ja, wie unendlich wütend mich deine elende Besserwisserei immer gemacht hat, dieses Arrogante, so von oben herab. Mir ist es gegangen wie früher, wenn du mich verletzt hast. Ich bin eingefroren, habe mich in mich selbst zurückgezogen, um irgendwann, wenn die Wut zu viel wird, zu explodieren. So war es auch vorhin. Nur dass Pasong fort war, als es so weit war.«

Jan ist nun mehr, als du es bist. Dein Körper ist der eines Menschen, gebrechlich, und bestenfalls noch gut für ein paar Jahrzehnte. Jan kann Jahrtausende überdauern, wenn nötig.

»Aber das macht nichts. Nein. Eigentlich ist es sogar besser so. Was hätte es schon gebracht, einen Alien anzuschreien? Bei dir hat es nicht gewirkt, du bist der derselbe Dickkopf geblieben, der du immer gewesen bist. Und du hast verstanden und mir verziehen. Ob Pasong es auch gekonnt hätte? Ich habe meine Zweifel. Niemand außer dir hat mich je verstanden – wieso sollte es ausgerechnet ein Alien können? Es sei denn ...«

Und irgendwann würden die Aliens ihn zurück in das Leben holen. Jan ist tot. Tot und unsterblich.

»... es sei denn, Pasong hat uns Menschen genau studiert. Im Allgemeinen und Speziellen. Weißt du, Jan, ich habe einen Knoten im Bauch. Lach nicht, ich weiß, dass du nichts auf meine Intuition gibst, aber das hier ist mehr als nur eine Ahnung. Wenn du mich fragst, wusste Pasong zu gut, welche Knöpfe er bei mir drücken muss, um das zu bekommen, was er will. Das muss nichts Schlimmes bedeuten. Pasong hat sich vorbereitet, er hat mit mir gesprochen, wie man mit einem Menschen spricht. Was bliebe ihm sonst, um zu mir durchzudringen? Und das ist ihm ja gelungen. Mir wird ganz anders, wenn ich nur an seine Versprechungen für die Menschheit denke. Und wenn ich dann an dich denke und dass du wieder leben könntest ... mir schwirrt der Kopf. Ich bekomme keinen klaren Gedanken hin. Bis auf einen, der nicht totzukriegen ist: *zu gut, um wahr zu sein.*«

Du drückst die Stirn gegen die kalte Scheibe. Du willst Jan so nahe sein wie nur möglich.

»Jan, es tut mir leid. Ich wünschte es mir mehr als alles andere auf der Welt, dich wieder am Leben zu sehen. Aber das geht nicht. Die Frage ist: Kann ich Pasong vertrauen? Von dieser einen Frage hängt das Schicksal der Menschheit ab. Du weißt es so gut wie ich. Um diese Frage zu beantworten, brauche ich einen klaren Kopf. Und den bekomme ich nicht, so lange es deinen Kopf noch gibt.«

Du stehst auf, wendest dich ab. Jans stechender Blick bohrt sich in deinen Rücken. Du gehst nach nebenan und öffnest den Werkzeugkasten. Als du nach dem Hammer greifst, glaubst du Jans Stimme zu hören. Sie befiehlt dir, keinen Unsinn zu machen, den Hammer wieder wegzulegen. Es macht dich wütend. Rasend. Es hilft dir, gibt dir das letzte Quäntchen Entschlossenheit, das dir noch fehlt.

Nackte Angst steht in Jans gefrorenen Augen, als du dich wieder vor der Kryo-Box niederlässt.

»Jan«, *flüsterst du.* »Es tut mir leid.«

Mit der freien Hand fährst du über das Glas der Box, streichst du zärtlich über Jans Gesicht. Du nimmst dir einen Augenblick, die Finger auf dem Glas über Jans Wange ruhen zu lassen. Dann ziehst du die Hand weg.

»Leb wohl, Jan!«

Du holst aus. Glas zersplittert unter der Wucht deines

Hammerschlags. Warme, tropische Luft trifft auf Kälte nahe dem Nullpunkt, und der Block aus Eis, der in seinem Innern den Kopf eines Menschen birgt, zerbricht.

Jan ist tot.

Für immer.

Du bist frei.

Auftragsnummer: a452nt/2066/1
Datum: 10. 8. 2066

Sehr geehrte Auftraggeberin,

als Grundlage für ein graphologisches Gutachten haben Sie uns diverse Schriftproben der zu prüfenden Person (Andreas Lay) eingereicht, sowie neun Grußbildkarten, die angeblich von derselben Person geschrieben und von Sigma V (auf unbekanntem Weg) zur Erde geschickt wurden.

Nach eingehender Prüfung kommt unser Institut zu folgenden Ergebnissen:

- zu 98 Prozent Wahrscheinlichkeit wurden die Postkarten von der zu prüfenden Person geschrieben.
- zu 96 Prozent geschah dies ohne äußeren Zwang.
- zu 88 Prozent sind die Abweichungen der Schriftproben auf die Alien-Extremitäten zurückzuführen, mit denen die zu prüfende Person die Karten schrieb.
- zu 87 Prozent trägt die Erfahrung einer fremden Umwelt zu den Abweichungen bei.
- zu 50 Prozent Wahrscheinlichkeit ist diese Erfahrung von positiver, lebensverstärkender Natur.
- zu 50 Prozent ist die diese Erfahrung von negativer, lebenszerstörender Natur.

Bitte haben Sie Verständnis, dass im Rahmen unseres Economy-Pakets keine weitergehenden Auskünfte möglich sind.
Wünschen Sie weitere Auskünfte (unter anderem auch eine inhaltliche Auswertung der Grußkarten), buchen Sie bitte eines unserer Deluxe-Pakete. Neben exklusivem Zugriff auf unseren globalen Rechen-Cluster, sichern Sie sich auf diese Weise die Dienste menschlicher Experten bei der Aufklärung des Schicksals Ihres geschätzten Transferierten.

Mit freundlichen Grüßen,

Ihr GraphCheck-Team

KAPITEL 15

Sie flohen durch die Wälder, 49 Aliens, ein Wesen halb Mensch, halb Wolf und zwei Menschen.

Sie trugen nicht viel, und was sie trugen, passte, wenn überhaupt, mehr schlecht als recht: Uniformen, die man den noch warmen Leichen der FAMH-Soldaten und Hunter ausgezogen hatte. Sie würden besser wärmen als die dünnen Häftlingsuniformen, vorausgesetzt, die Einschusslöcher und Risse waren nicht zu groß. Dazu kamen die Wasserflaschen und Vorratspacks toter Hunter. Die Aliens hatten sie zusammengerafft, auf drei Rucksäcke verteilt und ihren Gefangenen aufgebürdet. Und schließlich hatten sie sich bei den Waffen bedient: kurzläufige TAR-21 aus den Beständen der FAMH-Soldaten – rapide Feuerkraft für den Fall, dass ihnen jemand zu nahe kam –, und langläufige, zielgenaue G5, Hunter-Waffen – um sicherzustellen, dass es niemandem gelang.

Die Aliens waren tödlich.

Und unmenschlich tollpatschig.

Sie bahnten sich ihren Weg im Gänsemarsch. Der Wald war dicht, anders als jeder andere Wald, den Paul je betreten hatte. Der Regen wurde vom Blätterdach abgefangen und vereinigte sich auf seinem Weg zum Boden zu Strömen. Sie durchnässten Paul, doch hin und wieder gelang es ihm, einen Schluck zu ergattern, der seinen schlimmsten Durst löschte.

An der Spitze der Kolonne – glaubte Paul, denn die Büsche waren zu dicht, als dass er bis dorthin hätte sehen können – lief Wolf, ihr Führer, durch das Dickicht. Ihm folgte der Anführer der Aliens, Atsatun, und ihm wiederum folgten die Aliens, in ihrer Mitte ihre beiden menschlichen Gefangenen.

Pauls Arme schmerzten. Er musste sie hochhalten, um sein Gesicht vor den zurückschnellenden Zweigen zu schützen. Sie schlugen ihm entgegen wie Peitschenschnüre, um beim Aufprall sanft über seine Haut zu gleiten, beinahe streichelnd, beinahe so, als bemühten sich die Pflanzen, ihn, den Menschen, nicht zu verletzen. Seine Beine schmerzten, nicht mehr an die Anstrengung gewöhnt, die ihnen der Laufschritt der Kolonne abverlangte. Seine Lungen schmerzten, nicht mehr an die Schärfe frischer, unfiltrierter Luft gewöhnt. Sein gesamtes Sein schmerzte, als seine Gedanken zu ihrem Ausbruch zurückkehrten.

Paul versuchte sich auf den Alien zu konzentrieren, der vor ihm marschierte, nein, rannte. Er war eine erbärmliche Gestalt, dünne Arme und Beine, zusammengehalten von einem Sack bleicher, schlaffer Haut. Durch einen langen Riss, der sich schräg über den Rücken seiner FAMH-Uniform zog, konnte Paul die Knochen sehen, die aus dem abgemagerten Fleisch hervorstanden. Der Alien schlurfte ungeschickt. Seine Füße streiften über den Boden. Bei jeder Unebenheit, jedem Stein und jeder Wurzel, die hervorstanden, drohte er hängenzubleiben und zu stürzen. Von Zeit zu Zeit geschah es tatsächlich. Dann fiel der Alien hin, lautlos und ohne dass er versucht hätte, sich abzufangen. Er knallte der Länge nach hin, verharrte einen Augenblick regungslos, als brauche er Zeit, um zu registrieren, was geschehen war, und stemmte sich wieder auf die Beine. Dann rannte er weiter. Kein einziges Mal machte er Anstalten, den Dreck aus seiner Uniform zu streichen oder sich um seine Schürfwunden zu kümmern.

Paul fiel es schwer, den Alien nicht zu überrennen. Seine Stürze kamen übergangslos, ohne Vorwarnung. Irgendwie schaffte Paul es immer, rechtzeitig anzuhalten. Ständig in Erwartung, dass der Alien hinter ihm ihn umrannte.

So flohen sie. In einem merkwürdigen Stop-and-go drangen sie immer tiefer in den Wald vor. Von Zeit zu Zeit hielten sie an, ohne dass jemand gefallen wäre. Dann lauschten sie. In sich hinein, kam es Paul vor, und auf die Geräusche, die, vom dichten Wald gedämpft, von vielen Seiten an ihre Ohren drangen. Gewehrfeuer. Das gedämpfte Knallen von G5-Schüssen, das Rattern von TAR-21. Dazwischen immer wieder Explosionen. Es musste sich um andere Aliens handeln, die wie sie versuchten, sich in kleinen Gruppen davonzuschleichen. Allerdings mit weniger Erfolg: Die Verstärkungen, die das Korps geschickt haben musste, hatten sie aufgespürt.

Die Aliens lauschten den Kampfgeräuschen mit geschlossenen Augen, dann, nach einer, zwei oder auch fünf Minuten, setzten sie sich wieder in Bewegung, übergangslos, wie es ihrer Art entsprach.

Sie gelangten an eine Lichtung. Durch eine Lücke im Blätterdach hoch über ihnen – unmöglich hoch – fielen Licht und Regen. Die Aliens hielten an. Keuchend ließ Paul sich auf den Boden sinken. Sein Körper war nach den langen Monaten der Haft weder Bewegung noch Hitze gewohnt. Dazu kamen der Hunger, Durst und Schlafmangel. Das feuchte Gras – oder war es Moos? – kam Paul weich wie ein Bett vor. Marita hockte sich neben ihn, riss ein Büschel davon aus und steckte es sich in den Mund. Schweiß stand ihr auf der Stirn, ihr Gesicht war gerötet, aber sie wirkte weder erschöpft noch niedergeschlagen, eher aufgedreht, als hätte sie sich eben warmgelaufen, als bedeute das Schicksal ihrer Armee kein Ende, sondern einen neuen Anfang. Wolf stand auf allen vieren, hechelte hastig, um die Hitze aus seinem Wolfskörper zu befördern. Er hielt sich abseits von Menschen und Aliens.

Aus der Ferne, von der anderen Seite des Tals, drang Gewehrfeuer. Die Aliens lauschten ihm starr, dann trat Atsatun auf Paul und Marita zu. Wie alle Aliens blutete er aus Schürfwunden an Armen und Beinen.

»Ihr kennt euch mit dem Töten auf dieser Welt aus«, sagte der Alien. »Wir wollen nicht getötet werden. Wie gelingt uns das?«

Marita wischte sich den Schweiß von der Stirn und lächelte den Alien an, als hätte er ihr eben angeboten, sie in die letzten Geheimnisse seiner Art einzuweihen.

»Keine Angst. Sie werden euch nicht töten«, sagte sie. »Ihr seid zu wertvoll.«

»Auch nachdem wir getötet haben?« Atsatun legte den Kopf, den er merkwürdig schief gehalten hatte, auf die andere Seite. »Sie werden uns fangen und wieder einsperren. Unsere Körper werden der Gefangenschaft nicht mehr lange standhalten, das hast du selbst gesagt. Wir wollen nicht gefangen werden. Wie gelingt uns das?«

Aus der Ferne, aus der Richtung, die Paul als »hinter ihnen« bezeichnet hätte, kam der dumpfe Knall einer Explosion.

»Ihr müsst euch verstecken«, sagte Marita.

»Davon gehe ich aus«, entgegnete der Alien. »Wo?«

»Hier. Im Wald.«

»Wie das? Können Menschen im Wald leben? Könnt ihr Bäume essen?«

»Für gewöhnlich nicht. Aber das hier ist ein besonderer Wald. Er ist gen-modifiziert und essbar.« Sie hielt ihm das Büschel Moosgras entgegen, an dem sie kaute. »Er wurde von Menschen geschaffen, nachdem der alte Wald abgestorben war. Der neue Wald soll ihren Zwecken besser entsprechen, als der alte es getan hat.«

»Wenn das so ist, wieso sind hier dann keine Menschen?«

»Es gibt hier Menschen. Einige wenige. Überschussmenschen in Lagern. Sie bauen Siedlungen, damit eines Tages wieder Menschen im Wald leben können. Sie sind leicht zu umgehen. Sonst ist hier praktisch niemand. Es ist verboten.«

»Das heißt, sie werden uns hier nicht suchen.«

»Das Korps wird euch überall suchen. Aber es wird euch nicht finden – nicht, solange ihr aufgesplittert bleibt und die anderen Gruppen die Aufmerksamkeit auf sich ziehen, damit wir nicht bemerkt werden.« Kahman lächelte erneut. Ihr Lächeln war wissend – seht, ich kapiere, was hier vorgeht! – und zugleich eine Unterwerfungsgeste: *Seht, ich weiß Dinge, ich kenne mich aus, ich kann euch nützlich sein!*

»Wo finden wir ein Versteck in diesem Wald?«

»Wir sind noch am Rand, aber wir müssen in seine Mitte

gelangen.« Kahman zeigte schräg nach rechts. Paul wusste nicht, welcher Himmelsrichtung das entsprach. Der Wald war zu dicht und gleichförmig, um irgendetwas herauszulesen. »Zwei, vielleicht drei Tagesmärsche sollten genügen.«

Atsatun nickte mit schräg gelegtem Kopf. »Wir folgen deinem Rat.« Er wandte sich ab. Wolf verschwand im Unterholz, die Kolonne der Aliens folgte, in ihrer Mitte die beiden Menschen. Paul hatte Mühe, ihr Tempo mitzuhalten. Die Aliens marschierten, als wären ihre Kräfte unerschöpflich.

Sie waren es nicht. Fünf pausenlose Stunden später stürzte der Alien vor Paul – und stand nicht mehr auf.

Die Kolonne hielt an. Es raschelte laut, dann brach Atsatun aus dem Unterholz und beugte sich über den Gestürzten. Er musste sich neben der Kolonne einen Weg durch den Wald gebahnt haben.

»Was ist mit seinem Körper?«, fragte er Paul. Zärtlich bettete der Alien den Kopf des Gestürzten in seinem Schoß, so, als berge jede ruckhafte Bewegung tödliche Gefahr für ihn. »Ist er defekt?«

Marita kam ihm mit der Antwort zuvor. Sie hatte sich ebenfalls einen Weg durch das Unterholz gebahnt. »Das glaube ich nicht. Er wird lediglich überanstrengt sein.« Sie lächelte, als sie den Puls des Aliens fühlte.

»Das kann nicht sein. Du hast gesagt, zwei Tagesmärsche. Seitdem sind keine sechs Stunden vergangen.«

»Ja, das habe ich. Aber ...« Sie sah zu dem Gestürzten. Er stand wieder, gestützt auf Atsatun und einen zweiten Alien. Sobald sie ihn losließen, würde er erneut stürzen. Er war zu schwach, um zu stehen. »Jetzt verstehe ich. Du hast mich wörtlich genommen. Du hast geglaubt, ich hätte vorgeschlagen, zwei volle Tage zu marschieren.«

»Hast du das nicht?«

»Nein. Nicht am Stück. Menschen können das nicht leisten. Sie brauchen regelmäßige Pausen, Schlaf. Sie brauchen zu essen und zu trinken. Sonst können sie nicht funktionieren.«

Atsatun legte langsam den Kopf von links nach rechts.

»Das heißt, alle unsere Körper werden bald ihre Leistungsfähigkeit einbüßen?«

»Ja.«

»Was können wir dagegen tun?«

»Wie gesagt: ausruhen. Schlafen. Und trinken und essen.« Sie klopfte auf den schweren Rucksack auf ihrem Rücken. »Deshalb haben wir die Vorräte mitgenommen.«

Atsatun dachte nach, dann nickte er sein schräges Nicken. »Wir folgen deinem Rat.«

Wolf fand eine Lichtung in der Nähe für sie. Die Aliens verteilten sich ohne erkennbare Ordnung über das Gras und ließen sich fallen. Einer der Aliens nahm Paul den Rucksack ab und verteilte seinen Inhalt unter den Liegenden. Paul gelang es, eine Wasserflasche zu ergattern. Während er sich zwang, sie langsam, Schluck für Schluck, auszutrinken, lauschte er in den Wald. Keine Schüsse. Bedeutete das, dass sie den Suchtrupps des Korps entkommen waren?

Er wandte sich an Marita, die sich neben ihm niedergelegt hatte. »Sind wir das Korps los?«, fragte er.

Marita hatte die Augen geschlossen. »Möglich«, flüsterte sie. »Wir werden es herausfinden.«

»Aber ...«

»Schlaf jetzt. Es ist das Beste.« Sie drehte sich weg und war wenige Augenblicke später eingenickt.

Paul folgte ihrem Rat, doch trotz seiner Erschöpfung brauchte er lange, um einzuschlafen.

Als die Kühle ihn wieder aus dem Schlaf riss, war es Nacht. Fahles Licht lag über der Lichtung. Es erinnerte an Mondlicht, war aber keines. Es ging von den Stämmen der gen-modifizierten Bäume aus – eine der menschenfreundlichen Verbesserungen des Walds. Kein Laut war zu hören. Die Designer des Waldes mussten in ihren Plänen keine Tiere vorgesehen haben. Und falls doch, hatten sie dafür gesorgt, dass sie sich still verhielten.

Paul richtete sich vorsichtig auf. Die Aliens mochten eine

Wache eingerichtet haben. Aber niemand schoss auf ihn, niemand hielt ihn zurück. Überall um ihn herum lagen Schlafende. Aliens in Stellungen, ebenso grotesk wie ihre Bewegungen, Marita Kahman mit angezogenen Beinen, die Jacke über den Kopf gezogen, Wolf ein Fellknäuel ohne hinten und vorne. Und nirgends eine Wache.

War es möglich? Paul drehte sich im Sitzen, zählte durch. Es war möglich. 49 Aliens. Schlafend, nein, bewusstlos. Die Körper holten sich die Schonung, die ihre Besitzer ihnen vorenthalten hatten.

Es war ihre Chance. Paul rollte sich herum, tastete nach Marita Kahman. »Marita!«, flüsterte er, und seine Worte schienen ihm in der Stille wie ein Brüllen. »Wach auf!« Sie reagierte nicht. Er kroch ganz an sie heran, packte sie an der Hüfte, riss an ihr. »Marita, aufwachen!«, flüsterte er wieder, dieses Mal über der Stelle, an der er ihren Kopf vermutete. Sie rollte auf den Rücken, die Jacke rutschte ihr vom Kopf. Aber es war sinnlos. Sie wollte nicht aufwachen.

Paul ließ von ihr ab, kroch zu Wolf. Er musste sich dazu überwinden. Wolf lag da wie ein Raubtier, das man besser in Ruhe ließ.

»Wolf!«, flüsterte Paul. »Wach auf! Wir müssen hier weg!«

Keine Reaktion.

Paul kroch näher heran. Wolf roch muffig.

»Wolf! Du ...«

Ein Stöhnen. Es kam von hinter ihm. Paul wirbelte herum und sah einige Meter weiter einen Alien, der sich im Schlaf unruhig hin und her wälzte.

Es genügte. Er musste *jetzt* fliehen. Er durfte nicht zögern. Ausgeschlafen, im fahlen Licht der Bäume, fanden seine Gedanken endlich wieder zu ihrer üblichen Klarheit. Er durfte diese Gelegenheit nicht verpassen. Die Aliens, *diese* Aliens, würden sie töten, sobald sie ihre Nützlichkeit erschöpft hatten. Und das durfte nicht sein. Er durfte nicht sterben. Er hatte die Aliens auf die Erde geholt. Er hatte sie geholt, obwohl er wusste, dass die Aliens in einen Konflikt verwickelt waren, in dem die Menschheit zerrieben werden konnte, ohne dass ihre Existenz überhaupt bemerkt wurde. Er hatte seiner Partnerin Ekin gesagt, dass es ihre einzige Chance war, die Aliens auf die Erde zu holen. Dass sie klüger sein mussten als die Aliens, dass die Menschheit einen Weg finden musste, ihren Konflikt nicht nur zu überleben, sondern einen Gewinn daraus zu ziehen. Und dass er alles tun würde, damit seine Worte in Erfüllung gehen würden.

Nur Lebende konnten Versprechen halten.

Paul wandte sich ab. Das Wesen, ohne dessen Gesellschaft er im Berg gestorben wäre, und die Frau, ohne deren Einsatz er jetzt noch im Berg sitzen und darauf warten würde, dass die Kälte das letzte Leben in ihm erstickte, blieben hinter ihm zurück. Er kroch zwischen den schlafenden Aliens hindurch. Er tat es eng gegen den Boden gepresst, bereit, sich schlafend zu stellen, sollte ein Alien aufwachen. Von Zeit zu Zeit hielt er neben einem Alien an und griff sich, was er brauchte: eine Wasserflasche, Verpflegungspacks und schließlich ein Gewehr. Ein G5. Eine unsinnige Wahl. Es war viel zu schwer und zu unhandlich für einen längeren Fußmarsch, und im Wald nützte ihm seine Reichweite nichts. Paul schlang es trotzdem über die Schulter. Er brauchte etwas, das ihm Mut einflößte. Etwas Vertrautes.

Er kroch weiter. Ein einzelner Alien, eine Frau, lag noch vor ihm, dann begann der Wald und ...

Paul hielt an, als er den Alien passierte. Die Frau lag auf dem Rücken, Arme und Beine unmöglich angewinkelt. Der Stamm des Baums, unter dessen Krone sie schlief, erleuchtete ihr Gesicht.

Es war Ekin.

Sie sah schlecht aus. Die Uniform, die sie trug, war viel zu groß, betonte noch, wie ausgezehrt sie war. Ihr Gesicht war verschmiert, mit Dreck oder Blut oder beidem. Sie schlief fest.

Paul hätte sie am liebsten in seinen Armen geborgen. Er hatte Ekin noch sie so schwach gesehen, so verletzlich, so verloren. Sie brauchte ihn.

Sie – und die Menschheit.

Er musste weiter.

Das ist nicht Ekin, sagte er sich. *Das ist nur ihr Körper. Ihre ehemalige Hülle. Er hat nichts zu bedeuten. Ekin – das, was sie ausmacht – ist nicht hier. Ekin ist auf Sigma V oder irgendeinem anderen Planeten, wo auch immer. Auf jeden Fall unter Aliens. Sie tut ihren Teil. Und sie erwartet, dass du deinen Teil tust. Deine Pflicht. Ekin stellt die Pflicht über alles.*

Paul schloss die Augen, um Ekin nicht mehr länger sehen zu müssen, und wollte weiter kriechen. Ein Gedanke hielt ihn zurück. Ein Bild. Ekins letzte Sekunden auf der Erde. Sie waren nebeneinander gelegen, hoch oben über 100.000 Menschen, die sich im Frankfurter Hauptbahnhof in der Hoffnung auf ein neues Leben zusammengedrängt hatten, die Gewehre in den Händen, auf einer winzigen Plattform, ein perfektes Ziel für die Hunter, die den Bahnhof stürmten.

Und als der Seelentransfer unmittelbar bevorgestanden hatte, hatte sie ihm in die Augen gesehen. »Pass auf mich auf!«, hatte Ekin gebrüllt. »Auf meinen Körper. Pass auf, dass der Alien, der in ihn schlüpft, ihn gut behandelt. Ich will ihn zurückhaben. Wenn ich eines Tages zurückkomme. Falls ich je zurückkomme. Versprich es!«

Paul hatte es versprochen.

Er öffnete die Augen, kroch zu Ekin und legte sich neben sie.

– STRENG GEHEIM –

Memo
Datum: 31. 12. 2065
Von: Department of Energy
An: Presidents of the USAA

Zusammenfassung: Die Energieversorgung der USAA ist gefährdet. Werden keine geeigneten Maßnahmen getroffen, ist innerhalb der nächsten drei Jahre mit die Substanz bedrohenden Engpässen zu rechnen, innerhalb eines Jahrzehnts könnte die Vormacht der USAA zu einem Ende kommen.

Kohle, Gas, Öl, Kernspaltung
Die verbleibenden Vorkommen von Kohle, Gas, Öl und Uran sind von zunehmend schlechter Qualität. Setzt sich die Entwicklung der letzten Jahre fort, sinkt das Verhältnis von aufgewandter Energie zu gewonnener Energie bis spätestens 2072 auf 1 : 1. Es ist unmöglich, wie in der Vergangenheit durch Annektion neue Vorkommen zu erschließen. Alle nennenswerten Vorkommen wurden bereits annektiert.

Bio-Treibstoffe
Aufgrund von Wetterextremen blieben die Ernten der letzten 20 Jahre beinahe durchgängig (Ausnahmen waren die Jahre 2048, 2055 und 2059) unter dem langjährigen Mittel. Da die Ernährung der Bevölkerung Vorrang hat, waren die Energieerträge nicht ausreichend. Ein zusätzliches Problem ist die Verteuerung von Kunstdünger aufgrund der hohen Gaspreise.

Regenerative Energien
Wind- und Wasserkraftwerke erweisen sich aufgrund der Wetterextreme als ungeeignet für die Grundlastversorgung. Solarenergie ist hiervon nicht betroffen, aber zu ineffizient, um die allgemein negative Entwicklung umzukehren.

Maritime Kunststoff-Ernte
Der Pazifik-Strudel, der jahrelang eine hohe Ausbeute garantierte, zeigt erste Anzeichen von Erschöpfung. Energetisch lohnende alternative Vorkommen konnten trotz eines globalen Suchprogramms bislang nicht aufgespürt werden. Zudem konkurriert die verarbeitende Industrie zunehmend um die aufgebrachten Kunststoffe.

Kernfusion
Projekt Sunfire machte in den letzten zwölf Monaten ermutigende Fortschritte. Bei einem Test am 2. September 2065 gelang es, eine Fusion für die Dauer von 29 Sekunden aufrechtzuerhalten.

Fazit
Die Lage ist ernst. Die klassischen fossilen Energieträger stehen vor der endgültigen Erschöpfung. Regenerative Energieträger sind kein Ersatz, sie erbringen nur einen Bruchteil der benötigten Leistung und scheiden damit aus, den Lebensstandard der Bürger der USAA zu erhalten. Die Kommission empfiehlt daher, sämtliche verfügbaren Mittel auf das Projekt Sunfire zu konzentrieren. Es muss alles unternommen werden, um es innerhalb kürzester Zeit zu einem erfolgreichen Abschluss zu bringen. Das Schicksal unserer großen Nation steht auf dem Spiel.

– STRENG GEHEIM –

KAPITEL 16

»Was wollen Sie von mir? Ich habe mir nichts zuschulden kommen lassen!«

In Rainers schlechtesten Zeiten, nachdem er unter die Überschussmenschen gefallen war und sich selbst den Namen »Wieselflink« gegeben hatte, um sich vorzumachen, dieser andere leide an seiner Stelle, hatten ihn zwei Fragen nicht losgelassen: Wie konnte er diesen Albtraum hinter sich lassen und in das Leben zurückkehren, das er verdient hatte? Und: Wie musste es sich anfühlen, auf der anderen Seite zu sitzen, *vor* den Gittern, im Besitz der Schlüssel, der absoluten Macht?

Auf die erste Frage hatte er eine Antwort gefunden. In Teilen wenigstens. Er war aus den Zügen entkommen.

Die zweite Frage ... er war im Begriff, die Antwort saß vor ihm.

Sie waren zu dritt: Er selbst, Dr. Nelson, der auf Blitz' selbstmörderische Eröffnung hin zu Rainers anhaltender Verwunderung *nicht* augenblicklich Homeland Security gerufen hatte, und Blitz. Sie saßen in einer Reihe an einem Tisch, auf bequemen, ergonomisch ausgetüftelten Stühlen, vor sich Gläser und Tassen aus einem Weichplastik, das glibberig in den Fingern lag und unmöglich als Waffe dienen konnte, weder gegen andere noch gegen sich selbst. In den Gläsern war kühles Wasser, in den Tassen lauwarmer Kaffee, zu kalt, um sich oder anderen etwas anzutun. Mit Ausnahme vielleicht, ihn zu trinken. Rainer hatte einen Schluck probiert und hätte ihn am liebsten wieder ausgespuckt. Es stimmte, was Mahmut immer witzelte: Amerikaner brachten alles hin, nur keinen anständigen Kaffee.

»Wieso haben Sie mich hierher bringen lassen?«

Jenseits des Tischs, auf einer Bank ohne Lehne, saß Häftling MS-H-481720. Er stank nach Müll, Schimmel und Meer und trug Hand- und Fußfesseln, verbunden durch eine schwere Kette, die an einem dafür vorgesehenen Ring am Boden befestigt war. Ließ der Häftling die Hände im Schoß, konnte er einigermaßen aufrecht sitzen.

Blitz hatte vorgeschlagen, das Arrangement zu verändern, um ihm den Anschein von Würde zu gewähren, aber Nelson hatte abgelehnt. Den Häftling von dem Sammler-Trawler am Pazifikstrudel anzufordern, auf dem er seine Strafe verbüßte, ihn in Abwesenheit des obligatorischen Wachpersonals im Zellentrakt unter der Transamerica-Pyramide zu vernehmen, die automatischen Überwachungs- und Dokumentationssysteme zu manipulieren, um ihnen eine halbe Stunde der Ungestörtheit zu ermöglichen ... Nelson operierte bereits am Limit. Entschlösse sich einer der Wächter, die nicht der Klinik, sondern direkt Homeworld Security unterstanden, einen Blick in den Vernehmungsraum zu werfen, und fände dabei eine Szene vor, die nicht in jeder Einzelheit den Regularien entsprach ... es wäre das Ende für sie alle.

»Es geht nicht um Verfehlungen Ihrerseits, Mr. Siukovich«, sagte Nelson. »Wir wollen uns nur mit Ihnen unterhalten.«

Der Häftling zuckte zusammen, als trage er ein Halsband, das ihm einen elektrischen Schlag ausgeteilt hatte. Rainer wusste, was in ihm vorging. *Wir wollen uns nur mit Ihnen unterhalten.* Nelson hatte es gut gemeint, hatte beruhigen wollen. Aber Nelson hatte nie am eigenen Leib erfahren, was es bedeutete, ein Häftling zu sein. Er hätte es nicht ungeschickter anfangen können. *Wir wollen uns nur mit Ihnen unterhalten* bedeutete, dass Häftling MS-H-481720 aufgefallen war. Melvin Siukovich konnte nicht mehr länger darauf hoffen, eine unter Millionen Nummern im System zu sein, welche die ihr vorgeschriebenen Kreise unauffällig und – im Rahmen des Möglichen – ungestört durchlief, um schließlich irgendwann, mit etwas Glück, von ihm wieder ausgespien zu werden. Das war vorbei. Der Lauf war gestört. Jemand, der Macht über Melvin Siukovich hatte, war auf ihn aufmerksam geworden.

»Worüber wollen Sie sich mit einem einfachen Häftling wie mir unterhalten?« Siukovich versuchte, sich die Angst nicht anmerken zu lassen. Es gelang ihm nicht ganz. Seine Stimme war eine Tonlage zu hoch, er sprach die Worte etwas zu hastig.

Dabei war dies die Frage, die auf der Hand lag. Warum gerade ihn? Warum ausgerechnet Häftling MS-H-481720? Was unterschied Häftling Melvin Siukovich von den anderen 35 Millionen Häftlingen – die Zahl hatte Rainer von Nelson, der es wissen musste –, die allein in Nordamerika der Jurisdiktion von Homeworld Security unterstanden?

»Über Ihre Vergangenheit«, sagte Nelson.

»Das ist nicht Ihr Ernst.« Siukovich blickte von Nelson zu Rainer zu Blitz. Rainer fragte sich, was er sich aus dem Anblick machte. Mit Psychiatern wie Nelson mochte er bereits zu tun gehabt haben. Aber er selbst? Araber und Amerikaner, hatte er gelernt, taten sich schwer, ihn einzuordnen. Sie schätzten ihn zu jung oder zu alt, zu wichtig oder zu unwichtig. Irgendwas fehlte ihm, was sie leitete. Siukovich war Amerikaner, ihm würde es nicht besser gehen. Andererseits: Konnte man seiner Akte trauen, hatte der Mann vor ihm Monate in einem Zug eingesperrt verbracht, genauso wie er selbst. Merkte Siukovich es ihm an? Und was musste er sich für einen Reim darauf machen, dass ein Kind an seiner Vernehmung teilnahm?

Als niemand etwas sagte, fuhr Siukovich fort: »Ich habe bei meiner Verhandlung längst alles gesagt. Ich habe mich geirrt, ich habe Dinge getan, die ich nicht hätte tun sollen. Ich habe an den Idealen der USAA gezweifelt, und schließlich habe ich mich sogar auf die Seite der Alienisten geschlagen. Ich habe mich den Menschheitsverrätern der Human Company angeschlossen. Das alles ist richtig. Aber ich habe schließlich meine Irrtümer erkannt und mich von der Company losgesagt.

Wäre mir nicht das Kerosin ausgegangen, hätte ich der USAA eine nagelneue Hungbao als Geschenk überbracht. Singapur-Hightech, nach der sich Homeworld Security alle Finger ableckt.«

Siukovich spielte auf das Flugzeug an, das er vor knapp eineinhalb Jahren der Human Company gestohlen hatte. Siukovich hatte ihr als Pilot gedient, als Flyboy, wie es die Company nannte. Von der Pazifikinsel Funafuti aus hatte er Patrouillen geflogen, mit dem Ziel, der US Alien Force Alien-Artefakte zu stehlen. Dann, eines Tages, hatte er eine Hungbao bestiegen, das schnellste Flugzeug der Company, allem überlegen, was die US Alien Force aufzubieten hatte, und war mit ihr losgeflogen. Er war nie nach Funafuti zurückgekehrt.

»Ich bin geläutert. Ich bin unserer großen Nation dankbar. Hätte die US Alien Force mich nicht aus der offenen See gerettet, wäre ich ertrunken.«

»So Ihre Aussage.«

»So meine Aussage. Die mit den Fakten übereinstimmt.« Siukovich hatte sich die Angst weggeredet, sich auf einigermaßen sicheren Grund vorgearbeitet.

»Zu der das Gericht erhebliche Zweifel äußerte.«

Siukovich schüttelte den Kopf. »Es gab gewisse Unklarheiten. Aber die bezogen sich nicht auf meine Aussage, sondern darauf, dass sie nur teilweise nachprüfbar waren. Die Company verweigert die Kooperation mit den Gerichten der USAA. Hätten erhebliche Zweifel bestanden, hätte man mich zum Tode verurteilt. Aber das hat man nicht. Man hat mir eine Chance gegeben, mich zu bewähren. Und ich nutze sie nach Kräften.«

»Ein merkwürdiger Zufall, dass Sie genau über dem Punkt aus der Maschine abgesprungen sind, an dem einige Wochen später die Alien-Insel an die Oberfläche getreten ist, nicht?«

Es war Blitz. In den drei Tagen, die es gedauert hatte, Siukovich nach San Francisco zu schaffen, war sie kein einziges Mal mehr in Starre verfallen. Stattdessen war sie durch die

Stadt gewirbelt, hatte sich – ganz die aufgeregte Touristin – auf die Sehenswürdigkeiten gestürzt: die Golden Gate Bridge, Chinatown; sogar vor einem Tauchtrip zu den Resten von Fisherman's Wharf hatte sie nicht zurückgeschreckt. Dann, nachdem sie ihren Spaß gehabt hatte – so schien es zumindest Rainer –, war sie an die Arbeit gegangen. Sie hatte die verspielten Kinderkleider, mit denen Mahmut sie im Überfluss ausgestattet hatte, der Zeltkirche neben dem Hotel gespendet – ihr kleiner, bescheidener Beitrag zum Armageddon, wie sie der verblüfften Aktivistin versichert hatte – und sich neu ausgestattet. Den Platz der orientalisch-übermütigen Farben nahm jetzt Grau in verschiedenen Tönen ein. Blitz hatte sich Erwachsenenkleider besorgt, schnörkellos und streng, und sie mit Mahmuts Geld anpassen lassen – auf eine Erwachsene, die zufällig nur einen Meter neununddreißig groß war. Rainer konnte sich nicht helfen, immer, wenn er sie jetzt ansah, kam es ihm vor, als trage sie eine Art Uniform.

Siukovich musterte Blitz einige Sekunden lang, als überlege er, wie er sie behandeln sollte: als Kind oder Erwachsene. Dann hatte er sich entschieden. »Nein, daran ist nichts merkwürdig, Madam«, sagte er. »Guam ist nicht weit von dem Punkt entfernt, an dem ich abspringen musste. Guam war – damals zumindest – der größte Stützpunkt der US Alien Force in diesem Teil der Erde. Dass die Aliens später in der Nähe meiner Absturzstelle einen Stützpunkt errichten würden, konnte ich nicht ahnen.«

»Ich zeige Ihnen etwas.« Blitz legte ihre nagelneue Aktentasche auf die Tischplatte und holte Papier, eine Schere, Buntstifte und Klebstoff daraus hervor. Wortlos und – in einer unpassend kindlichen Geste – mit der Zungenspitze zwischen den Zähnen, schnitt sie das Papier in zwei breite Streifen, klebte sie zu einer Schleife zusammen und machte sich daran, sie mit den Buntstiften zu bemalen.

Siukovich verfolgte Blitz' Bastelei schweigend. Er rutschte nervös auf der Bank herum, hörte aber wieder auf, als seine Ketten ratterten. Die Angst kehrte in seinen Blick zurück. Er schien zu ahnen, dass die Basteleien dieses Nicht-Kinds eine Bedrohung darstellten.

Rainer besaß mehr als eine Ahnung. Er erkannte sofort, was Blitz tat. Die Farben waren invertiert, ja. Der Hintergrund war weiß statt schwarz, die Punkte schwarz statt weiß. Aber ansonsten ... Blitz bildete ein Alienband nach. Eines mit Sternenhimmel, wie es die Anhänger Wolfs getragen hatten. Ein Alienband wie jenes, das einen Teil von Blitz nach Sigma V in einen Alienkörper gerissen hatte.

Wozu tat sie das? Und: Was bedeutete es Siukovich? Hatte er während seiner Zeit in den Zügen Kontakt mit Wolfs Großem Pack gehabt? Wieso war er von der Human Company desertiert und über dem späteren Standort der Alien-Insel abgesprungen? Was wollte Blitz von ihm?

»Sagt Ihnen das hier etwas?« Hätte Rainer nicht gewusst, dass Blitz die Frage gestellt hatte, er hätte geglaubt, einer Staatsanwältin zu lauschen.

»Punkte auf einer Papierschleife ...« Siukovich zuckte die Achseln. »Sommersprossen? Pickel? Von mir aus ein Sternenhimmel?«

»Ein Sternenhimmel. Der Eindruck drängt sich auf, nicht? Insbesondere, wenn man schon einmal das Original in den Händen gehalten hat.« Blitz stellte das Papier-Alienband auf den Tisch, legte ihre Hände hinein, streckte die Finger, spannte das Papier und hob es hoch. »Aber der Schein trügt. Es ist ein irdischer, der Erde verhafteter Blick. Er führt in die Irre. Stattdessen muss man von außen auf das Band sehen.« Sie stellte das Band wieder auf dem Tisch ab. »Angenommen, man nimmt ein Band wie dieses, setzt es auf einen Globus und projiziert die neun großen Punkte und den größten auf den Globus ... man würde feststellen, dass die großen Punkte mit denen übereinstimmen, an denen Seelentransfers stattfanden oder zumindest versucht wurden. Und der größte Punkt schließlich: Dort entstand die Alien-Insel. An diesem Punkt sind Sie aus der Hungbao abgesprungen.«

»Was ... was bedeutet das schon? Sie basteln aus Papier ein

vorgebliches Alienband und halten es mir vor die Nase – was hat das mit mir zu tun?«

»Ich zeige es Ihnen«, sagte Blitz. Sie nahm ein zweites Blatt und begann zu zeichnen. Es war das Gesicht einer Frau. Blitz zeichnete sie mit harten Strichen. Die Frau war ausgemergelt, die Haut faltig, die Wangen eingefallen. Rainer fühlte sich an eine Totenmaske erinnert.

Siukovich konnte nicht sehen, was Blitz zeichnete. Sie hatte den linken Arm vor das Blatt geschoben, um sich abzustützen. Der Arm versperrte Siukovich die Sicht. Schließlich war sie fertig. »Hier!« Sie drehte das Blatt und schob es Siukovich entgegen.

»Diane!« Siukovich hätte sich auf die Zeichnung gestürzt, wenn ihn die Ketten nicht zurückgehalten hätten. »Woher ... woher kennen Sie Diane?«

»Ich kenne sie nicht. Ich weiß nur, wer sie ist und was sie für die Menschheit bedeuten kann.«

»Wie geht es ihr? Wieso haben Sie sie wie eine Tote gezeichnet? Wo ...«

»Ihr Plan ist aufgegangen, Mr. Siukovich. Die Nachricht, die sie ihr hinterlassen haben, ist auf fruchtbaren Boden gefallen. Diane ist Ihnen gefolgt. Zur rechten Zeit. Sie ist bei den Aliens. Das haben Sie doch gewollt, nicht?«

»Ich ... ich ... was ist mit ihr? Was haben sie ihr angetan?«

»Die Aliens? Die Aliens haben Diane gerettet. Zumindest für das Erste. Diane hat Krebs. Im Endstadium, ihre Lebenserwartung beträgt Wochen, vielleicht einige Monate.«

»Wieso *hat*, wenn die Aliens sie angeblich gerettet haben?«

»Das haben sie. Sie haben Diane vor sich selbst gerettet. Aber sie haben nicht ihren Krebs geheilt. Das übersteigt selbst ihre Möglichkeiten. Die Aliens haben für Diane getan, was sie konnten.«

»Diane ...!« Siukovich beugte sich vor, versuchte vergeblich das Gesicht in den Händen zu bergen. Die Ketten waren zu kurz. Er bebte. Rainer wollte aufstehen, ihm das Bild in die Hand geben oder wenigstens den Kopf abwenden, um dem

Mann einen Augenblick zu schenken, in dem er sich einbilden konnte, ungestört zu sein. Aber er tat es nicht. Blitz saß kerzengerade auf ihrem Stuhl, unerbittlich. Sie hätte kein Verständnis für seine Schwäche gehabt.

»Wieso erzählen Sie mir das alles?« Siukovich hatte den Kopf wieder gehoben, in seinen tränenfeuchten Augen stand jetzt die Wut. »Wieso quälen Sie mich damit? Wieso haben Sie mir nicht die Illusion gelassen, dass Diane es besser erwischt hat als ich?«

»Weil es eine Illusion war. Wir können uns bei unserem Vorhaben keine Illusionen leisten.«

»Und was ist das für ein Vorhaben?«

»Die Menschheit zu retten. Und damit auch Diane.«

»Aha.« Siukovichs Ketten klirrten. Er bebte. Nicht aus Schmerz dieses Mal. Wenigstens nicht nur. Siukovich schüttelte sich vor Lachen. Es war zu abgehackt, um echt zu sein. »Die Menschheit zu retten. Ihr? Ein Kind, das vorgibt erwachsen zu sein? Ein Cowboy und ein Ex-Überschussmensch?« Rainer ruckte hoch. Siukovich hatte ihn durchschaut! »Tut mir leid, dass ich das nicht im ersten Moment erkannt habe, aber der Plastikgestank auf den Sammler-Trawlern steigt einem in den Kopf und dünstet das Gehirn. Die Auffassungsgabe leidet. Ihr drei seid also das offizielle Komitee zur Rettung der Erde?« Siukovich machte eine Verbeugung. Es war ungefähr die einzige Bewegung, bei der ihn seine Ketten nicht behinderten. »Darf ich zu Protokoll geben, dass ich mich geschmeichelt fühle, in diesen Plan eingeweiht worden zu sein, aber leider derzeit verhindert bin und darum bitte, wieder an meinen Haftort überführt zu werden?«

»Sie werden nie wieder auf die Sammler-Trawler zurückkehren. Wir brauchen Sie.« Blitz ignorierte Siukovichs Sarkasmus.

»Mich? Wie verrückt können Menschen eigentlich werden?« Er schüttelte seine Ketten; sie ratterten. »Ich bin ein Häftling, ein Nichts, kapiert? Meine Möglichkeiten sind beschränkt, ich kann mich nicht einmal am Kopf kratzen.« Er hob den Arm bis an die Brust, weiter ließ es die Kette nicht zu. »Wie kommt ihr ausgerechnet auf mich?«

»*Weil* Sie ein Häftling sind. Weil Sie verstanden haben, lange, bevor die Transfers stattfanden. Weil Sie vielleicht nicht Zyniker, sondern Realist sind. Auf jeden Fall sind Sie ein Mann, der sich von keiner Autorität beeindrucken lässt, seien es die USAA, die Human Company oder die Aliens. Sie werden sich noch heute zu einem Projekt freiwillig melden, das vor der Küste Oregons durchgeführt wird. Sea Power benötigt laufend qualifiziertes Personal. Sie haben Erfahrung auf See, man wird Ihrem Antrag stattgeben. Niemand wird sich dabei etwas denken. Mitarbeit am Projekt Sea Power hat eine strafverkürzende Wirkung. Dr. Nelson hier wird Ihnen bescheinigen, dass Sie über die psychische Stabilität verfügen, die Ihre neue Aufgabe erfordert.«

Blitz' unerschütterliche Entschlossenheit hatte etwas Zwingendes. Siukovich lachte nicht; er fragte: »Angenommen, ich tue, was Sie von mir verlangen: was dann?«

»Das erfahren Sie, sobald Sie sich gemeldet haben.«

»Und wenn ich es nicht tue?«

»Treten Sie morgen die Rückreise auf Ihren Trawler an. Dieses Gespräch war Teil einer Testreihe, die Dr. Nelson derzeit im Interesse der Nationalen Sicherheit durchführt. Leider hat sich herausgestellt, dass Sie ungeeignet sind.« Blitz nahm die Zeichnung von Diane an sich und schob sie in ihren Aktenkoffer. »Sie werden Ihre Haftzeit regulär absitzen. Sie werden Ihre Tage damit verbringen, Plastikmüll aus dem Ozean zu ziehen, um damit die Ordnung der USAA zu stärken. Diane wird leben oder sterben. Aber das tut nichts zur Sache. Sie werden es nicht erfahren. Sie werden Diane nie wieder sehen.« Blitz stand auf. »Andererseits, wenn Sie meinen Anweisungen folgen ... Ich kann und will Sie nicht belügen: Sie und Diane könnten eine Chance bekommen, mehr nicht. Also, überlegen Sie es sich. Sie haben eine Nacht Zeit.«

Sie nickte Rainer und Dr. Nelson zu. Die beiden folgten ihr zur Tür. Als die gepanzerte Tür hinter ihnen ins Schloss fiel und sich automatisch verriegelte, fragte Nelson: »Ich glaube nicht, dass er es tun wird. Was haben wir ihm schon zu bieten?«

»Etwas Unschlagbares: Hoffnung«, antwortete Blitz. »Er wird es tun.«

Sie hatte recht. Siukovich war ein Häftling. Als solcher hatte er zwei Möglichkeiten: in jeder Minute seines Seins auf die Flucht hinzuarbeiten oder die Hoffnung so tief in seinem Innern zu begraben, dass er ihre Existenz vergaß. Aber egal, wie tief man grub, es war niemals tief genug. Hoffnung war nicht totzubekommen.

Rainer wusste es.

Er sah zu Blitz. »Was jetzt? Fahren wir zurück nach Kairo?«

»Nein.« Sie schüttelte den Kopf. »Ich nicht.« Sie wandte sich ab. »Dr. Nelson, ich brauche noch einmal Ihre Hilfe. Zeigen Sie mich als Alien-Besessene an!«

Helden der Menschheit:
MELVIN/MERVIN/MERV/MELVILLE*

- **Profil:** der geheimnisvolle sechste Mann der *Bitch*-Crew. Er soll es gewesen sein, der die *Bitch* auf die Spur der Alien-Insel führte …
- **Gegenwärtige Aktivität:** unklar. Es kursieren verschiedene Gerüchte, ebenso wie sein Name in unterschiedlichen Varianten wiedergegeben wird. Eine Auswahl der Gerüchte: Melvin ist tot, eine Erfindung, der beste Freund Pasongs oder abgetaucht.
- **Herkunft:** Melvin – wenn es ihn gibt – ist ein Amerikaner und wie Diane ein überzeugter Hershist. Es heißt, er und Diane wären ein unzertrennliches Paar gewesen. Letzteres wird allerdings selbst von überzeugten Melvin-Fans als Wunschvorstellung abgetan: Diane ist ein zu starker Charakter, um eine feste Beziehung eingehen zu können.
- **Stärken:** Melvin, heißt es, besitzt einen überragenden Intellekt. Er zeichnet sich insbesondere dadurch aus, dass er Aliens ebenso vorurteilslos begegnet wie Menschen. Darüber hinaus ist er pragmatisch.
- **Schwächen:** Melvin ist, heißt es, eigenwillig. Möglicherweise ist er auch zu erschöpft, um noch weiter für seine Ideale zu kämpfen.
- **Tipp:** Vorsicht mit Melvin! Stützt du dich auf ihn, kann es deine Niederlage bedeuten – aber auch einen totalen, überraschenden Sieg!

* Erfolg bringt nicht nur Freunde. Aus diesem Grund nennen wir Melvins mögliche Nachnamen nicht. Das Bild ist eine künstlerische Impression.

– *Karte aus dem Trading-Card-Game »Our Alien Earth«, Subset »Strawberry Bitch forever!«. Herausgeber Human Company Press, Freetown, Januar 2066*

KAPITEL 17

Die Landung auf dem Changi Airport verlief ohne Zwischenfälle. Rudis Sarayong strich so dicht über die Dutzenden von Arterien-Schiffen hinweg, die sich in der Straße von Malakka drängten, dass sie beinahe die Spitzen ihrer plumpen Flettner-Rotoren gestreift hätte – an jedem anderen Ort der Erde ein unverzeihlicher Affront gegen die Supermacht, aber hier, in Singapur, ein risikoloses Vergnügen. Singapurs Atomschild, errichtet von dem Teil der Israeli Defence Force, der sich am Ende des Bürgerkriegs vor dem amerikanisch-arabischen Einmarsch hatte retten können, sorgte dafür. Niemand konnte es wagen, sich mit der Stadt anzulegen, ohne die geballte Schlagkraft ihres Atom-Korps auf sich zu ziehen – oder herauszufinden, dass es sich bei dieser Atomstreitmacht lediglich um einen groß angelegten Bluff handelte. Niemand hatte bisher die Probe aufs Exempel gewagt. Und Singapur vermied seinerseits jede Geste, die als Aggression ausgelegt werden konnte. Es gab sich mit dem zufrieden, was es in den Vierzigern an sich gerafft hatte, und machte das Beste daraus.

Rudi setzte auf der südöstlichsten der fünf Pisten des Airports auf. Sie war ein dünner Strich in der See, die Rudi an Funafuti erinnerte. Nur: Funafuti versank mit jedem Monat tiefer im steigenden Pazifik, von Stürmen erodiert, die Korallen, die das Fundament der Insel schützten, längst im übersäuerten Wasser abgestorben. Eine Zeit lang hatte die Company das Sinken der Insel mit Unmengen von Stahl, Beton und Geld aufgehalten, um sie als Stützpunkt für die Jagd nach Alien-Artefakten nicht zu verlieren. Aber nun war die Jagd vorbei, und niemand kümmerte sich mehr um Funafuti. Anders der Changi Airport: Er war von der Regierung aufgeschüttet. Hoch genug, um jedem denkbaren Anstieg des Meeresspiegels zu trotzen. Und sollte das Undenkbare doch eintreten ... die Regierung würde ihn noch höher aufschütten. Die Festung Singapur gab nicht auf; sie wuchs in das Meer hinein, hatte ihre Fläche in den letzten fünfzig Jahren beinahe verdreifacht.

Eine Delegation erwartete sie am Terminal. Sie bestand aus einer Handvoll Männern, die Rudi bis an die Brust gingen, Geschäftsleuten in identischen Anzügen, ihren zeitlosen globalen Uniformen, mit kurz geschorenen Haaren und Schlitzaugen. Keinen zweiten Blick wert, wären da nicht zwei Dinge gewesen: ihre geschminkten Gesichter und ihre Gewehre. Eine dicke Schicht weißen Make-ups klebte an ihrer Haut, verlieh ihren Gesichtern einen puppenhaften, gleichförmigen Ausdruck. Und über ihren Schultern hingen Gewehre, kurzläufige TAR-21. Die Waffen funkelten golden, und an ihren Läufen klebten kleine Glöckchen und Schellen, die bei jeder Bewegung klangen und klirrten.

Pasong bedeutete dem Co-Piloten an Bord zu bleiben und winkte Rudi zu sich, der unschlüssig stehen geblieben war. »Kein Grund zur Beunruhigung. Das ist nur Tünche, der Ausweis der lokalen Elite.« Der Alien zog ein Bündel Karten aus einer Tasche seines Hemds, das von einem Gummi zusammengehalten wurde. »Hier, deine Eintrittskarten!«, flüsterte er.

Zwei Schritte vor dem Empfangskomitee blieb Pasong stehen und verneigte sich. Die Männer taten es ihm gleich. Als sie sich verbeugten, zeigten die Gewehrläufe auf Rudi und Pasong. Rudi unterdrückte den Impuls, sich zu ducken, und erwiderte die Geste.

»Ich danke Ihnen für die Großzügigkeit, uns zu empfangen«, sagte Pasong umständlich. Die Worte wollten nicht passen. Der Alien trug ein Paar ausgelatschter Sandalen, eine halblange, löchrige Hose und ein ausgewaschenes T-Shirt. Seine schwarze Haut schien angesichts der bleich geschminkten Gesichter fehl am Platze. Rudi war noch nie in Singapur gewesen, aber nach allem, was er gehört hatte, setzte man in der Stadt Leute wie Pasong für gewöhnlich umgehend wieder in das Flugzeug, mit dem sie gekommen waren. Singapur war wählerisch und konnte sich dies auch leisten.

Doch Pasong war nicht irgendwer. Er war der Vertreter der mächtigen Human Company, die den direkten Draht zu den Aliens besaß und damit den Zugang zu ihrem übermenschlichen Know-how. Pasong hätte nackt, mit einer Erektion und laut stöhnend aus dem Flugzeug treten können, er wäre mit exakt derselben Höflichkeit empfangen worden.

Pasong griff in eine Tasche, holte ein zweites Kartenbündel hervor und zählte ein halbes Dutzend Karten ab. Er reichte sie dem Mann, der ihm am nächsten stand. Der Mann nahm sie, verneigte sich und verteilte sie unter seinen Begleitern. Rudi folgte Pasongs Beispiel. Als er seine Karten übergab, gelang es ihm, unauffällig einen Blick auf sie zu werfen. »R. Rasmussen«, las er. »Personal Assistant to Project Coordinator Mr. Valerio Vajas.«

»Es ist uns immer eine Freude, Vertreter der großen Human Company zu empfangen«, sagte der vorderste der Puppenmänner. Sein Name, so verriet seine Visitenkarte, war Han-Chi-Wu, Minister of Commerce and internal & external Security. Sie hatten einen der mächtigsten Männer der Festung Singapur vor sich, vielleicht den mächtigsten überhaupt. Wu verneigte sich erneut, als handele es sich bei ihm um einen unbedeutenden Bediensteten, und deutete nach links. »Wir haben uns erlaubt, eine kleine Erfrischung für Sie vorzubereiten. Wenn Sie ...«

»Wunderbar!«, rief Pasong. »Endlich werden meine Gebete erhört! Ich verdurste!«

Sie blieben im Terminal. Wu führte sie einen gläsernen Gang entlang, in dem sie ein Laufband erwartete. Rudi versuchte, sich nicht anmerken zu lassen, dass er das erste Mal in seinem Leben ein Laufband benutzte. Auf der Piste zu seinen Füßen rollte ein schweres Transportflugzeug an den Start. Es besaß keine Markierungen, die auf seine Herkunft oder sein Ziel hingedeutet hätten. Singapur legte Wert auf Diskretion.

Ein Besprechungsraum erwartete sie. Ein großer Tisch, unbequeme Stühle und Krüge mit Wasser. Die Datenwand gegenüber der Tür zeigte die Nationalflagge: zwei horizontale Streifen, der obere rot, der untere weiß. Auf dem Rot ein weißer Halbmond und fünf Sterne. Zwei mit Glöckchen und Schellen geschmückte, golden glitzernde Gewehre im Vordergrund, deren Läufe sich kreuzten: TAR-21, das Emblem des neuen Singapur, der Festung.

Sie setzten sich. Hostessen in langen Röcken erschienen und servierten grünen Tee, Fisch und Reis. Rudi hätte erwartet, dass sie ebenso dick geschminkt waren wie die Männer, aber sie trugen nur einen Hauch von Make-up. Dennoch wirkten sie nicht weniger puppenhaft.

»Wie geht es unserem guten Freund, Mr. Delvaux? Wir haben ihn lange nicht gesehen«, erkundigte sich Wu, nachdem Pasong von den Getränken und Speisen probiert hatte.

»Den Umständen entsprechend«, antwortete Pasong. »Der Verlust seines Partners Jan de Hart macht ihm immer noch zu schaffen.«

Wu nickte. »Es ist schwer, einen engen Geschäftsfreund zu verlieren. Es reißt eine Wunde in das Herz eines Menschen, die nicht mehr zu heilen ist.«

»Das ist wahr. Aber erfreulicherweise heißt es, dass Mr. Delvaux vor Kurzem für sich zu einer Art Abschluss gekommen sei.«

»Wie erfreulich.« Wu nippte an seinem Tee. »Es ist zu hoffen, dass er mit erneuerter Kraft die Geschicke der Company leiten wird.«

Der Empfang zog sich hin. Rudi schwieg und aß von dem Fisch und dem Reis. Beides schien nicht gewürzt und beides schmeckte beinahe unwiderstehlich. Pasong und Wu tauschten in der Zwischenzeit weiter Höflichkeiten aus. Pasong erkundigte sich nach dem Stand der Landgewinnungsarbeiten, Wu nach dem Gedeihen von Freetown. Pasong lobte die Qualität der Arbeit, die Singapur der Company lieferte, Wu lobte das Alien-Know-how, das seinem Land über die Company zufloss. Pasong erläuterte, dass seit dem 26. September die Arbeit der Company zugleich leichter und schwerer geworden sei. Wu entgegnete philosophisch, die Natur des Lebens sei Veränderung.

»Sie ahnen nicht, wie sehr Sie mir aus dem Herzen sprechen«, sagte Pasong. »Die Company steht vor der größten Herausforderung seit ihrer Gründung. Wir haben immer an das Gute geglaubt, in Menschen wie in Aliens. Und wir haben recht behalten: Die Aliens sind nicht als Invasoren gekommen, sondern als Freunde. Wenn es nur der ganzen Menschheit gelingen würde, ihre Furcht vor unseren neuen Freunden abzulegen. Eine neue, bessere Welt wäre möglich, augenblicklich.«

Wu seufzte. »So traurig es ist: Die Furcht ist ein Teil des Menschen. Ebenso die Unwissenheit. Wir in Singapur kämpfen seit vielen Jahrzehnten dagegen an. Doch selbst vor uns liegt noch ein langer Weg.«

»Sie sind bereits ein erhebliches Stück des Weges gegangen. Die Company dagegen steht trotz aller Erfolge erst am Anfang. Wir sind, wo wir sind, weil wir an das Gute im Menschen glauben und Gewalt ablehnen. Die Aliens haben erkannt, dass wir das wahre Wesen der Menschheit verkörpern. Deshalb vertrauen sie uns. Nur jetzt ...« Pasong brach ab, blickte verlegen zur Seite. »Ich bitte um Verzeihung. Ich schweife in nutzlose philosophische Betrachtungen ab, die Sie langweilen müssen. Dabei sind wir hier, um Geschäfte zu tätigen.«

»Nein, Sie langweilen mich ganz und gar nicht. Ich bitte Sie, sprechen Sie!« Wus bleiches Gesicht hatte ungewöhnlich Farbe angenommen. »Was ist geschehen?«

Pasong zögerte. Er richtete den Blick nach oben, als suche er die richtigen Worte, strich sich langsam durch die glatten, glänzenden Haare. »Wie soll ich es sagen? Der Traum der Company ist in Erfüllung gegangen. Wir haben friedlichen

Kontakt mit den Aliens hergestellt und einen überaus fruchtbaren Austausch begonnen. Doch wie so oft im Leben, sind gleichzeitig andere Dinge geschehen, die unsere Freude trüben. Wir haben in den letzten Monaten viele tausend Alien- und Menschenleben verloren – jedes von ihnen einzigartig, jedes von ihnen unersetzlich. Viele weitere Aliens sind eingekerkert von Regierungen, denen in ihrer Furcht vor der neuen Welt, die mit den Aliens Einzug hält, jede Grausamkeit zuzutrauen ist. Wir, in den engsten Führungszirkeln der Company, sind zum Nachdenken gekommen. Gewalt ist keine Lösung. Wir stehen nach wie vor zu unserer Grundüberzeugung. Aber, wir fragen uns, könnte Gewalt nicht ein Mittel sein, einer Notsituation beizukommen? Konkret gesprochen: Wie viele Leben hätten wir in den letzten Monaten retten können, hätten wir zu Gewalt gegriffen?«

Wu sagte nichts. Die übrigen Puppenmänner tauschten viel sagende Blicke aus. Sie wirkten plötzlich erregt, und Rudi hätte es nicht gewundert, wenn sie wie aufgeregte Schüler angefangen hätten, miteinander zu tuscheln. Wu warf ihnen einen strengen Blick zu, und die Unruhe erstarb. Schließlich räusperte sich der Minister: »Mr. Vajas, ich bitte Sie, die Unbeherrschtheit meiner Untergebenen zu verzeihen. Doch Sie haben eine Frage berührt, mit der sich unsere Regierung seit vielen Jahren befasst. Und es mag für Sie von Interesse sein, dass wir zu ähnlichen Schlüssen gelangt sind.«

»Wie das?«

»Die Erfahrung hat es uns gelehrt. Es ist nicht lange her, und unsere Stadt stellte wenig mehr als einen von Krankheiten geplagten Sumpf dar, in dem eine Handvoll Menschen ein Dasein fristete, das sich kaum von dem von Tieren unterschied. Doch dann, im vorigen Jahrhundert, hat der große Lee Kuan Yew unsere Stadt zu unerhörtem Wohlstand geführt. Er tat es über Disziplin, indem er Unwissenheit bekämpfte, das Gute im Menschen förderte, und über den Handel. Aber die Zeit steht nicht still, und nichts hat Bestand, es sei denn, es wandelt sich. In diesem Jahrhundert mussten wir erkennen, dass Handel, Bildung und Disziplin nicht genügten. Hätten wir nicht gezielt militärische Macht aufgebaut, die USAA hätten uns längst überrannt. Wir mussten uns ändern, um uns zu behaupten. Mir scheint, die Company steht vor einem ähnlichen Schritt ...«

»Minister, Ihr Scharfsinn ist bestechend«, sagte Pasong. Der Alien stand auf und verneigte sich in Richtung Wu.

»Sie übertreiben. Wir haben nur getan, was dem Menschen gut ansteht: seinen Intellekt anzuwenden.« Der Minister erwiderte die Geste, setzte sich wieder. »Dennoch danke ich Ihnen für das unverdiente Lob. Und wage zu fragen: Wie können wir Ihrer Company helfen?«

»Mit der Schnelligkeit und Zuverlässigkeit, die Singapur auszeichnet, und zwei Dingen. Wir benötigen leichte Waffen in großer Zahl. TAR-21. Rasch.«

Wu nickte. »Das wird nicht schwierig sein. Darf ich fragen: Beabsichtigen Sie die gutwilligen Menschen der Erde zu bewaffnen, damit sie Ihre Absichten tatkräftig unterstützen können?«

»Sie sind ein kluger Mann, Minister. Sie haben uns durchschaut. Die Waffen sind natürlich für Menschen gedacht. Wir versichern Ihnen selbstverständlich, dass der Einsatz dieser Waffen nicht die Interessen der Festung Singapur verletzen wird. Im Gegenteil.«

»Daran hegen wir nicht die geringsten Zweifel. Sagen Sie uns die Zahl und den Termin, und die Gewehre werden Ihnen pünktlich geliefert. Was ist Ihr zweiter Wunsch?«

»Flugzeuge.«

»Flugzeuge ...« Wus weißes Gesicht rötete sich. »Mr. Vajas, Sie waren in außergewöhnlicher Weise offen zu uns, darf ich auch restlos offen Ihnen gegenüber sein?«

»Ich bitte darum!«

»Sie sagten, die engere Führung der Company sei in den letzten Monaten ins Nachdenken gekommen ... Nun, einer Ihrer Anführer hat bereits vor Jahren über den Tag hinaus gedacht.«

»Das bedeutet?«

»Der hoch geschätzte Jan de Hart hat persönlich dafür gesorgt, dass bei der Konstruktion der Hungbao für die Company die militärische Option offen gehalten wurde. Da ihm die Zeit für sein Vorgehen noch nicht reif erschien, hat er allerdings Vertraulichkeit vereinbart. Mr. de Hart ist bedauerlicherweise nicht mehr unter uns, aber ich glaube in seinem Sinne zu handeln, diese Vertraulichkeit nun aufzugeben. Die Hungbaos der Company können mit geringem Aufwand nachgerüstet werden. Mehrere Versionen stehen zur Auswahl, unter anderem: ein Langstrecken- und Präzisionsbomber, ein Aufklärer, ein Jäger, ein fliegender Gefechtsleitstand und eine Abschussbasis für Raketen oder Marschflugkörper. Eine Version ist sogar darauf angelegt, in die unteren Ausläufer der Mesosphäre vorzustoßen, um von dort aus feindliche Satelliten zu ...«

»Minister, ich danke Ihnen für Ihre Offenheit und Weitsicht, aber ich muss Ihnen mitteilen, dass die Company nicht an die Hungbao denkt.«

»Aber sie ist das Beste, was wir bieten können!« Wu versuchte mit seiner Überraschung die Kränkung, die Pasong ihm beigebracht hatte, zu überspielen.

»Bislang ja. Aber auch wir haben etwas zu bieten.« Pasong schnippte mit den Fingern. Die Begleiter des Ministers keuchten überrascht, als im Rücken des Aliens plötzlich das Bild der Datenwand wechselte. Die Flagge verschwand, und an ihre Stelle trat ein Flugzeug, wie Rudi es noch nie gesehen hatte. Wenn es überhaupt eines war. Es erinnerte ihn an einen riesigen Hai. Sein Rumpf, aus dem eine Rückenflosse und Flügel ragten, die wie Seitenflossen aussahen, war geschwungen. So als hätte man die Bewegung eines sich windenden Fischs an einem beliebigen Punkt eingefroren und übernommen. Vorne, im weit aufgerissenen »Maul«, spiegelten Cockpitscheiben das Sonnenlicht, darunter ragten dicke Rohre heraus – es mussten die Waffensysteme sein. Am Heck, das wie abgeschnitten wirkte, ragten weitere Rohre hinaus, um ein Mehrfaches größer als die am Bug. Der Rumpf war makellos grau, nur an einer Stelle war ein schwarzer Punkt. Ein Schmutzfleck? Oder womöglich ein Pixelfehler des Displays?

Pasong zoomte das Bild heran. Der schwarze Punkt verwandelte sich in einen Menschen, der als Maßstab diente.

»Was ist das? Ein fliegendes Schlachtschiff? Ein Truppentransporter?«, fragte Wu verwirrt.

»Etwas von beidem«, antwortete Pasong. »Die Himmelsfische werden uns helfen, viele Leben zu retten.«

»Mr. Vajas, Sie müssen entschuldigen. Ein solches Fluggerät zu entwickeln, wird viele Jahre in Anspruch nehmen. Wir ...«

»Einige Wochen sollten für die erste Serie genügen«, unterbrach Pasong den Minister. Er legte den Aktenkoffer auf den Tisch. »Hier sind die kompletten Konstruktionsunterlagen sowie ein Herstellungsplan, der optimal auf die Ressourcen Ihres Landes ausgerichtet ist.«

»Das ... das ...« Wu suchte nach Worten. »Das wird sehr teuer werden.«

»Die Company kann bezahlen.« Pasong legte die Hand auf den Aktenkoffer. »Der Himmelsfisch beruht auf fortgeschrittener Alien-Technologie, angepasst auf das Menschenmögliche. Singapur wird durch den Bau der Himmelsfische einen Technologieschub erleben, wie ihn keine menschliche Gesellschaft je gekannt hat. Den Aliens ist das bewusst – und es ist ein Zeichen ihres Vertrauens in die Menschheit, dass sie uns dieses Wissen zugänglich machen.«

Der Minister sah auf die Datenwand, auf der mittlerweile der Himmelsfisch langsam rotierte, dann auf den Aktenkoffer, schließlich zu Pasong. In dem bleichen Gesicht wirkten seine Augen riesig. In ihnen stand der Zweifel geschrieben. Was Pasong anbot, war beinahe zu gut, um wahr zu sein.

»Minister«, sagte der Alien leise. »Sind wir uns einig?«

Wu holte ein Taschentuch hervor, tupfte sich die Schweißperlen von der Stirn. Sein weißes Make-up hielt. Er stand auf, verneigte sich vor Pasong und nahm den Aktenkoffer an sich.

»Selbstverständlich.«

Aliens: Wieso es sie bald nicht mehr geben wird

Die Aliens sind unter uns. Es ist wahr. Sie sind real, weder Phantasiegeschöpfe noch die Produkte einer Massenhysterie, noch bloße Erfindung der Regierung, um uns unsere Bürgerrechte zu stehlen.

Aktuellen Schätzungen zufolge sind es 1,4 Millionen. Noch. Denn ihre Zahl schrumpft durch Krankheiten und Morde. Wie viele diesen Prozess überleben, bis eine Konsolidierung eintritt, ist fraglich. »Wenn auch nur einer übrig bleibt, ist es zu viel«, denken einige.

Ich denke anders. Jedes Alien-Leben ist unersetzlich – so wie es jedes Menschen-Leben ist. Mit jedem Leben, das vergeht, vergeht eine Welt. Gehört sie einem Menschen? Gehört sie einem Alien? Das ist ohne Bedeutung – insbesondere deshalb, weil es die Aliens nicht mehr lange geben wird.

Denn in dem Moment, in dem sich die Seele eines Aliens – verzeihen Sie mir den unpräzisen, religiös angehauchten Begriff, er hat sich so eingebürgert; bitte denken Sie sich an seiner Stelle »das Bewusstsein«, »das Ich«, »die Essenz« oder was immer Ihnen passend erscheint – im Körper eines Menschen manifestiert, stirbt sie. Sie stirbt – und wird im selben Moment neu geboren, in einem Prozess, der Monate und Jahre dauert.

Wie das? Ganz einfach: Das Sein bestimmt das Bewusstsein. Das Sein eines Aliens ist urplötzlich das Sein eines Menschen. Das Gehirn, mit dem er denkt, ist das eines Menschen. Die Finger, mit denen er seine Nahrung zubereitet, gehören einem Menschen. Die Luft, die er atmet, ist die der Erde. Sein Nachbar, auf den er wie jedes soziale Wesen angewiesen ist, ist ein Mensch.

Aliens werden zu ... Noch ist es zu früh, mit Bestimmtheit zu sagen, wozu sie werden. Wer einmal erlebt hat, dass eine Alien-Seele wie selbstverständlich die Sprachen spricht, die ihr menschliches Gehirn beherrscht, ist versucht zu glauben, dass am Ende der Entwicklung ein Mensch stehen wird.

Ich persönlich glaube nicht, dass es so kommen wird. Neue intelligente Wesen werden entstehen, weder Alien noch Mensch. Exakt, *wie* sie sein werden, weiß ich nicht. Ich bin nur ein einfacher Mensch, der versucht, die Welt zu begreifen, indem er sich seines Verstandes bedient.

Ich weiß nur eines: Diese neuen Wesen werden uns nicht fremd sein. Wir müssen sie weder hassen noch fürchten.

Zumindest nicht mehr und nicht weniger als unsere menschlichen Nachbarn …

– *Aus dem Programm »Aliens: der Abschied« von Bernhard Ratschik, Sommer 2066. Die Tour endete vorzeitig. 143 Auftritte waren geplant und bereits ausverkauft.*

KAPITEL 18

Am nächsten Tag schien die Sonne.

Paul konnte sie nicht sehen, dazu war das Blätterdach des Waldes zu dicht, aber ihr warmes Licht umspielte sie, als die Aliens nach und nach erwachten und schließlich aufbrachen.

»Reflexion«, erklärte ihm Marita Kahman ungefragt. »Die Blätter der Bäume sind so gestaltet, dass sie einen Teil des Sonnenlichts zur Fotosynthese verwenden, einen Teil speichern, um in der Nacht Licht zu spenden, und einen Teil nach unten spiegeln. Auf diese Weise kann am Waldboden weit üppigere Vegetation gedeihen, als es bei einem natürlichen Wald in unseren Breiten möglich wäre.«

»Du kennst dich gut aus«, entgegnete Paul, verwundert über ihre Kenntnis und ihre Redseligkeit. Es war das erste Mal seit ihrem missglückten Ausbruch, dass die Soldatin ihn angesprochen hatte. Marita lächelte ihn an, als handle es sich bei ihm um Atsatun, als stünde ihr Leben auf dem Spiel, wenn sie ihm missfiel.

»Euro-Korpsakademie, Lehrgang Einsatzplanung, Einheit 1.1.: Kenne das Gelände!« Sie zuckte die Achseln. »Wir mussten damit rechnen, dass nicht alles glatt geht. Auch wenn unsere Chancen gut standen: Das Hunter-Korps ist überfordert. Niemand hat erwartet, dass es sich jemals schlagartig um 100.000 nachweisliche Aliens kümmern müsste. Wir hätten genauso gut einfach davonkommen können. Aber darauf verlassen durften wir uns nicht. Der Wald stellt einen natürlichen Fluchtweg dar, also habe ich mich mit ihm vertraut gemacht. Nur wer seine Chancen kennt, hat eine Chance.«

»Wir werden es erleben.« Paul war nicht zu Gesprächen aufgelegt. Eine merkwürdige Leichtigkeit hatte von ihm Besitz ergriffen. In der Nacht hatte er seine Chance zu fliehen weggeworfen, einer Ekin zuliebe, die nicht Ekin war. Eine Dummheit, möglicherweise eine mit tödlichem Ausgang. Nur: Es kümmerte ihn nicht. Er lebte. Er hatte den Berg hinter sich gelassen, einen künstlichen Lebensraum, der den Namen nicht verdiente. Alles im Berg war darauf ausgerichtet gewesen, an die Grenzen der menschlichen Leidensfähigkeit zu gehen: die Temperatur – Kälte und in Wolfs Fall Hitze –, die knappen Wasserrationen, die Menge und Zusammensetzung des Essens, das Licht, sein Entzug und seine spektrale Zusammensetzung, die Luft. Alles darauf abgestellt, zu zermürben, den Lebenswillen zu brechen.

Ganz anders der genmodifizierte Wald. Der Wald war gut zum Leben, gut zum Menschen. Am Tag schützte er vor der Sonne, in der Nacht hielt er die Wärme und spendete Licht zur Orientierung. Und er war, wie Marita gesagt hatte: essbar. Jedes einzelne Blatt, war, wenn schon nicht schmackhaft, für Menschen verträglich. Mehr noch, selbst die Rinde und das Holz der Bäume waren unbedenklich. Weich gekocht ergaben sie einen Brei, reich an Kohlehydraten. Nach langjährigem Verzehr mochte es Komplikationen geben, so Marita, aber das war nicht gesichert. Der Wald war noch keine 15 Jahre alt. Was kümmerte es Paul? Er konnte sich nicht erinnern, jemals etwas Köstlicheres gegessen zu haben als die Beeren, die überall wuchsen. Es gab sie in Blau und Rot und Gelb und einem Dutzend anderer Farben. Manche waren so winzig, dass man sie mit zwei Fingern pflücken musste, andere waren so groß wie Äpfel. Und alle waren unwiderstehlich süß.

Paul ließ keine Gelegenheit aus, welche im Vorbeigehen zu ernten und sich Mund und Taschen vollzustopfen. Die Aliens ließen ihn machen, auch dann noch, als er mit seinen häufigen Stopps den Marsch zu behindern drohte. Die Aliens selbst aßen und aßen, stopften in sich hinein, was sie zu fassen bekamen. Beeren natürlich, aber auch Blätter und Stängel. Je nachdem, wo er in der Kolonne marschierte, blieben für Paul nur noch vereinzelte, übersehene Reste.

Die Aliens aßen, und mit jeder Stunde schienen sie Paul menschlicher zu werden. Ihre Bewegungen verloren das Ruckhafte; die Winkel, in die sie ihre Glieder stellten, wirkten weniger knochenbrecherisch; ihre Köpfe, die wie überflüssige Anhängsel zur Seite gebaumelt hatten, richteten sich auf. Paul, der seinen Vordermann keinen Moment aus den Augen ließ – er konnte essen und sehen gleichzeitig –, schien es, als kämen die Aliens in ihren neuen Körpern an. Sie machten auch regelmäßige Pausen, und das zunehmend, ohne dass Marita sie darauf hinweisen musste. Sie marschierten langsamer, nicht mehr wie Sprinter, die alle Kraft in das Rennen legten, als wäre sie unerschöpflich, sondern wie Langstreckenläufer. Zügig, aber sich der Grenzen der eigenen Leistungsfähigkeit bewusst. Sie setzten beim Gehen die ganze Sohle auf. Sie stürzten seltener, und wenn sie es taten, streiften sie wenigstens den gröbsten Dreck von den Schürfwunden. Sie schwitzten wie Menschen, wischten sich die Stirn ab, anstatt den Schweiß ungehindert in die Augen rinnen zu lassen. Sie gaben Geräusche von sich. Sie grunzten und stöhnten vor Anstrengung. Sie schmatzten beim Essen. Und, am späten Nachmittag nach einer langen Rast, glaubte er sie sogar leise lachen zu hören.

Und mit jedem Schritt blieben der Berg, das belagerte Wohnheim, das Korps, das sie jagte, weiter hinter ihnen zurück. Nur noch ein einziges Mal, am frühen Morgen, hörten sie das Feuer von automatischen Gewehren, dann hüllten sie die Stille und Güte des Waldes ein. Das Sterben schien plötzlich weit weg, Teil einer anderen Welt. Die Gewehre wirkten fehl am Platz, die ungeschickte Art der Aliens, sie zu halten, schien Paul plötzlich die einzig angemessene. Die Flecken auf den Uniformen dunkelten und erinnerten eher an Kaffee als an Blut.

Am späten Nachmittag gelangten sie an einen Bach.

Die Aliens hielten an. Atsatun ging zu den Gefangenen.

»Ist das Wasser ungefährlich?«, fragte er. Es war der erste Wasserlauf, auf den sie bei ihrem Marsch gestoßen waren – und offenbar der erste überhaupt für Atsatun. Zumindest auf der Erde.

»Ja«, antwortete Marita Kahman.

»Ist es für unsere Körper ungefährlich, das Wasser zu berühren?«

»Du meinst, es zu trinken?«

»Das auch.«

»Und zu baden?«

»In das Wasser gehen, ja.«

»Es würde euch sogar gut tun.«

»Beweise es uns!« Atsatun zeigte auf Kahman, dann auf den Bach.

»Wie ihr wollt.« Kahman ging einige Meter bachabwärts an eine Stelle, in der das Wasser über einen Fels fiel und ein Becken gegraben hatte. Sie zog die Uniform aus und sprang hinein. Einige Augenblicke später tauchte sie wieder auf und rief prustend: »Seht ihr?«

Die Aliens sahen es. In einer einzigen, aus 49 Körpern bestehenden Bewegung ließen sie die Gewehre fallen, rissen sich die Kleider vom Leib und sprangen mit einem Aufschrei ins Wasser. Paul und Wolf blieben am Ufer zurück. Sprachlos. Die Aliens tollten wie Kinder, bespritzten einander und drückten sich gegenseitig unter Wasser. Sie schrien und lachten und winkten Paul und Wolf zu, bedeuteten ihnen, zu ihnen ins Wasser zu kommen. Es war eine freundliche Aufforderung, kein Befehl. Wolf, der immer um Abkühlung bemüht war, folgte ihr schließlich, platschte heulend zwischen die Aliens. Paul wollte es ihm gleichtun, doch dann sah er Ekin. Es war das erste Mal, dass er sie nackt sah. Sie kletterte gerade auf einen großen Stein, um von dort wieder in das Becken zu springen. Ihre Bewegungen waren die eines Kindes, nicht die eines Aliens, aufgeregt und hektisch. Und auch ihr Körper erinnerte ihn an den eines Kindes, ihre Glieder waren dünn, die Rippen zeichneten sich ab, ihre Brüste waren flach und hatten nichts Weibliches an sich. Und von einer Brust zog sich ein langer, daumendicker Streifen vernarbter Haut über den Bauch und zur Hüfte. Als hätte jemand einen glühenden Stab über ihre Haut gezogen...

Ekin, die gerade mit den Armen Schwung holte, um hochzuspringen, verharrte in der Bewegung, drehte den Kopf und blickte Paul an. Sie tat es mit einer Präzision, als hätte sie seinen Blick längst gespürt.

Ertappt schreckte Paul zusammen. Hastig fummelte er sich die Uniform vom Leib und sprang in das Wasser. Es war so kalt, dass er brüllte, als sein Kopf wieder an die Oberfläche kam. Die Aliens machten es ihm nach, als habe es sich um einen Schrei der Freude oder der Begrüßung gehandelt. Ekin sah er nicht mehr. Sie musste im selben Moment wie er gesprungen und im Gewimmel der geschundenen Körper untergetaucht sein.

Paul hielt es nicht lange in dem kalten Wasser aus. Er arbeitete sich durch die wimmelnden Leiber der Aliens ans Ufer, nahm seine Kleider und ging zu Marita Kahman. Die Soldatin hatte ihre Uniform wieder angezogen und saß auf einem großen Fels. Paul ließ sich neben ihr nieder; zusammen sahen sie den Aliens beim Herumtollen zu. Sie schwiegen. Der Anblick machte sie sprachlos.

Nach einiger Zeit löste sich ein Alien aus dem Gewimmel. Es war Atsatun. Er stapfte ihnen durch das Bachbett entgegen, auf eine Weise, die der eines Menschen genau entgegengesetzt war: Ein Mensch sprang von Stein zu Stein, um nicht nass zu werden; der Alien war bemüht, möglichst tief im Wasser zu bleiben. Drei Schritte vor ihnen tauchte Atsatun noch einmal ganz in einem Becken unter, dann legte er die Hände auf einen größeren Stein und stemmte sich aus dem Wasser. Er schüttelte sich wie ein nasser Hund, wandte den Kopf ab und strich sich genüsslich über die Borsten, die auf seinem Kopf wuchsen.

Als er sich Paul und Kahman zuwandte, war er wieder Atsatun, der herrische Alien.

»Die zwei Tage sind vorbei. Wir bleiben hier«, stellte er fest.

Marita lächelte. »In der Nähe von Wasser«, stimmte sie dem Alien zu. »Eine gute Wahl.«

»Ja. Aber wir brauchen Unterkunft für unsere Körper, nicht?«

»Früher oder später ja. Es wird wieder regnen, spätestens im Herbst wird es kalt werden.«

»Hier gibt es Unterkunft?«

»Wie kommst du darauf?« Marita lächelte weiter, Falten gruben sich in ihre Wangen.

»Das Wasser, du hast es selbst gesagt. Es ist eine gute Wahl«, sagte Atsatun. »Du kennst dich aus. Du kommst mit erkunden.«

Marita Kahman stand auf und folgte Atsatun. Eine Handvoll Aliens stieß zu ihnen, und zusammen brachen sie bachabwärts auf. Ekin war eine von ihnen.

Die übrigen Aliens stiegen aus dem Bach, schüttelten sich wie nasse Hunde und zogen wieder ihre blutbefleckten Uniformen an. Keiner von ihnen kam auf den Gedanken, sie zu waschen. Dafür reinigten sie ihre Waffen. Die Aliens nahmen in ihrer ungeschickten Weise ihre Gewehre, ließen sich im Schneidersitz nieder – und zerlegten sie mit einer Selbstverständlichkeit, als hätte man ihnen wie Paul im Hunter-Camp monatelang nichts anderes eingedrillt.

Paul blieb zurück und sah ab und zu neidisch zu Wolf, der sich etwas abseits zusammengerollt hatte und schlief. Paul wünschte sich, er besäße Wolfs Fähigkeit, jede Ruhepause zu nutzen. Aber das tat er nicht, er war nur ein Mensch.

Es war dunkel geworden, als Atsatuns Erkundungstrupp zurückkehrte. Das warme Tageslicht war dem fahlen Licht der Nacht gewichen.

Marita Kahman trat zu Paul. »Abmarsch!«, befahl sie, ohne ihn anzusehen. »Wir haben einen Platz gefunden.«

Die Aliens brachen in üblicher Weise auf: ohne einen Ton, in einer einzigen, simultanen Bewegung.

Marita Kahman übernahm die Führung. Wolf, der für gewöhnlich an der Spitze marschierte, reihte sich hinten in der Kolonne ein. Nachdem sie dem Bachlauf ungefähr eine halbe Stunde gefolgt waren, bedeutete Marita ihnen – unnötigerweise –, leise zu sein, und führte sie im spitzen Winkel weg vom Bach. Sie gelangten an eine Lichtung, einen dunklen Fleck im Lichtmeer des Waldes. Unzählige bunte Lichttupfer waren über die Wiese verstreut; Blüten, an denen ihre Schöpfer ihren Spieltrieb ausgetobt haben mussten.

Die Aliens bezogen Position in einer langen Kette. Sie hielten die Gewehre wieder wie Waffen, nicht wie Spielzeuge, und zielten auf den gegenüberliegenden Rand der Lichtung. Dort stand ein Haus, ein dunkler Umriss vor dem Hintergrund des leuchtenden Walds. Es war eine bessere Ruine. An einer Stelle war das Dach eingedrückt, und neben dem Haus erhob sich ein Haufen, den Paul als eingestürzte Scheune deutete. Ein altes Bauernhaus oder vielleicht eine Mühle. Aufgegeben, als der alte Wald ringsum verendet war. Oder vielleicht schon vorher, in der allgemeinen Landflucht der 30er- und 40er-Jahre. Um jetzt, inmitten des neuen Waldes, neue Bewohner gefunden zu haben? Paul glaubte, über das Rauschen des Bachs das leise Gurren von Hühnern zu hören. Aus einem Fenster drang schwacher Lichtschein, kaum auseinanderzuhalten von den Blütenlichtern der Wiese. Ein Feuer? Kerzen hinter einem schweren Vorhang?

Neben sich hörte er Atsatun und Marita flüstern. Marita lächelte nicht, als sie mehrmals hintereinander nickte. Es war eine abgehackte Bewegung, als müsse sie sich mit aller Gewalt dazu zwingen. Das Flüstern endete. Paul verfolgte, wie Marita auf alle viere fiel, Rücken und Glieder streckte – und Atsatun ihr sein TAR-21 gab. Kahman nahm die Waffe, überprüfte sie, stellte sicher, dass sie geladen war, und steckte das kurzläufige Gewehr mit der Mündung voraus in den Gürtel. Am Rücken.

Zwei weitere Aliens standen auf, taten es ihr nach. Beides Frauen, eine von ihnen Ekin.

Marita, Ekin und der zweite Alien verließen die Deckung und traten auf die Lichtung. Kahman und Ekin gingen links und rechts. Auf ihre Schultern stützte sich der zweite Alien. Die Frau hüpfte auf einem Bein, zog das andere, das schlaff herabhing, hinterher. Sie trug eine Uniform, die so zerschunden und durchlöchert war, dass sie nicht mehr als solche zu erkennen war. Von vorne, vom Haus aus gesehen, mussten die drei wie Verirrte wirken, die ihre verletzte oder gestürzte Gefährtin mit letzter Kraft dem Haus entgegenschleppten, wo sie sich Hilfe erhofften. Von hinten ... die Umrisse der Gewehre zeichneten sich bei jedem Schritt an ihren Rücken ab.

Die drei Frauen erreichten die Tür. Marita klopfte. Erst leise, dann, als niemand reagierte, fester. Die Tür ging auf. Paul sah den Umriss eines Menschen, eine Kerze in der Hand. Er hörte einzelne Worte. Sie kamen von Marita: »... verlaufen ... Freundin gestürzt ... Hilfe ...«

Sie wurde ihnen gegeben. Der Umriss mit der Kerze wich zur Seite, ließ die Frauen in das Haus. Die Tür schloss sich wieder. Das Licht verschwand und erschien einige Augenblicke später weiter rechts in einem Fenster. Ein zweites Kerzenlicht gesellte sich dazu. Paul erkannte Schatten; Ekin, Kahman und der dritte Alien, zwei weitere, schließlich ein dritter und vierter. Ein Krug wurde auf den Tisch gestellt, Gläser. Und dann ...

... Schüsse. Vier Schüsse, im Abstand von mehreren Sekunden. Vier Schatten sackten in sich zusammen, die Hühner gackerten aufgeregt.

Die drei verbliebenen Schatten standen auf, legten ihre Waffen auf dem Tisch ab und beugten sich vor. Die Tür des Hauses öffnete sich. Marita, Ekin und der zweite Alien zogen jeweils eine Leiche hinter sich her und luden ihre Last neben der Tür ab. Ekin ging wieder hinein, um die vierte Leiche zu holen, als Kahman über die Wiese rief: »Alles in Ordnung! Das waren sie.«

»Gut!«, rief Atsatun zurück.

Die Aliens lösten sich aus der Deckung, überquerten die Lichtung. Die Waffen, die sie nicht brauchen würden, hatten sie nachlässig über die Schultern geschlungen. Kahman traf die Aliens auf halbem Weg. Sie gab Atsatun das TAR-21 zurück, den Blick auf den Boden gerichtet. Der Alien nahm es beiläufig entgegen und schlang es über die Schulter. Es sah so aus, als bekomme er einen verliehenen Kugelschreiber zurück und stecke ihn in die nächstbeste Tasche.

Sie betraten das Haus. Es stank nach Rauch und ungewaschenen Menschen, und die Balken der Holzdecke hingen so tief, dass Paul den Kopf einziehen musste. Atsatun rief Paul, Wolf und Kahman zu sich und führte sie, eine Kerze in der Hand, hinauf in den ersten Stock. Links neben der Treppe war ein Schlafzimmer.

»Ihr Menschen braucht Betten«, sagte Atsatun. »Ihr könnt hier schlafen.« Er ließ die Kerze zurück, schloss die Tür hinter sich.

»Ich bin kein Mensch«, sagte Wolf und rollte sich auf dem Boden zusammen.

Paul sah zu Kahman. Sie nickte. Die beiden Menschen legten sich in das Bett.

Es war noch warm.

Der letzte Sommer ist angebrochen!

Die Heere des Antichrists sind über uns gekommen. Sie haben sich in den Herzen und Seelen der Ungläubigen eingenistet, sie haben sich im Pazifik und an vielen anderen Orten festgesetzt. Und dort, in ihren Verstecken, bereiten sie sich auf den Endkampf vor, der unweigerlich kommen muss.

Sieben Jahre haben sie uns geplagt, uns geprüft. Sieben Jahre, die sich dem Ende zuneigen. Und am Ende dieser sieben Jahre wird der Herr Jesus Christus unter die Menschen kommen, um die Heere des Antichrists von der Erde und aus unseren Seelen zu fegen.

Jesus Christus zählt auf dich!
Enttäusche ihn nicht, und auch er wird dich nicht enttäuschen!
Komm nach San Francisco, schließe dich seinen Kämpfern an!

PS: ein praktischer Hinweis für Soldaten des Herrn. Weltliche Gesetzgebung verbietet es, Waffen über bundesstaatliche Grenzen zu bringen. Achtet diese Gesetze, sucht nicht unnötigen Streit mit weltlichen Institutionen, die ohnehin bald vergangen sein werden! Stattdessen spendet für den Endkampf! Alle Gelder kommen der Armee Gottes zugute. In San Francisco wird man euch mit allem ausstatten, was ihr benötigt!

– *Flugblatt, registriert von Homeworld Security am 30. 5. 2066*
Geschätzte Verbreitung Printversion (Stichtag 30. 8. 2066):
34,7 Millionen

KAPITEL 19

Melvin vermisste das Meer.

Er vermisste es, obwohl er ihm niemals so nahe gewesen war. Es war nur eine Handbreit entfernt. Eine Stahlwand weit, wenn er in der Station der Routine der täglichen Wartungs- und Kontrollarbeiten nachging. Eine Schicht aus Spezialplastik, Stahl und Panzerglas weit, wenn er mit den Smarties nach draußen in die Methanhydratfelder ging. Es war bei ihm, wenn er sich in den Ruheperioden im stinkenden Schlafraum wälzte, an den Wänden Tropfen aus Kondenswasser, Schweiß und Angst, und auf den Schlaf wartete, der nicht kommen wollte.

Doch es war nicht sein Meer.

Melvins Meer – es hatte Freiheit bedeutet. Einen Hauch davon wenigstens. Einen Hauch, der den Unterschied zwischen Leben und Tod bedeutete. Er hatte Melvin auf den Sammler-Trawlern überleben lassen. Die Freiheit war in der Brise mitgeschwungen, die ihm die Wärme aus den Knochen gesaugt hatte, wenn sie die Plastiknetze eingeholt und anschließend mit Messern und Scheren die Stücke entzweigeschnitten hatten, die sich immer unweigerlich in den Maschen verhakten. Die Freiheit war in dem Horizont gewesen, in der Weite, in die er hatte blicken können und die er mit seinen Träumen angefüllt hatte. Die Freiheit hatte in der Kameradschaft der Häftlinge gelegen, die ihre Quote nur hatten erfüllen können, wenn sie zusammen angepackt hatten.

Melvin hatte die Freiheit aufgegeben. Er hatte sie zurückgelassen, 2000 Seemeilen weiter und 600 Meter höher. Weil ein Kind, das keines war, ihm ein hingekritzeltes Bild von

Diane vor die Nase gehalten hatte. Melvin hatte sich für klüger gehalten. Er hatte dazugelernt.

»Siukovich! Träumst du etwa?«

Bettie Reeves Stimme brüllte in seinen Ohren. Sie brüllte immer, ganz gleich, wie niedrig er die Lautstärke des Funkgeräts stellte. Und Melvin Siukovich, der zu viele Jahre in Unfreiheit verbracht hatte, zuckte immer zusammen. Reeve war sein Wärter. Und jeder Wärter war ein kleiner, böser Gott – insbesondere in der Tiefe der See, in die weder das Licht noch der dürftige Schutz der Häftlingsstatuten von Homeworld Security reichten.

»Sir?«

»Deine Smarties trödeln! Über die Hälfte deiner Schicht ist vorbei, aber die Smarties haben erst 41 Prozent der Quote erfüllt. Mach ihnen gefälligst Beine!«

»Jawohl, Sir! Sofort, Sir!«

Melvin schaltete den Antrieb seines Panzertauchanzugs ein und nahm Kurs auf die Mitte der Herde. Nicht, weil er eine Vorstellung davon gehabt hätte, wie er die Smarties zu schnellerer Arbeit bewegen sollte, sondern weil sein Häftlingsinstinkt ihm sagte, dass auf einen Befehl eines Wärters stets zumindest der Anschein seiner Ausführung ersichtlich sein musste.

Der Anzug trug ihn in die Herde. Nicht genau an den Punkt, den er angepeilt hatte, aber immerhin in die ungefähre Richtung. Nach einigen Sekunden stoppte er die Fahrt ab. Um ihn herum war tiefe Schwärze, und in der Schwärze robbten fluoreszierende Schemen, die an Seekühe erinnerten. Hätte Melvin sie gezählt, und das tat er beim Appell vor und nach jeder Schicht, wäre er auf 248 gekommen. Zwei weniger als vorgesehen. Ein Smartie war vor drei Tagen in die Kette des Hydrataufzugs geraten und entzweigerissen worden, ein weiterer war einfach verschwunden. Er musste die Orientierung verloren haben und einem der seltenen Räuber über den Weg geschwommen sein. Oder vielleicht hatte er einfach zu leben aufgehört. Es kam vor. Die Smarties waren gen-modifizierte Geschöpfe, binnen eines Jahrzehnts in komprimierter, künstlicher Evolution erschaffen. Ein gewisser Schwund war nicht zu vermeiden und einkalkuliert. Irgendwann in der Woche würde Melvin Ersatz erhalten.

Er knipste den Scheinwerfer an. Das war ein Zeichen für die Smarties. Ungefähr zwei Dutzend von ihnen stellten das Schürfen ein und versammelten sich vor ihm. Im Licht des Scheinwerfers hörten ihre Häute auf zu fluoreszieren und nahmen ein verwaschenes, konturloses Grau an. So langweilig wie der Meeresboden unter ihnen, der das Methanhydrat barg, nach dem der Energiehunger der USAA verlangte.

»Schneller! Ihr müsst schneller arbeiten!«

Er bemühte sich, Strenge in seine Stimme zu legen. Reeve hörte mit.

»Ihr schafft eure Quote nicht!«

Wegen der Smarties hätte er sich die Mühe nicht machen müssen. Der Anzugrechner übertrug seine Worte in Zeichensprache und spielte sie auf das große Brustdisplay, wo die Smarties sie ablasen. Melvin bezweifelte, dass die Software leistungsfähig genug war, Stimmungen zu übermitteln.

»Strengt euch an! Oder ...«

Die Smarties hatten große, leere Gesichter. Melvin erinnerten sie an Kühe. Wahrscheinlich lag er damit sogar richtig, und die Designer hatten ihnen einen Schuss Kuh-Gen mit auf den Weg gegeben. Der Folgsamkeit wegen.

»... oder ich kürze eure Abendration!«

Die Augen der Smarties weiteten sich vor Schrecken. Fressen bedeutete ihnen alles. Und da war noch etwas: Unglauben.

Melvin zögerte. *Er* war der kleine Gott der Smarties. *Er* entschied über ihr Wohlergehen, über ihre bloße Existenz. Und die Smarties gehorchten ihm. Sie konnten nicht anders. Ihre Designer hatten ihnen einen Prägemechanismus mitgegeben. Die Smarties waren auf Melvin geschaltet. Sein Wille war ihr Gebot. Und Bettie Reeves Wille wiederum war seines. Sie war sein großer kleiner Gott.

»Und nur, damit ihr nicht vergesst!« Melvin langte an die Halterung an der rechten Hüfte des Tauchanzugs, klickte die Peitsche los und hob sie drohend. »Wenn ihr nicht spurt, dann muss ich …«

Die Peitsche war so unnötig wie seine Drohung und ebenso wenig wegzudenken. Das Häftlingssystem basierte auf Zwang. Die Prägung der Smarties, die den Zwang überflüssig machte, war zu neu und ungewohnt, als dass das System bereits in der Lage gewesen wäre, adäquat darauf zu reagieren. Wahrscheinlich würde es das niemals tun. Die Prägung war ein unsichtbarer Mechanismus, während das System nach sichtbaren verlangte. Deshalb hob Melvin drohend die Peitsche, deshalb hatte ihn Reeve zurechtgewiesen, deshalb würde Reeves Vorgesetzte auf dem Kommandoschiff über dem Hydrate Ridge ihrerseits mit Strafen drohen, sollten die Herden der Schürfstation *Sea Power 68* die Quote nicht erfüllen.

Die Smarties rührten sich nicht von der Stelle. Sie sahen ihn nur aus ihren großen Augen an – flehend? – und warteten. Melvin senkte den Blick, fuchtelte mit der Peitsche – sie demonstrativ knallen zu lassen war in der Tiefsee ein unmögliches Kunststück – und brüllte: »Los jetzt, an die Arbeit! Energie und Wohlstand für die USAA! Freiheit! Macht schon!«

Die Smarties stoben davon. Melvin schaltete den Scheinwerfer aus, und die Schwärze der Tiefsee senkte sich erneut über ihn. Er schloss die Augen, wartete auf den kalten Schweiß und die Übelkeit, darauf, dass der Anzug ihm eine kreislaufstützende Spritze injizierte, damit er seine Arbeit verrichten konnte, aber es war ein guter Tag. Sein Körper ließ ihn nicht im Stich.

Das gab es. Genauso wie die schlechten Tage, an denen ihm war, als erdrücke ihn die See. Sie raubte ihm den Atem, die klaren Gedanken, und – das war das Schlimmste –, sie raubte ihm Diane. Dann schloss er die Augen und stellte sie sich vor und sah nur schwarz, schwarze Leere. In diesen Momenten begann seine Hand zu wandern. Gegen seinen Willen, seinem eigentlichen Willen entsprechend. Sie wanderte die Brust hinauf, über die Schultern zum Nacken, wo die Schlauchverbindung zwischen Sauerstoffflaschen und Anzug saß. Sie war durch eine stählerne Blende geschützt. Die Blende ließ sich mit einem Ruck lösen, wenn man wusste, wie. Melvin wusste es. Alle Smartie-Hirten wussten es. Man hatte es ihnen bei der Einweisung gezeigt. Damit sie in der Lage waren, einen Defekt mit eigenen Händen zu beheben, hatte man gesagt. Niemand hatte gesagt, wie sie das anstellen sollten. Die Panzertauchanzüge gewährten eine verblüffende Beweglichkeit, aber zumindest Melvin war nicht in der Lage, den Arm weiter zu strecken, als dass er mit Daumen und Zeigefinger die Leitung zu packen bekam. Was konnte man mit einem Griff wie diesem schon anfangen?

Melvin wusste es. Er spürte den Schlauch durch die behandschuhten Finger und dachte an Diane. Er versuchte es wenigstens. Aber er sah immer nur dieses merkwürdige Mädchen vor sich. »In die Tiefsee?«, hatte er sie in San Francisco gefragt, in den Minuten, bevor ein Häftlingstransport ihn an seinen neuen Haftort verlegt hatte. »Was soll ich dort? Finde ich dort Diane? Was ist da so wichtig?«

»Beobachte«, hatte sie geantwortet. »Höre. Verstehe. Und dann handle.«

Wie hatte er nur auf diesen Irrsinn eingehen können? Er hatte seinen Frieden gemacht. Einen erzwungenen, unruhigen Frieden, ja. Aber immerhin einen Frieden. Mehr, als er in all den Jahren zuvor gefunden hatte. Noch eine Handvoll Jahre mit den Plastiksammlern, mehr hatte ihm nicht gefehlt. Und danach eine einsame Hütte irgendwo in Kanada. Ein Ort, an dem er für sich war, unendlich weit weg von Homeworld Security, Menschen, Aliens und Diane. Und vielleicht hätte er dort Frieden gefunden. Echten Seelenfrieden.

Es war der Frieden, der ihm für immer durch die Finger geglitten war. Am Hydrate Ridge gab es keinen.

»Siukovich, träumst du schon wieder?«, bellte Reeve.

»Sir?! Nein, Sir!«

»Wieso passt du dann nicht auf deine Herde auf?«

»Das tue ich, Sir!« Er rief die aktuellen Schürfzahlen auf das Helmdisplay. »Meine Herde hat bereits aufgeholt. In einer Stunde wird sie auf dem Stand der Quote ...«

»Davon rede ich nicht, Siukovich! Sieh genau hin! Wo sind deine Tiere?«

»In unserem Operationsgebiet natürlich, Sir ...« Melvin sagte es, noch bevor er die Statusdaten auf das Display geholt hatte. Einen Augenblick lang leuchteten 248 Punkte auf. Seine Herde. Die meisten Punkte standen in Haufen – Arbeitsgruppen –, ungefähr drei Dutzend bildeten eine lange Kette. Es waren Smarties, die Hydrat zum Aufzug transportierten. »Sie arbeiten hart, den Rückstand auf die Quote einzuholen.«

»Siukovich, du hast noch viel zu lernen.« Die Lichtpunkte auf Melvins Display setzten sich in Bewegung, stürzten ihm entgegen. Reeve konnte sich von ihrem Kontrollcenter aus in die Rechner aller Anzüge einloggen. Wenn sie es wollte, konnte sie den Hirten den Sauerstoff abdrehen. Sie musste nicht einmal eine Blende dazu abnehmen. »Hier, das ist der Westrand eures Schürfquadrats. Was siehst du?«

»Eine Gruppe Smarties, die Hydrat schürft, Sir.«

»Was ist mit dem Tier, das abseits steht?«

»Es ruht sich aus, Sir? Die Smarties sind angewiesen, regelmäßig Pausen ...«

»Check dein Herdenlog, Siukovich! Smartie 46310-59b hat seine Pause vor einer halben Stunde bereits genommen«, bellte Reeve. »Dieses Tier steht kurz vor der Desertion!«

»Sir, ich ...«

»Stammel nicht herum, Siukovich. Beweg deinen Hintern und fang das Tier ein!«

»Jawohl, Sir!«

Melvin machte sich auf den Weg. Der Smartie befand sich ungefähr anderthalb Kilometer entfernt. Seine Gruppe schürfte auf einem Vorsprung unterhalb des Abbruchkamms von Hydrate Ridge. Am äußersten Rand des zugewiesenen Gebiets der Herde, aber nicht ungewöhnlich. Gerade die Abbruchkanten waren oft besonders reich an Methanhydrat, und die

Smarties waren eifrig bemüht. Ganz, wie es ihre Designer geplant hatten.

Melvin schaltete den Scheinwerfer ein. Es war das Zeichen für die Smarties, dass er auf dem Weg war. Die Gruppe würde an Ort und Stelle ihren Hirten erwarten. Melvin überlegte, schaltete dann den Antrieb des Anzugs zu. Er musste sparsam mit der Energie umgehen, aber es war wichtiger, dass er seinen Gehorsam gegenüber Reeve bezeugte. Immer schneller strich der Kegel des Scheinwerfers über den eintönigen Untergrund. Er bestand entweder aus schlammigem Sediment oder, an den Stellen, an denen die Smarties das Hydrat bereits abgebaut hatten, aus einer Mischung aus Gestein und Sediment. Die See über dem Hydrate Ridge war eine Wüste. Öde, verlassen und nass.

»Schneller, Siukovich!«, feuerte Reeve ihn an. »Der Smartie hat etwas vor. Ich rieche es bis hierher!«

Es ging nicht schneller. Melvin war bereits am Anschlag. Ohne Not. Er prüfte das Display. Die Punkte, die die Smartie-Gruppe bezeichneten, bewegten sich nicht. Sie waren eben folgsame Kreaturen. Man hatte ihnen eingeimpft, wo sie hingehörten. Zu den Menschen, ohne die sie nicht existieren konnten.

»Da!«, brüllte Reeve. »Was habe ich gesagt, Siukovich? Der Smartie hat etwas vor! Hinterher! Schnapp ihn dir!«

Der Punkt, der abseits von der Gruppe stand, hatte sich in Bewegung gesetzt. Er beschleunigte in einer geraden Linie, ungefähr nach Südwesten. Weg von der Küste Oregons, weg von Hydrate Ridge – und in den Pazifik. Die eigentlich tiefe, bodenlose See.

Melvin riss er den Anzug herum und nahm Kurs auf einen Punkt weit vor dem Smartie. Behielt das Wesen seine Richtung bei, würde es Melvin gelingen, ihm den Weg abzuschneiden.

»Er muss einen Gen-Defekt haben!«, hörte er Reeve brüllen. »Die Designer haben ihm nicht genug Gehorsam eingeimpft! Lass ihn nicht entkommen, Siukovich, sonst verlängere ich deine Tiefseezeit um einen Monat! Hast du mich gehört, Siukovich?«

»Ja, Sir!«, brüllte er mit einer Zackigkeit zurück, für die er sich verabscheute.

Der Kamm des Unterwassergebirges blieb hinter ihm zurück. Melvin schaltete den Scheinwerfer aus. Er wollte es dem Smartie nicht zu einfach machen, seinen Verfolger zu bemerken. Und außerdem machte ihm der Lichtkegel, der sich vor ihm in der bodenlosen Schwärze verlor, Angst. Der schlammige Grund des Kamms mochte trist sein, aber es war Boden. Etwas, an dem ein Mensch sich festhalten konnte.

Eine Minute verging, eine zweite. Langsam, aber beständig näherte er sich dem Punkt auf dem Display. Und dann war er so nahe heran, dass er den Smartie mit bloßem Auge erkennen konnte. Er leuchtete in fluoreszierendem, kühlem Gelb. Seine Flossen schlugen panisch. Der Smartie hatte Angst und verstand nicht, dass genau das ihm zum Verhängnis werden würde. Smarties waren schnell, aber nicht so schnell wie ein Panzertauchanzug, der seinen Namen zu Unrecht trug. Eigentlich war es ein Mini-U-Boot. Wäre der Smartie kein Smartie, hätte er mehr als rudimentären Verstand besessen, er wäre Melvin spielend entkommen. Ein Smartie war viel wendiger und ausdauernder als der Anzug, Melvin hatte die Smarties oft genug beim Spielen beobachtet, um es zu wissen. Hätte der Smartie einfach nur Hacken geschlagen, er wäre ...

Melvin erreichte den Smartie, überholte ihn und riss das Steuer herum, damit das Wesen ihm ins Gesicht sah.

»Halt!«, rief er.

Der Smartie, ein mächtiges Wesen mit dem mehrfachen Gewicht eines Menschen, hielt an, als sei er gegen eine Wand gerammt. Luftblasen stiegen aus seinem Maul. Melvin hörte über das Soundsystem des Anzugs ein jämmerliches Heulen. Dann wedelten die sechs Arme des Smarties.

»Verzeihung, Sir!«, übersetzte der Anzugrechner die Zeichen. »Verzeihung, Verzeihung, Verzeihung!«

»Was fällt dir ein?«, herrschte Melvin den Smartie an. Sein Puls hämmerte. Ein paar hundert Meter weiter, und er hätte umkehren müssen, die Batterien seines Anzugs gaben nicht mehr her. »Was willst du hier draußen? Du gehörst auf die Felder!«

»Verzeihung, Verzeihung, Verzeihung!«, wedelte der Smartie. Seine großen Augen suchten Blickkontakt, flehten. »Nicht wieder machen, Sir. Versprochen, versprochen, versprochen!«

»Weißt du eigentlich, was du mir für Schwierigkeiten einbrocken kannst?«

»Verzeihung, Verzeihung, Verzeihung!«, wedelte der Smartie wieder. »Nicht wieder machen, Sir. Versprochen, versprochen, versprochen!«

Der Smartie bebte. Jetzt, im Angesicht seines Hirten, schlug die Prägung an. Und ließ das Wesen leiden. Es hatte gegen den stärksten Drang verstoßen, den seine Designer ihm mitgegeben hatten.

»Verzeihung, Verzeihung, Verzeihung!«

Der Smartie war erbärmlich. Er tat Melvin leid. »Schon gut.«

»Verzeihung, Verzeihung, Verzeihung!«

»Genug Verzeihung. Es ist gut. Wir schwimmen zurück!« Melvin wollte sich auf den Weg machen, aber Reeve hielt ihn zurück.

»Siukovich, was treibst du da?«

»Sir, ich habe den Smartie eingefangen. Ich bringe ihn zur Herde, damit er weiterarbeiten kann.«

»Nein!«

»Sir, ich … ich verstehe nicht.«

»Du bringst ihn zurück. Aber dieser Vorfall kann nicht ohne Konsequenz bleiben.«

»Sir, was wollen Sie damit sagen?«, entgegnete Melvin. »Der Smartie gehorcht. Die Prägung ist aufgefrischt. Er …«

»Gib ihm die Peitsche, Siukovich. Zehn Schläge. Das wird seinen vergesslichen Genen auf die Sprünge helfen.«

Die Augen des Smarties weiteten sich, als hätte er den Befehl mitgehört. Melvin legte die Hand auf die Peitsche, zögerte und ...

»Worauf wartest du, Siukovich? Ich erwarte, dass meine Befehle ausgeführt werden. Sofort!«

»Natürlich, Sir.«

Melvin löste die Peitsche aus der Halterung.

Als er den Befehl ausgeführt hatte, hing eine dunkle Wolke Blut in der Schwärze.

Lieber Dr. med. Meinhard,

alle Jahre wieder ist sie da: die Grippe. In diesem Jahr kommt sie etwas verspätet als Mutation der klassischen Vogelgrippe zu uns nach Deutschland. Als Ausgangsort vermutet das Bundesgesundheitsministerium den Persischen Golf, von wo der Virus mittels der Türkei und dem Balkan zu uns gelangte. Genauere Informationen sind aufgrund der üblichen Schweigsamkeit der USAA nicht zu erhalten.

Glücklicherweise handelt es sich bei der neuen Virusvariante lediglich um eine geringfügige Mutation, die in den allermeisten Fällen von unseren Impfanstrengungen im geflügelzüchterischen und humanen Bereich abgedeckt wird.

Dennoch: Zu Nachlässigkeit besteht nie Anlass. Wir empfehlen deshalb vorsorglich eine ergänzende Impfung für Kinder, Alte, Schwangere, Kranke und andere in irgendeiner Weise eingeschränkte oder geschwächte Personen.

Es besteht natürlich die Möglichkeit, dass bereits infizierte Personen in Ihre Praxis kommen. Symptome einer Erkrankung sind unter anderem: plötzlicher Krankheitsbeginn, Fieber um oder über 40 Grad Celsius, Schüttelfrost und trockener Husten.

Besteht ein Verdacht, sollte eine Blutuntersuchung Gewissheit erbringen. Verabreichung eines antiviralen Medikaments und sofortige Einweisung in eine Klinik. Unterbleibt eine Therapie, liegt die Sterblichkeit zwischen 40 und 60 Prozent der Erkrankten, in erster Linie hervorgerufen durch Lungenentzündungen und Herzinfarkte.

Lieber Kollege, wir bitten Sie herzlichst um Ihre Wachsamkeit – und gleichzeitig um Gelassenheit. Bei besonnenem und schnellem Handeln ist diese neue Grippe-Variante ohne Schwierigkeiten beherrschbar.

Mit kollegialen Grüßen
Dr. med. Hannah Schweigert

PS: Wir bitten ebenfalls um Diskretion. Zur Beunruhigung besteht kein Anlass, wir sollten also keine unnötige Aufmerksamkeit auf den Erreger lenken.

– *Brief der Bundesärztekammer an alle niedergelassenen Ärzte Deutschlands, 13. 5. 2066*

KAPITEL 20

Die Zeit war um.

Wilbur fühlte ein Prickeln in den Fingern. Es war das Anzeichen dafür, dass die Glieder bald wieder ihm selbst gehören würden. Er wandte den Blick von der schwarzen, sich träge hebenden und senkenden Oberfläche der Alien-Insel ab und sah auf das Tischchen, an dem er früher, als Bordingenieur der *Strawberry Bitch*, seine Notizen auf einen Block gekritzelt hatte. Wilbur hatte jede noch so kleine Unregelmäßigkeit festgehalten, um ihr im Hangar auf Funafuti nachzugehen. Die *Bitch* war eine alte Dame, die viel mit sich machen ließ, aber eben alt. Er hatte gut daran getan, genau hinzusehen. Also hatte er einen erheblichen Teil seiner Zeit gekritzelt. In einer Schrift, so zerfahren, dass kein Tag ohne eine bissige Bemerkung Dianes in seine Richtung vergangen war.

Wilbur kritzelte nicht mehr länger auf seinen Block – wozu auch? Die *Bitch* flog nicht mehr. Das Wenige, was an Wartung nötig war, um sie flugfähig zu halten, erledigte er nebenbei und gerne. Es tat gut, ab und zu nach draußen zu gehen, frische Luft zu tanken, die alten Knochen zu strecken. Das gab Wilburs Tag Struktur. Wartung, Essen, jede Stunde eine Zigarette und ein Glas Schnaps oder mehrere und natürlich die Karten. Wilbur verfolgte, wie seine Finger flink den Kugelschreiber über das dicke Papier führten. Der Schreiber hinterließ eine lange Spur geschwungener Linien, von gleichmäßiger Dicke, makellos. Brave Mädchenschrift.

»Macht euch keine Sorgen um mich!«, schrieb Wilburs Hand. »Eure Lili«

Wilburs Hand nahm die Karte und warf sie in den Sack zu

den übrigen, die ihre Finger in den vergangenen Stunden geschrieben hatte, jede von ihnen mit einem anderen Text, einer anderen Handschrift. Die Hand kehrte zurück zum Tischchen – und machte vor dem Stapel der noch unbeschriebenen Karten Halt, ohne nach einer zu greifen.

Es war vorüber. Wilbur hatte für den Tag seine Pflicht getan. Er war frei.

Wilbur stand auf, schüttelte dabei die Schreibhand aus, um das Prickeln loszuwerden, und ging zu dem großen Rucksack, den er als Erstes am Morgen gepackt hatte. Mit Mühe wuchtete er ihn hoch, schob Arme und Schultern durch die Riemen und verschloss Hüft- und Brustgurt. Wilbur hatte noch nie etwas dafür übrig gehabt, Gepäck durch die Landschaft zu schleppen. Es war ein Grund gewesen, sich davonzustehlen, als man ihn als jungen Mann bei den Marines hatte einziehen wollen. Jetzt, als alter Mann, sagte ihm der Gedanke noch viel weniger zu. Aber Wilbur tat es trotzdem, denn er hatte in den letzten 40 Jahren etwas dazugelernt: Es gab Dinge, die geschehen mussten.

Wilbur lehnte mit dem Rucksack gegen die Kabinenwand der *Bitch*, um nicht gleich das ganze Gewicht tragen zu müssen, atmete einige Male tief durch und ging noch einmal an sein Tischchen. Er nahm eine Handvoll beschriebener Karten aus einem Fach und steckte sie in die Innentasche seiner Jacke.

Draußen war Nacht. Der Sternenhimmel des Südens glitzerte über ihm, als er vorsichtig über den immer feuchten, immer glitschigen, immer in einer Rollbewegung befindlichen Belag marschierte. Hier, hunderte Kilometer vom nächsten Land entfernt, ungestört von Luft- und Lichtverschmutzung, leuchteten die Sterne in einer Klarheit, die ihn fast einschüchterte. Sie schienen so nahe. Der Boden unter ihm, eine Struktur, von einer Vielzahl von kreuzförmigen ehemaligen Alien-Artefakten gebildet, bewegte sich mit dem Gang der Wellen auf und ab. Wilbur nahm es nur am Rande wahr. Er hatte sich längst daran gewöhnt, genauso wie daran, dass der sichtbare Teil der Struktur, die man aus Mangel an einer treffenderen

Bezeichnung »Alien-Insel« nannte, in seiner Ausdehnung unablässig variierte. Manchmal, wenn er auf seinem Platz saß und durch die Sichtluke spähte, während seine Hand Karten schrieb, blickte er auf eine endlose Fläche aus stumpfem, verbranntem Metall, die bis zum Horizont und darüber hinaus reichte. So, als gebe es nichts anderes mehr. Zu anderen Zeiten schrumpfte die Oberfläche der Insel zu einem Fußballfeld zusammen, in seiner Mitte die *Bitch*, in Gefahr, jeden Augenblick von einer Welle in den Pazifik gefegt zu werden.

Es war nicht geschehen, bislang. Wilbur war ein Mann, der nicht viel auf Eitelkeit gab. Er war in einer Welt der Eitelkeiten aufgewachsen, in der überschwänglichen Ambipolis von Dubai, in einem Maße mit sich selbst beschäftigt, als handele es sich um ein Raumschiff, umgeben von endlosen Lichtjahren der Leere. Eitelkeit war für Wilbur nichts weiter als der Versuch, sich selbst in den Mittelpunkt der Dinge zu stellen – und über sie. Wer sich ihr hingab, würde früher oder später ein böses Erwachen erleben. Dennoch fiel es ihm schwer, den Gedanken abzuschütteln, dass nur deshalb überhaupt ein Teil der Alien-Insel an die Meeresoberfläche reichte, weil er beschlossen hatte, sich mit der *Bitch* auf ihr anzusiedeln. Ein besserer Grund fiel ihm nicht ein. Seine Hand konnte die Karten überall schreiben, und selbst wenn das aus irgendeinem Grund nicht möglich sein sollte, gab es auf der Erde ungefähr 20 Milliarden anderer Hände, die denselben Dienst verrichten konnten. Dass Pasong Wilbur diesen Dienst überließ und es ihm auch noch erlaubte, ihn auf der Insel und in der *Bitch* zu verrichten, konnte nur zweierlei bedeuten: Der Alien hatte ein großes Herz für alte, nutzlose Männer und ihre Marotten – oder Wilbur war so einzigartig, dass Pasong ihm jeden Wunsch erfüllte. Wilbur fiel schwer zu entscheiden, was ihm absurder erschien: dass jemand einfach so gut zu ihm war oder dass er etwas Besonderes darstellen sollte.

Wilbur hielt an, legte den Kopf in den Nacken und sah hinauf in den Sternenhimmel. Er tat es vorsichtig, damit der schwere Rucksack ihn nicht nach hinten riss.

Was immer der Grund war, Wilbur behagte der Gedanke nicht. Er legte keinen Wert darauf, besondere Aufmerksamkeit zu genießen. Aber er wurde den Gedanken nicht los. Ihm fiel einfach keine bessere Erklärung ein. Hin und wieder suchte Pasong ihn in der *Bitch* auf. Andere Aliens kamen nur an die Oberfläche, wenn ein Company-Flugzeug gerettete Gefährten ablieferte. Das war alles. Die Aliens kamen niemals an die Oberfläche, um die Sterne zu bewundern. Und das sollten sie doch eigentlich, nicht? Sie kamen von den Sternen, irgendwo dort oben in dem leuchtenden Band der Milchstraße lag ihre Heimat. Kannten sie kein Heimweh, keine Sehnsucht?

Ein Surren zeigte Wilbur an, dass die Insel ihn registriert hatte. Ein Artefakt hatte sich neben ihm aus der Oberfläche geschoben, es war auf einer Seite offen. Er trat ein, glitt in dem Artefakt-Element wie in der Kabine eines Fahrstuhls nach unten. Dabei legte er eine Hand über das Gesicht, kniff die Augen zusammen. Das Licht war zu grell, wie die meisten Lichter innerhalb der Insel. Als trauten die Aliens ihren neuen Augen nicht. Als wären sie von der Leistung, die Menschenaugen hergaben, enttäuscht und versuchten mehr aus den Sehorganen herauszuholen, indem sie die Lichtstärke heraufsetzten. Oder, kam ihm der Gedanke, als der Artefakt-Lift zum Stehen kam, vielleicht war das grelle Licht ein Produkt ihres Heimwehs. Vielleicht kamen sie von einer Welt ohne Rotation, über der Tagseite – dem bewohnbaren Teil des Planeten – eine grelle, unbarmherzige Sonne. Und jetzt konnten sie sich nicht von ihrem Licht trennen, auch wenn ihre schmerzenden Menschenaugen ihnen unmissverständlich sagen mussten, dass sie ihre Heimat hinter sich gelassen hatten.

Wilbur nahm sich vor, Pasong danach zu fragen, obwohl er wusste, dass er keine Antwort erhalten würde, mit der er etwas würde anfangen können.

Er trat in den Gang, schwankte. Hier, unter der Oberfläche, gab es keinen Wellengang. Wilbur brauchte immer erst einige Minuten, sich umzustellen. Er stützte sich mit einer Hand an der Wand ab und machte sich dann auf den Weg. Wilbur ging so schnell er konnte. Ihm behagte der Gang nicht. In seiner Kargheit erinnerte er ihn zu sehr an die Betongürtel, die die Ambipolis von Dubai einkreisten. Wahhabiten, angewidert von der Dekadenz der Stadt, hatten demonstrativ ihren Gegenentwurf gelebt. Wilbur hatte nie verstanden, wie sie ihn überlebten. Der Mensch brauchte mehr als regelmäßige Gebete, nackten Beton und grelles Licht, um Mensch zu bleiben.

Nach genau 637 Schritten und vier Biegungen war Wilbur am Ziel. Es war immer derselbe Weg, dieselbe Entfernung – die einzige Konstante der Alien-Insel, die Wilbur bislang hatte entdecken können. Eine weitere Aufmerksamkeit Pasongs, der es einem alten Mann nicht unnötig schwer machen wollte?

Schwarzes Metall glitt zur Seite. Eine Öffnung von der Größe einer Tür bildete sich vor Wilbur. Grelles Licht fiel in den Raum, vermischte sich mit flackerndem, warmem Kerzenlicht und beleuchtete ein Podest. Auf dem Podest stand eine durchsichtige Vitrine, die an einen Sarg erinnerte.

»Da bin ich wieder, Diane«, sagte Wilbur und trat in den Raum.

Er blieb vor der Vitrine stehen, setzte den Rucksack ab und ging in die Knie. Er öffnete die Fächer der Vitrine und füllte die Vorräte nach: Glasrein für die Vitrine, die durchsichtig war, aber nicht aus Glas bestand, Kerzen, Duftstäbchen, um mit ihrem Rauch gegen den Gestank nach kaltem Rauch anzugehen, der in der Insel vorherrschte, einige Magazine, um Diane vorzulesen, Schokoriegel, die Wilbur sich verdient hatte. Er meinte es gut mit ihr. Es war nicht einfach, seine Mitbringsel unterzubringen. Das Fach war gut gefüllt von seinen vorherigen Besuchen.

Als er fertig war, sah er in die Vitrine. Diane wirkte wie ein Schnappschuss in 3D. Ein durchaus zutreffender Vergleich, wie Pasong nicht müde wurde, ihm zu versichern. Sie trug ihren verschwitzten Fliegeranzug und die schweren Stiefel, ohne die sie keinen Schritt machte. Wie damals auf Funafuti, als sie mit der *Bitch* die Artefakte gejagt hatten, die die Aliens auf den Pazifik herabregnen ließen. Niemand, weder die Company noch Homeworld Security, noch das Hunter-Korps, noch sonst wer hatte eine Ahnung besessen, wozu sie dienen mochten, dafür aber die felsenfeste Überzeugung, dass sich die Jagd nach ihnen lohnen musste. Am Ende hatte die *Bitch* das Rennen gemacht, der lahmste und altersschwächste Flieger im Umkreis von mehreren tausend Kilometern, und ihre Crew hatte die Belohnung dafür eingefahren: Hero war in die Tiefe abgerauscht, Rodrigo hatte sich darin verloren, Rudi, der Junge, hatte sich aussuchen können, was er aus seinem Leben machen wollte, Wilbur hatte seine *Bitch*, seine Ruhe, Ersatzteile und eine Aufgabe erhalten, die ihn nicht überforderte, und Diane ... Diane hatte einen Platz in der Vitrine bekommen.

»Sieht aus wie ein Schneewittchensarg«, hatte sie gesagt, »genau das, wovon ich als kleines Mädchen immer geträumt habe.« Dann hatte sie das gequälte Grinsen aufgesetzt, mit dem sie allem trotzte, was ihr gegen den Strich ging, hatte eine letzte Zigarette geraucht und war in den Behälter gestiegen. Wilbur hatte sie mit einer Decke aus der *Bitch* zugedeckt. Und als er sich wieder aufrichtete und sich von ihr verabschieden wollte, war es bereits zu spät gewesen. Pasong hatte die Stasis eingeleitet.

Seitdem war Diane im Augenblick gefangen, und mit ihr der Magenkrebs, der sich über das Lymphsystem längst über ihren ganzen Körper ausgebreitet hatte. Wilbur besuchte sie jeden Tag, sah nach ihr. Diane hatte ihn nicht darum gebeten – sie wäre buchstäblich lieber gestorben, als jemanden um einen Gefallen zu bitten, den man als Schwäche auslegen konnte –, aber Wilbur wusste, dass sie es so wollte. Was verbohrten Stolz anging, waren er und Diane sich zu ähnlich, als dass er sich hätte irren können. Außerdem führte er nur weiter, was er an dem Tag begonnen hatte, als Melvin auf die idiotische Idee gekommen war, in eine Hungbao zu steigen und davonzufliegen: Er passte auf Diane auf. Wilbur würde es tun, so lange sie lebte.

»Ich habe dir neue Kerzen mitgebracht«, sagte Wilbur. Er entzündete sie an den heruntergebrannten Resten der Kerzen vom Vortag und drückte sie in die Landschaft aus erstarrtem Wachs, die sich auf der Oberseite des »Schneewitchensargs« erstreckte. Wäre Diane wach gewesen, sie hätte ihm den Hals dafür umgedreht. Sie war Hershistin, für ihre Überzeugungen von ihrem Heimatland verfolgt, eingesperrt und schließlich ausgespuckt worden. Sie hasste Symbolik, angefangen von den Stars & Stripes, mit oder ohne Halbmond, über heimeliges Thanksgiving, christliche Kreuze bis zu den Alien-Kreuzen. Hätte Melvin damals nicht auf sie eingeredet, sie hätte das Company-Los verkauft, das sie aus den Zügen der Überschussmenschen befreit hatte. Die Company mit ihrem Grundsatz der kilometerlangen Leine kam Dianes Vorstellungen so weit entgegen, wie es eine irdische Organisation nur tun konnte, aber darüber, dass die Company sich der Alien-Kreuze bediente, war sie beinahe nicht hinweggekommen. Diane hatte ihre Prinzipien. Das war es, was sie am Leben erhalten hatte. Und das war es, was ihr das Leben beinahe unmöglich gemacht hatte.

Wilbur zog den Klappstuhl heran, den er sich vor einiger Zeit aus der *Bitch* geholt hatte. Er war nicht mehr der Jüngste; wollte er mit Diane nennenswert Zeit in Augenhöhe verbringen, brauchte er eine Stütze. Er nahm sich einen Schokoriegel – der Amerikaner in ihm, der nicht totzukriegen war, bestand darauf – und aß ihn langsam, während er die im Augenblick Erstarrte musterte.

Wilbur konnte nicht von sich behaupten, aus demselben Holz geschnitzt zu sein wie Diane oder Melvin. Politik langweilte ihn. Die Streitereien, die zu Dianes und Melvins Beziehung gehört hatten wie Sex und kindisches Händchenhalten, hatte er nie nachvollziehen können. Wozu die Aufregung? Sie waren zu zweit und wollten zuerst die USAA – 1,6 Milliarden Menschen – und dann den Rest der Erde – acht oder neun Milliarden – vom Kopf auf die Füße stellen. Jedem Menschen mit einem Funken Gehirn im Kopf musste klar sein, dass ihr

Vorhaben aussichtslos war. Sie konnten nur verlieren. Menschen waren Herdentiere. Wer versuchte, den Zug der Herde aufzuhalten oder umzulenken, wurde früher oder später von ihr niedergetrampelt. Wer leben wollte, musste mit der Herde ziehen – oder ihre Überzahl zum eigenen Vorteil nutzen. Wilbur hatte es getan. Die strengen USAA ließen überraschende Nachsicht mit denen walten, die sich zwar nicht mit Eifer ihrer Ordnung beugten, aber wenigstens nicht aktiv wurden, um sie zu unterminieren. Zumindest war es so in den Golfstaaten gewesen, in denen Wilbur aufgewachsen war. Am Golf waren die Sitten von jeher entspannter gewesen als im Rest der Nation. Wilbur hatte gesoffen, seine Arbeit zufrieden stellend genug erledigt, dass er immer wieder eine neue fand, und seine Ansichten für sich behalten. Im Gegenzug hatte man ihn sein Leben leben lassen.

Nicht so wie Diane.

Diane war zu stur. Sie gab nie klein bei. Sie hatte ihn, Wilbur, gewollt. Deshalb hatte er sich auf die *Bitch* eingelassen, deshalb war er an ihrer Seite geblieben, als Melvin davongeflogen war, deshalb würde er Tag für Tag an ihren »Sarg« kommen.

Diane war unendlich stark und unendlich verletzlich. Sie brauchte jemanden, der sie beschützte. Ihn, Wilbur. Und jemanden, der über den Moment hinausdachte.

»Du musst nur ein Wort sagen«, hörte er eine Stimme. Sie kam von der Seite.

»Ich weiß.« Wilbur antwortete ohne Zögern. Die Stimme war ihm unbekannt, aber er wusste, wem sie gehörte.

Pasong war neben ihn getreten. Er steckte in einem neuen Körper, einer beinahe zwergenhaften Frau. Ihre Haut war faltig und von der Sonne verbrannt, das schwarze Haar zu einem Knoten zusammengebunden. Es glänzte fettig und roch ranzig. Sie musste mit dem Transport aus Südamerika gekommen sein, den Rudi vor Kurzem gebracht hatte.

»Wieso sagst du es dann nicht?« Pasongs Kopf befand sich beinahe auf gleicher Höhe wie der Wilburs.

»Diane hat es nicht gewollt.«

»Sie war halb wahnsinnig vor Schmerz und Schmerzmitteln, als sie hier ankam. Sie war verwirrt. Sie war nicht in der Lage, mit klaren Sinnen eine Entscheidung zu treffen.«

»Möglich. Aber ich kenne Diane. Sie hätte sich auch unter anderen Umständen für die Stasis entschieden.«

»Es bleibt ein unsinniger Entschluss. Sie wird viele Jahre in der Stasis bleiben müssen. Eure Biotechnologie ist nicht weit genug entwickelt, um in kurzer Zeit eine intakte Kopie ihres Körpers heranzuzüchten.«

»Dann dauert es eben. Für sie macht es keinen Unterschied.« Wilbur zuckte mit den Achseln. Es fiel ihm nicht schwer, Pasong zu widersprechen, ein sicheres Zeichen dafür, dass er es nur mit einer minderen Präsenz des Aliens zu tun hatte. Pasong trug immer mehr als einen Körper, aber er war nicht in jedem im selben Maß präsent. Konzentrierte sich der Alien auf einen einzigen Körper, war es beinahe unmöglich, sich gegen seinen Willen zu wehren. Pasong erdrückte dann sein Gegenüber förmlich mit seiner Gegenwart.

»Dann denk an dich«, forderte ihn der Alien auf. »Wie lange willst du noch zu ihr gehen, sie anstarren und Selbstgespräche führen? Zehn Jahre? Zwanzig? Dreißig? Wie lange wirst du es noch können?«

»Im Augenblick kann ich es noch. Alles Weitere wird man sehen.«

Pasong schwieg. Wachs rann in einem flüssigen Strom von einer der Kerzen, suchte sich seinen Weg durch die Landschaft aus Kerzenresten. Ein Rinnsal schwappte über, lief an der Seite der Vitrine herab. Wilbur stand auf, holte den Schaber aus dem Fach. Er entfernte das Wachs und wischte mit Glasrein nach.

Dann wandte er sich an Diane. »Ich muss los. Morgen komme ich wieder.«

Er schnallte den Rucksack um, der faktisch ein wenig von seinem Gewicht verloren hatte, ihm aber doppelt so schwer vorkam, und wandte sich zum Gehen.

Pasong sagte nichts.

In der Tür machte Wilbur halt. »Ist noch etwas?«, fragte er.

»Nein ... eigentlich nicht ...«

»Nur?«

»Es schmerzt mich, dieses Leid mit anzusehen.«

»Diane leidet nicht. Das kann sie nicht. Du hast es selbst gesagt. Sie ist im Augenblick gefangen. Und eines Tages wird sie ihr Leben weiterleben – in ihrem neuen, eigenen Körper. Sie hätte es verdammt viel schlechter erwischen können.«

Pasong nickte. »Ohne die Stasis wäre sie längst tot. Andererseits: Sie könnte längst wieder leben und tut es nicht. Das ist ... ist ...« Der Alien brach ab, als er vergeblich nach einem englischen Wort für das suchte, was ihn bewegte. Schließlich gab er es auf. »Es ist nicht gut. Aber ...« Pasong wandte sich von Diane ab und sah Wilbur an. »Eigentlich habe ich mit dem Leid nicht Diane gemeint.«

»Sondern?«

»Dich. Du bist nicht in Stasis und doch im Augenblick gefangen. Du leidest ohne Not. *Das* schmerzt mich.«

»Was? Ich ...« Wilbur spürte, dass der Alien es ehrlich meinte. Es überraschte ihn, es tat ihm gut, und zugleich machte es ihn wütend. Wofür hielt ihn Pasong? Wenn der Alien wüsste ... »Ich ...«, zwang Wilbur heraus. »Ich muss los. Die anderen warten schon.«

Wilbur flüchtete in den Gang, dem Schacht entgegen, der ihn in die Tiefe führen würde.

Lieber Bruder,

bitte entschuldige, dass ich dir jetzt erst schreibe. Und wundere dich nicht darüber, wie. Auf Papier. Ich sehe richtig vor mir, wie du über deine kleine Schwester gegrinst hast, als du den Brief bekommen hast. »Die kleine Veronika, immer altmodisch, immer zurück zur Natur.«

Aber so ist es nicht. Oder vielleicht doch. Bruder, ich glaube, ich habe meinen Platz in dieser Welt gefunden. Kaum zu glauben, deine kleine Schwester, die nirgends zufrieden war und mit ihrer großen Klappe sich in Rekordzeit überall unbeliebt gemacht hat, wo sie hingekommen ist. (He, erfind jetzt keine Entschuldigungen für mich! Ich weiß, dass ich ganz schön unausstehlich sein kann!) Aber das ist vorbei. Ich weiß jetzt, wohin ich gehöre.

Und das ist ... bemüh dich nicht, du wirst es nie erraten ... ein Hexenhaus, eine alte Mühle, die auf einer Lichtung an einem wunderbar klaren Bach in einem Zauberwald steht.

Nein, ich bin nicht verrückt geworden! Nein, ich erzähle dir keinen Mist! Ehrlich! Am liebsten würde ich dir alles darüber schreiben, dich sogar herholen, damit du es mit eigenen Augen sehen kannst, aber das geht leider nicht. Wir müssen vorsichtig sein. Noch. Was wir tun, ist illegal (du siehst, etwas von deiner wilden Veronika ist noch übrig!). So ähnlich wenigstens. Aber solange wir heimlich, still und leise unser Leben leben, jagen sie uns nicht davon.

Gib es zu: Du stirbst gerade vor Neugierde! Okay, ich will nicht grausam sein und dir ein bisschen verraten: Also, unser Zauberwald ist eigentlich ein Versuchsgelände. Ein richtig großes. Früher hat einmal ein echter Wald hier gestanden, und Leute haben darin gewohnt. Aber dann ist der Wald eingegangen. Zu trocken, zu heiß, zu viele neue Schädlinge. (So hat es mir Martin erklärt; er ist so etwas wie unser Anführer. Und er ... na ja, du weißt ja, ich hatte schon immer eine Schwäche für starke Männer ...) Das Forstministerium hat deshalb einen Neuen bestellt.

Und, Bruder, du erkennst mich nicht wieder! Ich weine dem alten Wald keine Träne nach. Der neue ist wirklich ein Zauberwald. Und er ist so gut zu uns: Praktisch jeder Baum hat eine Frucht, die man essen kann. Nachts leuchten die Bäume, dass man keine Laterne braucht, und die Tiere, die im Wald wohnen, sind friedlich. Nicht einmal die Insekten stechen!

Wir – ich, Martin, Bea und Tom – haben eine alte Mühle gefunden und richten sie wieder her. Das ist ganz schön harte Arbeit, und es geht viel langsamer voran, als wir gedacht haben. Aber das macht nichts. Hauptsache, wir haben einander und unser Zuhause.

Bruder, noch nie in meinen Leben habe ich mich so eins mit mir und mit der Welt gefühlt!

Tausend Küsse!
Veronika

PS: Ach ja, der Brief. Ich habe ihn dir über Boten zukommen lassen. So kriegt niemand etwas mit. Und solange das so ist, lässt das Ministerium uns in Ruhe.

PPS: Die Welt ist nicht nur gut, sie ist zauberhaft!!!!

KAPITEL 21

Ekin war nicht Ekin.

Nicht seine Ekin, wenigstens.

Paul fand es gleich am nächsten Morgen heraus. Er wachte trotz seiner Erschöpfung früh auf. Die Hitze, die er selbst und Kahman erzeugten, holte ihn aus dem Schlaf. Er machte sich von der Soldatin los, die halb auf ihm lag und deren Berührung nichts Angenehmes an sich hatte. Ihr Körper war so hart, wie sie sich gab. Weder sie noch Wolf wachten auf, als er aus dem Raum schlich, trotz der knarrenden Dielen und der quietschenden Tür.

Überall im Haus lagen, saßen und lehnten Aliens und schliefen. Zwei auf der steilen Treppe, die er hinunterstieg, vier auf dem schmalen Flur im Erdgeschoss, eine Handvoll in der Küche, deren Tür offen stand. In ihren blutverklebten, durchlöcherten Uniformen wirkten sie wie Leichen, von ihrem Mörder überrascht und an Ort und Stelle liegen geblieben. Aber sie lebten. Paul beugte sich über einen Mann, der im Türrahmen zur Küche zusammengesackt war. Er war wie alle Aliens nach der langen Gefangenschaft dürr und blass, aber man konnte sehen, dass er einmal ein kräftiger Mann gewesen war. Einer von Wolfs Gardisten, seiner Elite, die das Große Pack nach Sigma V hatte führen sollen. Paul beugte sich ganz herunter, hielt das Ohr an die Nase des Aliens, bis er sein Atmen hörte: flach und einem lang gezogenen Rhythmus folgend, passte es besser zu einer Ohnmacht als zu Schlaf.

Es musste die Art der Aliens sein zu schlafen. Ihre Seelen hatten sie in die neuen Körper mitgenommen. Schlaf schien für sie weder Ritual noch eine oftmals widerspenstige Notwendigkeit zu sein. Kein Vorgang, der besonderer Vorkehrungen bedurft hätte. Wollten sie schlafen, schliefen sie, Punkt. Die Aliens mussten starke Körper besessen haben, um sich so ein Verhalten leisten zu können. Körper, denen weder Kälte noch Hitze, noch natürliche Feinde etwas anhaben konnten. Oder sie hatten in einer perfekten Umgebung gelebt, in der sie keine Unannehmlichkeiten, geschweige denn Gefahren zu befürchten hatten. Oder beides traf zu: Die Aliens hatten unerhört widerstandsfähige Körper besessen *und* in einer perfekten, künstlichen Umgebung gelebt. Nur: Wieso hatten sie dann ihr mechanisches Paradies verlassen und waren zur Erde gekommen? Wieso hatten sie ihre Seelen in schwächliche Menschenkörper transferiert?

Paul richtete sich wieder auf. Das Gewehr des Mannes lag auf dem Gang, neben der Hand, aus der es geglitten war. Es war geladen. Er musste es nur nehmen und abdrücken, und wenige Augenblicke später würden überall im Haus echte Leichen verstreut sein. Paul war ein Hunter, das G5 die Waffe eines Hunters. Paul war ein guter Schütze, präzise und schnell. Er hatte sich immer etwas darauf eingebildet, ohne zu zögern abzudrücken. Bis die Aliens erkannten, was vor sich ging, würde die Hälfte von ihnen bereits tot sein. Einen Augenblick später die andere Hälfte.

Aber dann würde Paul niemals erfahren, was die Aliens auf der Erde suchten. Und er hätte sein Versprechen gebrochen. Ekins Körper wäre unter den Toten.

Paul wandte sich ab, ging auf der Suche nach einem zweiten Ausgang in den hinteren Teil des Hauses. Es widerstrebte ihm, die Vordertür benutzen. Neben ihr lagen vier Leichen.

Paul fand die Hintertür und verließ das Haus. Ein altes hölzernes Mühlrad, von Moos überwachsen, lehnte an der Wand, daneben ein zweites, metallenes. Es war aus Schrottteilen zusammengesetzt und halb fertig. Die Bewohner der Mühle mussten vorgehabt haben, es eines Tages anzubringen, wahrscheinlich, um Strom zu erzeugen. Paul trat an den Bach, der hinter der Mühle floss – es musste ein Abzweig des großen Bachs sein, der sie zu dem Haus geführt hatte –, ging in die Knie und tauchte den Kopf in das Wasser. Er spürte, wie die Kälte ihn wie eine unbarmherzige Klammer packte, und zählte langsam bis zehn.

Als er den Kopf wieder aus dem Wasser hob, saß Ekin neben ihm.

Sie hatte die Beine übereinandergeschlagen. »Du siehst mich manchmal so an«, sagte sie. Sie war unbewaffnet. Ihr Gesicht hatte denselben ernsten Ausdruck, mit dem ihm seine ehemalige Hunter-Partnerin seine neuesten Verstöße gegen die Korps-Regeln vorgehalten hatte. »Wieso tust du das?«

Aber das Wesen vor ihm war nicht seine Partnerin. Pauls Ekin war zäh. Sie gab niemals auf. Sie war eine Kämpferin, mit ganzer Hingabe bei der Sache, die sie für die richtige hielt. Pauls Ekin stellte die Pflicht über alles. Sie würde sich sogar in eine einsame Mühle einschleichen und ihre Bewohner umbringen, wenn sie glaubte, dass es im Dienst der Sache unumgänglich sei. Auch wenn Ekin es selbst nie erkannt hatte, nichts war für sie unmöglich. Bis auf eine Sache: auf Paul zuzugehen und ihm eine persönliche Frage zu stellen.

Diese Ekin tat es.

»Wieso sagst du nichts?«, fragte diese Ekin. »Bist du noch zu müde, um zu sprechen? Ich dachte, du hast dein Morgenritual abgeschlossen.« Sie zeigte auf den Bach.

»Ich ... ja ...« Wasser rann in seinen Ausschnitt. Es fühlte sich an, als streichelten ihn kalte Finger.

»Also, wieso siehst du mich immer so an?«

»Du erinnerst mich an jemanden, den ich einmal kannte.«

»Du meinst meinen Körper?«

»Ja.«

»Ich bin nicht die Person, die früher diesen Körper bewohnte. Das musst du wissen. Ist euch das Äußere so wichtig, dass du trotzdem gezwungen bist, mich anzusehen?«

»Nein. Eigentlich nicht«, sagte Paul. Es war die Wahrheit. Es war nicht das Äußere gewesen, das ihn zu Ekin hingezogen hatte. »Aber ... aber du musst verstehen, dass unsere Seelen nicht wie eure sind. Sie bilden eine Einheit mit ihrem Körper. Sie können nicht ohne weiteres in einen anderen Körper schlüpfen.«

»Ich weiß. Wie heißt der Mensch, an den mich dein Körper erinnert?«

»Ekin.«

Der Alien, der in Ekins Körper steckte, sah einige Augenblicke in das wirbelnde Wasser des Bachs. Paul kam es so vor, als horche er in sich hinein. Schließlich schüttelte er sich und sagte: »Ich heiße Ghi.«

»Ich heiße Paul.«

»Das weiß ich.«

»Ghi ... ist das der Name einer Frau oder eines Mannes?«

Ghi kicherte.

»Wieso lachst du? Ist die Frage so lächerlich?«

Ghi legte die Hand vor den Mund, schnitt das Kichern ab. »Nein, im Gegenteil. Es ist eine sehr ernste Frage. Eine sehr kluge sogar. Atsatun hat mir gesagt, dass ich mich vor dir in Acht nehmen muss. Ich habe es ihm nicht glauben wollen.«

»Hat Atsatun dich geschickt?« Paul dachte an den vorigen Abend. Atsatun hatte Ghi in das Haus geschickt, um seine Bewohner zu ermorden ... dieselbe Ghi, die jetzt vor ihm in der Morgensonne saß und kicherte, als befänden sie sich auf einer Sommerfreizeit und flirteten bei der Morgenwäsche.

»Ja, aber du brauchst dir deswegen keine Sorgen zu machen. Er will dir nichts tun. Keiner von uns will irgendjemandem irgendetwas tun. Wir wollen nur leben. Das ist alles.«

»Und was wollt ihr von mir?«

»Deine Hilfe.« Ghi strich sich mit der flachen Hand über den Schenkel und Oberkörper. »Wir leben in den Körpern von Menschen. Aber wir wissen nicht, *wie* Menschen leben. Wenn wir überleben wollen, müssen wir sehr schnell sehr viel lernen. Du kannst uns dabei helfen.«

»Wieso sollte ich das? Ihr habt die Menschen ermordet, die euch vor dem langsamen Tod im Berg gerettet haben. Ihr habt die Hunter getötet. Ihr habt die Menschen in diesem Haus ermordet. Wieso sollte ich Mördern helfen?«

»Wir sind keine Mörder. Wir haben nur getan, was notwendig war.«

»Das klingt nach einer sehr menschlichen Feststellung.«

»Hilfst du uns?«

Paul zuckte die Achseln. »Wieso gehst du nicht zu Marita? Sie ist zu allem bereit, damit ihr sie am Leben lasst. Das hat sie bewiesen.«

»Sie ist sehr klug. Sie könnte uns helfen. Aber wir brauchen ihre Hilfe in anderen Dingen. Atsatun braucht sie.«

Paul fragte nicht, wofür. Er würde keine Antwort erhalten. »Dann geh zu Wolf. Er soll euch helfen.«

Ghi schüttelte den Kopf. »Das kann er nicht. Er ist kein Mensch. Also?«

»Ich helfe euch.«

Es gab keine andere Antwort. Paul wollte leben. Und er wollte lernen. Er *musste* lernen, um zu überleben.

Paul tat es, indem er Ghi beibrachte, ein Mensch zu sein.

Er fing bei null an. Er zeigte Ghi, wie man sich wusch. Die Bewohner des Hauses hatten einige Schritte weiter unten am Bach eine Waschstelle eingerichtet. Dort gab es einige Stücke Seife, Zahnbürsten und eine Handvoll Töpfe. Paul brachte ihr bei, wie man die Seife in den Händen drehte, sich das Gesicht, unter den Achseln und zwischen den Beinen wusch. Er half ihr, den Schmutz aus ihren Wunden zu entfernen. Er führte ihr vor, wie man eine Zahnbürste benutzte. Er nahm einen Topf, in dem Nudelreste eingetrocknet waren, und scheuerte ihn mit Stahlwolle. Er erklärte ihr, wieso die Bewohner ihre Waschstelle bachabwärts angelegt hatten und wieso sie eine zweite Stelle oberhalb des Hauses eingerichtet hatten, wo sie ihr Frischwasser schöpften.

Ghi hörte aufmerksam zu, fragte nach, wenn sie etwas nicht verstand, und versuchte nachzumachen, was Paul ihr zeigte.

Es gelang ihr, wenn auch mit einer gewissen Ungelenkigkeit, die Pauls Ekin fremd gewesen wäre.

Als Nächstes zeigte ihr Paul den Abort. Er war in einiger Entfernung vom Haus im Wald, bestand aus einem stabilen Ast, den man zwischen zwei Baumstämme genagelt hatte und einem Loch. Er stank widerlich, aber Ghi schien es nicht zu bemerken. Interessiert äugte sie in das Loch.

»Exkremente«, sagte Paul. »Ausscheidungsprodukte des menschlichen Körpers.«

Ghi nickte. »Zeig mir, wie das geht.«

»Ich versuche es.« Paul sammelte eine Handvoll Blätter auf, um sich reinigen zu können, ließ die Hose herunter und setzte sich auf den Balken. Zu seiner Verwunderung empfand er keine Scham – Ghi empfand keine, und dies übertrug sich auf ihn –, und die Vorführung gelang.

Ghi machte es ihm nach. Nein, sie übertraf ihn. »Ich fühle mich besser«, sagte sie, als sie wieder vom Balken rutschte. »Ich hätte das früher tun sollen.«

»Hast du nicht ...?«

»Nein, ich wusste nicht, was dieses Druckgefühl zu bedeuten hat. Ich habe ihm vorsichtshalber nicht nachgegeben.«

»Aber du bist seit Monaten in diesem Körper. Es kann nicht sein, dass das eben das erste Mal gewesen ist.«

»Nein, das war es nicht. Aber ich habe von dem, was im Berg geschehen ist, nichts mitbekommen. Im Zustand der ...« Sie brach ab. »Gehen wir weiter!«

Schweigend gingen sie zum Haus zurück. Inzwischen waren weitere Aliens aufgewacht. Sie standen in einer langen Reihe am Waschplatz. Sie hatten sich ausgezogen. Die beiden vordersten seiften sich unter den Achseln ein, genauso, wie Paul es Ghi gezeigt hatte. Gerade als das Haus ihnen die Sicht abschnitt, sah Paul einen weiteren Alien an den Bach treten. Er zog sich das Hemd aus, ging in die Knie und tauchte den Kopf in das Wasser.

Ghi sah weder hin, noch grüßte sie ihre Gefährten. Zielstrebig hielt sie auf den Vordereingang zu. Sie ging an den Leichen vorbei, ohne sie eines Blickes zu würdigen, und wollte im Haus verschwinden.

Paul hielt sie zurück. »Augenblick! Was ist mit ihnen hier?« Er zeigte auf die Leichen, über denen Fliegen kreisten. Sie stanken.

Die Aliens hatten sie auf einen Haufen geworfen. Sie lagen mit den Gesichtern nach unten. Ein Zufall? Oder hatte Kahman dafür gesorgt?

Ghi drehte sich um. »Was soll mit ihnen sein? Es sind Tote. In ihnen ist kein Leben mehr.«

»Was wollt ihr mit ihnen anfangen?«

»Nichts. Sie sind tot. Niemand kann mehr etwas mit ihnen anfangen.«

Ghi war kein Mensch. Sie kannte die Worte, die Paul gebrauchte, aber sie verstand sie nicht. Er musste sich genauer ausdrücken. »Ihr müsst sie begraben«, sagte er.

Ghi schwieg, verdrehte die Augen. Paul hielt es für ein Anzeichen, dass sie nachdachte. Nach einigen Augenblicken richtete sich ihr Blick wieder auf Paul. »Ich verstehe, was du sagst. Wir sollen sie in eine Grube werfen. Wie dort.« Sie streckte den Arm aus und zeigte auf den Wald, dort, wo der Abort verborgen war. »Glaubst du, dort ist genug Platz?«

»Nein ... nein, das habe ich nicht gemeint! Ich ...«

Ghi schnitt ihm das Wort ab. »Jetzt verstehe ich. Es ist ein Ritual, das deiner Kultur wichtig ist.«

»Ja. Wir ehren die Toten. Zumindest, wenn es möglich ist. Für uns sind sie mehr als leere Hüllen. Aber das ist nur ein Aspekt. Der zweite ist ein praktischer. Es geht um Hygiene. Wenn ihr die Leichen hier liegen lasst, verwesen sie, und wir werden krank.«

»Ich verstehe ...« Ghi nickte ernst, als hätte Paul ihr eine überraschende Eröffnung gemacht. Das konnte nur eines bedeuten.

»Ist das auf eurer Welt anders?«, fragte Paul.

»Jede Welt ist anders. Wir werden sie noch heute begraben.« Sie wandte sich zur Seite, zeigte auf den Wald, weit weg von dem Abort. »Dort drüben. Unter den Bäumen. Genügt das der Hygiene und den Ritualen?«

»Ich denke schon.«

»Dann ist das geklärt. Komm jetzt, ich habe noch viele Fragen.« Sie ging ins Haus.

Dort stellte sie weitere Fragen. Endlos viele Fragen. Als Nächstes ging es ihr um die menschliche Ernährung. Was aßen Menschen? Sie gingen durch die Vorratskammer. Sie war klein, aber gut bestückt. Paul zeigte Ghi, wie man eine Konservenbüchse öffnete. Er erklärte ihr, dass man eine Büchse nicht essen konnte, aber dafür die Nudelbeutel und Kartoffelsäcke. »Sie bestehen aus Stärke«, sagte er nebenbei und verbrachte eine Stunde damit, Ghi auseinanderzusetzen, dass »Stärke« trotz ihres Namens nicht das beste und wichtigste Lebensmittel der Menschen war, sondern nur eines unter vielen. Ghi wollte es genau wissen, und gab sich erst zufrieden, als Paul ihr von einfachen und komplexen Kohlenhydraten, Proteinen, Ballaststoffen, Vitaminen, gesättigten und ungesättigten Fetten und Aminosäuren erzählt hatte. Paul war sich sicher, dass er Dinge ausgelassen und falsch dargestellt hatte, aber mehr noch war er überrascht darüber, wie viel er wusste.

Und wie viel er nicht wusste. Das meiste, was sie in der Kammer fanden, war ihm unbekannt. Von der Decke hingen große, dunkel verfärbte Stücke Fleisch und Würste. »Geräuchert«, konnte er Ghi mitteilen, »das macht sie haltbar.« Aber das war es schon. Er wusste nicht, von welchen Tieren das Fleisch stammte, musste bei den verschiedenen Arten von Körnern und Gemüsen passen, die in groben Säcken entlang der Wände aufgereiht waren. Paul war in einer Stadt geboren und aufgewachsen. Nahrung kannte er verpackt und vorbehandelt, und das Hunter-Camp hatte daran nichts geändert. Niemand war auf die Idee gekommen, die Rekruten in einem Wald auszusetzen und eine Woche später nachzusehen, ob sie noch lebten. Aliens manifestierten sich in Menschen, und die Jagdgründe der Alien-Hunter lagen dort, wo Menschen lebten, in den Städten und Dörfern.

»Ich denke, wir ...«

Von draußen kam lautes, drängendes Gackern. Ghi horchte auf und verließ die Küche. Paul folgte ihr.

Eine Handvoll Aliens, darunter Atsatun, hatte sich in einem Halbkreis versammelt, an seiner offenen Seite stand Marita Kahman, ein ängstlich gackerndes und flatterndes Huhn in der Hand.

»Hier, ich zeige es euch!«, hörte Paul noch, dann hielt die Soldatin sich das Huhn vor das Gesicht. Ihr Kopf zuckte vor, der des Huhns verschwand in ihrem Mund. Es knirschte, als sie zubiss. Marita ließ das Huhn los. Blut spritzte aus seinem offenen Hals. Kopflos kam es auf dem Boden auf und rannte flatternd zwischen den Beinen der Aliens hindurch auf die Wiese, wo es schließlich tot zusammenbrach.

Die Aliens raunten.

Marita spuckte den Kopf aus und grinste. »Gar nicht so schwer, was?«

Die Aliens antworteten nicht. Wortlos gingen sie zum Stall, fingen die Hühner und bissen ihnen die Köpfe ab. Fasziniert sahen sie zu, wie die kopflosen Tiere einige Sekunden lang weiterrannten. Die Aliens hörten erst auf, als alle Hühner den Kopf verloren hatten.

An diesem Abend aßen sie Huhn. Marita hatte den Aliens gezeigt, wie man sie rupfte und ausnahm. Paul grillte sie über einem großen Feuer vor der Mühle, aufgespießt an mehreren Gardinenstangen, von Ghi pausenlos mit Fragen gelöchert.

Damit war das Muster für die nächsten Wochen etabliert. Gab es Tiere zu töten, erledigte es Marita. Paul kochte, und Ghi bombardierte ihn mit ihren Fragen zum Menschsein.

Pauls Tage gehörten Ghi.

Die Nächte Marita Kahman.

Homeworld Security – wahr oder falsch?

Über keine andere Organisation der Erde kursieren wildere Gerüchte – und auf keine Organisation treffen sie häufiger zu! Aber: Können Sie Gerücht und Wahrheit auseinanderhalten?
Hier ist der Test:

Gerücht 1:
Geheime Regierungsakten belegen, dass Homeworld Security (HS) im Januar 2058 gegründet wurde – zwei Monate, bevor das Alien-Schiff in unser Sonnensystem eingedrungen ist.

❑ wahr ❑ falsch

Gerücht 2:
Das Budget des Ministeriums macht über ein Drittel des Gesamthaushalts der USAA aus.

❑ wahr ❑ falsch

Gerücht 3:
HS-Agenten kommunizieren über Zahnpastaschmierer, die sie unter den Waschbecken von Hotelzimmern hinterlassen.

❑ wahr ❑ falsch

Gerücht 4:
Das große Erdbeben im Bay Area wurde vom Ministerium künstlich erzeugt, um esoterisch angehauchte, nordkalifornische Alien-Symphatisanten auf andere Gedanken zu bringen.

❑ wahr ❑ falsch

Gerücht 5:
Es gibt deshalb nirgends mehr Zahnpasta zu kaufen, weil das Ministerium die nationalen Vorräte aus Wut darüber aufgekauft hat, dass seine abhörsichere Kommunikationsmethode von Alienisten kopiert wurde.

❑ wahr ❑ falsch

Gerücht 6:
Der erste Anruf des West-Präsidenten Coover nach Amtsantritt galt Homeworld-Security-Minister David B. Terman III. Coover bedankte sich für die Erlaubnis, die größte Nation, die die Welt je gesehen hat, regieren zu dürfen.

❑ wahr ❑ falsch

Gerücht 7:
Homeworld Security ist längst von Aliens unterwandert und umgedreht worden. Die Hauptbeschäftigung des Departments besteht darin, Menschen zu verhaften, die den Erfolg der Alien-Invasion gefährden könnten.

❑ wahr ❑ falsch

Gerücht 8:
Homeworld Security ist lediglich ein Scheinministerium. Sein eigentlicher Zweck ist die Geldwäsche im Dienst der arabisch-persisch-italoamerikanischen Mafia.

❑ wahr ❑ falsch

Gerücht 9:
Homeworld Security ist der größte Arbeitgeber in der Geschichte der Menschheit – und der angenehmste.

❑ wahr ❑ falsch

Gerücht 10:
Homeworld Security arbeitet im Interesse der Menschheit.

❑ wahr ❑ falsch

Auflösung: Die wüssten wir selber gerne! Wenn Sie sie wissen (oder glauben, es zu tun!), schicken Sie bitte eine Mail an hs@aliennet.org

– *Auszug aus AlienNet-Subprojekt »Alien Earth – der Atlas der neuen Erde«*
Stand: 19. August 2066

KAPITEL 22

Es war ihr freier Tag.

Sie stand früh auf, lange vor Sonnenaufgang, und war doch die letzte der Freischicht. Ihre Kollegen befanden sich längst 2000 Kilometer weiter südlich, im Anflug auf Las Vegas. Das Center-Shuttle war pünktlich um 0:01 gestartet, um die Spezialisten nach einer langen, anstrengenden Woche ihrer wohlverdienten Erholung zuzuführen. Es war nur eine der vielen Vergünstigungen, die jenen zukam, die im Dienst von Homeworld Security standen.

Sie zog sich an. Atmungsaktive Kleidung, eine winddichte Jacke, die sie wärmen würde, bis die Sonne die Kälte von den Bergflanken vertrieben hatte, und leichte Wanderstiefel. Den Rucksack hatte sie am Abend zuvor in einem heldenhaften Duell gegen die Erschöpfung gepackt.

Sie trat auf den Gang. Sie begegnete niemandem, keine Wache wollte ihre Papiere sehen, als sie den Wohnkomplex des Detection Centers verließ und sich zu ihrem Ziel für den Tag aufmachte, Thompson Peak, dem höchsten Berg der näheren Umgebung. Die Überwachungskameras und -sensoren registrierten ihren Aufbruch, wie sie alles registrierten, was im Center und im Umkreis von 80 Kilometern geschah.

»Patricia Neureuther (Junior Alien Detector), Austritt: 05:02«, registrierte das Überwachungssystem. »Übergabe an Feldüberwachung.«

Sie war frei für den Tag, aber sie würde keinen Schritt unbeobachtet tun.

Als die Sonne aufging, lag das Center bereits tief unter ihr. Patricia setzte sich auf einen Felsen, holte ihre Flasche und einen Apfel hervor und genoss die ersten warmen Strahlen. Es fiel ihr nicht schwer, die Existenz des Centers zu vergessen. 95 Prozent seiner Anlagen erstreckten sich unterirdisch. Im Tal selbst war nur ein Bruchteil von ihm zu sehen, einige flache Gebäude, ohne erkennbares System verstreut, und die lange Piste. Alles mit einem Chamäleon-Anstrich versehen, der sich dem Tageslicht anpasste und nur jenen überhaupt ersichtlich war, die wussten, wonach sie suchten. Sündhaft teuer – aber das spielte keine Rolle. Das Schicksal der Menschheit stand auf dem Spiel. Kein Preis war zu hoch.

Homeworld Security verlangte die Trinity Alps Wilderness und damit einen guten Teil Nordkaliforniens für ihre Zwecke – Homeworld Security bekam sie.

Homeworld Security beanspruchte ein Drittel des Haushalts der USAA zur Verteidigung der Menschheit – Homeworld Security bekam die Hälfte.

Homeworld Security bestimmte, dass Waffen in den Händen von Bürgern ein Sicherheitsrisiko darstellten – die Bundesregierung zog 200 Millionen Handfeuerwaffen ein und internierte eine halbe Million unbeugsamer NRA-Anhänger wegen alienfreundlicher Umtriebe.

Homeworld Security verkündete, dass kein Bürger sich ohne gültige Papiere in der Öffentlichkeit bewegen dürfe – 1,6 Milliarden Amerikaner und Araber erhielten Pässe.

Homeworld Security war mächtig. Möglicherweise mächtiger als die Regierung. Und die Amerikaner verehrten und fürchteten das Ministerium dafür. Verehrten es, weil es das Bollwerk darstellte, das sie vor den Alien-Invasoren schützte. Fürchteten es, weil es keine Rücksichten nahm, keine Rücksichten nehmen konnte. Nur so konnte es seine Aufgabe erfüllen.

Patricia achtete Homeland Security. Sie verspürte eine gewisse Dankbarkeit gegenüber dem Ministerium – ihm war es zu verdanken, dass sie den Sprung in die USAA geschafft hatte –, aber diese Dankbarkeit ging nicht so tief, dass sie ihre nüchterne Distanz aufgegeben hätte. Homeworld Security war mächtig, zugegeben, aber es war eine von Menschen gemachte Organisation, und sie stellte dieselben Anforderungen, die alle von Menschen gemachten Organisationen stellten: Das Ministerium wollte, dass man nach seinen Regeln lebte, seine Aufgaben erledigte, nach Möglichkeit seine Ziele teilte. Patricia konnte alle drei Forderungen erfüllen. Tat man es nicht, erging es einem schlecht. Wie in jeder Organisation. Aber tat man es, erging es einem in einem Maße gut wie in keiner anderen Organisation der Erde.

Patricia hatte ein Zimmer für sich, erhielt Essen, wann und so viel sie wollte, lückenlose medizinische Versorgung, jede Woche Freiflüge nach Las Vegas und einmal im Monat einen Freiflug an einen beliebigen Ort innerhalb der USAA. Und dazu kam ein Gehalt, von dem sie sich spielend nicht eines, sondern eine Handvoll Autos hätte leisten können. Oder sie sparte und besaß innerhalb eines Jahres ein eigenes Haus.

Nein, Homeworld Security machte ihr keine Angst.

Patricia reckte sich und marschierte weiter. Es waren beinahe 20 Kilometer bis zum Thompson Peak, er lag am äußersten Rand dessen, was sie innerhalb eines freien Tages bewältigen konnte. Wenn sie es überhaupt schaffte. Auf jeden Fall würde am nächsten Morgen der Muskelkater in ihren Beinen schmerzen. Er würde sie durch den Tag begleiten, eine Erinnerung an Einsamkeit und die Weite der Wildnis, etwas, wovon sie die nächsten Tage in den stickigen Verhörzellen zehren konnte. Die Verwaltung behauptete, die Luft in der Basis sei frischer als echte frische Luft, optimal auf menschliche Bedürfnisse abgestimmt, aber Patricia musste abnorme Bedürfnisse haben: Nach einer Stunde Verhör brummte ihr der Schädel und wollte nicht mehr aufhören. Oder vielleicht war sie einfach nur gegen den Aktenstaub im Center allergisch, auch wenn ihr die Ärzte hundertmal erzählten, dass das ausgeschlossen sei.

Patricia hatte den Felsen, auf dem sie für das Frühstück gerastet hatte, noch nicht aus den Augen verloren, als sie das Geräusch hörte. Zuerst kam es von weit weg und war dem

Grollen von Donnern zum Verwechseln ähnlich. Dann näherte es sich, wurde lauter, ohne abzubrechen.

»Nein! Das ist mein Tag!«, murmelte Patricia. Sie drehte sich um und suchte nach der Quelle des Donnerns. Es war ein Flugzeug, einer der riesigen Truppentransporter der Air Force. Groß genug, um tausend Soldaten über Tausende von Kilometern zu transportieren. Der Transporter flog eine Orientierungsrunde über dem Tal. Die Piste wechselte aus dem Tarnmodus in den pinkfarbenen Signalmodus. Der Transporter verlor an Höhe und landete.

Noch bevor das Flugzeug die Landebahn berührte, machte sich Patricia auf den Rückweg zum Center. Sie wusste, was der Transporter bedeutete.

Ihr Kommunikator fiepte. Sie hielt ihn vor das Gesicht und nahm das Gespräch an. Es war Myers. »Patricia, es tut mir leid«, sagte er und sah sie aus Hundeaugen an, die einen glauben machen konnten, dass er meinte, was er sagte. »Wir haben einen Transport potenzielle Aliens hereinbekommen. Wir brauchen jeden Detector, den wir ...«

»Bin schon auf dem Weg!«, unterbrach sie ihn und anschließend die Verbindung. Sie wusste, was sie Homeworld Security schuldete.

Patricia kam spät genug, um wenigstens die Vorselektion verpasst zu haben. Von tausend Alien-Verdächtigen waren noch knapp 700 übrig. Die Wachen hatten sie an einer Wand des Hangars in einer langen Kette aufgereiht. Alle zwanzig Meter hatte sich eine Wache postiert und demonstrativ das Gewehr auf die Gefangenen gerichtet; ganz so, wie man es ihnen in der Ausbildung beigebracht hatte. Und komplett unnötig, wie einem der gesunde Menschenverstand auf den ersten Blick sagte. Die Gefangenen – Aliens oder Menschen – hatten ihren Kampf längst hinter sich. Ihre Kleidung war zerrissen und schmutzig, die Körper, die aus den Fetzen hervorlugten, abgemagert und schwach, und ihre Blicke waren leer – wenn sie die Augen überhaupt offen hatten; die meisten hatten sie geschlossen oder bargen den Kopf zwischen den Händen, wie Kinder, die glaubten, man könne sie nicht mehr sehen, wenn sie nur selbst nichts sahen.

Myers war nirgends in Sicht.

Patricia ging zu einem der Soldaten, nickte in Richtung der Gefangenen und fragte: »Quebec?«

Der Soldat nickte. Er wunderte sich nicht, dass sie ihn einfach ansprach. In Amerika war es normal. Jeder redete mit jedem, auch wenn es gegen die Regeln war, wie hier. Der Soldat hielt Wache, Patricia lenkte ihn ab. Er hätte sie verweisen sollen. Er tat es nicht. »Offensive bei Sherbrooke.«

»Hat es dort nicht schon eine gegeben?«

»Mehrere. Aber die Verräter haben sich unter der Stadt verkrochen. Jedes Mal, wenn unsere Leute sie durchkämmen, treiben sie neue Ratten aus ihren Löchern.«

»Hat das nie ein Ende?«

Der Soldat wandte den Kopf ab und spuckte auf den Boden. »Sieht so aus.«

Die Soldaten, das gesamte Militär hasste den Krieg in Quebec. Mehr noch vielleicht, als die Verräter selbst. Die Armee hatte die Enklave Quebec innerhalb von 14 Stunden annektiert – und seitdem war kein Tag vergangen, an dem nicht Hunderte Soldaten gestorben waren. Sie starben auf Patrouille in den Städten, erschossen von Scharfschützen, die die Schwächen ihrer Panzerung genau kannten. Zivilisten drängten sie von ihrer Einheit ab und rissen sie mit bloßen Händen in Stücke. Sie erstickten in dem Organmatsch, in den sich ihre Lungen verwandelten, wenn ihr Fahrzeug auf eine der chinesischen Nervengasminen fuhr, die auf unerklärlichen Wegen den Weg in das Land fanden.

Die Soldaten starben und starben und starben.

Und waren wehrlos.

Denn jeder Mensch, auf den sie trafen, war potenziell ein Alien. Und jeder Alien war viele tausende Menschenleben wert, zumindest das von Soldaten. Denn jeder Alien war ein unerhört wertvolles Studienobjekt, ein möglicher Informant, der ihnen – gegen seinen Willen – möglicherweise das eine

Stückchen Erkenntnis lieferte, das es ihnen erlauben würde, die Aliens zurückzuschlagen. Jeder Alien war eine Geisel, ein Faustpfand in der Hand der Menschen, der dafür sorgen würde, dass es sich die Aliens zweimal überlegten, bevor sie zur großen Offensive bliesen.

Einem Alien durfte kein Haar gekrümmt werden. Er war zu wertvoll.

Mit einem hydraulischen Reiben fuhr die Frachtluke des Transportflugzeugs herunter. Eine Gruppe Detectors kam zum Vorschein. Myers sprang von der Luke, noch ehe sie den Hangarboden berührte. Keiner der Detectors blickte zurück. Sie waren die Verdächtigen abgegangen, die man in der Vorselektion eindeutig als Mensch qualifiziert hatte, um sicherzustellen, dass kein Alien unter sie geraten war. Die Gruppe blieb in einigem Abstand stehen. Myers fuchtelte mit den Armen, verteilte die Verdächtigen auf die Detectors. Die zweite Stufe der Selektion begann. Die Verdächtigen würden den Detectors vorgeführt und durchliefen eine Reihe standardisierter Tests. Expertensysteme führten die Tests durch und fällten in der Regel das Urteil. Die Aufgabe des Detectors beschränkte sich darauf, aufmerksam zu beobachten und in sich hineinzuhören. Regte sich in ihm auch nur der geringste Zweifel, verblieb dem Verdächtigen der Status eines potenziellen Aliens. Er wurde medizinisch versorgt, selbstmordsicher verwahrt und weiteren Tests zugeführt.

Stellte sich ein Verdächtiger als Mensch heraus, wurde er zurück in den Transporter gebracht.

Einmal hatte Patricia einen Piloten gefragt, wohin sie die Gefangenen brachten.

»Zu den übrigen Verräterschweinen«, hatte er grinsend geantwortet und ihr zugezwinkert.

»Das heißt ... in ein Lager?«, hatte sie zurückgefragt. Sie kam gut mit der Sprache klar, aber in Momenten wie diesem fühlte sie sich hilflos. Ihr fehlten die Nuancen.

»Offiziell schon. Ist nur blöd, dass sie dort nie ankommen. Nicht, dass sich irgendwer je beschwert hätte ...«

»Ich verstehe nicht. Was willst du damit sagen? Sie ...«

»Bist neu hier, was?«

»Ja.«

»Dann schau dir mal unseren Vogel genau an.« Der Pilot hatte sie an den Schultern gepackt und sie so gedreht, dass sie zum Heck des Transportflugzeugs blickte. »Ist nicht mehr der neueste. Manchmal, auf den langen Flügen zum Arbeitslager, so auf sechs-, siebentausend Metern, fliegt uns die Heckklappe auf. Einfach so. Kann keiner was gegen machen, und die Mechaniker kriegen den Fehler einfach nicht hin. Dann ... na ja, rappelt es in der Kiste. Die Luft ist dünn da oben und ganz schön kalt. Ein echter Schocker. Wenn unsere Kiste dann etwas mit dem Schwanz wedelt, kullern die Verräterschweine heraus. Niemand kann sich da festhalten, da oben reicht die Kraft gerade noch, um den Sturz bei Bewusstsein genießen zu können.«

Patricia hatte nie wieder einen Piloten irgendetwas gefragt.

»Tricia!« Myers winkte sie zu sich. Er stand jetzt allein, die übrigen Detectors hatten sich auf den Weg zu ihren Verhörzellen gemacht, gefolgt von einem Tross Gefangener und Soldaten.

»Tut mir leid, dass ich dir deinen freien Tag verdorben habe«, sagte Myers, als sie vor ihm stehen blieb. Er verstaute das Klemmbrett, ohne das er nie gesehen wurde, unter dem Arm. »Aber wir brauchen hier jeden Mann und jede Frau, die wir kriegen können.«

»Natürlich.« Sie nickte. »Welche Gruppe soll ich übernehmen?«

»Keine.«

»Keine? Wieso ...«

»Die hier sind versorgt. Aber ich habe da noch einen besonderen Fall. Ich will, dass jemand mit Erfahrung das erste Verhör führt. Komm mit!« Myers wandte sich ab. Patricia folgte ihm und fragte sich, ob sie über die Sonderaufgabe erfreut sein sollte. Myers schien ein anständiger Kerl. Diente der Sache mit ganzem Herzen, arbeitete jeweils drei Wochen durch und flog dann eine Woche zu seiner Frau und den vier Kindern nach Hawaii – hieß es wenigstens, Myers hielt Privates privat – und verbrachte die Zeit zwischen den Schichten mit dem Lesen von Alien-Fachliteratur. Myers war Patricias direkter Vorgesetzter. Und er machte seine Sache gut. Er hatte Patricia mit einer Selbstverständlichkeit in sein Team aufgenommen, die sie schon wieder misstrauisch machte.

Im Fahrstuhl, der sie tief in den Verhörtrakt brachte, zückte Myers das Klemmbrett, riss ein Blatt Papier ab und gab es ihr.

Es war rot, wie alles Papier im Center – angeblich verhinderte es das Anfertigen von Kopien – und wie alles Papier im Center fühlte es sich nicht nach Papier an. Es war zu glatt.

Patricia wollte den Text überfliegen, aber Myers hielt sie zurück. »Später. Ich möchte, dass du unvoreingenommen in das Verhör gehst.«

»Okay.« Eine seltene, aber nicht ungewöhnliche Bitte. Detectors waren gehalten, ihren Ansatz fortlaufend zu variieren, um nicht in Routine zu verfallen. Jedes Verhör war potenziell überlebenswichtig für die Menschheit, es musste mit äußerster Konzentration und Sorgfalt geführt werden.

Die Tür des Fahrstuhls öffnete sich mit einem leisen »Pling«. Das Papier in Patricias Fingern brannte. Das Mikrofasergewebe reagierte mit dem Schweiß, begann sich zu zersetzen. In einer Stunde würde es sich in Millionen, für das menschliche Auge unsichtbare Fasern aufgelöst haben. Homeworld Security schwor auf diese Methode, um Alien-Spione auszutricksen. Ob sie funktionierte, konnte niemand sagen. Sicher war jedenfalls, dass Patricia niemanden im Center kannte, der nicht von einem dauerhaften Hustenreiz geplagt worden wäre.

Vor der Tür von Verhörzelle 64e hielt Myers an. »Hier ist sie. Eine Selbstanzeige.« Myers zog das Klemmbrett hervor, kramte in den Papieren. »Ich muss weiter. Viel Erfolg!« Er wandte sich zum Gehen. Als er in den Fahrstuhl stieg, drehte er sich noch einmal um. »Ach, übrigens«, rief er den Korridor hinunter, »ihr könnt Deutsch miteinander reden.« Die Tür des Fahrstuhls schloss sich.

Deutsch? Deshalb hatte Myers sie ausgesucht. Patricia drückte den Daumen gegen den Türsensor. Die schwere Tür glitt zur Seite. Sie trat in die Zelle.

Ein Mädchen hockte in einer Ecke. Es stand auf, als es die Tür hörte. Es war vielleicht zehn oder elf, die Interniertenuniform war ihm viel zu groß. Es musste die Hose festhalten, damit sie nicht herunterrutschte. Das Mädchen sah sie aus großen Augen an. In ihnen lag nicht einmal ein Anflug der Furcht, die ausnahmslos alle befiel, die in die Hände von Homeworld Security gerieten.

In den Augen lag Freude.

Freude?

Patricia trat in die Mitte der Zelle und sagte: »Sie befinden sich in Internierung gemäß dem 32. Zusatz der amerikanisch-arabischen Verfassung. Sie verbleiben in Internierung, bis ...«

Das Mädchen stand auf, blieb zwei Schritte vor ihr stehen und flüsterte: »Trixie!«

»... bis ... bis Sie ...«

»Trixie!«, sagte das Mädchen noch einmal. Lauter.

»W... was wollen Sie damit sagen?« Patricia wich zurück, zur Tür.

»Dass ich weiß, wer du bist«, sagte das Mädchen. Auf Deutsch.

»Woher willst du das wissen? Wer bist du?«

Das Mädchen grinste anzüglich. »Erkennst du mich nicht? Ich bin es.«

»Wer?! Ich ...«

Das Mädchen sprang sie an. Die Wucht des Aufpralls warf Patricia um. Sie rammte mit dem Rücken gegen die Stahltür, rutschte mit einem Stöhnen an ihr herunter. Das Mädchen klammerte sich an sie. Dann nahm es Patricias Kopf. Eine Hand legte sich zärtlich auf ihre Wange, die zweite packte ein Haarbüschel und fixierte ihren Kopf. Das Mädchen sah sie lange an, als wolle es den Augenblick bis zur Neige ausschöpfen, dann beugte es den Kopf vor und küsste Patricia. Dann ließ es wieder von ihr ab. »Und, was sagst du jetzt?«, fragte es.

Trixie sagte nichts. Sie zog das Mädchen an sich und küsste es.

Es gab nichts zu sagen.

Ekin. Sie hatte Ekin wieder.

Helden der Menschheit:

WILBUR*

- **Profil:** Bordingenieur der *Strawberry Bitch*. Ohne seine Hingabe und die endlosen Stunden der Wartungsarbeit, wäre die *Bitch* nicht das geworden ist, was sie heute ist: eine Legende!

- **Gegenwärtige Aktivität:** Wilbur ist zum Bindeglied zwischen Aliens, Menschen der Erde und Menschen von Sigma V geworden. Seine Hand schreibt die Nachrichten der Menschen, die zu den Sternen vorstießen. Viele Stunden verbringt er im Gespräch mit dem weisen Pasong.

- **Herkunft:** Wilbur ist ein Golf-Amerikaner und dementsprechend locker. Er brach mit der Familientradition, die bis in den amerikanischen Unabhängigkeitskrieg zurückreichte, und wurde nicht Offizier. Es war ihm zuwider, auf Befehl auf andere Menschen zu schießen.

- **Stärken:** Hat sich Wilbur einmal für eine Sache entschieden, kann ihn weder Himmel, Hölle noch Homeworld Security davon abhalten.

- **Schwächen:** Wilbur ist kein Anführer. Er braucht jemanden, der ihm sagt, wo es langgeht. Früher hat das Diane getan.

- **Tipp:** Wilbur ist deine Festung. Setze auf ihn, wenn alles verloren scheint!

* Erfolg bringt nicht nur Freunde. Aus diesem Grund nennen wir Wilburs Nachnamen nicht. Das Bild ist eine künstlerische Impression.

– *Karte aus dem Trading-Card-Game »Our Alien Earth«, Subset »Strawberry Bitch forever!«. Herausgeber Human Company Press, Freetown, Januar 2066*

KAPITEL 23

Pasong weckte Rudi, indem er ihm beide Hände auf die Schultern legte und ihn schüttelte. Rudi schreckte mit einem Brüllen hoch, aber niemand hörte ihn. Das Dröhnen der Triebwerke eines Flugzeugs, das auf der Piste vor dem Regierungsgästehaus startete, verschluckte es.

»W... was ist los?«, keuchte er.

»Ich mache einen Ausflug«, sagte Pasong. Er trug einen Business-Anzug im Singapur-Stil; sein schwarzes Gesicht war von einer dicken Schicht weißen Make-ups bedeckt. »Nach M...«

Ein landendes Flugzeug übertönte ihn. Rudi hatte die schalldichten Fenster aufgerissen, um Schlaf zu finden. Merkwürdig: Früher, auf Funafuti, hatten ihn die vierundzwanzig Stunden am Tag startenden und landenden Flyboymaschinen beinahe um den Verstand gebracht. Er hätte alles für ein schallisoliertes Zimmer wie dieses gegeben. Jetzt hatte er eines und hielt die Stille nicht aus.

»Kommst du mit?«, fragte Pasong.

Der Alien hatte eine vergoldete TAR-21 über die rechte Schulter geschwungen. Der Lederriemen war über und über mit Kaligraphien verziert; bei jeder Bewegung, die er machte, bimmelten die Dutzenden kleiner Glocken, mit denen das Gewehr verziert war.

»Wieso?«

»Ich dachte, dass dir ein kleiner Ausflug vielleicht Spaß machen würde. Menschen sind doch neugierig. Bist du dabei?«

»Okay«, sagte Rudi, auch wenn er sich am liebsten die dünne, kühlende Decke über den Kopf gezogen hätte.

»Freut mich.« Pasong hob einen Bügel vom Boden auf; ein Singapur-Anzug hing daran. »Hier, deine Uniform.« Er warf den Anzug auf das Bett, griff dann hinter sich und holte eine zweite TAR-21 hervor. »Oh, das hätte ich beinahe vergessen ...« Er warf das Gewehr neben den Anzug. Seine Glöckchen klangen heller als die Pasongs. Es glänzte golden im Licht der Scheinwerfer, das durch das offene Fenster drang.

Rudi zog sich an. Der Anzug saß, war erstaunlich bequem und kühlte.

»Steht dir gut«, beschied ihm Pasong und warf ihm eine Plastikbüchse weißes Make-up zu. »Schmier dir das ins Gesicht, dann können wir los!«

Vor dem Gästehaus wartete ein Wagen auf sie. Pasong fuhr manuell und mit einer Präzision, als hätte er niemals in seinem Leben etwas anderes getan. »Macht es dir etwas aus, wenn ...?«, fragte der Alien, als er die Scheiben herunterfuhr.

Rudi schüttelte den Kopf.

Pasong zwinkerte ihm zu. »Ich wusste, wir würden uns verstehen. Es ist eine viel zu schöne Nacht, um sie in einer klimatisierten Zelle zu verbringen, nicht?«

Eine Hand am Lenkrad, die andere lässig aus dem Fenster gehängt, steuerte der Alien den Wagen aus dem Areal des Flugplatzes. Der Posten am Checkpoint hielt ihre Diplomatenpässe unter den Scanner und händigte sie ihnen mit einer Verbeugung wieder aus. Pasong gab Gas, und der Wagen tauchte in das Meer der Hochhäuser ein, aus denen die Festungsstadt bestand. »Willkommen in Singapur!«, rief er. »Dem saubersten Ort eures Planeten!«

Rudi, dem Pasongs Großspurigkeit auf die Nerven ging, machte eine Geste in Richtung der verlassenen Straßen und entgegnete: »In der niemand wohnt.«

»Der Schein trügt.« Pasong schlug das Lenkrad ein, um das Fundament des größten Wolkenkratzers, des Lee Kuan Yew Towers, genauer zu betrachten. Es bestand aus Lehm, eine Erinnerung an den Sumpf, aus dem sich Singapur an den eigenen Haaren gezogen hatte. »Die braven Bürger schlafen, um morgen wieder optimale Leistung für ihre Stadt zu erbringen. Oder sie sind bei der Arbeit. Oder ... nun, du wirst es ja gleich sehen.«

Pasong bog mit quietschenden Reifen aus dem Kreisel ab und beschleunigte. Die Höhe der Wolkenkratzer nahm ab, als wären sie eine riesige Reihe von Orgelpfeifen, und die Straße unter ihnen verbreiterte sich, wuchs Spur um Spur, bis Rudi sich verloren auf einer endlosen Asphaltfläche fühlte. Verloren und gleichzeitig fehl am Platz: Pasong fuhr links.

»Du warst noch nie in den USAA?«, fragte Pasong.

»Woher willst du das wissen?«

»So wie du auf dem Sitz herumrutschst, hast du noch nie einen Highway unter dem Hintern gespürt.«

Rudi versuchte beiläufig die Achseln zu zucken. »Die Amerikaner und Araber haben nichts für die Company übrig, und ganz besonders nicht für Flyboys. Wir machen ihnen streitig, was ihnen gehört. Der einzige Weg für mich, jemals in die USAA zu kommen, wäre als Gefangener.«

»Nicht gerade eine verlockende Aussicht.«

»Nein. Und was ist mit dir? Wenn die Amerikaner eines mehr hassen als die Company, dann seid es ihr Aliens.«

»So heißt es. Und dabei können sie nicht einmal einen Alien von einem Menschen unterscheiden. Ja, ich war schon dort, in verschiedenen Körpern. Die Nationalparks sind atemberaubend, aber das Bier ist zu dünn, wenn du mich fragst.«

Nach einigen Minuten gelangten sie an die Grenze. Die sieben Spuren des Highways waren beinahe ebenso verlassen wie die Stadt selbst, mit Ausnahme der beiden äußeren Spuren, auf denen sich eine endlose Schlange von Transportern hinzog. Der Zug stand. Die Transporter stauten sich an der Grenze, wo jeder von ihnen ausführlich überprüft und durchleuchtet wurde.

»Ihre Papiere bitte, Sir.«

Der Grenzposten trug eine Tarnuniform, und wären seine weißen Handschuhe und das bleiche Gesicht nicht gewesen, Rudi hätte ihn nicht von der Betonwand hinter ihm unterscheiden können. Er war unbewaffnet; benötigte er Gewalt, würde sie von dem Maschinengewehrnest ausgeübt werden, das schräg vor ihrem Wagen hing.

»Aber natürlich.« Pasong holte zwei Ausweise aus seiner Brusttasche. Es waren nicht ihre Diplomatenpässe, sondern singapurische.

Der Posten hielt sie unter den Fingerscanner, der wie ein mit einem Edelstein besetzter Ring aussah, und fragte: »Ihr Ziel?« Er schien sich nicht daran zu stören, dass ein Schwarzer unter dem weißen Make-up steckte.

Pasong grinste schmierig zu dem Posten hoch. »Wohin sollen wohl zwei lebensdurstige Männer wie wir mitten in der Nacht schon unterwegs sein?«

Der Scanner piepste. Der Posten nickte, der Anflug eines Lächelns huschte über sein Puppengesicht. »Ich empfehle Kuala Rompin. Es ist eine längere Fahrt als nach Mersing, aber nicht so überlaufen. Die Damen nehmen sich Zeit für einen, wenn man großzügig ist. Ich wünsche Ihnen viel Vergnügen, Sir!«

»Ich danke Ihnen.« Pasong wollte weiterfahren, aber da beugte sich die Wache vor.

»Und noch ein Rat unter uns: Fahren Sie durch. Halten Sie nicht an.« Der Posten hob den Kopf, sah sich suchend um. »Offiziell wird es ungern eingestanden, aber die Arbeiter sind in letzter Zeit etwas aufsässig. Besser, Sie gehen kein Risiko ein.«

»Wir werden an Ihre Worte denken«, sagte Pasong.

Der Posten trat einen Schritt zurück, verbeugte sich und sagte: »Ich wünsche Ihnen gute Fahrt, Sir.«

Pasong bedankte sich und fuhr los. Rudi ließ sich tiefer in den Sitz sinken, um im Seitenspiegel zurückzublicken. Er sah nur noch die von Scheinwerfertürmen erhellte Grenzstation, der Posten war bereits mit der Wand verschmolzen.

Der Alien beschleunigte wortlos auf dem verlassenen Highway. Rudi, dem klar war, dass es keinen Sinn hatte, Pasong mit Fragen zu löchern, kniff die Augen zusammen und versuchte, ihre Umgebung zu erkennen. Es gab nicht viel zu sehen. Da war das Asphaltband des Highways, das unter ihnen dahinraste. Rechts davon war Schwärze, in der Rudi, der würzigen Luft nach zu urteilen, das Meer vermutete, links erhoben sich wuchtige, dunkle Schatten – die Gebirge, die das Inland des ehemaligen West-Malaysias einnahmen.

Ein Schild schälte sich vor ihnen aus der Dunkelheit: »Kuala Rompin 181 km«. Darüber und darunter standen weitere Ortsnamen. Rudi las und vergaß sie wieder. Was kümmerten sie ihn?

Pasong raste unter dem Schild hindurch, trat auf die Bremse und zog nach links in die Ausfahrt.

»Was soll das?«, rief Rudi. »Kuala Rompin ist geradeaus.«

»Ich weiß«, antwortete Pasong. Die Reifen quietschten, als der Wagen viel zu schnell die enge Kurve der Ausfahrt nahm.

»Was willst du dann hier? Der Grenzer hat uns geraten, vorsichtig zu sein.«

Pasong ließ sich zu keiner Antwort herab und raste durch eine Ansammlung von Plastikhütten. Aus verwaschenem, grauem Recyclingmaterial errichtet, glichen sie sich wie ein Ei dem anderen. Ihre Fenster waren dunkel. Sie waren um eine große Halle gruppiert, aus deren Schießschartenfenstern grelles Licht drang. Pasong beschleunigte wieder. Der Wagen sprang und bockte auf der Straße, die sich plötzlich verengte und uneben wurde. Neben und hinter ihnen war die Schwärze der Nacht, vor ihnen, jenseits der Lichtkegel der Scheinwerfer, ragten die dunklen Berge auf.

»Wo sind wir hier?«, brüllte Rudi.

»An einem Ort, so gut für unsere Zwecke wie jeder andere auf dieser Halbinsel«, antwortete Pasong.

Eine weitere Handvoll Hütten kam in Sicht. Der Alien raste durch sie hindurch und schlug das Steuer ein. Der Wagen wurde herumgeworfen und hielt direkt auf die Halle im Mittelpunkt der Siedlung zu.

»Pasong! Was soll das? Du ...«

Der Alien hörte nicht. Im Licht der Scheinwerferkegel sah

Rudi ein großes, verschlossenes Tor auf sie zuspringen. Unmittelbar vor dem Tor trat Pasong auf die Bremse. Es genügte nicht mehr. Der Wagen rammte das Tor, drückte die beiden Flügel mit Wucht auf. Rudi wurde nach vorn gerissen, die Gurte hielten ihn – und er blickte in das Innere der Halle.

Es war eine Werkstatt. In langen Reihen standen ölige Maschinen. An den Maschinen standen nicht weniger ölige Menschen. Sie sahen aus, als hätte man sie mitten in der Bewegung angehalten. Das Heulen und Kreischen der Maschinen flachte ab, verstummte.

Pasong öffnete die Wagentür und trat hinaus, in einer Hand das vergoldete TAR-21. Zwischen den Scheinwerfern blieb er stehen, reckte das Gewehr hoch und schüttelte es. Die Glöckchen klangen laut in der Stille der Nacht.

»Kommt her!«, brüllte Pasong. »Ich habe mit euch zu reden!«

Wieder schüttelte er das Gewehr, wieder erklangen die Glöckchen.

»Bewegt euch!«, brüllte Pasong. »Oder wollt ihr Gesindel den Zorn eines ehrwürdigen Bürgers auf euch laden?«

Pasong senkte das Gewehr. Einige Augenblicke herrschte Stille, dann trat einer der Arbeiter vor. Er war klein, dunkelhäutig – beinahe so dunkelhäutig wie der Alien – und ungeschminkt. Um die Hüften hatte er ein schmutziges Tuch geschlungen, an den Füßen hingen Schlappen an dünnen Schnüren um die großen Zehen. Er hatte den Kopf gesenkt, um nicht von den Scheinwerfern geblendet zu werden, aber da war noch mehr. Es war eine Geste der Unterwürfigkeit. Eine Geste, die nicht zu dem TAR-21 passen wollte, mit dem er sich bewaffnet hatte.

Pasong nickte zufrieden. »Wenigstens einer von euch, der weiß, was sich gehört!«, rief er. »Nehmt euch ein Beispiel an ihm. Kommt her! Fürchtet euch nicht! Ich bin nicht hier, um euch etwas anzutun.«

Sie kamen. Zuerst taten es nur die Männer, einzeln, mit Tüchern um die Hüften und Gewehren. Die TAR-21 waren herkömmliche Modelle, ohne Verzierungen, Glöckchen oder

Schellen. Die Oberflächen aus Metall und Plastik waren verkratzt und matt. Was diese Männer in den Händen hielten, waren allenfalls in zweiter Linie Statussymbole. Für sie waren es Werkzeuge.

»Gut so! Kommt!«

Pasong reckte seine Waffe ein weiteres Mal hoch, schüttelte sie. Die Glöckchen klangen herrisch durch die Nacht.

In den Hütten gingen Lichter an. Der Rest des Dorfes kam hervor. Frauen, kleiner noch als ihre Männer, und mit Tüchern, die ihre ganzen Körper bedeckten. Ohne Waffen. Kinder, nackt. Sie drängten sich im Licht der grellen Hallenbeleuchtung zusammen, hielten einander an den Händen. Rudi erinnerten sie an die Schafe, die sie in Himmelsberg gehalten hatten. Einmal im Jahr hatten sie die Tiere zusammengetrieben, um sie zu scheren. Die Schafe hatten sich vor Angst kaum auf den Beinen halten können: Sie waren kluge Tiere und hatten geahnt – oder sogar gewusst –, dass man einige von ihnen zum Schlachten aussortieren würde. Rudi hatte sich immer gefragt, wieso sich die Schafe nicht einfach davonmachten. Die Zäune der Kommune waren immer löchrig. Alles, was die Schafe gebraucht hätten, wäre etwas Mut gewesen.

»Ich bin heute Nacht einen weiten Weg gekommen«, verkündete Pasong. »Aus der Stadt bin ich gekommen, der Festung. Auf meinen Schlaf habe ich verzichtet, auf mein weiches Bett, auf das angenehme Klima meines Ambientalsystems. Einen Wagen habe ich gemietet. Ein teures Vergnügen, auch für einen Bürger wie mich. Ich habe all dies auf mich genommen, um zu euch zu kommen. Und wisst ihr, wieso?«

Keiner der Dorfbewohner antwortete. Sie hatten die Köpfe halb gesenkt, im Versuch, gleichzeitig unterwürfig zu wirken, nicht geblendet zu werden und dennoch einen Blick auf den merkwürdigen Bürger zu erhaschen, der sie so überraschend heimsuchte.

»Ich sage es euch: weil ich wütend auf euch bin. Unendlich wütend. Und wieso?«

Niemand antwortete.

»Genau deshalb. Weil ihr feige seid. Seht euch um, seht euch an! Ihr seid schmutzig, ihr stinkt nach Maschinenöl. Nach denselben Maschinen, an denen ihr die Instrumente fertigt, mit deren Hilfe man euch unterdrückt. Ihr seid die industrielle Basis der Festung Singapur. Ohne euch gäbe es keine Festung Singapur. Und was bekommt ihr als Lohn? Ihr haust in Hütten, die euch die Festung geschenkt hat. Sie sind trocken, das Ungeziefer bleibt draußen und manche von euch werden sogar mit einfachen Ambientalsystemen und Datenwänden belohnt. Und ihr wisst, dass ihr nicht auf der tiefsten möglichen Stufe steht. Das ist alles. Das ist der Preis, für den ihr eure Seelen verkauft habt.«

Pasong schritt auf und ab, sein weiß geschminktes Gesicht leuchtete im grellen Licht.

»Eure Seelen – für Hütten, die die Fabriken der Festung im Sekundentakt ausspucken; für alte, verzogene Gewehre, den Ausschuss eurer eigenen Fertigung. Und für die Hoffnung, eines Tages so zu werden wie ich: ein Bürger. Ihr habt eure Seelen verkauft, weil ihr glaubt, dass ihr eines Tages ein edles, bleiches Gesicht wie ich tragen könnt, eine Waffe besitzen dürft, auf die man tatsächlich stolz sein kann, und in der Stadt wie ein Gott leben dürft. Dafür habt ihr euch zu Sklaventreibern erniedrigen lassen. Alles nur, um zu sein, wie ich es bin!«

Die Dorfbewohner hielten die Köpfe gesenkt. Bis auf einen: Der Mann, der als Erster in das Scheinwerferlicht getreten war, hatte die Augen zusammengekniffen und sah Pasong an. Seine rechte Hand spielte mit dem Gewehr.

»Und ihr wollt euch Menschen nennen? Ihr seid Werkzeuge. Ihr lasst euch benutzen!«

Zorn blitzte in den Augen des Mannes auf. Er griff mit der anderen Hand nach seinem Gewehr, hob es ...

... und plötzlich, mit einem einzigen, langen Satz, stand Pasong vor ihm und schlug ihm mit dem vergoldeten TAR-21 das Gewehr aus den Händen. Die Glöckchen bimmelten, der

Mann schrie auf, als der Kolben ihm gegen das Handgelenk schlug.

»Du!«, herrschte Pasong ihn in den Schrei hinein an. »Hast du etwas zu sagen? Passt dir das, was ich euch zu sagen habe, vielleicht nicht?«

Der Alien stand breitbeinig vor dem Mann, den Lauf seines TAR-21 auf ihn gerichtet. Er musste nur abdrücken. Rudi war sich sicher, dass das vergoldete Gewehr schussbereit war. Und dass niemand sich darum kümmern würde, wenn ein Bürger einen Arbeiter erschoss.

Der Mann beachtete das Gewehr nicht. Die Demütigung und der Schmerz überlagerten seine Furcht. »Du bist ein vornehmer Bürger aus der Stadt!«, rief er. »Du hast leicht reden. Du weißt nicht, wie es ist, ein ...«

»Bist du dir sicher?«, unterbrach ihn Pasong. Der Alien fuhr sich mit dem Ballen der freien Hand über das Gesicht. Der Ballen wischte einen breiten Streifen Schminke weg. Darunter kam Pasongs Haut zum Vorschein, dunkler noch als die seines Gegenübers. »Das hier ist nur Tünche. Sie bedeutet nichts. Eine Handbewegung genügt, sie wegzuwischen. Lasst euch nicht von Äußerlichkeiten täuschen. Ich komme heute Nacht aus der Stadt, aber ich bin einer von euch. Ich bin wie ihr. Deshalb bin ich hier, deshalb meine Wut. Ich kann nicht mehr länger mit ansehen, wie ihr euch erniedrigt.«

Der Mann sah Pasong an, rieb sich mit einer Hand über das geprellte Gelenk der anderen. Die Wut, die in seinen Augen funkelte, machte Verwunderung Platz. »Du platzt aus der Nacht und hältst große Reden«, sagte er. »Aber selbst wenn jedes deiner Worte wahr sein sollte, was macht es für einen Unterschied? Du siehst, wie wir leben. Wir leben nicht schlecht. Natürlich könnten wir viel besser leben. Wir wissen, dass das Leben in der Stadt viel leichter ist. Ich war einmal dort, ich habe es mit eigenen Augen gesehen. Aber wir sind machtlos. Wir sind, was wir sind. Die Festung der Stadt ist nicht einzunehmen, selbst wenn wir uns alle zusammentäten.«

Der Alien schüttelte den Kopf. »So scheint es. Aber es gab

schon einmal eine Zeit, in der man die Stadt eine Festung nannte. Sie fiel innerhalb von Tagen.«

»Das ist lange her. Heute ist es anders. Niemand kann die Festung stürmen.«

»Das glauben diejenigen, die in ihr leben. Doch sie irren sich. Sie meinen, die Welt zu kennen. Aber die Welt ist nicht mehr, wie sie war. Die Festung der Stadt – alle Festungen der Erde – werden fallen. Und eine, eine einzige, wird an ihre Stelle treten. Eine, in der alle Menschen einen Platz finden.«

»Wie soll das sein?«

»Durch eure eigene Hand.«

»Wie das?«

»Man wird es euch mitteilen, wenn es so weit ist. Bis dahin wartet ihr. Verrichtet eure Dienste wie üblich. Und verbreitet meine Worte. Ich bin der Bote der neuen Zeit. Ich werde wiederkommen. Ich – oder andere Männer und Frauen an meiner statt.«

»Und woran werden wir sie erkennen?«

»Daran ...«

Der Alien trat zurück. Vor der Motorhaube des Wagens baute er sich breitbeinig auf und streckte die Arme im rechten Winkel aus.

»Seht!«, rief Pasong und explodierte in einem Lichtblitz.

Pasongs Blitz tanzte auf Rudis Netzhäuten, als der Alien wieder in den Wagen stieg und sie weiterfuhren. Rudi sah. Er sah, wie Pasong den Wagen wendete, ihn zurück auf den Highway steuerte, ihn nach einigen Kilometern wieder verließ und von neuem Plastikhütten an ihnen vorbeizogen, gruppiert um eine Fertigungshalle. Er sah alles, aber es schien in weiter Ferne zu sein, war ausgebleicht, wirkte nicht real, so als träume er.

Pasong bremste hart. Kurz bevor der Wagen hielt, schlug er das Steuer ein, sodass er quer auf der Straße stehen blieb, die hier nurmehr einen Feldweg darstellte. Er schaltete den Motor aus und trat mit dem vergoldeten Gewehr in einer Hand vor die Scheinwerfer. Die Kegel verloren sich in der Plantage, die der Weg säumte. Die Bäume waren gerade und wuchsen in regelmäßigen Abständen. Von ihren Ästen hingen in großen Trauben faustgroße Früchte, die Rudi vom Abendessen im Gästehaus her kannte. Ihr Geschmack erinnerte an den Ziegenkäse, den sie in Himmelsberg hergestellt hatten – mit einem Schuss Marmelade. Die Bäume waren von Menschen angepflanzt, wie alle Bäume in West-Malaysia. So wie alle Bäume von Menschen entworfen waren.

Pasong holte etwas aus einer Tasche seines Anzugs und hielt es an den Mund. Rudi hörte ein dünnes, hohes Pfeifen. Der Alien drehte sich um 90 Grad, pfiff wieder, drehte sich weiter, bis er alle Richtungen abgedeckt hatte. Pasong hatte sich nicht die Mühe gemacht, die weiße Schminke neu aufzutragen. Im Gegenteil, er hatte sie auf einer Seite des Gesichts ganz abgewischt. Als er sich drehte, bekam Rudi seine beiden Gesichter zu sehen: das bleiche, puppenhafte des Bürgers der stolzen Festung Singapur und das schwarze des Privilegslosen. Letzteres wäre unsichtbar gewesen, hätte daraus nicht das Auge hervorgestochen.

Der Alien hatte seine Drehung kaum beendet, als Rudi das Rascheln von Blättern hörte. Und ein kriechendes Geräusch. Es kam von allen Seiten.

Es waren GenMods, die Sklaven der Festung Singapur. Sie krochen herbei, Kreaturen, denen man die Unterwürfigkeit in die Gene geschrieben hatte. Der Grundstock musste aus Orang-Utans bestanden haben. Die GenMods hatten einen roten, langhaarigen Pelz. Ihre Arme, die sie ausstreckten, um den Körper hinterherzuziehen, waren unmöglich lang, die Beine unmöglich kurz. Die Finger waren langgliedrig und wirkten geschickt.

»Ich bin gekommen, um euch Geschichten zu erzählen«, sagte Pasong. »Drei Geschichten. Und ich muss euch warnen, nicht alle von ihnen sind schöne Geschichten. Die erste handelt von einem Orang, der wie ihr in den Bergen lebt. Das heißt: Lebt er wirklich, oder hat es nur den Anschein? Noch bevor die Sonne aufgeht, beginnt seine Arbeit; sie endet erst, nachdem die Sonne untergegangen ist. So verlaufen neun von zehn Tagen für ihn, manchmal auch zehn von zehn, wenn er seine Quote nicht erfüllt. Denn dieser Orang ist Teil eines großen Plans, ein Rädchen in einer großen Maschine. Das ist der Lauf seiner Welt. Sie ist klein. Sie misst zwei auf zwei Kilometer im Äußersten, so viel, wie das Pflanzquadrat der Plantage misst. Seine Schöpfer, die Menschen, haben ihn darauf zugeschnitten. Sie haben ihm lange, geschickte Finger gegeben, damit er die Käsefrüchte schnell pflücken kann. Andere haben an einer Hand eine scharfe Klinge aus Horn anstelle der Finger, um Bananenstauden abzuschneiden. Wieder andere besitzen Sägen, um die Stämme zu fällen, aus denen der Treibstoff gewonnen wird, der die Ambientalsysteme der Stadt am Leben erhält. Wieder andere Orangs schließlich besitzen Hohlnadeln anstelle von Fingern, um die Fasern zu trennen, aus denen Singapur seine unvergleichlich leichten und widerstandsfähigen Flugzeugrümpfe herstellt.«

Pasong übersah die Menge, die sich versammelt hatte. Es mussten Hunderte von GenMods sein. Sie knieten, die Stirnen gegen den Boden gepresst, in einer kompakten Masse, die sich über die Ränder der Schweinwerferkegel in die Plantage erstreckte.

»Das ist, wenn man es so nennen kann, das Leben eines Orangs heute. Bis zu dem Tag, an dem er stirbt.« Der Alien machte eine Pause. »Es ist eine traurige Geschichte und eine, die ihr bereits kennt. Es ist eure Geschichte. Und es war einmal meine.«

Pasong ging die Böschung hinunter. Von überallher kam Rascheln, als die Orangs nach allen Seiten stoben, um eine Gasse für den Bürger frei zu machen. Es musste die genetische Prägung sein, die sie dazu veranlasste. Rudi hielt es für unwahrscheinlich, dass diese Wesen jemals einen Bürger der Stadt zu Gesicht bekommen hatten.

»Kommen wir zur zweiten Geschichte«, rief der Alien. »Sie spielt am selben Ort, aber in der Vergangenheit. Es ist noch nicht lange her, da gab es in diesem Land keine Plantagen.

Die Hügel und Berge waren von einem dichten Wald bestanden, der nichts mit einer Plantage gemein hatte. Der Wald wuchs, wie er wollte. Und eure Vorfahren, die in diesem Wald lebten, taten, was sie wollten. Sie mussten niemals arbeiten, sie wussten nicht einmal, was Arbeit bedeutet. Sie lebten einfach. Sie spielten, sie faulenzten, sie aßen, sie paarten sich. Menschen kannten sie, wenn überhaupt, nur aus der Ferne. Der Wald war viel zu dicht und die Menschen viel zu ungeschickt, als dass sie in ihm hätten leben können. Und die wenigen Menschen, die euch zu Gesicht bekamen, zollten euch Respekt: Sie nannten euch Waldmenschen. Es war ein schönes Leben, das eure Vorfahren führten. Aber es hatte einen Haken: Es war kurz und unbarmherzig. Wurde ein Orang krank, gab es keinen Arzt, der ihm geholfen hätte. Passte ein Orang nicht auf, fraß ihn einer der vielen Jäger, die sich im Wald herumtrieben. Stieß ein Orang seine Gruppe vor den Kopf, blieb er auf sich allein gestellt und starb rasch. Eure Vorfahren störten sich nicht daran. Sie kannten es nicht anders, und kein Mensch hatte ihre Gene manipuliert. Sie waren dumm, aber glücklich.«

Pasong hielt in der Mitte der Genmods an. »Heute ist das anders. Die Menschen haben mit euren Genen gespielt und euch beides genommen: eure Dummheit und euer Glück.«

Der Alien drehte sich langsam auf der Stelle, als wolle er die Herde zählen, die sich versammelt hatte.

»Aber das muss nicht so bleiben. Die Vergangenheit war anders als die Gegenwart, und die Zukunft wird anders sein als die Gegenwart. Deshalb will ich euch eine letzte Geschichte erzählen, aus der Zukunft. Stellt euch eine Welt ohne Plantagen vor, ohne Straßen, ohne Flugzeuge, ohne Fabriken und Maschinen. Eine Welt aus Wäldern. Aus Wäldern, die gut zu euch sind. In denen jedes Blatt, jede Frucht köstlicher und bekömmlicher ist als die vorhergehende. In denen es keine Jäger gibt, die euch nach dem Leben trachten. Ein Wald, der es euch erlaubt, so zu sein, wie ihr es wollt. In dem ihr frei seid, den ihr durchstreifen könnt, bis an das Ende der Welt oder eurer

Tage. In dieser Welt gibt es Menschen, einige, aber sie sind nicht eure Herren. Ihr steht auf einer Stufe mit ihnen, weil ihr eure Rechte durchgesetzt habt. Weil ihr erkannt habt, dass die Menschen zwar eine eurer Hände zu ihrem Werkzeug gemacht haben, das aber nichts bedeutet. Ihr besitzt immer noch eine zweite Hand.«

Pasong hob die vergoldete TAR-21, ließ die Glöckchen klirren.

»Und mit dieser zweiten Hand könnt ihr das hier halten!«

Die Orangs rührten sich nicht.

»Hoch mit den Köpfen!«, befahl Pasong. »Fürchtet euch nicht! Hoch mit ihnen! Seht mich an und ...«

Pasong stellte sich breitbeinig auf, reckte beide Arme hoch. Rudi ahnte, was kommen würde, und schloss die Augen.

»... und seht!«

Der Lichtblitz des Aliens fegte über die GenMods hinweg und durch Rudis geschlossene Lider.

Einsatzdatum: 30. Juni 2066

Einsatzort: Deichwartstadion, Hamburg (vormals Airbus Arena, vormals AOL Arena, vormals Volksparkstadion)

Einsatzleiter: Leutnant Helmut Schirrmer, Hunter Korps, Sondereinsatztruppe für Großeinsätze

Einsatzziel: allgemeine Überwachung, evtl. Festnahme des Aufrührers Bernhard Ratschik, evtl. Verhinderung eines Massen-Seelentransfers

Einsatzhintergrund: Meldungen von Informanten aus dem unmittelbaren Umfeld Ratschiks deuteten auf menschenfeindliche Aktivität hin.

Einsatzablauf: Im Stadion hielten sich insgesamt 83 590 Personen auf, davon waren 82 830 Besucher, 409 Stadionpersonal und 351 Tourpersonal. Bei der Veranstaltung handelte es sich um die drittletzte Aufführung in Ratschiks Vortragstour »Aliens: der Abschied«.

Die Veranstaltung verlief anfangs in geordneten Bahnen, Ratschik hielt sich an das vom Ministerium genehmigte Manuskript. Unsere Kräfte beschränkten sich deshalb auf Observation. Zum Abschluss der Veranstaltung wich Ratschik allerdings ab: Er warf demonstrativ das Manuskript seiner Rede in die Menge und schrie: »Freunde, der Moment ist gekommen. Schüttelt eure Fesseln ab, wählt die Freiheit, wählt das Leben!« Er holte ein Alienband aus der Tasche und zog es sich über den Hals. Seine Anhänger folgten seinem Beispiel. Wie sie die Bänder in das Stadion geschmuggelt hatten, ist derzeit Gegenstand einer eigenständigen Untersuchung.

Wir reagierten umgehend mit Betäubungsgranaten. Binnen 72 Sekunden waren alle Anwesenden betäubt und die illegale Erdflucht der Ratschik-Anhänger vereitelt. Sie wurden mittlerweile abgeurteilt, ihrer Bürgerrechte enthoben und dem Bahnministerium zur weiteren Verwendung zugeführt.

Ratschik und seinem engsten Zirkel gelang auf bislang ungeklärte Art und Weise die Flucht.

Da ich mich aufgrund dieser Tatsache scharfer Kritik ausgesetzt sehe, möchte ich mir an dieser Stelle eine persönliche Bemerkung erlauben: Ich selbst und meine Hunter haben uns nichts vorzuwerfen. Wir haben unter schwierigen Bedingungen und unter Einsatz unseres Lebens unsere Pflicht im Namen der Menschheit erfüllt. Seit dem Ausbruch von Aliens aus der subterranen Internierungsanlage West IV und der sich daran anschließenden Operation sind jedoch sowohl die personelle wie auch technische Ausstattung des Korps an ihre Grenzen gestoßen. Das Korps hat meinen Huntern eine übermenschliche Aufgabe gestellt, und sie haben das Menschenmögliche getan. Sie verdienen eine Auszeichnung, keine Bestrafung.

– *Einsatzbericht Leutnant Schirrmers. Für den Einsatz im Deichwartstadion wurde seine Einheit mit dem Menschenkreuz dritter Klasse ausgezeichnet. Leutnant Schirrmer wurde einer Spüreinheit mit dem Auftrag, geflohene Aliens festzusetzen, zugeteilt. Er fiel am 21. Mai 2066 beim irrtümlichen Zusammenstoß zweier Hunter-Einheiten an der Rheinbrücke bei Maxau.*

KAPITEL 24

Zwei Dinge hatten Paul und Marita Kahman gemeinsam: Sie wollten leben – und sie waren lausige Darsteller.

Jede Nacht mühten sie sich ab. Sie fielen übereinander her, klammerten sich aneinander, stießen sich voneinander ab, stöhnten und schrien. Das Bett, das Atsatun ihnen am ersten Abend in der Mühle zugewiesen und er ihnen zu ihrer eigenen Verwunderung bislang nicht wieder weggenommen hatte, quietschte und kratzte über den Dielenboden.

Es war ein durchsichtiges Schauspiel, eine schlechte Karikatur von Sex, aber es war alles, was sie aufzubieten hatten, und wenigstens eines unschlagbaren Vorteils konnten sie sich sicher sein: Sie führten ihr Schauspiel nicht vor einem fachkundigen Publikum auf.

Zuerst gaben die Aliens auf, die über den Fußboden des Zimmers verteilt schliefen. Anfangs waren es fünf, dann, eines Abends, noch zwei, einen Abend später blieben auch sie weg.

Wolf hielt länger durch. Jeden Abend, wenn Paul und Marita in das Zimmer kamen, hatte er sich bereits auf dem Teppich vor dem Bett zu einem Fellknäuel zusammengerollt. Am Morgen, wenn sie aufwachten, war er verschwunden. Er schien in seiner eigenen Welt versunken, unerreichbar. Paul wollte ihn erreichen, und er und Marita hatten ihren ersten großen Streit darüber. Ihr vorgeblicher Sex, dem von Anfang an etwas Kämpferisches anhaftete, war zu einem Ringkampf geworden. Paul hatte keine Chance. Er war ein Ex-Hunter, sie eine Ex-Soldatin. Er war dazu ausgebildet, mit dem G5 seine Beute rasch und sauber zu erlegen. Auf Nahkampf war er nicht vorbereitet. Und Paul war angeschlagen, die Entbehrungen der Einzelhaft im Berg hatten sich tief in seinen Körper gegraben.

Also gewann Marita. »Zum letzten Mal«, zischte sie ihm ins Ohr und hielt ihn dabei in einer Umarmung, die sich wie ein Schwitzkasten anfühlte. »Er gehört nicht zu uns. Wir können uns nicht auf ihn verlassen.« Ihr Körper, der gegen ihn drückte, war hart und narbig. An einer Stelle, an der linken Hüfte, bohrte sich eine tiefe Höhle hinein, bewachsen mit rosiger Babyhaut.

»Er ist mein Freund. Ohne ihn hätte ich den Berg nicht überlebt«, erwiderte Paul. »Er gehört zu uns.«

»Nein. Er *hat* zu dir gehört. Ihr beide habt euch zusammengerauft, weil ihr im Berg keine andere Möglichkeit hattet. Das ist alles. Jetzt liegt der Berg hinter euch.« Sie verengte ihren Griff, drückte Paul die Luft und damit die Diskussion ab. Es machte keinen Unterschied. Paul hätte sowieso keine Entgegnung gewusst. Marita hatte einen wunden Punkt getroffen. Die Verbundenheit mit Wolf war verschwunden, so spurlos, als hätte sie nie existiert.

Einige Tage später blieb auch Wolf weg. Paul war allein mit Marita Kahman.

Sie konnten ihr Schauspiel herunterfahren, einfach einander in den Armen liegen und flüsternd ihre Beobachtungen vergleichen. Marita verbrachte ihre Tage mit Atsatun. Lange Tage.

»Er will alles wissen«, berichtete sie Paul. »Politik, Geschichte, Verwaltungsstrukturen, Wirtschaftskraft. Wer mit wem verbündet ist, wer mit wem verfeindet ist, wie es vor zehn Jahren gewesen ist, vor fünfzig, vor fünfhundert Jahren.«

»Atsatun versucht sich ein Bild von der Welt zu machen, in der er und seine Leute sich wiedergefunden haben«, sagte Paul. Er dachte an Pasong, den Alien, der sich jahrelang in ihm eingenistet hatte. Pasong hatte niemals etwas gefragt, er hatte stets gewusst. Der Alien musste sich Pauls Gedächtnis bedient haben, ohne dass er es bemerkt hätte. Oder Pasong besaß andere Quellen. Wie immer er es angestellt hatte: Pasong hatte den Überblick besessen, den Atsatun offensichtlich suchte. Aber wieso musste Atsatun überhaupt suchen? Die Aliens besaßen eine den Menschen unbekannte Fähigkeit, Wissen und Erfahrungen zu teilen, darin waren sich er und Marita einig. Anders waren die Sprünge, mit denen sie lernten, nicht zu erklären. Kaum hatte er Ghi Waschstelle und Abort gezeigt und den jeweiligen Vorgang vorgeführt, beherrschten ihn alle Aliens. Er hatte Ghi gezeigt, wie man die Löcher in den Uniformen flickte. Ghi hatte zwei Tage dazu gebraucht, es zu lernen – ihre Finger wollten ihr nicht gehorchen –, aber kaum hatte sie es gemeistert, flickten alle Aliens ihre Löcher. Er hatte Ghi darauf hingewiesen, dass Menschen ihre Nahrung kauten, bevor sie sie herunterschluckten – bei der nächsten Mahlzeit kauten alle Aliens jeden Bissen zwanzigmal, bevor sie schluckten. Genau so, wie er es Ghi beigebracht hatten.

Der Schluss daraus lag auf der Hand: Was ein Alien wusste, wussten alle. Aber wieso wussten die Aliens dann nicht, was Pasong wusste? War Pasong tot? Oder einfach zu weit entfernt? Oder gehörten Atsatun, Ghi und ihre Leute nicht zu Pasong?

Es waren Fragen, die nicht nur für ihr eigenes Überleben, sondern für das der gesamten Menschheit von ungeheurer Tragweite sein mochten. Doch Paul sprach sie nicht an. Es hätte bedeutet, Marita von Pasong zu erzählen. Und das wagte er nicht. Gut möglich, dass es Marita als konstruktiven Beitrag zu ihrem Puzzlespiel nähme – und ebenso gut, dass sie ihn als Verräter an der Menschheit auf der Stelle erwürgte.

»Das sieht ein Blinder«, flüsterte Marita. »Atsatun versucht, sich zu orientieren. Er tut wenigstens so. Aber ich nehme es ihm nicht ab. Seit sieben Jahren hängt das Alien-Schiff im Orbit, und wer weiß, wie viele Jahre es vorher schon unserer gesamten Kommunikation gelauscht hat. Seit bald einem Jahr gibt es die Alien-Insel, arbeiten Aliens und Human Company offen zusammen. Atsatun *muss* mehr wissen, als er zugibt.«

»Wieso fragt er dich dann aus?«

»Um mich abzulenken. Und um sicherzustellen, dass ich ihn nicht belüge. Er stellt mir neunundneunzig Fragen, auf die er die Antwort bereits kennt, und eine, auf die er sie nicht kennt. An den neunundneunzig kann er ablesen, ob ich lüge, und mir ist es praktisch unmöglich zu erraten, welche die hundertste ist, die ihm eigentlich wichtig ist.«

»Und was rätst du?«

»Die Aliens haben mehr vor, als sie behaupten. Atsatun löchert mich über diesen Wald. Es ist wichtig für ihr Überleben, um mehr geht es ihnen nicht, sagt er.«

Marita strich Paul durch den wieder nachgewachsenen Haarflaum. Es war eine leere Geste, Schauspielerei.

»Das leuchtet ein. Die Umgebung zu kennen, ist...«

»Ja. Aber mit der näheren Umgebung sind wir längst durch. Atsatun will wissen, was um den Wald herumliegt. Er will, dass ich ihm Karten zeichne. Offenbar weiß er, dass ich es bei der Armee gelernt habe.«

»Er plant für den Fall der Fälle. Wenn sie den Wald verlassen müssen, werden Karten wichtig sein.«

»Schon.« Marita schüttelte den Kopf. »Aber ich nehme es ihm einfach nicht ab. Er und seine Leute haben einen unvorstellbaren Abgrund überwunden, um zur Erde zu kommen. Sie haben ihre Körper zurückgelassen. Und das, so wie es aussieht, ohne die Aussicht, jemals wieder in sie zurückzukehren. Glaubst du, das hätten sie getan, um sich in einer baufälligen alten Mühle in einem verwunschenen Wald zu verstecken und Sammler und Jäger zu spielen, bis man sie irgendwann durch einen Zufall entdeckt und sie jagt? Ich nicht. Die Aliens haben etwas vor. Etwas, was uns überhaupt nicht gefallen wird.«

»Sagt die Frau Kommandantin, die an der Spitze eines Haufens von Gutmenschen 3000 Aliens befreit hat, um sich mit ihnen zu verbrüdern.« Es war unfair von Paul. Marita Kahman hatte nicht ahnen können, was sie und die FAMH-Armee auslösen würden. Kein Mensch hatte es ahnen können.

Und es war dumm.

Marita Kahman warf ihn mit einem Ruck herum auf den Bauch. Sie saß auf ihn auf, ihre Knie bohrten sich in seinen Rücken. Mit einer Hand verdrehte sie seinen rechten Arm, mit der anderen packte sie seinen Nacken. So fest, dass ein weiterer Ruck genügen würde, ihm das Rückgrat zu brechen.

Sie drückte den Kopf gegen seinen und flüsterte: »Hör mir gut zu, du Spaßvogel. Du glaubst vielleicht, dass du etwas Besseres bist, weil du auf irgendeine Weise, die keiner begreift, die Aliens in die Körper von Menschen gelotst hast. Wenn das so ist, kapierst du besser zwei Dinge. Erstens: Da draußen werden jeden Tag ein paar tausend Leute auf den bloßen Verdacht hin gelyncht, sie könnten irgendwie mit den Aliens zu tun haben. Also pass auf, was du sagst. Und zweitens: Andere Leute haben auch ein Gehirn im Kopf, klar?«

Sie ließ seinen Arm und seinen Nacken los. Paul versuchte trotz der Schmerzen, den Kopf so zu drehen, dass er sie ansah. »Es tut mir leid. Ehrlich. Ich passe in Zukunft auf, was ich sage.«

Marita glaubte ihm. Sie stieg von ihm herunter.

»Aber die Frage bleibt: Wieso hast du dich dafür hergegeben, diese durchgeknallten Gutmenschen anzuführen?«

Sie schnaubte leise. »Gute Frage. Wahrscheinlich gerade deshalb. Weil sie Gutmenschen waren. Das hat mitgespielt. Aber vor allem deshalb, weil ich herausfinden wollte, wie die Aliens sind. Wissen, ob sie die Antwort sind.«

»Die Antwort worauf?«

»Auf uns. Für uns.« Sie streckte einen Arm aus und legte ihn Paul um den Nacken. Es war kein Angriff, sie zog ihn nur zu sich heran, um ihr Schauspiel weiterzuführen. »Hat Viktor von mir erzählt?«

Paul nickte.

»Er hat von mir geschwärmt, nicht? Davon, dass ich eine gute Soldatin bin. Dass ich mir meine Sporen in der Ukraine verdient habe, bei humanitären Einsätzen. Krankenhäuser und Brücken gebaut, ab und zu Kriminelle zur Strecke gebracht habe. So was in der Art?«

»Ja.«

»Das waren Lügen. Nicht meine, die Armee hat sie erfunden. Ich war in Weißrussland, im Krieg.«

»Was für ein Krieg?«, fragte Paul verwundert. Als Hunter war es Pauls Aufgabe gewesen, das politische Geschehen zu verfolgen. Ein Hunter, der erfolgreich sein wollte, musste die Welt kennen. Nur dann konnte sein Instinkt die winzigen Abweichungen erspüren, die einen sich manifestierenden Alien verrieten.

»Der Partisanenkrieg. Er hat keinen anderen Namen. Offiziell gibt es ihn nicht. Hätte ich von ihm gewusst, ich hätte mich nie für das Euro-Korps gemeldet. Aber damals hatte es sich wie eine clevere Idee angehört. Das Hunter-Korps hat mich abgelehnt. Ich wollte etwas erleben, etwas ausrichten. Also dachte ich mir: *Was soll's? Ob Hunter- oder Euro-Korps – Hauptsache Korps*. Das Euro-Korps hat mich nach Weißrussland geschickt, in die Sümpfe und Wälder. Wir sollten Post-, Neo- und Retro-Lukaschenkisten sowie andere Irre zur Strecke bringen, die sich dort verkrochen hatten, als wir nach und nach überall in Osteuropa wieder so etwas wie eine staatliche Ordnung etablierten. Eigentlich hätte man einen Zaun um sie ziehen und sie im Sumpf verrotten lassen sollen. Aber das ging nicht. Die Amerikaner schickten ihnen Versorgungsdrohnen: Proviant, medizinische Ausrüstung, Waffen und Munition. Und die Partisanen hatten sich vor dem Rückzug in die Sümpfe noch einmal bedient: biologische und chemische Waffen, der eine oder andere Atomsprengkopf. Wir mussten sie finden. Und wir haben sie gefunden. Es hat drei Jahre gebraucht, aber wir haben es geschafft.«

»Was hat das mit den Aliens zu tun?«

»Jeder weiß, dass Menschen einander furchtbare Dinge antun können. Aber ich habe mit angesehen, wie es geschieht. Öfter, als ich zählen kann. Und ich habe selbst furchtbare Dinge getan – um noch furchtbarere Dinge zu verhindern oder einfach, um zu überleben. Dabei habe ich etwas gelernt, was mich nicht mehr loslässt: Menschen *können* einander nicht nur furchtbare Dinge antun, sie *werden* es unweigerlich tun, wenn man ihnen nur die Gelegenheit dazu gibt. Und die existiert. Die Erde ist ein riesiges Waffenlager. Früher oder später werden wir uns alle umbringen, wenn schon nicht durch direkte Waffeneinwirkung, dann dadurch, dass wir uns selbst den Boden unter den Füßen wegballern. Wir können nicht anders. Wir Menschen sind so. Die Aliens, habe ich geglaubt, sind anders. Sie müssten es sein, sonst hätten sie einander umgebracht, lange bevor sie die Technik entwickelt haben, um zwischen den Sternen zu reisen.«

»*Hast* du geglaubt ... und jetzt tust du es nicht mehr?«

»Weil sie sich als Mörder herausgestellt haben? Kann sein. Ich weiß es nicht. Noch nicht. Sie morden, ja. Aber nicht wie Menschen. Menschen morden aus vielen Gründen. Weil sie es wollen, weil man es ihnen aufgetragen hat, aus Hingabe an eine Sache, aus Hass, aus Angst, weil ihnen nichts Besseres einfällt. Die Aliens töten aus Notwendigkeit. Die Hunter hätten sie wieder eingefangen, also haben sie sie getötet. Meine Soldaten hätten ihre Flucht behindert, also haben sie sie getötet. Auf die Leute, die in dieser Mühle gewohnt haben, hätten sie aufpassen müssen, und sie hätten von ihnen nichts Nennenswertes lernen können, was sie nicht auch von uns erfahren können. Also haben sie sie getötet.«

»Deshalb tust du alles, was sie von dir verlangen.«

»Ja. So wie du.«

Paul dachte an den Abend, als sie die Mühle entdeckt hatten. Die vier Schüsse. Einer von ihnen, mindestens einer, war von Marita gekommen. Er schüttelte den Kopf. »Nein«, flüsterte er. »Nicht wie du. Ich lächle nicht dabei.«

Der Arm, der ihn hielt, versteifte sich, schickte sich an, ihn zu würgen. Aber er tat es nicht.

»Willst du wissen, wieso ich lächle?« Marita lächelte, als sie ihn fragte.

»Ja.«

»Wegen Iwan.«

»Wer ist Iwan?«

»Er war ein Partisan, ein Junge, den wir in den Sümpfen geschnappt haben. Wir haben ihn beim Kacken überrascht. Meine Soldaten fanden das so witzig, dass sie darauf verzichtet haben, ihm auf der Stelle die Kehle durchzuschneiden. Wir behielten ihn und nannten ihn Iwan.«

»Hatte er keinen Namen?«

»Bestimmt. Aber das war uns egal. Die Partisanen nannten uns alle ›Nazi‹, wir nannten alle Partisanen ›Iwan‹. Es war für alle einfacher, und es passte: Beinahe jeden Abend, wenn wir unsere Schützenlöcher aushoben, stießen wir auf vermoderte Knochen und Uniformen, verrostete Waffen und Munition. Die Überreste von unseren Vorgängern, der Wehrmacht, der Roten Armee und den Ururgroßvätern der Partisanen.«

»Was ist mit Iwan geschehen?«

»Nichts. Wir behielten ihn bei uns. Er war ein süßer Junge, eine Art treues Hündchen mit großen Augen, dem man kein Leid antun konnte, und immer eifrig bei der Sache. Er huschte hin und her und half. Er schleppte Munition, er zeigte uns Wege durch den Sumpf, kochte das Essen, schrubbte unsere Uniformen sauber. Wenn man ihn schlagen wollte, konnte man ihn schlagen. Wenn man ihn ... Man konnte mit Iwan machen, was er wollte, er lächelte. Und dann, eines Morgens, war Iwan verschwunden. Aber vorher hatte er dreien meiner Leute die Kehlen durchgeschnitten und unsere Funkgeräte unbrauchbar gemacht. Vier Stunden später kamen die Partisanen. Es waren Hunderte. Irgendwie haben wir sie zurückgeschlagen. Wir wussten, was mit uns geschehen würde, wenn sie uns überrannten. Das hier«, ihre freie Hand fuhr zu der Höhle in ihrer Hüfte, »habe ich als Erinnerung behalten.«

»Und Iwan?«

»Wir haben ihn nicht gekriegt. Er muss noch immer irgendwo da draußen sein, sich durch das Leben lächeln und Kehlen durchschneiden. Früher hatte ich deswegen Albträume, heute gönne ich es ihm. Iwan hat sich sein Leben verdient. Er soll es genießen. Ich habe viel von ihm gelernt. Und du solltest es auch.« Sie zog Pauls Kopf näher heran. »Wir beide, wir müssen Iwan sein, hörst du? Wir müssen lächeln, ganz gleich, was passiert. Wir müssen nützlich sein, alles tun, was man von uns verlangt. Bis zu dem Moment, an dem ...«

Sie brachte den Satz nicht zu Ende. Sie sah ihm lange in die Augen, als wolle sie in sein Inneres blicken. Paul versuchte ihrem Blick standzuhalten. Schließlich flüsterte sie: »Ich bin gespannt, ob du das Zeug von Iwan hast, Hunter.«

Sie löste ihren Griff und drehte sich weg. Kurz darauf zeigte ihr regelmäßiger Atem an, dass sie eingeschlafen war.

Der Alienator. (Profil) 14.7.2066, 23 Uhr 18 (GMT)

Hallihallo, Leute! Stellt euch mal vor, ihr seid Pasong, der große Anführer der Aliens und frisch auf der Erde ... was würdet ihr anstellen?

Flutsch Gordon. (Profil) 14.7.2066, 23 Uhr 18 (GMT)

Wer so fragt, hat längst was im Kopf! @Alienator: raus damit!

Der Alienator. (Profil) 14.7.2066, 23 Uhr 20 (GMT)

Okay, okay. Ich würde so richtig fett Beute machen. Teure Klamotten, die schnellsten Flieger, das beste Essen, die schärfsten Frauen (damit bald viele kleine Halb-Aliens herumwuseln, die mir treu ergeben sind!) ... ihr wisst schon.

Flutsch Gordon. (Profil) 14.7.2066, 23 Uhr 20 (GMT)

Hm, klingt nicht übel. Und macht Sinn. Die Aliens haben mehr drauf als wir, Pasong ist ihr Obermacker, also ist er der Oberobermacker von allem, was auf der Erde herumkriecht ... kein leichter Job. Ist nur gerecht, dass er seinen Obermackersamen über die Erde streut.

JesusliebtdichaberwasistmitdenAliens? (Profil) 14.7.2066, 23 Uhr 21 (GMT)

@Alienator & @Flutsch: Das ist nicht euer Ernst!

Der Alienator. (Profil) 14.7.2066, 23 Uhr 22 (GMT)

Wieso? Wie kommst du darauf?

JesusliebtdichaberwasistmitdenAliens? (Profil) 14. 7. 2066, 23 Uhr 22 (GMT)

Herrgott noch mal! Ist das alles, was ihr zu bieten habt? Schmutzige Männerphantasien? Der Mann ist ein ALIEN! Pasong ist uns fremd. Er ist ein Wesen, das so hoch über uns steht, dass wir ihn nicht einmal im Ansatz begreifen können. Der Besuch einer fremden Welt wie der Erde muss eine profunde Erfahrung für ihn sein.

Flutsch Gordon. (Profil) 14. 7. 2066, 23 Uhr 23 (GMT)

Was kann es Profunderes geben, als den eigenen Vorzugssamen unter die primitiven Eingeborenen zu streuen? ;-) Aber im Ernst: Bleib auf dem Teppich, Jesus. Wie sagte mein Alter immer: Auch die Präsidenten der USAA müssen mal pinkeln.

JesusliebtdichaberwasistmitdenAliens? (Profil) 14. 7. 2066, 23 Uhr 23 (GMT)

Flutsch, du bist ein primi...

Homo Sapiens+. (Profil) 14. 7. 2066, 23 Uhr 24 (GMT)

Sachte, sachte, Freunde. Streitet euch nicht, ihr habt alle recht. Pasong ist uns fremd, er ist uns überlegen – und er steckt im Körper eines Menschen (oder vielen) und muss pinkeln. Das eine tut dem anderen keinen Abbruch.

Der Alienator. (Profil) 14. 7. 2066, 23 Uhr 25 (GMT)

Weihevolle Worte. Aber jetzt bitte konkret, Übermenscht: Was treibt der große Pasong gerade?

Homo Sapiens+. (Profil) 14. 7. 2066, 23 Uhr 26 (GMT)

Er lebt, Freunde. Pasong lebt, und er wird alles tun, damit es so bleibt.

– *Transkript AlienNet-Forum, Unterforum Menschen/Aktionen/Spekulationen*
Gesamtzahl der Unterforen, Stand 1. Januar 2066: 1429.
Zahl der täglichen Beiträge (durchschnittlich): 5,5 Millionen

KAPITEL 25

Eric Pinedo flickte.

Melvin sah zu, wie der Bordarzt der *Sea Power 68* die Nadel durch die Haut des Smarties führte. Es bereitete ihm erhebliche Mühe. Die Haut des Smarties war daumenbreit, nicht dick genug, um den Schnüren einer Peitsche zu widerstehen, aber allemal zäh genug, den dürren, alten Latino ins Schwitzen zu bringen.

Pinedo schnaubte, scharrte auf der Suche nach einem guten Stand mit den Füßen und wuchtete die Nadel durch die Haut und die darunter liegende Fettschicht. Pinedo schnaubte ein zweites Mal, angelte nach der Tequila-Flasche, die er neben dem bewusstlosen Smartie abgestellt hatte, und gönnte sich einen langen Schluck.

»Böse zugerichtet«, murmelte er, als er die Flasche wieder abstellte.

»Es tut mir leid«, sagte Melvin. »Ich wollte es nicht, wirklich.« Er wollte dem Bordarzt in die Augen sehen, aber das Blut ließ ihn den Blick abwenden, noch bevor er den Kopf gehoben hatte. Melvin hatte nicht gewusst, dass so viel Blut in einem Smartie steckte.

»Schon gut. Bettie hat dir keine andere Wahl gelassen. Ich habe es mit angehört.«

Eric Pinedo war der Einzige an Bord der *Sea Power 68*, der die Kommandantin beim Vornamen nannte. Er konnte es sich erlauben. Pinedo beherrschte etwas, was wenige beherrschten – teure Smarties zusammenflicken –, und er war freiwillig in der Tiefseestation und zuweilen stundenweise in der Kabine der Kommandantin. Die Häftlinge mieden ihn. Er war kein

Arzt, hieß es, kein echter wenigstens. Ein Tierarzt, der gern ein Glas oder zwei getrunken hatte und als frommer Katholik darauf vertraut hatte, dass der liebe Gott alles Weitere richten würde. So lange, bis ihm so viele Tiere und GenMods weggestorben waren, dass die Versicherung ihm gekündigt hatte. Eric hatte weitergetrunken und -operiert. So lange, bis er bis zum Hals in Schadensersatzklagen gestanden und ihm nicht einmal der liebe Gott hatte helfen können. Ihm war die Wahl geblieben, darauf zu warten, dass man ihn abholte, oder unterzutauchen. Er hatte Letzteres gewählt und sich freiwillig für die Arbeit am Hydrate Ridge gemeldet. Eric Pinedo, der Tierarzt, war in die Tiefe abgestiegen – und zum Arzt aufgestiegen. Er flickte in der *Sea Power 68* alles, was lebte: die Smarties, die Häftlinge und Bettie Reeve, die ihm ebenso ausgeliefert war wie alle Übrigen. Die Dekompression, die notwendig war, lebend oben anzukommen, dauerte Tage. Reeve war ein kleiner Gott, aber fühlte sie sich unwohl, war sie auf Pinedo angewiesen. Pinedo machte es sich zunutzen, indem er Reeve dazu benutzte, seine Tequilaversorgung sicherzustellen. Er feierte die Tatsache, dass der liebe Gott auf seine Weise doch noch an ihn dachte, indem er seine tägliche Ration von Gläsern auf Flaschen umgestellt hatte.

»Das wird schon wieder«, sagte der Arzt. »Smarties sind zäh.«

Mit einem Ruck stach Pinedo die Nadel ein letztes Mal durch die Haut und die Fettschicht des Smarties, dann straffte er die Fäden und verknotete sie. Der Bordarzt langte nach der Flasche und trat einen Schritt zurück.

»Der Bursche wird es schaffen. Er ist jung. Noch keine drei Monate hier. Ein neues Modell, Revision D. Hier.« Er zeigte auf die Seriennummer an der Seite des wuchtigen Rumpfs: 46310-59b. Sie wirkte wie eingebrannt, aber der Schein trog. Die Designer gaben sie ihren Geschöpfen von Anfang an mit. Die Seriennummern waren ein Teil der Smarties, der ebenso zu den GenMods gehörte wie die acht Flossen oder die sechs Schürf- und Schaufelarme. »Burschen wie er können eine Menge mehr wegstecken, als man glaubt.«

»Aber nicht so etwas«, wandte Melvin ein. »Der Smartie wäre gestorben, hätte ich ihn nicht zu dir gebracht.« Er saß an seinem üblichen Platz, einem Stuhl, der unter dem Gewicht des Panzertauchanzugs nicht in die Knie ging. Es hätte zu lange gedauert, ihn ab- und wieder anzulegen. Reeve hätte Verdacht geschöpft.

»Möglich. Aber ebenso gut möglich, dass er durchgekommen wäre. Ich habe mir seine Logdatei angesehen. Nach deiner ... der Bestrafung hat er sich wieder an die Schürfarbeit gemacht. Weißt du, dass er in den vier Stunden bis zum Schichtende sein Soll um das Fünffache übererfüllt hat? Du hast es ihm richtig gegeben – du hattest keine andere Wahl –, aber anschließend hat er sich beinahe zu Tode geschuftet.«

»Nein, das habe ich nicht gewusst.« Melvin hatte es nicht über sich gebracht, den Smartie noch einmal anzusehen. Nicht nach dem, was er ihm angetan hatte. Er hatte ihn erst angesehen, als es unumgänglich gewesen war, beim Abzählen am Ende der Schicht. Der Smartie war brav an ihm vorbeigeschwommen, eine blutige Wolke hinter sich herziehend, und hatte noch in der Bewegung das Bewusstsein verloren.

Eric Pinedo trank einen Schluck, wischte sich den Mund ab und sagte: »Stell dir vor, es wären keine Peitschenhiebe gewesen. Stell dir vor, ein verirrter Hai wäre auf die Idee gekommen, sich auf den Smartie zu stürzen. Der Hai hätte keine Chance gehabt – und die übrige Herde hätte sich um ihn gekümmert. Dafür gesorgt, dass er sich schont, ihm Nahrung gebracht. Er hätte es geschafft. Mit richtig bösen Narben – nicht mit so sauberen Linien, wie er sie jetzt bekommen wird –, aber was hätte das schon ausgemacht? Hier unten ist es dunkler als in einem Schwarzen Loch. Wen kümmert schon, wie du aussiehst?«

Pinedo lachte heiser. Wie immer, wenn er zu viel getrunken hatte. Melvin hatte noch nie ein anderes Lachen von ihm gehört. Das Lachen ging in ein Husten über. Pinedo stoppte es, indem er die Flasche mit einem langen Zug leerte. Dann trat er wieder an den Operationstisch. »Hier liegt er ...« Er legte eine Hand auf den Smartie, strich über die glänzende Haut. »Sieht er nicht scheußlich aus? Da arbeiten ein paar Tausend Bio-Designer an der Entwicklung von Arbeitstieren für die Tiefsee, mit einem Budget, das nur von dem des Homeworld-Security-Ministeriums übertroffen wird – und dann kommt *das* dabei heraus?« Er ließ die Hand auf den Leib des Smarties klatschen. »Die Smarties sind so hässlich, als hätten Blinde sie geschaffen. Und so ist es ja auch. Ihre Designer sind blind für das Wunder, das sie selbst geschaffen haben. Sie sehen nur ihre Zeitpläne, ihre Termine, das Anforderungsprofil, den absoluten Zwang zur Funktionstüchtigkeit. Sie bemerken gar nicht, dass die Smarties Wunderwesen sind.«

Der Arzt trat wieder zurück. »Sieh ihn dir an!«

»Eric, ich ... das Blut ...«

»Natürlich, du kannst kein Blut sehen.« Mit einem Wasserschlauch spritzte Pinedo den Leib des Smarties und den Operationsraum ab. Nach einer langen Minute sagte er: »Jetzt kannst du hinsehen.«

Melvin tat es.

»Sei ehrlich, ist er nicht hässlich?«

Melvin nickte. Ja, das war er. Aber warum eigentlich? Für sich genommen, waren die einzelnen Teile des Smarties nicht hässlich. Gut, das große Gesicht war einfältig, das Grau, welches die Haut unter Lichteinfall annahm, wirkte ungesund – aber das war es nicht, was dahintersteckte. Es war ... ja, es war die Kombination aller Teile. Es war, als hätten die Designer sich bedient, wo es ihnen gefiel. Hier ein wenig Robbe, dort etwas Otter. Hier mehr Fisch, dort etwas Kuh. Hier ein paar Flossen, dort Arme. Alles in einen Topf geworfen, umgerührt, eine winzige Prise Mensch hinzugefügt – für den beschränkten Verstand – und warm serviert.

»Smarties haben von so vielem etwas«, sagte Eric. »Das macht sie so hässlich. Und so stark. Sie halten den Druck der Tiefe aus. Die 600 oder 800 Meter, die wir hier am Hydrate Ridge erreichen, sind noch weit entfernt vom Limit. Sie können tiefer, viel tiefer. Und sie können oben leben. Ihre Designer haben ihnen Kiemen und Lungen mitgegeben. Sie sind schnell und wendig und kräftig und ausdauernd und wahrscheinlich klüger, als wir denken. Klar, andere Tiere sind schneller, wendiger, kräftiger, ausdauernder, und zumindest wir sind definitiv klüger als sie. Aber das macht nichts. Es ist die Summe ihrer Teile, die die Smarties ausmacht. Nimmt man alle zusammen, dann sind sie die konkurrenzfähigste Spezies, die es jemals auf der Erde gegeben hat. Die Natur hat es in Milliarden Jahren nicht geschafft, etwas auch nur annähernd Vergleichbares hervorzubringen, und wahrscheinlich wird sie es auch in den Milliarden, die ihr noch bleiben, bis die Sonne sich aufbläht und die Erde verschluckt, nicht hinkriegen. Und wir Menschen, was haben wir getan? Wir haben keine zehn Jahre dazu gebraucht. Wir sind Gott. Und wir sind es nicht. Denn Gott liebt seine Schöpfungen. Wir sehen auf die unseren herab, geben ihnen Spottnamen wie ›Smarties‹, belächeln oder verachten sie. Oder nehmen sie einfach nicht wahr. Sie sind tote Dinge für uns. Wie Gläser, aus denen wir trinken. Fällt uns eines herunter, ärgern wir uns kurz über unsere Ungeschicklichkeit, kehren die Reste weg und holen uns ein neues.«

Wenn Pinedo nicht flickte, neigte er dazu, mit dem Kreuz in der Hand zu philosophieren. Das war ein weiterer Grund, weshalb die Häftlinge ihn mieden. Für Melvin, der niemals an einen Gott geglaubt hatte, war es der Grund, seine Nähe zu suchen. Pinedo dachte nicht wie er, aber wenigstens dachte er.

»Bettie ist so ein Mensch. Sie denkt sich nichts dabei, dir Befehle wie diesen«, er zeigte auf den bewusstlosen Smartie, »zu geben. Sie ist blind. Der Smartie ist für sie nur ein Ding. Dabei kann sie sehen. Hast du gewusst, dass sie Familie hat? Vierlinge. Sie ist bei der Geburt beinahe draufgegangen. Als sie nach einer Woche wieder bei sich war, war ihr Typ davon. Einen anderen hat es seither nicht gegeben. Wer will sich schon vier Gören ans Bein binden? Bettie hat es allein geschafft. Für ihre Kinder gibt sie alles. Für sie ist sie hier heruntergestiegen. Die Prämien sind üppig, solange eine Schürfstation ihre Quote erfüllt. So üppig, dass man sogar vier Kindern die Eliteuni bezahlen kann ...«

Der Arzt zog die Hand, die den Smartie gestreichelt hatte, mit einem Ruck zurück. Er schüttelte den Kopf, als habe er eben erst gemerkt, was er gesagt hatte, dann langte er nach dem Tragegeschirr des Smarties, das er gelöst hatte.

»Aber das bleibt unter uns, verstanden?« Er klickte die Schnallen des Geschirrs wieder ein. »Wenn Bettie mitbekommt, dass ich ...« Der Arzt brachte den Satz nicht zu Ende. Er klickte die letzte Schnalle zu und sagte: »Der Bursche ist wieder so gut wie neu. Sieh zu, dass er in den nächsten Tagen nicht zu hart arbeitet, dann ist die Sache bald vergessen.« Er gab dem Smartie einen abschließenden Klaps und wollte sich abwenden.

Da löste sich aus einer der Taschen des Geschirrs ein dunkler Umriss, und etwas klatschte mit einem nassen »Pleng!« auf den Boden. Eric beugte sich vor, um es aufzuheben. Er führte die Bewegung nicht zu Ende.

»Eric, was ist los?«

Melvin ging um den Tisch herum. Vor ihm auf dem Boden lag ein Kreuz. Es war unterarmlang und aus Plastik; ein Jesus hing daran. Nackt bis auf einen Lendenschurz, aber ohne den Bart und die Dornenkrone, ohne die ein Jesus nach Ansicht von Melvin – einem Atheisten, der Besseres mit seiner begrenzten Lebenszeit hatte anfangen wollen, als sich mit absurden Glaubensschulen abzugeben – nicht auskam. Das Kreuz leuchtete von innen heraus, als wäre es eine Laterne.

»Eric, was ist? Was hast du?«

Der Arzt zog sein Kreuz unter dem Hemd hervor, küsste es und bekreuzigte sich. Er flüsterte ein lautloses Gebet.

»Was hat das zu bedeuten?«

Der Arzt wich zurück, ohne den Blick von dem Kreuz abzuwenden. Er war totenbleich, tastete nach Gummihandschuhen, streifte sie über. Mit einer Hand nahm er eine Zange, mit der anderen suchte er nach einem der druck- und wasserdichten Behälter, in denen Medikamente von oben geliefert wurden.

»Eric, sag doch etwas! Was hast du? Das ist doch nur ein gewöhnliches Kreuz. Ramsch, wie man ihn überall in den Läden entlang der Küste kaufen kann!«

Pinero beachtete ihn nicht. Er beugte sich über das Kreuz, nahm es mit der Zange auf und legte es in den Behälter. Es passte knapp. Er verschloss den Deckel, erhob sich und wandte sich zu Melvin.

»Du hast nichts gesehen, hörst du? *Nichts.*« Der Arzt stellte den Behälter in den Medikamentenschrank und schloss ihn ab. Zweimal. »Und jetzt verschwinde mit deinem Smartie. Die Burschen können in der Luft leben, aber im Wasser fühlen sie sich wohler.«

Melvin machte einen letzten Versuch. »Eric, ich ...«

»Halt den Mund verschwinde! Habe ich mich nicht klar genug ausgedrückt, Häftling Siukovich?«

»Doch, Sir!«

Melvin stellte sich schwerfällig zu dem Smartie auf die Plattform. Noch während er den Tauchhelm verriegelte, senkte sie sich ins Wasser. Das Letzte, was er sah, bevor die Tiefsee über ihm zusammenschlug, war, wie der Arzt sich bekreuzigte, dabei eine neue Flasche aus seinem Vorrat nahm und sie an die Lippen setzte.

Helden der Menschheit:

HERO*

- **Profil:** der U-Boot-Fahrer der *Strawberry Bitch.* Als erster Mensch ist er der Alien-Insel auf den Grund gegangen – allein in seinem winzigen U-Boot!

- **Gegenwärtige Aktivität:** Hero hat eine neue Heimat gefunden. Die Tiefsee, die Aliens – sie erfüllen seine Sehnsucht nach einem Jenseits im Diesseits. Mit Hochdruck arbeitet er daran, sich dort einzurichten.

- **Herkunft:** Hero – das ist nicht sein ursprünglicher Name, und lange hat Hero sich dagegen gesträubt, als »Held« bezeichnet zu werden. Hero erfüllt lediglich seine Pflicht. So wie es seine Familie tut, die seit Jahrhunderten erst dem Shogunat, anschließend dem Tenno und schließlich der Präsidialautokratie diente, die Japan nach dem Super-GAU von Monju vor dem Bürgerkrieg bewahrte.

- **Stärken:** In der Ruhe liegt das Geheimnis seiner Kraft. Hero handelt stets wohlüberlegt und unauffällig.

- **Schwächen:** Seine Schweigsamkeit wird oft als Schwäche missgedeutet. Hero wird unterschätzt – und das ist seine Stärke.

- **Tipp:** Hero ist die unerschütterliche Säule, auf der du dein Spiel aufbauen kannst!

* Erfolg bringt nicht nur Freunde. Aus diesem Grund nennen wir Heros Nachnamen nicht. Das Bild ist eine künstlerische Impression.

– *Karte aus dem Trading-Card-Game »Our Alien Earth«, Subset »Strawberry Bitch forever!«. Herausgeber Human Company Press, Freetown, Januar 2066*

KAPITEL 26

Wilbur brannte.

Behütet von der irrlichternden Luftblase seines Kokons, eingeschlossen in einen Schacht aus Tausenden von schwarz verbrannten Alien-Artefakten, sank er nach unten, gemächlich, aber beharrlich vom Gewicht seines Rucksacks in die Tiefe gezogen. Eine Schwimmbewegung genügte, und er berührte die von der Reibungshitze glatt geschmirgelte Oberfläche eines Artefakts. Noch vor einem Jahr hätte er alles dafür gegeben, in die Nähe eines Artefakts zu kommen. Jetzt umgaben sie ihn, und wenn er wollte, musste er nur nach einer der Führungsschienen des Schachts greifen und sich daran festhalten, um ein solches Artefakt in aller Ruhe im Licht seiner Luftblase zu ergründen. Niemand würde ihn dabei stören. Der Schacht war verlassen, sich selbst überlassen, bis zu dem Tag, an dem er den Aliens als Fahrstuhl dienen würde.

Bis dahin gehörte der Schacht Wilbur.

Sanft glitt er in die Tiefe. Der Schacht schien endlos, war es aber nicht. Es gab keine Beleuchtung. Keiner benötigte sie, weder Alien noch Mensch. Die Kokons, die es ihnen erlaubten, im Wasser zu überleben, spendeten genug Licht, damit sich ein Individuum in der Tiefe nicht selbst verlor, und das genügte. Ihr Leuchten war nicht mehr als ein Nebenprodukt des Prozesses, mit dessen Hilfe der Kokon den Sauerstoff, der ihren Träger am Leben erhielt, aus dem Wasser zog.

Nach einigen Minuten ließ Wilbur die Mündung hinter sich. Sie war der erste Bereich des Schachts, eine dünne Schicht nur. Sie veränderte ihre Größe je nach aktueller Ausdehnung der Insel an der Meeresoberfläche und Seegang. An ruhigen Tagen vergingen keine fünf Minuten, bis Wilbur die Mündung passiert hatte, und das sanfte Ächzen und Schlagen, das mit dem Seegang einherging, hinter ihm zurückblieb. An stürmischen Tagen mochte sich die Mündung einen 15 oder sogar 20 Minuten langen Weg in die Tiefe erstrecken. Dann schlug der Schacht aus, als handele es sich um einen wild gewordenen Gartenschlauch, und das Ächzen war ein Kreischen, und die Schläge waren Donnerschläge, die in Wilburs Ohren dröhnten.

Sie hallten in ihm nach, während er in die Lange Stille glitt.

In der Langen Stille war der Schacht starr. Es gab keine Geräusche außer dem eigenen Atem und Herzschlag. Aber je tiefer man in die Lange Stille vordrang, desto mehr ließen sie nach, wurden schließlich von der Langen Stille verschluckt.

Wilbur mochte die Lange Stille. Er wäre auch dann in sie eingetaucht, wenn ihn sein Plan nicht zu ihr geführt hätte. Zum ersten Mal in seinem Leben hatte er einen Ort gefunden, an dem er wirklich ungestört war. Selbst seine eigenen Gedanken, die ihm niemals Ruhe ließen, verblassten und versiegten endlich.

Wilbur schloss die Augen und verlor sich.

Nach einiger Zeit öffnete er die Augen wieder, ließ das Irrlichtern seines Kokons, der sich mit steigendem Wasserdruck immer enger an ihn schmiegte, auf sich einwirken. Mal war der Kokon ein Spiegel, verzerrt, verfärbt, verfremdet. Mal war er ein Regenbogen in stetiger Bewegung, wie eine Seifenblase. Mal war es, als existiere der Kokon nicht, als trenne ihn nichts von der endlosen Schwärze ...

... und in der Schwärze unter ihm leuchtete ein Punkt, glitzernd wie ein Stern.

Wilbur sank weiter. Der Stern kam näher, wurde größer, war nicht mehr weiß, sondern schillerte in vielen Farben. Und schließlich verwandelte sich der Stern in den leuchtenden Umriss eines Menschen, der wie ein Fallschirmspringer im Schacht schwebte, Arme und Beine angewinkelt. An seinem Rücken haftete die wuchtige Kontur des Fallschirms. Sie erinnerte an eine Platte, die sich über den Nacken und bis über den Hinterkopf zog.

Als Wilbur den leuchtenden Umriss erreichte, streckte er den Arm aus. Seine Hand glitt an der harten Oberfläche der Platte ab, bekam schließlich einen Arm zu fassen und umklammerte ihn. Wilbur packte den Springer mit der zweiten Hand, drehte ihn zu sich, sodass er ihm ins Gesicht blickte. Es war ein Mann. Ein buschiger Bart und Haare, die seit Monaten nicht mehr geschnitten worden waren, verdeckten sein braunes Gesicht fast vollständig. Der Mann hatte die Augen geschlossen, als schlafe er. Wilbur schüttelte ihn. Der Mann öffnete die Augen, blinzelte und sah Wilbur an, ohne ihn zu sehen.

»Rodrigo«, sagte Wilbur. »Ich bin es.«

Seine Stimme hallte im Innern seines Kokons wider, übertrug sich in den Kokon seines Gegenübers.

»Du ...?« Rodrigo blinzelte schneller, hörte abrupt auf und schlug die Augen weit auf. Er wollte den Kopf drehen, um sich umzusehen, aber die Rückenplatte ließ es nicht zu. Sein ganzer Körper machte die Bewegung mit. Wilbur hielt ihn fester, damit er sich nicht losriss.

»Ja, Wilbur.«

Rodrigo schüttelte sich. Wilbur ließ ihn los. Ohne ein weiteres Wort schwamm Rodrigo los. Er tat es, wie er geschwebt war: mit angezogenen Armen und Beinen. Wilbur erinnerte der Anblick an eine Schildkröte. Rodrigo schwamm nach unten, zu einer Ausbuchtung in der Wand des Schachts. Er glitt in sie hinein, bog nach oben ab und war verschwunden. Wilbur folgte ihm – und glitt aus dem Wasser. Sein Kokon erlosch.

Das Innere eines Artefakts erwartete ihn. Es diente als eine Art Taucherglocke; ein Raum, der – zumindest ging Wilbur davon aus – dem Zweck diente, beim Defekt eines Kokons den Träger so lange am Leben zu erhalten, bis Rettung eintraf. Was nicht lange dauern durfte: Das Artefakt bot Luft zum Atmen, das übliche, zu grelle Licht und eine Temperatur knapp über dem Gefrierpunkt. Wilbur fror augenblicklich, als mit dem Kokon die wohlige Wärme verschwand. Ein Sprung ins Wasser trennte die Rettungsbucht vom Schacht, aber Wilbur kam es vor wie Welten. Die Bucht war nüchtern, eine Einrichtung, die ausschließlich auf ihren Zweck ausgerichtet war. Der Schacht war aus denselben Materialien – Artefakten – gebaut, auf seinen Zweck ausgerichtet, aber seine Größe machte den Unterschied. Die Quantität war in Qualität umgeschlagen.

Rodrigo kroch über den feuchten, schwarzen Boden, lehnte sich schließlich mit der Rückenplatte gegen eine Wand. Seine Bewegungen waren träge, als bereite ihm die ungewohnte Schwere außerhalb des Wassers Schwierigkeiten.

»Wie ... geht es dir?«, fragte Rodrigo.

»Gut.« Wilbur lächelte. »Die *Bitch* steht noch, falls du das meinst. Die Erde auch. Aber das weißt du ja besser als ich. Ich schreibe mir die Finger wund, und das war's auch schon.«

»Und Diane?«

»Unverändert. Ist der Zweck der Übung.«

»Das ist gut ...«

Es war ihre übliche Einleitung. Rodrigo, der Lauscher, musste erst wieder zu seinem Menschsein zurückfinden. Es war ihm schon früher, als er noch auf der *Bitch* gelauscht hatte, schwergefallen. Rodrigo war ihre einzige Hoffnung gewesen. Die *Bitch* war zu lahm und zu alt gewesen, als dass sie Aussichten gehabt hätten, in Konkurrenz mit dem Rest der Company, der US Alien Force und dem Rest der fliegenden Menschheit an ein Artefakt zu kommen. Um rechtzeitig an Ort und Stelle sein zu können, hatten sie hören müssen, wie im Netz das Gras wuchs – und Rodrigo, der Lauscher, hatte dafür gesorgt, dass sie der Konkurrenz immer eine Nasenlänge voraus gewesen waren. Rodrigo war in die Datenströme eingetaucht. Stundenlang und, wenn nötig, tagelang. Wilbur, der als Bordingenieur einige Schritte von ihm entfernt seinen Platz gehabt hatte, hatte sich oft über den Lauscher lustig gemacht. »Wenn es möglich wäre, würdest du komplett in deine Kiste reinkriechen, was?«, hatte er immer gesagt, teils aus

Sorge um den Kameraden, teils aus Unbehagen. Es war ein merkwürdiges Gefühl, Tage neben einem Wesen zu verbringen, das ein Mensch war und gleichzeitig so fern. Rodrigo, der, wenn er lange genug ausgeloggt war, von heiterer Natur war, hatte mit Wilbur darüber gelacht.

»Ich habe dir zu Essen gebracht«, sagte Wilbur und breitete die Mitbringsel, deren Gewicht ihn in die Tiefe gezogen hatte, vor dem Lauscher aus. Mehrere Dosen Fisch, Brot – das war alles. Wilbur hätte dem Lauscher jeden denkbaren Wunsch erfüllt – Pasong und die Company machten es möglich –, aber Rodrigo wehrte ab, als überfordere ihn die Auswahl.

Rodrigo musterte das Mitgebrachte zweifelnd, dann nahm er in einer ruckhaften Bewegung eine der Dosen und öffnete sie. Mit zwei Fingern zog er eine Sardine hervor, führte sie in den Mund – und schlang den Rest der Dose hinterher, aß ein Brot, öffnete weitere Dosen und schlang und schlang.

Wilbur fragte sich manchmal, ob Rodrigo verhungern würde, wenn er ihn nicht regelmäßig aufsuchte. Gut möglich, dass er es täte. Der Lauscher war zu sehr gefangen in seiner eigenen Welt. Er würde einfach vergessen zu essen.

Wilbur schwieg, während Rodrigo aß. Er tat es merkwürdig steif. Die Platte, die in seinen Rücken eingelassen war, verhinderte, dass er seinen Oberkörper beugte oder den Kopf drehte. Was immer Rodrigo vorhatte, es brauchte ganzen Körpereinsatz. Und oft misslang es ihm: Seinen unsicheren Händen entglitten Dinge. Es dauerte nicht lange, und nach Fisch riechendes Öl lief ihm über Brust und Bauch.

Pasong hatte Wilburs Scherz auf verdrehte Weise wahr werden lassen: Rodrigo war nicht in den Rechner gekrochen, der Rechner war in ihn gekrochen, hatte sich in seinen Rücken, sein Rückgrat, sein Gehirn eingeklinkt. Und Rodrigo wiederum war in das globale Netz eingeklinkt, komplett und – möglicherweise – unwiderruflich. Der Lauscher trieb im Schacht und lauschte. Das war alles. Wilbur hatte ihn noch niemals an einem anderen Ort angetroffen. Er glaubte nicht, dass Rodrigo etwas auf die Lange Stille gab – in ihm mussten Millionen

Stimmen durcheinandersprechen –, es war einfach nur ein praktischer Ort, seinen Körper ungestört zu parken und sich den Stimmen hinzugeben. Sein Geist – seine Seele? – war woanders. Und, der immer längeren Zeit nach zu urteilen, die Rodrigo benötigte, um in die Welt gewöhnlicher Menschen zurückzukehren, war es ein erstrebenswerter Ort. Holte Wilbur ihn nicht regelmäßig zurück, Rodrigo würde dort für immer bleiben. Im Meer der Stimmen nicht weniger unwiderruflich im Augenblick gefangen als Diane.

Rodrigo hatte sein Glück gefunden. Dank Pasong. Der Alien hatte es ihm geschenkt. »Du brauchst nur ein Wort zu sagen«, hatte ihm Pasong angeboten. Und Rodrigo hatte es gesagt.

Wilbur hatte den Alien einmal gefragt, wieso er gegenüber der Crew der *Bitch* so freigiebig war. Es war nicht schwer, Pasong etwas zu fragen. Der Alien wohnte zu jeder Zeit in mehreren Körpern, war immer irgendwie verfügbar. Es gab Tage, an denen Wilbur ihm mehrmals in kurzen Abständen begegnete: als asiatischem Jungen, dem man die Jahre der Mangelernährung für den Rest seiner Tage ansehen würde; als vor Kraft und Gesundheit strotzenden Athleten; als unauffällige Mitvierzigerin. Doch ganz gleich, in welcher Gestalt Pasong auftrat, er war unverkennbar. Pasong strahlte Macht aus, selbst wenn er in einem Körper nur eine mindere Präsenz unterhielt. Macht – und eine Traurigkeit, für die Wilbur keinen Grund finden konnte und die ihn manchmal eine überraschende Nähe zu dem Alien finden ließ. Wilbur kannte Trauer.

»Du fragst dich, was wir als Belohnung erwarten?«, hatte er Wilbur mit einer Gegenfrage geantwortet. »Keine, im engeren Sinn. Dein Freund wurde von einer Sehnsucht gequält, die ihr mit euren Mitteln nur unvollkommen stillen konntet. Wir besitzen die nötigen Mittel, also haben wir sie gestillt. Über die Möglichkeit zu verfügen, aber sie nicht zu nutzen, hätte eine unnötige Grausamkeit dargestellt. Das ist alles.«

Rodrigo war fertig mit dem Essen. Er wischte sich die Finger an den feuchten Servietten ab, die Wilbur mitgebracht hatte. Der Lauscher brauchte lange dafür. Immer wieder entglitten die Tücher seinen ungeübten Fingern, rutschte er ab. Schließlich blickte er von seinen Händen auf und fragte: »Hast du Post gebracht?«

»Ja.« Wilbur holte die Karten aus dem Seitenfach des Rucksacks und reichte sie Rodrigo.

Es war ein knappes Dutzend. Viele, aber nicht ungewöhnlich viele. Der Lauscher sah sich die Bilder an. Eines zeigte eine Wüste, wie sie auch auf der Erde existieren mochte; eines war so schwarz wie der Schacht; die Übrigen waren verschwommen, als läge ein Nebel über ihnen. Wilbur sah Landschaften in ihnen, Städte und fremde Wesen. Ein anderer an seiner Stelle würde andere Landschaften, Städte und fremde Wesen in den Bildern sehen.

Rodrigo drehte die Karten auf die beschriftete Seite. »Von Ana?«

»Natürlich.«

Rodrigo hob die oberste Karte mit einer steifen Bewegung an, hielt sie sich vor das Gesicht und kniff die Augen zusammen. Sein Mund formte lautlos und zögernd Worte. Dann steckte er die Karte zurück zu den anderen und hielt sie Wilbur hin. »Würdest du? Ich ...«

Wilbur nickte. Rodrigo konnte die Handschriften nicht lesen. Er hatte nie gelernt, etwas anderes als Druckschrift zu lesen. Wilbur, der alt genug war, einen strengen Lehrer der alten Schule gehabt zu haben, konnte es, wenn auch leidlich. Dass er die Karten mit eigener Hand geschrieben hatte, machte keinen Unterschied. Seine Hände waren nur das Werkzeug, derer sich die Aliens bedienten. Sie *mussten* schreiben. Ein Kribbeln erfasste seine Finger, unterließ Wilbur es. Ein Kribbeln, das sich immer weiter steigerte, das – gab er ihm nicht nach – seinen ganzen Körper erfasste und ihn in seiner ersten Zeit auf der Alien-Insel beinahe um den Verstand gebracht hatte. Pasong hatte es ihm selbst überlassen, seine Aufgabe zu begreifen. Wilbur hatte zwei Wochen gebraucht, bis er darauf gekommen war, was die Tasche mit den merkwürdigen Ansichtskarten zu bedeuten hatte, die Pasong in der *Bitch* abstellt hatte – an einem Punkt, an dem er beinahe verrückt geworden war. Aber dann war er wie durch Zufall über die Karten gestolpert. Seine Finger hatten nach ihnen geschnappt, als wären sie ein Rettungsring, hatten sich einen Stift gegriffen und geschrieben, die ganze Nacht und den halben Tag, bis der Zwang, der an die Stelle des Kribbelns getreten war, abgeklungen war. Geblieben war eine köstliche Taubheit, die bis zum nächsten Tag angehalten hatte. Wilbur war mit neuem Kribbeln aufgewacht und hatte eine neue Tasche mit Karten vorgefunden.

»Ich versuche es, Rodrigo.« Wilbur räusperte sich. Die Karten, die er mit der eigenen Hand geschrieben hatte, waren in Portugiesisch verfasst, und ihm blieb nur, von seinem begrenzten Spanisch auf das zu schließen, was er vor Augen hatte.

»Das Wetter ist schön hier«, las er, »es scheint immer die Sonne.« Oder: »Gestern haben wir einen Ausflug nach Ibtan gemacht. Die Höhlengemälde dort sind wirklich beeindruckend.« Oder: »Sigma V ist toll! Wer hier keine Freunde findet, findet nirgends welche!«

Die Karten kamen – angeblich – von Sigma V, aber sie hätten ebenso gut aus irgendeinem Urlaubsort auf der Erde stammen können. Hatte man eine gelesen, so kam es Wilbur vor, der viele Tausende geschrieben und Hunderte gelesen hatte, hatte man alle gelesen. Aber das war egal. Wichtig war nur, dass sie ihm einen plausiblen Anlass gaben, Rodrigo aufzusuchen und mit ihm zu sprechen.

Als Wilbur die letzte Karte vorgelesen hatte, fragte er: »Und, ist eine von deiner Ana?«

Ana war Rodrigos kleine Schwester. Sie war im letzten Sommer verschwunden – und Rodrigo glaubte, dass sie nach Westen gegangen war, zum Itaipú-Staudamm, von dem aus 150.000 Seelen nach Sigma V aufgebrochen waren.

»Vielleicht die eine mit dem großen Fisch ...?«

Wilbur suchte die Karte aus dem Stapel. Sie zeigte einen

Fischer, der am Strand stolz seine Beute präsentierte. Der Himmel leuchtete giftgrün, der Fischer erinnerte an einen Skorpion, und der Fisch besaß statt einer Heckflosse eine Schraube.

»Die hier?«

Rodrigo hatte nie viel von seiner Familie erzählt. Er hatte ein Dutzend Geschwister und Dutzende nähere Verwandte, und alle zusammen waren sie arme Bauern, denen die Dürre im Amazonasbecken den Boden unter den Füßen wegzog. Sie hatten in der Hoffnung auf den großen Gewinn für Company-Lose zusammengelegt, und ihr Plan war aufgegangen: Rodrigo hatte das große Los gezogen, einen Platz als Flyboy. Aber statt das Los zu versteigern und seine Familie aus der Armut zu erlösen, war er Flyboy geworden. Rodrigo liebte die Gemeinschaft, und die Chance, als Lauscher für die Company in der globalen Kommunikationsgemeinschaft einzutauchen, war zu verlockend gewesen, als dass er ihr hätte widerstehen können. Zum Ausgleich hatte er jeden Cent, den er nicht zum Leben brauchte – und Rodrigo war bescheiden –, nach Hause überwiesen, aber seine Familie hatte es ihm nie verziehen. Was immer Rodrigo gab, es war nur ein Bruchteil dessen, was sie für das Los hätte bekommen können.

»Ja, die.« Rodrigo versuchte zu nicken, aber die Rückenplatte verhinderte es.

Am Morgen, an dem ihm die Aliens die Rückenplatte eingesetzt hatten, war Rodrigo zu Wilbur in die *Bitch* gekommen. Er hatte ihm von seiner Lieblingsschwester Ana erzählt, Wilbur gebeten, ihm dabei zu helfen, sie zu finden. Wilbur hatte es ihm versprochen, ohne zu ahnen, wie diese Hilfe aussehen könnte. Erst später war ihm der Gedanke gekommen, dass Ana eine Erfindung Rodrigos sein könnte.

Wilbur las die Karte ein zweites Mal vor: »He, Petit! Der Fisch ist großartig hier, man muss die Harpune nur ins Meer stecken! Deine Ana. PS: Auf dem Foto ist Mercer, mein neuer ... na, du weißt schon!«

»Petit war mein Spitzname«, erklärte Rodrigo.

»Wieso ist die Karte dann nur ›vielleicht‹ von ihr?«

»Petit ist beliebt. Halb Brasilien wird so genannt.«

»Ah ja.«

Und die andere Hälfte, hatte Wilbur recherchiert, hieß Ana. Ana war ein Allerweltsname. Deshalb hatte er für jeden Besuch ausreichend Karten, deshalb hatten sie einen unverfänglichen Grund für ihre Gespräche. Die Seelen einiger hundert Anas mussten nach Sigma V gereist sein.

»Ana ist nicht mehr auf der Erde«, sagte Rodrigo. »Ich spüre es, Wilbur. Spürst du es nicht auch?«

»Ja ... ja doch ...«, antwortete Wilbur, obwohl er nichts in der Richtung spürte. Was wusste er von Ana? Es gab keine Verbindung zwischen ihm und ihr, selbst wenn es Ana tatsächlich geben sollte. Aber es gab eine Verbindung zwischen ihm und Rodrigo. Sie war über drei Sommer gewachsen, auf den langen Patrouillen über dem Pazifik, zusammengepfercht in der *Bitch,* darauf angewiesen, einander wortlos zu verstehen, um die alte Dame wieder heil nach Funafuti zu bringen. Es war diese Verbindung, auf die ihn Rodrigo ansprach – und es war diese Verbindung, die ihre Chance war.

Pasong hatte Rodrigo das Tor zu einer Welt eröffnet, nach der er sich verzehrte. Um ihm das Glück zu schenken, wie der Alien sagte. Aber eröffnete sich Pasong mit dem Tor nicht seinerseits Zutritt zu einer anderen Welt, zu Rodrigo? Sie wussten es nicht, aber sie mussten davon ausgehen, dass Pasong in Rodrigos Inneres blickte, jeden seiner Gedanken las. Nur: Lesen hieß nicht zwangsläufig verstehen.

»Sie ist weg ... ja ...«, sagte Wilbur. »Ich spüre es.« Und dann machte Wilbur seinen Vorstoß, auf eine Weise, die die Aliens nicht verstehen würden. Er fragte Rodrigo: »Ist Ana tot?«

»Nein!«, rief Rodrigo, aber dem Ausruf des Lauschers fehlte die letzte Spitze des Entsetzens, und Wilbur verstand, was er ihm mitteilen wollte: *Ihr Plan lebte.*

»Aber ich habe dir schon so viele Karten gebracht. Hunderte. Und keine von ihnen hast du eindeutig als ihre erkannt. Woher willst du es so genau wissen, dass sie nicht ...«

»Ich spüre es«, sagte Rodrigo. »Und bald werde ich es wissen. Ich ziehe Erkundigungen ein.« *Bald. Bald würde ihr Plan so weit sein. Rodrigo arbeitete daran.*

»Bist du dir sicher?«

»Ja. Ich bin auf eine Spur gestoßen. Ihr Weg ... in einer Woche habe ich vielleicht schon Klarheit. Ich stehe vor dem Durchbruch.« *Bald. Bald hieß in einer Woche.* Rodrigo schüttelte sich. »Mir ist kalt. Ich gehe wieder zurück.« Er kroch auf allen vieren zum Wasser, als wäre er tatsächlich eine Schildkröte. Am Rand machte er Halt. »Gehst du auch zu Hero?«

Wilbur nickte.

»Richte ihm einen Gruß aus. Ich würde ihn gern wiedersehen.«

Mit einem Gleißen baute sich der Kokon um Rodrigo auf, als er in das dunkle Wasser glitt. Wilbur sah ihm hinterher. Langsam wurde aus dem Menschen ein leuchtender Punkt, dann ein Stern. Und irgendwann verschluckte die Schwärze den Stern.

Es ist furchtbar, recht zu behalten.

»Aufhören!«, haben sie gejammert, als das Haupthaus aus den Nähten platzte. »Es reicht!«, als das Nebenhaus niemanden mehr aufnehmen konnte. »Wozu das alles? Wir sind längst genug, um jeden Weltuntergang zu bestehen!«, als das zweite Nebenhaus nicht mehr ausreichte.

»Lasst euch nicht täuschen!«, habe ich dagegengehalten. »Die Katastrophe kommt. Die Menschheit kann so nicht weitermachen. Es ist unmöglich. Wir müssen viele sein, so viele wie nur möglich! In der Vielzahl liegt unsere einzige Chance.«

Sie gehorchten, aber ich spürte ihren Widerwillen. Sie wurden aufsässig, sorglos, hochmütig. Manche begannen sogar, mich hinter meinem Rücken zu verlachen. Als münde aus der Tatsache, dass wir diesen Tag überlebt haben, eine Gewähr, dass wir den nächsten überleben würden.

»Bleibt demütig! Bleibt wachsam!«, habe ich ihren tauben Ohren gepredigt. »Wappnet euch für das Übel!« Sie lachten mich aus, nannten mich einen ängstlichen, alten Mann.

Bis gestern.

Unsere Gemeinschaft ist um 26 Seelen ärmer. Drei von ihnen wurden von den Entführern ermordet, als sie sich zu wehren versuchten. Die Übrigen wurden auf den Feldern zusammengetrieben und mit vorgehaltenen Gewehren weggezwungen. Seitdem ist es ruhig geworden in unseren Häusern. Niemand lacht mehr, niemand spricht mehr. Die Gedanken aller weilen bei den Entführten. Werden sie je zurückkehren?

Das werden sie nicht. Ich bin ein alter Mann, ich habe viel gesehen. Ich habe den Entführern in die Augen gesehen. Sie wollten mich nicht. Sie wollten die Ernte unserer Mühen. Die Entführer haben uns die erste, selbst gezogene Generation genommen. Die Saat, aus der viele weitere Generationen hätten wachsen sollen.

Es ist, als hätten sie einen Teil von mir selbst genommen. Was sie haben. Acht der Brüder und Schwestern habe ich selbst gezeugt, sind Fleisch von meinem Fleisch. Es ist ein furchtbarer Schlag. Mehr als ein Mensch ertragen kann. Aber ich muss ihn ertragen. Unsere Gemeinschaft schaut zu mir auf, wie sie es vom ersten Tag an getan hat. Fällt mich dieser Schlag, fällt er uns alle. Ich muss durchhalten, weitermachen. Dieser Schlag ist nicht das Ende unserer Überzeugungen, er ist eine Bestätigung.

Noch in dieser Nacht werde ich die Runde unter den Frauen machen, Trost und neues Leben spenden.

Es ist furchtbar, recht zu behalten.

– *Aus dem Tagebuch Natans des Fruchtbaren, Gründer und Vorsteher der Kommune Lebensquell. Eintrag vom 17. 7. 2066*

KAPITEL 27

»Wozu haben Menschen Haare?« Ghi strich sich mit einer Hand über den Schädel, mit der anderen Hand fasste sie sich an den Schritt. Im Berg hatte man den Aliens und Paul alle Haare abrasiert. Aus hygienischen Gründen hatte es geheißen. Jetzt, drei Wochen später, sprossen sie wieder. Es war nicht zu übersehen. Und es juckte und kratzte unerträglich.

»Und wieso haben Menschen sie nur an bestimmten Stellen?«, fuhr Ghi fort. Sie und Paul saßen im Schatten eines Baums am Rande der Lichtung, wie meistens. Es war Ghis Lieblingsplatz, man hörte den Bach rauschen, hatte Anteil an der Geborgenheit, die der menschengemachte Wald versprach, und hatte gleichzeitig freie Sicht. Zumindest erklärte sich Paul so ihre Vorliebe, Ghi hatte ihm ihre Gründe nie dargelegt. Ihre endlosen »Wozu/Wieso/Warum?«-Fragen ließen keinen Raum dafür.

»Die Brauen ...«, Paul fuhr sich über die eigenen, »schützen die Augen. Die Haare auf dem Kopf helfen, wenn es kalt ist, die Wärme im Körper zu behalten. Und wenn es warm ist, schützen sie den Kopf vor zu viel Wärme. Glaube ich. Ich habe niemals darüber nachgedacht. Ich bin ein Mensch, hineingeboren in meinen Körper. Ich habe mein ganzes Leben unter Menschen verbracht. Haare sind selbstverständlich.«

Für Ghi war nichts Menschliches selbstverständlich. »Wieso habe ich nur an einigen Stellen Haare?«, fragte sie weiter. »Aber dir wachsen sie auch im Gesicht? Und überall sonst?«

»Das ist einer der Unterschiede zwischen Männern und Frauen.«

»Wozu dient dieser Unterschied?«

»Ich weiß es nicht. Das Ganze ist ein Überbleibsel unserer evolutionären Entwicklung. Die Tiere, von denen wir abstammen, haben ein Fell besessen. Sie waren überall behaart. Auch im Gesicht.«

Mehrere Aliens traten auf die Lichtung. Sie waren mit schweren Rucksäcken beladen. Marita hatte Atsatun einen Baum gezeigt, dessen Rinde einen besonders hohen Eiweißgehalt besaß, und die Aliens schickten seither jeden Tag eine Gruppe aus, die Rinde heranschaffte.

Ghi sah zu ihnen herüber, grüßte aber nicht. Die Aliens grüßten einander nie. Zumindest nicht auf eine Weise, die Paul hätte wahrnehmen können. »Was ist dann mit Wolf?«, fragte sie. »Menschen haben ihn gemacht, nicht? Und er hat trotzdem ein Fell. Wieso das? Du hast eben gesagt, dass ein Fell ein Kennzeichen von Lebewesen ist, die niedriger stehen als die Menschen. Wenn das so ist, wieso verschwendet ihr dann eure Zeit darauf, Lebewesen zu erschaffen, die niedriger entwickelt sind als ihr?«

»Ich denke ...«, setzte Paul an und brach ab, als ihm aufging, was Ghi eben gesagt hatte. *Mit jeder Frage, die sie uns stellen, erfahren wir mehr über sie.* Wolf schien zu nichts nutze. Er lag einfach nur da, zu einem Fellknäuel zusammengerollt, regte sich stundenlang nicht. Dann schlurfte er auf allen vieren zu einem anderen Platz, um sich wieder zusammenzurollen. Manchmal verschwand er auch einfach. Die Aliens ließen es zu. Wieso? Er brachte ihnen keinen Nutzen – zumindest keinen, der Paul ersichtlich gewesen wäre –, und dennoch lebte Wolf. Und Ghi hatte ihm eben verraten, wieso. Er tat es, weil die Aliens ihn nicht einzuordnen wussten. Wolf war kein Mensch. Wolf war kein Tier. Er gehörte keiner Art an. Es gab keine Wolfsmenschen. Es gab nur den einsamen GenMod Wolf. Es gab keinen Ort, wohin er hätte fliehen können. Er konnte ihnen nichts anhaben. Aber vielleicht mochte er ihnen eines Tages nützlich sein? Es war nicht auszuschließen, also ließen sie Wolf am Leben.

»Das ist nicht so einfach ...«, machte Paul einen zweiten

Anlauf, damit Ghi seine Gedanken nicht erriet. »GenMods sind ...«

»Ich zeige dir etwas«, unterbrach sie ihn. Ghi fragte mit der Ausdauer eines neugierigen Kindes. Aber kamen die Antworten nicht rasch genug, verlor sie ebenso rasch die Geduld.

Sie stand auf und ging zur Mühle. Paul folgte ihr. Sie führte ihn in das große Zimmer im Erdgeschoss, in dem die meisten Aliens schliefen. Paul hatte es seit dem ersten Tag in der Mühle nicht mehr betreten. Es hatte sich nicht viel verändert. Die Aliens hatten die wenigen Möbel zur Seite geschoben und den Boden so gut es ging mit Teppichen, Decken und Stoff abgedeckt. Am Rand der Fläche lag ein Alien. Er schlief.

»Das ist Iheme«, sagte Ghi und ging neben dem Mann in die Knie. Paul folgte ihrem Beispiel. Iheme sah nicht gut aus. Er steckte im Körper eines älteren Mannes. Der Mund stand ihm offen. Paul zählte eine Handvoll gelber Zähne. Der Körper hatte früher der Art von Mensch gehört, die nur in einem Zug Wolfs hatte überleben können. Zu nutzlos, um draußen geduldet zu werden, zu verbraucht und zu alt, um in der Anarchie eines gewöhnlichen Zugs zu bestehen. Jetzt war er krank. Kalter Schweiß stand ihm in Perlen auf der Stirn.

Ghi strich über die Stirn, durch die Haare, die beinahe einen Fingerbreit lang waren. Ghi drückte ihre Finger gegeneinander, als seien sie Scherenklingen, und zog die Hand weg. Die Haare kamen mit. Auf dem Schädel zeichneten bleiche, haarlose Striche ihre Konturen nach.

»Ist das normal?«, fragte Ghi.

»Nein.«

»Was ist mit ihm?«

»Er ist krank.«

»Kannst du ihm helfen?«

Paul legte Iheme eine Hand auf die Stirn. Die Haut des Aliens war heiß und kalt zugleich. »Ich weiß es nicht. Er hat Fieber. Das ist ein gutes Zeichen, wenn es nicht zu hoch wird. Sein Körper kämpft gegen die Krankheit an.«

»Das heißt, das hier ist nur eine Phase, und sein Körper wird wieder gesund werden?«

»Wahrscheinlich ja.«

»Wieso ›wahrscheinlich‹? Siehst du es ihm nicht an?«

»Nein, ich bin kein Arzt. Ich kann nur Vermutungen anstellen. Mit etwas Glück hat er sich einen einfachen Infekt geholt. Das ist normal. Jeder Mensch holt sich ab und zu einen.«

»Und dann fallen euch die Haare aus?« Ghi öffnete ihre Hand; ein Teil der kurzen Haare fiel auf den Boden, ein Teil blieb an ihren Fingern hängen.

»Nein, das muss einen anderen Grund haben. Vielleicht fehlt uns ein wichtiger Bestandteil der Nahrung, ohne dass wir es wissen. Vielleicht enthält unsere Nahrung etwas, das krank macht. Der Wald ist experimentell. Vielleicht sind es auch die Nachwirkungen der Monate im Berg. Vielleicht die Kombination von mehreren Dingen.«

»Aber sind Menschen nicht in der Lage, Krisensituationen zu überleben?« Ghi streifte sich mit der anderen Hand Ihemes Haare von den Fingern.

»Doch, aber die ›Krisensituation‹ hat sehr lange angedauert. Und außerdem sind eure Grundlagen nicht die besten. Ihr lebt in den Körpern von Überschussmenschen. Das sind Menschen, die von der Mehrheit ihrer Mitmenschen verstoßen worden sind.«

»Wieso das?«

»Weil sie nicht funktioniert haben, wie man es von ihnen erwartet hat. Sie waren krank, zu langsam, zu gebrechlich, zu dumm oder ungebildet, um für mehr als einfache Arbeiten zu taugen, sie waren drogenabhängig oder was auch immer. Man hat sie in Züge gesperrt, um sie aus dem Weg zu haben. Ab und zu hat man sie zu Arbeiten eingesetzt, um einen Wert aus ihnen herauszuholen, aber die meiste Zeit hat man sie einfach sich selbst überlassen. Wolf hat sie gerettet. Er hat ihnen einen neuen Lebenssinn gegeben. Ihre Seelen sind jetzt auf Sigma V ...« Paul machte eine Pause, wartete darauf, dass Ghi in irgendeiner Weise auf den Namen reagierte. Sie tat es nicht.

»Sie sind weg, und ihr habt ihre Körper bekommen. Die Körper von Gezeichneten, von Verbrauchten. Es ist kein Wunder, dass sie krank werden. Im Gegenteil, es wäre ein Wunder, wenn sie es *nicht* täten.«

»Schlafen hilft ihm, nicht?«, fragte Ghi.

»Ja.«

Sie nickte, stand auf und führte ihn zurück an ihren Platz am Bach. Sie fragte ihn nach Finger- und Zehennägeln und warum sie so weich waren, dass sie abbrachen, sobald man sie benutzte, und wieso sie ihren Kopf nicht so weit drehen konnte, dass sie nach hinten sah, und weshalb ihre Zunge nicht lange genug war, sich die Nasenlöcher frei zu lecken ... immer weiter, in ihrer üblichen Sprunghaftigkeit, als sei nichts geschehen.

Aber Paul spürte, dass es nicht so war. Ghi hörte seinen Antworten kaum zu, einmal verlor sie sogar den Faden und stellte ihm dieselbe Frage ein zweites Mal.

Etwas beschäftigte Ghi.

Und als es Zeit für Paul war, in die Küche zu gehen und für die Aliens zu kochen, platzte es aus ihr heraus.

»Diese Krankheit, dieser Infekt. Du sagst, jeder Mensch bekommt ab und zu einen.«

»Ja.«

»Ist er ansteckend?«

»Ja.«

Am nächsten Morgen lagen fünf weitere Aliens neben Iheme auf dem Boden, zu schwach, um mehr als ein gelegentliches Stöhnen von sich zu geben. Am Morgen darauf waren es elf geworden, am nächsten Morgen 23 – und Paul und Marita wurden vom Schlagen der Tür aus dem tiefen Schlaf gerissen, in den sie regelmäßig nach ihrer nächtlichen Darbietung verfielen.

»Aufstehen!«

Es war Atsatun. Er hatte eine TAR-21 auf sie gerichtet. Die Mündung des Gewehrs zitterte.

Der Alien war krank. Seine Haut war blass und wächsern,

auf der Stirn standen ihm Schweißperlen. Er stützte sich mit dem freien Arm auf einen Stock.

Marita lächelte mütterlich. »Du bist krank«, stellte sie fest. »Du solltest dich hinlegen. Dann wird es dir bald ...«

»Du!« Der Lauf der TAR-21 richtete sich auf Paul. »Du gehst zu den Kranken. Halte sie am Leben!«

»Und du!« Der Lauf schwenkte zu Marita. »Du kommst mit!«

Paul und Marita zogen sich an und stiegen die Treppe hinunter. Atsatun ging vor ihnen. Auf jeder Stufe machte er Halt und klammerte sich an das Geländer, bis er genug Kraft für den nächsten Schritt fand. Im Flur dirigierte er Paul mit dem Gewehr in das Wohnzimmer, Marita vor die Mühle.

Es war düster im Wohnzimmer. Die Fenster der alten Mühle waren winzig, bessere Schießscharten, und schmutzig, und die Aliens hatten die Vorhänge vorgezogen. Die Kranken lagen auf einem Haufen. In der Mitte des Haufens lag Iheme, um ihn herum, in mehreren Ringen, die übrigen Kranken. Sie hielten einander fest, mit einer Hand am Schienbein des Aliens, der ihnen am Kopf am nächsten lag, mit der anderen umklammerten sie die Hüfte ihres seitlichen Nachbarn.

»Paul, da bist du ja!« Ghi sprang aus dem Sessel auf, in dem sie, eingerollt wie eine Katze, Wache über ihre Kameraden gehalten hatte. Sie rief es so freudig und erwartungsvoll, dass Paul für einen Augenblick glaubte, Ekin sei in ihren Körper zurückgekehrt.

Ghi blieb vor ihm stehen. Sie war müde, aber gesund. Es war kein Wunder, sie hatte einen erstklassigen Körper bekommen: jung, monatlich auf Herz, Nieren und Alien-Manifestationen durchgecheckt, trainiert, mit schnellen Hunter-Reflexen. Ihre Kameraden hatten mit weniger vorlieb nehmen müssen: den Resten. Buchstäblich.

»Du musst uns helfen. Es wird nicht besser. Du hast gesagt, dass Iheme zwei, drei schwere Tage vor sich habe und er dann wieder gesund würde. Aber es wird einfach nicht besser. Tu etwas!«

Es war eine Bitte, keine Drohung. Ghi hatte keine Waffe bei

sich. Sie wollte nur, dass Paul half. Er war ein Mensch, er musste wissen, welche Krankheiten Menschen befielen und wie man ihnen abhalf. Der Gedanke lag nahe – und war doch falsch. Was würde sie tun, wenn der erste Alien starb und sie ihren Irrtum erkannte?

»Mach die Fenster auf!« Es war das erste Mal, dass Paul einem Alien etwas befahl.

»Wozu? Draußen ist es kalt. Kälte ist nicht gut für Menschen. Ihre Körper sind schwach von der Krankheit. Wenn jetzt die Kälte ...«

»Es ist zu heiß hier drinnen. Sie brauchen frische Luft und Licht.« Paul brauchte sie wenigstens. Die Kranken stanken widerlich.

Ghi gab nach. Sie rannte zu den Fenstern, riss die Vorhänge beiseite und die Fensterflügel auf.

»Und jetzt?«

»Ihr müsst sie säubern. Bringt sie nach draußen, wascht ihnen am Bach den Urin und den Kot ab.«

»Wieso? Sie sind so schwach. Es wird sie weiter schwächen. Und ihre Ausscheidungen haben nichts mit der Krankheit zu tun, oder?«

»Indirekt ja. Die Krankheit macht ihren Kot dünn.«

»Das ist alles? Wieso ...«

»Ihre Exkremente werden ihnen neue Krankheiten einhandeln. Sie sind geschwächt, sie werden es nicht überleben, wenn ihr Immunsystem mit noch mehr klarkommen muss.«

Ghi schüttelte den Kopf. Sie wollte es nicht wahrhaben. »Ich glaube nicht, dass ...«

Paul unterbrach sie. »Es ist ganz einfach. Ihr haltet eure Leute sauber, oder sie sind so gut wie tot. Willst du das?«

»Nein.«

»Dann tu gefälligst, was ich dir sage!« Paul brüllte.

Ghi zuckte zusammen. Ihre Augen weiteten sich, als hätte sie in diesem Moment etwas Neues an Paul verstanden, als hätte sie ihn überhaupt verstanden – dann machte sie auf dem Absatz kehrt und rannte nach draußen.

Paul blieb stehen, auch dann noch, als die ersten gesunden Aliens in das Wohnzimmer strömten, zu viert einen Kranken anhoben und ihn nach draußen brachten.

Ghi hatte etwas über ihn verstanden.

Und er hatte etwas über Ghi und ihre Art verstanden. Die Aliens stellten Notwendigkeit über alles. Paul war ihr Gefangener. Sie behielten ihn, weil er ihnen nützlich war. Er tat, was sie ihm sagten. Und jetzt taten die Aliens, was er ihnen sagte, weil es der Notwendigkeit entsprach. Sie, die Aliens, gehorchten einem Menschen, ohne Rücksicht darauf, dass sie ihm unendlich überlegen waren. Und sie würden es wieder tun, wenn sie zur Auffassung gelangten, dass es die Notwendigkeit gebot.

Ein zweiter und ein dritter Kranker wurden nach draußen gebracht. Die Aliens taten es behutsam, als fürchteten sie, dass ein falscher Handgriff das Leben aus den schwachen Menschenkörpern treiben könnte, wenn sie einen falschen Griff machten.

»Hier, ist dir das eine Hilfe?«

Ghi stand vor ihm, hielt ihm ein altmodisches Medizinschränkchen hin. Der weiße Lack, auf dem ein großes Rotes Kreuz gemalt war, war verfärbt. Das Schränkchen war staubig, und die Schrauben und der Putz, die an seiner Rückseite klebten, sagten Paul, dass Ghi es in ihrer Ungeduld aus der Wand gerissen haben musste.

»Ich denke schon.«

Ghi setzte das Schränkchen auf dem Boden ab, versuchte es zu öffnen. Es ging nicht.

»Was ist mit dem Schlüssel?«, fragte Paul.

»Es war keiner dabei.«

»Vielleicht ist ...«

Ghi drosch mit der Faust auf das Schränkchen ein. Ihre Bewegungen waren abgehakt, beinahe panisch. Beim vierten Schlag gab das Holz der Tür nach. Sie trat zur Seite, und Paul sah den Inhalt des Schränkchens durch. Er war nutzlos. Mullbinden, Pflaster, Magenmittel, Allergiecreme, Antibiotika,

Antidepressiva. Teilweise angebrochen, ausnahmslos vor Jahren abgelaufen. Sie mussten den früheren Bewohnern der Mühle gehört haben. Er würde damit kein einziges Leben retten ... es sei denn, Aliens in Menschenkörpern waren menschlich genug, dass Placebos bei ihnen anschlugen. Er wühlte in dem Kasten herum, fand zwei Thermometer und schließlich eine große Packung eines Fiebersenkers. 50 Tabletten, abgelaufen vor 19 Jahren im März 2047. Zwei für jeden der Kranken.

»Hier! Das ist es!« Er hielt die Packung in die Höhe.

»Was ist das?«, fragte Ghi.

»Ein Fiebersenker.«

»Kein Gegenmittel?«

»Nein. Aber er wird das Fieber der Kranken lange genug senken, damit ihr Immunsystem den Kampf gegen die Krankheit gewinnen kann. Menschen sind zäh, du wirst sehen.«

»Zeig es mir!«

»Ich brauche Wasser und Becher.«

»Ich hole es dir.« Ghi verschwand. Paul wollte sich über einen der kranken Aliens beugen, als von draußen ein Schrei kam. Er klang wütend, un-alienhaft. Paul trat an ein Fenster und blieb schräg hinter der Öffnung stehen, sodass man ihn von draußen nicht wahrnehmen konnte. Der Schrei war von Marita gekommen. Eine Gruppe Aliens trieb sie mit vorgehaltenen Gewehren vor sich her über die Lichtung. Es waren fünf – vier Gesunde und Atsatun, der sich links auf einen Stock stützte, rechts auf einen gesunden Kameraden. Marita bockte. Immer wieder blieb sie stehen, brüllte etwas. Ihre Stimme überschlug sich so sehr, dass Paul sie nicht verstehen konnte. Die Aliens stießen sie mit den Gewehrläufen an und trieben sie weiter, in den Wald. Hätte es sich um Menschen gehandelt, Paul hätte gewusst, was er da sah: eine Hinrichtung. Aber es waren Aliens, und wenn sie jemanden töteten, taten sie es an Ort und Stelle, im selben Moment, an dem ihre Entscheidung gefallen war.

»Hier, das Wasser!« Ghi war zurück.

»Was tun sie mit Marita?«, fragte er sie, ohne den Blick abzuwenden.

»Nichts. Sie hilft uns auf ihre Weise.«

Die Gruppe erreichte den Wald und verschwand aus Pauls Sicht. Er riss sich vom Fenster los, füllte einen der Becher, den Ghi gebracht hatte, mit Wasser und brachte ihn zu Iheme. Der Alien war nackt. Seine Haut war heiß und kalt zugleich. Heiß von dem Fieber, kalt von dem kühlen Wasser des Bachs, in dem ihn seine Kameraden gewaschen hatten. Paul schob ihm eine Hand unter den Hinterkopf und hob ihn an. Die Stoppelhaare fühlten sich sanft wie ein Fell an und klebten an Pauls Fingern, als sie sich aus der Kopfhaut lösten. Der Schweiß hatte sie durchgeweicht.

»Iheme? Iheme, hörst du mich?«

Er musste zu dem Alien durchdringen. Der Placebo-Effekt beruhte darauf, dass Iheme wusste, dass man ihm Medizin gab und er an ihre Wirkung glaubte.

»Iheme?«

Ghi kniete neben ihm nieder. Sie legte wortlos die Hände auf den Oberkörper ihres Kameraden. Iheme öffnete die Augen. Sie waren gelb und wässrig.

»Iheme. Siehst du das hier?«, fragte Paul. Er hielt dem Alien eine Blisterfolie mit Tabletten unmittelbar vor das Gesicht. »Das ist Medizin. Tabletten. Ich möchte, dass du eine schluckst. Sie wird das Fieber senken, dich gesund machen.« Paul löste mit dem Daumen eine Tablette aus der Verpackung. Das spröde gewordene Plastik zerbrach unter dem Druck. »Ich möchte, dass du diese Tablette schluckst. Mit viel Wasser.« Iheme öffnete folgsam die Lippen. Er stank widerlich aus dem Mund. Paul überwand seinen Widerwillen und legte dem Alien die Tablette auf die Zunge. »Schluck!«

Iheme schluckte die Tablette im ersten Anlauf. Danach trank er zwei Becher Wasser. Paul legte seinen Kopf wieder ab.

»Was nun? Die Übrigen?«

»Gleich. Erst will ich das Fieber messen.« Er kramte die beiden Thermometer aus der Tasche. Eines war ein modernes

Modell und Pauls Hoffnung. Es maß die Temperatur am Ohr, erstellte Prognosen und gab Behandlungsvorschläge. Es war kaputt. Das Display blieb dunkel, ganz gleich, wie oft Paul den Ein-Schalter drückte oder das Gerät schüttelte. Paul ignorierte Ghis beunruhigte Blicke, legte es weg und nahm das zweite Thermometer. Es war ein langer, mit Quecksilber gefüllter Stift. Paul drehte Iheme zur Seite und führte ihn in den Anus des Aliens ein. Iheme ließ es mit sich geschehen. Nach einigen Minuten zog Paul das Thermometer wieder heraus. Die Skala zeigte 40,8 Grad.

»Was sagt dieses ... Instrument?«, fragte Ghi.

»Er hat hohes Fieber. Sehr hohes Fieber.«

»Ist sein Leben in Gefahr.«

»Nein«, antwortete Paul knapp und wünschte, er wäre sich seiner Sache sicher. Fieber war tödlich. Ab einer bestimmten Temperatur wandelten sich Proteine im Körper um. Er war sich sicher. Aber ab welcher? Über 40? Über 41?

Sie machten ihre Runde. Paul gab jedem der Aliens eine Tablette und schärfte ihnen ein, dass die Medizin helfen würde. Ghi gab den Kranken Wasser, legte ihnen die Hände auf. Berührte er selbst einen Alien oder sprach ihn an, kam keine Reaktion. Legte Ghi die Hände auf, öffneten sie Augen und Münder.

Als sie die Runde vollendet hatten, nahm Paul wieder Ihemes Temperatur. 41,1 Grad.

»Sie ist gestiegen«, stellte Ghi fest.

»Etwas, ja«, gab er zu. »Aber das muss nichts heißen. Dieses Thermometer ist sehr ungenau.«

»Du hast gesagt, die Medizin senkt das Fieber. Sie tut es nicht. Was jetzt?«

Ja, was jetzt? Was tat man bei Fieber? Paul überlegte. Feuchte Wickel um die Beine? Er hatte davon gehört. Aber wo um die Beine? Und mit kaltem Wasser oder heißem? Kaltes Wasser würde kühlen. Aber Heißes würde den Körper zwingen zu kühlen ... nein, das hatte keinen Sinn. Er wusste es einfach nicht. Er musste bei dem bleiben, was er begonnen hatte.

»Wir geben ihnen eine zweite Tablette. Die Dosis muss zu schwach gewesen sein.«

Sie begannen die zweite Runde. Sie war kurz. Paul und Ghi waren inzwischen ein eingespieltes Team. Ihre Griffe und Worte waren geübt, alles ging reibungslos von der Hand und – und Ghis Hände zitterten. Sie bebten, wenn sie sie auflegte, und die übrige Zeit waren sie in Bewegung. Ghi knetete ihre Finger mit fahrigen Bewegungen. Von Zeit zu Zeit hielt sie inne, verkrallten die Finger sich ineinander und verharrten für einige Augenblicke starr.

Sie kehrten zu Iheme zurück. Paul nahm seine Temperatur. 41,3 Grad.

»Sie ist wieder gestiegen.«

»Das muss nichts bedeu...«

Ghi packte Pauls Hände, umklammerte sie. »Er darf nicht sterben. Hörst du?« Ihr Griff wurde fester, schmerzhaft. »Iheme darf nicht sterben. Keiner von uns darf sterben.«

»Ich verstehe. Niemand will sterben. Ich ...«

»Du verstehst gar nichts. Mit jedem von uns sterben viele Welten. Es darf nicht geschehen. Es darf nicht!« Sie ließ seine Hände los. »Sorge dafür, dass sie leben! Tu etwas! Irgendwas!«

Paul überlegte. Er musste etwas tun. »Geht in die Schlafzimmer«, trug er Ghi auf. »Zerreißt die Betttücher. Geht in die Küche. Holt alle Tücher, die ihr finden könnt.«

»Und dann?«

»Geht mit den Tüchern zum Bach. Macht sie nass und bringt sie her.« Kaltes Wasser. Kaltes Wasser war die Lösung. Sie musste es sein; es war alles, was sie hatten.

Ghi rannte hinaus. Paul hörte schnelle Schritte, das Reißen von Stoff, dann strömten die gesunden Aliens mit den feuchten Tüchern in den Raum. Paul zeigte ihnen, wie man sie um die Waden wickelte. Mehr konnte er nicht tun. Er setzte sich neben Iheme. Ghi kam zu ihm, setzte sich zu ihm. Iheme war der erste Alien, der erkrankt war. Er würde als Erster sterben – oder genesen.

Paul wartete. Es gab nichts für ihn zu tun. Die Tabletten

waren zu Ende, seine Ideen ebenfalls. Die gesunden Aliens tauschten regelmäßig die Wickel der Kranken aus. Paul blieb nur, um von Zeit zu Zeit Ihemes Temperatur zu messen. 41,2. Dann 41,1. Dann 41. Ghi riss ihm immer wieder das Thermometer aus der Hand, um die Werte selbst abzulesen. Dann 41,4. Ghi legte Iheme die zitternden Hände auf. Er reagierte nicht. Ghi sprang auf und rannte nach draußen. Paul nahm weiter die Temperatur. 41,4. 41,5. 41,4. Hoch, viel zu hoch. Aber vielleicht stabil? Von Zeit zu Zeit rannte Ghi in das Zimmer zurück, fragte den neuesten Wert ab. Rannte wieder nach draußen, rannte wieder hinein. Und jedes Mal, wenn sie zurückkam, war sie fahriger, aufgeregter.

»Er darf nicht sterben!«, bettelte sie Paul an. »Er muss leben. Mach, dass er lebt! Sonst wird ...« Sie stürzte hinaus.

41,4. 41,3. 41,5.

Ghi ging auf und ab. Ihr Blick huschte wirr über den Raum, von Krankem zu Krankem. Schließlich rannte sie wieder hinaus, stolperte über einen am Boden Liegenden, fing sich ab und war verschwunden, das Gesicht in den Händen verborgen. Hatte sie geweint?

41,4.

Was würde geschehen, wenn Iheme oder einer der anderen Aliens starb? Atsatun würde ihn töten. Paul war sich sicher. Aber Ghi? Was würde sie tun?

41,4.

Ghi war anders als die übrigen Aliens. Glaubte er. Und wenn nicht das, hatte er sie besser kennengelernt als alle Übrigen. Sie kannte Mitgefühl. Für ihre Kameraden. Und – bildete er es sich nur ein? – für ihn, Paul.

41,5.

Ghi rannte wieder nach draußen. Es dämmerte. Der Tag ging zu Ende. Hieß es nicht, dass Fieber in der Nacht sank? Paul maß wieder Ihemes Temperatur. 39,7 Grad. Er schüttelte das Thermometer. Es blieb bei 39,7. Das Fieber sank! Wo steckte Ghi? Sie musste erfahren, dass ...

Von draußen kam lautes Geschrei. Nicht von Aliens, von

Menschen. Viele Stimmen, ein ungeordneter Chor. Paul stand auf, um zum Fenster zu gehen, da kam Ghi in das Zimmer. Paul streckte ihr das Thermometer entgegen. »Ghi, 40,9! Iheme ist über den Berg!«

Ghi blieb stehen, nickte langsam. »Das ... das ist nicht mehr wichtig.« Sie schwieg, den Blick auf den Boden gerichtet. Dann hob sie den Kopf, öffnete den Mund, als wolle sie noch etwas sagen.

Es kam nicht dazu.

Aliens strömten in den Raum – alle Gesunden –, rissen Ghi, die ihnen im Weg stand, zu Boden und stürzten sich auf die Kranken. Sie packten sie an den Händen und zerrten sie nach draußen, als handele es sich bei ihnen um tote, wertlose Hüllen.

Ghi kam wieder hoch. Sie blutete aus aufgeschlagenen Knien. Ohne Paul anzusehen, rannte sie nach draußen. Paul folgte ihr langsam auf die Lichtung.

Es war Nacht geworden. Im Licht der Blüten wartete die Beute, die Atsatun mit Marita Kahmans Hilfe gemacht hatte. Menschen. Es waren junge Männer und Frauen, keiner unter ihnen schien jenseits der zwanzig. Ihre Haare waren kurz geschnitten, kaum länger als die Stoppeln von Paul und den Aliens. Sie trugen grobe Kleidung, die an eine Uniform erinnerte: erdfarbene Hosen, kombiniert mit erdfarbenen Hemden. Häftlinge? Nein, dazu waren sie zu gesund und kräftig.

»Los, Los! Einen Kreis! Seht nach innen!« Atsatun gab die Befehle mit einer dünnen Stimme, beinahe schon einem Flüstern, aber die Gefangenen gehorchten mit einer Hast, die Paul verriet, dass sie bereits erfahren hatten, wie die Aliens mit Menschen verfuhren, die ihnen nicht nützlich erschienen.

»Den Kreis größer!«

Atsatun stand etwas abseits. Neben ihm lag Marita im Gras, die Hände auf den Rücken gebunden. Sie wand sich grunzend. Die Aliens hatten sie geknebelt.

»Auf die Knie!«, befahl Atsatun.

Die Gefangenen sanken auf die Knie. Die Aliens hatten sie

nicht gefesselt, aber wie automatisch falteten die Gefangenen die Hände auf dem Rücken zusammen und senkten die Köpfe.

Jemand berührte Paul am Arm. Es war Ghi. »Sieh nicht hin!« Paul blickte sie einen Augenblick an, überrascht von der Menschlichkeit, die er spürte, dann schüttelte er den Kopf und blickte wieder zu den Gefangenen. Er wollte leben. Aber wenn sein Leben einen Sinn haben sollte, musste er hinsehen. Er musste lernen.

Die Aliens schleppten die Kranken in den Kreis, legten sie vor den Gefangenen ab. Ein Mensch kam auf einen kranken Alien.

»Legt die Hände auf!«, befahl Atsatun.

»Sieh nicht hin, Paul!«, flehte Ghi. »Bitte, ich will nicht, dass du das mit ansiehst!«

Paul hörte nicht auf sie. Er konnte es nicht. Er spürte, dass er hinsehen, Zeuge werden musste.

Die Gefangenen beugten sich vor, taten, was Atsatun von ihnen verlangte.

Stille setzte ein. Die gesunden Aliens legten ihre Waffen neben den Kranken ab, traten einige Schritte zurück und bildeten einen zweiten, größeren Kreis. Atsatun setzte sich in Bewegung, schleppte sich zu dem letzten Gefangenen, vor dem noch kein Kranker lag, und ließ sich vor ihm zu Boden fallen, das Gewehr in der Hand. Die Frau beugte sich vor und legte die Hände auf seinen Leib. Sie versuchte nicht, das Gewehr zu greifen. Ihre Angst war zu groß.

»Bitte, Paul«, flüsterte Ghi ihm ins Ohr. »Bitte sieh ...«

Ein Aufschrei schnitt ihr das Wort ab. Es kam aus dem inneren Kreis, von kranken Aliens und gefangenen Menschen gleichzeitig. Die Kranken bäumten sich auf, sie stöhnten. Einige versuchten davonzukriechen – und wie sie sich verhielten, sagte Paul, dass in ihren Körpern wieder Menschen wohnten. Zu Tode verängstigte Menschen.

Und dann stöhnten die Gefangenen auf. Es war ein unmenschlicher Ton. Langsam, wie in Zeitlupe, kippten sie weg, kamen auf dem Gras auf. Schaum drang ihnen aus den Mündern, beschmutzte ihre Gesichter.

Sie blieben nur einen Augenblick allein. Die gesunden Aliens rannten zu ihnen, schlossen sie in die Arme, so behutsam, als handele es sich bei ihnen um Neugeborene. Sie wischten ihnen behutsam den Schaum ab. Es war eine unendlich zärtliche, liebevolle Geste.

Und dann lösten sich die Neugeborenen aus den tröstenden Armen ihrer Gefährten, nahmen mit unsicheren, aber entschlossenen Bewegungen die Waffen vom Boden auf und erschossen die Kranken.

Ihre alten Körper hatten ausgedient.

JesusliebtdichaberwasistmitdenAliens? (Profil) 9. 8. 2066, 23 Uhr 44 (GMT)

Hallo, Leute! Das ist mein letztes Posting. Macht es gut, und dass euch nie Ladehemmung heimsucht!
Euer Jesusjetztwillichesaberwissen! (ehemals JesusliebtdichaberwasistmitdenAliens?)

Homo Sapiens+ (Profil) 10. 8. 2066, 5 Uhr 11 (GMT)

He, JesusMariaJosefundsoweiter! Was ist los? Fährst du als eine lebende Bombe in eine Korpskaserne? Wenn ja: einen guten Rumms!*

* stellvertretend für alle Mitglieder dieses Forums. Ist bestimmt nicht so, dass sich niemand für dich interessieren würde. Sind nur alle draußen auf der Straße und kämpfen ...

Jesusjetztwillichesaberwissen! (Profil) 10. 8. 2066, 5 Uhr 12 (GMT)

Nein, keine Bombe. Meine Selbstmordattentäterphase habe ich hinter mir. Ich gehe auf Pilgerfahrt.

Der Alienator. (Profil) 10. 8. 2066, 5 Uhr 12 (GMT)

Jesus! Hast du sie noch alle? Gerade jetzt, nachdem das Korps die FAMH-Armee komplett massakriert hat? Wir brauchen da draußen jeden, der eine Waffe halten kann!

Flutsch Gordon. (Profil) 10. 8. 2066, 5 Uhr 17 (GMT)

@Alienator: Die FAMH-Armee war ein Haufen stümperhafter, naiver Amateure. Gut, dass wir sie endlich los sind!
@Jesus...: Was soll das sein, Pilgerfahrt?

Jesusjetztwillichesaberwissen! (Profil) 10. 8. 2066, 5 Uhr 17 (GMT)

Eine spirituelle Reise ins Innere. Ein Streben nach Erkenntnis. Eine Suche nach den letzten Antworten.

Der Alienator. (Profil) 10. 8. 2066, 5 Uhr 20 (GMT)

»Spirituelle Reise«?!? Mann, du bist ein klarer Fall für die Eso-Klinik! Intensivstation!

Jesusjetztwillichesaberwissen! (Profil) 10. 8. 2066, 5 Uhr 20 (GMT)

Das ist doch ... ich dachte, dieses Forum wäre ein Ort der Toleranz? Ein Platz, wo man Verständnis für Andersdenkende hat?

Der Alienator. (Profil) 10. 8. 2066, 5 Uhr 20 (GMT)

Andersdenkende – ja. Eso-Vollidioten – niemals!

Jesusjetztwillichesaberwissen! (Profil) 10.8.2066, 5 Uhr 21 (GMT)

Das nimmst du sofort zurück! SOFORT! HÖRST DU? SONST WE...

Homo Sapiens+ (Profil) 10. 8. 2066, 5 Uhr 22 (GMT)

He, ganz ruhig, ihr zwei – sonst holt euer freundlicher Moderator seinen großen Knüppel aus dem Sack und sperrt euch beide für einen Monat. Kapiert?
Keine Beleidigungen, bitte! In unserem Forum geht alles. Und außerdem liegt Jesususw. vielleicht gar nicht so daneben. Ein paar meiner Kumpels aus dem Widerstand haben in letzter Zeit angefangen zu pilgern. Erzählen mir, wenn sie irgendwo an einen sicheren Netzzugang kommen, wunderliche Dinge über die innere Stärke, zu der sie gefunden haben. Mir scheint, da wächst heimlich, still und leise etwas heran, was wir noch gar nicht abschätzen können. Wer weiß, vielleicht kommt das nächste große Ding ja aus der Pilgerbewegung – schließlich leben wir in einer Welt, in der zwei arbeitslose schwule Belgier die Einzigen waren, die die Nerven behalten und folgerichtig gehandelt haben, als das Alien-Schiff über uns in den Orbit rauschte. In einer solchen Welt ist nichts unmöglich ;-)

– *Transkript AlienNet-Forum, Unterforum Menschen/Aktionen/Spekulationen*
Gesamtzahl der Unterforen, Stand 1. Januar 2066: 1429
Zahl der täglichen Beiträge (durchschnittlich): 12,5 Millionen

KAPITEL 28

Trixie sollte wütend sein, Ekin die Augen auskratzen.

Ekin hatte sie betrogen und benutzt. Ekin hatte sich im entscheidenden Moment auf die Seite von Paul geschlagen, dem Menschheitsverräter. Ekin hatte den Aliens den Durchbruch zur Erde ermöglicht. Ekin hatte sie betäubt und liegen lassen, wohl wissend, dass sie Trixie damit untragbar für das Hunter-Korps machte. Ekin hatte sie gezwungen, ein neues Leben zu beginnen, hier in den USAA, in der es alles im Überfluss gab, nur nicht das Gefühl, zu Hause zu sein.

Trixie sollte den Alarmknopf drücken. Die Sicherheitskräfte würden nur einen Augenblick benötigen, Ekin zu überwältigen. Homeworld Security würde Ekin wegsperren. Für immer.

Trixie tat es nicht.

Sie hatte Ekin zurück. Nicht die alte Ekin mit dem durchtrainierten Körper der Kriegerin, der Trixie zutiefst erregt hatte, sondern eine neue. Ekin, die Kriegerin, steckte in dem dürren Körper eines Mädchens, das eine viel zu große Interniertenuniform trug, für eine Erwachsene gedacht. Es war ein Mädchen, das viel durchgemacht hatte. Trixie hatte einen Blick dafür. Leid war – unter anderem – ihr Beruf.

Das Mädchen zitterte.

»Ekin«, flüsterte Trixie und zog sie enger an sich. »Ekin, du bist es.«

»Ja.« Ekin schmiegte sich an sie.

»Wie ... wie kommst du in diesen Körper?«

»Er war der Einzige, der zu haben war. Es gibt kein anderes gangbares Verbindungsglied zwischen Sigma V und der Erde.«

»Sigma V ... dann ist es also nicht nur eine Geschichte?«

Ekin nickte, ihr Haar strich über Trixies Oberarm. Es kitzelte. »Sigma V existiert. Die Menschenseelen, die die Transfers mitgemacht haben, sind dort unversehrt angekommen. Sie leben in den Körpern von Aliens.«

»Wie ist es dort?«

»In einem Wort: unfassbar. In der Ausführlichkeit, die der Sache angemessen wäre: Dafür wir haben keine Zeit.«

»Wir haben sie. Ich bin Alien Detector. Soweit es Homeworld Security angeht, führe ich im Augenblick eine offizielle Vernehmung durch. Vernehmungen sind oft langwierig. Wenn ich es will, bleiben wir in diesem Raum für vierundzwanzig Stunden ungestört.«

Ekin rückte von ihr ab. Nur eine Handbreit, aber Trixie musste sich beherrschen, sie nicht augenblicklich wieder an sich zu ziehen. »Das meine ich nicht. Ich könnte dir Sigma V nicht beschreiben, selbst wenn ich Wochen hätte. Man muss es erlebt haben. Es ist ...« Ekin brach ab. Trixie sah in ihren Augen, dass sie die Wahrheit sagte. Das – und wie schwer es Ekin gefallen war, auf die Erde zurückzukehren.

»Wieso bist du zurückgekommen?«, fragte Trixie.

»Wieso wohl?« Die Wehmut verschwand schlagartig aus Ekins Augen. Eine Mischung aus Ernst und Durchtriebenheit nahm ihren Platz ein. »Die Pflicht natürlich. Du kennst mich. Ich habe einen Eid geschworen, die Menschheit zu beschützen.«

Ich auch!, dachte Trixie, und mit dem Gedanken kehrte ein Teil ihrer Wut zurück. »Das dachte ich auch«, sagte sie laut, »aber ich habe am eigenen Leib gespürt, wie viel dir dein Eid bedeutet!« Sie versteifte sich.

Ekin wich nicht zurück, sie nahm Trixies Kopf in beide Hände, fixierte ihn, wie eben, als sie sie geküsst hatte. »Trixie, es tut mir leid. Hörst du? Ich weiß, dass es dir schwerfällt, das zu akzeptieren. Mir würde es an deiner Stelle genauso gehen. Aber ich musste es tun, ich musste dich ausschalten. Paul hatte recht. Wir mussten einen neuen Weg finden, mit den Aliens umzugehen. Uns einzugraben war aussichtslos. Die Aliens sind uns unendlich überlegen, früher oder später wären sie durch alle unsere Dämme gebrochen, egal, ob sie Hunter-Korps oder Homeworld Security oder sonstwie heißen. Und selbst wenn es uns gelungen wäre, die Manifestationen noch ein paar Jahre länger abzublocken ... denk nach, was hätte es aus uns gemacht?«

Trixie dachte an den Transport, der an diesem Morgen eingetroffen war. Tausend elende Menschen, die nicht mehr lange zu leben hatten. Sie schluckte den Widerspruch, der ihr auf der Zunge lag, herunter. »Was geschehen ist, ist geschehen. Wie sieht dein neuer Weg aus?«

Ekin ließ ihren Kopf los, lehnte sich etwas zurück. »Ehrlich gesagt, ich weiß es nicht. Noch nicht. Ich stehe erst am Anfang. Ich werde sehen, wohin es mich führt. Aber dafür weiß ich etwas anderes: Paul war nicht der Einzige, der recht hatte. Die Aliens sind Flüchtlinge, wie du mir gesagt hast.«

»Vor wem oder was flüchten sie?«

»Vor ihrer eigenen Art.«

»Weshalb?«

»Es ist ...«, Ekin suchte nach Worten. Ihr Gesicht war konzentriert, wirkte wie das einer Erwachsenen, nur kleiner. »In menschlichen Begriffen könnte man es vielleicht einen Bürgerkrieg nennen. Es gibt zwei Gruppen. Die Aliens, die zur Erde gekommen sind, nennen sich ›Seelenspringer‹. Die Seelenspringer sind in der Minderheit, sie sind so gut wie geschlagen. Sie sind auf der Flucht vor der anderen Gruppe, den ›Seelenbewahrern‹. Klingt einfach, nicht? Aber das ist es nicht. Die Dimensionen dieses Bürgerkriegs übersteigen unser Vorstellungsvermögen. Er tobt seit so langer Zeit, dass sich niemand an seinen Beginn erinnern kann. Er hat Hunderttausende von Welten erfasst. Die Seelenspringer haben Millionen von Kundschafterschiffen ausgeschickt, um Planeten wie die Erde aufzuspüren. Welten mit intelligentem Leben, in das ihre Seelen springen können. Auf diese Weise legen sie in einem Augenblick Entfernungen zurück, für die selbst ihre Schiffe Jahrhunderte oder sogar Jahrtausende bräuchten.«

»Worum geht es bei diesem Krieg?«

»Um eine moralische Frage. Keine, die wir lösen könnten, glaub mir. Uns bleibt nur, den Krieg der Aliens als eine Naturgewalt zu nehmen. Wir müssen versuchen, ihn irgendwie zu überleben.«

Trixie ließ Ekins Worte auf sich wirken. Der Krieg an sich war keine Überraschung. Sie hatte zu viele Alien-Verdächtige vernommen, um sich Illusionen hingegeben zu haben. Die Flüchtlinge waren zu traumatisiert gewesen, als dass etwas anderes als eine Katastrophe von riesigem Ausmaß hätte dahinterstecken können. Nur: Diese Katastrophe musste nicht zwangsläufig eine für die Menschen sein, oder? »Bislang schlagen wir uns nicht schlecht«, wandte sie sich an Ekin. »Die Aliens sind auf der Erde, ja. Aber es ist nur eine Handvoll, keine zwei Millionen.«

Ekin rutschte umher. Gänsehaut stand auf ihren Unterarmen. Trixie zog sie an sich, um sie zu wärmen. Ekin ließ es geschehen. »Dabei wird es nicht bleiben«, sagte sie leise, den Kinderkopf gegen ihre Brust gekuschelt. »Nicht mehr lange, und es wird keine Seelenspringer mehr auf der Erde geben. Genauso wenig wie einen Planeten, der die Bezeichnung ›Erde‹ verdient, noch eine Menschheit.«

»Die Seelenbewahrer?«

»So ist es. Sie waren nicht untätig. Die Springer mögen unzählige Kundschafter ausgeschickt haben, um sichere Zufluchtsorte zu finden, aber die Bewahrer haben den Kundschaftern der Springer ihre eigenen hinterhergeschickt. Und noch mehr: Jedem Kundschafter der Bewahrer folgt eine Kriegsflotte. Das trifft auch auf das Schiff der Springer zu, das in den Orbit um die Erde gegangen ist. Die Flotte der Bewahrer wird die Erde vernichten.«

Es war eine furchtbare Vorstellung – und keine, die Trixie ohne weiteres zu akzeptieren bereit war. Sie wollte leben. In diesem Moment, in dem sie Ekin in den Armen hielt, spürte sie es. »Wieso bist du dir so sicher? Wenn ich dich richtig verstehe, geht es den Seelenbewahrern nur darum, die Seelenspringer zu töten. Die Erde bedeutet ihnen nichts. Es ist ein Zufall, der die beiden Gruppen der Aliens zur Erde geführt hat.«

»Das ist richtig. Die Erde bedeutet den Bewahrern nichts. Aber die Springer auszulöschen, alles. Und nur wenn sie die Erde komplett vernichten, ist das sichergestellt.«

»Und wir Menschen sind ihnen gleichgültig?«

»Das kann man so nicht sagen. Die Aliens, Springer wie Bewahrer, würden niemals auf den Gedanken kommen, uns ohne Grund etwas anzutun. Leben ist ihnen heilig. Aber die Notwendigkeit ihres Konflikts hat Vorrang. Sie kennen das Leben. Sie wissen, wie hartnäckig es ist. Selbst wenn die Erde zu einer Wüste aus Glut und Asche verbrannt würde, das Leben würde Wege finden, weiter zu existieren. In einigen Millionen Jahren schon würde es zu neuer Vielfalt und Komplexität gefunden haben. Und dieses neue Leben würde ebenso wertvoll sein wie das, was ausgelöscht wurde.«

Trixie schüttelte den Kopf. »Das ergibt keinen Sinn. Den Seelenbewahrern muss doch klar sein, dass wir ihre natürlichen Verbündeten sind. Die Menschheit hat die Seelenspringer nicht gewollt. Sie hat sie vom ersten Moment an bekämpft.«

»Ein Teil davon. Vergiss nicht, es hat von Anfang an Alienisten gegeben, die Human Company.« Ekin machte sich los. Sie schlug die langen, dürren Beine übereinander. Aber sie achtete darauf, dass sie Trixie weiter berührte.

»Und? Die Alienisten sind naive Irre, die ihre eigenen Bedürfnisse und Probleme auf die Aliens projizieren. Und die Company ist eine Nicht-Entität, völkerrechtlich von praktisch keinem Staat der Erde anerkannt. Erzähl mir nicht, dass das den Aliens egal sein soll. Sie sind uns überlegen, sie sind hoch intelligent und erfahren im Umgang mit fremden Intelligenzen. Sie müssen einfach differenzieren, uns nicht alle in einen Topf werfen!«

»Das tun sie auch nicht. Die Seelenbewahrer werden sehr genau hinsehen – und erkennen, dass Menschen und die Seelenspringer im großen Maßstab gemeinsame Sache machen.«

»Unsinn!« Trixie ruckte hoch. »Sag mir, wo!«

»An diesem Ort hier zum Beispiel. Der Feldzug der USAA gegen die Aliens ist nur noch Fassade.«

»Du weißt nicht, wovon du redest. Alles in diesem Land ist umgekrempelt, um dem Kampf gegen die Aliens zu dienen. Es gibt kein Opfer, das die USAA nicht bringen würden, um diesen Kampf zu gewinnen.«

Ekin lächelte. Es war ein kaltes, zynisches Lächeln, wie Trixie es von der alten Ekin nicht gekannt hatte. »Es sei denn, es gäbe auf anderem Weg etwas so Wertvolles zu gewinnen, dass man bereit ist, alles, woran man bisher geglaubt hat, über Bord zu werfen.«

»Was soll das sein?«

»Energie. Energie in unbegrenzter Menge. Es ist das Fundament der USAA. Ohne sie wäre alles dahin: die globale Vormacht, das süße, mechanisierte Leben, der Staat selbst. Die USAA würden für Energie alles tun.«

»Mag sein. Aber mit den Aliens zusammengehen? Das ist nicht dein Ernst! Es gibt Grenzen.«

»Ja.« Ekin nickte. »Und Menschen überschreiten Grenzen. Denk zurück! Vor einem halben Jahrhundert hassten Amerikaner und Araber einander. Jeder, den du damals gefragt hättest, hätte dir geantwortet, dass dieser Hass für viele Generationen bleiben würde. Und was ist geschehen? Amerikaner und Araber haben sich zusammengerauft. Warum? Weil beide Seiten erkannt haben, dass die jeweils andere etwas hat, was für sie unverzichtbar ist. Die damaligen USA besaßen die größte Kriegsmaschine des Planeten, die Araber den Löwenanteil der Ölreserven. Die Amerikaner brauchten das Öl, die Araber brauchten jemanden, der dafür sorgte, dass ihnen niemand ihr wertvolles Öl raubte. Also gründeten sie den mächtigsten Staat, den die Erde je gesehen hat. Doch die Macht dieses Staates besteht nur so lange, wie er Zugriff auf Energie hat. Was er nicht mehr lange haben wird. Die Ölquellen sind so gut wie versiegt, alle Anstrengungen, andere, gleichwertige Energiequellen zu erschließen, sind letztlich gescheitert.«

Trixie mochte es nicht, wenn man ihr Vorträge hielt. Auch

nicht, wenn es die wundersam in ihre Arme zurückgekehrte Ekin tat. »Das ist nicht wahr«, widersprach sie. »Die USAA entwickeln die Kernfusion. Project Sunfire. Du kannst keine Datenwand einschalten, ohne davon zu hören. Es steht unmittelbar vor dem Durchbruch!«

»Das predigt die Regierung der USAA seit Jahrzehnten. Aber der Durchbruch ist nie gekommen. Doch das ist jetzt anders: Dank des Alien-Knowhow steht er tatsächlich unmittelbar bevor. Und zwar in einem Ausmaß, der alle früheren Erwartungen sprengt. Gelingt Sunfire jetzt, wird das Produkt kein Prototyp sein, sondern ein einsatzbereiter Fusionsreaktor. Es ist der Handel, auf den sich USAA und Seelenspringer geeinigt haben: Know-how – Kernfusion, unerschöpfliche, saubere, risikolose Energie – gegen Duldung.«

Trixie wollte es nicht hören. »Das kann nicht sein. Nein! Wenn es so wäre, hätte ich irgendetwas mitbe...«

»Trixie, das Korps hat dich benutzt. Wieso sollte Homeworld Security anders verfahren? Wieso sollte dir irgendjemand die Wahrheit sagen?«

Sie schwieg. Ja, wieso? »Also gut. Vielleicht ist es so«, räumte sie schließlich ein. »Aber dann verrate mir eines: Warum sollten die Seelenspringer sich auf einen Handel mit uns primitiven Menschen einlassen?«

»Weil die Zeit drängt, weil sie verschwindend wenige sind. Der Handel eröffnet den Springern den Zugang zu den industriellen Ressourcen der USAA. Die Springer wissen, dass die Bewahrer sie verfolgen. Ihr großer Fluchtplan ist gescheitert. Egal, wohin ihre Kundschafterschiffe gelangen, die Bewahrer sind innerhalb kürzester Zeit zur Stelle. Die Springer müssen sich etwas Neues einfallen lassen, wollen sie überleben. Und Project Sunfire ist der Schlüssel dazu. Hat es Erfolg, geht ein Reaktor von auf der Erde nie dagewesener Leistung in Betrieb. Sie wird genügen, die Energieprobleme der Erde auf einen Schlag zu lösen – oder Milliarden von Springer-Seelen in Menschen zu übertragen. Aber dieser Transfer wird kein Austausch sein, sondern Verdrängung. Die Springer werden die

Menschen, deren Körper sie besetzt haben, unterdrücken. Ihnen bleibt keine Wahl. Sie müssen auf der Stelle einsatzfähig sein, orientiert. Die Bewahrer sind ihnen auf den Fersen. Der Endkampf steht bevor. Und sie werden ihn hier ausfechten, auf der Erde. Sunfire muss scheitern, sonst ist die Menschheit verloren!«

Ekin glaubte, was sie sagte. Und Trixie musste sich eingestehen, dass sie Ekin, der Verräterin an der Menschheit, vertraute.

»Wie willst du das anstellen?«, fragte sie. »Project Sunfire ist in Los Alamos beheimatet. Es ist eine Hochsicherheitszone. Nur gründlich durchleuchtetes und ausgewähltes Personal hat dort Zutritt. Du steckst im Körper eines Mädchens, das unter dem Verdacht der Alien-Besessenheit steht. Du hast keine Chance, auch nur in die Nähe der Anlage zu kommen.«

»Ich nicht. Aber wie du eben gesagt hast: ›ausgewähltes Personal‹.« Sie zog eine Karte aus der Tasche. Es war ein Ausweis. Wie hatte Ekin ihn hereingeschmuggelt?

»Was hältst du davon?« Ekin sah sie erwartungsvoll an, dieses eine Mal wie ein Kind, das seiner Mutter stolz die Bastelarbeit aus dem Kindergarten vorzeigt.

Trixie nahm den Ausweis entgegen. Auf der Rückseite war das Logo von Project Sunfire zu sehen. Auf der Vorderseite stand ein Name: Rainer Hegen, Materialforscher. Sie blickte in ein hageres, müdes Gesicht. »Wer ist das?«

»Unser Agent. Er wird Sunfire zum Scheitern bringen. Ein Neubürger der USAA, so wie du. Ich verfüge über Verbindungen zu einflussreichen Leuten. Sie haben es geschafft, ihn an die Westküste zu bringen und für Project Sunfire vorzuschlagen. Er bringt alle nötigen Qualifikationen mit sich. Er ist genau der Mann, den Sunfire im Augenblick Hände ringend sucht.«

»Was hat das mit mir zu tun?«

»Rainer Hegen braucht noch eine letzte Unbedenklichkeitsbestätigung. Ein Alien Detector wie du kann sie ihm erteilen.«

»Es gibt viele Detectors. Wieso gerade ich?«

Ekin beugte sich vor, nahm den Ausweis wieder an sich.

Dann fasste sie Trixies Hände und hielt sie fest. »Damit du im Bild bist«, sagte sie. »Damit du weißt, dass ich dich nicht belüge und benutze. Damit du mir hilfst.«

»Wobei?« Die Berührung tat unendlich gut. Und sie machte Trixie Angst.

»Ich darf nicht entlassen werden. Eine Überprüfung wird ergeben, dass ich kein Alien bin. Ich bin nur eine arme, verirrte Menschenseele. Aber das darf Homeworld Security nicht erfahren. Du musst mich als Alien-Besessene diagnostizieren.«

»Nein!« Trixie wollte aufstehen, aber Ekin hielt sie fest. »Niemals. Du bist dir nicht im Klaren darüber, was du verlangst! Sie werden dich ...«

»Sie werden mich zu den anderen Seelenspringern bringen, die mit den USAA kooperieren. Niemand wird Verdacht schöpfen, weder Homeworld Security noch die Aliens. Ich bin gut im Mich-Verstellen geworden.« Ekin sagte es leise, mit einer Bestimmtheit, die Trixie kannte. Ekin hatte sich immer schwer getan, zu Entscheidungen zu kommen. Aber hatte sie es getan, gab es nichts, was sie von ihrem Vorhaben abbringen konnte.

»Ekin, nicht!«, flehte Trixie wider besseres Wissen. »Verlang das n...«

»Bitte, Trixie, hilf mir. Ich muss zu den Seelenspringern! Das Schicksal der Menschheit steht auf dem Spiel.«

Trixie gab auf. Ekin war stärker als sie.

Wortlos zog sie Ekin an sich und küsste sie. Sie spürte, dass es das letzte Mal sein würde.

Helden der Menschheit:

RODRIGO*

- **Profil:** der Lauscher der *Strawberry Bitch*. Seinem siebten Sinn ist es zu verdanken, dass die *Bitch* zur richtigen Zeit am richtigen Ort war.

- **Gegenwärtige Aktivität:** Rodrigo lebt unter den Aliens – und gleichzeitig unter den Menschen. Die Aliens ermöglichen es ihm mithilfe ihrer Supertechnik, mit einer Intensität zu lauschen, die die Grenzen des menschlichen Geistes sprengt. Rodrigo lauscht dem Stimmengewirr der Erde. Er kennt ihre Wünsche wie kein Zweiter.

- **Herkunft:** Rodrigo stammt aus einer Familie von Kleinbauern. Die nicht enden wollende Dürre im Amazonasbecken hat seine Familie ruiniert. Aber seine Familie gab nicht auf: Sie steckte ihr letztes Geld in Company-Lose. Ihre Rechnung ging auf: Rodrigo wurde Flyboy! Seitdem sichern seine Überweisungen das Überleben seiner Familie – und ihre Herzen mit endlosem Stolz!

- **Stärken:** Rodrigo ist der bestinformierte Mensch, den es jemals gegeben hat. Viele sagen, dass er deshalb auch der weiseste ist.

- **Schwächen:** Rodrigo ist im großen Ganzen aufgegangen. Es besteht die Gefahr, dass er den kleinen Einzelnen vergisst …

- **Tipp:** Höre auf Rodrigo, hüte ihn wie einen Schatz!

* Erfolg bringt nicht nur Freunde. Aus diesem Grund nennen wir Rodrigos Nachnamen nicht. Das Foto ist eine künstlerische Impression.

– *Karte aus dem Trading-Card-Game »Our Alien Earth«, Subset »Strawberry Bitch forever!«. Herausgeber Human Company Press, Freetown, Januar 2066*

KAPITEL 29

Auf Singapur folgte die Welt.

Shanghai, Macao, Edinburgh, Tokio, Curitiba, Ciudad Juárez, Pjönjang-Seoul, Brisbane, Putingrad, Berlin, Neu-Grönland, San Francisco, Memphis und Dutzende andere – Pasong ließ keinen Flecken der Erde aus, sprang scheinbar willkürlich von einem Ort zum nächsten.

Rudi flog den Alien. Er tat es widerwillig, aber ihm fiel nicht ein, wie er sich Pasong hätte entziehen können. Der Alien wollte, dass er, Rudi, ihn flog. Also beugte sich Rudi seinem Willen. In den ersten beiden Wochen reisten sie in der Company-Sarayong umher. Dann, als die Wartungsintervalle der Maschine zu langwierig für Pasongs Zwecke wurden, flogen sie in verschiedenen Leasing-Maschinen. Überall, wohin sie kamen, wurden sie erwartet. Pasong selbst oder Helfer hatten ihn angekündigt, ihm den Boden bereitet.

In Canberra wurde der Anführer der Aliens mit allen militärischen Ehren als Handelsminister der Volksrepublik Gabon empfangen, begleitet von seinem treuen Sekretär. Nach Gibraltar gelangten sie in einer mondlosen Nacht in einem U-Boot, nachdem Rudi ihre Maschine auf einer unbefestigten Wüstenpiste auf der afrikanischen Seite der Meerenge zu Boden gebracht hatte. In Neu-Grönland gaben sie sich als neureiche Touristen aus, Gewinner der Company-Lotterie, die ihre Flyboy-Plätze versteigert hatten und die das grüne Wunder der Insel vor Ort erleben wollten. Von Berlin sahen sie nur den Untergrund, als man sie, die Botschafter der offiziell geächteten Human Company, durch ein Netz von Tunneln heimlich in das Kanzleramt schaffte.

Der Alien war stets perfekt vorbereitet. Seine Kleidung, seine Frisur und sein Händedruck saßen. Er wusste, wen er treffen wollte, warum er es wollte und was sich sein Gegenüber von der Begegnung mit ihm erwartete. Er wusste im richtigen Moment zu schweigen, war nie um die passende Geste verlegen, und wenn er sprach, traf er stets den richtigen Ton.

»Wir träumen denselben Traum«, verkündete er in einer Höhle tief in den Bergen Kurdistans. »Wir träumen von einem Leben in Frieden und Harmonie und Sicherheit, für uns selbst und die Unseren. Wir träumen davon, wir selbst zu sein.« Ungewaschene, stinkende Männer und Frauen mit Stahlhelmen lauschten seinen Worten, gestützt auf ihre schrammigen TAR-21. Es waren ernste Menschen, schroff und direkt. Ihr Englisch war ausgezeichnet, aber durchtränkt von der Härte ihres Daseins und ihrer hebräischen Muttersprache. Im Abstand von Tagen zogen sie Lose. Sie bestimmten, wem von ihnen das Privileg zukam, sich in die von den USAA besetzten Gebiete durchzuschlagen, um sich dort in die Luft zu sprengen.

»Wir träumen vom Leben«, sagte Pasong. »Wir zögern nicht, alles zu geben, um unseren Traum zu erfüllen.«

Die Rebellen hörten ihn an.

»Müssen unsere Träume unerfüllt bleiben?«, fragte Pasong in einer ehemaligen orthodoxen Kirche unweit von Moskau, und seine Stimme hallte weit. Er selbst gab die Antwort: »Ich glaube, nein.« Zweihundert Neo-Stalinisten hörten sie. Gewöhnliche Bürger, Beamte, Arbeiter, Bauern, die der Willkür, Bestechung und den Todesschwadronen in ihrem Land müde waren und sich nach einer harten Hand sehnten, die Gerechtigkeit brachte. »Das Universum ist ein großer Ort«, eröffnete ihnen der Alien. »Ein unendlicher. Das Universum bietet Raum für unendlich viele Träume, für unendlich viele Leben.«

Rudi sah, wie ein Schimmer der Hoffnung in die abgestumpften Augen der Menschen trat.

»Eure Erde ist ein großer Ort, sie hat Platz für viele Leben«, erklärte Pasong, und das Kabinett der Republik Kasachstans, das sich im Präsidentenpalast von Astana versammelt hatte, um den Besucher von einer anderen Welt zu empfangen, war entzückt. »Sie ist ein großartiger Ort. Ich habe im Lauf meines Lebens viele Welten erblickt, aber die Erde ist vielleicht die schönste unter ihnen, die lebenswerteste – und dennoch lebt ihr in Unfrieden.« Das Kabinett, zwei Dutzend Männer jenseits der sechzig, nickte. Der schmutzige Krieg mit den russischen Marionettenrepubliken im Norden und Westen zog sich bereits ins dritte Jahrzehnt.

»Wie ist das möglich?«, fragte Pasong in Rio de Janeiro den Generalausschuss der Straßenhändler, ein 25-köpfiges Komitee, das eine zum Scheitern verurteilte Anstrengung darstellte, die tödlichen Verteilungskriege um die besten Standplätze beizulegen. »Weil euch eure Feinde nicht lassen!« Der Alien wusste die Antwort. Und die Fragen, die sich daraus ergaben. »Ist das eure Schuld? Habt ihr etwas getan, dass ihr dieses Schicksal verdient habt?«

Die Männer und Frauen, so dunkelhäutig wie der Alien, schüttelten stumm die Köpfe.

»Nein!«, rief Pasong in die Menge. Dreihundert Menschen hatten sich in einer alten Lagerhalle im Hamburger Hafen versammelt, um ihm zu lauschen, angeführt von einem Vortragsreisenden in Sachen Aliens, der vor Kurzem in den Untergrund gegangen war. »Denn das ist das Leben: Leben ist Kampf. Leben muss sich behaupten. Wir sind Leben, wir müssen kämpfen. Wir werden kämpfen. Sie sind Leben, sie müssen kämpfen. Wir werden besser kämpfen als sie.«

Ein Aufschrei antwortete ihm.

»Und das ist unser Feind!«, rief der Alien aus. Eine Datenwand entstand hinter ihm aus dem Nichts, inmitten der Zeltkirche in San Francisco, in der sich eine Tausendschaft von Gläubigen versammelt hatte. Die Datenwand zeigte eine Maschine, stählern, mit harten Kanten und Ausbuchtungen, und aus jeder von ihnen ragte das Rohr eines Geschützes. Lichter drangen aus Öffnungen im Stahl, zusammen ergaben sie eine satanische Fratze. Die Maschine machte einen Sprung nach vorn, stürzte sich auf die Versammelten. Tausend Gläubige warfen sich mit Schreckensschreien zu Boden. Einige Augenblicke lang, bis die Gläubigen wieder auf die Beine kamen, zeigte die Datenwand nur die Schwärze des Alls. Dann schälte sich ein Planet aus dem Dunkel, eine zweite Erde mit blauen Meeren und grünen Kontinenten.

»Und nun seht das Werk unseres Feindes!«

Die Maschine kam wieder in Sicht. Sie war ein Raumschiff. Die satanische Fratze leuchtete auf, dann traten die Geschütze in Aktion und verbrannten die winzige Insel des Lebens in der toten Unendlichkeit des Vakuums zu Asche.

»Dies war nur eine von vielen Welten, die ihnen zum Opfer fiel. Sie werden nicht zögern, auch die Erde zu verbrennen.« Die Datenwand blieb hell, zeigte die rauchende Wüste, während Pasong weitersprach. »Wir haben auf der Erde Zuflucht gesucht. Wir wollen, dass die Erde ein Ort des Lebens ist. Eure Feinde sind unsere Feinde. Unsere Feinde sind eure Feinde.«

Die Gläubigen schwiegen.

Pasong schloss: »Haltet euch bereit, der Jüngste Tag steht bevor!«

Ein Aufschrei aus tausend Kehlen antwortete ihm. Der Alien verneigte sich und gab Rudi das Zeichen zum Aufbruch. Sie mussten weiter, immer weiter. Und Rudi brachte Pasong zuverlässig weiter. Er flog und flog, schüttelte Hände, lächelte freundlich, hielt sich im Hintergrund. Es fiel nicht schwer. Nirgends erachtete man Rudi für wichtig genug, als dass man ihm mehr als flüchtige Höflichkeit erwiesen hätte. Der Alien überstrahlte ihn; spätestens dann, wenn er sprach, fanden sich die Menschen in seinem Bann.

Pasong variierte seinen Vortrag. Stets wusste der Alien über die Lage vor Ort Bescheid, darüber, was seine Zuhörer bewegte. Von Zeit zu Zeit verzichtete er auf den Feind aus dem All, wie er es in West-Malaysia getan hatte. Ganz verzichtete er auf den Lichtblitz und darauf, den Körper zu wechseln. Als Schwarzer reiste er um die Welt und verkündete seine Botschaft, als Schwarzer trat er in einer Lagerhalle in Johannesburg vor eine Versammlung weißer Suprematisten. Sie bejubelten ihn, als bemerkten sie seine Hautfarbe nicht.

Oder vielleicht erging es ihnen wie Rudi: Sie waren gefangen.

Rudi war ein erfahrener Zuhörer. In Himmelsberg, der Endzeitkommune, in der er aufgewachsen war, war jeder Tag eine Abfolge von Schuften, Fortpflanzung und Reden gewesen. Rudi hatte gelernt, wegzuhören. Und er hatte gehört hinzuhören, zu hinterfragen, was er hörte.

Den israelischen Rebellen versprach Pasong die Wiedererrichtung des Staates Israel in den Grenzen von 2027, den Bürgern Russlands einen Stalinismus mit menschlichem Antlitz, dem kasachischen Kabinett einen schützenden Cordon sanitaire, den Straßenhändlern Rio de Janeiros die besten Standplätze, den Alien-Freunden in der Hamburger Lagerhalle den harmonischen Himmel auf Erden und den Gläubigen San Franciscos Armageddon.

Mit anderen Worten: Er log.

François Delvaux hatte allen Grund, dem Alien zu misstrauen. Jeden Morgen nahm Rudi sich vor, was er gesehen und gehört hatte, nach Freetown zu übermitteln. Jeden Abend, nachdem er Beatrice geschrieben hatte, musste er feststellen, dass er es irgendwie nicht geschafft hatte, jetzt einfach zu erschöpft war und dass er es am nächsten Tag erledigen würde.

Rudi nahm sich vor, Pasong zur Rede zu stellen. Aber irgendwie wollte ihm auch das nie gelingen. Nie schien sich der richtige Moment zu bieten. Der Terminplan war eng, ständig waren er und der Alien unterwegs, oft in Begleitung und damit nicht ungestört. Zu anderen Zeiten musste sich Rudi auf das Fliegen konzentrieren, oder Pasong fiel in einen tiefen, der Bewusstlosigkeit ähnelnden Schlaf.

Und dennoch ... Rudi und der Alien verbrachten 24 von 24 Stunden des Tages miteinander. Es musste den passenden Augenblick geben, es sei denn ... Hatte Pasong ihn in seiner Gewalt? Die Lichtblitze in Malaysia ... hatte der Alien ihn damit unter seine Herrschaft gebracht? Der Gedanke lag auf der Hand. Nur: Wenn Pasong über ein so effektives Mittel verfügte, Menschen seinen Willen aufzuzwingen, wieso setzte er den Lichtblitz nicht immer ein?

Oder war der Grund für sein Zögern ein anderer? Tat er es, weil Pasong log *und* die Wahrheit sagte? Weil der Alien, versprach er das Unmögliche, aufrichtig war? Und mochte es sein, dass er, Rudi, diese Wahrheit spürte? Dass er diese Wahrheit begehrte und er deshalb ...

Rudi brachte seine Gedanken niemals zu Ende. Pasong trieb ihn weiter um die Erde.

Rudi watete durch die Sümpfe von Anchorage, die an die Stelle des Permafrosts getreten waren, zu einem geheimen Kongress alaskischer Separatisten, traf einen ehrgeizigen General der zentralamerikanischen Republik, der von den guten alten Tagen der afrikanischen Offizierscoups träumte, begegnete an einem einsamen Strand in der Nähe von Acapulco Indios, die genug von Mexiko hatten und von einem neuen Inkareich träumten.

Pasong versprach ihnen routiniert ihr Reich in seiner alten Glorie, und er und Rudi kehrten zurück in ihre Maschine. Rudi holte die Startfreigabe ein und ließ die Triebwerke anlaufen. »Wohin?«, fragte er Pasong.

»Ich weiß es nicht«, antwortete der Alien.

»Was willst du damit sagen?«

»Dass wir unsere Aufgabe erfüllt haben.«

»Dann kehren wir zurück? Nach Freetown? Oder zur Alien-Insel?« Rudi spürte unvermittelt eine Leere. Was würde er anfangen, wenn er Pasong nicht mehr flog?

»Wenn du es möchtest. Du entscheidest. Ich habe zehn Wochen lang entschieden, jetzt bist du an der Reihe. Wohin willst *du* fliegen?«

»Ich ...« Rudi brachte keinen Satz zustande. Er wusste keine Antwort.

»Das dachte ich mir.« Pasong nickte. »Ich will dir helfen.«

Der Alien stand auf, streckte die Arme aus, und ein Lichtblitz fegte Rudi davon.

Pfälzer Wald reloaded – Teil 4

SpiegelSternFaz-Online | 26. 6. 2066 | 21:19:37

Berlin. Das Bundesforstministerium teilte heute mit, dass der Biosphärenfeldversuch »Pfälzer Wald IV« zum Jahreswechsel beendet werde.

»›Pfälzer Wald IV‹ ist ein großartiger Erfolg«, sagte Forstminister Waigele bei einer Pressekonferenz, »und ein Schlag ins Gesicht für all jene Rückständigen, die nach einer sogenannten natürlichen Erneuerung gerufen haben.«

Zum ersten Mal sei es gelungen, auf einer großen Fläche – Waigele sprach von über 1500 Quadratkilometern – eine maßgeschneiderte, von Grund auf neu geschaffene Biosphäre zu etablieren. Der Pfälzer Wald, so Waigele, werde nach seiner Eröffnung seinen ehemaligen Weltruf als Erholungsgebiet wiedererlangen, ja sogar übertreffen.

Der Pfälzer Wald war nach den Dürresommern der späten 2030er Jahre Waldbränden zum Opfer gefallen. Die Wiederaufforstungsprojekte I bis III wurden jeweils nach wenigen Jahren abgebrochen, als sich die neue Vegetation als nicht lebensfähig oder für Menschen gefährlich erwies.

»Diese Projekte waren instrumental für unseren jetzigen Erfolg« verteidigte Waigele die hohen Kosten, die zur Entlassung mehrerer seiner Vorgänger geführt hatten. »Jetzt fahren wir die Ernte ein.«

Der Minister führte aus, dass sein Ministerium von Anfragen aus aller Welt »förmlich bombardiert« werde. Ein Abschluss mit dem indonesischen Forstministerium, das sich seit Jahrzehnten erfolglos um eine Wiederaufforstung des Inselstaates bemüht habe, stünde unmittelbar bevor.

Zum Abschluss der dürftig besuchten Konferenz – lediglich acht Journalisten verloren sich im Saal – verkündete Minister Waigele: »Dies ist ein großer Augenblick. Es mag nur wie ein kleiner Schritt für ein kleines Ministerium erscheinen, aber es ist ein großer Schritt für die Menschheit. Glauben Sie mir.«

KAPITEL 30

Sie schliefen miteinander.

Es geschah ohne ein Wort, ohne einen Laut. Paul streckte den Arm nach Marita aus, und im selben Moment spürte er ihre Hände. Sie legten sich auf seinen Rücken und Nacken und zogen ihn mit einem Ruck heran. Sie ließen Paul lange Zeit nicht mehr los.

Als sie es taten, schlich er sich davon. Es geschah nicht lautlos. Nichts geschah in der alten Mühe lautlos. Das Bett quietschte, die Dielen quietschen, die winzigen, steilen Stufen der Treppe, als er sie hinunterstieg. Niemand hörte es. Oder zumindest störte es niemanden. Paul sah keinen Alien, er roch sie nur. Ihre neuen Körper hatten einen neuen Duft in die Mühle getragen. Er war herb und erinnerte Paul daran, wie er als Kind einmal mit seinem Vater einen Ausflug zu einem Bauernhof gemacht hatte. Die Kühe hatten genauso gestunken.

Paul trat vor die Tür. Er war nackt, das Gras unter seinen bloßen Füßen fühlte sich wie ein weicher Teppich an. Die Blüten der Blumen leuchteten, wetteiferten mit den Sternen, die am Himmel standen. Die Blüten gewannen. Die Sterne waren winzig, kannten nur ihr kühles Weiß. Die Blüten leuchteten in mehr Farben, als Paul hätte benennen können, und sie waren groß, manche wie Fingerspitzen, andere wie Laternen in der Nacht. Sie waren von Menschen für Menschen gemacht. Sie existierten, damit Paul sich an ihnen erfreute. Hatte er Hunger, konnte er sie nach Belieben pflücken und essen. Nicht jede der Blumen würde ihm schmecken, aber jede Einzelne würde ihn nähren.

Paul ging weiter, zur Stelle, an der die Aliens ihre abgelegten Körper getötet hatten. Sie war kaum zu finden. Die Aliens hatten die Leichen davongeschafft und vergraben, so wie sie es von ihm und Marita gelernt hatten. Das Gras und die Blumen hatten sich mit der Hartnäckigkeit wieder aufgerichtet, die ihre Schöpfer ihnen in die Gene geschweißt hatten. Die Blumen wollten leben. Eine Handvoll dunkler Flecken, die auf den Halmen klebten, waren der einzige Beleg dafür, was an diesem Ort vor Stunden geschehen war.

Paul setzte sich neben einen der Flecken. Er spürte etwas Hartes, rückte zur Seite und betastete den Boden. Ein Stein? Er fand das Objekt, hielt es vor eine große Leuchtblüte. Nein, ein Knopf, unregelmäßig und grob. Von Hand gearbeitet. Und auf der Vorderseite war ein Bild eingeritzt. Es zeigte das Gesicht eines alten, bärtigen Manns. Er wirkte streng und gütig zugleich. Der Knopf musste einem der Gefangenen gehört haben.

Paul behielt den Knopf in der Hand und sah auf. Am Himmel standen die Sterne und funkelten kalt. Der Besitzer des Knopfs hatte bestimmt oft in den Nachthimmel gesehen und sich gefragt, ob es Leben zwischen den Sternen gab. Und wie dieses Leben aussehen mochte. Paul wenigstens hatte es getan, bevor er die Taschenwelten entdeckt und seine Träume neue Wege eingeschlagen hatten. Die Sterne waren ihm immer eine Hoffnung gewesen, ein Trost. Es gab so viele von ihnen, es *musste* zwischen ihnen ein besseres Leben geben, es *musste* ein anderes Leben geben. Und dieses andere Leben, vielleicht wäre es so fremd, dass mit ihm keine Verständigung möglich wäre, vielleicht aber auch nicht. Und konnte man sich mit anderem intelligentem Leben verständigen, würde es natürlich zu Missverständnissen kommen. Möglich, dass es über die Missverständnisse zu Gewaltausbrüchen käme, aber dabei würde es bleiben: bei Ausbrüchen. Wesen, denen es gelang, von einem anderen Stern zur Erde zu reisen, mussten längst Mechanismen entwickelt haben, um Gewalt zu begrenzen. Sonst hätten sie sich vor langer Zeit gegenseitig ausgerottet. Und außerdem: Worüber sollten sich Menschen und andere Wesen dauerhaft streiten? Was sollten die Menschen besitzen, was andere so sehr begehrten, dass es zum Krieg kam?

Paul hatte lange überlegt, hatte mittels seiner Taschenwelten unzählige Szenarien durchgespielt und war auf nichts gekommen. Die Erde war ein Planet unter unzähligen, die Menschen eine Art unter unzähligen. Die Erde und ihre Menschen, sie hatten nichts zu bieten, was für eine andere Art Anlass zu einem Krieg sein konnte.

Er hatte sich geirrt. Die Menschen hatten etwas, das die Aliens so sehr begehrten, dass sie bereit waren, dafür zu töten: ihre Körper.

Paul zog die Knie an, legte den Kopf darauf und schloss die Augen. Er hatte geschafft, was er sich an dem Tag, als das Alien-Schiff über der Erde aufgetaucht war, vorgenommen hatte. Er hatte ergründet, was die Aliens zur Erde geführt hatte.

Körper. Behälter für ihre Seelen, die Aliens nach Gebrauch wie leere Flaschen wegwarfen.

Paul wünschte sich weg.

Zurück in den Berg? Das Korps hatte ihn dort gequält, aber das Korps hatte er wenigstens gekannt, und er war nicht allein gewesen. Er hatte seine Leiden, seine Gedanken mit Wolf geteilt. Doch das war vorbei. Wolf hatte sich ihm entzogen, Wolf hatte sich der ganzen Welt entzogen. Er war klüger als Paul. Er hatte die Aliens längst verstanden und die Flucht an den einzigen Ort angetreten, der ihm offen stand: in sich selbst.

Zurück zu Ekin? Sie hatten ein gutes Team abgegeben, sogar ein herausragendes, auch wenn er selbst und Ekin es stets abgestritten hätten. Sie hatten einander wehgetan – er hatte Ekin wehgetan –, aber sie hatten einander gehabt. Was würde Ekin zu dem sagen, was er herausgefunden hatte? Lebte sie überhaupt noch? Er hatte sie fortgeschickt, zwischen die Sterne, zu den Aliens. Sie und hunderttausend andere. Nach Sigma V – in die Hölle?

»Darf ich mich zu dir setzen?« Es war Ekins Stimme. Paul blickte auf, sah Ghi, die neben ihm in die Hocke gegangen war.

Sie wartete seine Antwort nicht ab und setzte sich. »Es ist kühl«, sagte sie. »Ich habe dir eine Decke gebracht.«

Er schnaubte, stieß ihre Hand zurück.

»Paul, ich ...«

»Ich will nichts hören«, unterbrach er sie. »Ich habe genug gesehen. Ich habe verstanden, was ihr seid. Nichts, was du mir erzählst, kann das ungeschehen machen.«

»Das soll es auch nicht. Ich will erklären.«

»Es gibt nichts zu erklären. Ihr seid Mörder. Ich habe es gesehen, mehr als einmal.«

»Die Hunter hätten uns zurück in den Berg gebracht. Dort wären wir gestorben. Wir mussten sie töten. Es war Notwehr.«

»Und was ist mit den FAMH-Soldaten? Marita und ihre Leute haben ihr Leben riskiert, um euch zu retten. Und ihr? Zum Dank habt ihr sie erschossen!«

»Das ist falsch. Wir wissen sehr gut, was wir diesen Menschen zu verdanken haben. Sie wollten, dass wir leben. Dafür waren sie bereit, ihr Leben zu geben. Aber sie waren keine guten Soldaten, das weißt du. Sie waren Idealisten und Amateure. Mit ihnen zusammen hätten wir es nie geschafft, uns davonzuschleichen. Aber das hätten sie nicht wahrhaben wollen. Es gab nur eine Möglichkeit, sie in der nötigen Schnelligkeit loszuwerden.«

»Und was ist mit den Leuten, die hier in der Mühle gewohnt haben? Sie hatten keine Waffen, keine Möglichkeit, euch an irgendjemanden zu verraten. Sie haben sich hierher verkrochen, um in Ruhe ihr eigenes kleines Leben zu führen. Und ihr habt sie umgebracht!«

»Es war notwendig, sie zu beseitigen. Die erste Zeit nach dem Erwachen aus der Starre ist prekär. Wir müssen uns zurechtfinden: in unseren neuen Körpern, in der neuen Welt, in die es uns geworfen hat, unter den neuen Gefährten. Die Orientierungsphase ist gefährlich. Wir sind zu unerfahren, um unsere Umwelt mit der nötigen Zuverlässigkeit abschätzen zu können. Wir dürfen keine Risiken eingehen. Wir müssen das Leben bewahren!«

»Euer Leben. Und deshalb dürft ihr das Leben anderer nehmen, wie es euch einfällt?« Paul hielt ihr den Knopf hin.

»Wir hatten keine Wahl. Die Körper waren krank.«

»Aber nicht in Lebensgefahr. Ihemes Fieber hatte bereits nachgelassen, er hatte den Höhepunkt der Krankheit überschritten. Die Übrigen wären ihm gefolgt.«

»Das sagst du jetzt. Aber als du mit mir bei den Kranken warst, hast du dir nicht anders zu helfen gewusst, als ihnen abgelaufene, alte Schmerztabletten zu geben und zu behaupten, sie würden ihnen helfen.«

»Was? Woher weißt du ...«

»Ich kann lesen. Und wir sind nicht dumm. Wir kennen Placebos. Deshalb habe ich dein Schauspiel mitgespielt, deshalb haben Iheme und die Übrigen mitgespielt.«

»Ihr habt es gewusst und habt sie trotzdem genommen?«

»Natürlich. Es war in diesem Augenblick unsere beste Chance. Es war nicht auszuschließen, dass in den Tabletten noch aktive Wirkstoffe enthalten waren. Außerdem geht der Placebo-Effekt tiefer. Eure Körper sind es gewohnt, Medizin in Form von Tabletten zu sich zu nehmen. Die Aussichten, dass die Körper positiv auf die Tabletten reagierten, standen nicht schlecht.«

»Wenn das so ist, wieso habt ihr dann nicht abgewartet?«

»Weil wir kein Risiko eingehen durften. Was, wenn Ihemes Körper oder einer der anderen so schnell gestorben wäre, dass kein Transfer mehr möglich gewesen wäre? Ein unersetzliches Leben wäre verloren gewesen. Nein, der Transfer musste rasch stattfinden. Und er hätte es ohnehin irgendwann getan.«

Paul und Ghi trennte nur eine Handbreit. Sie roch gut.

»Wieso das?«

Vertraut. Wie ein Mensch.

»Weißt du noch, was du mir gesagt hast, als Iheme der einzige Kranke war? ›Ihr lebt in den Körpern von Überschussmenschen.‹ Es waren Körper ohne Perspektive. Gut genug als Rettung, aber kein Ort, an dem auf Dauer Leben bewahrt werden kann.«

Wie Ekin.

»Ich verstehe. Euer Leben ist so viel wertvoller und wichtiger, dass ihr es als euer Recht anseht, das Leben anderer zu nehmen, um euer eigenes zu bewahren?«

Paul drehte den Kopf zur Seite. Er wollte nicht Ekin riechen.

»Eine Katze frisst eine Maus, um zu überleben. Macht das die Katze zum Mörder?«, fragte Ghi. »Eine Maus frisst eine Raupe, um zu überleben. Macht das die Maus zum Mörder? Eine Raupe frisst ein Blatt und damit Mikroorganismen. Macht das die Raupe zum Mörder?«

»Der Vergleich ist falsch. Du redest von Tieren!«

»Was ist der Unterschied zwischen Menschen und Tieren?«

»Menschen sind intelligent. Tiere sind es nicht.«

»Also darf ein Tier ein anderes töten, um zu überleben?«

»Natürlich.«

»Und ein Mensch darf ein Tier töten, um zu überleben?«

»Ja, natürlich.«

»Und wer hat darüber bestimmt, dass Tiere nicht intelligent sind?«

»Wir Menschen.«

»Ihr habt euch dieses Recht genommen. Ihr glaubt, dass euch dieses Recht zusteht, nicht?«

Paul ahnte, worauf Ghi abzielte, aber er fand keinen Weg, sie aufzuhalten. »Ja«, sagte er nur.

»Mit welcher Begründung willst du uns dann das Recht verweigern, dasselbe zu tun? Wir *sind* intelligent. Als Individuen und Gemeinschaft. Nach euren eigenen Maßstäben stehen wir über euch Menschen. Wir sind zu euch gekommen. Wir schicken Schiffe und Seelen über die Abgründe zwischen den Sternen. Wenn wir es wollten, wir hätten die Menschheit innerhalb von Wochen ausgelöscht. Aber das wollen wir nicht. Wir wollen euch nicht töten. Wir wollen nur eines: überleben.«

Paul schüttelte trotzig den Kopf. »Erzähl mir, was du willst, es bleibt Mord!«

»Nein, eine Notwendigkeit. Wir tun, was wir tun müssen. Wir töten, ja. Aber wir tun es niemals ohne Grund, wir genießen es nicht. Wir hassen diejenigen, die wir töten, nicht. Wir quälen sie nicht. Wir tun, was zu tun ist. Kannst du dasselbe von euch Menschen sagen?«

Paul dachte an Marita und die Sümpfe Weißrusslands. Nein, er konnte es nicht. Er schloss die Augen, barg den Kopf zwischen den Knien.

»Paul, zieh dich nicht zurück. Denke nach! Klammere dich nicht an deine althergebrachten Vorstellungen! Sie hatten ihre Berechtigung – auf der alten Erde. Aber diese alte Erde ist Vergangenheit. Sie ist unwiederbringlich verloren. Wir sind gekommen, das Universum ist zu euch gekommen. Du musst dich ihm öffnen, sonst bist du verloren.«

Paul sah nicht auf. »Nein! Mord bleibt Mord!«

»Du bist dir deiner Sache sehr sicher, nicht wahr? Du solltest besser als jeder andere Mensch wissen, dass der Seelentransfer eigentlich ein Tausch ist. Keine der beiden Seelen stirbt.«

»Was macht es für einen Unterschied, wenn ihr euren alten Körper nach dem Tausch tötet?«

»Ich spreche nicht von der Seele des Menschen in ihrem neuen Körper. Ich spreche von der Seele im alten. Was wäre, wenn ich dir sage, dass etwas von ihr bleibt? Dass dieser Teil mit der neuen Seele verschmilzt und in ihr weiterlebt?«

»Du lügst.«

»Wieso sollte ich das?«

»Aus Notwendigkeit. Weil du alles tun würdest, um zu überleben. Ihr braucht mich – wofür, ist mir schleierhaft – und habt gemerkt, dass ich am Ende bin, in Gefahr, nicht mehr so zu funktionieren, wie ihr es wollt. Deshalb bist du zu mir gekommen. Du willst erreichen, dass ich weiter in eurem Sinn funktioniere. Das ist alles.«

»Wieso sollte ich mir die Mühe machen? Wir müssen nur mit einem eurer Gewehre auf dich zielen, und du wirst alles tun, was wir von dir verlangen.« Sie hob die Hände, streckte ihm die leeren Handflächen entgegen. »Siehst du? Ich bin ohne Waffe gekommen. Und weißt du, warum? Weil du mir etwas bedeutest, Paul!«

Die Worte aus dem Mund, der einmal Ekin gehört hatte, trafen ihn wie ein Schlag. Paul ruckte weg. »Du lügst! Ihr kennt keine Gefühle! Du willst mich nur benutzen!«

Ghi setzte ihm nicht nach. »Nein. Du bist mir wichtig. Weißt du noch? Als du damit angefangen hast, mir eure Welt zu erklären, habe ich dich gefragt, wieso du mich immer so ansiehst. Deine Antwort war: ›Dein Körper erinnert mich an jemanden, den du einmal gekannt hast.‹ Das war gelogen. Du hast den Menschen gekannt, dem dieser Körper einmal gehört hat. Und ihr beide wart euch sehr nahe. Ich spüre es. Und ich spüre, dass du besonders bist, anders als die anderen Menschen. Ich will, dass du lebst!«

»Dann lass mich gehen.«

»Das ist unmöglich. Du weißt es.«

»Dann weißt du auch, dass ich so gut wie tot bin. Ich bin euch nützlich, aber irgendwann habt ihr alles gelernt, was ihr von mir lernen könnt. Dann werdet ihr mich töten.«

»Das ist richtig.«

»Also, was kannst du schon vor mir wollen? Mir den Kopf verdrehen, bis ich nicht mehr weiß, was Recht und Unrecht ist, damit ich euch besser diene? Mir eure Marke von Placebo einflö...«

»Nein, ich will dir die Augen öffnen!«, unterbrach ihn Ghi. »Du brauchst jemanden, der das für dich tut. Du bist nur ein Mensch, aufgewachsen in einer Welt, deren Horizont so begrenzt ist, dass deiner Seele kein Raum zum Atmen blieb. Denk nach! Aber denk nicht an Mord, denk an das, was du gesehen, was ich dir eben gesagt habe. Denk daran, was es bedeutet! Wir Seelenspringer sind eine höhere Stufe des Lebens. Wir sind nicht in unseren Körpern gefangen, wie ihr Menschen es seid. Wir springen in andere Körper, mithilfe unserer Technik sogar über Lichtjahre hinweg. Nicht augenblicklich, nicht ohne größte Anstrengung – du weißt es, du hast uns dabei geholfen –, aber es gelingt uns, und nur das zählt. Verstehst du nicht, was das bedeutet, Paul? Wir Seelenspringer sind unsterblich! Wir haben nicht nur ein Leben, wir haben viele. Unendlich viele!« Ghi kroch auf ihn zu. »Paul, sieh mich an! Ich bin viel mehr, als du vermutest. Ich bin die Jüngste in unserer Gruppe, und doch blicke ich auf über 500 Leben und Hunderte von Welten zurück. Andere, wie Atsatun, sind Tausende von Leben alt – und vor uns allen liegen unendlich viele weitere.« Sie hielt vor ihm inne, ergriff seine Handgelenke und drückte sie fest. »Du hast die Chance, einer von uns zu werden. Du kannst es, ich spüre es. Aber nur wenn du den beschränkten Horizont eines Menschen hinter dir lässt!«

Ghis Augen glitzerten heller als die Blüten der Wiese. Sie warteten auf eine Antwort.

»Das ist es also«, sagte Paul. »Unsterblichkeit. Der größte denkbare Köder, nicht wahr? Alles, damit ich funktioniere?«

»Nein, es gibt noch einen größeren Köder.« Ghi schüttelte langsam den Kopf. »Jeder neue Körper ist ein neues Universum. Und mit jedem neuen Körper geht eine weitere einmalige Seele in mir auf, wachse ich, lerne ich, verändere ich mich, reife ich, verjünge ich mich.« Sie verstärkte ihren Griff um seine Handgelenke. Es schmerzte. »Paul, du bist nur ein Mensch – aber wenn du dich uns anschließt, wirst du unendlich viel mehr sein. *Das* ist der Köder.«

Ghi ließ seine Arme los und ging wortlos zurück zur Mühle. Sie hatte gesagt, was es zu sagen gab.

Wir sind wie eine große Familie

Des Moines Register | 10. 3. 2066 | 12:41:08

Oft, wenn ich zu Hause in Des Moines bin, werde ich von Freunden und Bekannten darauf angesprochen, wie es sich anfühlt, bei Project Sunfire zu arbeiten. Ich sage dann: »Wir sind wie eine große Familie« – und sehe gleich darauf meinem Gegenüber an, dass es mit allem gerechnet hat, nur nicht mit einer solchen Antwort.

Deshalb will ich sie an dieser Stelle erklären – und auch, dass mich Dankbarkeit gegenüber unserer großen Nation für das Privileg erfüllt, an Project Sunfire mitarbeiten zu dürfen. Dass es mich stolz macht, Teil der Speerspitze des Fortschritts zu sein. Dass Sunfire der Schlüssel dazu ist, die Aliens von der Erde zu vertreiben.

An all das glaube ich, und doch sind diese Dinge nicht das, was Project Sunfire für mich ausmacht. Sunfire ist für mich ein Stück Zukunft – heute. Jeder, der am Projekt beteiligt ist, setzt sich mit ganzem Herzen und ganzer Kraft dafür ein. Jeder weiß darum, wie unersetzlich auch das am unwichtigsten erscheinende Mitglied unserer Gemeinschaft ist. Wir gehören zusammen, ja, ich wage zu behaupten, dass wir die Zukunft sind.

Und welch eine Zukunft! Project Sunfire bedeutet unerschöpfliche, erschwingliche, sichere Energie. Es ist die ultimative Verwirklichung des amerikanisch-arabischen Traums. Gelingt es uns, das Sonnenfeuer in unsere Hand zu bringen und festzuhalten, ist nichts unmöglich. Die Große Wüste, die meine Heimat bedroht, wird wieder zur großen Kornkammer, die sie einst gewesen ist. Das Sonnenfeuer gibt uns die Macht, unsere Nation, ja, die ganze Erde nach unserem Willen zu formen. Mehr noch, das Sonnenfeuer öffnet uns das Tor zu den Sternen. Als Gleiche werden wir den Aliens gegenübertreten können.

Ein Traum? Ich weiß. Aber ein Traum, der Wirklichkeit werden kann. Wir müssen es nur wollen. Ich weiß es. Ich lebe ihn bereits. Project

Sunfire ist eine große Familie, eine Gemeinschaft von Gleichen, die es nicht nötig hat, sich im Kampf um knappe Ressourcen zu verschleißen. Sunfire kennt kein Oben und kein Unten, kein Schwarz und kein Weiß, keine Amerikaner und Araber und keinen Rest der Welt. Es kennt nur Menschen.

Janice Gianelli
Junior Administrative Clerk
Project Sunfire/Los Alamos

– *Anmerkung: Der Artikel wurde um 14:23:44 am selben Tag gelöscht. Janice Gianelli wurde in die Finanzverwaltung von Anchorage/Alaska versetzt. Versuche von Oppositionellen, Kontakt zu ihr aufzunehmen, sind bislang gescheitert.*

KAPITEL 31

Melvin stammte aus Kansas, aus einer Familie von Farmern. Urgroßvater, Großvater und Vater hatten dem kargen Boden und der Trockenheit getrotzt und Ernten eingefahren, die die Bewunderung und den Neid der übrigen Welt auf sich gezogen hatten. Sie waren stolze Männer gewesen. Männer, die gewusst hatten, wo ihr Platz war und wofür sie standen. Männer in einem fortgesetzten Duell mit der Natur, denen es anscheinend mit purer Willenskraft gelang, Sieger zu bleiben.

Dann, in den 2020ern, waren die Sandstürme gekommen und hatten die Prärie zerrieben. Am Ende des Jahrzehnts hatten die Great Plains aufgehört zu existieren, und die Great Desert hatte ihren Platz eingenommen, ein Ort, kaum weniger unwirtlich als die Oberfläche des Mondes. Die Siukovichs aber gaben nicht auf, und man gestatte es ihnen auch nicht. Die Regierung erklärte, dass Amerikaner niemals aufgaben, dass die Great Desert nichts anderes sei als eine neue Frontier, eine neue Herausforderung, an der sich der amerikanische Geist beweisen könne. Und für den Fall, dass ihre Rhetorik nicht verfing, ließ die Regierung einen Elektrozaun um die Wüste ziehen und erklärte die Menschen darin zu Einwohnern einer Sonderwirtschaftszone.

Melvins Familie musste sehen, wie sie durchkam. Sein Großvater und Vater zogen sich für einen langen Tag und eine lange Nacht in eine Scheune zurück, tranken, brüllten und berieten sich und verkündeten schließlich Melvin und seinen fünf Geschwistern ihre neue Existenz: Hühner.

Die Regierung gewährte den Siukovichs einen Kredit. Sie kauften davon zwölf Fertigställe, 10.000 Küken und Hühnerfutter. Innerhalb von 29 Tagen waren die Hühner schlachtreif und fuhren zu den Schlachthöfen der Ost- und Westküste – für Hühner war der Zaun um die Wüste kein Hindernis. Vom Erlös kauften die Siukovichs 20.000 Küken, und innerhalb von zwei Jahren konnten sie stolz von sich behaupten, wieder auf eigenen Füßen zu stehen.

Doch der Preis war hoch. Melvin hasste die Ställe und Hühner. Er war alt genug, um sich an die Zeit vor der Wüste zu erinnern, an die Weite des zaunlosen Horizonts, die einen einfühlsamen Menschen unweigerlich zu einem Träumer machte. Draußen, jenseits des Zauns, wartete eine Welt voller Möglichkeiten. Drinnen, in den Ställen, war die Welt klein, erbärmlich, und sie stank nach Hühnerpisse. Melvin hasste den Gestank, und er hasste die Hühner. Es waren dumme Tiere, keine GenMods, gewöhnliche Züchtungen. Melvin sagte sich, dass sie in den Ställen mindestens ebenso sehr leiden mussten wie er selbst, aber es half nichts. Die Hühner taten nie, was man ihnen sagte. Sie kratzten und pickten nach ihm, oder sie hockten einfach da und rührten sich nicht vom Fleck, wenn die Laster von außen kamen, um sie auf ihre erste und einzige Fahrt zu holen.

Melvin hasste die Hühner, er hasste die Große Wüste, er hasste das Leben.

Sein Vater machte es nicht einfacher. Er war ein strenger Mann, der von seinen Kindern blinden Gehorsam erwartete, und mit den Jahren nahm seine Strenge noch zu. Melvin war damals zu jung gewesen, um zu verstehen, warum. Inzwischen aber verstand er: Sein Vater hatte das Leben in der Wüste ebenso verabscheut wie er selbst. Und da er nicht wusste, wohin mit seiner Abscheu und Enttäuschung, verbitterte er.

Als Junge hatte Melvin nur gewusst, dass er gut daran tat, den Willen seines Vaters zu erfüllen.

Es gelang ihm, er kam mit einer gelegentlichen Tracht Prügel davon. Nichts, was andere Kinder der Wüste nicht auch zu erdulden hätten. Bis zu dem Morgen in ihrem fünften Jahr als Hühnerzüchter, als sie die Tore eines »reifen« Stalls – eines

Stalls mit schlachtreifen Hühnern – geöffnet vorfanden. Der Stall war leer. Die Hühner waren in die Wüste gerannt, wo sie in der Hitze des Tages verendeten. Nicht mehr als eine Handvoll konnten sie retten.

Die Katastrophe war zu groß, als dass sie ohne einen Schuldigen ausgekommen wäre. Er war rasch gefunden. Es war Melvin. Er hatte den Stall am Abend als Letzter verlassen, er musste es gewesen sein, der das Tor hatte offen stehen lassen. Niemand glaubte seinen Unschuldsbeteuerungen. Sein Vater zog den Gürtel ab und drosch ihn zu Brei.

Zu Unrecht. Eine Woche später war erwiesen, dass ein Konkurrent einen Trojaner in den Stallrechner eingeschleust hatte. Der Rechner hatte das Tor geöffnet, nachdem Melvin es verschlossen hatte.

Melvins Vater war bestürzt. Unter Tränen – die ersten, die Melvin jemals bei ihm gesehen hatte – bat er seinen Sohn um Verzeihung und schwor ihm, wiedergutzumachen, was er angerichtet hatte. Und daran hielt er sich. Melvins Vater war ein Mann von Prinzipien. Seine eiserne Hand lastete von diesem Tag an nicht mehr so schwer auf dem Sohn. Melvin durfte zurück zur Schule, sein Vater teilte ihm die leichteren Arbeiten zu, steckte ihm heimlich Essen zu, erkundigte sich morgens, mittags und abends nach seinem Befinden, versuchte, ihn in Gespräche zu verwickeln.

Der Hass, der in Melvin gebrannt hatte, schwand dahin. Sein Vater war aufrichtig. Doch im selben Maß, in dem der Hass wich, nahm ein neues Gefühl seinen Platz ein: Verachtung. Was sein Vater tat, war jämmerlich. Für das, was er Melvin angetan hatte, gab es keine Wiedergutmachung, und je mehr sich sein Vater bemühte, desto klarer wurde es ihm.

Schließlich rannte Melvin davon. Verborgen unter den pickenden und hackenden Hühnern, die er so sehr hasste, schlüpfte er in einem Laster durch den Zaun, um das wahre Leben zu finden. Zwei Vorsätze nahm er mit: Erstens, niemals schnellen Schlüssen zu trauen. Und zweitens, niemals so ungerecht und jämmerlich zu werden wie sein Vater.

Ersteres war Melvin gelungen, so weit es einem Menschen möglich war. Zweiteres ... manchmal gelang es ihm im Geiste, einen Schritt zur Seite zu treten und sich selbst zu betrachten. Was er sah, machte ihn rasend: Er war wie sein Vater geworden.

Pinedo hatte recht behalten. Der gezüchtigte Smartie hatte sich erholt. Innerhalb einer Woche war er wieder zu Kräften gekommen und erfüllte seither zuverlässig seine Quote. Als wäre nichts geschehen. Doch der Smartie war gezeichnet. Die langen Narben, die seinen Leib entlangliefen, standen wie Buchstaben auf dem fluoreszierenden Körper, der Beleg für Melvins Schuld.

Anfangs versuchte Melvin, sie zu verneinen. Die Smarties waren nicht besser als Hühner: Tiere, die für einen Zweck gezüchtet worden waren und deren Existenz zu Ende war, wenn sie ihren Zweck erfüllt hatten. War bei den Hühnern der Moment gekommen, hatten Laster sie abgeholt und zum Schlachthof transportiert. Hinkte ein Smartie länger als eine Woche hinter seine Quote her, fuhr er Fahrstuhl. Reeve gab Melvin den Befehl, und Melvin wiederum gab den Smarties beim Nach-Schicht-Appell den Befehl. Sie führten ihn aus wie jeden anderen Befehl, den Melvin ihnen gab. Die Prägung stellte es sicher. Die ausgemusterten Smarties setzten sich in eine Schaufel, die sonst das Hydrat beförderte, der Fahrstuhl fuhr an und beförderte sie zur Oberfläche, ihrem Ende entgegen. Durch explosive Dekompression, vermutete Melvin. Durch ein Schlachtermesser, sollte Pinedo recht haben und die Smarties überstanden den schnellen Aufstieg lebend. Der Arzt behauptete, ihre Wunderkörper steckten sogar einen Aufstieg aus 600 Metern Tiefe in Minutenschelle weg. Doch wie immer der Tod eintreten mochte: Ein Smartie bedeutete Tonnen wertvolles Fleisch.

Die Smarties waren Schlachttiere, mehr nicht. Zugegeben, größer als Hühner, nicht ganz so dumm, und man gab ihnen eine Beschäftigung, bevor man sie tötete. Aber dennoch Tiere. Menschen stand ein Gnadenbrot zu, wenn sie das Ende ihrer Nützlichkeit erreicht hatten, zumindest in der Theorie. Tieren nicht. Das hatte vom Anbeginn der Zeit den Menschen vom Tier unterschieden. Und diese Unterscheidung galt weiter, ganz gleich, welche Gene die Designer vermischten oder erzeugten. Es war eine unüberbrückbare Barriere.

Nur: Wie kam es dann, dass die Smarties trauerten?

Und das taten sie. Der gezeichnete Smartie verriet es ihm als Erster. Melvin gelang es nicht, ihn nicht zu beobachten. In der ersten Zeit hatte er gute, solide Gründe für sein Handeln: Die Smarties waren wertvoll – ihre Nützlichkeit als Hydrat-Schürfer hatte Vorrang vor der Verwertung als Schlachttiere –, und er tat gut daran, auf den Smartie, den er gezüchtigt hatte, ein Auge zu haben. Kam es zu Komplikationen, musste er ihn so schnell wie nur möglich zu Eric Pinero schaffen. Tat er es nicht, konnte Reeve ihm die Schuld für den Verlust eines wertvollen Smarties in die Schuhe schieben und seine Dienstzeit unter Wasser verlängern. Reeve war immer auf der Suche nach Anlässen, die teure und aufwendige Einarbeitung von neuen Hirten zu vermeiden.

Die Komplikationen blieben aus. Nach zehn Tagen brachte Melvin den Smartie zur Nachuntersuchung zu Pinero, und der Arzt erklärte ihn für vollkommen wiederhergestellt. »Ein Wunder«, flüsterte Pinero, in einer Hand die Flasche, in der anderen das Kreuz. »Ein Wunderwesen!«

Damit war die Angelegenheit erledigt. Doch Melvin konnte es nicht lassen, den Smartie weiter im Auge zu behalten. Mehr noch: ihm eine Sonderbehandlung zukommen zu lassen. Er teilte den Smartie, den er in Gedanken inzwischen 59b nannte – eine Abkürzung seiner Seriennummer –, für die körperlich leichten Arbeiten ein. Melvin setzte 59b als Aufseher am Fahrstuhl ein, der dafür sorgte, dass die Smarties kein wertvolles Hydrat beim Einladen verschütteten. Er teilte ihm der Handvoll Smarties zu, die die Arbeit vorzeitig einstellen durften, um das Essen für die lange Mittagspause von der Station zu holen. Er sah zu, dass 59b auf »guten Flecken« schürfte, Stellen, an denen das Hydrat leicht zugänglich war. Er verschaffte dem

Smartie größere Rationen, inspizierte seinen Körper bei den Zählappellen gründlich auf kleinere Verletzungen, die der Aufmerksamkeit Pineros bedurften. Ja, Melvin, ging sogar so weit, dass er mit 59b sprach. Flüsternd nur, als könne er damit Reeve und sich selbst darüber hinwegtäuschen, was er tat.

Er sprach mit einem Tier.

Es war in Ordnung, sagte er sich. Kein Problem. Solange er mit dem Tier sprach, wie man mit einem Tier sprach. Von oben herunter, in Kindersprache. »Gut gemacht, 59b« oder »Braver Junge!« oder »Los, Essen holen!«

Reeve musste ihn hören, dennoch ließ sie ihn gewähren. Pinero lauschte ab und zu der Kommunikation der Hirten, um die Stunden der Langeweile zu überbrücken, wenn es für ihn nichts zu tun gab. Auch Pinero ließ ihn gewähren. Die übrigen Hirten mussten ihn ebenfalls hören. Sie ließen ihn machen, wie es ihrem Kodex entsprach: In der Tiefsee war jeder Hirte auf sich allein gestellt. Er, und er allein, musste entscheiden, was er für richtig hielt, es sei denn, Reeve griff ein. Mit den Smarties zu reden, war vielleicht verrückt, aber nicht Besorgnis erregend.

Blieb 59b. Registrierte er über die bloße Umsetzung der Befehle in Zeichensprache, was Melvin tat? Bemerkte er das Bemühen seines Hirten um Wiedergutmachung, um Verzeihung? Wenn er es tat, ließ er es sich nicht anmerken. 59b war ein Vorzeige-Smartie. Eifrig, umsichtig, gehorsam und unterwürfig. »Ja, Sir!« gestikulierte er in Zeichensprache. »Wird gemacht, Sir!« und »Sofort, Sir!« Nichts in seinem Verhalten verriet, was geschehen war, weder den Ungehorsam seiner versuchten Flucht noch die Züchtigung.

Und genau das machte es Melvin unmöglich, seine Schuld zu vergessen. Er dachte an die Wüste und seinen Vater, der ihn mit allen Raffinessen umworben hatte, zu denen ein Ex-Farmer aus dem Mittelwesten in der Lage war. Sein Vater war so ungeschickt gewesen, dass er ihn nur noch mehr verachtet hatte. Aber Melvin hatte sich nichts anmerken lassen. Melvin hatte den Vorzeigesohn gespielt – bis zu dem Tag, an dem er ohne ein weiteres Wort die Wüste und seinen Vater für immer hinter sich gelassen hatte.

Melvin befahl 59b in seine Nähe. Er ließ den Smartie mit einer Armlänge Abstand vor sich im Wasser schweben und musterte ihn. Melvin drängte es, den Smartie zu packen, ihn zu schütteln und anzuschreien, die Wahrheit aus ihm herauszuzwingen. Er musste nur die Arme ausstrecken und ... 59b hätte sich nicht gewehrt. Die Prägung zwang ihm den Gehorsam gegenüber dem winzigen Menschen vor ihm auf. Aber es war unmöglich. Er würde die Grenze überschreiten, den Smartie wie einen Menschen behandeln. Reeve würde ... Er wusste nicht, *was* sie tun würde, aber ihr würde etwas einfallen, das ihm nicht behagte. *Das* wusste er. Und er wusste, dass er das nicht wollte. Also starrte Melvin dem Smartie in die großen, treuen Augen und versuchte darin zu lesen. Was empfand 59b für ihn? Hass? Verachtung? Ekel? Zuneigung? Eine Mischung von allem?

Melvin fand keine Antwort. Nicht bis zu dem Tag, als einige ausgemusterte Smarties in den Fahrstuhl zur Oberfläche stiegen und ihrem Ende entgegenfuhren. Melvin wandte den Blick ab – die Smarties waren nur Tiere, aber Melvin wollte auch Tiere nicht sterben sehen – und blieb bei 59b hängen. Der Smartie schwebte etwas abseits, hielt sich mit gelegentlichen Flossenschlägen an Ort und Stelle. Er sah seinen Artgenossen nach, die nach oben entschwanden, und bemerkte nicht, dass Melvin ihn beobachtete.

59b weinte.

Es war unsinnig. Wie sollte der Smartie weinen – unter Wasser? Und doch war Melvin sich sicher, dass es sich genau so verhielt. Er spürte es. In den Augen von 59b stand ein Schimmer, wie er ihn noch nie gesehen hatte. Der Smartie, das genmodifizierte Tier, weinte. 59b trauerte. Er verstand, was geschah.

Von diesem Augenblick an sah Melvin die Welt mit neuen Augen. 59b war kein Tier. Keiner der Smarties war ein Tier. Es war offensichtlich. Jeder konnte es sehen. Man musste es nur wollen, seine Vorurteile ablegen. Melvin wollte sehen. Als das nächste Mal aussortierte Smarties den Fahrstuhl in den Tod bestiegen, sorgte er dafür, dass Dutzende von Artgenossen Zeuge wurden – und in den Augen jedes Einzelnen stand derselbe feuchte Schimmer.

Wie hatte er ihn nur übersehen können? Wie hatte er nur übersehen können, was die Smarties wirklich waren?

Nach und nach fand er die Antwort: Es waren nicht nur seine Vorurteile, die ihm den Blick versperrt hatten. Nein, die Smarties selbst sorgten für das Bild der dummen Tiere. Eifrig, wie es ihre Designer vorgesehen hatten, schürften sie. Sie redeten nicht miteinander, arbeiteten die meiste Zeit nebeneinander her. Nur wenn es die Arbeit erforderlich machte, sprachen sie sich ab. Aber mit langsamen, schwerfälligen Gesten, ein Abklatsch der flinken Zeichensprache, die sie benutzten, wenn sie Melvin ihren Gehorsam beteuerten oder seine Befehle bestätigten. Familien oder kleinere Verbünde, die an Stelle von Familien traten, schienen nicht zu existierten. Jeden Tag formten sich neue Gruppen, die zusammen schürften. Die Smarties, so schien es, waren nicht in der Lage, Beziehungen untereinander zu knüpfen. Ihre Herde verdiente den Namen nicht. Sie war keine Herde, sondern ein zusammengewürfelter Haufen von Einzelwesen, zufällig entstanden und ohne Bedeutung, die über die reine, von Menschen bestimmte Organisation hinausging.

Melvin lernte, dass das Gegenteil der Fall war. Er hatte deshalb keine kleineren Verbünde bemerkt, weil die Smarties längst eine höhere Ebene des Zusammenlebens erreicht hatten. Die gesamte Herde, 250 Smarties stark, bildete einen engen Verbund. Und der Austausch innerhalb dieses Verbunds wurde durch das tägliche Durchmischen der Arbeitsgruppen gewährt.

Melvin hatte das Geheimnis der Smarties gelöst. Ein Geheimnis, so gut verborgen, dass nicht einmal Eric Pinero, der die Smarties für ihre Zähigkeit bewunderte, seine Existenz erahnte.

Die Smarties waren intelligente Wesen.

Es war eine Erkenntnis, die Melvins Schuldgefühle noch hätte steigern sollen. Er hatte kein Tier misshandelt, sondern ein denkendes, fühlendes Wesen. Doch das Gegenteil war der Fall. 59b war intelligent. Er hatte aus freien Stücken einen Entschluss gefasst, trotz des Risikos, das er gekannt haben musste. Er hatte es dennoch getan. Das war Pech. Melvin hatte genug davon in seinem Leben gekostet, um die Feststellung treffen zu können. Außerdem war da noch etwas: Schuld und Unschuld waren nebensächlich geworden. Melvin wusste, dass seine Entdeckung bedeutend war, auch wenn er nicht zu sagen vermocht hätte, worin die Bedeutung lag. Der Auftrag, mit dem ihm das merkwürdige Mädchen in die Tiefe geschickt hatte, kam ihm wieder in den Sinn.

Beobachte. Höre. Verstehe. Und dann handle.

Den ersten Teil seines Auftrags hatte er erfüllt, wenn auch ohne Absicht. Blieb der zweite Teil. Die Smarties waren intelligent, Melvin hatte es verstanden. Einer von ihnen, 59b, hatte zu fliehen versucht, in einer Hydrattasche ein leuchtendes Kreuz mit einem Jesus. Was hatte das zu bedeuteten? Flüchteten die Smarties sich in Religion, um ihr Dasein besser ertragen zu können? Aber wieso dann ausgerechnet in das Christentum? Und wie passte die Flucht von 59b in das Bild?

Verstehe. Und dann handle.

Was hatte es zu bedeuten? Was erwartete man von ihm? Sein Auftrag würde über das Schicksal der Menschheit entscheiden, hatte ihm das merkwürdige Mädchen gesagt. Die Worte klangen, in Gedanken wiederholt, noch genauso lachhaft wie in jenem Augenblick, als sie das Mädchen ausgesprochen hatte. Was wollte sie von ihm? Wollte sie, dass er den Revolutionär spielte, für den man ihn sein Leben lang gehalten hatte und der er nie gewesen war? Einen Aufstand der Smarties anzettelte? Buchstäblich eine Revolution von unten?

Unmöglich. So verrückt konnte nicht einmal dieses Mädchen sein. Er war ein winziges Rädchen in der Maschinerie der Vereinigten Staaten von Amerika und Arabien, genauso wie die übrigen Häftlinge, wie Reeve, Pinero und die Smarties. Trat ein Rädchen in unerwünschte Tätigkeit, entledigte man sich seiner. Und hier unten, in der Tiefsee, trennte einen Menschen immer nur ein schmaler Streifen Stahl, Glas oder Plastik vom Tod. Es gab keinen Ort, an dem er sich hätte verstecken können.

Nein, wollte Melvin überleben, musste er dem Beispiel der Smarties folgen: sich dem System beugen, sein Innenleben für sich behalten und abwarten. Auf diese Weise hatte er die Intelligenz der Smarties entdeckt, vielleicht würde sich alles Weitere auch auf diese Weise ergeben.

Melvin erfüllte seine Quote und schwieg. Auch gegenüber Eric Pinero, mit dem er trank und endlos über Recht und Unrecht der Welt philosophierte, ohne je die Smarties oder das merkwürdige, leuchtende Kreuz zu erwähnen. Es waren müßige Gespräche, die niemals zu etwas Handfestem führten, aber sie stärkten Melvin, halfen ihm in der Tiefsee zu bestehen. So wie es bald die Stunden taten, die er draußen auf den Hydratfeldern verbrachte. Äußerlich hatte sich nichts geändert, aber sein Inneres war umgekrempelt. Er genoss die Zeit mit den Smarties, genoss das Gefühl, Teil ihrer verschworenen Gemeinschaft zu sein, zusammen mit ihnen ein Geheimnis zu besitzen. Etwas, was er Homeworld Security voraushatte. Es war kein gutes Leben, aber Melvin hatte es schon viel schlechter gehabt. Er konnte es aushalten. Er konnte abwarten, bis er endlich verstand und es Zeit war, den letzten Teil seines Auftrags auszuführen: *Handle!*

Und dann kam der Augenblick, der alles änderte.

Es war leise. Ein Geräusch aus der Ferne, als hätte jemand eine Zeitung mit beiden Händen zerknüllt. Nur dass es mit unerhörter Kraft geschehen war, als wäre Blech bei einem Autounfall wie Papier gefaltet worden.

Melvin hatte dieses Geräusch noch nie gehört. Er wusste nicht, was es bedeutete, nur, dass es ihn erschreckte.

Sein Helmlautsprecher knackte. »Es besteht kein Grund zur Beunruhigung«, sagte Reeve. »Blodgets Anzug hatte einen

Defekt. Er hat nichts gespürt. Ein Nachfolger ist bereits angefordert. Arbeitet weiter!«

Defekt ... Melvin wusste jetzt, was das Geräusch bedeutete: Blodgets Anzug hatte nachgegeben. Das Wasser hatte Blodgets Anzug zusammengefaltet – und ihn selbst. Dasselbe Wasser, das ihn selbst, Melvin, einschloss, unendlich hoch und schwer auf ihm lastete. Melvin wurde übel. Er taumelte. Er machte eine Armbewegung, um die Drehung zu stoppen. Vergeblich. Er wurde schneller. Er drehte sich und würgte und er ...

Starke, große Hände griffen nach ihm, hielten ihn fest. Sechs von ihnen. Sie gehörten 59b. Der Smartie fixierte ihn mit seinen großen Augen und führte einen Finger vor den Mund, um ihm zu bedeuten zu schweigen. Dann gestikulierte er mit dem freien Armpaar: »Du musst fliehen, sonst endest du wie er. Sie kennt kein Erbarmen!«

Sehr geehrte Madame Ortega,

ich nehme an, Sie wundern sich über mein Schreiben. Es ist ungewöhnlich für einen Mann meines Standes, einer Person wie Ihnen zu schreiben. Wir gehören unterschiedlichen Welten an. Ich bin Captain der Handelsmarine, Ihr Mann war ein einfacher Matrose.

Ich schreibe Ihnen dennoch. Denn uns verbindet mehr als uns trennt: Wir sind Menschen. Und als Mensch schreibe ich Ihnen heute.

Sie dürften in der Zwischenzeit offizielle Mitteilung über das Ableben Ihres Mannes erhalten haben. Ich bitte Sie: Glauben Sie ihr nicht. Ich bin ein Mann, der sein Leben der Handelsmarine gewidmet hat. Meine Treue zur Handelsmarine, zu unserer großen Nation ist unerschütterlich. Aber auch unsere Nation kann Fehler begehen. In diesem Fall hat sie es getan.

Beinahe zwanzig Jahre fuhr Ihr Mann auf meinem Schiff. Er hatte es nicht immer leicht. Er war ein nachdenklicher Mann. Er liebte die Stille und verabscheute den Alkohol, dem die meisten Matrosen sich haltlos hingeben. Aber Ihr Mann, Madame Ortega, war fleißig und gewissenhaft, und ich habe ihn mehr geschätzt als jeden anderen meiner Männer. Einmal hat er mir ein Bild von Ihnen und Ihren bezaubernden Kindern gezeigt. Ich werde das Glück in seinen Augen nicht mehr vergessen, so lange ich lebe.

Doch Ihr Mann ist nicht mehr. Er ist einem Irrtum zum Opfer gefallen, obwohl ich alles, was in meiner Macht stand, getan habe, es zu verhindern. Am Ende musste ich mich einer höheren Macht beugen und gegen meine Überzeugung handeln. Auch das werde ich nicht vergessen, so lange ich lebe.

Eine besondere Tragik liegt darin, dass Ihren Mann nur vier Tage davon trennten, 20 Jahre der Handelsmarine anzugehören. Hätte er nur vier Tage länger gelebt, Sie und Ihre Kinder dürften wenigstens auf eine, wenn auch bescheidene, so doch sichere Pension zählen.

Madame Ortega, ich kann nicht ungeschehen machen, was geschehen ist. Ich kann nur versuchen, Ihrem Leid die schlimmste Spitze zu nehmen. Ich kann nicht zulassen, dass sich Armut zu Ihrer Trauer gesellt.

Der Scheck, der diesem Schreiben beiliegt, macht nur einen Bruchteil der Summe aus, die Ihnen eigentlich zusteht. Ich hoffe, dass Sie ihn dennoch zu würdigen wissen: Es sind alle Mittel, die ich aufbringen konnte.

Mit den besten Wünschen, verbleibe ich

Captain Ernest T. Blackwell

PS: Ihr Mann starb so gefasst, wie er gelebt hat. Er musste nicht leiden.

KAPITEL 32

Rodrigo blieb hinter Wilbur zurück. Er glitt durch die Lange Stille, an deren Ende ihn die Stadt erwartete.

Sie kündigte sich mit einem Flüstern an, nach drei Stunden beständigen Sinkens. Anfangs schien sie stets wie eine Täuschung, nahm Wilbur ihre Stimmen als die Stimmen seiner Gedanken wahr, die in der Langen Stille mit jeder Minute, die er sank, lauter wurden. Aber die Stimmen der Stadt waren lauter als die seiner Gedanken, und fröhlicher. In Wilburs Ohren klangen sie wie die von ausgelassenen Kindern auf einem Jahrmarkt. Und kam er schließlich näher, in der Minute, bevor der Schacht ihn ausspucken würde, mischte sich ein dumpfes Dröhnen dazu, als spiele jemand einen alles durchdringenden Bass.

Dann kam die Barriere. Sie war unsichtbar, weich und nachgiebig. Wie das Netz einer Spinne. Und wie ein Spinnennetz war sie stark und elastisch. Wilbur spürte, wie die Barriere ihn wie eine riesige Hand barg, er langsam weitersank, die Barriere seine Fahrt anhielt – und ihn durch eine Öffnung in der Seite des Schachts hinausschleuderte, der Stadt entgegen.

Sie besaß keinen Namen. Wilbur hatte weder Pasong noch einen anderen Alien jemals einen sagen hören. Ja, er hatte nicht einmal den Begriff »Stadt« gehört. Es war der Name, den er, der Mensch, gewählt hatte, um begreiflich zu machen, was er sah. Die Aliens brauchten keinen Namen oder Begriff. Die Stadt war einfach der Ort, an dem sie waren.

Der Schub, den die Barriere Wilbur mitgegeben hatte, ließ ihn im weiten Bogen und sich überschlagend über die Stadt schweben und schließlich absinken. Wilbur sah die Schwärze der Tiefsee, die sich elf Kilometer hoch über ihm türmte. Er betrachtete die Flanken der Berge, welche die Stadt zu beiden Seiten begrenzten und die rasch in der Schwärze verschwanden, nur zu einem Bruchteil sichtbar. Er sah die Stadt selbst, die gedämpften Lichtkegel, die unter den Gebilden hervorstrahlten, die Wilbur »Häuser« benannt hatte, die leuchtenden Seile, die die Häuser in Position hielten, und diejenigen, die zwischen den Häusern verliefen und ein weiteres Spinnennetz bildeten, so weitläufig, dass es Wilbur unmöglich war, es in seiner Gesamtheit zu überblicken.

Und er sah und hörte die Aliens.

Ihre Kokons brannten – wie der seine – stechend grell in der Tiefe. Wilbur erinnerten sie ein wenig an die Signalfackeln, die die *Bitch* für Notfälle mitgeführt hatte. Er und Melvin und Diane hatten sich auf Funafuti einmal nach einigen Drinks den Spaß gemacht und den gesamten Vorrat der *Bitch* entzündet und in das Meer geworfen. Um ein Haar hätte die Company sie ausgeschlossen – sie verstand keinen Spaß, wenn es um die Verschwendung ihrer immer zu knappen Mittel ging –, und gelohnt hatte sich das Ganze sowieso nicht: Die eine Hälfte der Fackeln hatte sich nicht entzünden wollen, die Übrigen waren in der flachen Brandung vor sich hin gedümpelt, bessere Wunderkerzen nur, und waren nach ein paar Minuten schon wieder erloschen. Sie hatten gerade genug Licht abgegeben, um ihn und Melvin und Diane zu verraten.

Diese Fackeln aber waren anders. Die Kokons der Aliens erloschen nie, solange man sich im Wasser befand. Das Wasser war die Quelle, aus der sie Sauerstoff und die Energie bezogen, um sich selbst aufrechtzuerhalten. Und sie waren keine leblosen Stäbe, die mit dem Seegang vor sich hin trieben. Die Aliens tollten umher. Sie schlängelten sich wie Aale, schossen pfeilschnell wie Pinguine durch die Tiefsee, schlugen Haken, stießen sich von den elastischen Seilen zwischen den Häusern ab, immer weiter, als handele es sich bei ihnen um ein Feld von Sprungbrettern. Sie tanzten, alleine und miteinander, sie schlugen Purzelbäume und Saltos. Sie umklammerten einander, ihre Kokons verschmolzen, während sie selbst mit ihren Partnern verschmolzen.

»Wilbur, da bist du wieder!«

Ein Alien, nackt wie all seine Gefährten, schoss aus dem Nichts auf Wilbur zu, packte ihn und bremste seine Fahrt ab, als fange er einen Ball auf.

»Komm zu uns!« Der Alien steckte in einer alten Frau, aber er bewegte sich mit der Leichtigkeit eines Kindes. »Spiel mit uns!« Er zwinkerte Wilbur auffordernd zu.

»Nein, nicht heute.«

»Das sagst du immer!«

»Es geht nicht, wirklich. Ich habe zu tun.«

»Das sagst du auch immer!«

»Weil es so ist.«

»Dann mach, dass es anders ist!« Der Alien hielt seine Handgelenke fest, ihre Kokons vereinigten sich. Wilbur roch Schweiß.

»Das geht nicht. Ich muss tun, was ich tun muss.«

»Ist das so? Aber wer sagt dir, wo du es tun musst?«

Wilbur versuchte sich loszumachen, der Alien hielt ihn fest. »Bitte, ich ...«

»Wieso kommst du nicht zu uns? Was willst du da oben allein in deinem alten Flieger hocken?«

»Die *Bitch* ist mein Zuhause. Außerdem bin ich gern allein.«

»Das glaubst du.«

»Ja.«

»Aber dein Glaube ist falsch. Menschen sind nicht dafür geschaffen, allein zu sein. Du bist nicht glücklich.«

»Woher willst ausgerechnet du wissen, wofür ein Mensch geschaffen ist?«

»Weil ich keiner bin. Ich sehe euch, wie ihr seid, nicht, wofür ihr euch haltet.« Der Alien ließ ihn los. »Du musst nur ein Wort sagen, und ... Du weißt schon.« Der Alien zwinkerte ihm verschwörerisch zu, als wäre er ein junges Mädchen und teile ein Geheimnis mit ihm, von dem die Erwachsenen niemals erfahren durften. Dann zuckte er wie ein Otter, sein ganzer Körper eine einzige Flosse, und schoss davon. Wilbur sah ihm nach. Der Alien rammte gegen ein Seil. Das Seil gab nach, spannte sich und katapultierte ihn in einem großen Bogen über die Stadt hinweg. Der Alien überschlug sich jauchzend und verschwand im Gewimmel seiner Artgenossen.

Der Alien war aufrichtig, Wilbur wusste es. Er musste sich nur von der *Bitch* losmachen, durch die Lange Stille gleiten und sich unter sie mischen. Die Aliens würden ihn in ihrer Stadt, in ihrer Mitte aufnehmen und alles tun, um ihn glücklich zu machen.

Ein Wort, eine Geste, ein einziger Akt – es war so einfach.

Wilbur setzte seinen Weg fort. Die Aliens ließen ihn in Ruhe. Sie wussten, dass einer der ihren einen Versuch unternommen hatte, und sie waren realistisch genug – oder kannten sie so etwas wie Respekt? –, um sich darüber klar zu sein, dass sie ihn nicht würden umstimmen können. Nicht an diesem Tag.

Der Bordingenieur benötigte beinahe eine halbe Stunde, bevor sein Ziel in Sicht kam. Wilburs körperliche Verfassung war nicht schlechter, sondern eher besser als die der meisten Aliens, aber irgendetwas schien ihm zu fehlen. Es war ihm, anders als den Aliens, unmöglich, so durch die Tiefsee zu schweben, als existiere sie nicht. Der Wasserdruck lastete auf ihm, forderte ihn bei jeder Bewegung. Wilbur widerstand ihm zwar, doch mehr als ein mühseliges Hangeln entlang der Seile zwischen den Häusern war für ihn nicht drin. Der Kokon der Aliens machte es ihm möglich, in der Tiefe zu überleben, aber er bewirkte keine Wunder, machte die Tiefsee nicht zu seiner Welt.

Schließlich erreichte er das Haus, das er suchte. Es stand etwas abseits von den übrigen, am Rand der Schlucht, kratzte mit einer Flanke beinahe an der Felswand und war das größte der ganzen Stadt. Der Lichtkegel, der unter dem Einstieg hervorstrahlte, war ein breites Rechteck, als hätte jemand eine riesige Neonröhre an der Unterseite des Hauses angebracht.

Statt mit einem Tau wie die übrigen Häuser, war dieses mit einem Dutzend von ihnen am Boden verankert. Jedes Tau hielt eines der Artefakte am Platz, aus denen die Aliens das Haus errichtet hatten. Es war eine ungewöhnliche Sache für die Aliens, die in ihrer Stadt am Meeresgrund weder Arbeit noch Ernsthaftigkeit zu kennen schienen.

Aber die Aliens hatten sich nicht abhalten lassen. Hero hatte das Wort gesagt, und sie hatten es gehört und ihm das größte Haus der Stadt gebaut.

Wilbur stieß sich von dem Seil ab, glitt unter den Lichtbalken und durchbrach die Wasseroberfläche. Grelles Licht empfing ihn, der Gestank nach Öl, Schmierfett und Ozon – Heros Werft. Wilbur schwamm zur Kante des Einlasses, schob einige Ersatzteile zur Seite und wuchtete sich an der frei geräumten Stelle aus dem Wasser. Hero war ein bescheidener Mann. Er hatte die Aliens um eine Werft von einer Größe gebeten, die für seine Zwecke gerade ausreichte. Er hätte sie ebenso gut um eine zehnmal so große bitten können, sie hätten sie ihm gebaut.

Wilbur mochte Heros Werft. Man konnte keinen Schritt in ihr machen, ohne genau hinzusehen, wohin man trat, aber das machte ihm nichts. Wilbur hatte eine Schwäche für Bescheidenheit, dafür, sich nur so viel zu nehmen, wie man unbedingt brauchte. Manchmal war er deshalb wütend auf sich selbst. Dann schimpfte er sich einen Dummkopf, weil er sich nicht nahm, was er kriegen konnte, und hielt sich selbst vor, dass er – weit jenseits der 50 – noch immer gegen Dubai rebellierte, wo er geboren und aufgewachsen war. In Dubai hatte man nie etwas darauf gegeben, Maß zu halten. Seine Familie würde ihn wahrscheinlich mehr denn je verleugnen, jetzt, da die Company der ganzen Welt hinaustrompetet hatte, dass er in einer alten Schrottmühle auf der Oberfläche der Alien-Insel hauste. Wilbur war es gleich. Er lebte nicht, um anderen zu gefallen.

Wo steckte Hero? Wilbur hörte ein Hämmern. Er war in der Werft, natürlich. Aber wo? Die Akustik der Werft machte es schwer, Richtungen zu bestimmen. Wilbur ging, vorsichtig einen Fuß vor den anderen setzend, am schlanken Rumpf der *Maguro* entlang, der die Werft in zwei Teile teilte. Nach einigen Schritten blieb er stehen, legte eine Hand auf das kühle Metall des Rumpfs. Es vibrierte nicht mit den Schlägen. Hero musste woanders arbeiten. Wilbur drehte sich um. Im alten Mini-U-Boot der *Bitch*? Kaum, selbst der kleine Japaner hatte sich nur mit Mühe in den Innenraum zwängen können. Dort gab es nur eine Position: sanft, aber beharrlich eingezwängt von gepolsterten Klammern in einer Stellung, die an einen Motorradfahrer erinnerte. Das Mini-U-Boot war kein Ort, an dem man ohne zwingenden Grund Zeit verbrachte. Und außerdem schien Hero, der das Boot jahrelang geduldig für den großen Tag gepflegt und gewartet hatte, das Interesse daran verloren zu haben. Wilbur sah es unbeachtet und schräg in einer Ecke der Werft lagern. Heros Interessen galten jetzt einem neuen Spielzeug: der *Maguro*.

»Maguro« war japanisch für Thunfisch. Wilbur kannte sich zu wenig mit Fischen aus, um beurteilen zu können, ob das U-Boot tatsächlich einem Thunfisch glich. Fest stand, dass es auf ihn wie einer wirkte, allerdings wie ein übergroßer. Die *Maguro* war doppelt so lang wie die *Bitch*; ihre Seitenflossen waren im spitzen Winkel angebrachte Stummel, die Rückenflosse war zweigeteilt wie die eines Fischs. Der Bug war ein aufgerissenes Maul, aus dem die dunklen Enden von Rohren wie Geschützläufe ragten, und unter den Cockpitscheiben prangte das alte *Bitch*-Pin-up aus kurvigem Modelkörper und glubschäugigem Alien-Kopf. Aber anders als die *Bitch* setzte die *Maguro* nicht auf Propeller.

Wilbur gelangte an das Heck des U-Boots. Es war glatt abgeschnitten, und mehrere Rohre, so groß, dass Wilbur in ihnen aufrecht stehen konnte, ragten daraus hervor: die Strahltriebwerke der *Maguro*, eines der vielen Geschenke, die die Aliens Hero gemacht hatten. Wilbur duckte sich unter dem untersten der Rohre hindurch und sah Hero. Der Japaner hatte ihm den Rücken zugewandt und beugte sich über ein Gerät, das Wilbur nicht erkennen konnte. Hero versperrte ihm die

Sicht. Hero – und eine Traube von Aliens, die sich um ihn scharrten und gebannt verfolgten, was er tat.

»Hero!«

Köpfe flogen hoch, wandten sich ihm zu. Es waren ausschließlich Alien-Köpfe. Die Aliens musterten ihn mit einer Mischung aus Freude über den Neuankömmling, der weitere Anregungen und Aufregung bringen würde, und einem gewissen Widerwillen, war ihnen doch klar, dass sich bald Heros Aufmerksamkeit ganz Wilbur zuwenden würde. Es war schließlich nicht der erste Besuch, den Wilbur machte.

»Hero, ich bin es, Wilbur!«, rief er und bahnte sich seinen Weg durch Bauteile und Werkzeuge. Die Aliens wichen ein Stück zurück, um dem Menschen Platz zu machen.

Hero hob einen Arm, ohne sich umzuwenden, und winkte ihm. »Komm her«, rief er. »Das musst du dir ansehen!«

Wilbur ging neben dem Japaner in die Hocke.

»Wilbur, Freund, sieh nur!« Hero hob die Hände und gab den Blick frei auf ... auf einen Rucksack?

»Was ist das?«, fragte Wilbur.

»Ein Lebensretter!« Hero nahm den Rucksack und schnallte ihn auf den Rücken. »Unsere Freunde hier haben ihn für uns gemacht. Ich musste ihnen nur den ein oder anderen Hinweis geben, wie man ihn auf Menschen anpasst.« Die Aliens nickten eifrig.

»Wie funktioniert er?«

»Ich zeige es dir.« Hero strich über den Rucksack, zog an den Riemen. Der Japaner war füllig geworden. Er redete und lachte viel, seit er unter den Aliens lebte. Früher, auf der *Bitch*, hatte Hero selten etwas gesagt, und wenn, hatte es meistens mit seinem U-Boot zu tun gehabt. Gelacht hatte er nie. Hero hatte alles für ihre Aufgabe gegeben, und Wilbur, der die Zuverlässigkeit seines Kameraden geschätzt hatte, hatte voller Sorge mit angesehen, wie der Japaner Monat für Monat an Gewicht verloren hatte, als ihn das Warten auf den Tag, der aller Wahrscheinlichkeit niemals kommen würde, mehr und mehr auszehrte.

»Bitte, tretet etwas zurück«, bat Hero. »Ich will nicht, dass jemandem etwas geschieht.«

Die Aliens folgten der Bitte mit einer Sicherheit, als hätten sie sich den Standort jedes einzelnen Gegenstands innerhalb der Werft verinnerlicht. Wilbur hingegen stolperte beinahe über einen Werkzeugkasten.

Hero lächelte stolz und strich mit beiden Handflächen über die Riemen an seiner Brust. Der Rucksack explodierte mit einem »Plop!«. Einen Augenblick lang verschwand der Japaner hinter einem Vorhang aus wirbelnder Folie, dann setzte die Bewegung aus.

»Was sagst du jetzt?«, grinste der Japaner. Seine Stimme war dumpf.

Die Folie, in die der Rucksack explodiert war, hatte sich wie eine zweite Haut um seinen Körper gewickelt. Über seinem Kopf hatte sie einen durchsichtigen Helm gebildet.

»Ein Schutzanzug?«, riet Wilbur.

»So ungefähr.« Hero strich über den Helm. Er erschlaffte und legte sich wie eine Kapuze auf seinen Nacken. »Er erlaubt es bei einem Ausfall des Kokons, mehrere Stunden zu überleben. Ist das nicht großartig?«

»Ich weiß nicht. Kokons fallen nicht aus.«

»Glaubst du. Aber vergiss nicht: Auch wenn es den Anschein hat, wir haben es hier mit Technologie zu tun, nicht mit Magie. Und jede Technologie versagt früher oder später – sonst wäre sie Magie.« Hero strich mit beiden Handflächen über die Brust. Es gab eine weitere Explosion, begleitet von einem reißenden Geräusch, und der Lebensretter hatte sich wieder in einen Rucksack verwandelt. »Außerdem hat dieses Gerät hier den Vorteil, dass es auch in anderen lebensfeindlichen Umgebungen als Wasser funktioniert.«

Hero schnallte den Rucksack wieder ab. »Aber, lieber Freund, das ist nichts, nur eine Kleinigkeit im Vergleich zu dem, was ich dank unserer geschätzten Alien-Freunde seit unserem letzten Besuch erreichen konnte. Hast du etwas Zeit mitgebracht?«

»Natürlich.«

»Wunderbar. Dann komm, ich zeige dir die *Maguro*!« Er klopfte Wilbur auf die Schultern – eine überschwängliche Geste, die Hero früher im Leben nicht eingefallen wäre – und führte ihn zum Haupteinstieg. Die Aliens blieben zurück. Sie kannten Heros Tour bereits, und offenbar besaß auch ihre unendliche Neugierde Grenzen.

»Wir haben unglaubliche Fortschritte gemacht, Freund«, erzählte Hero, als sie das Schiff betraten. »Die Arbeiten am Rumpf sind abgeschlossen. Die Simulationen und Untersuchungen in der Werft haben keine Schwächen ergeben. Wir haben sogar eine Testfahrt unternommen. Du hättest es erleben sollen! Vierhundert Aliens haben uns erwartet, als wir ins Wasser geglitten sind. Sie haben ihre Taue angebracht und uns eine Runde über die Stadt gezogen. Tausende sind gekommen, um zuzusehen!«

Hero gab Wilbur einen weiteren Klaps auf den Rücken und ging in Richtung Cockpit. Wilbur folgte ihm den schmalen Gang entlang, passierte mehrere Kojen, lange Regalreihen mit Vorräten, sorgfältig festgezurrt, während Hero redete und redete und redete. Wilbur fühlte sich benommen von der Atmosphäre des Schiffs. Die *Maguro* mutete ihn wie eine Wiedergeburt der *Bitch* an, in der perfektionierten Hero-Version. Wilbur hatte sie im Stillen *Superhero* getauft. *Maguro* war kein schlechter Name, fand er, sogar ein schöner, aber *Superhero* traf den Nagel auf den Kopf. Das Boot hatte in seinem Inneren ungefähr dieselbe Größe wie die *Bitch* und wie sie Platz für eine Besatzung von fünf. Nur: Die *Bitch* war, trotz Wilburs grenzenloser Hingabe, eine alte Dame. Rüstig in mancher Hinsicht, klapprig in zu vielen anderen. Was die *Bitch* zusammengehalten hatte, war der Wille ihrer Crew gewesen, nicht aufzugeben, und Wilburs Improvisationsgabe, mit der er die *Bitch* immer wieder in die Luft gebracht hatte.

Die *Superhero* war nagelneu: Hero hatte das Wort gesagt, und die Aliens hatten aus dem Wort einen stahlgewordenen Traum gezaubert.

»Ich träume einen Traum«, hatte Hero den Aliens gesagt. »Ich will ein U-Boot, ein echtes, kein Spielzeug wie das, mit dem ich zu euch gekommen bin. Ich will, dass es groß ist, dass dort Platz für meine Freunde ist. Ich will damit überall hinfahren können. Ich will, dass dieses Boot wie ein Fisch im Wasser ist, schnell und wendig, ausdauernd und stark. Ich will Monate, nein, Jahre unterwegs sein können.«

Die Aliens hatten Hero zugehört und sich daran gemacht, seine Wünsche zu erfüllen. Hero hatte genaue Vorstellungen, was die Erzeugnisse menschlicher Technologie anging, und die Aliens hatten mit der Company einen Lieferanten an der Hand, der ihnen jeden Wunsch erfüllen würde, mit Ausnahme von Waffen. Das machte nichts: Hero wollte keine Waffen. »Ich und meine Freunde sind ohne Waffen zu euch gekommen«, sagte er den Aliens, »wir brauchen sie nicht. Die einzige Waffe, die wir benötigen, ist unsere Klugheit.«

Im Lauf der Monate war die *Superhero* entstanden. Ein U-Boot, wie es die Erde noch nicht gesehen hatte, eine Fusion aus Menschen- und Alien-Technologie, ein sauberer, blitzender Ort – Hero liebte Chrom über alles –, die Erfüllung von Heros Träumen.

»Setz dich! Bitte, setz dich, Freund!« Sie hatten das Cockpit erreicht. Hero winkte Wilbur in den Platz des Co-Piloten. Das Cockpit der *Superhero* war mit Instrumenten und Skalen übersät, Steinzeittechnologie, wie sie in der *Bitch* verbaut war, das letzte Fangnetz in der mehrfachen Redundanzkette, auf der Hero bestanden hatte. Passend dazu ragte eine wuchtige Steuersäule aus der Instrumentenlandschaft. Wilbur umfasste sie mit beiden Händen.

»Liegt gut in der Hand, was?« Hero zwinkerte ihm zu. »Aber warte, das wird noch besser. Leg deinen Arm auf die Lehne!«

Wilbur tat es. Ein Joystick fuhr aus und schmiegte sich zwischen seine Finger.

»Auch nicht schlecht, was?« Hero machte eine Handbewegung. Die Beleuchtung erlosch, auf den Panzerfenstern erschien eine Darstellung des Meeresbodens, erleuchtet von

Scheinwerfern. An den Rändern der Scheinwerferkegel nahm Wilbur huschende Schemen wahr. Schlammwolken stiegen auf, als überraschte Tiefseebewohner aus ihren Verstecken flohen.

»Sieh nach oben!«, befahl Hero. Wilbur tat es. Der Meeresboden blieb unter ihnen zurück, als die *Superhero* aufstieg.

»Jetzt nach rechts!« Die *Superhero* legte sich auf die Seite.

»Nach unten!« Der Meeresboden erschien wieder im Licht der Scheinwerfer.

»Die *Su*..., ich meine, die *Maguro* lässt sich mit Blicken steuern«, sagte Wilbur.

»So ist es. Unglaublich, nicht? Aber das ist immer noch nicht das Beste!« Mit einer weiteren Handbewegung stoppte Hero die Simulation.

Wilbur sah wieder auf den Hangar, in dem die Aliens sich immer noch über den Rucksack beugten und Feinheiten diskutierten. Aus dem Augenwinkel nahm er wahr, dass Hero ihn erwartungsvoll ansah. Er sagte nichts. Wilbur machte das Spiel mit. »Also gut, raus damit! Was ist das Beste?«

»Pasong hat versprochen, dass sich die *Maguro* mittels Gedanken steuern lassen wird. Du musst nur denken, wohin du willst – und das Boot bringt dich hin!«

Es klang unglaublich. Und es passte. Es war lediglich das konsequente Ende einer Kette: ein Wort, eine Geste, ein Gedanke.

»Wieso *wird*?«, fragte Wilbur. »Gibt es Probleme?«

Hero schüttelte den Kopf. »Nein. Die Gedankensteuerung ist bereits implementiert. Aber sie verbraucht eine Menge Energie. Sie funktioniert erst, wenn der Fusionsreaktor eingebaut ist.«

Der Generator. Das Herz der *Superhero*. Nur die Aliens konnten es liefern ...

»Wann ist es so weit?«

»In den nächsten Tagen. Pasong hat es mir versprochen.«

»Wie lange dauert der Einbau?«

Hero zuckte die Achseln. »Eine Stunde oder zwei. Alles ist

vorbereitet, er muss nur eingelassen werden. Und dann, Freund, ist es endlich so weit: Die große Fahrt kann beginnen!«

Es war der Satz, auf den Wilbur seit Wochen wartete; der Satz, der ihn regelmäßig in die Tiefe trieb. Die *Superhero* war das Kernstück des Plans.

Wilbur ließ es sich nicht anmerken. »Das sind großartige Neuigkeiten. Ich freue mich«, sagte er. Hölzern, als handele es sich um eine ungeschickte Höflichkeitsfloskel. »Du gibst mir Nachricht, wenn es so weit ist?«

»Selbstverständlich, Freund.«

Wilbur stand auf. Er hatte erfahren, weswegen er gekommen war. »Ich muss weiter. Oben warten Karten darauf, geschrieben zu werden.« Er schüttelte die Hände aus. »Es juckt mich in den Fingern.«

Hero führte ihn nach draußen, begleitete ihn zum Wasser.

»Ach, übrigens«, sagte Wilbur. »Bevor ich es vergesse: Rodrigo lässt Grüße ausrichten.«

»Rodrigo ... ich habe ihn nicht mehr gesehen, seit er mir bei der Planung der Bordrechner geholfen hat. Wie geht es ihm?«

»Er ist zufrieden. Er hat seinen Platz gefunden.«

Hero nickte. »Das dachte ich mir. Wie geht es seiner Schwester? Hat man sie gefunden?«

»Noch nicht. Aber Rodrigo bleibt dran. Er ist zuversichtlich, dass er in einigen Tagen den Weg zu ihr gefunden hat.«

»Tatsächlich?« Hero dachte einen Augenblick nach. »Dann grüße ihn von mir, wenn du ihn wieder siehst. Dieser Weg, er würde mich interessieren.«

Hero wandte sich ab und tauchte im Kreis der Aliens unter. Wilbur tauchte in die Tiefsee.

Zehn Partysprüche, die Sie uns (und sich) ersparen sollten

10. »Nur ein toter Alien ist ein guter Alien.«

9. »Ich mag Aliens – gut durchgebraten.«

8. »Ich bin ein Alien.«

7. »Aliens sind auch nur Menschen, oder?«

6. »Ich bin ein Alien. Und wenn Sie nicht sofort mit nach nebenan kommen und mit mir schlafen, vernichte ich Ihren Planeten!«

5. »Meine Frau ist ein Alien. Zeigen Sie sie an? BITTE!!!«

4. »Ich bin ein Alien. Und Sex mit mir ist übermenschlich gut. Probieren Sie es!«

3. »Kein Alien kann so fremd sein, wie wir uns selbst sind. Nehmen Sie mich. Schon im Kindergarten ...«

2. »Ich stehe in Kontakt mit den Aliens. Sie wollen die Menschheit auslöschen. Sie werden nur einige Auserwählte leben lassen. Ich kann Ihnen sagen, wie Sie dazugehören. Gegen eine geringe Aufwandsentschädigung ...«

1. »Hunter/Homeworld Security?! Was machen Sie hier? Das ist eine Party! Was wollen Sie von mir? Nein! Lassen Sie mich los! Das war doch nur ein Spaß!! Hiiiiiilfe!« (Ts, ts, wieso haben Sie nicht auf uns gehört?)

– *AlienNet Unterforum AlienWatch/Humor/ und /Lebenshilfe*
Stand: 9. April 2066
97,8 % der User bewerteten den Bericht als lachhaft, 56,9 % als hilfreich.

KAPITEL 33

23 Aliens, zwei Menschen und ein Wesen, weder Wolf noch Mensch, überquerten die Wiese und traten in den Wald. Sie ließen die alte Mühle hinter sich zurück, ihre Gefährten, weiterhin gefangen in ausgepumpten, schwächlichen Körpern, und ein Massengrab. Es war unter der Leitung Maritas entstanden, und die Unbeirrtheit, mit der sie die Arbeiten geleitet hatte, verriet Paul, dass es nicht das Erste war, das die Soldatin in ihrem Leben ausgehoben hatte.

Die Aliens trugen grobe, wetterfeste Kleidung und robuste Stiefel. Ihre Rucksäcke waren schwer beladen und verbargen ihre Gewehre.

Die beiden Menschen trugen, was zu haben gewesen war und noch am wenigsten zerschlissen wirkte. Ihre Rucksäcke waren so schwer wie die der Aliens, auch wenn sich in ihnen keine Gewehre fanden.

Wolf ging nackt. Besser: Er rannte, kroch und huschte und führte sie unbeirrbar durch das dichte Unterholz.

Am dritten Tag, nachdem sie sich noch einmal ausgiebig an den Beeren, Früchten und Blättern des freundlichen Waldes satt gegessen hatten, verließen sie seinen Schutz und traten in die Welt. Atsatun führte sie mithilfe der Karten, die Marita für ihn gezeichnet hatte. Ein staubiger Feldweg, der Sommersonne schutzlos preisgegeben, führte sie nach Osten. Nach einer Stunde begegneten sie den ersten Menschen. Ein knappes Dutzend, junge Leute, wie es die Aliens zu sein vorgaben. Das Dutzend saß im Schatten eines einsamen Baums, rastete und aß.

»Brüder und Schwestern, wohin?«, rief einer von ihnen, als sie näher kamen.

»Zur Erkenntnis, zur ewigen Liebe und zum Frieden im Universum, wohin sonst?«, antwortete Atsatun. Sein neuer Körper war der eines sommersprossigen Mädchens mit Zöpfen und einer unschuldigen Frische, gepaart mit dem richtigen Schuss Frechheit. Es fiel schwer, ihm nicht augenblicklich zu vertrauen, noch schwerer, ihm etwas abzuschlagen.

Das Dutzend lachte und freute sich, verwandte Seelen zu treffen. Man aß und trank zusammen und beschloss, den Rest des Tages miteinander zu pilgern. Der Zufall wollte es, dass beide Gruppen dasselbe Ziel für den Tag anvisierten: den Schrein des Märtyrers Sebastian alias Schattenkrieger, von Huntern hinterrücks erschossen, als er versuchte, einem Alien die Flucht zu ermöglichen.

Zwei Stunden marschierten die beiden Gruppen miteinander. Das Dutzend erzählte von seinen Erlebnissen auf der Fahrt, empfahl Wege und Orte, auf und an denen Pilger wie sie freundlich aufgenommen wurden, warnte vor anderen, an denen Polizei, Hunter oder dumme, alienfeindliche Menschen lauerten. Bedauernswerte Seelen, die nicht verstanden hatten, dass eine neue Zeit angebrochen war.

Als sie ein kühles, dunkles Wäldchen – krüppelig und hässlich, nicht von Menschen gemacht – durchquerten, sprangen die Aliens die Pilger an und erwürgten sie. Die Aliens nahmen den Leichen, was sie für nützlich befanden: Ausweise, Geld in Karten und bar, Kleidungsstücke, das eine oder andere Taschenmesser. Zwei der Leichen zogen sie komplett aus und gaben ihre Kleider Paul und Marita. Dann versteckten sie die Leichen im Wald, so dass man sie nur dann finden würde, wenn man gezielt nach ihnen suchte. Marita zeigte den Aliens, wie man es machte.

Am Abend gelangten sie an den Schrein des Märtyrers Sebastian. Er war in einer baufälligen Garage untergebracht und bestand aus mehreren Fotos, persönlichen Habseligkeiten und einer Art Opferaltar unter dem größten der Fotos, einem Poster. Atsatun kniete vor dem Märtyrer in stiller Andacht und legte ein Geschenk für ihn ab. Eine simple Speicherkarte, übervoll mit Statusboostpunkten für das Lieblings-Online-Universum des ehemaligen Schattenkriegers. Atsatun hatte sie einem der ermordeten Pilger aus der Tasche gezogen.

Der Stiefvater des Schattenkriegers, der als Verweser des Schreins fungierte, war erfreut und besorgt zugleich über ihren Anblick. Erfreut, weil es selten vorkam, dass sein Schrein, den er für den wichtigsten im Süden des Landes hielt, in dieser Zahl Zuspruch erhielt. Besorgt, weil sich bereits eine Gruppe von einem Dutzend Pilgern für die Nacht angemeldet hatte und sein bescheidenes Haus nicht für einen solchen Ansturm gerüstet sei. Atsatun zerstreute seine Sorgen, indem er ihm berichtete, dass sie das Dutzend getroffen und die Pilger sich für einen anderen Weg zur Erkenntnis entschieden hätten.

Sie blieben für die Nacht, erhielten zu essen und zu trinken, und, als Atsatun den sommersprossigen Charme seines Mädchenkörpers in die Waagschale warf, Zugang zur geheimen Fälscherwerkstatt des Schreins. Es blieb Paul, dem Ex-Hunter, überlassen, die Papiere der Toten so zu bearbeiten, dass sie auf Aliens passten.

Sie pilgerten weiter nach Osten, immer auf staubigen Straßen, immer durstig. Den Aliens machte es nichts aus. Sie lachten viel und sangen Lieder, die sie von anderen Pilgern gelernt hatten. Immer wieder trafen sie Pilger, einzeln und in Gruppen, und horchten sie aus. Es fiel ihnen nicht schwer. Die Pilger erkannten sie als verwandte Seelen, vertrauten ihnen blind. Manche von ihnen starben. Marita sorgte für die Entsorgung der Leichen, Paul für die Adaption ihrer Papiere.

Nach einer Woche erreichten sie den Rhein. Ein Schiff, ein provisorisch zum Passagierschiff umgebauter Frachtkahn, fuhr sie flussaufwärts. Die Fahrt war teuer, aber die Aliens hatten den Ermordeten mehr als genug Geld abgenommen. An Bord ließ man sie in Ruhe. Pilger waren ein vertrauter Anblick, und die übrigen Passagiere gingen ihnen aus dem Weg, nachdem Atsatun versucht hatte, ihnen alles über den Weg zur Erkenntnis und Harmonie zu berichten, dem sie folgten.

Selbst Wolf erregte kein Aufsehen. Der GenMod bewegte sich auf allen vieren, gab außer Hecheln, Knurren und einem gelegentlichen Heulen keinen Ton von sich. Niemand schien auf den Gedanken zu kommen, dass es sich bei dem Maskottchen der Pilger um ein intelligentes Wesen handeln könnte. Nicht einmal die Hunde, denen sie überall begegneten, taten es – domestizierte Hunde in Häusern und Höfen und auf dem Schiff, sich selbst überlassene in den Lücken, die die Zivilisation gelassen hatte.

Zwei Tage dauerte die gemächliche Fahrt. Das Schiff durchquerte Dutzende von Schleusen, hielt immer wieder, um Passagiere ein- und aussteigen zu lassen. Pauls geplagte Füße genossen die Rast, der Rest von ihm nicht. Er war allein. Marita hatte sich in sich selbst zurückgezogen und kam nicht einmal in der Nacht hervorgekrochen. Wolf spielte Tier, und Ghi wich ihm so konsequent aus, dass er sich zu fragen begann, ob er sich ihre nächtliche Begegnung auf der Wiese vor der Mühle nicht nur einbildete. Unsterblichkeit, endlose neue Erfahrungen, das beschränkte Menschsein abschütteln – es klang wie eine verzweifelte Phantasie, die sein gequälter Geist sich zurechtgelegt hatte, um dem Handeln der Aliens einen Sinn abzugewinnen.

Unterhalb von Karlsruhe verließen sie das Schiff. Atsatun führte sie auf die Höhen des Schwarzwalds und dann in einem Zickzack immer weiter nach Süden. Die Wallfahrtsorte waren hier dünner gesät. Ihre Märsche wurden länger, führten durch anspruchsvolleres Terrain. Schatten gab es nur selten: Der Schwarzwald wartete auf seine Reinkarnation durch genmodifizierte Wälder. Im Augenblick bestand er aus einer Art Macchia, einem Meer aus halbhohen, dornigen Sträuchern, dazwischen vereinzelte, verloren wirkende Inseln aus Wäldchen, denen es entlang saisonal Wasser führender Bachläufe gelang, der Hitze und der Trockenheit zu trotzen.

Der Tempel der 14 Jungfrauen für die Alienheit spendete ihnen Wasser und ein Dach über dem Kopf. Ein Lagerfeuer brannte Tag und Nacht im Innenhof, Erinnerung an die Mädchen, die ihre Körper an diesem Ort dem reinigenden Feuer übergeben hatten.

Die Pagode Martins, des Körperlosen, empfing sie. Nirgends in der alten Scheune fand sich sein Bild, stattdessen hing ein penetrant frischer Geruch in der Luft, das bevorzugte Deo Martins, bevor seine Seele den Körper verlassen hatte, um zum Alien-Schiff im Orbit aufzusteigen.

Ein Bethaus, eines von Millionen weltweit, die zusammen ein Bollwerk gegen die teuflischen Aliens bildeten, nahm sie auf. Zusammen mit Hunderten Menschen, die Gott anflehten, sie von der Geißel der Aliens zu befreien, verbrachten sie die Nacht.

Nach zwei Wochen überquerten sie erneut den Rhein. Eine illegale Fähre brachte sie in die ehemalige Schweiz. Atsatun gab dem unverschämten Fährmann ihr restliches Geld, erwürgte ihn nach getaner Arbeit und nahm ihm das Geld wieder ab. In derselben Nacht schlichen sich die Aliens in ein Dorf. Eine Stunde später und ohne dass Paul einen Laut gehört hätte, kehrten sie zurück, die Taschen zum Bersten gepackt mit Munition. Sie hatten sie aus den geheimen Vorräten früherer Milizionäre geholt; sie war kompatibel mit den TAR-21 der Aliens.

Die Aliens luden Paul und Marita die Munition auf und marschierten weiter. Erneut durchwanderten sie ein Gebirge. Paul glaubte, dass es sich dabei um das Jura handelte. Sicher war er sich nicht, seine geographischen Kenntnisse ließen ihn im Stich. Nur eines war sicher – dass sie weiter Richtung Süden marschierten: Die Alpen rückten mit jedem Tag näher.

Schließlich, eine knappe Woche und eine Handvoll Pilgerorte später, ließ Atsatun auf einer Lichtung anhalten. In der Ferne, im Licht der untergehenden Sonne, glitzerte ein lang gestreckter See. Die Aliens setzten ihre Rucksäcke ab, holten die Gewehre hervor und reinigten sie.

In der Nacht kam Marita zu ihm. Es war das erste Mal, seit sie ihre Pilgerfahrt begonnen hatten. Sie schmiegte sich an ihn, zog ihn aus und schlief mit ihm. Paul ließ es mit sich geschehen, die Augen geschlossen.

Marita zog seine Lider mit den Daumen hoch. »Sie haben etwas vor«, flüsterte sie.

»Ich weiß.«

Die Aliens hatten die Gewehre in ihre Einzelteile zerlegt, sie gereinigt, geprüft und wieder zusammengesetzt. Anschließend hatten sie sich schlafen gelegt, die geladenen Gewehre neben sich.

»Etwas Großes. Mehr, als arme Schweine von Pilgern umzubringen.«

»Ja.«

Paul sah über Maritas Schulter hinweg in die Ferne. Der See lag wie ein schwarzer, bodenloser Tintenfleck schräg unter ihnen, scharf abgegrenzt von dem Lichterring der Siedlungen an seinem Ufer.

»Dir ist klar, was das bedeutet?«

Paul nickte.

»Gut.« Sie beugte sich vor, küsste ihn auf die Lippen. Es war ein sanfter, scheuer Kuss, der nicht zu Marita passen wollte. Ein Abschiedskuss? »Gute Nacht, Iwan.« Sie drehte sich weg. Kurz darauf war sie eingeschlafen. Marita konnte immer schlafen. Es war, sagte sie, was einen Soldaten wirklich ausmachte. Nicht, dass er töten konnte, sondern dass er in der Lage war, immer und überall zu schlafen.

Paul war kein Soldat. Er lag da, sah neidisch zu dem schwarzen Umriss auf dem dunklen Boden des Waldes, der sich im schwachen Licht des Halbmonds abzeichnete.

Hinter ihm knackte ein Zweig.

Eine Hand legte sich von hinten über seinen Mund. Bestimmt, aber nicht brutal.

»Leise!«, flüsterte ihm eine Stimme in das Ohr. »Ich bin's, Ghi.«

Er drehte sich um. Sie ließ es zu, blieb so liegen, dass ihre Knie einander berührten. Ghi roch nach Schweiß und Ekin. Es machte ihn weich und wütend zugleich.

»Was ist los?«, zischte Paul. »Was willst du von mir?«

»Dir helfen.«

»Das fällt dir früh ein. Du hast mich nicht mehr angesehen, seit du ...«

»Seit ich dir die Unsterblichkeit versprochen habe?«

»Ja.« Dann war es keine Einbildung gewesen. »Wieso hast du so getan, als wäre nichts geschehen?«

»Ich wollte, dass du ungestört zu einer Entscheidung kommst. Du allein kannst sie treffen.«

Sie war aufrichtig, er spürte es. Es machte ihn noch wütender.

»Was willst du von mir hören?«, fragte er.

»Nichts. Worte bedeuten nichts. Taten zählen. Morgen werden wir Taten vollbringen.«

»Was habt ihr vor?«

»Du wirst es erleben. Alles ist vorbereitet, es wird nicht lange dauern. Es gibt nichts, was du tun kannst. Weder, um zu helfen, noch, um es zu verhindern. Wichtig ist, dass du dich entscheidest. Du wirst morgen entweder sterben oder die Unsterblichkeit erlangen.«

»Was ist mit ›einfach als Mensch weiterleben‹?«

»Das ist unmöglich.« Ghi streckte den Arm aus, strich ihm zärtlich durch die lang gewordenen Haare. »Es ist deine Entscheidung. Überlege sie dir gut.«

Sie kroch davon und sank einige Meter weiter auf ihre Matte. Einen Augenblick später war sie in ihren tiefen Alien-Schlaf gefallen, eine Soldatin, ebenso wie Marita.

Paul sah ihr nach, sah ihr zu. Schließlich wanderte sein Blick über die Schlafenden hinweg. Er blieb an einem Baumstamm am Rand der Lichtung hängen.

Wolf lehnte mit dem Rücken gegen den Stamm. Er war wach und musterte ihn aus seinen gelben Augen mit den großen Pupillen. Seine Ohrmuscheln waren nach vorn, zum Lagerplatz gerichtet.

Wolf öffnete das Maul, strich sich mit seiner großen Zunge über das Raubtiergebiss und verschwand im Wald.

Astro-News KW 26/2066

Anmerkung: Der Beobachtungszeitraum zeichnete sich durch stabile Hochdruckwetterlagen an den meisten Standorten aus. Leider verhinderten sporadische Stromausfälle eine optimale Ausnutzung der Gegebenheiten. Das extraterrestrische Kommando appelliert an die Führung, ihr Äußerstes zu geben, diese Engpässe zu beseitigen.

Generelle Tendenz: Das Volumen der Alien-Aktivitäten ist weiterhin ungewöhnlich gering.

Artefakte: keine. Das letzte Artefakt ging am 4. Januar 2066 auf den Soldatenfriedhof von Arlington nieder.

Mutterschiff: Wächst weiter mit einer Rate von 1,7 Prozent im Monat an. Standort unverändert. Weitere zu erwartende Aktivitäten unklar. Es ist davon auszugehen, dass das Schiff jederzeit wieder damit beginnen kann, Artefakte auszustoßen und damit die Regierungen der Erde zu erpressen.

Kommunikation: Das Mutterschiff reagiert nicht auf unsere Kontaktversuche. Es hat seine eigenen Funksendungen seit dem 26. September 2065 eingestellt.

Systemweite Aktivitäten: Die Spion-Sonde Luna XXVII bestätigte vor ihrem Ausfall, dass auf der Mondrückseite weiter umfangreiche Schürfoperationen durchgeführt werden. Zwei der 14 Erkundungssonden, die innerhalb der nächsten Wochen die Saturn-Monde Titan, Iapetus und Janus erreichen, sind in der vergangenen Woche ausgefallen. Für die vermuteten Alien-Aktivitäten auf den Monden konnte kein Beleg beigebracht werden.
Allerdings sendete Saturnsonde IX unmittelbar vor dem Ausfall Aufnahmen eines bislang unbekannten Objekts im Kuiper-Gürtel. Es scheint sich auf die Erde zuzubewegen. Das extraterrestrische Korps arbeitet mit Hochdruck an der Analyse der Daten.

– 296. Wochenbericht des extraterrestrischen Kommandos des Hunter-Korps

KAPITEL 34

Rainer Hegen war nicht überrascht, als der Wagen vorfuhr. Es wäre naiv gewesen zu glauben, man könne ihn auf Dauer in Ruhe lassen. Oder würde es ihm ohne Weiteres gestatten, sich mit Mahmuts Bargeld davonzustehlen, ein einsames Haus an der Küste Oregons zu mieten und sich dort zu verkriechen.

Überrascht war Rainer dagegen, als der Fahrer den Wagen verließ. Kein Homeworld-Security-Agent ging auf ihn zu, sondern Leclerc, der Waffenhändler.

»Hegen!«, rief der hagere Mann jovial. »Habe ich es Ihnen nicht gesagt? Man trifft sich im Leben immer ein zweites Mal.«

»Was wollen Sie von mir?« Rainer erhob sich aus dem Korbstuhl. Er konnte nicht sagen, wieso, aber die Tatsache, dass ausgerechnet Leclerc ihn aufsuchte, machte ihm Angst.

»Sie besuchen kommen.« Leclerc stieg die Stufen auf die Veranda hinauf, auf der Rainer seine Tage damit verbrachte, die wilde, unberührte See auf sich wirken zu lassen. »Und ich möchte Ihnen etwas bringen.« Er hielt Rainer einen Umschlag entgegen. »Hier, von einem Freund.«

Rainer zögerte, nahm schließlich den Umschlag entgegen. Ein Ausweis mit seinem Bild war darin. Und die freundliche Einladung des Verteidigungsministeriums, sich binnen 24 Stunden in Los Alamos, New Mexico, einzufinden.

»Was hat das zu bedeuten?«

»Ihre neue Stelle. Ihr Gönner Mahmut al-Shalik hat keine Mühen gescheut, um Ihnen eine Stelle bei Project Sunfire zu beschaffen. Sie sind ein Glückspilz, Mann! Sie dürfen an vorderster Front mitwirken, unsere große Nation noch größer zu machen!« Leclerc gab ihm einen kameradschaftlichen Klaps auf die Schulter. Rainer hätte ihm am liebsten mit einem Schlag ins Gesicht geantwortet.

»Wie kommen ausgerechnet Sie dazu, den Boten für Mahmut zu spielen?«

»Oh, in meinem Gewerbe kommt man viel herum. Mahmut al-Shalik ist einer meiner treuesten Kunden. Es ist eine Selbstverständlichkeit, dass ich ihm einen Gefallen erweise, wenn er mich darum bittet.« Leclerc wandte den Kopf, maß das baufällige Haus mit einem abschätzigen Blick. »Haben Sie viel Gepäck?«

»Nein.« Rainer hatte die Garderobe, die Mahmut ihm und Blitz aufgedrängt hatte, in San Francisco Bettlern geschenkt. Er hatte nur das Bargeld behalten.

»Gut. Wenn das Ministerium ruft, sollte man es nicht warten lassen.«

Leclerc kam mit ins Haus, als Rainer die Tasche packte, die er als Einziges behalten hatte. Dann fuhr er ihn zum Portland Airport. Im Wagen plauderte der Waffenhändler über die angenehme Überfahrt, die sie auf der *Stormbride* genossen hätten, und wie sehr er die See vermisste. Die Hinrichtung des Matrosen erwähnte er nicht. In Portland bestand er darauf, Rainer beim Kauf des Tickets zur Seite zu stehen.

Rainer schüttelte ihn schließlich ab, als sie an einer Toilette vorbeikamen. »Sie entschuldigen mich einen Augenblick ...?«

»Natürlich.« Leclerc grinste ihn an, von Mann zu Mann.

Die Toilette war verlassen. Rainer erleichterte sich und ging zu einem Becken. Er beugte sich vor, wusch sich das Gesicht mit kaltem Wasser.

Was hatte das hier zu bedeuten? Was wollte Leclerc von ihm? Wie konnte er ihn ...

Eine metallisch kalte Spitze bohrte sich in seinen Rücken. »Bleiben Sie ganz ruhig, mein Freund«, sagte eine Stimme hinter ihm. Sie gehörte Leclerc. »Sie werden sich denken können, dass ich mich darauf verstehe, mit Waffen umzugehen.«

Der Waffenhändler hielt ihm die freie Hand unter das Gesicht. Eine Plastikkapsel, wie man sie für Medikamente benutzte, um sie vor Magensäure zu schützen, lag in der Hand.

»Schlucken!«, befahl Leclerc.

»Was ist das für eine Kapsel? Ich ...« Ein schmerzhafter Stoß in die Hüfte ließ Rainer abbrechen.

»Schlucken Sie schon! Die Kapsel wird Ihnen nichts tun.«

Rainer schluckte sie. Er hatte nicht vergessen, wie Leclerc sich bei der Hinrichtung des Matrosen aufgeführt hatte.

»Na also.« Der Waffenhändler griff in Rainers Hosentasche, nahm seine Brieftasche an sich. Er deutete eine Verbeugung an. »Ich wünsche einen angenehmen Flug!«

Mit Rainers Reisetasche verließ Leclerc die Toilette. Rainer wartete einen Augenblick, ob der Waffenhändler zurückkehrte, dann beugte er sich über das Becken und schob den Zeigefinger tief in die Kehle und würgte. Er bemühte sich umsonst. Die Kapsel kam nicht mehr heraus.

Sein Flug wurde aufgerufen. Was sollte er tun? Alles in ihm schrie danach, wegzurennen, zu flitzen, wie er es früher getan hatte. Aber wie? Er ging durch die Taschen seiner Kleidung. Leclerc hatte ihm nur zwei Dinge gelassen: das Ticket und den Projekt-Ausweis. Damit war sein Weg vorgezeichnet. Ohne Geld und Papiere würde man Rainer innerhalb von Stunden festnehmen. Ihm blieb nur Los Alamos.

Rainer bestieg das Flugzeug im letztmöglichen Augenblick. Es war beinahe leer – eine Verschwendung, die nur in den USAA möglich war –, in seiner Reihe war er der einzige Passagier. Der Schweiß stand ihm auf der Stirn, als die Maschine abhob und nach Süden drehte. Was hatte es mit der Kapsel auf sich? Wollte Leclerc ihn vergiften? Aber wenn er ihn hätte umbringen wollen, hätte er ihn einfach vorm Haus erschießen können. Und was hatte Mahmut mit dem Ganzen zu tun? Wieso wollte er, dass er unbedingt nach Los Alamos ging?

Er erhielt die Antwort auf halber Strecke.

Rainer?, fragte plötzlich eine Stimme in seinen Gedanken.

Er ruckte erschrocken hoch, verschüttete den lauwarmen

Kaffee über seinen Schoß. Rainer kannte die Stimme. Sie gehörte Blitz. Aber irgendwie ... »Blitz?«, flüsterte er leise.

Nein, kam die Antwort.

Wer sind Sie? Wieso klingen Sie wie Blitz? Er überdachte die Frage. *Was tun Sie in meinem Kopf?*

Ich heiße Ekin. Ich residiere derzeit in Blitz' Körper.

Was ist mit Blitz?

Es geht ihr gut, antwortete Ekin. *Sie ist aus freien Stücken auf den Tausch eingegangen. Ich muss mich bei Ihnen entschuldigen. Unser Agent war etwas unsanft, als er Ihnen das Relais verabreichte. Aber uns blieb keine Wahl. Es musste schnell gehen.*

Sie meinen die Kapsel? Sind Sie deshalb in meinem Kopf?

Ja.

Wozu? Was wollen Sie von mir?

Wir brauchen Ihre Hilfe. Das Schicksal der Menschheit steht auf dem Spiel.

Rainer dachte an das Haus in Oregon, auf dessen Veranda er noch vor Stunden gesessen hatte. Ihm schien, dass er selten in seinem Leben so zufrieden gewesen war wie in den vergangenen Tagen, in denen er einfach am Meer saß und die Welt, die ihn in Frieden ließ, genoss.

Was hat das mit mir zu tun?, fragte er Ekin.

Ich werde Ihnen beizeiten alles erklären. Ruhen Sie sich aus. Nutzen Sie den Flug, schlafen Sie.

Für den Rest des Flugs schwieg die Stimme in seinem Kopf. Aber jedes Mal, wenn eine der Stewardessen Rainer ansprach, brach ihm der Schweiß aus.

Los Alamos war anders als erwartet. Rainer hatte sich flache Wüste vorgestellt, in ihrer Mitte, von Stacheldraht eingezäunt, hässliche Zweckbauten. Ein Provisorium. Tatsächlich war Los Alamos eine ausgewachsene Stadt, hügelig und von großen, alten Bäumen beschattet.

Ekin meldete sich wieder. Ihre Gedankenstimme soufflierte ihn durch die Eingangskontrollen, durch die ersten kritischen

Tage. Sie stellte sicher, dass er die richtigen Worte fand, dass niemand ahnte, was in seinem Kopf vorging.

»Man darf es nicht laut sagen«, bemerkte Rainers Teamleiter nach der ersten Woche. Er hieß Renoir, war Franzose und so alt, dass er sich auf einen Stock stützen musste. Niemand schien seinen Vornamen zu kennen. »Aber wir sind hier so etwas wie eine große Familie. Zumindest wir Älteren und die, die von außerhalb kommen. So wie du.«

Rainer mochte den alten Mann. Er hatte eine sanfte, aber beharrliche Art. Zwischen ihm und Renoir war schnell eine Vertrautheit entstanden, ein Verständnis, das nicht vieler Worte bedurfte. So auch jetzt. Renoir musste Rainer nicht erklären, was er mit »außerhalb« meinte. Es ergab sich von selbst. Project Sunfire zog Wissenschaftler aus aller Welt an, die Besten der Besten, die man mit vielen Versprechungen nach New Mexico gelockt hatte. Notfalls, erzählte ihm Renoir augenzwinkernd, »befreie« ein Spezialteam der Marines Wissenschaftler auch gegen ihren Willen. Renoir fand nichts dabei. Gelangten die Wissenschaftler erst einmal nach Los Alamos und erlebten am eigenen Leib die paradiesischen Bedingungen, die sich ihnen boten, wollten sie sowieso nicht mehr gehen. Ähnlich wie Renoir selbst, den man vor über dreißig Jahren befreit hatte, nachdem der transnationale ITER in Südfrankreich in einem kurzen, unkontrollierten Ausbruch von Sonnenfeuer verglüht war.

Seitdem forschte Renoir in Los Alamos – einer von Tausenden Wissenschaftlern, die herauszufinden versuchten, was ITER hatte verglühen lassen, und es besser machen wollten. Letzteres war ihnen in Teilen gelungen. Renoir zeigte Rainer die Reaktoren I bis VIII, allesamt rohrkrepierende Milliardengräber. Ein Teil von ihnen hatte niemals gezündet. Sie standen unversehrt und nutzlos da, wie in einem Museum. In den übrigen hatten Temperaturen getobt, um ein Vielfaches heißer als im Kern einer Sonne. Für Bruchteile von Sekunden in den meisten, für Minuten in den Reaktoren VII und VIII. Die Hitze hatte Teile der Reaktoren verpuffen lassen, als hätte ein

Messer durch Stahl, Keramik und Kabelbündel geschnitten. Nicht ein Reaktor hatte jemals mehr Strom erzeugt, als für die Erzeugung der Fusion aufgewandt worden war.

Renoir ließ sich von den Misserfolgen nicht beirren. »Kein einziger Reaktor ist uns einfach um die Ohren geflogen«, sagte er in seinem merkwürdigen Englisch, einem wüsten Gemisch von Südstaaten- und französischem Akzent. »Das ist das eigentlich Wichtige. Wir konnten messen, analysieren, weiterarbeiten. Durch jeden der Reaktoren haben wir dazugelernt. Langsam erst – so langsam, dass ich beinahe verzweifelt bin, ich will das nicht verleugnen –, aber unsere Beharrlichkeit zahlt sich jetzt aus. Du stößt in einer guten Zeit zu uns. Die letzten Monate haben uns die größten Fortschritte gebracht, seit ich hier bin. Es ist, als hätte sich eine Bremse in unseren Köpfen gelöst. Neue Ideen, neue Konzepte fließen uns zu, dass es beinahe unheimlich ist. Und jeder neue Durchbruch öffnet die Tür zu einem Dutzend weiteren. Vieles spricht dafür, dass mit Reaktor IX die kontrollierte, fortgesetzte Kernfusion in unmittelbare Reichweite gelangt. Unsere Simulationen sind eindeutig: Konfiguration und Steuerung sind abgestimmt. Was fehlt, ist ein letzter Feinschliff der Hardware. Dazu brauchen wir Leute wie dich, Materialforscher. Wer weiß, womöglich liegt das Gelingen des Projekts nun in deinen Händen!«

Renoir ahnte nicht, wie recht er hatte.

Das Schicksal des Projekts lag in Rainers Händen, ganz und gar.

Ekin, die allgegenwärtige, niemals müde werdende Stimme in seinem Kopf, sorgte dafür, dass er es nicht vergaß.

Bleib auf Distanz, sagte Ekin, als eine Kollegin ihn auf ein Glas Wein in ihr Apartment einlud. *Sie ist ein Spitzel.*

Wechsle nicht, als man ihm anbot, in ein anderes Team zu gehen. *Es ist eine Sackgasse. Die Projektleitung wird es bald auflösen. Du weißt nicht, was danach kommt. Bleib für dich.*

Verzichte auf deinen freien Tag, sagte sie. *Du gibst alles für das Projekt.*

Rainer lebte sich ein, fand Tritt. Los Alamos hatte die Größe einer Stadt, aber es blieb ein Labor. Rainer hatte Jahre seines Lebens in Labors verbracht. Labors waren der Ort, an den er gehörte. Renoir wurde zu einem regelmäßigen Besucher. Er suchte Rainer auf, erst täglich, dann bald zwei- oder dreimal täglich. Manchmal brachte er eine Flasche Rotwein mit, trank sie mit Rainer und fragte ihn über Europa aus. Früher, vor Sunfire, war Renoir viel herumgekommen. Er wollte wissen, was aus seiner alten Heimat geworden war. Rainer gab ihm Auskunft, so gut er konnte, aber irgendwie schienen seine Erinnerungen und die Renoirs nicht zusammenpassen zu wollen. Was Renoir erzählte, klang unweigerlich wohlhabender, grandioser, friedlicher, schöner. Nach einiger Zeit versandeten ihre Gespräche. Dann saßen die beiden Männer still zusammen, sahen in ihre Gläser und hingen ihren Gedanken nach. Schließlich schüttelte Renoir sich, leerte das Glas und erkundigte sich nach Rainers Fortschritten.

Es verging kaum ein Tag, an dem Rainer nichts vorzuweisen gehabt hätte. Ihm standen nahezu unerschöpfliche Rechenkapazitäten für seine Simulationen zur Verfügung. Hatte er eine Idee, war es nur eine Frage von Stunden, sie zu erproben. Und an Ideen hatte er keinen Mangel, dafür sorgte Ekin.

Sie flüsterte sie ihm ein. Präzise und mit einer Leichtigkeit, als greife sie auf einen Schatz selbstverständlichen Wissens zurück, als schildere sie ihm nichts weiter, als dass zwei und zwei vier ergäben. Rainer musste ihre Angaben lediglich in eine Simulation umsetzen, ein simpler, mechanisch ablaufender Vorgang. Einmal schloss er währenddessen die Augen und stellte fest, dass er die Daten fehlerfrei eingegeben hatte, als gehörten seine Finger nicht länger ihm selbst.

19 von 20 seiner Ideen waren nutzlos, Sackgassen. Sie stellten Störgeräusche dar, dazu gedacht, Renoir und jeden anderen, der seine Arbeiten verfolgen mochte, in die Irre zu führen. Ekin hätte ihm die nötigen Daten jederzeit diktieren können, aber ein zu schneller Erfolg hätte Misstrauen auf den

Plan gerufen. Rainer musste mit seinen Simulationen simulieren, dass er forschte, aus den Fehlschlägen lernte, sich hartnäckig Schritt für Schritt vortastete – um schließlich eines Tages mit dem großen Durchbruch aufzuwarten.

Bis dahin hatte er Zeit. Zu viel Zeit. Er vertrieb sie sich damit, dass er auf dem Gelände umherspazierte. Los Alamos war riesig, er konnte stundenlang die schattigen Alleen zwischen den verstreuten Gebäuden entlanggehen, ohne denselben Punkt zweimal zu passieren. Niemand hielt ihn auf, keine Wache, keiner seiner Kollegen stellte ihn zur Rede. Rainer zählte zum exklusiven Kreis der Topwissenschaftler, die das Sonnenfeuer auf die Erde holten. Eine gewisse Exzentrik gehörte zum guten Ton, und jeder, der Rainer begegnete, hätte sich dafür verbürgt, dass er auf seinen langen Spaziergängen tief in Gedanken versunken war.

Rainer horchte in sich hinein. Er war nicht mehr allein. Ekin steckte in seinem Kopf. Ekin, die mit Blitz' Stimme sprach, aber nichts von Blitz an sich hatte. Blitz bettelte und bockte und setzte damit oft ihren Willen durch. Ekin war kalt und sachlich und setzte ihren Willen ausnahmslos durch.

Und sie war stets orientiert. Ekin sah, was er sah. Hörte, was er hörte. Aber sie sprach nur zu ihm, wenn sie ihm einen Befehl gab.

War er ihr komplett ausgeliefert? Las sie jeden seiner Gedanken, jedes seiner Gefühle? Oder beschränkte sie sich auf das, was für ihre Absichten wichtig war? Es würde nicht schwerfallen, es herauszufinden. Er musste nur eine Simulation, die sie ihm auftrug, verweigern oder manipulieren. Würde sie es bemerken?

Er ließ es sein, als ihm bei einem seiner Spaziergänge aufging, wie dumm es gewesen wäre. Es gab zwei Möglichkeiten: Entweder Ekin konnte in seinen Gedanken lesen wie in einem offenen Buch. Dann war es egal, was er plante. Sie würde es immer zu vereiteln wissen. Oder sie beschränkte sich in dem Glauben, dass er ihr ohnehin gehorchte: Dann würde ihr sein Aufbegehren eine Warnung sein. Und das durfte nicht geschehen. Wollte er entkommen, musste seine Flucht eine Überraschung sein.

Und entkommen würde er.

Beobachten, zuhören, sich nichts anmerken lassen, den richtigen Moment abwarten – und dann flitzen. So hatte er die Züge der Überschussmenschen überlebt, so hatte er es nach Kairo geschafft, so würde er es hier herausschaffen. Und diesmal würde er nicht so dumm sein, sich von einem Handlanger Mahmuts einfangen zu lassen.

Er würde frei sein.

Rainer gehorchte, fuhr weiter seine Simulationen, machte seine Spaziergänge und versuchte zu begreifen, was in seinem Kopf vorging. Da war Ekin. Alles beherrschend, alles wissend, eine niederdrückende Präsenz, die nichts Menschliches an sich hatte. Aber war da nicht noch mehr? Ekin sprach mit Blitz' Stimme. Vielleicht konnte er zu Blitz sprechen?

Er rief in Gedanken nach ihr. Manchmal, wenn er allein in seinem Labor war, sprach er seine Gedanken auch laut aus. »Blitz?«, flüsterte er. »Bist du da? Bitte, sag etwas! Hörst du mich?«

Sollte sie ihn hören, zog sie es vor zu schweigen. Zumindest am Tag. Nachts träumte er. Er fand sich im Zug des Großen Packs wieder, in der Werkstatt, die Fischer ihm zugeteilt hatte. Blitz war bei ihm. Ihre Augen waren groß, und in ihnen stand ein freches Funkeln, während sie im Schneidersitz auf dem Boden hockten, zwischen ihnen ein Berg von Alienbändern, und ihre Ratespiele spielten. Blitz kicherte, hüpfte vor Freude auf und ab, wenn sie gewann, trommelte vor Wut mit den Fäusten auf den Boden, wenn sie verlor. Und bevor sie ihn verließ, sagte sie immer: »Keiner kriegt Blitz!«, manchmal stolz, manchmal trotzig. Am Morgen, wenn er erwachte, erinnerte sich Rainer so klar an seine Träume, als wäre er in der Zeit zurückgereist und hätte sein Leben ein zweites Mal gelebt. Und dabei erfüllte ihn eine schmerzhafte Sehnsucht, der überwältigende Wunsch, dass dem tatsächlich so war. Dass er einfach an diesen Zeitpunkt seines Lebens zurückkehren und für immer dort bleiben konnte. Dann rollte er sich im Bett zusammen, zog die Decke über den Kopf und blieb liegen, bis Ekins Stimme ihm befahl, aufzustehen und an die Arbeit zu gehen.

Blitz, wo bist du?, fragte er, als er sich aus der warmen Höhle seines Betts zwang.

Sie gab keine Antwort.

Rainer tat seine Arbeit, ging spazieren, beobachtete. In ihm reifte ein Entschluss heran. Er musste nur den richtigen Moment abwarten.

Als Renoir eines Tages in sein Labor platzte, wusste Rainer, dass er gekommen war.

»Komm«, sagte der alte Mann. Er war ohne seinen Stock unterwegs. Sein Gesicht war gerötet, aber nicht wie sonst vom Rotwein. »Du sollst beim großen Augenblick dabei sein. Er ist mit dein Verdienst.«

Renoir führte ihn in den Leitstand von Reaktor IX, einen Bereich, der einem Wissenschaftler gewöhnlich verschlossen blieb. Leute wie er schufen die Grundlagen, die praktische Umsetzung blieb anderen überlassen.

Beifall empfing ihn, als er den Raum betrat, der an eine steile Tribüne erinnerte. Techniker erhoben sich von ihren Plätzen, beklatschten ihn, den Mann, dessen geniale Einfälle ihnen den entscheidenden Schritt nach vorn ermöglicht hatten, und den alten Fuchs, der selbst in den schwärzesten Stunden des Projekts keine Sekunde ans Aufgeben gedacht hatte.

Renoir ließ sie eine Zeit lang gewähren, dann bat er die Techniker zurück an ihre Plätze. Er wandte sich an Rainer. »Von hier oben kannst du alles verfolgen. Wir sehen uns hinterher.« Renoir stieg die Treppe hinunter. Er war der Dienstälteste des Projekts, seine Erfahrung war von unschätzbarem Wert.

Ein Wächter brachte einen Klappstuhl für Rainer. Er setzte sich und sah auf die große Datenwand, die sich gegenüber der Tribüne befand. In der Mitte war die Reaktorkammer im Aufriss zu sehen. Es war eine Schemadarstellung, ein Kamerabild wäre nutzlos gewesen. Es gab im Reaktor nichts zu sehen, keine beweglichen Teile, keine für menschliche Augen wahrnehmbare Aktivität. Der Sonnenblitz der Fusion, 100 Millionen Grad heiß, würde unsichtbar bleiben. Sicher eingeschlossen in der Kammer, von Magnetfeldern gehalten, würde der Reaktor das Sonnenfeuer bändigen und daraus Energie gewinnen, kontrolliert und unerschöpflich.

Wenn kein Fehler in der Konstruktion steckte.

Um das Bild der Kammer zeigten Diagramme und Zahlen den Zustand des Reaktors an. Ihre grüne Färbung bedeutete, dass sie sich innerhalb der Toleranzen bewegten. Oben rechts leuchteten Ziffern in Gelb. Es war der Countdown. Er zeigte 14 Minuten und 32 Sekunden an. In einer Viertelstunde würde Reaktor IX verglüht sein, dank der Fehlinformationen, die Rainer auf Ekins Geheiß eingearbeitet hatte.

Geh!, meldete sich Ekin. *Du musst weg!*

Wieso? Der Reaktor ist beinahe zwei Kilometer entfernt. Mir kann nichts passieren.

Der Leitstand wird zerstört werden. Du musst weg.

Rainer sah die Tribüne hinab. Renoir ging im Graben vor der Datenwand aufgeregt auf und ab. *Was ist mit den Technikern und Wissenschaftlern?*

Sie werden sterben. Es geht nicht anders. Wenn sie leben, werden sie in kürzester Zeit einen neuen Reaktor bauen. Das darf nicht sein.

Wohin soll ich gehen?

Du musst mehr Abstand zwischen dich und den Reaktor bringen. Es gibt Tiefbunker an der Peripherie. Dort bist du sicher.

Und dann?

Nach der missglückten Fusion wird große Verwirrung herrschen. Sie wird es dir erlauben zu fliehen. Ich führe dich. Vertrau mir!

Rainer entgegnete nichts. Der Countdown zeigte 11 Minuten 29 Sekunden.

Worauf wartest du noch? Sag den Wachen, dass du auf die Toilette musst. Oder dass die Aufregung zu viel für dich ist und du einen Moment frische Luft brauchst.

Er rührte sich nicht. Unter ihm, auf der Tribüne, flüsterten die Techniker aufgeregt. Renoir hatte Halt an einem Geländer gefunden.

Rainer konnte der Schmelze und der Explosion entkommen. Ekin würde ihn mit ihrer unfehlbaren, alles sehenden Sicherheit führen. Möglich, dass sie genügte, um ihm die Flucht aus Los Alamos zu erlauben. Möglich, dass es misslang. Es war ihm egal. Es machte keinen Unterschied. Es gab kein Entkommen, ganz gleich, wie schnell er rannte und wie geschickt er sich anstellte. Für Ekin war er ein Werkzeug. Entkam er, würde es nicht das letzte Mal sein, dass sie sich seiner bediente. Und selbst wenn sie es nicht tat: Den Rest seines Lebens würde er die Gewissheit nicht mehr los, dass sie jeden Augenblick auf ihn zugreifen konnte. Blieb er in Los Alamos, würde das Spiel von neuem losgehen. Ekin würde mit ihren Einflüsterungen dafür sorgen, dass er auch den nächsten Reaktor sabotierte. Er würde im Goldenen Käfig von Los Alamos bleiben, wo man ihn gut fütterte und benutzte.

Der Countdown zeigte 5 Minuten 56 Sekunden.

Das Bahnministerium, Fleischberg, Fischer, Wolf – alle hatten ihn benutzt. Auch Mahmut mit dem großen Herzen. Er war es, der ihn hierhergebracht hatte. Niemand ...

Rainer?

Er ruckte hoch. Das war nicht Ekin gewesen.

Rainer ... Wieselflink, ich bin es. Blitz.

Sie lebte. Sie sprach zu ihm. Endlich.

Wieselflink, du musst rennen. Flitzen. Bitte.

Es tat gut, ihre Stimme zu hören.

Sag doch etwas! Hörst du mich?

Ich höre dich, antwortete er. Ihre Stimme erinnerte ihn an den Zug des Großen Packs, an die langen Abende mit ihr in der Werkstatt.

Du kannst es noch schaffen, Wieselflink. Flitz, bitte!

Ihr Lachen. Wie sie die dünnen Arme in die Höhe geworfen hatte, wenn sie wieder einmal gewonnen hatte. Wie sie ganz im Augenblick aufgegangen war. Wie ...

Wieselflink!

Wie sie gebrüllt hatte, als er sie einmal berührte. »Keiner kriegt Blitz!« Und keiner hatte sie gekriegt. Nicht einmal Fischer, der nur ihren Körper berührt hatte. Blitz selbst hatte er niemals erreichen können.

Bitte! Tu es für mich!

Ekin ... diese Frau? Dieses Wesen? Sie besaß jetzt Blitz' Körper, hatte sie gesagt. Und sie besaß noch mehr. Wie kam es, dass Blitz sich gerade in diesem Augenblick meldete? Es musste auf Ekins Befehl geschehen.

Wieselflink, wieso sagst du nichts?

Renoir konnte sich nicht mehr halten. Die Aufregung war zu viel für ihn. Der alte Mann glitt zu Boden. Rainer stand auf ...

Endlich!, kreischte Blitz. *Flitz!*

... und wandte sich zur Treppe, die in der Mitte der Tribüne nach unten führte. Er rannte die Stufen hinunter, scheuchte die Männer und Frauen weg, die sich über den alten Mann beugten. Er half ihm auf.

»Danke«, flüsterte Renoir. Er blieb stehen, auf Wieselflink gestützt.

Der Countdown zeigte 1 Minute und 13 Sekunden. Es war zu spät, der Katastrophe zu entkommen.

Blitz wusste es. *Wieso tust du das?*, schluchzte sie. *Wieso?*

Ich habe endlich verstanden, antwortete er. *Es ist sinnlos zu flitzen.*

Was meinst du damit?

Kein Ort ist besser als der andere.

Das ist nicht wahr! Das Universum ist unendlich. Es gibt ...

Und trotzdem hast du dich kriegen lassen?

Ich habe mich nicht kriegen lassen! Ich tue, was ich tun muss.

Ich auch.

Renoirs Finger gruben sich tief in seinen Unterarm. Der Countdown stand auf 14 Sekunden.

Wieselflink, nein!

Er sah zu Renoir.

Bitte!

Tränen standen in den Augen des Wissenschaftlers.

Tu es nicht!

Der alte Mann stand vor der Erfüllung seines Lebens.

Wieselflink!

Rainer tastete nach der Hand Renoirs. Der alte Mann nahm sie und drückte sie.

Gemeinsam erwarteten sie das Sonnenfeuer.

12.1 Wieso das Meer?

- Wieso nicht? Die Erde ist zu 71 Prozent von Ozeanen bedeckt. Wieso sich also für die Ausnahme statt die Norm entscheiden?
- Im Meer leben keine Menschen. Dort zu siedeln verringert das Konfliktpotenzial und erhöht den Grad der Ungestörtheit.
- Ein Abschnitt Meer ist leichter zu überwachen und zu verteidigen als ein Abschnitt Land.
- Frische Luft. Auf dem Meer weht immer eine angenehme Brise.

12.2 Wieso unter Wasser?

- Ungestörtheit. Wasser ist kein natürlicher Lebensraum von Menschen. Und selbst ferngesteuerte oder autonome Maschinen trotzen den extremen Bedingungen der Tiefsee nur unvollkommen.
- Die Aliens sind ursprünglich Wasserbewohner. Also ist es nur natürlich, dass sie auf der Erde ihre Zelte unter Wasser aufschlagen.
- Nein, die Aliens verabscheuen Wasser. Sie haben sich nur dorthin verzogen, um uns in die Irre zu führen. In Wirklichkeit planen sie, uns alle umzubringen und die 29 Prozent Land, die die Erde bedecken, für sich in Besitz zu nehmen.
- Nein, die Aliens stammen von einer Niedrigschwerkraftwelt. Unter Wasser zu sein tut ihren (eingebildeten) Streichholzknochen gut.
- Die Aliens verfügen über Technologie, die unter den extremen Bedingungen im freien All funktioniert. Unter Wasser ist für sie ein Klacks. Wir primitiven Semi-Höhlenbewohner schauen dagegen in die Röhre (siehe »Ungestörtheit«).
- Weil unter Wasser einfach alles besser flutscht.

12.3 Wieso dann einen Teil über Wasser?

- Aus purer Lust an der Provokation! Die Aliens lieben es, wenn die Hälfte der Menschheit permanent mit Schaum vor dem Mund herumläuft.

- Aus purer Lebensfreude! Sie können es – wieso also sollten sie es lassen?
- Aus Menschenfreundlichkeit! Sie wollen der anderen Hälfte der Menschheit ein Zeichen geben: »Hier sind wir! Alles wird gut!«
- Ist doch #$%!-egal: Sie wissen, dass wir wissen, dass sie da sind. Und wer ihnen frech kommt, dem rammt ein gut gezieltes Artefakt einen Krater in den Vorgarten.
- Weil es praktisch ist. Auf diese Weise können ihre Kumpels von der Human Company (die Retter/Totengräber der Menschheit – bitte Nichtzutreffendes streichen) mit ihren Flugzeugen landen und Aliens ausladen.

– *Auszug aus: AlienNet Alien-FAQ, Abschnitt Alien-Insel. Stand 7/2066*

KAPITEL 35

Licht hatte ihn auf die Reise geschickt, Licht erwartete ihn an ihrem Ende.

Rudi erwachte auf einer Wiese. Er lag auf dem Rücken und blickte zum Himmel hinauf. Er stand in schmerzenden Flammen.

»Hier, das wird dir helfen.« Pasong, der neben ihm mit angezogenen Knien in der Wiese hockte, hielt ihm eine Sonnenbrille hin. Der Alien war nackt.

Rudi nahm sie und setzte sie auf. Sie passte. Das Flammen des Himmels verlor seinen schmerzhaften Stachel.

»Wieso bist du nackt?«, fragte Rudi. »Wo bin ich?«

»An diesem Ort sind keine Kleider nötig«, antwortete Pasong. »Aber keine Angst«, fügte er hinzu, als Rudi über sich fuhr und den Fliegeranzug ertastete, »niemand hat hier etwas gegen Kleidung einzuwenden.«

»Wo ist ›hier‹?« Rudi richtete sich auf. Der flammende Himmel schuf scharfe, unwirkliche Schatten, die Farben waren kraftlos, wie ausgebleicht. In einer Richtung schlossen sich dunkle Umrisse an die Wiese an. Sie wirkten wie der Scherenschnitt einer Burg, die sich in der Fläche erging.

»Seine Bewohner nennen diesen Ort Feuerland.«

»Feuerland?«

»Es besteht keine Verbindung zur gleichnamigen irdischen Region.« Pasong pflückte eine Blume, steckte sich ihre rote Blüte hinter das Ohr und stand auf. »Komm, ich zeige es dir!«

Rudi folgte dem Alien über die Wiese. Sie war ungemäht, ihre Blumen und Gräser standen ihm bis zur Hüfte. Der Scherenschnitt der Burg rückte näher, zerfiel in einzelne, dicht neben- und übereinanderstehende Schiffsrümpfe. Es mussten Dutzende, vielleicht sogar Hunderte sein.

Rudi blieb stehen. »Was hat das zu bedeuten? Was soll dieser ... Schiffsfriedhof?«

»Kein Friedhof. Hier ist Leben.« Pasong zuckte die Achseln. »Ich weiß, es ist kein schöner Anblick. Aber wir mussten mit dem arbeiten, was zur Hand war. Später, wenn alles vorüber ist, werden wir alle Zeit der Welt haben, uns in Verfeinerungen zu ergehen. Für den Augenblick muss das genügen.«

Sie traten zwischen die Rümpfe. Sie rochen nach Rost und See. Abgestorbene Muscheln und Algen zogen sich über den Stahl oder lagen auf dem Boden zerstreut. Bei jedem Schritt, den Rudi machte, knirschte es unter seinen Sohlen. Pasong, der barfuß ging, schien die scharfen Schalen nicht zu bemerken. Über ihnen, am gleißenden Himmel, verbanden schwere Taue die Rümpfe. An manchen Tauen waren provisorische Stege befestigt. Sie bestanden aus unregelmäßigen Planken und hatten keine Geländer.

Der Rumpf zu Rudis Linken endete unvermittelt. Scharfkantiger Stahl trat hervor, als hätte ein riesiger Hai das Schiff entzweigebissen.

»Was sind das für Schiffe? Habt ihr sie ...?«

»... versenkt?« Pasong schüttelte tadelnd den Kopf. »Du solltest mich inzwischen besser kennen. Nein, das war nicht nötig. Die USAA haben sie uns sozusagen unfreiwillig frei Haus geliefert.« Der Alien trat an die Bruchkante des Rumpfs und fuhr vorsichtig mit den Fingern über die scharfen Kanten. »Das hier ist das Ergebnis von Materialermüdung und politischen Notwendigkeiten. Als die USA und die arabischen Staaten vor einem halben Jahrhundert ihre Union beschlossen, war ihre Zukunft ungewiss. Die Menschen in beiden Teilen der neuen Nation taten sich schwer, sich an den veränderten Stand der Dinge zu gewöhnen. Den Präsidenten der USAA war klar, dass sie den Menschen handfeste Vorteile bieten mussten. Also riefen sie die Arterie ins Leben, eine Wasserstraße, welche die über den Globus verstreute Nation verband.«

Pasong trat einen Schritt nach hinten und ging dann rückwärts, bis er mit dem Rücken gegen die Bordwand des Nachbarwracks stieß. Rudi stellte sich neben ihn und sah, dass ein abgebrochener Stummel aus dem Deck ragte.

»Doch was nützt eine Straße ohne Gefährte, mit denen man sie befahren könnte? Also begannen die USAA das größte Flottenbauprogramm, das euer Planet je gesehen hat. Innerhalb von Monaten verkehrten Hunderte von Schiffen der New-Liberties-Klasse auf der Arterie. Bald kamen die ersten Modelle mit Flettner-Antrieb hinzu«, er zeigte auf den Stummel, »und darauf begannen die New-Liberties-Schiffe zu sinken. Sie brachen einfach auseinander. Tausende von Wracks wie dieses sind über den Meeresboden verstreut. Wir mussten uns nur bedienen.«

»Und die Übrigen?«

»Was sonst noch anfällt. Seefahrt ist gefährlich. Sie ist es immer gewesen, wird es immer sein. Der ein oder andere Tanker, das ein oder andere Kriegsschiff ist ebenfalls in Feuerland eingegangen. Die kleineren stammen für gewöhnlich von Fischern oder von den Menschen, die ihr Boat People nennt. Du weißt, wovon ich spreche?«

»Ja«, antwortete Rudi und dachte an das Mädchen mit den großen Augen, die er für seinen Engel gehalten hatte. Sie musste tot sein, untergegangen mit ihrem schwimmenden Konglomerat. Die vergangene Sturmsaison im Pazifik war ungewöhnlich heftig gewesen. Sie hatte das Meer leer gefegt.

Pasong gab Rudi einen freundschaftlichen Klaps auf die Schultern. »Genug jetzt von diesen Tragödien. Es wird Zeit, dass du die Feuerländer triffst.«

Der Alien führte Rudi tiefer in das Gewirr der Wracks. An einem Loch im Rumpf eines New-Liberties-Schiffes blieb er stehen. Das Loch war regelmäßig, nicht beim Untergang des Schiffes entstanden, sondern nachträglich mit einem Schneidbrenner in den Stahl geschnitten. Aus dem Loch kamen Laute, die Rudi an die Ställe von Himmelsberg erinnerten. Eine Art Blöken. Pasong deutete eine Verbeugung an und überließ ihm den Vortritt. Rudi trat in den Rumpf und sah den ersten Feuerländer.

Er beugte sich über ein Gerät, das wie ein Mikroskop aussah, und wirkte wie ein zu groß geratener Tausendfüßler mit Fell. Als er Rudi und Pasong eintreten hörte, sah er kurz auf, musterte die beiden aus blauen Augen, die auch einem Menschen hätten gehören können, blökte etwas, um sich dann wieder seinem Mikroskop zu widmen.

Er war ein GenMod.

»Gehen wir weiter«, flüsterte Pasong. »Er scheint sich gerade in einem entscheidenden Stadium seiner Arbeit zu befinden. Wir wollen nicht stören.«

»Was arbeitet er?«, fragte Rudi.

»Er forscht.«

Rudi ließ es zu, dass der Alien ihn mit sich zog. Sie durchquerten das Wrack. Es war in seiner ganzen Länge zu einer Serie von Laboren ausgebaut worden. In jedem Raum trafen sie auf Forscher, einzeln oder in kleinen Teams. Manchmal waren es Riesentausendfüßler, manchmal Kreaturen, die bis auf ihre geschickten Vorderpfoten wie Hunde wirkten, manchmal Kängurus mit Fischköpfen, manchmal Fellknäuel, bei denen Rudi keinen Kopf und keine Gliedmaßen erkennen konnte. Die meisten der GenMods begrüßten Pasong mit einer Mischung aus Freude und Verehrung, ihn selbst, Rudi, hießen sie aufrichtig willkommen. Dass er ein Mensch war, schien für sie keinen Unterschied zu machen.

Über eine schwankende Hängebrücke führte Pasong ihn weiter. Der Alien zeigte ihm die großen Küchen, in denen Wesen zehn verschiedener Arten Mahlzeiten für Wesen hunderter verschiedener Arten zubereiteten. Er zeigte ihm die Lazarette, in denen Kranke und Verletzte gesund gepflegt wurden. Er zeigte ihm die Werkstätten und Abwrackwerften, in denen die Bewohner Feuerlands Schiffswracks zerteilten, sie ausschlachteten und ihren Stahl schmolzen, um aus ihnen neue Maschinen herzustellen. Die Arbeit wurde von Hand geleistet. Riesige Feuerländer mit sechs Schaufelhänden, Flossen und tonnenförmigen Körpern, die Rudi an Seekühe erinnerten, übernahmen die Rolle von Kränen. Wie Ameisen, die ein Vielfaches ihres Körpergewichts trugen, schleppten sie große Segmente von Schiffsrümpfen durch Feuerland. Bei der Arbeit sangen sie röhrend.

Rudi wurde Zeuge, wie ein neues Wrack nach Feuerland gebracht wurde. Ein riesiger Scherenschnittschatten durchbrach den flammenden Himmel am nahen Horizont. Heulend schnitt er durch die Luft. Aus der Bruchstelle und Dutzenden von Bullaugen drang Wasser und regnete in Strömen auf Feuerland herab. Am Deck des Wracks – einem New-Liberties-Frachter mit beinahe intakten Rotoren – klammerten sich ein Dutzend der Seekuhwesen fest, das Bergungskommando. Das Wrack kam am Rand der Werft auf. Der Boden unter Rudis Füßen bebte, als der Rumpf kreischend zum Stehen kam. Eines der Seekuhwesen verlor den Halt. Es wurde über die Reling geschleudert und fing sich geschickt wie ein Affe an einem Tau ab. Das Bergungskommando sprang von dem Wrack, baute sich im Kreis auf, röhrte begeistert und brach von neuem auf. Rudi verfolgte, wie die Seekuhwesen über eine Wiese hüpften und der Horizont sie schließlich verschluckte. Einen Augenblick lang leuchteten die Wesen auf, in einem Lichtblitz greller als der flammende Horizont, dann waren sie verschwunden.

Pasong sah zu, wie sie verschwanden. Und er sah zu, wie Rudi zusah. »Wie gefällt dir Feuerland?«, fragte er.

»Gut«, antwortete Rudi nach einem Augenblick des Nachdenkens wahrheitsgemäß. Feuerland erinnerte ihn an Funafuti. Nach Funafuti waren Menschen aus der ganzen Welt geströmt. Gemeinsam hatten sie Tag und Nacht auf das gemeinsame Ziel zugearbeitet: das Rätsel der Alien-Artefakte zu lösen und friedlichen Kontakt zu den Aliens herzustellen. In Pasongs Feuerland strömten GenMods aus aller Welt zusammen, um auf ein gemeinsames Ziel zuzuarbeiten. Nur ...

»Was ist der Zweck von Feuerland? Woran arbeiten diese GenMods?«

»Feuerland ist ein Unfall, ein Zufall. Es war in unseren Plänen nicht vorgesehen.«

»Wieso habt ihr es dann errichtet?«

»Um den Wesen, die ihr GenMods nennt, eine Zuflucht zu geben. Sie haben sie weit besser angenommen, als wir geahnt haben. Sie sind es nicht zufrieden, in Feuerland zu sitzen und dem Geschehen tatenlos zuzusehen. Sie wollen kämpfen. Sie wissen, was auf dem Spiel steht.«

»Und ihr gebt ihnen die Gelegenheit?«

»Wie du siehst.«

»Was ist mit den Menschen?«

»Was soll mit ihnen sein?«

»Ich habe keine Menschen gesehen. Gibt es in Feuerland keine?«

»Nicht in dem Sinn, wie du denkst. Aber ich hoffe, dass sich das bald ändern wird. Du könntest zum Beispiel hier leben.«

Der Gedanke war absurd. Aber zu seiner eigenen Verwunderung stellte Rudi fest, dass er es nicht so empfand. »Ich wäre allein«, stellte er fest.

»Die Feuerländer würden dich aufnehmen. Sie sind tolerant, sonst könnte ihre Gemeinschaft nicht bestehen. Und du würdest nicht lange allein bleiben.«

Pasong gab ihm ein Zeichen. Der Alien führte ihn zurück in das Gewirr der Schiffe. Am Rumpf eines New-Liberties-Schiff, der verblüffend unversehrt schien, blieb er stehen.

»Ich warne dich. Es ist kein schöner Anblick.«

Sie betraten das Wrack durch eine nachträglich in den Stahl gebrannte Tür. Im Rumpf erwartete sie Krankenhausatmosphäre, weiße Wände und der Geruch von Desinfektionsmitteln. Ein einzelnes Bett stand an der Wand. Und darin ...

Rudi ging näher. Ein gläserner Deckel schloss es ab, als handele es sich um eine Art Vitrine.

Ein Körper lag auf dem Bett. Er war blutverschmiert und wie zu einem Ball zusammengerollt. Die Haut, die zu sehen war, war merkwürdig dunkel, als hätte sie sich verfärbt. An einem Ende des Betts verdeckte eine lockige Mähne Haare das Gesicht.

»Erkennst du sie?«, fragte Pasong leise.

Rudi ging um das Bett herum. Er gelang ihm, durch eine Lücke in den Haaren einen Blick auf das Gesicht zu erhaschen.

»Beatrice?«, fragte er.

»Ja, deine Flyboy-Kameradin Beatrice. Sie würde dir Gesellschaft leisten.«

»Was ist mit ihr geschehen?«

»Sie hat die Company verlassen, als es keine neuen Artefakte mehr gab, denen sie nachjagen konnte. Sie ist zurück nach Hause gegangen, nach Quebec, um dort gegen die US Army zu kämpfen und Aliens zu retten.« Pasong trat neben ihn, beinahe so, als wolle er bereit sein, Rudi zu stützen, wenn ihn die Kraft verließ. »Man hat sie gefangen genommen. Als potenziellen Alien hat man sie nicht auf der Stelle getötet. Sie wurde in ein Detection Center gebracht, überprüft, für einen Menschen befunden und weggeworfen.«

»Und ihr habt sie gerettet, damit du sie mir hier präsentieren kannst, um mich gefügig zu halten?«

»Nein. Ihre Rettung war ein Zufall. Dieses Schiff und ein halbes Dutzend weitere sind voll mit Menschen wie ihr. Es sind viele Tausende. Eines Tages, wenn unser Kampf gewonnen ist, werden wir sie aus der Stasis holen und ihnen ein neues Leben schenken.

»Tausende?«

»Von Zehntausenden, die wir nicht retten konnten. Die Piloten öffnen die Frachtluken in großer Höhe. Die meisten der Gefangenen sind tot, noch bevor sie aus dem Flugzeug stürzen. Dann der lange Fall zur Erde. Der Auffangprozess ist umständlich und fehleranfällig. Alles, was wir tun, muss heimlich geschehen. Wir können vielleicht eines von zehn Leben retten. Ihres war darunter. Sie ist sehr stark. Sie will leben. Ich bin sicher, sie wird dir verzeihen, wenn ihr neues Leben beginnt.«

Rudi stand da, starrte das Bündel Mensch an, das vor ihm in der Stasis lag. Sein Gefühl weigerte sich, es mit der Beatrice zu verbinden, die er kannte. Der unendlich süßen Beatrice mit dem Zorn, den nichts aufhalten konnte. Sein Verstand wusste, dass es sich um dieselbe Beatrice handelte.

»Wieso tut ihr das?«, wandte er sich an Pasong. »Wieso habt ihr diese Menschen gerettet? Seit Wochen fliege ich dich um die Welt und höre zu, wie du den Menschen predigst, dass es im Kampf, der vor uns liegt, nicht das geringste Zögern, nicht die geringste Verschwendung von Ressourcen geben darf, nicht die geringste Rücksicht. Wie passt das zusammen?«

»Wir dürfen uns selbst nicht aufgeben, sonst ist der Kampf umsonst. Wir konnten das Sterben dieser Menschen nicht mit ansehen.«

Rudi wusste keine Entgegnung auf Pasongs Worte. Der Alien hatte die Wahrheit in der Lüge ausgesprochen.

Pasong streckte eine Hand aus und legte sie auf Rudis Schulter. Rudi ließ es geschehen. »Du musst dich nicht auf der Stelle entscheiden. Lass dir Zeit, für Beatrice vergeht keine. Inzwischen ...« Die Hand des Aliens wurde schwerer. »Minister Wu hat sich gemeldet. Singapur hat sein Wort gehalten. Die ersten sechs Luftfische sind einsatzbereit. Ich will, dass du eines von ihnen auf seinem ersten Flug steuerst.«

»Wohin?«

»An einen der schönsten Orte eures Planeten.«

Pasong führte Rudi weg von Beatrice, weg von den Wracks. Über die Blumenwiese gingen sie dem flammenden Horizont entgegen. Als Rudi nur noch den Arm ausstrecken musste, um ihn zu berühren, hielten sie an. Pasong stellte sich breitbeinig auf, streckte sich. Rudi erwartete, dass der Alien ihn wieder mit einem Lichtblitz betäuben würde. Aber Pasong holte Schwung und stieß ihn in den flammenden Horizont.

Rudi spürte einen Widerstand, spürte, wie er ihn überwand. Für einen Augenblick drohte ihn eiskaltes Wasser zu erdrücken, dann legte sich eine flammende, warme Hülle um ihn.

Pasong erschien neben ihm, ein Körper in Flammen, und gab ihm die Hand. Gemeinsam schwammen sie der Meeresoberfläche entgegen.

Unter ihnen blieb Feuerland zurück, ein leuchtendes Kreuz in der Schwärze der Tiefsee.

Wolf, ich sterbe.

Die Eiweiße in meinem Gehirn entarten. Es gibt keine Rettung, auch wenn sie hier alles Menschenmögliche unternehmen. Singapur will nicht auf mein angebliches Genie verzichten. Im Augenblick züchten sie mir ein neues Gehirn. Wenn sie fertig sind, wollen sie mich verpflanzen (obwohl sie nie sagen, was genau. Meine Seele? Meinen Geist? Mein Ich? Mein Bewusstsein?). Sie kommen gut voran, sagen sie immer nur. Nicht zuletzt auf der Grundlage meiner Arbeiten. Bescheiden wie immer, deuten sie an, dass ich es eigentlich selbst bin, der mich rettet. Aber unter der Oberfläche brodelt die Wut. Ich bin alles, was sie noch haben. Alle anderen sind davongeschlüpft, haben sich sattere Weiden gesucht. Sterbe ich, wird sich ihre Wut auf furchtbare Art und Weise Bahn schlagen. Gut, dass ich wenigstens das nicht mehr erleben muss.

Wolf, lebst du noch?

»Gott würfelt nicht«, hat einmal ein berühmter Wissenschaftler des vorigen Jahrhunderts gesagt. (War es Einstein oder Teller? Oder Oppenheimer? Der Name entgleitet mir, wie so vieles.) Ich habe den Satz weder jemals geglaubt, noch habe ich mich je für einen Gott gehalten. Ich habe mir die Freiheit genommen zu würfeln, das war alles. Mit Genen. Das, dir kann ich es anvertrauen, ist mein ganzes Geheimnis. Ich habe wilder und in größerem Maßstab gewürfelt als alle anderen. Evolution im Zeitraffer. Deshalb war ich schneller über die Leichen von zehntausenden Wesen hinweg, die in meiner Lotterie die Nieten gezogen haben.

Wolf, bist du irgendwo dort draußen?

Du warst das Große Los. Ich wusste es im selben Moment, als ich dich zum ersten Mal außerhalb des Inkubators sah. Wie das? Ich kann es nicht sagen, immer noch nicht. Ich spürte es einfach. Vielleicht greift Gott ein, wenn man nur lange genug würfelt. (Oder vielleicht beginnt ein sterbender Atheist wie ich, an Humbug zu glauben, wenn seine Hirneiweiße ausflocken?) Wie auch immer, ich wusste, du würdest überleben. An jedem Ort, zu jeder Zeit, jede Widrigkeit. Deshalb habe ich oft an deinem Käfig Halt gemacht und habe dir vorgelesen. Nicht, um dich zu lehren – es gab nichts, was ich dir hätte beibringen können –, sondern, um von deiner Präsenz zu kosten.

Wolf, hörst du mich?

Es hat mich nicht überrascht, dass du dem orthodoxen Mob entschlüpft bist, der das Labor gestürmt hat. Eine Handvoll meiner Kinder hat es geschafft. Ich habe euren Weg aus der Entfernung verfolgt. Du warst der Einzige, der überlebt hat. Die anderen wurden früher oder später zur Strecke gebracht, von Menschen, die sie zu sehr hassten oder zu sehr verehrten. Manche beendeten ihr Leben aus eigenem Antrieb, als sie erkannten, dass sie für diese Welt nicht geschaffen waren. Nur du gingst unbeirrt deinen Weg, von Käfig zu Käfig, von Flucht zu Flucht. Bis du nach Europa kamst, nach Deutschland – und verschwunden warst.

Wolf, wo bist du?

Die Vernunft spricht dafür, dass du tot bist. Erschlagen von ängstlichen, hasserfüllten Menschen. Es gibt Milliarden von ihnen und nur einen Wolf. Aber das kann und will ich nicht glauben. Ich muss nur die Augen schließen, um zu spüren, dass du am Leben bist. Du magst nicht für diese Welt geschaffen sein, aber im Gegensatz zu meinen übrigen Schöpfungen bist du in der Lage, die richtigen Schlüsse daraus zu ziehen.

Bitte, Wolf, lebe!

Lebe, damit mein Leben nicht umsonst war.

– *Handschriftlicher Text, gefunden am 12. November 2063 auf dem Schreibtisch des Gen-Forschers Hayim Perlmann. Perlmann selbst wurde tot neben dem Schreibtisch gefunden. Der Tod trat durch einen Kopfschuss aus nächster Nähe ein. Die Regierung des Freistaats Singapur wies Stimmen zurück, die von einem Selbstmord sprachen. Am 23. November 2063 gestanden vier Anhänger einer kreationistischen Sekte öffentlich den Mord an Perlmann. Sie wurden hingerichtet.*
Quelle: AlienNet, Projekt »Not at all an Alien Earth«
Stand: Mai 2066

KAPITEL 36

Es war der Morgen des Angriffs.

Paul, der keinen Schlaf gefunden hatte, verfolgte ihn wie einen Film in Zeitlupe. Als ginge er ihn nichts an und in jeder Einzelheit.

Im Morgengrauen regte sich der Erste der Aliens. Mit einem Zucken erwachte er aus seinem komaähnlichen Schlaf. In einer fließenden Bewegung sprang er auf, griff nach dem TAR-21, drehte sich im Kreis und sicherte. Dann, als hätten sie eine Art Gedankensignal erhalten, erwachten die übrigen Aliens. Sie erhoben sich und machten sich an ihr Tagwerk. Es geschah ohne Übergang. Kein Gähnen kam von den Aliens, keiner streckte oder räkelte sich, keiner schien im Geringsten Zeit zum Erwachen zu benötigen. Einer nach dem anderen traten die Aliens aus dem Kreis, erleichterten sich, wie Paul und Marita es ihnen beigebracht hatten, und kehrten zu ihren Rucksäcken zurück. Sie nahmen die Gewehre auf, hängten sich Wasserflaschen und Munition um.

Dann brachen sie auf, ohne eine weitere Geste oder ein weiteres Wort. Ihre Rucksäcke, ihre Schlafmatten, die Ausweise, das Geld und die übrige Ausstattung blieben zurück. Die Aliens nahmen Paul und Marita in die Mitte. Von Wolf war nichts zu sehen. Sollten Atsatun und seine Leute daran Anstoß nehmen, gaben sie es nicht zu erkennen.

Sie behielten eine lockere, lang gestreckte Formation bei, eine weitere Lehre von Marita: Es würde schwerfallen, die gesamte Gruppe gleichzeitig unter Feuer zu nehmen. In zügigem Tempo, das an Laufschritt grenzte, ließen sie die Wälder hinter sich und folgten einem Tal hinunter in die Ebene. Das Tal war verlassen, aus dem mannshohen, braunen Gras ragten hier und dort Ruinen. Bloßgelegte Mauern, eingestürzte Dächer. Eine asphaltierte Straße, von der Sommerhitze geschmolzen und der Winterkälte gesprengt, führte sie Schlagloch um Schlagloch ihrem Ziel entgegen.

Was war ihr Ziel? Paul versuchte sich die Europakarte ins Gedächtnis zurückzurufen, ihre Marschroute auf der Karte gedanklich nachzufahren. Das Gebirge, das mit jedem Schritt weiter hinter ihnen zurückblieb, musste das Jura sein. Soweit waren sich er und Marita einig gewesen. Eine raue, dünn besiedelte Gegend, selbst vor dem Niedergang der letzten Jahrzehnte; eine nahezu menschenleere Gegend in diesen Tagen, wie sie bei ihrem Marsch festgestellt hatten. Das Jura ... Also musste der große See, der sich schräg unter ihnen erstreckte, der Genfer See sein.

War das ihr Ziel? Der See? Oder Genf selbst?

Marita musste mehr wissen, aber sie wich Paul aus. Sie hatte den Kopf gesenkt, ging einige Schritte vor oder hinter ihm, sodass ein Gespräch unmöglich war.

Als die Sonne bereits hoch am Himmel stand, gingen die Trockenwiesen in Felder über. Kleine, von Hand bewirtschaftete Areale nahmen ihren Platz ein, leuchtend grün dank der Bewässerungsschläuche, die schwarz zwischen den Pflanzreihen entlangliefen. Menschen arbeiteten gebückt auf den Feldern. Als sie die Gruppe sahen, die sich ihnen näherte, richteten sie sich auf und sahen ihnen neugierig unter ihren breitkrempigen Sonnenhüten entgegen. Die Aliens töteten sie mit präzisen Schüssen, eine Kugel pro Mensch, aus ihren TAR-21. Einige der Bauern, die weiter entfernt vom Weg arbeiteten und sich zur Flucht wandten, erschoss ein Alien mit einem G5.

Unbehelligt gelangten sie zum See. Die Mittagssonne tanzte auf seinem glasklaren Wasser. Neben der Seestraße legten sie sich in den Schatten eines großen Baums und tranken. Das hohe, ungemähte Gras verbarg ihre Gewehre. In Gruppen von einem halben Dutzend sprangen die Aliens nackt in den See.

Sie schrien und quietschen vor Vergnügen und winkten einem Flettner-Boot zu, das in Ufernähe passierte. Die Menschen auf dem Boot, sie sahen aus wie Touristen, winkten zurück und fotografierten und filmten die Aliens, die sie für harmlose Touristen wie sie selbst hielten.

Nach dem Bad stellte sich Atsatun an die Straße. Wagen hielten an und boten dem jungen Mädchen mit den Sommersprossen einen Lift an. Es lehnte ab. Dann kam ein Bus. Auf Atsatuns Zeichen fuhr er rechts ran. Die Aliens nahmen die Gewehre und die Munition und stiegen ein. Sie grüßten weder den Fahrer noch die übrigen Passagiere. Es war nicht nötig, es waren Aliens wie sie. Sie steckten in Körpern von muskulösen jungen Männern mit kurz geschorenen Haaren. Sie mussten Soldaten gehört haben, bevor die Aliens sie übernommen hatten. Zwischen den Beinen hielten sie Gewehre. Einige von ihnen trugen noch Uniform.

Der Bus fuhr weiter, ließ nach einigen Minuten den See hinter sich. Die Straße stieg an, überquerte einen letzten Ausläufer des Juragebirges.

Die Aliens seufzten.

Vor ihnen lag das Ziel. Dutzende Gebäude, die zusammen einen von einem hohen Zaun umgebenen, stumpfen Keil bildeten. Ungefähr in der Mitte des Keils lag ein grüner Kreis, ein kleiner Park.

Im selben Moment, in dem Paul die Anlage sah, wusste er, worum es sich handelte: CERN. Der ehemalige europäische Teilchenbeschleuniger, vor Jahren aufgegeben, als Europa das Geld ausgegangen war, mit immer höherem Aufwand flüchtige Teilchen zu jagen, die sich einen Spaß daraus zu machen schienen, jedem weiteren Ausbau des Beschleunigers eine Nasenlänge voraus zu sein. CERN war stillgelegt. Was wollten die Aliens dort?

Der Fahrer bremste, brachte den Bus quer über der Fahrbahn stehend zum Halten. Die Aliens in Uniform stiegen aus und richteten eine Straßensperre ein. Paul, der mit Marita im Bus blieb, hörte, wie sie Autofahrer abwiesen.

»Marodierende Aliens machen die Gegend unsicher. Bitte umfahren Sie den Bereich weiträumig.«

»Wir bitten um Ihr Verständnis für die Unannehmlichkeit. Es geschieht zu Ihrem eigenen Besten.«

»Nein, keine Ausnahmen. Es hat bereits erste Opfer gegeben.«

Von Zeit zu Zeit ließen die Aliens einen Wagen passieren. Bewaffnete Aliens saßen darin. Wenn ein Platz frei war, stieg ein Alien aus Pauls Gruppe zu und fuhr mit, CERN entgegen. Atsatun war einer der Ersten, die aufbrachen. Er schenkte Paul und Marita keinen Blick. Genauso wenig, wie es Ghi tat, die als Letzte fuhr.

Paul und Marita blieben mit der Handvoll Aliens zurück, die die Straßensperre bemannten. Einer von ihnen ließ sich auf dem Fahrersitz des Busses nieder, ein TAR-21 auf dem Schoß, und bewachte die beiden Menschen.

Der Aufmarsch nahm seinen Gang. Staus bildeten sich auf der Straße, die an CERN vorbeiführte, als immer mehr Aliens ihre Fahrzeuge verließen. Paul verfolgte, wie sie ausschwärmten und einen Ring um den Zaun bildeten, der die Anlage umgab. In der Ferne, beinahe im Dunst verborgen, glaubte er einen zweiten Bus wahrzunehmen, eine zweite Straßensperre.

CERN war abgeriegelt, der Angriff konnte beginnen.

»Aaaaah ...« Marita reckte sich. »Dieses Sitzen bringt mich noch um!« Sie erhob sich von ihrem Platz.

Der Alien im Fahrersitz rührte sich nicht.

Marita strahlte ihn an. »Geht dir das nicht auch so? Immer wenn ich lange sitze, schlafen mir die Beine ein.« Sie trat auf den Gang, ging auf ihn zu.

»Hilft nur eins: sich die Beine zu vertreten.«

Als Marita noch zwei Schritte von ihm entfernt war, legte der Alien auf sie an. Er sagte nichts.

»He, jetzt hab dich nicht so! Was sollen wir hier drin in der Hitze hocken? Wieso gehen wir nicht einfach alle nach draußen, genießen die frische Luft und vertreten uns die Beine?«

Der Alien reagierte nicht.

»Komm schon, wir stecken alle in denselben schäbigen Menschenkörpern! Wird dir auch gut tun!«

Der Alien blinzelte, stand wortlos auf und winkte Marita durch. Paul erhob sich und folgte ihr. Der Alien stieg hinter ihnen aus, das Gewehr weiter auf sie angelegt.

In der Ferne schloss sich der Kreis der Aliens um CERN. Die Sonne blendete. Paul musste die flache Hand über die Brauen halten, um das Geschehen verfolgen zu können.

Die Bewegung der Punkte in den Feldern, welche die Aliens darstellten, erstarb. Paul hörte ein leises, unwillkürliches Seufzen. Es kam von ihrem Bewacher. Er wollte sich umdrehen, sehen, was mit dem Alien war ...

... aber der Ring aus Licht, der aus dem Kreis der Aliens um CERN explodierte, kam ihm zuvor. Einen Augenblick blendete er die Sonne aus, verschlang er CERN ...

... und Marita Kahman wirbelte herum rammte den Ellenbogen ihrem Bewacher in den Bauch. Mit einem Laut, der klang, als platze ein Ballon, ging der Alien in die Knie. Marita trat ihm den Stiefel ins Genick. Paul hörte ein Knacken, und der Laut brach ab. Marita stürzte sich auf den toten Alien, riss ihm das TAR-21 aus den Händen, rollte sich ab und leerte das Magazin. Die Kugeln schossen unter dem Bus hindurch und fällten die Aliens, die die Straßensperre bemannten. Als ihre Körper dumpf auf dem Asphalt aufschlugen, hatte Marita ihrem toten Bewacher bereits ein Magazin abgenommen und nachgeladen. Sie leerte das Magazin in die am Boden liegenden Aliens.

Nur einem von ihnen gelang es, das Feuer zu erwidern. Aber seine Schüsse waren ungezielt, streuten über die gesamte Breite des Busses. Sie verfehlten ihr Ziel.

»Verdammt!«

Marita ließ das Gewehr fallen und kletterte in den Bus. Sie drückte den Anlasser. Der Motor heulte auf und erstarb einige Sekunden später. Sie drückte den Anlasser erneut. Der Motor blieb stumm.

»Verdammt! Das Schwein hat uns den Bus zerschossen!«

Marita sprang aus dem Bus, umrundete ihn. Sie nahm den Toten die Gewehre und Munition ab. Einem der Aliens, der sich noch rührte, schoss sie in den Kopf.

»Hier!« Sie drückte Paul ein TAR-21 und mehrere Magazine in die Hand. »Und jetzt los!«

Paul rührte sich nicht. Er dachte daran, was Ghi ihm auf der Wiese gesagt hatte. Jeder der Aliens blickte auf Hunderte von Leben zurück. Jeder von ihnen blickte unzähligen weiteren entgegen.

»Gottverdammt, Hunter, was ist los mit dir? Noch nie Blut gesehen?« Sie stieß ihn mit dem Gewehrkolben an. Nicht so stark, dass es ihn verletzt hätte, aber stark genug, um ihm zu verstehen zu geben, dass er besser tat, was sie ihm befahl. »Renn! Oder willst du auch so daliegen?« Sie deutete mit dem Lauf auf die Toten.

Sie rannten los. Über ein hartes, ausgetrocknetes Stoppelfeld hetzten sie einem Wald entgegen. Hinter ihnen prasselte Gewehrfeuer, unterbrochen von dumpfen Explosionen. Der Sturm auf CERN war im Gange.

Sie erreichten den Wald. Schützender Schatten umfing sie. »Hier lang!«, rief Marita. Ein Trampelpfad führte sie tiefer zwischen die Bäume. Äste schlugen Paul entgegen, rissen seine Ärmel auf, gruben tiefe Kratzer in seine Haut. Das Gewehrfeuer wurde leiser, verstummte schließlich ganz, als sie die Senke eines ausgetrockneten Bachlaufs durchquerten. Ein neuer Pfad tat sich vor ihnen auf. Sie rannten weiter, keuchend und schwitzend. Schließlich verlangsamte Marita das Tempo. Sie drehte den Kopf zu Paul und rief: »Ich glaube, wir ...«

Marita kippte weg. Im Sturz zog sie die Beine an. Sie rollte wie ein Ball über den Waldboden und kam unverletzt auf. Sie wollte sich wieder aufrichten, aber da stürzte sich ein Schemen auf sie, schlug ihr das Gewehr aus den Händen und fixierte sie mit beiden Knien auf dem Boden.

Es war Ghi.

Sie saß auf Marita Kahman, ihr TAR-21 auf die Stirn der Soldatin gerichtet.

»Was tust du nur?«, brüllte Ghi in Richtung Paul. »Du rennst weg vom Leben!«

Paul hatte automatisch auf sie angelegt. Er musste nur abdrücken, um Ghi zu töten.

»Verdammt, Hunter!«, brüllte Marita Kahman. »Knall sie schon ab! Sie ist tot, bevor sie nur den Finger gekrümmt hat!«

Ghi nickte. »Es stimmt, was sie sagt, Paul.« Sie brüllte nicht, sie sagte es. Sie sagte es mit derselben Ernsthaftigkeit, mit der Ekin immer zu ihm gesprochen hatte, wenn ihr etwas wichtig war. »Du kannst mich töten. Aber bist du dir im Klaren, was du damit wegwerfen würdest?«

»Ja.«

Paul zielte und schoss.

Lego Earth: Oder wieso wir die Aliens locker in die Tasche stecken

Seit dem 26. September 2065 wissen wir endlich, wieso die Aliens zur Erde gekommen sind: Sie wollen Lego spielen.

Sechs Prozent des Weltbruttosozialprodukts hat die Menschheit nach AlienNet-Schätzungen jahrelang in die Jagd und Erforschung von Alien-Artefakten gesteckt, ohne auch nur an der Wahrheit vorbeizuschrammen. Und die ist: Die Artefakte sind nichts als Legosteine (okay, vielleicht mit ein paar Schikanen).

Tausende von ihnen sind in den Pazifik geplumpst, und nur die Aliens selbst wissen, wie viele zusätzliche Legosteine sie unter Wasser gegossen haben. Es müssen eine Menge sein. Denn: Die Alien-Insel ist über der Witjas-Tiefe errichtet, dem tiefsten Punkt der Erde, 11.034 Meter tief. Ein Artefakt misst aber an der längsten Seite 5,21 Meter. Macht also 2117,85 Artefakte, vorausgesetzt, eines ist über das andere gesetzt. Ist es aber nicht. Die Alien-Insel hat keine feste Form (der finale Beweis, dass die Aliens leidenschaftliche Lego-Baumeister sind: Der echte Lego-Liebhaber ist nie mit seinem Werk zufrieden), aber Homeland Security (und die Jungs irren nie!) hat die größte Oberflächenausdehnung bislang auf über 22 Quadratkilometer beziffert – den Rest kannst du dir ausrechnen. (Hast ja in Mathe aufgepasst, oder?)

22 Quadratkilometer Fläche, 11 Kilometer Tiefe – und der Urknall allein weiß, was die Aliens da unten noch so gezimmert haben (es gibt ja bekanntlich nichts, was man nicht aus Lego bauen kann!) ... da kann einem schon klamm um die Brust werden. Muss Homo sapiens einpacken?

He, im Gegenteil! Und das ist der Grund (für alle, die sich trotz der schlechten Nachrichten vom letzten Absatz noch nicht erschossen haben): Das ist gar nichts! Anfänger- und Warmduscherpuzzlerkram!

Wir haben Lego erfunden! *Wir* wissen, wie man macht's – wir spielen Lego, noch bevor wir laufen und sprechen lernen! Wir kriegen's mit der Muttermilch reingeschoben: Mit Lego ist nichts unmöglich, man muss nur dranbleiben und Stein an Stein setzen.

Und was haben wir nicht schon alles hingekriegt: Türme (27,22 Meter, 500.000 Steine, Legoland Billund 2003; 43,78 Meter, 850.000 Steine, Worcester/MA 2014; 100,11 Meter, 7,3 Millionen Steine, Replika des Sears-Tower in Chicago), Schiffe (Dschunke, Länge 66,80 Meter, Shanghai 2041) und Brücken (Replika der Golden Gate Bridge, 124 Meter, San Francisco 2055, ging leider beim Big One drauf) ...

Wesen, die so etwas schaffen, kennen keine Grenzen. Eines Tages werden wir Raumschiffe aus Lego haben, Kunstherzen, geheizte Klos, Sturmgewehre ... und dann heißt es: »Tschüss, Alien Earth – hier kommt Lego Earth!«

– *AlienNet Unterforum AlienEarth/skurril/ und /Humor und /Genieblitze*
Stand: 1. Juli 2066
98,1 % der User bewerteten den Bericht als absurd, 98,4 % als lachhaft, 0,01 als richtungsweisend

KAPITEL 37

Handle!

Es war die Stimme des merkwürdigen Mädchens, die Melvin aus der Starre riss, in die ihn seine eigene Angst zu zwingen versuchte. Die Stimme des Mädchens hallte in seinen Gedanken wider. Seine Stimme und das Knistern, mit dem das Meer Blodget zerquetscht hatte.

Zehn Tage waren seit dem Tod des Hirten vergangen, als Melvin nach dem Zählappell am Ende der Schicht Pinero anfunkte.

»Was willst du, Siukovich?«, meldete sich der Arzt. Pinero nannte ihn beim Nachnamen. Er musste es, weil Reeve mithörte, aber das Bellen, mit dem der Arzt seine Worte aussprach, sagte Melvin, dass noch mehr dahintersteckte als die Furcht vor der Kommandantin von *Sea Power 68*. Melvin hatte einen schlechten Moment erwischt. Pinero trank immer, wenn er wach war, aber die Wirkung, die der Alkohol auf ihn hatte, wechselte. Manchmal machte er den Arzt redselig, manchmal still und zufrieden, manchmal still und wütend. Und von Zeit zu Zeit machte ihn der Alkohol redselig und sehr, sehr wütend. Wie in diesem Augenblick.

»Sir ...«, setzte Melvin an und warf 59b, der vor ihm schwebte, einen fragenden Blick zu. Der Smartie antwortete mit einem nachdrücklichen Flossenschlag. *Egal! Wir versuchen es!*

»Was ist, Siukovich? Ist dir die Zunge eingeschlafen?«

»Nein, Sir! Nein! Es ist nur ... da ist ein Smartie, den Sie sich ansehen sollten.«

»Was hat er? Hat es nicht bis morgen Zeit? Ich habe zu tun!«

»Ich kann das nicht beurteilen, Sir. Ich bin kein Arzt, aber ...«

»Aber was, Siukovich?«

»Es ist Nummer 46310-59b, Sir. Ich mache mir Sorgen um ihn. Seine Verletzungen ziehen vielleicht doch noch Komplikationen nach sich. Ich würde ihn ungern verlieren. Die Züchtigung hat ihren Zweck erfüllt, er hat sich zu einem meiner besten Schürfer gemacht. Er übererfüllt seine Quote regelmäßig.«

Melvin hörte, wie der Arzt tief einatmete. Er hatte den Smartie mit dem blutig geschlagenen Leib und dem Jesus am leuchtenden Kreuz in der Tasche nicht vergessen. Natürlich nicht. »Also gut, Siukovich«, sagte Pinero schließlich. »Bring ihn vorbei.« Der Arzt unterbrach die Verbindung ohne ein weiteres Wort.

Das Tor zur Station stand ihnen offen. Alles Weitere würde an ihm, Melvin, liegen, an seiner Überzeugungskraft. Wortlos schwebten Melvin und 59b zur Station, der Mensch mittels seines Panzeranzugs, der Smartie mit leichten Flossenschlägen. Sie schwiegen. Was zu besprechen gewesen war, hatten sie in den vergangenen Tagen besprochen. Und außerdem wäre es eine einseitige Unterhaltung gewesen: Der Smartie konnte gestikulieren, wie es ihm gefiel, aber Melvin, der davon ausgehen musste, dass jedes seiner Worte von Reeve mitgehört wurde, war zum Schweigen verurteilt.

Sie gelangten zur *Sea Power 68*, schwebten an ihrer Unterseite. Aus mehreren Öffnungen drang Licht. 59b schwamm zielstrebig zu einem rechteckigen Lichtausschnitt und legte sich auf die Plattform darunter. Melvin stellte sich neben ihn und blickte in das Kameraauge der Retinaerkennung. Der Stationscomputer identifizierte ihn als berechtigt und setzte den Aufzug in Bewegung.

Pinero erwartete sie in seinem Behandlungsraum, eine Hand um einen Flaschenhals, die andere um das Kreuz auf seiner Brust. »Was hat er?«, fragte er. Ohne zu bellen, ohne Melvin beim Nachnamen zu nennen. Reeve konnte also nicht mithören, was in dem Behandlungsraum vor sich ging. Und

Pineros Wut war abgeklungen. Der Arzt war kein bösartiger Mann. Die Wut, die ihn von Zeit zu Zeit packte, nährte sich aus dem Schmerz, dass die Welt nicht so war, wie er sie sich ersehnte. Und aus dem, dass er ihr nicht gewachsen war.

59b blieb reglos auf der Plattform liegen, als der Boden ausfuhr und das Tor zum Meer schloss. Er hatte die Augen geschlossen. Wasser rann in Strömen von seinem wuchtigen Körper und floss durch kleine Löcher in der Plattform ab.

Melvin schnallte den Helm ab, stieg schwerfällig von der Plattform und ließ sich auf den Hocker fallen, der ihm während seiner langen Unterhaltungen mit Pinero als Sitzplatz diente. »Ich bin mir nicht sicher.« Er zuckte die Achseln, eine überflüssige Geste, der schwere Anzug verschluckte sie. »Er selbst behauptet, dass alles mit ihm in Ordnung ist. Aber er hat heute noch nichts gefressen und er hat zum ersten Mal seit ... seit seiner Verletzung die Quote nicht erfüllt. Und eben, auf dem Weg hierher, ist mir aufgefallen, dass er beim Schwimmen schlingert.«

Melvin hatte lange darüber nachgedacht, was er Pinero auftischen sollte. Sie brauchten etwas Unspezifisches, etwas, das den Arzt zu einer längeren Untersuchung nötigte, gleichzeitig aber eine Routineangelegenheit darstellte, die ihnen die Möglichkeit offen ließ, sich zu unterhalten. Nur dann hatte Melvin eine Chance, den Arzt, wenn schon nicht zu überzeugen, wenigstens zu überreden. Was er von ihm verlangen würde, war zu verrückt, als dass Pinero es einfach so schlucken konnte. Wenn er es überhaupt tat. Melvin glaubte immer noch nicht daran, aber 59b hatte darauf bestanden, dass sie es versuchten. *Du wirst überrascht sein,* hatte der Smartie ihm in seiner Zeichensprache signalisiert. Melvin hatte nachgegeben. Er sah keine andere Möglichkeit – und 59b verfügte über erstaunliche Überzeugungskraft. Der Smartie war ein sanfter Riese, aber er wusste sich durchzusetzen.

Schließlich hatten 59b und er sich für Gleichgewichtsbeschwerden entschieden. Sie waren ein Serienfehler. Drei von hundert Smarties wiesen sie im Lauf ihrer Existenz auf, selbst bei der neuesten Serie, zu der 59b zählte. Pinero selbst hatte es Melvin erzählt.

»Dann wollen wir mal sehen ...« Der Arzt stellte die halb leere Flasche neben 59b ab und beugte sich über seinen Kopf. »Möglich, dass sein Innenohr nicht mitspielt«, sagte er, zu Melvin gewandt. Der Gedanke, dass vor ihm mehr als ein Tier mit unerhörtem Überlebenspotenzial lag, schien ihm nicht zu kommen. »Passiert bei diesem Typ gerne. Oder ein Infekt hat ihn erwischt. Smarties können schlecht damit umgehen. Wenn ihnen das Hungergefühl fehlt, fressen sie nichts. Das Schlingern könnte also ein Zeichen von Schwäche sein. Smarties sind stark, aber sie neigen dazu, sich zu überanstrengen, um ihren Herren zu gefallen.« Pinero nahm eine Taschenlampe aus einer Tasche seines Kittels und leuchtete in den Gehörgang von 59b. »Hm, das hier sieht völlig normal aus.«

»Ja? Gut.«

Er wollte etwas hinzufügen, brachte aber kein Wort heraus. Wie sollte er es anfangen? *»Eric, wir müssen hier weg! Da draußen ...«* Nein, so ging es nicht.

Pinero trat an das Stirnende der Plattform, packte beherzt die wulstige Oberlippe von 59b und zog das Maul auf. Seine Taschenlampe leuchtete tief in den Rachen des Smarties. »Kein Belag. Damit scheidet eine Infektion so gut wie aus.« Pinero langte in eine Tasche seines Kittels und holte einen Diagnosestick heraus. Er entfernte die Schutzkappe über der Nadel und hieb sie mit Schwung in die speckige Seite von 59b. Der Smartie bebte einen Augenblick, der Stick blieb im schrägen Winkel stecken.

Handle! Melvin hörte wieder das Mädchen; das Knistern, mit dem die Tiefsee Blodget gefaltet hatte. Er dachte an Reeve, die ihn immerzu beobachtete und belauschte und die nur ihren Touchscreen antippen musste, um ihn wie Blodget ... »Eric«, setzte er an, »Lass es sein. Ich ...«

Der Arzt hörte ihn nicht. Ein Piepsen zeigte an, dass der Stick die Diagnose abgeschlossen hatte. Pinero zog ihn aus dem Fleisch von 59b und drückte einige Male mit dem Daumen auf den Touchscreen, um die Ergebnisse abzulesen. »Blutdruck«, las er laut. »Blutsauerstoff, Puls, Abwehrkörper – alles normal.«

»Eric!«

»Einen Augenblick noch!«, wehrte Pinero ab. Er ging langsam um 59b herum, tastete mit beiden Händen über die Haut, hob Flossen und Arme an. Er fuhr mit dem Zeigefinger die Narben entlang, die Melvins Peitschenschnur hinterlassen hatte, hielt immer wieder an, um einzelne Stellen genauer zu untersuchen. Schließlich hatte er die Runde beendet. Er wandte sich an Melvin. »Was hat das zu bedeuten?«, fragte er, und in seiner Stimme klang die Schärfe des wütenden Eric Pinero mit. Des Eric Pinero, vor dem man sich in Acht nehmen musste.

»Was meinst du damit?«

»Verkauf mich nicht für dumm! Ich bin nur ein einfacher Tierarzt, der zu viel säuft und zu sehr auf den lieben Herrgott vertraut und wahrscheinlich ein kompletter Dummkopf, mich mit einem Häftling wie dir zu Vertrautheiten hinreißen zu lassen, aber ich bin nicht blind. Dieser Smartie ist so gesund, wie es nur möglich ist.«

Melvin nickte. Sein Kinn stieß gegen den Halsring des Aufzugs.

»Also, was soll das Ganze hier? Was willst du von mir, Melvin Siukovich?«

»Willst du eine ehrliche Antwort?«

»Natürlich.«

»Ich habe Angst, Eric. Furchtbare Angst.«

»Das ist kein Grund zu gesteigerter Besorgnis. Das haben wir hier unten alle. Das weißt du so gut wie ich.« Eric hatte 59b den Rücken zugewandt, beide Arme trotzig in die Hüften gestemmt.

»Nein, ich meine nicht *diese* Angst. Eric ... Seit Blodget tot ist, muss ich mich zwingen, nach draußen zu gehen. Und wenn ich draußen bin, muss ich jede einzelne Sekunde aufpassen, dass ich nicht den Anzug auf volle Kraft schalte und zur Station zurückrase. Verstehst du?«

»Natürlich.« Der Arzt ging vor dem sitzenden Melvin in die Knie, um ihm in die Augen sehen zu können. »Ich verstehe dich sehr gut. Das ist eine ganz natürliche Reaktion. Und ich könnte dir auch sofort ein Mittel gegen die Angst geben. Aber das werde ich nicht tun. Es hilft für zwölf Stunden, und in einer Woche wirst du meinen ganzen Vorrat geschluckt haben. Danach wird es nur noch viel schlimmer sein. Menschen können sich aus Angst vor dem Tod das Leben nehmen.« Er schüttelte den Kopf. »Nein, du musst die Kraft in dir selbst finden. Ich weiß, dass du es kannst. Ich habe dich in den letzten Monaten kennengelernt, Melvin Siukovich. Du bist kein gewöhnlicher Häftling. Du bist stark. Und weißt du, was dich stark macht? Du hast einen klaren Kopf. Du siehst die Dinge, wie sie sind, und nicht, wie du sie dir wünschst oder wie es dir deine Ängste einflüstern. Du musst nur deinen Kopf bemühen. Blodgets Tod war furchtbar, aber er war ein Unfall. Blodget war nachlässig, das weiß jeder – und die Tiefsee verzeiht keine Nachlässigkeit.«

»Es war kein Unfall.«

»Was soll es sonst gewesen sein?« Der Arzt ruckte von Melvin weg.

»Eric, ich habe mich umgehört. Blodget ist der fünfte Hirte in diesem Jahr, den es erwischt hat, sagen die anderen Häftlinge. Stimmt das?«

»... ja.«

»Wenn du mich fragst, sind das zu viele, um als Unfälle durchzugehen.«

»Was soll es sonst gewesen sein?« Eric stand auf, sah zu Melvin herunter. »Materialermüdung, menschliche Fehler – das genügt. Da draußen ist nichts, was uns gefährlich werden könnte. Haie kommen für gewöhnlich nicht in diese Tiefen. Und die wenigen, die es tun, würden sich an den Panzeranzügen die Zähne ausbeißen. Die Smarties sind geprägt, sie könnten sich nicht gegen ihre Hirten auflehnen, selbst wenn sie es wollten.«

»Ich spreche nicht von Haien und Smarties.«

»Wovon dann? Draußen ...«

»Ich spreche von drinnen. Von Reeve.«

»Du bist verrückt! Weißt du, was du da sagst?«

»Ja.«

»Das ist Unsinn! Gefährlicher Unsinn. Betty ist keine Mörderin!«

»Woher soll ich das wissen? Ich kenne nur ihre Stimme und ihre Befehle. Vielleicht hat sie Spaß daran, Häftlinge umzubringen? Sie wäre nicht die erste Wärterin, die auf den Geschmack kommt.«

»Melvin, das ist absurd! Ich kenne sie. Betty würde so etwas nie tun.«

»Auf sich selbst gestellt, wahrscheinlich nicht. Aber was ist, wenn ihr jemand von oben einen Befehl gibt? Überleg doch, Eric. Ganz nüchtern, mit klarem Kopf. Das ist der einfachste Weg, Häftlinge loszuwerden, nicht? Niemand stellt Fragen, wenn ein Mann nicht mehr hochkommt. Ein Befehl würde genügen. Betty würde ihn ausführen. Sie führt alle Befehle aus. Das weißt du so gut wie ich!«

Eric Pinero sagte nichts. Er stand steif da. Die Finger seiner Linken spielten mit den Gliedern der Kette, an der sein Kreuz hing.

»Eric, du brauchst mir nicht zu antworten«, fasste Melvin nach. »Ich verstehe dich. Du musst sehen, wo du in dieser Welt bleibst. Dieser Welt, die nicht so ist, wie du sie dir wünschst. Ich mache dir deswegen keine Vorwürfe. Ich will nur am Leben bleiben, wie wir alle. Und dazu brauche ich deine Hilfe ...«

»Meine Hilfe?« Die Bitte riss den Arzt aus seiner Starre. »Großer Gott, wie soll ausgerechnet ich das anstellen? Ich bin ein Nichts. Betty duldet mich, solange ich ihren Launen nachkomme und ihr Bett wärme. Wenn nicht ... sie hat die Wahl. Sie kann mich umbringen, wie sie es mit Blodget getan hat. Oder sie hängt mir etwas an. Ein Satz in ihrem Wochenbericht genügt – dann bin ich ein Häftling wie du. Weniger als ein Nichts.«

»Eric, du bist die einzige Chance, die wir haben!« Melvin

wollte aufstehen, den Arzt an den Schultern fassen, ihn festhalten. Aber es ging nicht. Der Anzug war zu schwer. »Du kannst mich hier rausbringen!«

»Raus? Hast du *raus* gesagt? Dafür brauchst du mich nicht. Ein Schritt genügt. Lass einfach den Helm hier, dann bist du für immer raus hier. Melvin, es gibt keine Flucht vom Hydrate Ridge! Wenn du nach oben gehst, nimmt ihnen die Dekompression die Mühe ab, dich umzubringen. Und unten gibt es nur die Kälte und die Schwärze und den Druck. Es gibt hier unten keinen Ort, an den jemand wie du oder ich fliehen könnte! Du ...«

Ein Räuspern schnitt ihm das Wort ab. Es war tief und kräftig und erinnerte Melvin an einen anspringenden Dieselmotor. Es kam von 59b. Der Smartie hatte sich aufgerichtet und saß auf der Plattform. Er war riesig, sein Kopf stieß beinahe gegen die Decke. 59b fixierte die beiden Menschen mit einem wachen Blick, in dem nicht eine Spur von Ergebenheit lag. »Ich kann euch helfen«, sagte 59b gurgelnd. »Ich weiß einen Ort, an den ihr fliehen könnt.«

Eric Pinero wirbelte herum. »Großer Gott!« Seine Linke fand und umklammerte sein Kreuz, mit der Rechten bekreuzigte er sich. »Er spricht. Großer Gott, der Smartie spricht!«

59b streckte eine Flosse aus. Sie zeigte schräg nach unten. »Dort. Dort ist sein Reich. Es steht uns offen. Auch euch.«

»Sein Reich? Du weißt nicht, wovon du sprichst! Sein Reich ist nicht von dieser Welt.« Vor dem aufgerichteten Smartie wirkte Eric Pinero wie ein Zwerg. Ein tapferer Zwerg. Ein wütender, in die Ecke getriebener Zwerg. 59b griff die letzte Bastion an, die dem Arzt geblieben war: seinen Glauben.

59b antwortete nicht. Er rückte sein Geschirr zurecht und öffnete eine Hydrattasche. Er entnahm ihr einen druckfesten Stahlzylinder, wie ihn der Arzt benutzte hatte, um sein leuchtendes Kreuz wegzuschließen. Die Zylinder gehörten nicht in Smartie-Hände, aber es konnte einem Smartie nicht schwerfallen, einen in seinen Besitz zu bringen.

»Was willst du mir zeigen, Smartie?« Der Arzt schrie.

»Noch einen billigen Leuchtjesus? Was willst du uns damit beweisen?«

59b entriegelte den Zylinder mit einem Ruck und zog die obere Hälfte zur Seite. Eine Blume kam zum Vorschein. Sie hatte einen kurzen, dicken Stängel und große, rote Blütenblätter. Sie war gewöhnlich. Sie war, in 600 Metern Tiefe und in den Händen eines sprechenden Smarties, eine Ungeheuerlichkeit – und sie war nicht Teil ihres Plans. 59b hatte Melvin nichts von der Blume erzählt.

»Woher hast du diese Blume?«, brüllte Pinero.

»Aus seinem Reich. Wo sie herkommt, gibt es Millionen weitere. Und vieles mehr. Du kannst dich mit eigenen Augen davon überzeugen. Du musst nur etwas für uns tun.«

»Und das ist?«

»Blende die Überwachungssysteme der Station. Du hast sie bereits so manipuliert, dass dein Behandlungsraum unsichtbar bleibt. Manipuliere das gesamte System. Eine Stunde genügt, dann sind wir weit genug weg, dass sie uns niemals aufspüren und einholen können.«

»Und was dann?«

»Sind wir in seinem Reich. In seinem Reich gibt es kein ›dann‹. Sein Reich ist vollkommen. Es gibt keinen Grund, auf ein ›dann‹ zu hoffen oder es zu fürchten. Hilf uns, und du kannst es selbst erleben!«

Tränen schossen Eric Pinero in die Augen. »Sein Reich ...?« Der Arzt senkte den Kopf, barg ihn in den Händen, die das Kreuz umklammerten. Er ging in die Knie. Als er den Kopf wieder hob, schluchzte er. »Nein. Ich kann nicht.«

»Doch, du kannst«, widersprach 59b. »Du bist mutiger, als du es dir selbst eingestehst, Mensch.«

Pinero schüttelte den Kopf. »Nein, es ist nicht wegen mir. Es ist wegen Betty. Ich kann es ihr nicht antun. Sie werden ihre Wut an ihr auslassen. Ich ...«

59b sprang mit einem Satz vom Behandlungstisch. Noch im Flug holte er mit dem unteren linken Arm aus. Seine Pranke traf den Arzt von der Seite und fegte ihn von den Beinen.

Pinero klatschte auf den Boden und rührte sich nicht mehr. Unter dem Kopf des Arztes bildete sich eine Blutlache.

»Verdammt, was tust du da?« Melvin sah auf zu 59b, der sich aufrecht stehend über ihm türmte. Dem Riesen haftete nichts Sanftes mehr an. »Das ist gegen unsere Abmachung! Wir brauchen Eric. Nur er kann uns helfen!«

59b schob Melvin den Bewusstlosen vor die Füße. »Zieh ihm einen Anzug an«, befahl er ihm. »Er war gut zu uns. Ich will ihn nicht zurücklassen.«

»Zurücklassen? Wir können ohne seine Hilfe nicht ...«

59b unterbrach ihn. »Beeil dich. Es muss schnell gehen. Vergiss nicht, deinen Sauerstoffvorrat zu erneuern. Du wirst ihn brauchen.« Der Smartie wandte sich ab, ging zur Tür, die in das Innere der Station führte.

»Halt!«, brüllte Melvin. »Bleib sofort stehen! Ich befehle es dir!«

59b zwängte sich ohne sichtbares Zögern durch die Tür, die viel zu eng für ihn war. Als gäbe es keine Prägung, die ihn zwang, Melvin zu gehorchen.

»59b!« Der Smartie kam nicht zurück. Melvin stand einige Augenblicke ratlos im Behandlungsraum, versuchte zu überlegen. Schließlich tat er, was 59b ihm aufgetragen hatte. Der Smartie hatte recht, es gab kein Zurück. Es gab nur noch eine Hoffnung für sie: sein Reich.

Melvin schleppte sich zur Notfallnische. Er berührte den Öffnungssensor, die Tür klappte in die Wand. Melvin drehte sich um, schob das Rückenteil seines Anzugs in die Nische. Er spürte, wie automatische Greifarme die Sauerstoffflaschen austauschten.

Aus dem Innern der Station kamen schwere, regelmäßige Schläge, ließen den Stahlboden unter ihm erzittern. Es waren die Schritte des tonnenschweren Smarties.

Melvin löste sich aus der Nische. Er rollte das Haltegestell heran, in dem Pineros Taucheranzug ruhte, und machte sich daran, ihm dem Arzt anzulegen. Als er Beine und Rumpf des Bewusstlosen untergebracht hatte, hörten die Schritte auf.

Stille.

Dann ein Schlag, der in ein quietschendes Reißen überging. Das Reißen von Metall.

Stille.

Und dann ein Schrei. Schrill. Der Schrei einer Frau.

Stille.

Dann wieder Schritte. Sie kamen näher.

Melvin legte Eric gerade den Helm an, als 59b zurückkehrte. An seinen sechs Händen klebte Blut.

»Wir müssen aufbrechen!«, rief 59b. »Das Überwachungssystem der Station ist lahmgelegt. Sie werden es oben registrieren und nachsehen, was geschehen ist.«

Der Smartie machte vor Melvin Halt und packte ihn und den bewusstlosen Arzt. Er drückte die beiden Menschen an sich und sprang in das Wasser. Unter der Station, in der Schwärze der Tiefsee, erwarteten sie Tausende von verwaschenen Lichtern. Es waren die Leiber von Smarties. Alle Herden der Station hatten sich versammelt.

59b pfiff, und ein Dutzend Smarties schwamm heran. Sie zogen eine Art Schleppnetz hinter sich her, das sie aus Schürfgeschirren gewebt hatten. 59b legte Melvin und den Arzt in dem Netz ab und pfiff ein zweites Mal.

Die Smarties brachen auf in sein Reich.

Als *Sea Power 68* für immer hinter Melvin zurückblieb, hallte in seinen Gedanken die Stimme des Mädchens wider:

Beobachte. Höre. Verstehe. Und dann handle!

»Diesmal ist es wahr: Das Ende der Geschichte ist da.«

– *Faith Fukuyama (Historikerin), 27. September 2065*

KAPITEL 38

Wilbur schrieb an seinem Platz in der *Bitch*, als Rodrigos Rechner »Pling!« machte.

Wilburs Hand schrieb die Karte zu Ende: »... ist mir der Abschied schwergefallen. Aber es hat sich gelohnt. Sigma V ist viel besser, als du es dir erträumen kannst. Deine Mel.«

Es war nicht unmöglich, mit dem Schreiben vorzeitig aufzuhören, aber es bedeutete eine erhebliche Willensanstrengung. Wilbur brachte sie auf und trat zu Rodrigos Rechner. Die Displays waren aus der Bereitschaft erwacht, zusammen bildeten sie eine einzige Bildschirmfläche. In großen, weißen Buchstaben auf schwarzem Grund stand: »ANA. HABE DEN WEG ZU IHR GEFUNDEN.«

Es war so weit.

Wilbur ging in das Cockpit, stand einen Augenblick zwischen den Plätzen des Piloten und Co-Piloten und dachte zurück an ihre erste Saison auf Funafuti. Bevor der Krebs begonnen hatte, an Dianes Kräften und Lebensfreude zu fressen, bevor Melvin durchgedreht war. Die übrigen Flyboys hatten sie als verrückte Alte abgetan, aber sie hatten es besser gewusst. Sie hatten ein Ziel vor Augen gehabt, ihre eigene Maschine, ein Zuhause und ein Maß an Energie und Optimismus, als hätte ihnen die Company nicht ein altersschwaches Flugzeug, sondern eine Verjüngung geschenkt. Die Zeit schien ihm unendlich lange zurück zu liegen, wirkte wie ein Traum. Wilbur verließ das Cockpit, hielt an seinem Platz an und ordnete mit Stichen in den Fingern die Karten – geschrieben und ungeschrieben. Er passierte Rodrigos Platz. Vor der Leere, an deren Stelle einst Heros Mini-U-Boot angebracht war, hielt er einen Augenblick inne.

Wilbur stieg aus dem Flugzeug, ging zur Nase der *Bitch* und tätschelte das Pin-up mit dem glubschäugigen Alien-Kopf und dem Atombusen.

Dann wandte er sich ab und ließ die *Strawberry Bitch* zurück.

Als der Artefakt-Fahrstuhl ihn zu Diane trug, stellte er überrascht fest, dass ihn der Abschied nicht traurig machte. Er war längst überfällig. Das Einzige, was ihn betrübte, war, dass er keine Möglichkeit hatte, dem Jungen eine Nachricht zukommen zu lassen. Rudi hielt ihn für einen alten Trottel, der sich in seiner alten Maschine vor der Welt verkroch. Wilbur hatte keine andere Wahl gehabt, als den Jungen in dem Glauben zu lassen.

Diane lag unverändert in ihrem Sarg.

Wilbur wischte die Kerzen in einem Schwung zur Seite. Sie zerbrachen auf dem harten Artefakt-Boden. Er ging in die Knie, blickte Diane in die offenen Augen und schnappte: »Festhalten!« Dann schob er Dianes Sarg aus der Kammer. Er war schwerer – viel schwerer – als erwartet, aber die Rollen, auf denen er gelagert war, liefen leicht. Unbehelligt gelangte er mit dem Sarg zum Einstieg in den zentralen Schacht.

»Ab hier findest du den Weg alleine, Kumpel, wetten?« Rodrigo zwinkerte ihm zu und löste sich auf.

Wilbur zog den Sarg einige Schritte zurück, um Anlauf nehmen zu können. Er suchte und fand die Lederschlingen am Fußende des Sargs, fuhr mit beiden Händen in sie hinein und rannte los. Zwanzig Schritte weiter verschluckte das schwarze Wasser ihn und Diane. Wilbur spürte die Kälte, als seine Füße das Wasser berührten, dann vertrieb die Hitze des aufflammenden Kokons sie. Der Kokon schützte ihn und den Sarg, solange er ihn berührte.

Wilbur und Diane glitten in die Tiefe. Es war die schnellste Fahrt, die Wilbur jemals gemacht hatte. Dianes Sarg, die Gerätschaften, die für ihre Stasis sorgten, mussten ein Vielfaches des Rucksacks wiegen, der gewöhnlich dafür sorgte, dass er nach unten sank. Die Einschnitte der Rettungskammern huschten an ihm vorbei, während er immer tiefer in die Lange Stille vorstieß.

Wilbur schwitzte. Es musste die Aufregung sein. Der Kokon erzeugte Wärme. Mehr, als ein Mensch in einem Menschenkörper ertragen konnte. Mehr zumindest, als Wilbur es konnte. Bewegte er sich zu lange und zu heftig, begann er zu schwitzen. Das Gegenmittel war einfach: Wilbur musste nur eine Minute stillhalten, und die Kälte der Tiefsee saugte die Überschusshitze auf. Für gewöhnlich. Wilbur rührte sich nicht, als er durch den Schacht glitt. Es war die Aufregung. Oder ... ein Zeichen. Das Wasser im Schacht war aufgeheizt. Es ging los, Pasong und seine Leute setzten ihren Plan in Gang. Deshalb hatte Rodrigo den ihren initiiert.

Erste Geräusche markierten das Ende der Langen Stille. Viel zu früh und unpassend. Keine hellen Freudenschreie von ausgelassenen Aliens erwarteten Wilbur. Stattdessen ein dumpfes Wummern, das er eher spürte, als dass er es hörte. Es drang aus der Tiefe unter ihm, aus dem Fels im Meeresboden, aus dem Teil des Schachts, der sich in die Kruste der Erde bohrte. Dutzende von Kilometern weit, aber nicht tief, behauptete Rodrigo, und der Lauscher musste es wissen. Irrte er sich, warfen sie alles, was die Aliens ihnen boten, umsonst weg.

Wilbur und Diane erreichten die Barriere. Sie wurden gepackt und über der Stadt der Aliens ausgespuckt. Wilbur sah Blitze vor den Augen, als der schwere Sarg schlingerte und er das Gefühl hatte, dass er ihm die Hände abriss. Er streckte alle viere von sich, und nach und nach hörten er und der Sarg auf, sich zu überschlagen. Sie sanken dem Meeresboden entgegen, wo Wilbur ein Seil packen würde, um sich daran entlangzuhangeln. Kein einfaches Unterfangen für einen alten Mann, der seine besten Tage hinter sich hatte, aber kein unmögliches, wenn er es wollte. Und Wilbur wollte es. Meter um Meter stieß er sich ab, arbeitete er sich vor. Niemand hinderte ihn, niemand half ihm. Die Stadt war verlassen. Die Aliens waren fort. Pasong musste seine Leute unter dem Meeresboden zusammengezogen haben.

Wilbur erreichte Heros Werft keuchend, aber zu seiner Überraschung nicht mehr länger schwitzend. Sein Kopf durchstieß die Wasseroberfläche des Einlasses. Er befreite die rechte Hand aus der Schlaufe und klammerte sich mit der Hand am Rand fest. »Hero!«, brüllte er. »Hero, hilf mir hier raus!« Der schwere Sarg zog an ihm, wollte ihn zurück in die Tiefsee reißen. »Verdammt, Hero, wo bleibst du?«

Rodrigo, die Projektion, erschien vor ihm – als Projektion. Sie stand auf dem Boden der Werft, ihre flimmernden Schuhspitzen eine Handbreit von Wilburs Gesicht entfernt. »Halt aus!«, rief Rodrigo, »Hilfe kommt!«

Oben setzte sich summend der große Kran in Bewegung. Über Wilbur hielt er an. Ein Greifer, der an eine riesige Hand erinnerte, fuhr aus, tauchte in das Wasser – und im nächsten Moment wurde Wilbur, die linke Hand in der Schlinge des Sargs, in die Höhe gehoben.

»Verdammt, Hero, was soll das?« Wilbur brüllte es. Der Schmerz in seinem Handgelenk ließ ihm keine Wahl.

»Es ist gleich vorbei!«, rief ihm Rodrigos Projektion zu. »So geht es am schnellsten.«

Der Kran fuhr an, machte über dem Rumpf der *Superhero* halt. In dem Boot öffnete sich eine Luke. Der Kran hielt an, der Greifer senkte sich und platzierte Dianes Sarg und Wilbur passgenau in der Luke. Rodrigo erwartete Wilbur – zweifach.

Rodrigo, die Projektion, und Rodrigo, was von dem Menschen geblieben war.

Die Projektion beugte sich besorgt über Wilbur. »Alles klar?« Sie grinste frech. »Tut mir leid wegen der Kranfahrt, ich wollte dein altes Kreuz nicht brechen. Wir müssen uns aber beeilen, wenn wir noch einen Platz bekommen wollen. Die Aliens haben den Fahrstuhl schon angeheizt!«

Wilbur löste die linke Hand aus der Schlinge und schüttelte sie. Sie war taub geworden. »Das heißt, sie ...«

Rodrigo nickte. »Hörst du es nicht?«

Doch, Wilbur hörte etwas. Da war das Wummern, das er bereits kannte. Und dazwischen, in regelmäßigen Abständen, ein Zischen. Es erinnerte an Feuerwerksraketen. Wilbur nickte. »Sie haben angefangen! Wie lange haben wir?«

»Ich weiß es nicht. Nicht lange genug für ein Schwätzchen, jedenfalls. Ich muss Hero helfen, den Weg zu finden. Du weißt, was du zu tun hast.«

»Ja.«

»In Ordnung.« Rodrigo, die Projektion, rannte in das Cockpit und warf sich in den Sitz des Co-Piloten. Vorbei an Rodrigo, dem Menschen, der an der Bordwand der *Superhero* hing. Sein Kopf, seine Arme und Beine hingen leblos herab. Er war bleich und Wilbur hätte Rodrigo für tot gehalten, hätte er nicht ab und zu gezuckt, als bekäme er Stromstöße. Es mussten Rückkopplungen sein. Rodrigos Rückenplatte war in die Wand eingerastet. Er war ein Teil des Bordrechners der *Superhero* geworden und über den Bordrechner Teil des Rechnerverbunds der Aliens. Dort lebte er, dort handelte er, und dort würde er zweifellos sterben, wenn der Rechnerverbund der Aliens zu früh bemerkte, was er tat.

Wilbur wandte sich ab und öffnete den Schrank unter dem Sarg. Mit beiden Händen schaufelte er den Kram aus dem Sarg, den er in den vergangenen Monaten dort deponiert hatte, und machte sich an die Arbeit. Aus Verpackungen trennte er die darin versteckten Teile und steckte sie zusammen. Sie klirrten metallisch.

»Halt dich gut fest, Freund!«, kam Heros Stimme aus einem Lautsprecher. »Wir sprengen die Werft!«

»Wozu das?«

»Es ist der schnellste Weg herauszukommen. Außerdem täuscht es vielleicht Pasong. Er wird an einen Unfall glauben.«

»In Ordn...«

Die Explosion schnitt Wilbur das Wort ab. Der Rumpf der *Superhero* dröhnte, ein Lichtblitz drang durch die Bullaugen, gefolgt von der Schwärze der Tiefsee, in der einige Augenblicke lang vielfarbige Blitze zuckten. Die *Superhero* nahm Fahrt auf. Ihr Schub erinnerte Wilbur eher an die startende *Bitch* als an ein träges Unterwasserfahrzeug in elf Kilometern Tiefe.

»Wilbur, wie weit bist du?«, fragte Rodrigos Stimme aus den Lautsprechern.

Wilbur ließ die letzten Teile einrasten. »Fertig mit der Ausrüstung.«

»Dann hol Diane aus der Stasis und bereite sie vor.«

»Wie lange habe ich?«

»Keine fünfzehn Minuten.«

Wilbur stand auf und schaltete die Stasis ab. Es war nicht schwer. Er musste lediglich den Deckel ihres »Sargs« abnehmen. Wilbur hatte ihn noch nicht abgelegt, als Diane sich bereits aufrichtete.

»Wilbur? Wo ... wo bin ich?« Sie hatte die Frage kaum zu Ende gebracht, als sie sich bereits an den Magen fasste und wieder zurücksank. Die Stasis war zu Ende, der Krebs fraß weiter an ihrem Magen.

»Hier, nimm das. Dann geht es besser.« Wilbur holte Schmerztabletten aus der Tasche und reichte sie ihr zusammen mit einer Wasserflasche. Diane schluckte sie und kippte die halbe Flasche hinterher.

»Besser?«

»Ja.« Ihre Augen nahmen einen merkwürdigen Glanz an, eine Nebenwirkung des hoch dosierten Schmerzmittels. Wilbur hätte es vorgezogen, darauf zu verzichten. Er wollte, dass Diane ihre Entscheidung mit klarem Kopf traf. Doch ihm war klar, dass sie, überließ er sie ihren Schmerzen, weder dazu in der Lage sein würde, eine Entscheidung zu treffen, noch sie umzusetzen.

»Wilbur, wo bin ich?«

»In der *Superhero*. Es ist ein U-Boot, das die Aliens in den letzten Monaten für Hero gebaut haben.«

»Monaten? War ich so lang ... ausgeschaltet?«

»Ja.«

Diane schüttelte den Kopf. »Es fühlt sich an, als wenn ich eben erst in diesen verdammten Schneewittchensarg gestiegen wäre ...«

»Das bist du, aus deiner Sicht.«

»Hilf mir hier raus!« Wilbur tat es, obwohl sie keine Hilfe brauchte. Die Tabletten nahmen ihr den Schmerz, und der Schmerz war das Einzige, was Diane aufhalten konnte. Der Krebs würde sie schließlich niederringen, ja, aber er würde sie mitten aus dem Leben reißen.

»Wohin fahren wir?«, fragte Diane. »Was ist mit Rodrigo? Wieso hängt er so merkwürdig an der Wand?«

»Er ist eingeloggt. Es geht ihm gut. Es geht uns allen gut. Die Aliens tun alles für uns, was sie können.«

»Hast du mich deshalb zurückgeholt? Ist es so weit ... haben die Aliens ein Mittel für mich?«

»Ich wünschte, es wäre so.« Wilbur schüttelte den Kopf. »Nein, wir können nicht länger bei den Aliens bleiben.«

»Wieso? Du sagst, sie tun alles für uns, was sie können.«

»Ja, aber wir trauen ihnen nicht. Sie sind zu gut zu uns. Sie planen etwas.«

»Und deshalb haut ihr ab, anstatt herauszufinden, was sie planen? Brillante Logik!« Dianes Bissigkeit hatte die Stasis ebenso unbeschadet überstanden wie der Krebs.

»Wir hauen nicht ab. Wir verlegen unseren Standort, um einen besseren Überblick zu bekommen.«

»Wohin?«

»Oben. Ganz oben. Rodrigo könnte es dir genau erklären, wenn wir Zeit hätten. Aber die haben wir nicht. Ich vertraue ihm, du solltest es auch. Wir haben einander immer vertraut.«

»In diesem Oben ... kann man mir dort helfen?«

»Nein. Und das ist ein Grund, weshalb ich dich aus der Stasis geholt habe. Ich habe mir geschworen, auf dich aufzupassen, immer in deinem Sinne zu entscheiden. Das hier ist ein zu großer Brocken, als dass ich ihn für dich entscheiden könnte. Du musst es selbst tun.«

»Danke. Ich weiß es zu schätzen. Und was sind die weiteren Gründe?«

»Damit unser Plan gelingt, brauchen wir deine Hilfe.«

»Von einer Frau, die kurz vor dem Verrecken steht?«

»Ich könnte mir niemand Besseres denken. Die Chancen,

dass du überlebst, stehen ... sagen wir einmal ... nicht sonderlich gut.«

»Was soll ich tun?«, fragte Diane ungerührt.

»Du musst die Aliens zurückhalten, bis wir weg sind. Rodrigo ist eingeloggt. Er hat ihre Rechnersysteme im Griff. Vorläufig wenigstens. Es kann sein, dass sie uns gar nicht bemerken. Und wenn sie es tun, können sie nicht rechtzeitig etwas unternehmen, um Rodrigo niederzuzwingen.«

»Wo ist dann das Problem?«

»Die Aliens sind alles andere als auf den Kopf gefallen. Sie werden merken, dass etwas nicht stimmt, und uns aufzuhalten versuchen. Rodrigo kann sie in Schach halten, soweit es den Rechnerverbund betrifft. Zumindest hoffen wir das. Aber früher oder später werden sie auf die Idee kommen, es auf die primitive Tour zu versuchen – also müssen wir auf die primitive Tour dagegenhalten.«

»Mit Keulen und Faustkeilen?«

»So ungefähr.« Wilbur trat zur Seite und gab den Blick frei auf die Gegenstände, die er aus dem Vorrat unter dem »Sarg« zusammengesetzt hatte. Zwei davon waren Gewehre, der Rest ... Wilbur nahm eines der Gewehre und lud es durch. »TAR-21. Zwei Stück, für den Fall, dass eines Ladehemmung hat. Eigentlich unwahrscheinlich – es gibt nichts Robusteres auf dieser Erde als eine TAR-21 –, aber man weiß nie. Ich musste sie in Einzelteilen einschmuggeln und lagern.«

»Du hast dich nicht geändert, Wilbur, was? Du denkst immer noch, dass man mit Waffen jedes Problem lösen kann.«

Wilbur zuckte die Achseln. »Ich will nicht streiten. Ich glaube nur, dass es in einer Welt, in der es einen unerschöpflichen Vorrat an Waffen und Psychopathen gibt, idiotisch wäre, selbst auf welche zu verzichten.«

»Und du denkst, dass ich mit zwei automatischen Waffen Aliens zurückhalten kann, die uns technisch mehrere tausend Jahre voraus sind?«

»Sie ahnen nicht, dass wir sie haben. Und außerdem sind es mehr als Gewehre.« Er stieß mit der Fußspitze in den Haufen rundlicher und spitzer Gegenstände. »Eine Auswahl an Granaten. Hitze, Splitter, Luftdruck, chemische und biologische Wirkstoffe – sie sind beschriftet. Du musst sie nur auf den zweiten Lauf des Gewehrs setzen und abdrücken.«

Die *Superhero* bremste ab, senkte die Nase. Rodrigo rief über den Lautsprecher: »Wir sind da! Wir dringen durch ein Wartungstor zum Schacht vor. Ihr beide habt noch fünf Minuten, dann muss Diane raus.«

Diane, die den Kopf gedreht hatte, um besser zu hören, warf ihn wieder herum. Sie funkelte Wilbur wütend an. »Das habt ihr euch schön ausgedacht! Was macht euch so verdammt sicher, dass ich mitspiele?«

»Weil du uns vertrauen kannst. Wir wollen das Beste für die Menschheit.«

»Das glaube ich euch. Aber warum soll ausgerechnet ich mit dem Leben dafür bezahlen?«

»Weil du stirbst, wenn du mit uns kommst. Niemand weiß, wie lange die Stasis-Geräte auf sich selbst gestellt arbeiten. Niemand weiß, ob wir jemals wieder in eine Gesellschaft kommen, die die Bezeichnung ›Zivilisation‹ auch nur annähernd verdient. Wenn du bleibst, hast du wenigstens eine Chance.«

»Nachdem ich mit deinen hübschen Gewehren ein paar Dutzend oder Hundert Aliens in Stücke geschossen habe? Ich bezweifle es.«

»Es muss nicht so kommen. Vielleicht merken sie nichts. Vielleicht kommen wir einfach so weg. Und wenn nicht ... Die Aliens sind keine Menschen. Sie waren gut zu uns. Zu dir. Übermenschlich gut. Es ist nicht gesagt, dass sie sich an dir rächen werden. Rache ist ein menschliches Konzept.«

»Das ist ein schöner Trost. Ich werde daran denken, wenn sie mich mit bloßen Händen in Stücke reißen, sobald meine Munition zu Ende ist. Ich ...«

»Diane!« Es war Rodrigos Projektion. Sie war neben ihnen entstanden.

»Rodrigo?!« Diane sah abwechselnd zu Rodrigo, der leblos an der Bordwand hing, und zu der Projektion. »Du bist ...?«

»Nicht weiter wichtig. Ich bin ein Stück über mich hinausgewachsen, das ist alles.« Er schnippte mit den Fingern. »Ich will dir etwas zeigen, Diane.«

Die Luft neben ihm flimmerte, eine weitere Projektion entstand. Wilbur sah Schwärze und wusste im selben Moment, dass er die Schwärze der Tiefsee erblickte. Ein Punkt schälte sich rasch aus der Schwärze. Es war ein Mensch in einem Taucheranzug. Der Anzug lag eng an, aber Wilbur, der sich an die Kokons der Aliens gewöhnt hatte, mutete er primitiv und ungelenk an. Der Taucher bewegte sich strampelnd durch das Wasser.

»Was soll dieser Mist, Rodrigo?«, schnappte Diane. »Ihr weckt mich auf, wollt, dass ich für euch draufgehe, und zeigt mir irgendwelche ...«

Der Taucher wurde größer, füllte die ganze Projektion aus, schließlich war nur noch der behelmte Kopf zu sehen. Der Taucher drehte den Kopf und blickte sie an.

»Melvin!« Diane stöhnte. Sie ruckte nach vorne, hielt sich mit beiden Händen den Magen. »Melvin! Was ... was hat das zu bedeuten? Lebt er?«

Rodrigo nickte. »Er lebt. Und er ist auf der Erde, unter Wasser. Wenn du bleibst ...«

Diane verstand. »... und ich mich mit diesem Waffenlager nicht selbst in die Luft jage, die Aliens mich nicht zerstückeln, kein Wassereinbruch mich platt macht und der Krebs mich nicht morgen früh endgültig auffrisst – dann habe ich eine Chance, ihn wiederzusehen. Das willst du doch sagen, Rodrigo, nicht?«

»Ja.«

Diane schwieg. Sie streckte eine Hand aus, als wolle sie Melvin streicheln. Die Hand glitt durch die Projektion.

Die *Superhero* schüttelte sich. Der Boden bäumte sich auf, riss Wilbur und Diane von den Beinen. Die Glieder Rodrigos, des Menschen, wurden wie die einer Puppe hin und her geworfen, aber die Verankerung hielt. Melvin und Rodrigo, die Projektionen, blieben ungerührt an Ort und Stelle.

»Wir haben den Wartungsschacht erreicht«, sagte Rodrigo. »Entscheide dich, Diane.«

Wilbur sah Fels an den Bullaugen entlanggleiten. Sie befanden sich jetzt unter dem Meeresboden. Der Wartungsschacht führte in den Hauptschacht, der Hauptschacht erstreckte sich 80 Kilometer weit in der Waagrechten, dann schwenkte er in die Vertikale, wurde zum zentralen Schacht der Alien-Insel, reichte weitere elf Kilometer und anschließend ...

»Diane!«

»Ich gehe«, sagte Diane und dann, bevor jemand etwas entgegnen konnte: »Sag mir, was ich tun muss, Rodrigo.«

»Es ist nicht schwer«, antwortete Rodrigo. Eine neue Projektion erschien anstelle Melvins. Es war eine Schemaskizze. Sie zeigte einen langen Tunnel, darin einen Fisch – die *Superhero*. Der Tunnel endete im spitzen Winkel in einem zweiten Tunnel, unmittelbar davor war der Tunnel zweimal durchgestrichen. »Der Fisch sind wir«, erklärte Rodrigo. »Wir wollen in den Hauptschacht. Eine Schleuse trennt uns von ihm.«

»Du willst, dass ich die Schleuse in Stücke schieße?« Diane deutete auf die Aufsätze für die Gewehre.

»Nein. Ich kontrolliere sie. Wir werden ungehindert einfahren können. Dann wird das Wasser abgepumpt, und durch Vakuum ersetzt. Der Anzug, den Wilbur für dich hat, wird dich vor dem Vakuum schützen, später auch vor dem Wasser.«

»Was wir dann aus euch? Das ist ein U-Boot. Was wollt ihr *im* Meeresboden?«

»Das hier ist ein U-Boot – und viel mehr. Stell dir die *Superhero* als eine Art von Überlebensmaschine vor, die es uns erlaubt, nahezu beliebigen Umweltextremen zu trotzen. Jahrelang, wenn nötig. Sie widersteht Druck und Vakuum, Hitze und Kälte, ebenso wie abrupter Beschleunigung. Der Schub ihres Antriebs genügt vollauf, um uns in den Hauptschacht zu bringen.«

»Wozu brauchst du dann mich? Du gibst Gas und fertig, nicht?«

»Es ist nicht so einfach. Ich muss den richtigen Moment abpassen. Im Hauptschacht herrscht dichter Verkehr, wir mischen uns zwischen die Abschüsse der Aliens. Es kann einige Zeit dauern, bis es klappt. Wenn alles gut geht, kann ich ihre Rechnersysteme so lange täuschen, dass sie uns unbehelligt lassen. Wenn nicht, bist du an der Reihe.«

»Ich verstehe.« Diane ging in die Knie, sammelte die Waffen zusammen und legte sie in Wilburs Rucksack. »Wann ist es so weit?«

Die *Superhero* bäumte sich auf, ihr Rumpf rieb knirschend über Fels. Dann herrschte Ruhe.

»Jetzt«, sagte Rodrigo in die Stille. »Wir sind in der Schleusenkammer.«

»In Ordnung. Ihr könnt euch auf mich verlassen.« Diane senkte den Kopf und ging durch Rodrigos Projektion zur Schleuse. Diane war eine konsequente Frau. Sie konnte Abschiede nicht ausstehen.

Wilbur wollte ihr nachgehen, um den Schritt zu machen, der ihr selbst unmöglich war, aber Rodrigo hielt ihn zurück. »Wilbur! Auf deinen Platz, schnall dich an – sofort!«

Wilbur gehorchte. Aus dem Augenwinkel nahm er wahr, wie Diane die *Superhero* verließ. Der Rucksack war ihr viel zu groß, sie wirkte wie ein verlorenes Kind. Gurte legten sich um Wilbur, pressten ihn gegen den Sitz.

»Bereitmachen zum Start!«, rief Rodrigo. »Keiner sagt etwas. Passt auf, dass ihr nicht die Zunge zwischen den Zähnen habt.«

Sie warteten. Wilbur lauschte dem harten, schnellen Schlag seines Herzens, versuchte seine Angst zu verdrängen, seine Sorge um Diane, das Gefühl, sie im Stich zu lassen. Aus der Ferne kam ein Wummern, ließ die *Superhero* vibrieren. In regelmäßigen Abständen zischte es. Wilbur schätzte die Abstände auf 15, höchstens 20 Sekunden.

Dann hörte er ein Knattern. Kamen die Aliens? Hatte Diane das Feuer eröffnet? Im Vakuum gab es keinen Schall. Er konnte es nicht hören, sollte Diane feuern. Eigentlich. Wilbur reckte den Kopf vor, um durch das Bullauge etwas zu sehen. Er hatte die Bewegung noch nicht vollendet, als Hero Schub gab. Die *Superhero* schoss aus der Schleusenkammer. Wilburs Kopf wurde hart nach hinten gerissen. Wilbur schrie vor Schmerz, und in seinen Schrei mischte sich der Rodrigos: »Die elektromagnetische Kanone hat uns erfasst! Es geht l…!«

Der Schacht, der eigentlich ein riesiger Geschützlauf war, ging lautlos in Flammen auf. Die *Superhero* wurde nach vorne geschleudert, wurde immer schneller und schneller. Wilbur wollte vor Schmerz aufschreien, aber die Beschleunigung drückte ihm die Luft aus den Lungen.

Die *Superhero* schoss durch das Rohr aus Feuer, folgte ihm, gelangte in die Senkrechte, ließ den Meeresboden hinter sich, raste entlang der Führungsschienen durch den Artefaktschacht zur Oberfläche der Insel – und aus dem Vakuum des Laufs heraus den Sternen entgegen.

Einen kurzen Moment lang erlosch das Feuer, und Wilbur glaubte den Umriss der Alien-Insel und an ihrem Rand die *Strawberry Bitch* wahrzunehmen, dann entzündete sich ein neues Feuer. Es war der Rumpf der *Superhero*, der unter der Reibungshitze aufglühte.

Das neue Feuer dauerte nur Sekunden an. Es erlosch, als die *Superhero* die Atmosphäre der Erde hinter sich ließ. Mit dem Glühen verging der mörderische Druck, der Wilbur gegen den Sitz presste. Wilbur keuchte, schnappte nach Luft. Die Gurte gaben ihn frei. Schwerelos schwebte er in die Höhe.

»Wilbur, komm! Sieh dir das an!« Es waren Rodrigo und Hero, die nach ihm riefen.

Wilbur stieß sich vorsichtig von der Wand in Richtung Cockpit ab. Er hatte gehört, dass man erst lernen musste, wie man sich in der Schwerelosigkeit bewegte – was für ein Unsinn! Wilbur überschlug sich spielerisch und schwebte punktgenau in das Cockpit ein. Er hielt sich an den Griffen der Sitze fest.

Unter ihnen, nein, vor ihnen hing die Erde im Raum.

»Sieh sie dir an«, flüsterte Hero. »Unsere Erde.«

Er ließ die *Superhero* herumschwenken. Unzählige Sterne standen in der Schwärze des Alls. Und, in regelmäßigen Abständen, helle große Punkte, die Abwehrstationen, die die Aliens unter dem Meeresboden gefertigt und in die Umlaufbahn geschossen hatten. Es waren Tausende. Viele tausend weitere würden ihnen folgen.

»Sieh dir das an«, sagte Rodrigo. »*Unsere* Streitmacht.«

»Keine Atempause, Geschichte wird gemacht.«

– *Fehlfarben (Musiker), 1980*

KAPITEL 39

Er sollte sie hassen.

Er hatte jeden Grund dazu, und er konnte es. Hassen. Der Mensch, der irgendwo in ihm steckte, vermochte es.

Die Aliens hatten ihn betrogen und benutzt. Mit ihrer Hilfe war er zu einem Propheten geworden, zum Erretter der Menschen, auf die kein Mensch mehr etwas gab. Mit ihrer Hilfe hatte er Macht erlangt. In seinem eigenen Panzerzug war er nach Belieben durch das Land gefahren, einem goldenen Käfig, in dem er noch einsamer gewesen war als in den vielen Käfigen, in denen er die meiste Zeit seines Lebens verbracht hatte. Sie hatten ihm ein neues Leben versprochen, eine Flucht aus diesem Körper, der ihn ausmachte und der ihm zugleich den Weg, wenn schon nicht zum Glück, wenigstens zu einem gewissen Maß an Zufriedenheit versperrte.

Wölfe sind gesellige Wesen. Menschen sind es. Wolf war Wolf und Mensch zugleich. Und keines von beiden. Einzigartig. Allein. Unerfüllt.

Die Aliens hatten ihm einst ein neues Leben verheißen, als Gleicher unter Gleichen. Um es zu erlangen, hatte er das Große Pack aufgebaut, hatte sich selbst zum Erlöser der Menschen aufgeschwungen, die von ihren eigenen Artgenossen »Überschussmenschen« genannt wurden. Er hatte diese Menschen, die ihm vertrauten, betrogen und benutzt – nur um festzustellen, dass die Aliens ihn, Wolf, ihrerseits betrogen und benutzt hatten.

Wolf hatte viele Gründe, die Aliens zu hassen.

Er tat es nicht. Wolf hatte vor langem erkannt, in der Zeit noch, in der er von einem von Menschen gemachten Käfig zum nächsten geriet, dass Hass ein Irrweg war. Zu hassen bedeutete, in einen neuen, selbst errichteten Käfig zu geraten, für immer Opfer zu sein. Und das durfte nicht sein. So konnte er nicht leben. Und das wollte er: leben.

»Haben wir alle?«, fragte Atsatun.

Der Anführer – oder war es der Sprecher? – der Aliens stand neben ihm auf der Fußgängerbrücke. Unter ihnen flimmerte der heiße Asphalt der Straße in der Mittagshitze, übersät mit verlassenen Fahrzeugen; vor ihnen erstreckte sich das Areal von CERN, einige Dutzend nüchterne Industriebauten, die ihre besten Jahre längst hinter sich hatten. Einst war CERN ein Ort großer Hoffnungen gewesen. Wissenschaftler aus allen Teilen der Erde waren hierhergekommen, auf der Jagd nach Elementarteilchen, die sich den Menschen entwanden. Dann war die USAA entstanden. Der Zufluss aus Wissenschaftlern und Geldern hatte an Stärke verloren, war schließlich versiegt, als der wirtschaftliche Abschwung die Jagd nach flüchtigen Teilchen als unnötigen Luxus erscheinen ließ. CERN war aufgegeben worden. Bis dort eine neue Jagd begonnen hatte ...

Wolf schnüffelte. Ein sanfter Wind wehte von der Anlage herüber. Er trug Rauch mit sich, Spuren von Pulver – und Furcht.

»Eine Gruppe versucht über einen unterirdischen Gang zwischen den Gebäuden 14 und 18 zu entkommen. Ungefähr 40 Personen.«

»Wir halten sie auf.« Atsatun sagte nichts weiter. Nicht zu ihm, Wolf, wenigstens. Wolf verfolgte, wie sich mehrere Aliens mit schussbereiten Gewehren aus ihrer Deckung lösten und auf Gebäude 18 zurannten, um den Flüchtenden den Weg abzuschneiden.

Wolf hätte ihrem Lauf mit geschlossenen Augen folgen können. Früher, in seiner Zeit als Anführer des Großen Packs, hatte er sich oft mit seinem Geruchssinn gebrüstet, hatte von sich behauptet, riechen zu können, ob ein Mensch die Wahrheit sagte. Eine glatte Lüge. Aber das hatte nichts ausgemacht. Niemand hatte sie ihm nachweisen können, und die

Behauptung allein hatte ausgereicht, um sein Gegenüber von dem Versuch abzuhalten, ihn zu belügen. Gleichzeitig hatte sie davon abgelenkt, was sein Geruchssinn *tatsächlich* zu leisten imstande war. Perlmann hatte es gut mit ihm gemeint. Er hatte gewollt, dass seine Schöpfung überlebte.

Wolf roch Menschen. Zuweilen zog der Geruch von Menschen Wolf an, zuweilen stieß er ihn ab, aber niemals ließ er ihn unberührt. Lange Zeit hatte er geglaubt, dass der Geruch von Menschen sein Dasein bestimmen würde. Dann waren die Aliens über ihn gekommen. Über ihren Mittelsmann, den Hunter Paul, hatten sie ihm die Aussicht eröffnet, den Geruch von Menschen ein für alle Mal abzuschütteln. Dann hatten sie ihn benutzt und im Stich gelassen. Und dann ...

... dann hatte er den ersten Alien gerochen, Atsatun. Er hatte den Alien aus einer Starre geweckt, einer Eingebung folgend, die vom Raubtier in ihm stammen musste. Die Aliens waren gefangen in fremden Körpern, ohne Werkzeuge, in der Minderzahl ... perfekte Beute, die nur eine Chance hatte zu überleben: sich tot zu stellen. Mit seiner Beharrlichkeit hatte er Atsatun aus seiner Starre gerissen, und ...

... und im selben Moment war der Geruch des Aliens in ihm explodiert. Ein Geruch, der von einem Menschenkörper ausging, aber nichts Menschliches hatte. Von einer Vielfalt, wie Wolf sie nie zuvor gekostet hatte. Eine Verheißung.

Ein Windstoß trug Wolf neue Gerüche zu. »Sie sind umgekehrt«, sagte er zu Atsatun. »Sie ...« Wolf konzentrierte sich auf den Plan der Anlage, den er sich eingeprägt hatte. »Sie sind abgebogen. Es gibt einen Versorgungsgang, der in südöstlicher Richtung verläuft und auf den Tunnel stößt, in dem früher der Hadronenbeschleuniger installiert war.«

Atsatun nickte. Seine Lippen bewegten sich lautlos, teilten Wolfs Angaben den übrigen Aliens mit. Ihre Seelen hatten Sinne mitgebracht, die über die von Menschen hinausgingen. Der Geruch von Aliens kam von überall. Tausende von ihnen waren zusammengeströmt, hatten sich in kleinen Gruppen wie jener Atsatuns an CERN herangearbeitet, um sich an dem

Überfall zu beteiligen. Seine geballte Intensität war berauschend, beinahe so sehr wie damals, als Wolf das erste Mal Atsatun gerochen hatte.

Anfangs hatte Wolf seinen Sinnen misstraut. Was er roch, war zu gut, um wahr zu sein. Er hatte dieselben Wesen vor sich, die ihn benutzt, betrogen und fallen gelassen hatten. Er hatte keine Veranlassung, ihnen zu trauen. Doch da war dieser Geruch. Wolf beschloss, bei den Aliens zu bleiben. Sie behandelten ihn auf eine Weise, die ihm unbekannt gewesen war: gar nicht. Sie schlugen ihn nicht. Sie warfen ihm kein Futter zu. Sie fürchteten ihn nicht. Sie verachteten ihn nicht. Sie hatten kein Mitleid mit ihm. Sie schmückten sich nicht mit ihm. Sie versuchten nicht, ihre Kräfte mit den seinen zu messen, weder körperlich noch geistig. Sie versuchten nicht zu ergründen, welcher Anteil in ihm überwog – Mensch oder Wolf? Sie jagten ihn nicht weg. Sie lockten ihn nicht an.

Sie ließen ihn einfach sein.

Für sie – er roch, er spürte es – war er weder ein verunglücktes Tier noch ein misslungener Mensch, sondern ein fühlendes, intelligentes Wesen.

Wolf wäre es ein Leichtes gewesen, zu fliehen. Er war kein Mensch, die Aliens steckten in Menschenkörpern, und Menschenkörper konnten ihn nicht aufhalten. Einmal – als die Aliens die Bewohner der Mühle getötet hatten – hatte er es ernsthaft erwogen. Der Wald war ein Paradies, es gab wenig, was er nicht hätte essen können. Im Wald hätte er ein neues Leben finden können – doch keines, das es wert gewesen wäre, es zu leben.

Der Wind trug Pulvergeruch und das dumpfe Hämmern von automatischen Waffen herüber. Die Aliens waren auf eine Handvoll Wächter gestoßen, die versucht hatten, sich zwischen Müllcontainern zu verstecken. Die Aliens töteten sie. Es waren die letzten Angehörigen der Wachtruppe. Hoffnungslos in der Minderzahl und ihr Augenmerk auf Bedrohungen von innen gerichtet, war sie von den Aliens überrascht und binnen Minuten überrannt worden.

Wolf war bei den Aliens geblieben. Er hatte einen Unterschlupf im Wald gefunden, in der Nähe der Mühle. Und dann, eines Nachts, war Atsatun zu ihm gekommen. »Du gehörst zu uns«, hatte der Alien gesagt. Es waren die ersten Worte, die Atsatun an ihn gerichtet hatte.

Wolf hatte die Augen geschlossen gehalten und die Luft tief eingesogen. Atsatun hatte wie eine Verheißung gerochen.

»Wieso?«, hatte Wolf gefragt.

»Du bist allein auf einer Welt, in der du fremd bist. Und du bist wie wir.«

»Kein Mensch?«

»Du bist mehr als ein Mensch. Deshalb gehörst du zu uns. Komm!«

Wolf hatte gezögert. Niemand hatte ihm jemals gesagt, er gehöre dazu. Auch nicht das Große Pack, er hatte es geschaffen, es hatte zu ihm gehört, nicht er zu ihm.

Atsatun hatte sein Zögern bemerkt. »Du glaubst, dass du allein bist, nicht? Aber das ist ein Irrtum. Du denkst, du lebst, du bist bereit gewesen, deinen Körper aufzugeben, um ein neues Leben zu beginnen. Du bist wie wir.« Atsatun hatte ihm die Hand entgegengehalten. »Und was deinen Körper angeht: Es gibt Millionen auf der Erde, die erschaffen wurden wie du. Viele Millionen. Sie sind überall. Jeder, dessen Horizont über den eines Menschen hinausreicht, kann sie sehen. Du bist kein Mensch. Du kannst sehen.«

Wolf hatte die Hand genommen.

»Halt, stehen bleiben!« Schreie drangen aus den Gebäuden vor ihnen. Wolf roch Angst und Menschen, sah zwei Dutzend von ihnen aus einer Tür platzen und über den Rasen rennen, als ginge es um ihr Leben.

»Stehen bleiben!«, riefen die Aliens ein zweites Mal. Die Menschen, die dort über den Rasen rannten, waren wertvoll.

Die Menschen hörten nicht.

Die Aliens erschossen die beiden Menschen, die vorneweg rannten, einen Mann und eine Frau. Der Menschenpulk kam zum Halten, als wäre er gegen eine Wand gerannt. Eine Handvoll stürzte neben die Toten, als vor Angst ihre Beine versagten, die Übrigen hoben die Hände. Zwei oder drei steckten trotzig die Hände in die Hosentaschen.

»Das waren die Letzten«, sagte Atsatun und sprach etwas in sein Funkgerät.

Wolf schloss die Augen und schnüffelte. Ja, es waren die Letzten. Wolf roch Tausende von Aliens. Sie strömten überall aus den Gebäuden, trieben Gruppen von Menschen vor sich her und dirigierten sie zum großen, runden Park in der Mitte des Geländes. Von Zeit zu Zeit fiel ein Schuss, wenn Aliens einen Menschen töteten, der ihren Befehlen nicht schnell genug folgte. Auf zwanzig Prozent, vielleicht sogar dreißig konnten sie verzichten, hatte Atsatun ihm erläutert, ohne Gefahr zu laufen, unersetzliches Wissen zu vernichten.

Einen Teil dieses unersetzlichen Wissens, das wie eine Viehherde davongetrieben wurde, kannte Wolf persönlich. Aus dem Geruch der Menschen, die im Laufschritt zum Park getrieben wurden, stachen Einzelne heraus. Wolf roch Ortega, Perlmanns ehemaligen Assistenten; er stank immer noch so widerlich nach blindem Gehorsam wie damals. Da war Chi-Lu, Perlmanns härteste Konkurrentin im Wettlauf darum, Gene nach Belieben zu formen, beherrscht wie eh und je. Wolf roch ihre Beherrschung, glaubte beinahe, ihre Gedanken zu lesen, die ihre neue Lage auf der Suche nach Vorteilen zu analysieren versuchten. Atsatun würde seine Freude an ihr haben. Da war Mordechai, der damals, als die Ultra-Orthodoxen, bewaffnet mit ihrem heiligen Zorn und ihren Knüppeln und Messern, das Labor in Tel Aviv gestürmt hatten, als Einziger nicht nach Angst gerochen hatte. Mordechai hatte bis zur letzten Patrone gekämpft. Er war es gewesen, der die Käfige geöffnet und Wolf die Flucht möglich gemacht hatte. Und Mordechai war es gewesen, der anschließend das Bajonett auf sein TAR-21 aufgepflanzt und sich auf die Eiferer gestürzt hatte. Wolf hatte nicht erwartet, dass Mordechai noch lebte. Wolf erwartete nicht, dass er noch viel länger leben würde. Er roch den Zorn, der Mordechai zu übermannen drohte. Die

Aliens würden ihn spüren und Mordechai töten, bevor er dazu kam, den Ablauf ihrer Pläne zu stören. Es wäre kein Verlust für sie: Mordechai war bestenfalls ein mittelmäßiger Wissenschaftler.

Aus der Ferne drang ein Donnern, ließ Wolf aufhorchen. »Sie kommen«, sagte Atsatun. »Es ist Zeit.« Atsatun wandte sich ab, ging zu der Treppe, die auf das Gelände von CERN führte.

Wolf folgte ihm, den vertrauten Geruch der Wissenschaftler in der Nase. Perlmann, Mordechai, Chi-Lu, Ortega, das übrige Team ... sie waren schon damals zu wertvoll gewesen, als dass man sie ohne Not hätte sterben lassen. Singapur hatte sie aufgenommen, sie hofiert und ausstaffiert. Dort waren sie geblieben, bis die Europäische Union sich tiefer vor ihnen verbeugt hatte. Die Wissenschaftler hatten sich geziert, bessere Bedingungen herausgeschlagen und hatten schließlich den Bitten nachgegeben. Die Europäische Union hatte sich nicht lumpen lassen, sie wusste, dass die Biotechnologie ihre letzte Chance war, sich dem Niedergang entgegenzustemmen.

Das Donnern wurde lauter, übertönte die Befehle der Aliens, das Keuchen und Stöhnen der Menschen, aber – noch nicht – die gelegentlichen Schüsse. Am Horizont schälten sich schwarze Punkte aus dem Blau des Himmels, kamen näher. Als Atsatun und Wolf am Park ankamen, setzte der erste der Punkte zur Landung an. Die Übrigen kreisten am Himmel, wachten über sie.

Das Dröhnen wurde lauter, steigerte sich zu einem schmerzhaften Heulen, als der Punkt inmitten des Rings aus Aliens und Menschen niederging.

Der Punkt war ein ... was? Flugzeug? Raumschiff? Von Menschen oder Aliens entworfen oder gebaut?

Was immer es war, es war riesig, wirkte wie ein riesiger, fliegender Fisch, und es landete wie ein Senkrechtstarter auf einem Schubstrahl. Ein heißer Sturm fegte über Aliens und Menschen hinweg, dann hatte der Senkrechtstarter aufgesetzt. Das Heulen der Triebwerke schwächte sich zu einem erträglichen Brummen ab. Ein Tor schwang auf und senkte sich wie eine Zugbrücke zu Boden. Rechts von Wolf brüllten Aliens Befehle. Menschen setzten sich in Bewegung, Hunderte. Keine Schüsse peitschten, keiner der Menschen sträubte sich. Wolf roch weiter den Gestank ihrer Furcht – die Aliens hatten sie zu tief eingeimpft, als dass sie sie jemals wieder loslassen würde –, aber eine neue Note hatte sich hinzugesellt: Ehrfurcht.

Menschen und Aliens verschwanden in dem Transporter. Das Tor schloss sich wieder, der Transporter hob heulend und dröhnend ab, und ein weiterer landete und nahm seine Fracht auf.

Zwei Transporter genügten, um alle Wissenschaftler aufzunehmen. Dann waren die Geschöpfe, die die Wissenschaftler geschaffen hatten, an der Reihe. Es waren einige Tausend von ihnen. Sie rannten den Transportern entgegen, eine kompakte Masse von zusammengewürfelten Geschöpfen, GenMods wie er selbst. Nur die wenigsten würden überleben. Sie waren Prototypen, Experimente, nicht dazu gedacht, über den Tag hinaus zu existieren. Die Aliens nahmen sie dennoch mit.

Atsatun und Wolf waren die Letzten, die einen Transporter bestiegen. Seite an Seite gingen sie die Rampe hinauf. Einen Schritt vor dem Laderaum hielt Wolf an, drehte sich um und schnüffelte.

Atsatun blieb stehen. »Was ist?«, brüllte er, um die Triebwerke zu übertönen.

Wolf atmete tief ein. Die erhitzte Luft verfälschte seinen Geruchssinn. Er musste sich konzentrieren. War da nicht ...?

Ein Mensch und ein Alien brachen zwischen zwei Gebäuden hervor. Paul und Ghi. Über die Schultern geschlungen trug Paul Marita. Wolf roch die Schussverletzung der Soldatin, das Blut, das aus der Wunde in ihrem Oberschenkel strömte. Sie war bewusstlos.

Die Aliens ließen sie herankommen. Keuchend blieb Paul vor Atsatun und Wolf stehen.

»Nehmt uns mit!«

Atsatun musterte ihn schweigend, dann trat er zur Seite und gab Paul und seiner Last den Weg frei.

Paul trat in den Transporter. Wolf roch die Erwartung und Angst des Menschen und den Pulvergeruch an seiner Hand.

Paul hatte sich entschieden.

Wolf warf einen letzten Blick über CERN, dann schloss sich das Tor hinter ihm, und die Triebwerke heulten auf.

Sie waren auf dem Weg.

»Geschichte? ›Geschichte‹ ist ein menschliches Konstrukt. Es gibt nur Geschichten.«

– *Pasong (Alien), 1. Oktober 2066*